25 टॉप Motivators के Inspiring विचार

स्वाति गौतम

नमस्कार
बुक्स

प्रकाशक : **नमस्कार बुक्स**
4241/2/19 (पहली मंजिल), अंसारी रोड, दरियागंज, नई दिल्ली–110002
 / संस्करण : 2023 / मूल्य : छह सौ रुपए
मुद्रक : नरुला प्रिंटर्स, दिल्ली ISBN 978-93-90600-09-0

25 TOP MOTIVATORS KE INSPIRING VICHAR
by Swati Gautam ₹ 600.00
Published by NAMASKAR BOOKS,
4241/2/19 (First Floor), Ansari Road, Daryaganj, New Delhi-110002

भूमिका

मोटिवेटर, एक ऐसा व्यक्ति, जो आपको कह सके, 'यस, यू कैन डू इट'। बड़े-से-बड़ा और छोटे-से-छोटा व्यक्ति सराहना और प्रोत्साहन चाहता है, अपने काम की तारीफ चाहता है; लेकिन उसी तारीफ में हम सबसे ज्यादा कंजूसी करते हैं। ज्यादातर हम अपने से जुड़े प्रिय लोगों को उनकी कमियाँ ही बताते रहते हैं। जीवन में कभी-कभी ही कोई मौका आता है, जब हमने खुलकर उनकी तारीफ की हो। हर व्यक्ति तारीफ चाहता है, सच्ची तारीफ। उसी तारीफ की तलाश में हम ऐसे व्यक्तियों को ढूँढ़ते हैं, जो कह सके कि आपमें वह काबिलीयत है। आप वह काम कर सकते हैं। भले ही आपने अब तक न किया हो, पर आप जैसे लोग ही हैं, जिन्होंने वह काम किया है। और ऐसे किसी व्यक्ति की तलाश मोटिवेटर्स पर जाकर खत्म होती है। यह सौभाग्य रहा कि दुनिया के प्रसिद्ध मोटिवेटर्स को पढ़ने, सुनने का मौका मिला तो मुझे लगा कि सबसे बाँटना चाहिए, इसलिए लिखने की कोशिश की है। मैंने न केवल उन्हें लिखा, बल्कि बहुत कुछ सीखा। आज मैं वह सबकुछ कहने की कोशिश करती हूँ, जो अब तक मैंने नहीं कहा या नहीं किया। मैं पहले किसी की तारीफ करने में कंजूसी करती थी, लेकिन अब मैं खुलकर तारीफ करती हूँ। आपके शब्द ऊर्जा का काम करते हैं। अगर किसी की छोटी-से-छोटी बात भी पसंद आती है तो कभी संकोच मत करिए। डेल कार्नेगी के शब्द याद आते हैं, जो दुनिया के प्रसिद्ध मोटिवेटर्स में से एक हैं—

"प्रत्येक व्यक्ति में कोई-न-कोई ऐसी बात जरूर होती है, जो आपसे अच्छी हो। आपको तुरंत वह बात सीख लेनी चाहिए। हमें केवल अपनी उपलब्धियों, इच्छाओं के बारे में सोचना छोड़ देना चाहिए। हमें चापलूसी को भी भूल जाना चाहिए। हमें खुले दिल से प्रशंसा करनी चाहिए, और मुक्त भाव से गले लगाना एवं उन्हें सराहना चाहिए। ऐसा करने से आप पाएँगे कि लोग आपके मूल्यवान शब्दों को अपनी स्मृतियों की तिजोरी में पूरे ध्यान से सजाकर रखेंगे और जीवन भर उन्हें कंठस्थ करते रहेंगे, फिर जो

कुछ आपने कहा था, वह आप तो भूल जाएँगे, लेकिन जिससे कहा था, वे कभी नहीं भूल पाएँगे। दिल से सच्ची तारीफ करना सीखें।"

अगर आप अपने से जुड़े लोगों की सच्ची तारीफ करेंगे तो वह उनकी कमियाँ गिनाने से अधिक कारगर होगा।

—स्वाति गौतम

अनुक्रम

अमिताभ बच्चन

अमिताभ बच्चन को सदी का महानायक कहा जाता है। महानायक का अर्थ, जो सर्वश्रेष्ठ हो। उन्होंने अभिनय में कीर्तिमान स्थापित किया है। अमिताभ ने अपने कॅरियर में अनेक पुरस्कार जीते हैं, जिनमें दादासाहेब फाल्के पुरस्कार, तीन राष्ट्रीय फिल्म पुरस्कार और बारह फिल्म फेयर पुरस्कार सम्मिलित हैं। उनके नाम सर्वाधिक सर्वश्रेष्ठ अभिनेता फिल्म फेयर अवार्ड का रिकॉर्ड है। अभिनय के अलावा उन्होंने गायक, फिल्म निर्माता, टी.वी. प्रस्तोता और भारतीय संसद् के एक निर्वाचित सदस्य के रूप में भी भूमिका निभाई है। वे लोकप्रिय शो 'कौन बनेगा करोड़पति' में होस्ट की भूमिका निभाते हैं। इस शो में उनके द्वारा किया गया 'देवियो और सज्जनो' संबोधन बहुचर्चित रहा है।

1. असफलता एक महान् शिक्षक है

सफलता और असफलता दोनों जिंदगी के दो पहलुओं की तरह हैं। अगर असफलता न हो तो सफलता का रस और आनंद हम कभी नहीं ले पाएँगे। सफलता तक पहुँचते हुए जाने ऐसे कितने पड़ाव आते हैं, जहाँ रुककर आपको देखना होता है कि भूल कहाँ हुई? माना हम नई शुरुआत करते हैं, लेकिन एक और अनुभव हमारे साथ जुड़ा होता है। जो गलती हमने एक बार की, हम उसे नहीं दोहराते।

अमिताभ अपनी जिंदगी में कई तरह के रोल निभा चुके हैं। आज भी वे करोड़ों लोगों के दिलों पर राज करते हैं। देश-विदेश में हर जगह उनके अभिनय से उनकी पहचान है। न जाने कितनी बार उन्होंने असफ़लता का मुँह देखा। राजनीति की तरफ रुख किया, लेकिन वहाँ भी उन्हें कोई सफलता नहीं मिली। जहाँ हम उनके व्यक्तित्व को शिखर पर देखते हैं, वहीं अनेक असफलताएँ उनसे जुड़ी हुई हैं।

अमिताभ की जिंदगी में उतार-चढ़ाव का एक बहुत बड़ा भँवर देखने को मिलता है। जब भी हम किसी सफल आदमी को पढ़ते हैं तो अकसर भूल जाते हैं कि उसकी असफलताएँ कैसी रहीं? लेकिन सीखने की शुरुआत वहीं से होती है। चाहे कॅरियर कोई

भी हो, सब्जी का ठेला लगानेवाला व्यक्ति भी रोज सुबह ठेला लगाने से पहले चिंतित होता है, क्या उसे आज वही जगह दोबारा मिल पाएगी, जिस जगह कल उसने अपना पूरा ठेला बेच दिया था? चकाचौंध दिखनेवाली सितारों की दुनिया में हर चीज वैसी नहीं है, जैसी पिक्चरों में दिखती है। आज से 70 साल पहले भी संघर्ष था, जब अमिताभ ने अपने कॅरियर की शुरुआत की।

कॅरियर शुरू करने से राजनीतिक विफलता तक, ए.बी.सी.एल. के दीवालिया होने से 'कुली' के हादसे तक, अमिताभ की जिंदगी के संघर्ष का हर किस्सा अपने आप में प्रेरणा है। किसी की भी जिंदगी में इससे बेहतर क्या हो सकता है कि वह लड़खड़ाए, गिरे, लेकिन फिर से उठकर खड़ा हो जाए।

अमिताभ बच्चन की पहली फिल्म 'सात हिंदुस्तानी' (1969) थी, लेकिन यह फिल्म उनके कॅरियर की सुपर फ्लॉप फिल्मों में से एक है। इसके बाद उन्होंने 'रेशमा और शेरा' (1972) फिल्म की। उसमें उन्हें एक गूँगे व्यक्ति का किरदार मिला; लेकिन यह फिल्म भी फ्लॉप रही। इसके बाद फिल्म 'आनंद' ने उन्हें पहचान तो दिलवाई, लेकिन इसके बाद दर्जनों फ्लॉप फिल्मों की लाइन उनके पीछे थी। लोग उन्हें अपनी फिल्मों में लेना नहीं चाहते थे। उन्हें लेने का मतलब था, उनके पैसे का डूब जाना।

उन्हें फिल्में मिलनी बंद हो गईं। जब हम किसी भी कॅरियर की शुरुआत करते हैं तो हम आशा और निराशा के दौर से गुजरते हैं। हर वक्त निराशा हम पर हावी होने लगती है और हम लड़खड़ाने लगते हैं। मेहनत और टैलेंट के बाद भी अगर कोई दरवाजा खुलता न देखे तो सपना एक सपना ही लगता है। लंबी व पतली टाँगोंवाले लड़के को देखकर कोई उन्हें अपनी फिल्मों में नहीं लेना चाहता था। वह बंबई छोड़ने का निर्णय ले चुके थे।

उन दिनों प्रकाश मेहरा 'जंजीर' फिल्म (1973) की कास्टिंग कर रहे थे और उन्हें गंभीर किरदार के लिए एक ऐसे आदमी की जरूरत थी, जो उस पर बिल्कुल खरा उतर सके। प्राण के साथ वह बात कर रहे थे तो प्राण ने अमिताभ बच्चन के बारे में बात की, लेकिन प्रकाश मेहरा का कोई मन नहीं था कि वह अमिताभ को काम दें। नए व्यक्ति को एक जिम्मेदार रोल देकर वे अपनी फिल्म खराब नहीं करना चाहते थे। प्राण ने कहा, बेशक उनकी फिल्में फ्लॉप हो गई हैं, लेकिन उनमें कुछ-न-कुछ बात तो है। आप उनकी फिल्में देखिए, अगर आपको ठीक लगे तो आप लीजिएगा। नए चेहरे को हम किसी भी रोल में फिट कर सकते हैं और उसे स्वीकार्यता जल्दी मिलती है। अभिनय में उनका कोई तोड़ नहीं। जरूरत है तो बस, एक सही दिशा की। इस तरह 'जंजीर' में अमिताभ को काम मिल गया। 'जंजीर' फिल्म के डायलॉग सलीम-जावेद ने लिखे थे। शूटिंग में पूरी यूनिट ने अपना सारा साहस झोंक दिया था।

फिल्म बन चुकी थी, लेकिन फाइनेंसर ने कोई खास रुचि नहीं दिखाई, क्योंकि

अमिताभ एक नया चेहरा थे। 12 फिल्में फ्लॉप होने के बाद किसी को भी आशा नहीं थी कि वह कुछ खास कर पाएँगे। जब तक हम कुछ करके न दिखा दें, लोग हमें नाकारा और असफल व्यक्ति से अधिक कुछ नहीं समझते। अमिताभ की मार्केट वैल्यू जीरो के बराबर थी। 'जंजीर' रिलीज हुई। जिसने यह फिल्म देखी, वह अमिताभ का दीवाना हो गया। लाजवाब एक्टिंग, जबरदस्त डायलॉग्स।

अमिताभ परदे पर एक ऐसे हीरो के रूप में आए, जब लोगों के अंदर गुस्सा था। वह गुस्से को बाहर आते हुए देखना चाहते थे। राजेश खन्ना, जो एक रोमानी हीरो थे, उसके विपरीत अमिताभ एक ऐसा व्यक्तित्व बनकर उभरे, जिसने इनसान और भगवान् सबके प्रति अपने गुस्से को परदे पर दिखा दिया। हम फिल्में देखते हैं और पसंद करते हैं, इसलिए क्योंकि हीरो में हम खुद को देखना चाहते हैं। जो हम अपनी निजी जिंदगी में नहीं कर पाते, वह सब हम किसी फिल्म में देखकर खुश हो जाते हैं। जिसने भी फिल्म देखी, वह अपनी सीट से उठ न सका और एक नए सुपर स्टार का जन्म हुआ—अमिताभ बच्चन। उन्होंने फिर उसके बाद पीछे मुड़कर नहीं देखा। उनके लिए सबकुछ बदल चुका था। ऐसा कोई नहीं था, जो उन्हें रोक पाए। वे 'एंग्री यंग मैन' थे।

'जंजीर' आने के बाद 'दीवार' (1979), 'नमक हराम' (1973), 'शोले' (1975), 'अमर अकबर एंथोनी' (1977), 'काला पत्थर' (1979), 'सुहाग' (1979), 'त्रिशूल' (1978) और 'डॉन' (1978) के बाद अमिताभ बच्चन ने बॉलीवुड के बड़े स्टार्स को पीछे छोड़ दिया।

सन् 1983 में अमिताभ बच्चन की फिल्म 'कुली' आई। फिल्म में एक सीन फिल्माया जाना था। विलेन अमिताभ बच्चन को एक घूँसा मारता, लेकिन वह घूँसा इतनी तेज लगा कि अमिताभ बच्चन को हॉस्पिटल में भर्ती कराना पड़ा। उँगलियों के जोर से उनकी अँतड़ियाँ फट गई थीं और डॉक्टर्स को यह बात काफी बाद में समझ आई, जिसके कारण अमितजी की हालत ज्यादा खराब हो गई। डॉक्टर अमिताभ को लगभग मृत मान चुके थे।

उस समय अमिताभ अपने कॅरियर के शिखर पर थे। उनकी हर फिल्म सुपर हिट जा रही थी। उनके प्रशंसकों की लाइन लाख को पार कर चुकी थी। हर जगह लोग अमिताभ के लिए दुआएँ कर रहे थे। अमिताभ अस्पताल में जिंदगी और मौत के बीच अपनी लड़ाई लड़ रहे थे। आखिरकार, अमिताभ ने जिंदगी की वह जंग जीत ली, लेकिन इसके बाद भी वह काम कर पाएँगे, इस बात का कोई पुख्ता सबूत नहीं था। उन्हें कई सप्ताह तक बेड रेस्ट के लिए बोला गया। उनके करीबी लोग इस संशय में थे कि क्या वह कभी खड़े हो पाएँगे, लेकिन इसके बावजूद वे खड़े हुए और दोबारा अपने कॅरियर को चरम तक लेकर गए।

बढ़ती उम्र के साथ-साथ जब अमिताभ बच्चन 57 वर्ष के हुए तो उन्हें लगा कि उन्हें व्यवसाय में अपना हाथ आजमाना चाहिए। इसके लिए सन् 1995 में उन्होंने 'अमिताभ बच्चन कॉरपोरेशन लिमिटेड' (ABCL) की शुरुआत की, जो एक फिल्म प्रोडक्शन और इवेंट मैनेजमेंट कंपनी थी। यह कंपनी सन् 1996 में उस समय लाइमलाइट में आई, जब इसने मिस इंडिया पेजेंट को लॉन्च किया।

ए.बी.सी.एल. को बनाने का एकमात्र उद्देश्य बिजनेस करना था। अमिताभ इस कंपनी के जरिए फिल्मों का डिस्ट्रीब्यूशन, म्यूजिक सेलिंग, इवेंट ऑर्गेनाइजेशन और एक्टर्स की टी.आर.पी. बढ़ाने जैसे काम करना चाहते थे; लेकिन दुर्भाग्यवश वे ऐसा कुछ भी नहीं कर पाए।

अमिताभ अपने लक्ष्य को पूरा करने के लिए बहुत तेज़ गति से दौड़ रहे थे। कंपनी में 150 लोगों को रखा गया था और 15 फिल्में लॉन्च की गईं, जिनके बजट की रेंज 3 से 8 करोड़ रुपए थी और इस कंपनी ने 'मुंबई' और 'बैंडिट क्वीन' जैसी फिल्मों के डिस्ट्रीब्यूशन का भी काम किया। कंपनी का पहला साल अच्छा रहा, 50 करोड़ की लागत के बाद 65 करोड़ रुपए का टर्नओवर हुआ। कंपनी को 15 करोड़ का फायदा हुआ, लेकिन अगले साल कंपनी अपने लाभ को बरकरार नहीं रख पाई। अमिताभ और उनके प्रोफेशनल मैनेजर्स के बीच विवाद होने लगे और एक दिन अमिताभ ने रातोरात अपना स्टाफ बदल दिया।

कोई भी फिल्म तीन घंटे की होती है। तीन घंटे में सारे उतार-चढ़ाव पार करते हुए फिल्म अपने क्लाइमैक्स पर पहुँचती है और क्लाइमैक्स अधिकतर सकारात्मक ही होता है, लेकिन निजी जिंदगी उससे बिल्कुल अलग होती है। अमिताभ शायद अपनी निजी जिंदगी को फिल्मों से दूर नहीं रख पाए और अपने फैसले बहुत जल्दबाजी में लिये। कंपनी ठप हो गई।

ए.बी.सी.एल. के फ्लॉप होने के बाद अमिताभ बच्चन के मुंबई वाले घर और दिल्ली वाली जमीन के जब्त होने तथा नीलाम होने की स्थिति आ गई थी। सन् 1999 में जब केनरा बैंक और दूरदर्शन अमिताभ से अपने पैसे की वसूली के दबाव डालने लगे, तब अमिताभ ने बोर्ड ऑफ इंडस्ट्रियल ऐंड फाइनेंशियल रीकंस्ट्रक्शन से मदद माँगी।

मुंबई हाई कोर्ट ने उन्हें मुंबई वाले अपने दोनों बँगले बेचने से रोका और दूसरे तरीके से अपना ऋण चुकाने की मोहलत दी। इसके बाद अमिताभ ने अपने बँगलों को सहारा इंडिया फाइनेंस के पास गिरवी रख दिया। इंडियन बोर्ड ऑफ इंडस्ट्रियल एंड फाइनेंशियल रीकंस्ट्रक्शन पहले से ही ए.बी.सी.एल. की हालत खस्ता बता चुकी थी। कंपनी के ऊपर 1.4 करोड़ अमेरिकी डॉलर का कर्ज था। अमिताभ खुद बताते हैं, "मेरे दोस्तों ने मुझे सलाह दी कि मुझे ये सब बंद कर देना चाहिए और इसे बेचकर जो पैसा

मिले, उससे अपना कर्ज चुकाकर नई जिंदगी शुरू करनी चाहिए। मैं ये सब बंद नहीं करना चाहता था। बहुत सारे लोगों का इसमें पैसा लगा हुआ था और लोगों को इस कंपनी पर भरोसा था और ये सब मेरे नाम की वजह से था। मैं उन लोगों के साथ धोखा नहीं कर सकता था, जो लोग मुझ पर भरोसा कर रहे थे। उन दिनों मेरे सिर पर हमेशा तलवार लटकी रहती थी। मैंने कई रातें बिना सोए गुजारी हैं। इसके बाद मैं एक दिन खुद ही सुबह-सुबह यश चोपड़ा के पास गया और मैंने उनसे कहा कि मैं दीवालिया हो गया हूँ, मुझे काम चाहिए। मेरे पास कोई फिल्म नहीं है। यशजी ने मेरी बात को बहुत ही ध्यान से सुना और उसके बाद मुझे 'मोहब्बतें' फिल्म ऑफर की।"

'मोहब्बतें' मिलने के बाद ही अमिताभ को के.बी.सी. की होस्टिंग का ऑफर मिला था। उनकी जिंदगी ने एक और नया मोड़ लिया। अमिताभ बताते हैं, "इसके बाद मैंने कमर्शियल फिल्में करना शुरू कर दिया था। मुझे यह कहते हुए बहुत खुशी होती है कि मेरे ऊपर चढ़ा लगभग 90 करोड़ रुपए का कर्ज उतर गया और मैं एक नई शुरुआत करने में कामयाब रहा।"

इतना बड़ी सफलता और असफलता का खेल शायद ही किसी ने अपने जीवन में देखा हो। बिल्कुल चरम से शून्य पर आकर फिर चरम पर जाना। यह हमें बताता है कि सफलता और असफलता हमारे जीवन के दो पहलुओं की तरह हैं। सफल होना अच्छा लगता है, लेकिन असफलताएँ आगे गलती न करने की सीख देती हैं।

> *"हमें और के लिए इसकी कामना नहीं करनी चाहिए, लेकिन इतना तो हम सभी जानते हैं कि जीवन में किसी-न-किसी मोड़ पर विफलता से हमारा पाला पड़ता ही है। विफलता हमें यह जानने का मौका भी देती है कि हमसे गलती कहाँ हो गई और भविष्य में इसकी पुनरावृत्ति न हो, इसके लिए हमें क्या करने की जरूरत है!"*

2. आलोचनाओं का स्वागत करें

बहुत कम ऐसा होता है, जब लोग आपके बारे में अच्छा बोलें। अधिकतर लोग आपके बारे में बुरा ही बोलते हैं और अच्छा बोलने से बचते हैं, लेकिन आलोचना तभी होती है, जब कोई काम किया जाए। प्रशंसा हमेशा हमें सुधारने में बाधा बनती है। अगर हम प्रशंसा के आदी हुए तो हम खुद को सुधारना बंद कर देंगे। विनोबा भावे हमेशा अपने पास आनेवाले लोगों के पत्रों को पढ़ते थे और कोशिश करते थे कि सभी का जवाब दे सकें। एक दिन वह ऐसे ही पत्र पढ़ रहे थे और उनका शिष्य उनके सामने बैठा था। उन्होंने एक पत्र उठाया और उसे पढ़ा तथा पढ़कर कचरे के डिब्बे में फेंक दिया। शिष्य

के लिए उनका ऐसा व्यवहार अप्रत्याशित था। उसने पूछा कि "आपको इतना गुस्सा क्यों आया और क्यों आपने किसी पत्र को फाड़कर फेंक दिया? आप तो कभी ऐसा नहीं करते? पत्र में ऐसा क्या लिखा था और किसका पत्र था?"

विनोबा भावे ने कहा, "व्यर्थ था। उसे अपने पास रखने का कोई लाभ नहीं था। उसमें मुझे कोई काम की बात नहीं दिखी, इसलिए मैंने फाड़कर फेंक दिया। गांधीजी का पत्र था। उन्होंने मेरे काम की बहुत प्रशंसा की थी।"

"इतने सारे पत्रों में अगर वह भी रखा रहता तो उससे क्या हानि हो जाती?" शिष्य ने कहा।

"प्रशंसा की मुझे जरूरत नहीं है। प्रशंसा हमेशा गर्त में ले जाती है। आलोचनाओं का मैं स्वागत करता हूँ। वे हमेशा मुझे कुछ सीखने के लिए प्रेरित करती हैं।" विनोबा भावे ने मुसकराते हुए जवाब दिया।

आलोचना नकारात्मक नहीं होती। हमें इसे सकारात्मक भाव से लेना चाहिए। अगर हम सकारात्मक नहीं ले पाए तो सफलता के रास्ते बंद हो जाते हैं। जो कानों को अच्छा लगे, वही अच्छा नहीं होता। वह भी अच्छा होता है, जो लगातार आपको सुधरने के लिए प्रेरित करता है।

"आलोचनाएँ उन्हीं की होती हैं, जिनमें कुछ बात होती है। आलोचनाओं का स्वागत करना चाहिए। वरना कैसे पता चलेगा कि हमारी बात लोगों तक पहुँची कि नहीं!"

3. ज्ञान से बड़ी कोई दौलत नहीं

इतिहास गवाह है एक राजा अपनी शक्ति के बल पर सिर्फ वहीं तक पूजा जाता है, जहाँ तक उसका साम्राज्य फैला होता है। वह सिर्फ अपनी प्रजा का प्रिय होता है। अपने ज्ञान की कृति को फैलानेवाले अल्बर्ट आइंस्टाइन, विलियम शेक्सपियर और रवींद्रनाथ टैगोर सिर्फ अपनी जन्मभूमि में ही नहीं, बल्कि पूरे विश्व में पूजे जाते हैं। संपूर्ण मानव जाति के लिए वे प्रेरणा-स्रोत बनते हैं। सामान्य जिंदगी जीने के लिए इनसान को रोटी, कपड़ा और मकान के अलावा अगर किसी चीज की सबसे ज्यादा जरूरत है तो वह है शिक्षा। शास्त्र का ज्ञान शस्त्र के ज्ञान से ज्यादा शक्तिशाली और प्रभावशाली होता है।

आपके पास अगर धन है तो आप उसे स्वर्ण में कन्वर्ट कर सकते हो। धन हो या सोना हो, दोनों के कम होने का या खो जाने का डर हो सकता है, पर यही धन अगर हम ज्ञान में कन्वर्ट करते हैं तो वह कभी कम नहीं होगा और न ही उसकी चोरी हो सकती है। शस्त्र या धन किसी को पावरफुल नहीं बनाते हैं या बनाते भी हैं तो कुछ समय के लिए ही बनाते हैं। दौलत आज होगी, कल नहीं होगी। दो चीजें अगर इनसान अपनी जिंदगी

में सीख लेता है तो वह कभी नहीं भूलता। पहला—स्वीमिंग, दूसरा—साइकिल चलाना। आप इन क्रियाओं को करेंगे तो कभी भी इस बात की चिंता नहीं होगी—आपको स्वीमिंग करना या साइकिल चलाना याद है या नहीं है। आप बड़े आराम से कर लेते हैं। काश, कभी हम पढ़ाई इसी नजरिए से करें, बिना बाद की चिंता किए कि अंतिम परिणाम क्या होगा? ज्ञान वह निवेश है, जिसका मुनाफा जीवन के अंत तक मिलता है।

"मैं कोई ज्ञानी नहीं हूँ, पर ज्ञान का प्रेमी जरूर हूँ। मैं कोई वैज्ञानिक नहीं हूँ, पर मैं प्रयोग जरूर कर रहा हूँ और उससे सीखता हूँ। मेरे विचार अप्रीहेंशन से नहीं, बल्कि ऑब्जर्वेशन से बनते हैं।"

4. सीखना कभी बंद मत करो

सीखना कभी नहीं रुकता। सीखने की न तो कोई उम्र होती है, न ही कोई सीमा। बहता हुआ पानी जिस तरह हमेशा आगे बढ़ता है और कभी खराब नहीं होता, उसी तरह सीखते रहने से हमारा ज्ञान हमेशा हर बार और सशक्त हो जाता है, जो हमें मजबूत बनाता है, हर परिस्थिति से लड़ने की शक्ति देता है।

जब स्कॉटलैंड एक स्वतंत्र राज्य हुआ करता था, जिस पर रॉबर्ट ब्रूस नाम का लोकप्रिय राजा राज करता था। उसके राज्य में चारों ओर शांति, सुख, समृद्धि फैली हुई थी। राजा ब्रूस अपनी प्रजा के हितों का बहुत ध्यान रखता था, इसलिए उसकी प्रजा भी उससे बहुत प्रेम करती थी। तभी एक दिन इंग्लैंड के राजा ने स्कॉटलैंड पर आक्रमण कर दिया। दोनों सेनाओं में भयंकर युद्ध हुआ। इंग्लैंड की सेना शक्तिशाली थी, इसलिए ब्रूस की हार हो गई और रॉबर्ट ब्रूस को युद्धक्षेत्र छोड़कर भागना पड़ा। स्कॉटलैंड पर इंग्लैंड का कब्जा हो गया।

ब्रूस ने हार नहीं मानी। वह अपने राज्य को स्वतंत्र कराना चाहता था। कुछ दिनों बाद उसने अपनी सेना को एकत्रित किया और इंग्लैंड की सेना पर आक्रमण कर दिया, लेकिन उसे हार का सामना करना पड़ा। ब्रूस ने यह प्रयास लगभग चौदह बार किया, परंतु हर बार उसे हार का सामना करना पड़ा। वह अब पूरी तरह से शरीर व मन से टूट चुका था। उसका मनोबल तो मानो खत्म ही हो गया। उसे लगने लगा था, वह अपने राज्य को कभी स्वतंत्र नहीं करा पाएगा। एक दिन वह एक गुफा में छुपा हुआ था। उसने देखा कि एक मकड़ी गुफा की छत पर जाला बुनने का प्रयास कर रही थी। वह बार-बार गुफा की छत पर चढ़ती और फिसलकर नीचे गिर जाती। यह क्रम लगातार चलता रहा। ब्रूस बहुत ध्यान से देख रहा था। एक समय ऐसा भी आया, जब मकड़ी छत पर चढ़कर जाला बनने में कामयाब हो गई।

यह सब देखकर राजा ब्रूस को लगा कि क्या वह मकड़ी से भी गया-गुजरा है। जब इस मकड़ी ने हार नहीं मानी तो वह तो फिर भी एक राजा है। वह उत्साह से खड़ा हुआ। उसने अपनी सेना को दोबारा एकत्रित किया और युद्ध लड़ा। इस युद्ध में राजा ब्रूस की मानसिकता पूरी तरह से बदली हुई थी। ब्रूस ने युद्ध में जीत हासिल की और अपना खोया हुआ राज्य पूरे सम्मान के साथ वापस प्राप्त किया।

प्रेरणा किससे ली, फर्क नहीं पड़ता। जो हमें लक्ष्य तक पहुँचा दे, वही गुरु है और सीखते रहना और अपनी काबिलीयत के अनुसार काम करते रहना मानव का धर्म है।

> *"सीखना कभी बंद मत करो, क्योंकि सीखना कभी नहीं रुकता। यह मेरा अनुभव है। सच कहूँ तो मैं कभी आइकन सुपर स्टार आदि विश्लेषणों के चक्कर में नहीं पड़ा। मैं हमेशा खुद को एक अभिनेता के रूप में देखता हूँ, जो अपनी काबिलीयत के अनुसार जितना अच्छा कर सकता है, कर रहा है।"*

5. अपनी परछाईं नहीं, सूर्य की तरफ देखिए

आगे देखते हुए कभी हमें नीचे नहीं देखना चाहिए। नीचे देखेंगे तो अपनी परछाईं दिखाई देगी। सामने देखते हुए ऊपर देखेंगे तो हमेशा सूरज की किरणें हमें आगे बढ़ने के लिए प्रेरित करेंगी। अगर आप में लगन, धैर्य, हिम्मत है तो आप किसी भी विकट परिस्थिति में उसका सामना करते हुए सफलतापूर्वक बाहर निकलकर आगे जा सकते हैं, फिर चाहे आपके कितने ही विरोधी क्यों न हों, आपको उनकी परवाह नहीं करनी चाहिए। दुष्ट व्यक्ति का स्वभाव हमेशा दूसरों के कार्य को बिगाड़ने का ही होता है। जिस प्रकार एक वस्त्र काटनेवाला चूहा कभी भी अपने पेट भरने के लिए कपड़े नहीं काटता है, वह तो सिर्फ दूसरों का नुकसान ही चाहता है। ऐसे लोगों से समाज भरा हुआ है। महान् होने के लिए कार्य मत करिए। जो भी करिए, पूरी योग्यता के साथ अपनी आत्म-संतुष्टि के लिए करिए। हम किसी भी लक्ष्य तक धीरे और आराम से पहुँच सकते हैं। हम कुछ भी चुनने के लिए स्वतंत्र हैं; लेकिन परिणाम से कभी मुक्त नहीं हो सकते। इसलिए हमेशा कोशिश करिएं कि ऐसा करें, आप किसी के दुःख का कारण न बनें।

6. हमें संस्कृति का सम्मान करना चाहिए

हमारी संस्कृति हमारी पहचान होती है। बात भाषा की हो, पहनावे की हो, रहन-सहन की हो, जब हम एक महान् व्यक्तित्व वहन करते हैं तो हम चाहें न चाहें, लोग हमारे तौर-तरीके जानना चाहते हैं, हमारे रहन-सहन से प्रभावित होते हैं, हमारे विचारों से प्रभावित होते हैं। वे हमें देखकर वेशभूषा, रहन-सहन, भाषा बदल लेते हैं। इसलिए हमारा दायित्व बनता है कि हम एक सही दिशा दें। अमिताभ ने हमेशा अपनी संस्कृति

को बढ़ावा दिया है। न सिर्फ बढ़ावा दिया है, उन्होंने एक उदाहरण प्रस्तुत किया है। वह आज भी अपने बेटा-बहू के साथ एक ही घर में रहते हैं और इससे पहले भी मरते दम तक उनके माता-पिता उनके साथ रहे। कहीं उनके पिता का जिक्र आए तो कभी उनके और अपने अनुभव बताने से नहीं चूकते। हमेशा अपने पिताजी की कविताएँ उन्होंने बड़े मंचों पर सुनाई हैं। संघर्ष के दिनों में वे हमेशा सोचा करते थे कि मैं हमेशा अपने माँ-बाप के साथ रहा हूँ। वह दिन कब आएगा, जिस दिन मैं कह सकूँ कि आप मेरे साथ आकर रहिए।

"मेरे साथ हुई जानलेवा दुर्घटना के बाद मेरे पिता ने मेरे जन्मदिन पर कविता सुनाई थी। वह मेरे लिए एक नई जिंदगी पाने जैसा था। कविता पढ़ने के दौरान मेरे पिता टूट-से गए थे। ऐसा पहली बार था, जब मैंने उन्हें इस तरह टूटते हुए देखा था। हम दोनों में बात तो नहीं होती थी, लेकिन उनके पास बैठने से ही मुझे बहुत सुकून मिलता था। एक दिन मैंने उनसे कहा, 'बाबूजी, जीवन में बड़ा संघर्ष है। मुश्किलें एक के बाद एक आती ही जाती हैं। रुकने का नाम नहीं लेतीं।' वे बोले, 'बेटा, जीवन है तो संघर्ष है। जब तक जीवन है, तब तक संघर्ष है और रहेगा।' बस एक ब्रह्म वाक्य इस तरह मुझे और मिल गया। बचपन से लेकर आधी उम्र तक बाबूजी के पहले ब्रह्म वाक्य 'मन का हो जाए तो अच्छा है और न हो तो और भी अच्छा है।' इस वाक्य ने मुझे असीम शक्ति दी। इसी एक वाक्य पर अमल करते हुए मैंने अब तक का जीवन गुजारा था और अब आगे की जिंदगी के लिए उन्होंने दूसरा ब्रह्म वाक्य दे दिया, 'जीवन है तो संघर्ष है।' बस, अब मेरे लिए यह मार्गदर्शक वाक्य है। मैं तब से ही संघर्ष और जीवन को एक करके देखने लगा हूँ और यही वजह है कि अब यह विश्वास मेरे भीतर पैदा हो गया है कि कोई संघर्ष मुझे तोड़ नहीं पाएगा। अब संघर्ष भी इसी कारण से अच्छा लगने लगा है और जीवन भी अच्छा लगने लगा है।"

अमिताभ के हृदय में हिंदी भाषा को लेकर बहुत सम्मान है। वे कहते हैं, 'ऊँच-नीच को नहीं मानती हैं हमारे देश की भाषाएँ, क्योंकि भारत की भाषाओं में कोई अक्षर कैपिटल या स्मॉल नहीं होते है। मैं भी जब सेट पर होता हूँ और कोई मुझे रोमन में लिखकर डायलॉग देता है तो मैं फाड़कर फेंक देता हूँ और उनसे कहता हूँ कि इसे सही ढंग से दीजिए। हालाँकि मैं रोमन पढ़ सकता हूँ, लेकिन हिंदी के उच्चारण बिल्कुल स्पष्ट हैं। तकनीक के साथ हिंदी कदम मिलाकर चल रही है।

अमिताभ एक सांस्कृतिक व्यक्तित्व को धारण करते हैं और देश का एक बड़ा वर्ग उनसे प्रभावित होता है। हमें अपनी धरोहर के नजदीक रहना चाहिए, जिसकी छाया

में छोटे-मोटे पेड़-पौधे जल्दी फूल-पनप सकें। वह न सिर्फ हमें हमारे इतिहास से जोड़े रखती है, बल्कि हमारी जड़ों को और मजबूत बनाती है।

7. महान् बनने की चाहत लिये कुछ न करें

महान् बनने के लिए किया गया कार्य कभी हमें महान् नहीं बना सकता। दुनिया में कितने लोग हैं, जिन्होंने काम करने के बाद उसका श्रेय ही नहीं लेना चाहा। एक दिन घनश्याम दास बिड़ला घर से अपने कार्यालय जा रहे थे, जहाँ उन्हें एक महत्त्वपूर्ण व्यक्ति से मिलना था। उन्हें देर हो चुकी थी। उनका ड्राइवर गाड़ी तेज चला रहा था। गाड़ी जब एक तालाब के पास से गुजर रही थी तो उन्होंने देखा कि वहाँ बहुत भीड़ इकट्ठा थी। उन्होंने अपनी गाड़ी रुकवाकर वहाँ खड़े एक आदमी से पूछा, "क्यों भाई, क्या बात है! इतनी भीड़ क्यों इकट्ठा है?" उस आदमी ने बताया कि तालाब में एक बच्चा डूब गया है। घनश्याम दास बिड़ला गाड़ी से नीचे उतरे तो देखा कि सब बाहर खड़े होकर 'बचाओ, बचाओ' चिल्ला रहे हैं, पर कोई भी उस बच्चे को बचाने के लिए तालाब में नहीं कूद रहा।

यह देखकर घनश्याम दासजी जूते पहने-पहने ही तालाब में कूद गए और तैरकर बच्चे को पकड़ लिया तथा खींचकर उसे बाहर निकाल लाए। वे तुरंत ही उसे अस्पताल ले गए। जब डॉक्टर ने बच्चे की जाँच कर बताया कि अब बच्चे की जान को कोई खतरा नहीं है, तो वे अपने कार्यालय गए। उनके भीगे कपड़े देखकर जब उनके कर्मचारियों ने पूछा तो उन्होंने कुछ नहीं बताया।

उनके ड्राइवर ने सबकुछ बता दिया। यह सुनकर कर्मचारियों ने उस बच्चे की जान बचाने के लिए उन्हें धन्यवाद दिया। तब घनश्यामजी ने जवाब दिया, इसमें धन्यवाद देने की जरूरत नहीं है। यह तो मेरा कर्तव्य था। महान् बनने के लिए किए गए कार्य महान् नहीं बनाते, लोग जब बिना स्वार्थ या कुछ पाने की इच्छा किए बिना कार्य करते हैं, उन्हें हम खुद महान् बना देते हैं।

"मैंने कभी महान् होने के लिए काम नहीं किया। मैंने तो जो भी काम किया, उसे बस, यह सोचकर किया कि जो भी करना है, उसे अपनी पूरी योग्यता के साथ करना चाहिए।"

8. उद्देश्य

आप जीवित रहने के लिए क्या करते हैं और आपके जीने का उद्देश्य क्या है? इन दोनों में बहुत फर्क है। जीवन-यापन को उद्देश्य नहीं कहा जा सकता। बिना किसी उद्देश्य के जीवन दिशाहीन है। उद्देश्य हमें हमेशा आगे बढ़ने के लिए प्रेरित करता है।

अमिताभ हमेशा से अपने जीवन के उद्देश्य को लेकर सजग थे, तब भी, जब उन्हें हर जगह से 'न' का सामना करना पड़ रहा था। अमिताभ को उनकी आवाज के कारण ही सबसे पहले रिजेक्शन का सामना करना पड़ा था। जब उन्हें हर जगह से रिजेक्ट किया जा रहा था तो ऑल इंडिया रेडियो तक ने उनकी आवाज को खारिज कर दिया था और आज उनकी आवाज की अलग पहचान है। लोग उनकी आवाज और एक्टिंग को कॉपी कर उनकी तरह शिखर पर पहुँचना चाहते हैं।

"अगर आप में उद्देश्य तक पहुँचने की लगन, धैर्य एवं साहस है तो आप किसी भी विकट परिस्थिति का सामना करते हुए सफलतापूर्वक बाहर निकलकर आगे जा सकते हैं।"

9. अभिनय

अभिनय किसी अभिनेता या अभिनेत्री के द्वारा किया जानेवाला वह कार्य है, जिसके द्वारा वे किसी कथा को दरशाते हैं। कवि सुमित्रानंदन पंतजी ने एक नवजात शिशु की तरफ इशारा करते हुए कवि बच्चन से कहा था, "देखो तो कितना शांत दिखाई दे रहा है, मानो ध्यानस्थ अमिताभ।" तभी बच्चन दंपती ने अपने पुत्र का नाम 'अमिताभ' रख दिया था। बच्चे ने जैसे अभिनेता के अलावा कुछ बनना जाना ही नहीं था। पचास साल से वे अभिनय के क्षेत्र में सक्रिय हैं।

अमिताभ न होते तो बहुत कुछ होता, जो वैसा न होता, जैसा आज है। एक हद से लंबा, पतली टाँगोंवाला, मोटी आवाज वाला इनसान इतने नामों से जाना जा सकता है? अपने अभिनय के दम पर वह एक ब्रांड बन सकता है, हम कभी न जान पाते, फिर कोई साधारण नैन-नक्श वाला हद से ज्यादा लंबा और पतला एक नौकरीपेशा नौजवान फिल्मों में हीरो बनने के बारे में सोचकर खुद पर हँसता। वे न होते तो हर बार रिजेक्शन थोड़ा कम कूल होता। हम किसे शहंशाह, बिग बी, एंग्री यंग मैन, द अमिताभ कहते? भारत ने बैलबॉटम पहनना इतनी जल्दी न सीखा होता! हमें हीरो को कॉमेडी करते हुए देखने के लिए गोविंदा के आने तक रुकना होता। महानायक राजेश खन्ना के बाद शाहरुख खान में देखा होता कि हीरो हर उम्र में हीरो होता है। हम नहीं जान पाते कि शराब पिए बिना कोई शराबी की ऐसी एक्टिंग कर सकता है! बहुरूपिए किसका रूप बनाकर कमर पर हाथ रख 'हाँय' बोलते? वे न होते तो 'देवियो और सज्जनो' सुनते ही मंच न गूँजता।

अगर अमिताभ बच्चन नहीं होते तो हमारा सिनेमा अभिनय के उस अनोखे मिजाज से महरूम रह जाता, जो किसी भी देश के सिनेमा की पहचान बनता है। वह घटना

हिंदुस्तान के इतिहास में नहीं होती, जिसमें किसी अभिनेता की सेट पर हुई दुर्घटना के बाद पूरा देश मिलकर उसके लिए प्रार्थना कर रहा था। अमिताभ बच्चन नहीं होते तो गरिमा से बोली जानेवाली हिंदी अपने अस्तित्व को खोने के डर में जीती और फिल्मों में अंग्रेजी भाषा के रिक्त स्थानों को भरनेवाली भाषा बनकर रह जाती। किसी गली में मुँह में माचिस की तीली दबाए कोई न बोलता, "हम जहाँ खड़े होते हैं, लाइन वहीं से शुरू होती है।"

"रिश्ते में तो हम तुम्हारे बाप लगते हैं।"

बहुत कुछ ऐसा होता, जो वैसा न होता, जैसा आज है।

"जब लोग मुझे बॉलीवुड का भगवान् कहते हैं तो मैं कहता हूँ कि मैं सिर्फ एक ऐक्टर हूँ, इसके अलावा कुछ नहीं। एक दिन ये चेहरे बदल जाते हैं, दुनिया बदले या न बदले; लेकिन कुछ ऐसे भी हैं काम, जो हमें बताते हैं कि कोई भी काम बड़ा या छोटा नहीं होता है। हमारा दिल बड़ा होना चाहिए। प्रत्येक युग में आप देखेंगे या प्रत्येक दशक में नए कलाकार आए और नई पीढ़ी है। आपके हर व्यवसाय में ऐसा ही होगा। पिता जो है, अपनी जिम्मेदारी पुत्र पर छोड़ देता है, चाहे वह बड़ा बिजनेस हो या मीडिया हो, चाहे वह फिल्म कलाकार हो, राजनीति हो। सब जगह ऐसा होता है। मैं कभी भी एक सुपर स्टार नहीं रहा और न ही इसमें कभी भी विश्वास किया।"

10. साहस से बड़ा कोई लक्ष्य नहीं

कोई भी लक्ष्य मनुष्य के साहस से बड़ा नहीं, हारा वही, जो लड़ा नहीं है। पर अधिकतर जैसे-जैसे सफलता मिलती है, हम ट्रैक में फँसना शुरू हो जाते हैं। हम सुविधाओं के आदी हो जाते हैं और सुविधाएँ संघर्ष को कम कर देती हैं। संघर्ष साहस को जन्म देता है। साहस सफलता की कुंजी है। जो व्यक्ति अपने आत्मविश्वास की शक्ति के बूते परंपरागत चीजों को अपरंपरागत में बदल सकता है और कहीं भी कामयाबी के झंडे गाड़ सकता है, उसे प्रतिभाशाली तो कहा ही जाना चाहिए।

एक बार शुरुआत में अगर आप चरम सीमा छू लेंगे तो वहाँ से फिर आपको नीचे ही उतरना है। यही जीवन है। उतरते हुए गिरना फिसलना नहीं है। उतरते हुए गिरने पर आपके चरम की रौनक भी गायब हो जाएगी। किसी भी व्यक्ति की सोच उसे महान् व्यक्तित्व बनाती है। व्यक्तित्व हमेशा साथ चलता है—जब आप शिखर पर हों, तब भी; जब आप नीचे लौट रहे हों, तब भी।

11. उम्र हमेशा साथ नहीं रहती

उम्र हमेशा साथ नहीं रहती, लेकिन प्रतिभा को आप से कोई नहीं छीन सकता, जो उम्र के साथ और निखरती है। जब आप दुनिया से जाते हैं तो आपकी प्रतिभा और आपका व्यक्तित्व आपका प्रतिनिधित्व करता है। फिल्म इंडस्ट्री में बहुत से हीरो आए और गए, अमिताभ हमेशा एक बड़ा नाम रहे हैं और रहेंगे। हर आनेवाला नया कलाकार उनके जैसा होना चाहेगा, उनसे सीखना चाहेगा। 77 साल की उम्र में वह अपने काम को लेकर कितने सजग हैं! उनके जन्मदिन वाले दिन अभिषेक बच्चन उन्हें जन्मदिन की बधाई देने गए तो वे तैयार हो रहे थे। अभिषेक बच्चन ने पूछा कि "आप तैयार हो रहे हैं? कहीं जा रहे हैं?" तो उन्होंने कहा, "हाँ, काम पर जाना है।"

"किसी को भी अपनी उम्र का बढ़ना अच्छा नहीं लगता; लेकिन हमें स्वीकार करना होगा कि हमारी उम्र भी समय के साथ बढ़ेगी। ब्रांड वैल्यू की बात मैं नहीं समझ पाता। मुझे सचमुच नहीं लगता कि पोजिशन या प्रेजेंस को लेकर मेरी मौजूदा या पिछली पीढ़ी के एक्टरों से कोई लड़ाई रही है। मैं भाग्यशाली हूँ कि अभी भी यहाँ ऐसे फिल्म मेकर्स हैं, जो अपने प्रोजेक्ट्स में मुझे लेने के बारे में सोचते हैं।"

□

ऑग मैंडिनो

ऑगस्टाइन 'ओग' मैंडिनो II एक अमेरिकी लेखक थे। उन्होंने बेस्ट सेलिंग पुस्तक 'द ग्रेटेस्ट सेल्समैन इन द वर्ल्ड' लिखी। उनकी पुस्तकों की 5 करोड़ से अधिक प्रतियाँ बिक चुकी हैं और 25 से अधिक भाषाओं में उनका अनुवाद किया जा चुका है।

1. आपके पास वरदानों का खजाना है

आप अपने बचपन के उन सपनों के लिए दुःखी हो, जो उम्र के साथ कहीं खो गए हैं। आप अपने आत्म-गौरव के लिए दुःखी हो, जो आपने असफल होने के कारण गँवा दिया है। आप अपनी संभावनाओं को लेकर दुःखी हो, जिन्हें आप इसलिए हासिल नहीं कर पाए, क्योंकि आपने सुरक्षा की राह चुनी थी। आप अपने व्यक्तित्व के लिए दुःखी हो, क्योंकि वह भीड़ के कारण खो गया है। आप अपनी प्रतिभा के कारण दुःखी हो, क्योंकि उसका दुरुपयोग करके आपने उसे बरबाद कर दिया है। आपके व्यवहार की शालीनता कहाँ है? आपकी आकृति की सुंदरता कहाँ है? आपकी गति की चपलता कहाँ है? आपके मस्तिष्क की स्पष्टता कहाँ है? आपकी शब्दों की प्रतिभा कहाँ है? किसने आपका यह सामान चुरा लिया है? क्या आप उस चोर को जानते हो? कभी आपने जमीन पर लेटकर आसमान की ओर देखा था और सितारों को देखकर खुश हुए थे? कभी आपने बहुत सारी पुस्तकें पढ़ी थीं और पुस्तकों में लिखा था और आपको पूरा भरोसा था कि आप में सोलोमन के जितना या उससे अधिक बुद्धि है?

जब आप पहली बार इस दुनिया में आए थे, ईश्वर ने अपना हाथ आपके सिर पर रखा था और अपना आशीर्वाद दिया था, तब उसने आपके छोटे से कान में एक रहस्य बताया था, क्या आपको वह याद है? गुजरते हुए सालों ने आपकी याद्दाश्त को धूमिल कर दिया है। कमजोर बना दिया है, क्योंकि आपने अपने दिमाग में डर, संशय, अपराध, निराशा और दुःख जैसी भावनाएँ भर ली हैं, इसलिए आपके मस्तिष्क में सुखद यादों के लिए जगह ही नहीं है। जहाँ नफरत और दुःख जैसी चीजें रहती हैं, वहाँ सुखद यादें

कैसी रह सकती हैं? रोना छोड़ दो। ईश्वर आपके साथ है, यह पल आपके जीवन का महत्त्वपूर्ण मोड़ है। जो पल गुजर गया, मान लो आपने वे पल माँ के गर्भ में बिताए हैं। जो गुजर चुका, वह मर चुका है और मरे हुए को दफना दो। जब आप पैदा हुए, ईश्वर ने कहा था, आप मेरे महानतम चमत्कार हो। यह पहले शब्द थे, जो उसने आपसे कहे थे। तब आपको ईश्वर की बातों पर विश्वास नहीं हुआ था। इतने सालों में ऐसा कुछ भी नहीं हुआ, जिससे आपका ये अविश्वास दूर हो। आप किस तरह चमत्कार हो सकते हो, जब आप छोटे-छोटे कामों में असफल हो जाते हो? जब आप छोटी-छोटी जिम्मेदारी नहीं सँभाल पा रहे हो? आप किस तरह चमत्कार हो सकते हो? लेकिन ईश्वर ने कितने सारे समझदार आदमी, कितने सारे कलाकार, कितने सारे लोग और कितने सारे संदेशवाहक आपके पास भेजे, जो आपको आपकी शक्तियों का एहसास दिला सकते थे, लेकिन आपने उनके साथ कैसा व्यवहार किया? फिर भी ईश्वर आपसे प्रेम करता है।

आप इस धरती के नमक हो। आपको असंभव को भी संभव करने का रहस्य बताया जा चुका है, फिर भी आपने किसी पर भी विश्वास नहीं किया। आपने सुख की राह दिखानेवाले को ही जला दिया। आपने मन की शांति हासिल करनेवाली सारी संभावनाओं को नष्ट कर दिया है और आप लड़खड़ा गए हो। आप डर गए हो और आप एक अँधेरे में खो गए हो और अपने बनाए गए गड्ढे में गिर गए हो और आप रोए, अपनी तकदीर अपनी किस्मत को दोष देने लगे कि आपके साथ ऐसा क्यों हुआ? आपने इस बात को नहीं माना कि आपके ही बुरे कार्यों के कारण आपको ऐसे परिणाम मिले हैं। आपने अपनी असफलता का ईश्वर को दोष दिया। आप रोए कि आपकी सारी कमियाँ ईश्वर के कारण हैं। आपके अवसरों की कमी, आपकी असफलताएँ, आपकी औसत जिंदगी, यह सब ईश्वर की इच्छा थी।

आप गलत थे, यह आपका पहला वरदान है। क्या आप बहरे हो? बच्चों का हँसना, रोना आपको सुनाई नहीं देता? आप सुन सकते हो और आपके कानों में 24,000 तंतु होते हैं, जो पेड़ों से टकराती हुई हवा की आवाज, चट्टानों से टकराती हुई लहरें, झील में बहता हुआ पानी, कोयल की सुरीली आवाज आपके कानों तक पहुँचाते हैं और यह शब्द भी कि ईश्वर आपसे प्रेम करता है। दूसरा वरदान क्या आप गूँगे हो? क्या आपके होंठ से बाहर थूक निकलता है? नहीं, आप बोल सकते हो। जो कोई भी दूसरा प्राणी नहीं कर सकता। आपके शब्द क्रोधित मनुष्य को शांत कर सकते हैं, किसी को आशा की किरण दे सकते हैं, निराश व्यक्ति को हँसा सकते हैं और अकेले व्यक्ति का दिल बहला सकते हैं, श्रेष्ठ व्यक्तियों की प्रशंसा कर सकते हैं, पराजित लोगों को प्रेरणा दे सकते हैं, अज्ञानी को सिखा सकते हैं। यह भी कह सकते हैं कि मैं तुमसे प्रेम करता हूँ। इसे एक और वरदान समझिए। क्या आपको लकवा मार गया है? क्या आप जमीन

पर चल नहीं सकते? आप चल सकते हैं। आप एक पेड़ नहीं हैं, जो छोटी सी जगह पर हवा और पानी को सहता रहे। आप दौड़ सकते हैं, नाच सकते हैं, काम कर सकते हैं। ईश्वर ने आपके भीतर 500 मांसपेशियाँ एवं 200 हड्डियाँ इसलिए लगाई हैं, जिससे आप अपनी इच्छा से चल सकें। इसे एक और वरदान मानिए।

क्या आपका दिल कमजोर है? नहीं, आपका दिल बहुत शक्तिशाली है। अपने सीने को छुओ और उसकी लय को महसूस करो। हर पल यह धड़कता रहता है। यह 1 साल में 3 करोड़ 60 बार धड़कता है। चाहे आप जागें, सोएँ या जीवन भर यही करते रहें। यह 60,000 मील लंबी शिराओं, मांसपेशियों और धमनियों में आपके खून को शुद्ध करके प्रवाह करता है। 6,00,000 गैलन खून को आपके शरीर में पंप करता है। इनसान आज तक ऐसी मशीन नहीं बना पाया है। इसे एक और वरदान मानें। क्या आपको कोढ़ हो गया है? नहीं, आपकी त्वचा साफ है और यह अद्‌भुत कृति है। बस, आपको इसका थोड़ा सा ध्यान रखना होता है, इसकी सफाई करनी होती है। समय के साथ-साथ मजबूत-से-मजबूत लोहे पर भी जंग लग जाता है, पर आपकी त्वचा के साथ ऐसा नहीं होगा। आखिरकार मजबूत-से-मजबूत धातु भी गल जाएगी; लेकिन वह परत नहीं गलेगी, जो ईश्वर ने आपके चारों तरफ बनाई है। यह अपने आपको लगातार नया करती रहेगी। पुरानी कोशिकाओं की जगह नई कोशिकाओं बनती रहेंगी। इसे एक और वरदान मानें। क्या आपके फेफड़ों में कुछ गड़बड़ है? नहीं, आपने अपने चारों तरफ इतना प्रदूषण भरा माहौल बना लिया है, उसके बावजूद आपके फेफड़े 60 करोड़ मांसपेशियों तक आराम से ऑक्सीजन ले जाते हैं, अशुद्ध गैसों को शरीर से बाहर निकालते हैं। इसे एक और वरदान समझो। क्या आपके खून में गड़बड़ है? नहीं, आपके शरीर में 22 ट्रिलियन रक्त कोशिकाएँ हैं और हर कोशिका में करोड़ों अणु हैं और हर अणु एक सेकंड में एक करोड़ बार हिल रहा है। हर सेकंड आपकी 20 लाख कोशिकाएँ मरती हैं। लगभग 20 लाख नई कोशिकाओं का जन्म होता है और यह आपके जीवन की शुरुआत से ही होता आ रहा है। यह हमेशा आपके अंदर होता रहा है। इसे एक और वरदान मानें। क्या आपका दिमाग कमजोर है? आप सोच नहीं सकते। नहीं, आपका दिमाग इस पूरे ब्रह्मांड में सबसे शक्तिशाली चीज है। 3 पाउंड के मस्तिष्क में 13 अरब नर्वस सेल्स हैं। आपके मस्तिष्क में इतनी कोशिकाएँ हैं कि पृथ्वी पर रहनेवाले सभी प्राणियों से तीन गुना हैं। आपका हर अनुभव यहाँ पर दर्ज होता है। हर आवाज, हर गंध और शुरुआत से जो भी आपने देखा है, जो भी चीज आपने जानी है, वे सारी चीजें मस्तिष्क में दर्ज होती हैं। ईश्वर ने आपकी कोशिकाओं में अरबों प्रोटीन सेल्स लगाए हैं। आपके जीवन की कोई भी घटना आपके याद करते ही याद आ जाएगी। आपके शरीर को नियंत्रित करने के लिए ईश्वर ने 40 लाख पीड़ा की अनुभूति देनेवाली संरचनाओं को भी रचा है। 5 लाख

स्पर्श-सूचक भी लगाए गए हैं। 2 लाख ताप-सूचक भी लगाए गए हैं। किसी देश का सोना भी इतनी सुरक्षा के साथ नहीं रखा होता, उससे भी ज्यादा सुरक्षा से ईश्वर ने आपको रखा है। दुनिया के सात आश्चर्य भी आपके सामने बहुत छोटे हैं। आप ईश्वर की सबसे सुंदर व श्रेष्ठ रचना हैं और आप में इतनी अधिक ऊर्जा है कि आप विश्व के सबसे बड़े शहरों को भी नष्ट कर सकते हैं, उन्हें फिर से बना भी सकते हैं। क्या आप गरीब हैं? क्या आपकी जेब में कुछ भी नहीं? आप अमीर हैं। आप इस सूची को ध्यान से पढ़िए।

2. अपने दिन की शुरुआत प्रेम से कीजिए

मैं अपने दिल में प्रेम भरकर इस दिन की शुरुआत करूँगा। हर काम में सफलता का सबसे महान् रहस्य है—प्रेम की शक्ति में विश्वास करना। हर दिन की शुरुआत अपने दिल को प्रेम से भरकर करिए। यह लोगों के दिलों के दरवाजे खोल सकती है। हम जब तक इस कला को नहीं सीखते, तब तक बाजार में चल रहे साधारण फेरीवाले से ज्यादा कुछ नहीं बन सकते। प्रेम को अपना सबसे बड़ा हथियार बनाइए और उसके बाद कोई आपका मुकाबला नहीं कर पाएगा। आपका प्रेम सबके दिलों को उसी तरह पिघला देगा, जैसे सूरज की किरणें बर्फ को पिघलाती हैं। आप उस रोशनी से परावर्तित होंगे, क्योंकि वह आपको रास्ता दिखाती है। आप अँधेरे से इसलिए प्रेम करें, क्योंकि वह आपको तारे दिखाता है। आप असफलता का स्वागत करिए, क्योंकि वह दिल को बड़ा बनाती है। आप दुःख को सहन करिए, क्योंकि दुःख आपकी आत्मा को खोल देता है। आप पुरस्कारों का स्वागत करिए, क्योंकि वे आपकी मेहनत का प्रतिफल हैं। आप बाधाओं का भी स्वागत करिए, क्योंकि वे आपके लिए चुनौती हैं। आप हर तरह के इनसान से प्रेम करिए, क्योंकि हर एक में कोई-न-कोई अच्छी बात होती है, चाहे वह हमें पहली नजर में दिखाई न दे। संदेह और घृणा की दीवार को, जो उन्होंने अपने दिल के चारों ओर बनाई है, अपने प्रेम से तोड़ दीजिए। इस दीवार की जगह आप एक फूल खिलाइए, जिसके माध्यम से आपका प्रेम उनकी आत्मा तक पहुँच सके। जिस तरह प्रेम सबके दिलों तक पहुँचने का हथियार है, उसी तरह प्रेम आपका कवच भी है, जो आपको घृणा के तीरों और दुःख से बचाएगा। दुःख और उत्साहहीनता आपके स्नेह-कवच से टकराकर चकनाचूर हो जाएगी। यह आपको निराशा के क्षणों में ऊपर उठाएगा। यह आपको उल्लास के क्षण में शांत करेगा। आप अपने शरीर, आत्मा और मन में आनेवाली हर चीज का ध्यान रखिए। हमें कभी अपने शरीर के आग्रह के आकर्षण में नहीं फँसना चाहिए। इसके बजाय अपने शरीर को साफ और संयमित रखना चाहिए। कभी अपने मस्तिष्क को बुराई और निराशा की तरफ आकर्षित मत होने दीजिए। इसके बजाय इसे साधना और प्रार्थना से ऊपर उठाइए। यदि आप में कोई और गुण न भी हो तो आप केवल

प्रेम के सहारे ही सफल हो सकते हैं। इसके बिना आप अवश्य असफल हो जाएँगे, चाहे आपके पास दुनिया का बाकी सारा ज्ञान और योग्यता हो।

3. लगन ही सफलता का रहस्य है

मैं तब तक जुटा रहूँगा, जब तक कि सफल न हो जाऊँ। यदि आप जुटे रहेंगे, यदि आप लगातार कोशिश करेंगे, यदि आप आगे बढ़कर लड़ते रहेंगे तो आप निश्चित रूप से सफल हो जाएँगे। आप इस संसार में हारने के लिए नहीं आए हैं, न ही आपकी शिराओं में असफलता प्रवाहित हो रही है। आप कोई भेड़ नहीं हैं, जिसे कोई गड़रिया हाँके। आप एक शेर हैं। आप भेड़ों की तरह बात करने, चलने, सुनने से इनकार कर दीजिए। आप उन लोगों की बात मत सुनिए, जो रोते और शिकायत करते हैं। आप उन भेड़ों के झुंड में शामिल मत होइए। असफलता आपका भाग्य नहीं बन सकती। आप तब तक जुटे रहिए, जब तक कि आप सफल नहीं हो जाते। आप हमेशा अगला कदम उठाने के लिए तत्पर रहिए। यदि उस कदम के बाद भी सफलता नहीं मिलती तो आप एक और कदम उठाइए तथा इसके बाद एक और कदम उठाइए। एक समय में एक कदम उठाना जरा भी कठिन नहीं होता। हर दिन के प्रयास को एक मजबूत वृक्ष पर कुल्हाड़ी के प्रहार की तरह समझिए। हो सकता है, पहले प्रहार से वृक्ष को कोई फर्क न पड़े, न ही दूसरे, न ही तीसरे प्रहार से। हर प्रहार अपने आप में ऐसा हो सकता है, जिसका कोई परिणाम न निकले; परंतु इसी तरह के बहुत सारे प्रहारों से वृक्ष आखिरकार धराशायी हो जाएगा। आप बारिश की लगातार गिरती हुई उस बूँद की तरह बनिए, जो बहाव को धो देती हैं। आप अपने महल को बार-बार प्रयास करके बनाइए, क्योंकि आप जानते हैं कि छोटे-छोटे प्रयास लगातार किए जाएँ तो व्यक्ति निश्चित रूप से सफल होता है। आप कभी हार के बारे में मत सोचिए और अपने शब्दकोश से इस तरह के शब्द निकाल दीजिए—छोड़ना, नहीं कर सकता, असमर्थ, असंभव, इसका सवाल ही नहीं उठता, निराशा, पीछे हटना। ये सभी मूर्खतापूर्ण शब्द हैं। आप निराशा से बचकर निकल जाइए। यदि यह मानसिक बीमारी आपको लग जाए तो इसका इलाज करिए। आप मेहनत करिए और सहन करिए। अपने सामने आई बाधाओं को नजरअंदाज करना सीखिए और अपनी आँखों को सिर के ऊपर के लक्ष्यों पर रखिए। आप तब तक जुटे रहिए, जब तक कि आप सफल न हो जाएँ। आप कोशिश करिए और बार-बार कोशिश करिए। हर बाधा को अपने लक्ष्य की राह में एक मोड़ समझिए और उसे अपने व्यवसाय की चुनौती के रूप में लीजिए। आप उसी तरह अपनी कुशलता को माँजते रहिए, जिस तरह एक नाविक करता है, हर तूफानी यात्रा में सफर करना सीखकर। आप बीते हुए कल की हर अच्छी-बुरी घटना को भूल जाइए और इस विश्वास के साथ आज के सूरज का स्वागत करिए कि आज का सूरज

आपके जीवन का सबसे अच्छा दिन होगा, सर्वश्रेष्ठ दिन होगा। यदि आप लंबे समय तक जुटे रहेंगे तो निश्चित रूप से सफल हो जाएँगे। आप जुटे रहिए और सफल हो जाइए।

4. आप प्रकृति के सबसे महानतम चमत्कार हैं

आज तक कोई इनसान ऐसा नहीं हुआ, जिसके पास आपके जैसा दिमाग, दिल, आँखें, कान, हाथ, बाल और मुँह हों। न तो आज से पहले कोई आपके जैसा हुआ है, न ही आज कोई आपके जैसा है, न ही आगे आनेवाले कल में कोई ऐसा होगा, जो बिल्कुल आपके जैसे चलता, बोलता, सुनता, समझता हो। सभी मनुष्य आपके भाई हैं, परंतु आप उन सबसे अलग हैं। आप विधाता की सबसे अद्भुत रचना हैं। आप प्रकृति का सबसे महान् चमत्कार हैं। दूसरों की नकल करने की असफल कोशिश मत करिए। इसके बजाय आप अपनी अद्भुत क्षमता का प्रदर्शन करिए। आप इसकी घोषणा करिए कि आप दूसरों से कितने अलग हैं। आप दुर्लभ हैं, क्योंकि हर चीज मूल्यवान होती है। इसलिए आप भी मूल्यवान हैं, परंतु आप अपनी काबिलीयत, मस्तिष्क और अपने हृदय का सही उपयोग नहीं करेंगे तो रुक जाएँगे, सड़ जाएँगे और मर जाएँगे। आप में असीम क्षमता है। गुजरे हुए कल की उपलब्धियों से आप आज सफलता हासिल कर सकते हैं। आप अद्भुत होकर पैदा हुए हैं। आपको अपने जीवन में खुद कुछ करके दिखाना चाहिए। अपने आज के काम को अद्भुत तरीके से करिए। आप इस धरती पर किस्मत से नहीं हैं। यहाँ आपका एक लक्ष्य है और वह लक्ष्य है—किसी पहाड़ की तरह महान् बनना, न कि बालू के कण की तरह। आप इस तरह से कोशिश करिए कि आप सबसे ऊँचा पहाड़ बन सकें और अपनी क्षमताओं पर इतना दबाव डालिए कि वे दया की भीख माँगने लगें। आप अपने व्यापार में सफल होने के लिए शब्दों का अभ्यास करिए, उन्हें सुधारिए और उन्हें चमकाते रहिए; क्योंकि यही वह आधारशिला है, जिस पर आप अपने कॅरियर का महल बनाने वाले हैं। अपने व्यवहार एवं आचरण को सुधारिए और लगातार कोशिश करिए; क्योंकि यही वह शहद है, जिसकी वजह से सब आपकी तरफ खिंचे चले आएँगे। आप इस क्षण की चुनौती पर अपनी ऊर्जा को केंद्रित करिए और अपने काम की धुन में बाकी हर चीज भूल जाइए। आप यह देखेंगे कि आपकी सारी समस्याएँ व निराशाएँ और पीड़ा वास्तव में छिपे हुए अवसर थे। मूर्ख मत बनिए। परतों के पार देखना सीखिए और धोखा मत खाइए। आप एक लक्ष्य के साथ पैदा हुए हैं और अतीत में आप इस बात से अनजान थे; लेकिन अब यह सिद्धांत आपके जीवन को आधार देगा और आपको राह दिखाएगा। आप प्रकृति का सबसे महान् चमत्कार हैं और प्रकृति हारना नहीं जानती। आखिर में वह जीतती है और इसी तरह आप भी जीतकर दिखाइए, क्योंकि आप अद्भुत हैं। आप जरूर जीतेंगे।

5. हर दिन आखिरी दिन की तरह जीना सीखिए

आप अपना हर दिन इस तरह जीना सीखिए कि यह आपका आखिरी दिन हो। कल के दुर्भाग्य, कल की पराजय और कल की निराशाओं के बारे में मत सोचिए, न ही अफसोस कीजिए। उसके लिए एक भी क्षण बरबाद मत कीजिए। गुजरे हुए कल के बारे में मत सोचिए। आनेवाले कल के बारे में भी मत सोचिए। आपके पास जो भी है, बस, यही एक दिन है। सुबह का स्वागत खुश होकर करिए। हर नए दिन के अमर उपहार का धन्यवाद देने के लिए अपनी बाँहें ऊपर उठाइए। यही नहीं, अपने दिल पर कृतज्ञता के साथ हाथ रखिए। आप वास्तव में खुशकिस्मत इनसान हैं। यह दिन इस तरह है, जैसे यह आखिरी दिन है। आपके पास एक ही जीवन है और जीवन कुछ और नहीं है, समय की नाप है। ज़ब आप आज को बरबाद करते हैं तो आखिरी दिन को बरबाद करते हैं। आप अपने जीवन के आखिरी पन्ने को नष्ट करते हैं, इसलिए इस दिन के हर घंटे को मूल्यवान समझना चाहिए। हर मिनट को दोनों हाथों से जकड़ लीजिए और प्रेम से गले लगा लीजिए, क्योंकि यह बेशकीमती है। आप उसे अनमोल बनाइए। आप यह दिन इस तरह जिएँ, जैसे कि आखिरी दिन हो। समय बरबाद करनेवाले लोगों और बातों से बचिए। तत्काल काम करके आलस्य को खत्म कर दीजिए। श्रद्धा की मदद से शंका को दबा दीजिए। विश्वास की मदद से डर को जीत लीजिए। हर दिन को अपने जीवन का सबसे बेहतरीन दिन बनाइए। एक-एक पल का आनंद लीजिए। इसके लिए ईश्वर को धन्यवाद दीजिए। आप पहले से ज्यादा मेहनत करिए और मांसपेशियों से इतनी मेहनत करवाइए कि वे दया की भीख माँगने लगें। इसके बाद भी आप कोशिश करते रहिए। आज का एक-एक पल आपके लिए गुजरे हुए कल के कई घंटे से ज्यादा फायदेमंद होगा। आपका आखिरी दिन आपका सर्वश्रेष्ठ दिन होना चाहिए।

6. अपनी भावनाओं को नियंत्रण में रखिए

पूरी प्रकृति मनोदशा का एक चक्र है। आप भी प्रकृति का एक हिस्सा हैं। आपके अंदर एक चक्र है, जो दुःख से सुख की तरफ, उल्लास से निराशा की तरफ, खुशी से उदासी की तरफ लगातार घूमता रहता है। उन फूलों की तरह, जो फूल आज खुशी से खिले हुए हैं, लेकिन कल मुरझा जाएँगे, परंतु आप याद रखिए कि आज का मुरझाया हुआ फूल कल खिलनेवाले बीज का संदेश लेकर आता है। इसी तरह, आज का दुःख कल के सुख का बीज लेकर आता है। आप अपना मौसम खुद बनाइए। आप अपना मनचाहा मौसम अपने साथ लेकर चलिए, ताकि हर दिन खुशी का दिन हो और सार्थक हो। आज आप अपनी भावनाओं को काबू में रखिए। यदि आप निराश हैं तो नाचिए। यदि आप दुःखी है तो हँसिए। यदि आप बीमार हैं तो काम करिए। यदि आपको डर लगता है

तो आप तेजी से आगे बढ़िए। यदि आप खुद को हीन समझते हैं तो नए वस्त्र पहनिए। यदि आप अनिश्चय की स्थिति में हैं तो आप अपनी आवाज बढ़ा दीजिए। यदि आप गरीबी अनुभव कर रहे हैं तो आगे आनेवाली दौलत के बारे में सोचिए। यदि आप खुद को अयोग्य समझते हैं तो अपनी पिछली सफलताओं को याद करिए। यदि आप खुद को महत्त्वहीन समझते हैं तो अपने लक्ष्यों को याद करिए। आज आप अपनी भावनाओं को बदल दीजिए और उन्हें काबू में रखिए। आप यह ध्यान रखिए कि चाहे हममें कितनी भी कम योग्यता हो, हम सर्वश्रेष्ठ बन सकते हैं। यदि आप में अति आत्मविश्वास आता है तो आप अपनी असफलताओं को याद करिए। यदि आप ज्यादा दार्शनिक होते हैं तो अपनी भूख के पिछले दौर को याद करिए। यदि आप आत्म-संतोष अनुभव करते हैं तो अपनी प्रतियोगिताओं को याद करिए। यदि आपको महानता के क्षणों का आनंद मिलता है तो शर्म के क्षणों को याद करिए। यदि आप सर्वशक्तिमान महसूस करते हैं तो हवा को रोकने की कोशिश कीजिए। यदि आप ढेर सारी दौलत हासिल करते हैं तो किसी भूखे को याद करिए। यदि आप ज्यादा घमंडी होते हैं तो कमजोरी के क्षणों को याद करिए। यदि आप समझते हैं कि आपकी कला का कोई सानी नहीं है तो तारों की तरफ देखिए। आप अपनी भावनाओं को नियंत्रण में रखिए। इस ज्ञान के सहारे अपनी सभी मनोदशाओं को समझिए। आप अपने क्रोध और पिछड़ेपन को सहन करिए। आप किसी के द्वारा चलाए गए अपमान के तीर को इसलिए सहन करिए, क्योंकि आप जान गए हैं कि कल वह बदल जाएगा और खुशी-खुशी आपकी प्रशंसा करेगा। आप बदलती मनोदशा के रहस्य को समझ जाइए। आप सकारात्मक कार्यों द्वारा अपनी मनोदशा पर नियंत्रण पा सकते हैं। जब मनोदशा पर नियंत्रण पा लेंगे तो आप अपने भाग्य पर भी काबू पा लेंगे। आप अपका भाग्य खुद लिख सकते हैं। आपकी तकदीर है दुनिया का सबसे महान् और सफल व्यक्ति बनना। अपने मालिक खुद बनिए। महान् बनिए और अपनी भावनाओं को नियंत्रण में रखना सीखिए।

7. हँसना सीखिए

दुनिया पर हँसिए, मुसकराइए। इससे आपका पाचन भी सुधरेगा। आप खिलखिलाइए, आपको अपने बोझ हलके लगेंगे। आपका जीवन हलका हो जाएगा, लंबा हो जाएगा, क्योंकि जीवन दीर्घायु का महान् रहस्य है। मस्तिष्क के सुनहरे जाल में मत फँसिए। आप प्रकृति का महान् चमत्कार हैं, परंतु क्या आप दुनिया के विशाल कालखंड में एक-एक तिनके की तरह नहीं हैं? यदि ऐसा है तो फिर आज की छोटी-छोटी घटनाओं से परेशान क्यों नहीं हो सकते? आप चार शब्दों को बोलने की आदत डालिए, जब भी आपकी मनोदशा खराब होने वाली हो। ये शब्द तत्काल आपके दिमाग में आ जाएँगे—यह भी गुजर जाएगा; क्योंकि सभी सांसारिक चीजें सचमुच गुजर जाएँगी।

जब भी आप दुःखी हों, आप खुद को तसल्ली दीजिए, यह मुश्किल भी गुजर जाएगी। जब आप सफलता की वजह से हवा में उड़ रहे हों तो आप खुद को चेतावनी दीजिए कि यह भी गुजर जाएगी। जब आप गरीबी के दलदल में फँसे रहे हों तो आप खुद को बताइए कि यह वक्त भी गुजर जाएगा। जब आप बेशुमार दौलत के मालिक बन जाएँ तो आप खुद को बताइए कि यह वक्त भी गुजर जाएगा। अगर सारी चीजें नश्वर हैं, अगर सारी चीजें गुजर जाएँगी तो फिर आप आज के बारे में चिंतित क्यों रहें? आपके हँसने से सारी चीजें अपने असली रूप में आपको देखने लगेंगी। आप अपनी असफलताओं पर हँसिए, नए सपनों के बादलों में वे कहीं गुम हो जाएँगी। आप अपनी सफलताओं पर भी हँसिए और वे सच्चे रूप में आपको नजर आने लगेंगी। जब तक आप हँस सकेंगे, तब तक आप कभी गरीब नहीं रहेंगे। यह प्रकृति के महान् उपहारों में से एक है। आप इसे बरबाद मत करिए। केवल हँसी और सुख के माध्यम से आप सचमुच सफल बन सकते हैं। आप सुखी हो सकते हैं। आप सफल बन सकते हैं।

8. खुद को मूल्यवान बनाइए

आज आप अपने जीवन का मूल्य सौ गुना बढ़ाइए। शहतूत के पत्ते इनसान की प्रतिभा के स्पर्श से रेशम बन जाते हैं। मिट्टी का मैदान इनसान की प्रतिभा के स्पर्श से महल बन जाता है। पीपल का पेड़ तीर्थ-स्थान बन जाता है। भेड़ के बाल इनसान की प्रतिभा के स्पर्श से राजा की पोशाक बन जाते हैं। अगर यह पत्तियों, मिट्टी, लकड़ी और बालू के लिए संभव है कि वे इनसान की प्रतिभा के स्पर्श से अपने मूल्य को सौ गुना या हजार गुना बढ़ा सकते हैं तो क्या आप अपने साथ ऐसा नहीं कर सकते? आज आप अपने जीवन का मूल्य सौ गुना बढ़ा लीजिए। बढ़ने और कई गुना होने के लिए यह आवश्यक है कि गेहूँ के बीज को अँधेरे में बोया जाए। आपकी असफलताएँ, आपकी निराशाएँ, आपका ज्ञान, आपकी योग्यता ही अंधकार हैं, जिनमें आपको अपने के लिए बोया गया है। गेहूँ का बीज तभी अंकुरित व पल्लवित होगा, जब उसे बारिश, धूप और गरम हवाएँ मिलेंगी। सबसे पहले आप दिन, सप्ताह, महीने, साल और जीवन भर के लिए अपने लक्ष्य निर्धारित कीजिए। जिस तरह गेहूँ के बीज के पनपने और बढ़ने के लिए बारिश का होना जरूरी है, उसी तरह आपके जीवन के सफल होने के लिए लक्ष्यों का होना जरूरी है। लक्ष्यों की ऊँचाई से आप जरा भी मत घबराइए। आप पुल तक पहुँचने से पहले कई बार लड़खड़ाएँगे; लेकिन यदि आप गिर जाएँ तो फिर से खड़े हो जाइए। केवल एक रेंगनेवाला कीड़ा ही कभी नहीं गिरता। आप एक कीड़ा नहीं हैं। आप एक इनसान हैं। आज आप कल से बेहतर काम कर सकते हैं। दूसरों के काम से आगे निकलना उतना महत्त्वपूर्ण नहीं है, जितना खुद के काम से आगे निकलना,

चाहना महत्त्वपूर्ण है। आप बहुत छोटे लक्ष्य मत बनाइए। हमेशा लक्ष्यों को पहले से बड़ा बनाइए। हमेशा अपने अगले घंटे को पिछले घंटे से बेहतर बनाइए। कभी भी अपनी बुद्धि का बखान मत करिए। बेहतर होगा कि दुनिया आपकी प्रशंसा करे और आप में इतनी बुद्धि रहे कि आप विनम्रता से उस प्रशंसा को स्वीकार कर सकें। जब आपके लक्ष्य पूरे हो जाएँगे तो आप फिर एक बार लक्ष्य निर्धारित कीजिए और एक बार फिर पूरी दुनिया आश्चर्य करेगी कि आप कितने महान् हैं।

9. काम को कल पर मत टालिए

आज ही अपना काम शुरू कीजिए। अभी शुरू कीजिए। आपके सपने बेकार हैं, आपकी योजनाएँ कचरा हैं, आपके लक्ष्य असंभव हैं, इन सबका कोई मूल्य नहीं है, जब तक कि आप काम न करें। कर्म ही केवल वह आग है, जो आपकी योजनाओं, लक्ष्यों और सपनों को जीवंत बनाती है। कर्म आहार होते हैं, जिससे आप अपनी सफलता को पोषण देते हैं। आप आज ही काम करें। आज तक आप काम करने में देरी इसलिए लगाते रहे, क्योंकि आप डरे हुए थे। डर को जीतने के लिए आपको बिना हिचके, बिना रुके काम करते रहना चाहिए। यदि आप ऐसा करते हैं तो आपके दिल में उठ रही शंकाएँ अपने आप खत्म हो जाएँगी। आज ही और अभी काम शुरू कीजिए। आप जुगनू की नसीहत को याद रखिए। वह तभी रोशनी देता है, जब उड़ रहा हो, जब वह काम कर रहा हो। आप भी जुगनू बनिए, ताकि आप की रोशनी दुनिया में उजाला कर सके। कल कभी नहीं आता। आपको अभी काम करना है। हो सकता है, आपके कामों से आपको सुख और सफलता न मिले, परंतु काम करना और असफल हो जाना काम न करना और छटपटाने से हमेशा बेहतर होता है। आप आज ही और अभी काम शुरू कीजिए। केवल काम ही बाजार में आपके मूल्य को निर्धारित करता है। अपने मूल्य को कई गुना करने के लिए आपको अपने काम को कई गुना करना पड़ेगा। आप खुद को आज्ञा दीजिए और खुद की आज्ञा का पालन कीजिए। सफलताएँ इंतजार नहीं करतीं। यदि आप देर लगाते हैं तो हमेशा वे आपसे दूर हो जाएँगी। यही सही समय है। यही सही जगह है। आप आज ही और अभी काम शुरू कीजिए।

10. प्रार्थना ही शक्ति है

आप प्रार्थना करिए। कौन होगा, जिसने विपत्ति में या दुःख में भगवान् को याद न किया हो? किसने उसे नहीं पुकारा होगा, जब वह खतरे में होगा? जब उस पर मौत मँडरा रही हो या उसके सामने ऐसी कोई बात होगी, जो अनुभव से बाहर हो, समझ से बाहर हो, उसने उसे पुकारा होगा। यह अनुभूति कहाँ से आती है, जिसके कारण हर जीवित आदमी संकट की घड़ी में भगवान् को पुकारता है? प्रकृति के सबसे महान् रहस्य को समझने के लिए जरूरी नहीं है कि आपका जीवन धार्मिक हो। धरती पर रहनेवाला

हर प्राणी, जिसमें इनसान भी शामिल है, मदद के लिए चिल्लाता है। क्या हमारी मदद की गुहार एक प्रार्थना नहीं होती? क्या ऐसी कोई महान् शक्ति होगी, जो हमारी पुकार सुन सकती हो? उसका जवाब दे सकती हो? आप प्रार्थना करिए—हे प्रभु! आपने सारी दुनिया बनाई है। आपके अलावा मैंने किसी से मदद नहीं माँगी। मुझे आपके हाथ का सहारा मिलेगा तो मैं उस रास्ते से गुजर जाऊँगा, जो सफलता तक ले जाता है। हे प्रभु! मुझे सही राह दिखाइए, ताकि मैं अपने अवसरों के अनुरूप योग्यता हासिल कर सकूँ।'

11. खुद को क्षमा करना सीखिए

आप भगवान् के द्वारा दी गई अपनी संपत्ति का हिसाब लगाइए। आपने खुद के साथ धोखा क्यों किया? आप क्यों रोए कि आपके पास कुछ भी नहीं है? आप इस भ्रम में क्यों रहे कि आप अपनी जिंदगी को नहीं बदल सकते? क्या आप में प्रतिभा, बुद्धि, सुख और गर्व नहीं है? क्या आप में आशा नहीं है? आप अँधेरे कोने में अपने सिर को क्यों छुपाए हुए हैं? आप क्यों हारे हुए लोगों की तरह अफसोस कर रहे हैं? आपके पास इतने सारे वरदान हैं और आपको इन वरदानों का एहसास ही नहीं! कोई भी बूढ़ा और बीमार व्यक्ति इन सभी वरदानों को पाने के लिए दुनिया का सारा पैसा लगा सकता है। आप इसकी कीमत नहीं कर रहे हैं! सुख और सफलता के इस रहस्य को जानें। आपके पास इस वक्त वे सारी चीजें हैं, जो महान् गौरव पाने के लिए, महान् काम करने के लिए जरूरी होती हैं। ये सब चीजें आपका खजाना ही हैं, आपके औजार हैं, जिनकी वजह से आप लगातार अपने आपको नया बनाते जा रहे हैं। ईश्वर आपसे कहता है कि अपने वरदान गिनो और यह बात जान लो कि आप उसकी महानतम रचना हो और गरीबी में सीखे हुए सबक के लिए कृतज्ञ रहो कि गरीब वह नहीं होता, जिसके पास कम है। गरीब वह होता है, जिसे और चाहिए होता है। सच्ची सुरक्षा उन चीजों में नहीं होती, जो आपके पास हैं; बल्कि उन चीजों में होती है, जिनके बिना आपका जीवन नहीं चल सकता है। वे परेशानियाँ कहाँ हैं, जिनकी वजह से आप दुःखी हैं? वे सिर्फ आपके दिमाग में हैं। एक बार फिर अपने वरदानों को गिनें। अपनी दुर्लभता को साबित करें। आपने अपने आपको एक कुम्हार के आँगन में जीने के लिए विवश कर लिया है। आप अपनी असफलता के लिए अपने आपको क्षमा नहीं कर पा रहे हैं। आप अपने आपसे घृणा करते हैं और अपने आपको दोष देते हैं। आप अपने आपको पीछे कर रहे हैं और खुद को ही नष्ट कर रहे हैं। क्या आप दुविधा में नहीं हैं? क्या आपको आश्चर्य नहीं होता कि किस तरह ईश्वर आपके पापों को, आपकी दुर्बलता और व्यवहार को क्षमा कर देता है, जबकि आप खुद को इसके लिए क्षमा नहीं कर पाते।

□

ओपरा विनफ्रे

ओपरा विनफ्रे एक अमेरिकी मीडिया उद्योजक, वार्त्ता शो मेजबान, अभिनेत्री, निर्माता व लिपिकार हैं। विनफ्रे को उनके स्वयं के नाम के कई पुरस्कार विजेता शो के कारण जाना जाता है, जो वर्ष 1986 से 2011 तक प्रसारित किया गया और इतिहास का सबसे अधिक रेटिंग वाला धारावाहिक बन गया। उन्हें बीसवीं सदी की अमेरिका की सबसे रईस अफ्रीकी अमेरिकी लिपिकार होने का सम्मान प्राप्त है और एक समय में वे विश्व की अकेली अश्वेत अरबपति थीं। कुछ जानकारों के अनुसार, वे विश्व की सबसे प्रभावकारी महिलाओं में से एक हैं।

1. उतनी तेज भागो, जितना तेज भाग सकते हो

हर सीजन में जब भी कोई आया—पहला टॉक शो, दूसरा टॉक शो, तीसरा टॉक शो, मैं जब भी स्टार्ट करती थी, हर बार अपने आपसे कहती थी—'आगे बढ़ो और करो। जब आप अपने कार्यक्षेत्र में हैं तो आपको यह नहीं सोचना चाहिए कि दूसरा आपके बारे में क्या सोच रहा है ? अगर वह सोच भी रहा है तो आप उसे नियंत्रण नहीं कर सकते। आप केवल खुद को नियंत्रण कर सकते हैं। यह एक दौड़ प्रतियोगिता की तरह है। अगर आप अपनी ऊर्जा पीछे देखकर यह सोचने में लगाएँगे कि दूसरा आपके बारे में क्या सोचता है तो आप जरूर थोड़े से डर जाएँगे। इसलिए मैंने हमेशा अपने कार्यक्षेत्र पर खड़े होकर अपनी टीम और खुद से हमेशा यही कहा है, मुझे अपना समय बरबाद नहीं करना है और अपनी दौड़ में पीछे मुड़कर नहीं देखना है कि लोग क्या कह रहे हैं और क्या कर रहे हैं, क्योंकि आपकी जिंदगी आपके बारे में है। जवाबदेही आपसे होगी कि आप क्या कर सके ? आपसे यह नहीं पूछा जाएगा कि आप क्यों नहीं कर सके ? आपको सिर्फ यह सोचना है कि जो अवसर दिया गया है, आप उसमें कितना श्रेष्ठ देते हैं।

हजारों परेशानियों के बाद भी ओपरा ने कभी अपने जीवन में पीछे मुड़कर नहीं देखा। उन्होंने हमेशा आगे बढ़कर हर मुश्किल का सामना बहुत मजबूती के साथ किया

है। चाहे वह अपने जीवन में कितनी भी भावुक रही हों, लेकिन अपनी भावुकता को उन्होंने हमेशा अपनी ताकत बनाया है। वे तेरह साल की उम्र में शारीरिक व मानसिक रूप से पूरी तरह टूट चुकी थीं और एक दिन घर छोड़कर भाग गईं। जब उन्होंने घर छोड़ा, तब वे गर्भवती थीं, लेकिन कम उम्र में गर्भ-धारण की वजह से बच्चा बच नहीं सका। जल्दी ही उनकी माँ ने उन्हें खोज लिया और अपने घर वापस ले आईं। उन्होंने ओपरा का दाखिला एक स्कूल में करवा दिया। वहाँ अमीर बच्चों को देखकर वे उनके जैसे बनने की कोशिश करती थीं। वे अपने घर से पैसे चुरा लिया करती थीं। उनकी इन हरकतों से तंग आकर उनकी माँ ने उन्हें उनके सौतेले पिता के पास भेज दिया।

बस, वह पल था, जिसने ओपरा विनफ्रे की जिंदगी बदल दी। ओपरा के सौतेले पिता अच्छे इनसान थे। उन्होंने ओपरा को स्कूल भेजा, अनुशासन सिखाया, उनके जीवन में नई खुशियाँ भर दीं और जब उन्हें पढ़ाई का अवसर मिला तो उन्होंने सभी को पीछे छोड़ दिया। पब्लिक स्पीकिंग और नाटक में उन्होंने कमाल कर दिखाया। उनके स्पीकिंग टैलेंट और आवाज को देखते हुए एक स्थानीय रेडियो स्टेशन ने उन्हें समाचार पढ़ने का ऑफर दिया। उन्होंने स्टेट यूनिवर्सिटी की स्कॉलरशिप जीतकर स्पीच कम्युनिकेशन की पढ़ाई की है। जब वह 17 साल की थीं, उन्होंने दो ब्यूटी प्रतिस्पर्धाएँ जीतीं 'मिस ब्लैक नैशविले' और 'मिस टेनेस'। जब वे स्पीच कम्युनिकेशन की पढ़ाई कर रही थीं, उन्हें एक प्रसिद्ध टी.वी. चैनल में नौकरी मिली और उन्होंने अपनी पढ़ाई छोड़कर नौकरी कर ली, लेकिन उन्हें नौकरी से जल्द ही निकाल दिया गया, क्योंकि वह समाचार पढ़ते-पढ़ते भावुक हो जाती थीं।

सन् 1986 में उनके जीवन ने नया मोड़ लिया। जब उन्होंने अपने नाम से एक शो शुरू किया 'द ओपरा विनफ्रे शो' तो शो दो दशक से ज्यादा समय तक चला। 24 सीजन में 5,000 एपिसोड प्रसारित हुए। वर्ष 2016 के आँकड़ों के अनुसार, ओपरा सबसे ज्यादा पैसे कमानेवाली टी.वी. एक्ट्रेस हैं।

2. विश्वास आपसे बड़ा होता है

विश्वास हमेशा आपसे बड़ा होता है। मेरी दादी एक मेड थीं, जो वह हमेशा से चाहती थीं। शायद उससे ज्यादा उन्होंने अपने जीवन में कुछ नहीं चाहा। वह उनका वास्तविक अनुभव था और वह हमेशा यही सोचती थीं कि एक दिन मैं भी एक मेड बनूँगी। बिल्कुल उन्हीं की तरह। वह हमेशा कहती थीं कि कुछ गोरे लोगों का विश्वास जीतो। ऐसे लोग आपके आसपास होने चाहिए, जो आपके बारे में नकारात्मक न सोचते हों, जो मुझे अपने घर से खाना ले जाना अलाउड करते हों, जो आपके साथ अच्छे हों। उन्होंने हमेशा वही मुझे सिखाया, जिसके पार उनकी सोच नहीं जाती थी। मेरी दादी ने

ऐसा ही सपना मेरे लिए देखा था, पर मैंने वह सपना कभी अपने लिए नहीं देखा। मैंने हमेशा अपने ऊपर विश्वास किया। मुझे याद है कि वह बिखरी हुई अलमारी को देखकर मुझसे हमेशा कहती थीं कि कपड़ों को ढंग से लगाना सीखो, क्योंकि एक दिन तुम्हें कपड़े ढंग से लाइन में लगाने हैं और किसी दिन तुम्हें अपने लिए यह सब सीखना होगा; लेकिन जाने क्यों, मुझे यह विश्वास था कि मेरी जिंदगी कभी ऐसी नहीं होगी। मुझे नहीं पता था कि मैं क्या करूँगी; लेकिन मैं जानती थी कि मैं ऐसी जिंदगी नहीं जीऊँगी। मैं कभी वह काम नहीं करूँगी, जो हमेशा मेरी दादी ने किया—अलमारी में लाइन से कपड़े लटकाना। वह मैंने कभी नहीं सीखा। जब मैं चार या पाँच साल की थी, मैंने यह विश्वास कर लिया था कि कुछ है, जो मेरे लिए बहुत बड़ा है। जिंदगी मेरे लिए इससे बेहतर है और इससे बेहतर मुझे देने वाली है। आप वह नहीं बनते, जो आप चाहते हो। आप वही बनते हो, जिस पर आपका भरोसा होता है।

बिना विश्वास और आश्वासन के साहस नहीं आ सकता। आधी लड़ाई हमारे विश्वास की धारणा पर टिकी होती है। विश्वास ही वह शक्ति है, जिससे लोग बड़ी-से-बड़ी लड़ाई जीत जाते हैं, क्योंकि उन्हें अपनी जीत पर पूरा विश्वास होता है। जो भी हम सोचते हैं, वही होता है। हम जिसमें विश्वास करते हैं, वही होता है। अगर आप किसी उद्देश्य की स्पष्टता से कल्पना करते हैं तो वह चमत्कारिक शक्ति आपको सारी वस्तुएँ प्रदान करती है। लगातार विश्वास करने से आपके अवचेतन मन की शक्तियाँ प्रेरित होती हैं, आपके विचार भावना के साथ जुड़कर कल्पना वादी विश्वास बन जाते हैं और आपके विश्वास के अनुसार आपको मिलता है। 'सफलता' शब्द बार-बार दोहराया जाता है, इस विश्वास के साथ दोहराया जाता है कि जो आप कल्पना करते हैं और जहाँ आप खुद को देखना चाहते हैं, एक दिन आप वहाँ खुद को खड़ा पाएँगे और एक दिन ऐसा होता है। यही विश्वास है।

पौधे की जड़ ब्रोमाइड में डाली गई। पौधे की धड़कन स्क्रीन पर एक चिह्न के रूप में दिख रही थी। उपकरण के जरिए देखा गया, कुछ देर बाद वह अनियमित होने लगी। थोड़ा वक्त बीतते ही पौधे की जान दिखानेवाला चिह्न काँपने लगा और अचानक रुक गया, जो इस बात का संकेत था कि पौधे की मृत्यु हो चुकी है। इससे स्पष्ट हो सका कि पेड़-पौधों में जीवन होता है, वे दुःख-दर्द का अनुभव करते हैं। अगर पौधों को जहर दिया जाए तो वे मर जाते हैं। यही विश्वास था सुप्रसिद्ध वैज्ञानिक डॉ. जगदीश चंद्र बोस का। अपने शोध का प्रदर्शन करते समय इंग्लैंड में उन्होंने एक इंजेक्शन जहर भरकर पौधे में लगाया, लेकिन पौधा मरा नहीं और लोग उन पर हँसने लगे। उसी समय उन्होंने सोचा, जब यह पौधा इस जहर से नहीं मर सका तो मैं कैसे मर सकता हूँ? जहर के इंजेक्शन

को वे स्वयं भी लगाने को तैयार हुए। तभी आयोजकों में से एक व्यक्ति ने उनका हाथ रोककर कहा, "सर, हमने जहर की जगह पर शीशे में रंगीन पानी भर दिया था।" वे अपने प्रयास और अपने पर अटूट विश्वास के कारण ही इस बात को साबित करने में सफल रहे थे कि पेड़ पौधे सुख-दुःख का अनुभव जीव-जंतुओं की तरह ही कर सकते हैं। इस तरह उनके विश्वास की जीत हुई। वह बात, जिसे दुनिया मानती है, उसे मान लेना बहुत आसान होता है, लेकिन जो बात केवल आप मानते हैं, उसे साबित करके दिखाना सिर्फ आपके विश्वास पर निर्भर करता है।

"मुझे हमेशा से पता था कि मेरी किस्मत में महान् बनना लिखा है।"

3. 'भाग्य' एक शब्द भर है

मैं भाग्य पर विश्वास नहीं करती। मैं नहीं सोचती कि मेरा जीवन बहुत भाग्यशाली है। हालाँकि मेरे जीवन में बहुत सारा ग्रेस रहा है, आशीर्वाद रहे हैं, ईश्वर के वरदान रहे हैं; पर फिर भी मैं भाग्य में विश्वास नहीं करती। मैं विश्वास करती हूँ तो बस, अवसर में। अवसर ही भाग्य है। अवसर को आप कितनी अच्छी तैयारी के साथ हैंडल करते हैं, यह आपके ऊपर निर्भर करता है। सबकुछ आपके हाथ में होता है। जो कुछ भी मेरे जीवन में आया, मैं उस सबके लिए तैयार थी, चाहे वह असफलता ही क्यों न हो। हर अवसर पर खुद को दुगुनी ताकत के साथ खड़ा करिए। यही वास्तविकता है। हर एक व्यक्ति, हर वह चीज, जो आपके जीवन में होती है, वह अगले आनेवाले पल की तैयारी होती है। लक से कुछ नहीं मिलता, जीवन आपको बनाना पड़ता है।

आपकी किस्मत नहीं, आपकी मेहनत ही आपको महान् बनाती है, आपको सफल बनाती है। कोई भी मुश्किल आए, यह सोचकर सामना करें कि मिट्टी का एक घड़ा भी पूरी तरह से तभी तैयार होता है, जब उसे भट्ठीनुमा संयंत्र में उपलों और लकड़ियों के मध्य रखकर आग में तपाया जाता है। कुछ पाना है तो कष्ट उठाने पड़ते हैं। अपने ऊपर भरोसा रखिए, कड़ी मेहनत कीजिए, जब तक कि आपका नाम विकिपीडिया पर नहीं आ जाता। आ जाए, तब और ज्यादा मेहनत कीजिए, क्योंकि आपको वहाँ वह बरकरार रखना है। कोई भी भाग्य अलग से नहीं मिलता। अवसर जरूर ईश्वर देता है, लेकिन अवसर को सफलता में बदलना सिर्फ आपके हाथ में होता है। आपको निरंतर चलना है, क्योंकि जिंदगी की ट्रेन का कोई स्टेशन नहीं है। वह निरंतर चलती है। खाली और सीधी सड़कें कभी अच्छा ड्राइवर नहीं बनातीं। साफ आकाश कभी अच्छे पायलट नहीं बनाता। बगैर चुनौतियों के आप सफल इनसान नहीं बन सकते। जीवन कठिन रास्ते की तरह है। सफलता कभी भी आखिरी जीत नहीं होती; क्योंकि इस बात की कोई गारंटी नहीं होती कि

हम दोबारा सफल होंगे या नहीं। उसी तरह, असफलता भी हमेशा आखिरी अवस्था नहीं होती। किस्मत बिना मेहनत के कुछ नहीं देती।

4. जिंदगी में खुश रहने का विकल्प हमेशा होता है

सालों पहले एक गरीब दार्शनिक पथरीले टीले में भटक रहा था, जहाँ लोगों को अपना गुजारा करने में बहुत मुश्किलें आ रही थीं। एक दिन एक पहाड़ पर भीड़ उसके चारों तरफ जमा हो गई और उसने भाषण दिया, जो शायद दुनिया में सबसे अधिक उद्धृत किया जानेवाला भाषण है, जो शायद आज तक कभी कहीं भी नहीं दिया गया है, इस भाषण में 26 शब्द हैं, जो सदियों से हमारे कानों में गूँज रहे हैं, "आनेवाले कल का विचार मत करो, क्योंकि कल अपना विचार खुद कर लेगा।" ईसा मसीह के ये शब्द आज भी ईसाइयत की पहचान हैं।

जिंदगी में खुश रहने का विकल्प हमेशा होता है, तब भी, जब सारे रास्ते बंद हो चुके हों, जब आप सबकुछ खो चुके हों। इस बात पर यकीन करना मुश्किल है, पर यह सच है कि जब हम सबकुछ खो चुके होते हैं तो हमारे आसपास की सारी चिंताएँ मिट जाती हैं, क्योंकि हमारे पास खोने के लिए कुछ नहीं होता। चिंताएँ संसाधनों से जुड़ी हुई हैं, कल के विचार से जुड़ी हुई हैं। परेशानियाँ हमारे अंदर से नहीं आतीं, हम उन्हें अपने अंदर ले आते हैं—अनेक संसाधनों के माध्यम से। एक दिन वे हम पर इतनी हावी हो जाती हैं कि हम हर दिन जीना छोड़ देते हैं और पूरा दिन सिर्फ उसी के बारे में सोचते हुए निकालते हैं। प्रसन्नता बाहरी परिस्थितियों पर निर्भर नहीं करती। वह हमारे मानसिक दृष्टिकोण से संचालित होती है। आपके पास क्या है ? आप क्या हैं ? आप कहाँ हैं ? आप क्या कर रहे हैं ? इन बातों से आप खुश या मायूस नहीं होते। आप किस बारे में सोचते हैं ? आप उससे दुःखी होते हैं। कल पर नियंत्रण न होने के बाद भी उसके बारे में निरंतर सोचना ही हमारे आज को खराब करता है।

अगर आपके जीवन में दो विकल्प हों—दूर से नाच देखना और नाचना तो आपको हमेशा नाचना चाहिए। मैं एक चीज, जो पक्के तौर पर जानती हूँ कि हर दिन आपको एक अवसर देता है कि आप अपने जूते उतार फेंकें और गहरी साँस लें तथा डांसिंग फ्लोर पर कूद पड़ें। कुछ ऐसे पल जीने के लिए, जहाँ कोई रंज न हो और आपका मन अधिकतम हँसी, खुशी व मौज-मस्ती से भरा हो। आप या तो जीवन के रंगमंच पर साहस के साथ नृत्य कर सकते हैं या उस तरह से जी सकते हैं, जिस तरह आप जानते हैं कि आपकी अंतरात्मा आपको जीने के लिए प्रेरित कर रही है या आप दीवार के साथ बैठकर आत्म-संशय की काली छायाओं के दलदल में उतर सकते हैं। यह विकल्प अब भी इसी क्षण, एकमात्र क्षण—जो निश्चित रूप से आपको उपलब्ध है—आपके लिए खुला

है। निरर्थक विचारों और कल्पना में इतने उलझे न रहें कि आप आज का आनंद लेना भूल जाएँ; क्योंकि आपका यह कीमती पल बस, गुजरने वाला है। भविष्य में किसी दिन आप आज को ऐसे दिन के रूप में याद करेंगे, जब आपने यह तय किया था कि आप हर दिन एक यादगार बनाएँगे। हर घंटे का इतना आनंद लेंगे, मानो दूसरा घंटा आएगा ही नहीं और जब आपके पास नाचने और दूर बैठकर नाच देखने का विकल्प हो तो आपको हमेशा नाचना चुनना चाहिए।

"जो चीजें मुझे आनंद देती हैं, उन्हें मैं गंभीरता से लेती हूँ। मैं अपना काम बहुत मेहनत से करती हूँ। फिर खुद को उतना ही अनचाहा कर लेती हूँ। मैं जीवन की नैसर्गिक स्फूर्ति और उल्लास में विश्वास करती हूँ। मुझे खुश होने में ज्यादा समय नहीं लगता, क्योंकि मैं जो कुछ भी करती हूँ, अधिकांशत: मुझे उससे संतोष मिलता है। निश्चित रूप से कुछ संतोष दूसरों से ज्यादा मूल्यवान होते हैं और चूँकि मैं जो कुछ दूसरों से कहती हूँ, उसपर स्वयं अमल भी करती हूँ, अर्थात् हर पल का आनंद लेने के मामले में मुझे जो कुछ भी खुशियाँ मिल रही हैं, उनका अधिकांश मेरी प्रकृति से मेल खाता है।"

ऊर्जा के आदान-प्रदान में ही आनंद छुपा है। जो कुछ आप देते हैं, वह लौटकर आता है। आप आनंद बाँटेंगे तो आपको हमेशा आनंद ही मिलेगा। आपके ऊपर निर्भर है कि आप क्या देते हैं? आपके आनंद का आधारभूत स्तर इससे तय होता है कि जीवन के प्रति आपका नजरिया क्या है? दृष्टि (आँखों की देखने की क्षमता) से ज्यादा महत्त्वपूर्ण है आपकी अंतर्दृष्टि। आपकी अपनी नैसर्गिक मधुर प्रवृत्ति गरिमा के साथ आपके जीवन से छलके, यही आनंद है। जिंदगी में खुशियों के खजाने भरे पड़े हैं, अगर हम उनकी कद्र करने के लिए कुछ क्षण निकालें।

5. हम सब उच्चतम विश्वास अनुभव चाहते हैं

मैंने हमेशा खुद में और अपने दर्शकों में कभी कोई भेद नहीं किया, चाहे एक समय मेरे पास अच्छे जूते रहे हों, पर यह मैटर नहीं करता, फिर भी हम सब समान हैं, क्योंकि मैं उन्हें जानती हूँ, वे मुझे जानते हैं। हम सभी बस, एक ही चीज ढूँढ़ रहे हैं—हमारा अपनी प्रतिभा पर विश्वास करना, अपने कौशल को ढूँढ़ना, जो आपके लिए इनाम हो सकते हैं। हर कोई एक इनसान के रूप में खुद के उच्चतम विश्वास अनुभव को पूरा करना चाहता है। हम सब यही ढूँढ़ रहे हैं—उच्चतम विश्वास अनुभव।

यह बिल्कुल वैसा ही है, आप एक बेकरी में काम कर रहे हैं और आप अच्छे से अच्छा केक बनाकर अपने ग्राहकों का विश्वास जीतना चाहते हैं। यही आपका इनाम है।

तो मुझमें और आपमें कोई अंतर नहीं है। हम सभी अपने प्लेटफॉर्म पर बेहतर प्रदर्शन करके उच्चतम विश्वास का अनुभव करना चाहते हैं और यह आपको हर रोज करना है। यही मुझे जीने की नई ऊर्जा देता है।

6. हमेशा जमीन से जुड़े रहो

सन् 1986 में 'शिकागो एकेडमी फॉर द आर्ट्स' का एक बड़ा अवार्ड जीता, जिसे 'वुमेन ऑफ अचीवमेंट' का नाम दिया गया। सन् 1987 में उनके शो को तीन डे टाइम एमी अवार्ड प्राप्त हुआ—

अच्छा होस्ट
अच्छा डायरेक्शन
अच्छा टॉक शो।

साथ ही उन्हें अंतरराष्ट्रीय रेडियो और टेलीविजन सोसायटी का 'ब्रॉडकास्टर ऑफ द ईयर' से सम्मानित किया गया। उनके शो को 'डे टाइम एमी अवार्ड' से सम्मानित किया गया। वर्ष 2011 में समाज से जुड़े हुए होने के कारण 'एकेडमी ऑफ मोशन पिक्चर्स आर्ट्स एंड विज्ञान' ने उन्हें विशेष 'ऑस्कर द जीन हरशॉल्ट ह्यूमनेटेरियन अवार्ड' से सम्मानित क्रिया। 'टाइम' मैगजीन द्वारा बीसवीं शताब्दी के सौ सबसे सशक्त व्यक्तियों में उन्हें शामिल किया गया। वर्ष 2013 में 'फोर्ब्स' पत्रिका ने उन्हें विश्व के अरबपतियों की सूची में स्थान दिया। ओपरा विनफ्रे इस सूची में सम्मिलित होनेवाली पहली अफ्रीकी-अमेरिकी महिला हैं। 2013 में अमेरिकी राष्ट्रपति बराक ओबामा ने ओपरा को देश के सर्वोच्च नागरिक सम्मान 'प्रेसिडेंशियल मेडल ऑफ फ्रीडम' से विभूषित किया। ऐसे सम्मानों की एक लंबी शृंखला है, जो ओपरा के नाम के साथ जुड़ी हुई है।

ओपरा के जीवन में एक समय ऐसा रहा है, जब उनके पास पहनने के लिए कपड़े तक नहीं थे। इसलिए वे प्लास्टिक के थैलों के कपड़े पहना करती थीं। आज वह एक बड़ी सेलिब्रिटी हैं। उनके इस्तेमाल किए हुए कपड़े लाखों में बिकते हैं, ज़िससे करोड़ों रुपए की कमाई होती है। वह कहती हैं कि उन्हें बचपन में पता ही नहीं था कि जूते कैसे होते हैं। इस जीवन को जीना उनके लिए सपने जैसा है। उनके बचपन और अब में जमीन-आसमान का अंतर है। इस अंतर ने जाने कितने ही सम्मान उनके नाम किए हैं और उन्हें एक सफल महिला बनाया है, जो किसी भी महिला की रोल मॉडल हो सकती है।

जब भी मैं सोचती हूँ, इतनी लंबी दौड़ में खुद को बनाए रखने के लिए कौन सा ईंधन है, जो हमेशा मेरे साथ रहा है? मैंने जमीन पर जुड़े रहने को हमेशा अपनी ताकत

माना है। मैं हमेशा यह याद रखती हूँ और हमेशा उसपर केंद्रित रहती हूँ। दयालुता, यही मेरा स्वभाव है। मैंने हमेशा दूसरों को समझने और खुद को दूसरों को समझाने में सफलता प्राप्त की है और हमेशा जुड़े रहने की कोशिश की है—उन लोगों से, जो भले ही मुझसे दूर रहे हों, लेकिन मेरे शो के जरिए वे हमेशा मुझे महसूस कर सकें।

अगर मेरे शो की बात की जाए तो पच्चीस वर्षों तक, इसीलिए सफलतापूर्वक चलता रहा, क्योंकि लोग खुद को उसमें देखते थे, पूरी दुनिया खुद को उससे जुड़ा हुआ महसूस करती थी। मैं दिन-पर-दिन वित्तीय रूप से बहुत सफल होती चली गई। यह मेरे लिए भी आश्चर्य का विषय है, लेकिन इस सारी प्रक्रिया के अंदर मैंने यह जाना कि मेरी सफलता का सिर्फ यही एक रास्ता है, मैंने खुद को अपनी जमीन से जोड़े रखा। आज मेरे पास बहुत से जूते हैं, तरह-तरह की ऊँची एड़ी वाले, बिना एड़ी वाले, जो जमीन से मुझे कई इंच ऊँचा उठा सकते हैं; लेकिन मैंने अपने पैरों को हमेशा जमीन पर रखा है, चाहे एक-से-एक खूबसूरत जूता मेरे पैरों में सजा रहा हो। बेशक मैंने सबकुछ बहुत मेहनत से कमाया है और शिखर पर पहुँचने का विशेष आनंद भी उठाया है; लेकिन मैंने अपनी आँखें हमेशा खुली रखी हैं और इस बात का हमेशा ध्यान रखा है कि मेरे पैर हमेशा जमीन पर रहें।

7. हमेशा अगले कदम की तैयारी रखिए

जब भी आपके सामने कोई चुनौती खड़ी हो तो आप हमेशा अपने आपसे पूछें कि आपका अगला कदम क्या हो सकता है? जिंदगी उसके बारे में नहीं है कि आप सोचें कि आपने क्या किया? जिंदगी उसके बारे में है कि आप सोचें कि आप आगे क्या करने वाले हैं? जो किया जा चुका है, वह हो चुका है और जो किया जाना है, वह करना बाकी है। जो करना बाकी है, वह कितने सफल और बेहतर तरीके से किया जाता है, यह हमेशा महत्त्वपूर्ण होता है। हमेशा अगला कदम पिछले कदम से जरूरी है, क्योंकि वही आगे आनेवाले रास्ते का सफर तय करता है। अगर आप असफल होते हैं तो असफलता किसी अलग दिशा में एक टर्निंग प्वाइंट की तरह है। इस बात से कोई फर्क नहीं पड़ता कि लोग आपको असफल मानते हैं। असफल होने का अर्थ है कि आपने रास्ते पर चलना ही छोड़ दिया। आपने यह सोचना ही छोड़ दिया कि आपका अगला कदम क्या होगा? जिंदगी किसी एक क्षण में नहीं है। जिंदगी उससे कहीं आगे है—निरंतरता और हमेशा आगे के बारे में है। अगले कदम के बारे में सोचने और आगे बढ़ने की शक्ति ही हमारे सामने सफलता के नए मार्ग खोलती है।

लोहे का चुंबकीय टुकड़ा अपने भार से अधिक वजन उठाने की क्षमता रखता है; लेकिन यदि उसके चुंबकीय गुण को हटा दिया जाए तो वह एक पंख का भार भी नहीं

उठा सकेगा। इसी तरह मनुष्य भी दो तरह के होते हैं—पहले, जिनमें चुंबकीय आकर्षण होता है। ऐसे मनुष्य आत्मविश्वास और विश्वास से परिपूर्ण होते हैं। उन्हें अपने बारे में पता होता है कि वे सफल होने के लिए और जीतने के लिए पैदा हुए हैं। कोई भी असफलता उन्हें हरा नहीं सकती। हर असफलता के बाद वे एक नया प्रयास करते हैं और अगले कदम के लिए हमेशा तैयार रहते हैं। दूसरे तरीके के मनुष्य में चुंबकीय गुण नहीं होते। ऐसे लोग बहुत बड़ी संख्या में होते हैं। वे भय और शंका से भरे होते हैं। ऐसे लोग हमेशा कहते हैं कि अगर वे असफल हुए तो और उनका सारा पैसा डूब गया तो? अगर वे असफल हुए तो उनका मजाक बनाएँगे और वे कोई भी अगला कदम नहीं उठाते, क्योंकि असफलता का भय उन्हें आगे बढ़ने से रोकता है।

"सबकुछ आपका हो सकता है। बस, सबकुछ एक बार में ही आपका नहीं हो सकता।"

8. हमें कभी शर्मिंदा नहीं होना चाहिए

अगर आपने कोई गलती नहीं की है और आप सही हैं तो आपको कभी शर्मिंदगी नहीं होनी चाहिए। मैंने इस चीज का हमेशा अपने जीवन में अनुसरण किया है। अगर मैं किसी जगह फँसी हूँ और मेरी ब्रा की स्टेप दिख गई। अगर मैं फिसल गई और मुँह के बल गिर पड़ी। आज तक ऐसी किसी भी चीज ने मुझे शर्मिंदगी महसूस नहीं कराई, क्योंकि मैं जानती हूँ कि ये ऐसे क्षण होते हैं, जो हर किसी ने कभी-न-कभी महसूस किए हैं। इसमें ऐसा कुछ नहीं है, जिससे शर्मिंदगी महसूस की जाए। अगर आप गिरते हैं, चाहे हजारों लोग आसपास हों, लेकिन कभी शर्मिंदा नहीं होना चाहिए। गिरता वही है, जो चलना जानता है।

चाहे वह मेरे निजी जीवन की बात हो, मैंने हमेशा उसे सबके सामने खोलकर रखा है। पैसे चुराना, घर से भागना, चौदह साल की उम्र में गर्भवती होना हो या नौ साल की उम्र में बलात्कार, कूड़े से खाना उठाकर खाना या प्लास्टिक के कपड़े पहनना, पैरों में जूते या चप्पल न होना। वह, जो छुपाया जा सकता था, मैंने कभी नहीं छुपाया और कभी शर्मिंदगी महसूस नहीं की। मैंने हमेशा उसे दुनिया के सामने रखा है और खुले दिल से स्वीकारा है। अगर आप स्वीकार करते हैं तो आप मजबूत बनते हैं। अपने जीवन में कभी-न-कभी हर बच्चे ने अपने पिता की जेब से पैसे निकाले होंगे! हर बच्चे ने कभी-न-कभी झूठ बोला होगा! हर बच्चे के दिमाग में कभी-न-कभी घर छोड़ने की बात आई होगी! ये सारे ऐसे क्षण हैं, जो हर कोई अपने जीवन में अनुभव करता है; लेकिन अनुभव से क्या सीखता है? यह बहुत जरूरी है। शर्मिंदगी हमें अपने आपसे ही नजरें नहीं मिलाने

देती। अगर आपको खुद को शीशे में देखकर मुसकराना है तो आपको स्वीकार करना होगा, वह भी, जो आप दुनिया से छुपाना चाहते हैं।

9. सफलता की सीढ़ियाँ

अभी हम जहाँ पर हैं, वहीं पर रहकर हम जो चाहते हैं, वह कभी नहीं बन सकते। इसलिए निरंतर आगे बढ़ते रहें। आगे बढ़ने के साथ-साथ एक मार्गदर्शक की आवश्यकता जरूर होती है। हम में से जो कोई भी सफल हो जाते हैं, उसकी एक वजह यह भी होती है कि कोई रास्ता दिखानेवाला था। जितना संभव हो, ऊँची और भव्य दृष्टि बनाएँ; क्योंकि आप वही बनते हैं, जो आप मानते हैं। उस रानी की तरह सोचें, जिसे असफलता का कोई डर नहीं। उसके लिए असफलता सफलता की पहली सीढ़ी है। इस पल आप जो सर्वश्रेष्ठ करते हैं, दूसरा पल आपको सर्वश्रेष्ठ स्थिति में ला देता है। आपका सच्चा जुनून आपकी साँसों में नजर आता है। उसमें कोई मिलावटीपन नहीं होता। असफल होने से कभी मत डरिए। केवल वही लोग असफल नहीं होते, जो कुछ चुनौतीपूर्ण नहीं करते। यह आपका पल है। इसे आजमाइए।

इस बात से कोई मतलब नहीं कि आप कौन हैं और कहाँ से आए थे। जीत की क्षमता आपके साथ शुरू होती है। तैयारी और अवसर का मिलन ही भाग्य बनाता है। उत्कृष्टता नस्लवाद और लिंगभेद का सबसे अच्छा निवारक है। अब तक की सबसे बड़ी खोज यही है कि जब आप अपना नजरिया बदल लेते हैं, तब आप अपना भविष्य बदल सकते हैं। आप हर अनुभव से सीखते हैं। आप अकेले अपने खुद के कैनवास को चित्रित कर रहे हैं। पसंद-नापसंद आपकी सोच पर निर्भर करती है। हर अनुभव एक मूल्यवान शिक्षक है। जब मैं अपने भविष्य को देखती हूँ तो वह मुझे इतना चमकदार लगता है कि मेरी आँखें चमकने लगती हैं। मैं उन लोगों की बहुत आभारी हूँ, जो मुझे उन अँधेरे क्षणों में लाए, जब मैंने स्वयं को सबसे अधिक घायल और विश्वासघात महसूस किया और वही मेरी ताकत बने। वे मेरे सबसे बड़े शिक्षक रहे हैं। सफल होने का सबसे अच्छा तरीका यह है कि आप जो चाहते हैं, उसकी खोज करें और फिर उसे सेवा के रूप में दूसरों को पेश करने का एक तरीका खोजें। मेरा इस बात पर पूरा भरोसा है कि हम में से हर कोई अलग है, हर एक की अलग पहचान है और यही सफलता व प्यार पाने का सबसे अच्छा रास्ता है।

10. मानव व्यवहार और आप

जो आपके पास है, जब आप उसे नजरअंदाज करने लगते हैं तो यह दुनिया भी, आप जो हो, उसे नजरअंदाज करने लगती है। जो आपके पास है, उसके आभारी रहिए। मेरे पास खुद को साबित करने के लिए बहुत कुछ है। सबसे खास यह कि मैं निडर

होकर अपना जीवन जी सकती हूँ। इस बात पर मैं पूरा भरोसा करती हूँ कि जिंदगी में होनेवाला हर एक हादसा अपने डर पर प्यार की जीत दिलाने का एक नया अवसर होता है। जीवन में चुनौतियाँ एक पुरस्कार की तरह हैं, जो हमें नए अवसर खोजने का मौका देती हैं, जिससे हम अपने आपको स्थापित करते हैं। आप जीवन में वही हासिल कर सकते हैं, जिसके बारे में आप पूछने की हिम्मत रख सकते हैं। आप अपनी जिंदगी में जितना खुश रहेंगे और जश्न मनाएँगे, उतना ही आपके जीवन में जश्न मनाने के अवसर होंगे। जब तक आप उन चीजों के लिए शुक्रगुजार नहीं होंगे, जो आपके पास हैं, तब तक आपके पास और अधिक नहीं हो सकता। मैं ब्लैक हूँ, इसे मैं बोझ नहीं मानती। मैं ऐसा नहीं सोचती कि यह मेरे ऊपर एक बहुत बड़ी जिम्मेदारी है; बल्कि यह जो मैं हूँ, उसका मात्र एक हिस्सा है। यह मुझे परिभाषित नहीं करता।

अपने जीवन में उन्हीं लोगों को आने दें, जो आपको ऊपर उठाएँ। यदि कोई रिश्ता समाप्त हो जाता है, क्योंकि वह आदमी आपके साथ वैसा व्यवहार नहीं कर रहा था, जिसके आप लायक हैं तो आप 'मित्र नहीं' हो सकते हैं। एक दोस्त एक दोस्त के साथ गलत व्यवहार नहीं करेगा। अगर एक आदमी आपको चाहता है तो कोई भी उसे दूर नहीं कर सकता है। अगर वह आपको नहीं चाहता है तो कोई भी उसे रहने नहीं दे सकता। खुद से प्यार करना कभी न खत्म होनेवाला सफर है। एक व्यक्ति आपके साथ कैसा व्यवहार करता है, इसकी सीमाओं को बनाए रखें। अगर कुछ आपको परेशान कर रहा है तो आवाज उठाएँ।

"बहुत सारे लोग आपके साथ शानदार गाड़ियों में घूमना चाहते हैं; पर आप चाहते हैं कि कोई ऐसा हो, जो गाड़ी खराब हो जाने पर आपके साथ बस में जाने को तैयार रहे।"

11. एक उद्देश्यपूर्ण जीवन

मनुष्य का महत्त्वाकांक्षी होना एक स्वाभाविक गुण है। हम अपने जीवन में हमेशा कुछ विशेष करना चाहते हैं; लेकिन जीवन में उद्देश्य नहीं है तो लक्ष्य कैसे प्राप्त किया जा सकता है? मनुष्य के जीवन में निश्चित उद्देश्य होना जरूरी है। बिना उद्देश्य और लक्ष्य के कोई भी व्यक्ति उस गेंदबाज की तरह होता है, जो गेंद फेंकता है, पर सामने विकेट नहीं होता। इसी तरह हम कल्पना कर सकते हैं कि फुटबॉल के खेल में, जहाँ खिलाड़ी खेल रहे हैं और वहाँ से गोलपोस्ट हटा दिया जाए तो ऐसी स्थिति में खिलाड़ी किस स्थिति में होंगे? जीवन में निश्चित लक्ष्य और निश्चित दिशा का होना बहुत जरूरी है।

लेकिन हम में से ज्यादातर लोग यही नहीं जानते कि उनके जीवन का उद्देश्य क्या है और जीवन भर उस उद्देश्य के आसपास चक्कर लगाते रहते हैं। उसे पहचानिए, क्या है वह, जो आपको हमेशा आगे बढ़ने के लिए प्रेरित करता है ? दुनिया भर में ओपरा के करोड़ों प्रशंसक हैं। अपने मातृत्व के विषय पर ओपरा का कहना है कि मेरी एकेडमी में पढ़नेवाली सभी लड़कियों की मैं माँ हूँ। संसार पहले ही बहुत सारे अनाथ बच्चों से भरा हुआ है। मैं उन सबकी माँ हूँ।

जीवन में अनगिनत कठिन परिस्थितियों के बावजूद ओपरा का मन सामाजिक संवेदना से भरा हुआ है।

ओपरा ने पिछले कुछ वर्षों में कई सपने सँजोए और अपने उद्देश्य को पहचाना है। 'ओपरा विनफ्रे लीडरशिप एकेडमी फॉर गर्ल्स' उसमें से एक है। दक्षिण अफ्रीका के क्यूनु में अपने घर पर नेल्सन मंडेला के साथ चाय पर बातचीत में जब नेल्सन मंडेला ने कहा कि शिक्षा के माध्यम से गरीबी को हराया जा सकता है तो ओपरा ने सहमति जताते हुए कहा कि वह एक दिन दक्षिण अफ्रीका में एक स्कूल का निर्माण करना चाहेंगी। फिर सात वर्षों में लगभग 4 करोड़ डॉलर में 52 एकड़ के परिसर में एक एकेडमी का निर्माण हुआ, जिसमें एक बोर्डिंग स्कूल, एक उच्च तकनीक की कंप्यूटर लैब, एक वेलनेस सेंटर और एक लाइब्रेरी, हाउसिंग, जिसमें हैं, 10,000 पुस्तकें हैं।

चूँकि कई छात्र गरीबी और आघात द्वारा चिह्नित पृष्ठभूमि से आते हैं, इसलिए ओपरा ने शिक्षकों, मनोवैज्ञानिकों और सामाजिक कार्यकर्ताओं का एक मजबूत समर्थन नेटवर्क बनाया, ताकि लड़कियों को अकादमिक रूप से सफल होने और भावनात्मक रूप से मजबूत करने में मदद मिल सके।

ओपरा कहती हैं, "इस भावना ने हमें न केवल एक स्कूल बनाने, बल्कि एक पारिवारिक आधार बनाने की अनुमति दी है। हम नेतृत्व-निर्माण व्यवसाय में हैं। हम चाहते हैं कि हर लड़की यह जाने कि वह कौन है ?" ऐसी लड़कियों की माँ होना, जिनके माँ-बाप नहीं हैं, सच में एक उद्देश्यपूर्ण जीवन है। उनके स्कूल में पढ़नेवाली लड़कियाँ अकसर कहती हैं, "मॉम ओपरा ने हमें दिखाया कि हम सिर्फ लड़कियाँ नहीं हैं। हम ऐसी लड़कियाँ हैं, जिनके बहुत से उद्देश्य हैं।"

□

किरण बेदी

किरण बेदी एक सेवानिवृत्त भारतीय पुलिस सेवा अधिकारी, सामाजिक कार्यकर्ता, पूर्व टेनिस खिलाड़ी और राजनीतिज्ञ हैं, जो पुदुचेरी की वर्तमान उपराज्यपाल हैं। वह भारत की प्रथम महिला आई.पी.एस. अधिकारी हैं। उन्होंने सन् 1975 में अपनी सेवा शुरू की। वह वर्ष 2007 में पुलिस महानिदेशक, पुलिस अनुसंधान और विकास ब्यूरो के रूप में स्वैच्छिक सेवानिवृत्ति लेने से पहले 35 वर्षों तक सेवा में रहीं।

1. काबिल बनिए

"टोटल कमिटमेंट, टोटल फोकस, टोटल जागरूकता, भीड़ बहुत है, जगह नहीं है आपके लिए। लोग धक्के मारकर आपको साइड में कर देंगे। आप अपनी काबिलीयत से अपनी जगह बनाएँगे। उस जगह पर रुकने के लिए भी आप अपनी काबिलीयत का ही इस्तेमाल करेंगे और आपकी काबिलीयत ही आपको आगे लेकर जाएगी।"

हर 26 जनवरी से पहले राजपथ जानेवाली सड़क अपने भव्य आलीशान दृश्य से जगमगा उठती है। हर 26 जनवरी को गणतंत्र दिवस के अवसर पर वह ऐसे ही सजी होती है। वर्ष 1975 की 26 जनवरी को भी ऐसा ही हुआ। मार्च अतीत में पहली बार पुरस्कृत दस्ते के आगे एक महिला पुलिस अधिकारी चल रही थी। उस महिला अधिकारी को देखकर प्रधानमंत्री इंदिरा गांधी उससे प्रभावित हुईं। महिला के बारे में उन्होंने जानकारी ली और सुबह के नाश्ते के लिए उन्हें आमंत्रित किया। वह कोई और नहीं, किरण बेदी थीं, जिनकी पहली नियुक्ति चाणक्यपुरी में हुई थी सब डिवीजनल अधिकारी के रूप में। आखिरी समय में उन्हें पता चला कि उन्हें परेड के नेतृत्व से निकाल दिया गया है तो उन्होंने अपने महानिरीक्षक से पूछा कि, "सर, मुझे बताया गया है कि परेड का नेतृत्व मैं नहीं करूँगी?" उन्होंने कहा कि, "देखो किरण, 15 किलोमीटर तक मार्च करना है और तुम्हें इतना लंबा रास्ता भारी तलवार थामकर करना होगा। तुम कर पाओगी?"

उनके दूसरे सवाल ने महानिदेशक को ही निरुत्तर कर दिया, "सर, इतने गहन

परीक्षण के बाद भी मुझे इस प्रश्न का उत्तर देना पड़ेगा?" और उन्होंने परेड का नेतृत्व किया।

जब आप अकेले दौड़ रहे होते हैं तो आपके साथ बहुत से विरोध होते हैं; क्योंकि आपको वह करना होता है, जो कभी किसी ने पहले नहीं किया। अपनी काबिलीयत के बल पर किरण बेदी ने न केवल अपने सेवाकाल में अपनी विशेष छवि बनाई, बल्कि पूरे समाज में उन्होंने वह मुकाम हासिल किया, जहाँ कितने ही माता-पिता ने अपनी बेटी को उस रूप में देखने के सपने देखे।

उन्होंने जो कुछ भी किया अपनी पूरी काबिलीयत और अपनी ड्यूटी के प्रति निष्ठावान् होकर किया। सन् 1986 में केदारनाथ साहनी व मदनलाल खुराना जैसे लोगों ने लाल किला मैदान में एक आंदोलन करने की ठानी। जिला पुलिस कमिश्नर होने के नाते किरण बेदी ने उन्हें उसकी अनुमति नहीं दी। नेता अपनी जिद पर अड़े रहे। वे तीन सप्ताह तक धरने पर बैठे रहे और उन्होंने यह माँग भी की कि किरण बेदी को बरखास्त किया जाए। सात वर्ष बाद मदनलाल खुराना दिल्ली के मुख्यमंत्री के रूप में तिहाड़ जेल गए। तब किरण बेदी महानिदेशक थीं। उन्होंने तिहाड़ जेल में किए हुए सुधारों की सराहना की। उन्होंने 9,000 कैदियों को संबोधित करते हुए कहा था, "किरण बेदीजी ने हमेशा अपना कर्तव्य निभाया है, तब भी, आज भी।"

हमें आवश्यकता होती है तो बस, अपनी काबिलीयत पर भरोसा करने की और उसे निखारने की। वही हमें किसी भी संघर्ष से बाहर निकाल सकती है, क्योंकि तब हम जानते हैं कि हमें क्या करना है, क्यों करना है, किसलिए करना है और उसका उद्देश्य क्या है? हमारे सामने रास्ते साफ होते हैं, फिर आपको उसके लिए कोई भी कीमत क्यों न चुकानी पड़े, आप कभी उससे नहीं हटते। अपनी काबिलीयत पर भरोसा कीजिए और भरोसा करने के लिए जरूरी है कि आप किसी भी क्षेत्र में हों, खुद को काबिल बनाइए। इतना काबिल बनाइए कि आपका विरोधी भी यह स्वीकार करे कि आपने अपना काम पूरी ईमानदारी और दक्षता के साथ किया है।

2. हमें स्वयं के नेतृत्व में रहना सीखना चाहिए

'मैं की शक्ति' आसान शब्दों में कहें तो स्वयं का विकास। विकास, जो हमें अपने माता-पिता, अध्यापक व मोहल्लों द्वारा मिलता है, जिसे हम प्रेम की भाषा कहते हैं। देना और लेना, प्रेरित करना, प्रेरणा लेना, स्वीकार करना, स्वयं को ढालना, सुनना, प्रकट करना, रोना-हँसना, संयम, क्रोध, जीवन-मृत्यु, अनुभव, सम्मान, अपमान, ईमानदारी-बेईमानी, आनंद, दायित्व, कार्य, कारगुजारी, दोस्ती-दुश्मनी, तेरा व मेरा का भेद जानते हुए हमारे जीवन का पहला दशक परिस्थितियों के मार्गदर्शन में व्यतीत होता है, जो हमारी

उस प्रवृत्ति को बढ़ाता है, विकसित करता है, हमें शुद्ध करता है, जिसके साथ हमने जन्म लिया था। भविष्य के लिए हमें बहुत सूक्ष्मता से तैयार किया जाता है।

हमें दूसरों का नेतृत्व करने से पहले स्वयं के नेतृत्व में रहना सीखना चाहिए। आनेवाले दशकों के साल, उन बीजों के सुपरिणामों, प्रभुत्व, नुकसान, प्रतिरूपण, पोषण होने के हैं, जिन्हें कभी संयोगवश या योजनाबद्ध तरीके से हमारे अंदर बोया गया था। जैसे हमें तैयार किया जाता है, हम वैसे ही बनते हैं और हम बिल्कुल वैसे ही हैं, जैसा हम बनना चाहते थे। जो हम बोते हैं, वही हम काटते हैं। परिस्थितियाँ हमारे लिए एक बाग की तरह हैं, जो बताती हैं कि हम किस-किस प्रकार के माली रहे हैं और हमने अपनी माटी व उसकी उर्वरता के साथ क्या किया? एक बीज से लेकर पौधा और फिर एक विशाल पेड़ बनने की प्रक्रिया से हमारी वास्तविकता उजागर हो जाती है। हम सब अपने व्यक्तित्व के विकास में लगे हैं। जैसे-जैसे हमारी उम्र बढ़ती जाती है, हमारा व्यक्तित्व खुलता जाता है। हम आसपास के लोगों को जानने लगते हैं, आसपास की संरचना को जानने लगते हैं। हम अपने आप में परिवर्तन चाहते हैं। हम ऐसे हों, जैसे और लोग हैं; परंतु हमारा अंतर्मन इसका विरोध करता है। ऐसा इसलिए होता है, क्योंकि हमारी जड़ें मजबूत हो चुकी होती हैं, जो बचपन से हमारे अंदर बोई गई हैं। उन्हीं के चलते या तो हम सफल होते हैं या फिर असफल हो जाते हैं।

बाहर की परिस्थितियों का सामना करने से पहले हमें अपने अंदर के संघर्ष से लड़ना पड़ता है। हम वही होते हैं, बस, हम प्रगति कर रहे होते हैं—पीछे की ओर या फिर आगे की ओर। हम अपने आपको जानते तो हैं, लेकिन हमें हमेशा कीमत चुकानी पड़ती है सीखने की। निरंतर प्रक्रिया के दौरान हमें अपने आचरण की प्रामाणिकता के स्तर की निरंतरता बनाए रखनी चाहिए। जो लोग अपनी बगिया की देखभाल स्वयं करते हैं, उनके अंदर कुछ देने का भाव होता है। उन्होंने पहले दिन से ही दूसरों के लिए जीना सीखा। इसी समर्पण ने गांधीजी को महात्मा, गौतम को बुद्ध, मदर टेरेसा को संत का खिताब दिलवाया। नेल्सन मंडेला, रेमन मैग्सेसे, फ्लोरेंस नाइटिंगेल, स्वामी विवेकानंद आदि विश्व के प्रमुख स्तंभ थे। उनका अंदर का व्यक्तित्व और बाहर का व्यक्तित्व एक समान था। कभी उन्हें जरूरत नहीं पड़ेगी, वह किसी से यह कहें कि लोग उनके साथ खड़े हों। लोग खुद ही उनका अनुसरण करते थे और उन्हीं के व्यक्तित्व ने उन्हें अमर बना दिया। वे इस बात का उदाहरण थे कि वे अपने बाग के खुद माली थे। अंतर केवल इतना है कि पहले दिन से वे ऐसे ही थे और अपने पथ से जीवन भर विचलित नहीं हुए। नेतृत्व सरल और सादगी भरा है। यह एक निरंतर दैनिक प्रक्रिया है। यह चयनशील और मूल्यों पर आधारित है। यह सतर्क पोशाक है। आवश्यकता है तो जीवन की बगिया को सावधानीपूर्वक सींचने की।

3. आप कोई भी बड़ा ओहदा क्यों पाना चाहते हैं?

"मेरे सपनों ने जब आकार लेना शुरू किया था, तब सरला ग्रेवाल कमिश्नर थीं हिमाचल में। पिता उनके बारे में बताते थे कि वे डिप्टी कमिश्नर हैं। जिले को सँभालती हैं। सरकार का जो पावर था, वह मुझे आकर्षित करता था। सरकार का मतलब सेवा और सेवा द्वारा पावर। जब आप पावर से सेवा करेंगे तो आपकी बात मानी जाएगी कि हाथ जोड़कर नहीं। जो अच्छी बात है, ठीक बात है, आई कैन गेट। मैंने 14 साल की उम्र में एन.सी.सी. का यूनिफॉर्म पहन लिया था। 14 साल से लेकर 18 साल तक मैं कॉलेज में रही। मैं 4 साल एन.सी.सी. की अच्छी स्टूडेंट रही। लीडरशिप मुझे आकर्षित करती थी। मम्मी-पिता बहुत मजबूत थे। हमारे लिए हर चीज साधारण और सीधी थी।"

आपने पुलिस-सेवा में आने का निर्णय क्यों किया? पद, ताकत अथवा हैसियत के लिए? यदि हाँ तो जनता का महत्त्व आपकी नजर में बहुत कम होगा, परंतु यह जनता की सेवा के लिए तो फिर आपके विचार आम लोगों पर केंद्रित होंगे। सबसे पहले हमें इस प्रश्न को खुद से पूछना चाहिए कि हम सरकारी सेवा में क्यों आए हैं? आपके लिए क्यों यह नौकरी मायने रखती है? यदि आपके मन से आवाज आती है कि आप जनता की सेवा करने आए हैं तो फिर आगे क्या करना है? किसी को आपको यह बताने की जरूरत नहीं है कि आपको लोगों की सेवा क्यों करनी चाहिए, क्योंकि आप इसे ऐसे ही बिताएँगे।

इस नौकरी के उद्‍देश्यों की पूर्ति कैसे की जाए? यह नौकरी किन व्यक्तियों के लिए है? यदि आपका उत्तर है कि मेरे लिए, मेरे परिवार के लिए और मेरे मित्रों के लिए, तो समझ लीजिए, आप सही स्थान पर नहीं हैं। यदि आप सोचते हैं कि जनता के लिए आप इस सेवा में आए हैं तो आपको बधाई, आप बिल्कुल सही स्थान पर हैं। एक बार फिर इसमें कोई और आपको नहीं बता सकता कि आप लोगों की सेवा क्यों करना चाहते हैं? आपको स्वयं ही अपना मार्गदर्शन करना होगा।

आपको यह काम किस वजह से सबसे ज्यादा प्रभावित करता है? यदि आपके उत्तर में गरीब, कमजोर, वंचित, पिछड़े, जरूरतमंद, बच्चे, शोषित, असहाय व्यक्ति शामिल हैं तो आपका उत्तर सही है। यदि आपका उत्तर यह नहीं है, तब समझ लें कि आप अपने मार्ग से विचलित हो गए हैं। आप ऐसे लोगों के मार्गदर्शन में हैं, जो चाहते हैं कि आप मार्ग से भटक जाएँ।

कोई भी छात्र, जो आई.ए.एस., आई.पी.एस., आई.आर.एस. क्यों बनना चाहता है? क्या वे जानते हैं कि वह सर्वश्रेष्ठ हैं, जो मौजूदा राष्ट्रीय परीक्षा में सफल होकर यहाँ आए हैं और बाकी सारा जीवन उन्हें यही सिद्ध करना है कि वे सर्वश्रेष्ठ हैं? उन्हें जानना चाहिए कि उनके जैसे लोग मुट्‍ठी भर ही हैं। लाखों लोग परीक्षा में बैठते हैं, परंतु कुछ सौ लोग ही सफल हो पाते हैं। उनकी प्रार्थनाएँ सफल हो गई हैं। इसमें उनके

माता-पिता, अध्यापकों, मित्रों, शुभचिंतकों और देश का बहुत बड़ा योगदान है। सबकुछ यथार्थ होगा—वेतन, घर, गाड़ी, सहयोगी, स्टाफ, सेहत, देश-विदेश की यात्राएँ, रुतबा आदि। एक बार काम पर जाने के बाद आपका अनुभव आपको अच्छा सा ऑफिस लेने के लिए प्रेरित करेगा, बड़ा घर, बड़ा ओहदा, चुनिंदा स्थानों पर नौकरी, अतिरिक्त व्यक्तिगत स्टाफ, महँगी गाड़ी। यदि आप पुरुष हैं तो खूब सारा दहेज। क्या आप काम को भी प्राथमिकता देंगे ? क्या जो लोग आपकी बाट जोह रहे हैं, उनका आपके लिए कोई महत्त्व होगा ? क्या आप गाँव और झोंपड़-पट्टी के धूल भरे रास्तों पर जाना पसंद करेंगे, यदि आपके काम की माँग हो ?

क्या आप लोगों की, लोगों के लिए बनी सेवाओं को उन तक पहुँचा पाएँगे ? इसका अर्थ यह है कि आपको आपका ध्यान लोगों की सेवा प्रदान करने की प्रक्रिया पर केंद्रित रखना होगा। क्या आप लोकप्रिय होंगे या अनाम रहेंगे ? क्या आप किसी वी.आई. पी. के दौरे के समय दिखाई देंगे या जनता को भी समान रूप से महत्त्व देंगे ? जब आप लोग उपलब्ध होंगे तो क्या करेंगे ? क्या आप लोगों के साथ सक्रिय चर्चा और बातचीत करेंगे या उनसे दूरी बनाकर रखेंगे ? क्या आप उनकी बातों पर ईमानदारी से सोच-विचार करेंगे ?आप कैसे बातचीत करेंगे ? क्या आप जरूरतमंद लोगों के अहसास को समझ सकेंगे, उनको अपनी बात समझा सकेंगे ? क्या आप खुद से ऐसे प्रश्न करेंगे कि आपको लोगों की बेहतरी के लिए क्या करना चाहिए ? यदि हाँ तो फिर आपको लोगों से संपर्क बनाए रखना होगा, क्योंकि वही आपको सिखा सकते हैं, वही आप में संवेदना का संचार करते हैं और वास्तव में आपको अपनी समस्याओं का समाधान भी बताते हैं, परंतु यह तभी संभव है, जब आपके पास उनकी बात सुनने का समय और संयम हो। आपका लक्ष्य कौन है—जनता या फिर कुछ और ? आप अपने पद को क्या समझते हैं—पद या रुतबा या फिर विश्वास ? यदि आपकी नजर में एक बड़ा रुतबा होता है तो आप उन लोगों से धोखा कर रहे हैं, जिनकी जेब से आपका वेतन आता है और जो आप पर विश्वास करते हैं। यदि आप अपने पद को एक विश्वास नाम देते हैं तो फिर समझिए कि आप लोगों की सेवा के उद्देश्य को पूरा कर रहे हैं। ये प्रश्न-उत्तर सेवाकाल के मार्गदर्शक हैं, जैसे ही हम इन्हें भूल जाते हैं, हम रास्ता भटक जाते हैं। ऐसे बहुत से सवाल एक अधिकारी को हमेशा खुद से पूछने चाहिए। याद रखें, आपका कहा गया हर वाक्य याद रखा जाएगा।

4. शिक्षा एक हथियार की तरह है

हम समाज में किस तरह युवाओं को सामने ला रहे हैं ? एक-तिहाई दिल्ली झुग्गी-झोंपड़ी में रहती है। यदि एक बार वहाँ का जीवन देख लें तो स्पष्ट हो जाएगा, कैसे वहाँ

लड़के-लड़कियाँ एक वयस्क पुरुष और स्त्री बन जाते हैं। गंदी बस्तियाँ आज अपराध, गंदी आदतों, हिंसा, शोषण, अशिक्षा, बेरोजगारी, सेक्स की भूख, भ्रष्टाचार, वेश्या और न जाने कितनी चीजों की जन्म-स्थली बन चुकी हैं। वहाँ पर शराब का अत्यधिक प्रचलन, नशीली दवाओं का सेवन, जुआ—जो कि घर में पड़ोसियों से ऋण लेकर खेला जाता है और एक बड़े व्यापार के रूप में प्रस्तुत हो गया है। बंधुआ मजदूर भी ठीक हमारी नाक के नीचे अपना अस्तित्व बनाए हुए हैं।

इन गंदी बस्तियों की ओर सरकार का कम-से-कम ध्यान जाता है, चाहे वह शिक्षा, सफाई, स्वास्थ्य, रोजगार, समाज-सेवा, अपराध निरोधक किसी भी दृष्टिकोण से हो। इन गंदी बस्तियों के प्रत्येक इंच में बच्चे इधर-उधर घूमते रहते हैं। वे नहीं जानते कि उन्हें दिन भर क्या करना है ? जुआ खेलना, गंदगी चुनना, प्लास्टिक बेचना, एडल्ट फिल्में देखना, लैंगिक क्रियाओं में शामिल होना, ड्रग्स, शराब पीना, पान खाना, जेब काटना, सेंधमारी करना, मंगलवार को हनुमान मंदिर में प्रसाद इकट्ठा करना, भैरव मंदिर में शराब पीना आदि। ऐसी स्थिति में किस-किस तरह के बच्चे समाज में आएँगे ? यहाँ न तो माता-पिता का प्यार मिल पाता है। विद्यालय में सामाजिक नियंत्रण का अभाव है। अपराधों का तेजी से विकास हो रहा है, इसलिए यहाँ अपराध की घटनाएँ होती हैं। आजकल जो भी रिपोर्टिंग होती है, वह शहरी मध्यम वर्ग की अपनी समस्याओं के बारे में होती है; लेकिन इन गरीब अनजान लड़के-लड़कियों को मीडिया की नजर की नेमत नहीं मिल पाती।

गाँव की गंदी बस्तियाँ हों या शहरों की गंदी बस्तियाँ, सब जगह शिक्षक और शिक्षित होते हैं। यहाँ के युवा वर्ग का सामना हर किसी चीज से होता है, मूल्यों को छोड़कर। दिशाहीन युवा अनियंत्रित हो जाते हैं। वे उच्छृंखलता और मनोरंजन के लिए अत्यधिक लालायित हो जाते हैं। विज्ञान, तेज गति, पुरुष व महिलाओं का न्यूनतम पहनावा, जो बिल्कुल भोंडा और शारीरिक प्रदर्शन का जरिया मात्र है, किस तरह के युवा इस माहौल में जन्म लेंगे ? समाज इतने सारे रावण पैदा करेगा और पुलिस पकड़कर कोर्ट में ले जाएगी। असली रावण जानता है, दशहरा सिर्फ प्रतीक के रूप में होता है।

उस युवा वर्ग को आवश्यकता है स्कूलों की, अच्छे मूल्यों की, जो उन्हें सही व गलत बता सकें। किरण बेदी ने 'नवज्योति' नाम का एक गैर-सरकारी संगठन खोला, जहाँ एक छोटे से स्कूल से शुरुआत की गई। वह एक छोटा सा प्रयास था, लेकिन ढेर सारी संभावनाओं के साथ 'नवज्योति' ने पूरी शक्ति के साथ अपना कार्य जारी रखा। आज यमुना पुश्ते की 1,50,000 की आबादी वाली गंदी बस्ती के बच्चे इस प्राथमिक शिक्षा कार्यक्रम से लाभ पा रहे हैं। इस स्कूल में बच्चे पढ़ने के लिए आ सकें, इसके लिए जरूरी है, हर माँ-बाप अपने बच्चे को अपनी इच्छा से भेजें।

गरीब परिवार का प्रत्येक बच्चा प्रतिदिन 50 रुपए, प्रतिमाह 400 रुपए अर्जित करता है। यह कमाई कचरा बीनकर, प्लास्टिक इकट्ठा करके, यमुना नदी में छलाँग लगाकर उसमें फेंके गए सिक्के इकट्ठा करके, चोरी करके, उठाईगीरी करके करते हैं। बच्चों के माँ-बाप और परिवार के लिए परिवार का बड़ा आकार कोई मायने नहीं रखता। बच्चों को स्कूल लाने और उन्हें अपराध की दुनिया में जाने से रोकने तथा उनके कल्याण के लिए 'नवज्योति' ने गली स्कूल खोला, जिसमें 7,000 बच्चे अपने माता-पिता और अभिभावकों की अनुमति से आए। यही उनकी सफलता की कहानी है। शिक्षा किसी भी बुराई को खत्म करने के लिए एक हथियार की तरह है। आज समाज को ऐसी शिक्षा की जरूरत है, जो हमारे अंदर गलत को ठीक करने का जुनून और निडरता पैदा कर सके, हमारे अंदर बेहतर मूल्यों का निर्माण कर सके और हमें एक अच्छी दिशा दे सके।

5. सामाजिक विकास

पुरुष परंपरागत रूप से प्रगतिवादी रहे हैं। यहाँ मैं पुरुषों की निंदा नहीं कर रही हूँ। दरअसल, पुरुष ऐसे ही स्वभाववाले होते हैं। वे आदेश, निर्देश और नियंत्रण जैसी शब्दावली के अभ्यस्त होते हैं। वे अकसर न तो महिलाओं की बातें सुनना पसंद करते हैं, न ही उनकी चर्चा व परिचर्चा में भाग लेते हैं। सच तो यह है कि अधिकांश पुरुष महिलाओं के संदर्भ में बिना कुछ निवेश किए ही स्वीकार करने के लिए सिर्फ उनसे जीतना चाहते हैं। महिलाओं के प्रति पुरुषों का नजरिया उनके दादा व पिता के पास के जमाने से कुछ अलग नहीं होता है। इसमें कुछ अपवाद हमेशा होते हैं। जब तक देश की महिलाएँ देने की जगह हमेशा लेने के पद पर विराजमान रहेंगी, तब तक उन्हें लगातार अन्याय सहन करना होगा। महिलाओं को हमें सशक्त बनाने की जरूरत है, उन्हें ऐसे पद पर पहुँचाने की जरूरत है, जहाँ उन्हें त्याग करने की बजाय चुनाव करना पड़े। समाज का विकास तभी संभव है, जब स्त्री व पुरुष मिलकर काम करें, न कि एक-दूसरे को नीचा दिखाएँ और कम आँकें।

6. हिंसा हमारे कार्य से जुड़ी नहीं होती

फिलीपींस की राजधानी मनीला में किरण बेदी को एशिया का सबसे प्रतिष्ठित पुरस्कार प्रदान किया गया। वह संसार की एकमात्र पुलिस अफसर हैं, जिन्हें 'शांति पुरस्कार' प्राप्त हुआ। उन्हें 'रेमन मैग्सेसे पुरस्कार' से सम्मानित किया गया। इस तरह का पुरस्कार प्रदान किया जाना पराकाष्ठा के असामान्य मेल का द्योतक है। हम कह सकते हैं कि उन्होंने जो कुछ भी किया, अपने कर्तव्य के प्रति ईमानदार होकर किया।

अपनी 21 वर्ष की पुलिस सेवा के पश्चात् मैंने ये सब महसूस किया। मुझे तत्काल

प्रभाव से महानिरीक्षक के पद पर नियुक्त किया गया था। दिल्ली का महानिरीक्षक पद कई महीनों से खाली पड़ा था। इसी दौरान मैं एक सहयोगी से मिली, जो अपने विशाल कक्ष में शीशे की मेज के पीछे कुरसी पर बैठे हुए थे। उन्होंने मुझसे कहा, "किरण, कहाँ जा रही हो तुम ? क्या करोगी वहाँ जाकर ? वहाँ कुछ भी तो काम नहीं है।"

मैंने पूछा, "क्यों ?"

"मैं कई साल पहले मैं महानिरीक्षक था। मेरे पास दिन भर में केवल दो फाइलें आती थीं। अतः मैं उन्हें अपने घर मँगवाकर ही निपटा दिया करता था या फिर मेरे पास जो अतिरिक्त प्रभार था, उसे देखता था। इसलिए मैं चाहूँगा कि तुम वहाँ से जल्दी निकल जाओ।"

मैं समझ गई थी कि वे किसी जगह गलती से थे। मैंने महसूस किया कि वे इतनी ऊँची जगह बैठ गए हैं, जहाँ से हजारों इनसानों की तिल-तिल कर बीतती जिंदगी उन्हें छोटी जगह दिखाई पड़ती है।

शैक्षणिक शोध कार्यों के लिए दी जानेवाली भारतीय छात्रवृत्ति में 'नेहरू फेलोशिप' का विशेष स्थान है। इससे प्राप्त धनराशि और अपनी बचत जमा राशि के सहारे मैंने पूर्व व पश्चिम की अनेक जेलों की जानकारी प्राप्त करने के लिए दो बार विश्व-भ्रमण किया। मैंने लंदन, एडिनबरा, विएना, वाशिंगटन, सैन फ्रांसिस्को, टोक्यो, हांगकांग, कोलंबो जैसी जेलों का दौरा किया। इन दौरों से मुझे पूर्व व पश्चिम की जेलों के तुलनात्मक अध्ययन का अवसर मिला और यह देखने का अवसर भी मिला कि दुनिया की बड़ी जेलों में से एक हमारी तिहाड़ जेल की क्या स्थिति है और हम कहाँ खड़े हैं ? मेरा छोटा कद और कम वजन देखकर किसी को तब तक विश्वास नहीं हुआ, जब तक मैंने उनके साथ बात करके उन्हें यह नहीं बताया कि मैं भारत की सबसे बड़ी जेल की महिला प्रमुख हूँ। इन मुलाकातों के दौरान किसी भी जेल में मुझे कोई ऐसा सुपरवाइजर, गवर्नर, वार्डन नहीं मिला, जिसके सामने हमारे जैसी बहुत समस्याएँ हैं। कहीं मुझे कोई ऐसी महिला नहीं मिली, जो पुरुषों की जेल की प्रमुख हो।

जब तक मैंने दस्तावेजी सुबूत नहीं दिखाए, किसी को मेरी बात पर विश्वास नहीं हुआ कि मेरी जेल दंगा-मुक्त है कि वहाँ कोई धूम्रपान नहीं करता कि हमारी जेल में लगभग 1,100 पुरुष व महिला बंदियों का विपश्यना ध्यान शिविर लगता था। मैंने वहाँ के कैदियों के प्रशिक्षण कार्यक्रमों के दौरान कैदियों से बातचीत की, लेकिन किसी भी जेल में मेरी जेल की तरह कैदियों के साथ 300 से अधिक गैर सरकारी स्वयंसेवी संस्थाओं के लोग नजर नहीं आए। वहाँ की जेलों में प्रेस वालों को जाने की मनाही थी; जबकि हमारी जेल में पत्रकारों के लिए नियमित दौरे की व्यवस्था थी, ताकि वे अंदर के हालात खुद अपनी आँखों से देख सकें और सामाजिक सरोकारों के मुद्दों को उठा सकें।

अपने दौरे की समाप्ति के बाद जहाँ मुझे वहाँ की जेलों में उपलब्ध ढाँचागत सुविधाओं को देखकर ईर्ष्या हुई, वहीं उन लोगों को हमारे कैदियों के मनचाहे कार्यक्रम में भाग लेने, उन्हें स्वीकार करने की जानकारी पाकर हैरानी हुई।

इन यात्राओं से मुझे भारतीय होने का गौरव हासिल हुआ। हमें गर्व है कि हम जो कुछ भी करते हैं, वह अपनी अहिंसा, करुणा, क्षमा, त्याग और निस्स्वार्थ भावना की अपनी प्राचीन परंपरा के अनुसार करते हैं। इसमें समाज की भी सहभागिता प्राप्त होती है। मैंने महसूस किया कि हम जहाँ विश्वास के साथ शुरुआत करते हैं, वहीं विदेशी जेलों में अविश्वास के माहौल से शुरुआत होती है। उदाहरण के तौर पर, वहाँ की जेल में कैदियों को नंगा करके उनकी तलाशी ली जाती है कि कहीं कोई मादक पदार्थ तो अंदर नहीं ले जा रहे या फिर उन्हें हफ्तों तक अलग कोठरी में रखा जाता है, ताकि यदि वे अपने शरीर के अंदरूनी भागों या पेट में कोई नशीली दवा ले जा रहे हों तो वह अपने आप ही निकल जाए। इस सबके बावजूद वे अपने शरीर में छुपाकर नशीली दवाएँ जेल में पहुँचा देते हैं।

किरण बेदी कहती हैं, "मेरे लिए पुलिस अधिकारी होना ही महत्त्वपूर्ण नहीं है, बल्कि इससे ज्यादा महत्त्व इस बात का है कि मैं उस स्थिति में हूँ, जहाँ से मैं अपने लिए समुचित मानसिक व भौतिक सामग्री एकत्रित कर सकती हूँ। इस स्थिति में होने के कारण मैं मामलों का मूल्यांकन कर सकती हूँ, स्वयं निर्णय ले सकती हूँ और फलस्वरूप बिना किसी को दोषी ठहराए परिणाम को भोग या झेल सकती हूँ। मैंने कोशिश करके अब वह पद पा लिया है। अब मुझे किसी बात का इंतजार करने तथा औरों से कुछ माँगने की जरूरत नहीं है। अब मैं दूसरों को कुछ दे सकती हूँ, उनसे साझेदारी कर सकती हूँ। कुछ उपार्जित कर पाने की लालसा ही मेरी समझ में अस्तित्व का मूल आधार है। मैंने इस पक्ष पर अनेक बार सोचा है और यह समझने का प्रयास किया है कि कैसे यह मेरे भीतर के चेतन व अवचेतन में विकसित हुआ है।"

पुलिस अधिकारी का नाम सुनते ही हमारे दिमाग में एक ऐसा व्यक्तित्व और छवि बनने लगती है, जो हर किसी घटना या दुर्घटना का उग्रतापूर्वक सामना करती है; लेकिन उसके विपरीत, किरण बेदी एक ऐसा व्यक्तित्व धारण करती हैं, जिन्हें 'शांति पुरस्कार' से नवाजा गया है।

7. असंभव कुछ नहीं

जिंदगी में कुछ भी असंभव नहीं है, कोई भी लक्ष्य असंभव नहीं है। किसी भी लक्ष्य को हासिल करने के लिए हमें सिर्फ कोशिश करने की जरूरत है। कोशिश हर असंभव को संभव बना देती है। लक्ष्य कितने भी बड़े हों, उनके लिए प्रयास जरूरी है, तभी वे

संभव होते हैं। हमारी ऊर्जा को कम करने की बजाय उसे सतत चार्ज करने में ही खुशी है और वे लोग, जो अपनी ऊर्जा को समय-समय पर चार्ज करते हैं, वे कभी असफल नहीं होते।

'असफलता एक चुनौती है, स्वीकार करो,
क्या कमी रह गई, देखो और सुधार करो।
जब तक न सफल हो, नींद-चैन को त्यागो तुम,
संघर्ष का मैदान छोड़ मत भागो तुम।
कुछ किए बिना ही जय-जयकार नहीं होती,
कोशिश करनेवालों की कभी हार नहीं होती।'

—सोहनलाल द्विवेदी

□

ग्रांट कार्डोन

ग्रांट कार्डोन 'द 10X रूल' के बेस्ट सेलिंग लेखक हैं। वे एक सेल्स ट्रेनर, स्पीकर एवं उद्यमी हैं, जिन्होंने रियल एस्टेट और ऑटो इंडस्ट्री में काम किया है। उन्हें 'फोर्ब्स' पत्रिका द्वारा वर्ष 2017 में 'नंबर वन मार्केटियर' नामित किया गया था।

1. कामयाबी लगातार बने रहने में है

एक बार जब आप वांछित अंत को प्राप्त कर लेते हैं तो यह मुद्दा बनता है कि क्या आप परिणाम को बनाए रखने के लिए अपने कार्य को बनाए रख सकते हैं, गुणा कर सकते हैं और दोहरा सकते हैं? यद्यपि सफलता एक निपुण करतब का वर्णन कर सकती है, लेकिन आमतौर पर लोग अपने किए गए काम के संदर्भ में सफलता का अध्ययन नहीं करते। कोई फर्क नहीं पड़ता कि आप पहले से ही कितना हासिल कर चुके हैं, आप भविष्य में उपलब्धियों को जारी रखना चाहते हैं। यदि आप सफल होने की कोशिश करना बंद कर देते हैं तो चीजें बदल जाती हैं। कुछ भी हमेशा नहीं रहता, क्योंकि चीजों को बनाए रखने के लिए ताकत की आवश्यकता होती है, उन्हें ध्यान और काररवाई की आवश्यकता होती है। आखिरकार एक शादी, शादी के दिन महसूस किए गए प्यार से खुद को दूर नहीं रख सकती।

लेकिन जो लोग अपने पेशेवर और व्यक्तिगत जीवन में अत्यधिक सफल होते हैं, वे काम करने और धन कमाने के बाद भी काम करते हैं और धन कमाते हैं। दुनिया के लोग उनको आश्चर्य और भ्रम के साथ देखते हैं और सवाल पूछते हैं 'फिर भी इतना काम क्यों करते हैं?' इसका उत्तर सरल है। बेहद सफल लोग जानते हैं कि नई उपलब्धियों को महसूस करने के लिए उनके प्रयासों को जारी रखना चाहिए। एक बार इच्छित वस्तु या लक्ष्य के लिए शिकार को छोड़ दिया जाता है तो सफलता का चक्र समाप्त हो जाता है। वे समझते हैं कि उनका नैतिक दायित्व होता है कि अपनी कंपनी, अपने परिवार और अपने लिए तथा अपने भविष्य के लिए सफलता पैदा करें।

वास्तविकता यह है कि ज्यादातर लोगों के पास सफलता परिभाषित नहीं है। कई लोग अपने जीवन में कम से कुछ अधिक चाहते हैं।

सफलता की परिभाषा वास्तव में इस बात पर निर्भर करती है कि कोई व्यक्ति जीवन में कहाँ है या उसका क्या उद्‌देश्य है। शुरुआती बचपन में सफलता का अर्थ पहली बार भत्ता प्राप्त करना हो सकता है, लेकिन अब यह कुछ साल बाद रोचकता की बात नहीं होगी। जब किशोरावस्था में सफलता का अर्थ व्यक्तियों को खुद का बेडरूम, सेल फोन मिलना हो सकता है। '20 के दशक की शुरुआत में सफलता का अर्थ हो सकता है कि आप अपना पहला अपार्टमेंट खरीदें, अपना पहला वाहन प्राप्त करें। बाद में शादी, बच्चे, अत्यधिक पदोन्नति, ज्यादा पैसा हो सकता है। जैसे-जैसे उम्र और स्थितियाँ बदलती हैं, आपके द्वारा सफलता को परिभाषित करने के तरीके बदल जाएँगे। जब आप बहुत बड़े हो जाते हैं तो आप एक अच्छे स्वास्थ्य, परिवार, पोते, अपनी विरासत रखना, आप कैसे याद किए जाएँगे, में सफलता मिलने की संभावना है। जहाँ आप जीवन में हैं, आप जिन परिस्थितियों का सामना कर रहे हैं और जिन परिस्थितियों, घटनाओं और लोगों पर आपका ध्यान केंद्रित है, वही आपकी सफलता की परिभाषा को प्रभावित करेंगे। सफलता किसी भी संख्या में वास्तविक वित्तीय, आध्यात्मिक, शारीरिक, मानसिक, भावात्मक, परोपकारी, सांप्रदायिक या पारिवारिक हो सकती है। हालाँकि जहाँ भी आप इसे पाते हैं, सफलता के बारे में जानने के लिए सबसे महत्त्वपूर्ण चीजें हैं—इसे पाना और सँभालकर रखना।

2. औसत सीमा से बाहर निकलें

चारों ओर देखो, आपको औसत भरी दुनिया देखेगी। औसत बनने की लत आपके सपनों की वास्तविकता बनने की संभावना को मार सकती है। औसत कार्यकर्ता एक वर्ष में औसतन एक पुस्तक से कम पढ़ता है। औसतन व्यक्ति प्रति सप्ताह 37.5 घंटे काम करता है। यह व्यक्ति अमेरिका के शीर्ष सी.ई.ओ. की तुलना में 319 गुना कम पैसे कमाता है, जो एक वर्ष में 60 से अधिक पुस्तकें पढ़ने का दावा करते हैं। उनकी सफलता का कारण क्या है, हालाँकि हम अकसर यह सराहना करने में विफल रहते हैं कि ये लोग आज जो भी हैं, उन्होंने उसे पाने के लिए क्या किया ? यह हमेशा ऐसा नहीं लग सकता कि वह बहुत मेहनत कर रहे हैं। हम अकसर इस सत्य को खारिज करते हैं कि वे किसी तरह सही स्कूल में भाग लेने, सही कनेक्शन बनाने में कामयाब रहे और फिर खाद्य श्रृंखला को आगे बढ़ाने के लिए जो आवश्यक था, वह किया। उन्होंने अपनी सफलता को पाने के लिए अथक प्रयास किया है। उन्हीं प्रयासों के कारण उनको आज उनकी सफलता के लिए पुरस्कृत किया जा रहा है।

औसत व्यक्ति कभी भी औसत से अधिक कुछ नहीं देता और जो आमतौर पर बहुत कम होता है। औसत सोच और कार्य आपको केवल दु:ख, अनिश्चितता, विफलता की गारंटी देते हैं। उन सभी चीजों से छुटकारा पाएँ, चाहे वे आपके सलाहकार हों, दोस्त हों, जो आपको औसत प्राप्त करने की सलाह देते हैं। सफलता आपका कर्तव्य, दायित्व और जिम्मेदारी है। अपनी सोच को सबसे आगे ले जाएँ, अपने आपको हमेशा असाधारण विचारकों और कर्ताओं से घिरा हुआ रखें। याद रखें कि आपका व्यवहार ही आपके जीवन को प्रेरित करता है। अगर आप औसत व्यवहार करेंगे तो आपको कुछ भी असाधारण कभी नहीं मिलेगा। 'औसत' बहुत ठेठ, साधारण और सामान्य सा शब्द है।

3. हम ज्यादातर समय यह सोचने में निकालते हैं कि दूसरे के पास क्या है

वह आदमी, जो मेरे बगल में रहता है, संयोग से हॉलीवुड के सबसे प्रसिद्ध अभिनेताओं में से एक है। वह एक प्रमुख स्टार और एक अविश्वसनीय अभिनेता है। मेरे घर को उसके घर से अलग करनेवाली सड़क पर गड्ढे हैं, जो शहर को कभी ठीक करने में सक्षम नहीं लगते। एक और पड़ोसी, जो गली के अंत में रहता है, यह सलाह देने के लिए पीड़ित था कि फिल्म स्टार सड़क को ठीक करवा सकता है, क्योंकि वह एक फिल्म के लिए 2 करोड़ डॉलर कमाता है।

सफलता के संबंध में शक्ति की विचार-प्रक्रिया से मैं हैरान था। सिर्फ इसलिए कि अभिनेता ने उससे परे सफलता हासिल की थी, जो पड़ोस में हममें से किसी के पास नहीं थी। पड़ोसी ने कहा, उसे सड़क को ठीक करने के लिए बिल तैयार करना चाहिए। मैं सोच रहा था कि हम लोगों को उसके लिए सड़क में सुधार करना चाहिए, क्योंकि वह हमारे पड़ोस के मूल्यों में सुधार करता है।

जब कुछ टी.वी. पर्सनैलिटी को बड़े पैमाने पर वित्तीय अनुबंध मिलता है तो लोग अकसर पूछते हैं, एक व्यक्ति को इतने पैसे कैसे मिल सकते हैं? लेकिन पैसा आदमी द्वारा बनाया जाता है और मशीन द्वारा मुद्रित किया जाता है। पैसे की कमी नहीं है। यह केवल मूल्य में कटौती से ग्रसित है।

अधिकांशत: लोगों द्वारा ईर्ष्या असहमति, अशुचिता, सुझावों की अभिव्यक्ति के माध्यम से जाहिर की जाती है, जो बड़े पैमाने पर हैं और फिर भी अधिक-से-अधिक पैसा कमाते हैं। उन्हीं को अलग तरीके से मुआवजा दिया जाता है। कितनी बार आप किसी को यह दावा करते सुनते हैं कि दिन में पर्याप्त समय नहीं है या कोई शिकायत करता है कि कोई अच्छी नौकरी नहीं है या कोई भी काम पर रखनेवाला नहीं है। वास्तविकता यह है कि भले ही 20 प्रतिशत आबादी बेरोजगार हो, 80 प्रतिशत के पास

नौकरियाँ हैं। हम इस बात से अधिक परेशान हैं कि दूसरे के पास इतना अधिक क्यों है? चाहे उसने आपका छीना न हो।

4. जिम्मेदारी लेना सीखें

ज्यादातर लोग चार चीजों में विश्वास करते हैं। बुरी चीजें सिर्फ उन्हीं के साथ होती हैं। बुरी चीजें अकसर उनके साथ होती हैं और वे लगातार होती हैं। इसके लिए और लोग दोषी हैं। सफल लोग विपरीत रुख अपनाते हैं। उनके जीवन में जो कुछ भी होता है, उसे वे जिम्मेदारी के साथ स्वीकार करते हैं और आगे ऐसी स्थिति न आए, उसके लिए नए तरीके तलाशते हैं। हर अप्रिय मुठभेड़ या घटना के बाद अपने आप से पूछना शुरू करें, 'यह फिर से दोबारा न हो, उसके लिए मैं क्या कर सकता हूँ?' किसी भी समस्या का हल अवश्य होता है, अगर हम ठंडे दिमाग से जिम्मेदारी के साथ सोचें।

सफलता ऐसी चीज नहीं है, जो आपके साथ घटित होती है। यह कुछ ऐसा है, जो आपके कारण और आपके द्वारा किए गए कार्यों के कारण होता है। जो लोग जिम्मेदारी लेने से इनकार करते हैं, वे आमतौर पर ज्यादा काररवाई करने में विश्वास नहीं करते और बाद में सफलता के खेल में सफल नहीं होते। सफल लोग खुद के लिए सफलता हासिल करने और सफल होने के लिए बहुत उच्च स्तर की जवाबदेही स्वीकार करते हैं। सफल लोग दोषपूर्ण खेल से घृणा करते हैं और जानते हैं कि कुछ अच्छा करने के लिए बेहतर है कि अच्छा हो या बुरा, आप उसे स्वीकार करेंगे।

जीवन में आप कहाँ जाना चाहते हैं? इसे पाने के लिए आपको इस दृष्टिकोण को अपनाना चाहिए कि आपके संसार में जो कुछ भी हो रहा है—अच्छा, बुरा या कुछ भी, आप उसका कारण हैं। मैं अपने साथ होनेवाली हर चीज पर नियंत्रण रखता हूँ; यहाँ तक कि उन चीजों के लिए भी, जिन पर मेरा कोई नियंत्रण नहीं है। अगर किसी समय पर मैं नियंत्रण में हूँ या नहीं, मैं जिम्मेदारी और नियंत्रण का दावा करने के लिए चुनाव करता हूँ, ताकि मैं अपनी स्थिति को आगे बढ़ाने के लिए कुछ कर सकूँ। उदाहरण के लिए, बिजली चली जाती है तो शहर या राज्य को ब्लैक आउट के लिए दोषी ठहराने के बजाय मैं देखता हूँ कि अगली बार ऐसा होने पर मैं नकारात्मक रूप से प्रभावित न होने के लिए क्या कर सकता हूँ? नियंत्रण के लिए कुछ अनिवार्य आवश्यकताएँ हैं। उन्हें भ्रमित न करें, बल्कि यह बस, उच्च स्तरीय जिम्मेदारी का भाग है। यह प्रभावी समाधान उत्पन्न करने का एक तरीका है।

वास्तविकता यह है कि मेरे पास बिजली चली जाने के बाद उसके विकल्प में कुछ भी नहीं था। यह एक ही समय में बिजली का उपयोग करनेवाले कई लोग, मौसम, भूकंप या किसी ट्रांसफॉर्मर के खराब होने के कारण हो सकता है। मैंने बिजली का बिल भरा,

इसके लिए मैं दूसरे लोगों को दोष नहीं दे सकता, क्योंकि मैं अपना पानी नहीं भर पा रहा हूँ, कंप्यूटर चलाने में असमर्थ हूँ, ठंडा पानी नहीं पी रहा हूँ; लेकिन इससे कुछ नहीं बदलेगा। अगर आप अपना कर्तव्य और जिम्मेदारी समझते हैं तो आपके लिए अब राज्य को दोष देना थोड़ा कठिन है। यदि आप रोशनी, गरमी या खाद्य पदार्थ के बिना सफल हैं तो अपने आपको असफल मानना कठिन है।

जब मैं स्थिति के लिए अपनी जिम्मेदारी को स्वीकार करता हूँ तो मैं संभवतः एक समाधान को आगे बढ़ा लूँगा। यह सिर्फ मेरे साथ नहीं हुआ, क्योंकि बिजली चली गई थी; मेरे साथ हुआ, क्योंकि मेरे पास बैकअप जेनरेटर नहीं था। यह दुर्भाग्य बुरा नियोजन नहीं था या किसी और पर जिम्मेदारी बदलने का परिणाम था। स्वार्थी मत बनो। एक बार जब आप नियंत्रण कर लेने और जिम्मेदारी लेना तय कर लेते हैं तो आप अपने जीवन को बेहतर बनाने के लिए सफल समाधान खोजने लगेंगे। नियंत्रण स्थापित करें और स्थिति को अपनाएँ। अपनाते हुए जिम्मेदारी को बढ़ाएँ। स्थिति पर नियंत्रण करना सीखें। यहाँ तक कि उन चीजों पर भी, जिन्हें आपने पहले नियंत्रण में नहीं माना है। आप हमेशा जीतने पर क्रेडिट लेने के लिए तैयार रहते हैं; लेकिन आप तब भी क्रेडिट लें, जब आप लगातार हार रहे हैं। अपनी जिम्मेदारी के स्तर को बढ़ाएँ और समाधान खोजें, फिर खुद के लिए अधिक सफलता उत्पन्न करने की क्षमता स्वाभाविक रूप से बढ़ जाएगी। किसी अन्य को दोष देने से केवल यह पता चलता है कि आप कब तक पीड़ित और गुलाम रहेंगे। नियंत्रण मान लेने से आप यह देखना शुरू कर सकते हैं कि आप सुनिश्चित करने के लिए क्या कर सकते हैं कि नकारात्मक घटनाएँ न हों। आप अपने जीवन में गुणवत्ता में सुधार कर सकते हैं और विपरीत होनेवाली दुर्भाग्यपूर्ण घटनाओं को कम कर सकते हैं।

5. अपने लक्ष्य से चिपके रहें

लोग अपने लक्ष्य से चिपके नहीं रहते, उन्हें पूरा करने में असफल रहते हैं; क्योंकि वे शुरू से ही उच्च लक्ष्य स्थापित करने में विफल रहते हैं। अधिकांश लोग अपने लक्ष्यों के बारे में इतने उदासीन होते हैं कि वे उन्हें केवल वर्ष में एक बार लिखते हैं। कुछ भी करने लायक—कुछ भी—साल में एक या दो बार नहीं किया जाता, जिन चीजों पर आपका जीवन निर्भर करता है। ये उन कार्यों पर आधारित होती हैं, जो आप रोजाना करते हैं।

अच्छा विकल्प यह है कि अपने लक्ष्यों को शब्द दें। मैं अपने बिस्तर के बगल में एक पैड रखता हूँ, ताकि मैं अपने लक्ष्यों को प्रत्येक सुबह रिकॉर्ड कर सकूँ। मैं अपने कार्यालय में भी पैड रखता हूँ, जिस पर मैं नए व बेहतर उद्‍देश्यों को दर्ज कर सकता हूँ। मैं उन्हें भी लिखता हूँ, जिन्हें मैं पहले ही हासिल कर चुका हूँ, चाहे मेरे पास लगभग

500 अपार्टमेंट हैं। मैंने 12 या अधिक बिकनेवाली पुस्तकों को लिखा है। मेरा वैवाहिक जीवन सुखद व आनंदपूर्ण है। समुद्र पर एक सुंदर घर है। मेरे पास कोई कर्ज नहीं है। मेरे पास एक सफल टी.वी. शो है। मैं अपने चर्च को सबसे बड़ा दान करता हूँ। अपने आपसे हमेशा पूछें कि क्या आपके द्वारा निर्धारित लक्ष्य आपकी क्षमता के बराबर है? अधिकांशत: लोग स्वीकार करेंगे कि उनके लक्ष्य उनकी क्षमता से काफी नीचे हैं, क्योंकि दुनिया के अधिकतर लोग छोटे, पर्याप्त, यथार्थवादी लक्ष्य निर्धारित करने के लिए आश्वस्त, सहमत और यहाँ तक कि शिक्षित भी हैं। आप हमेशा इन छह चीजों को अपने दिमाग में रखें एवं अपने लक्ष्य को लिखें और तब तक लिखें, जब तक कि वे आपको हासिल न हो जाएँ—

1. आप इन्हें अपने लिए निर्धारित कर रहे हैं, किसी और के लिए नहीं।
2. कुछ भी असंभव नहीं है।
3. आपके पास जितना अहसास है, उससे कहीं अधिक क्षमता है।
4. सफलता आपका कर्तव्य है, साथ ही दायित्व भी है।
5. सफलता की कोई कमी नहीं है।
6. लक्ष्य के आकार के बावजूद इसके लिए कार्य करने की आवश्यकता होगी।

6. यथार्थवादी सोच से दूर रहें

यदि आप एक माता-पिता हैं तो यथार्थवादी लक्षण कभी अपने बच्चों के लिए निर्धारित न करें, क्योंकि अगर आप ऐसे लक्ष्य निर्धारित करते हैं तो वे आप ही के साथ यथार्थवादी जीवन जीते हैं। मैं 'यथार्थवादी' शब्द का तिरस्कार करता हूँ। यथार्थवादी सोच इस बात पर आधारित है कि दूसरे क्या सोचते हैं; लेकिन आप क्या हैं, आपकी क्षमता क्या है और आपके उद्देश्यों को जानने का यथार्थवाद के पास कोई तरीका नहीं है। अगर आप दूसरों के विचारों के आधार पर लक्ष्य निर्धारित करने जा रहे हैं तो सुनिश्चित करें। आप देखेंगे कि जितने भी सफल लोग हुए, वे यथार्थवादी नहीं थे। स्टीव जॉब्स सोचते थे कि ऐसा उत्पाद तैयार किया जा सके, जो हमेशा के लिए हमारे ग्रह को बदल दे। देखिए, उन्होंने एप्पल और फीचर्स के साथ क्या किया है! बहुत कम लोग उस रास्ते पर चल पाते हैं, क्योंकि ज्यादातर लोग वही करते हैं, जो आसपास लोग कर रहे हैं। ज्यादातर लोग कॉलेज जाते हैं, इसलिए नहीं कि वे चाहते हैं, बल्कि इसलिए कि उन्हें कहा जाता है कि वे जाएँ। ज्यादातर लोग किसी धर्म से संबंधित हैं, वह इसलिए, क्योंकि उन्हें बताया गया है। ज्यादातर लोग केवल वही भाषा बोलते हैं, जो उनका परिवार बोलता है और जिंदगी भर किसी दूसरी भाषा को सीखने के लिए समय नहीं निकाल

पाते। हम हमेशा अपने माता–पिता, शिक्षकों, दोस्तों द्वारा लिये गए निर्णयों से प्रभावित होते हैं और उसके बाद हमारी सीमाएँ निर्धारित की जाती हैं। यह इतना सामान्य है कि अगर आपके पास सबसे करीबी छह सहयोगियों से उनके लक्षण के बारे में पूछा जाए तो कोई भी आपके लक्ष्य को पहचान सकता है। जब आप अपने लक्ष्य निर्धारित करते हैं तो इस बात का ध्यान रखें और जागरूक रहें, जिससे कि आप अपनी संभावनाओं को कम न समझें।

7. प्रयास के विकल्प सदैव खुले होते हैं

सफल बनने के लिए कितने प्रयास की आवश्यकता है। आश्चर्य की बात है कि हर कोई गुप्त शॉर्टकट की तलाश कर रहा है और सामान्य रूप से कोई शॉर्टकट नहीं है। आप जितना अधिक प्रयास करेंगे, आपकी संभावना उतनी ही बेहतर होगी। अनुशासित, सुसंगत और लगातार प्रयास किसी भी अन्य चीज के संयोजन की तुलना में सफलता के निर्माण में एक निर्धारित कारक से अधिक है। यह समझना कि कैसे गणना करना और फिर सही मात्रा में प्रयास करना आपकी अवधारणा, विचार, आविष्कार या व्यावसायिक योजना से अधिक महत्त्वपूर्ण है। ज्यादातर लोग केवल इसलिए असफल हो जाते हैं, क्योंकि वे गलत जगह प्रयास कर रहे होते हैं। आपके पास चार विकल्प होते हैं—

(क) कुछ मत करो

ऐसे लोग, जो किसी क्षेत्र में सीखने, हासिल करने या निरंतर करने के लिए खुद को आगे नहीं बढ़ाते। जो लोग अपने कॅरियर, रिश्ते या किसी भी क्षेत्र में कुछ भी चाहते हैं, उसके लिए कोई प्रयास नहीं करना चाहते। उन्होंने अपने सपनों को छोड़ दिया है और जो भी आता है, उसे स्वीकार कर लेते हैं। इसमें बोरियत, सुस्ती, उदासीनता और उद्देश्य की कमी को प्रदर्शित करना शामिल है। इस समूह के लोग अपना समय व ऊर्जा अपनी कमियों को सही ठहराने और बहाने बनाने में लगाते हैं। जब सुबह अलार्म बजता है तो ऐसे लोग उसे बंद कर दोबारा सोना पसंद करते हैं, जबकि इसके विपरीत हो सकता है। जो लोग कुछ नहीं करते, वे अपने दोस्तों व परिवार से आग्रह करेंगे कि वे संतुष्ट हैं। यही सभी को भ्रमित करने का कार्य करता है, क्योंकि वे अपनी क्षमता का उपयोग नहीं करते हैं।

(ख) पीछे हटनेवाले

नकारात्मक अनुभवों से बचने के लिए लोग पीछे हट जाते हैं। वे कल्पना करते हैं कि प्रयास करने के परिणाम क्या आएँगे! अगर वे फलदायी नहीं हुए तो? इसलिए वे

पीछे हटने का फैसला करते हैं। हमें बचपन से ही हिदायत दी जाती है—उसे मत छुओ, सावधान रहो, उससे बात मत करो, उससे दूर हो जाओ; और इसी तरह फिर कारवाई के रूप में हम पीछे हटना शुरू कर देते हैं। हम उन चीजों से दूर हो जाते हैं, जिनके बारे में हम सबसे अधिक उत्सुक हैं। यद्यपि यह अकसर हमारे अपने अच्छे के लिए होता है और माना जाता है कि हमें सुरक्षित रखता है, लेकिन इन वर्षों में वापस पकड़ना मुश्किल हो जाता है। नई चीजों के लिए कोशिश करना हमारे लिए इतना मुश्किल हो जाता है कि हम प्रयास ही नहीं करते। कभी-कभी ऐसा होता है कि इस कार्य के लिए हमें सहयोगियों, मित्रों एवं परिवार के सदस्यों द्वारा पीछे हटने के लिए प्रोत्साहित किया जाता है, जो मानते हैं कि हम बहुत महत्त्वाकांक्षी हैं। चाहे जो कारण हो, पीछे हटनेवाले अपनी दक्षता के विपरीत दिशा में जाते हैं—जैसे कि शेयर बाजार बेकार है, मैं फिर से इसमें निवेश नहीं करूँगा। अधिकांश शादियाँ विफल हो जाती हैं, अतः मैं अकेला रहूँगा। अभिनय का पेशा बहुत कठिन है। मैं बस, अपने जीवन में वेटर बनूँगा। नौकरी का बाजार भयानक है। कोई भी काम पर नहीं रखता। मैं बेरोजगारी के लिए फाइल कर रहा हूँ। मैं चुनाव के परिणाम को नियंत्रित नहीं कर सकता, इसलिए मैं मतदान करने की जहमत नहीं उठा रहा। इन व्यक्तियों के साथ आमतौर पर कोई बहस नहीं की जा सकती, क्योंकि वे आमतौर पर खुद को पूरी तरह से तैयार करते हैं कि वे केवल वही कर रहे हैं, जो उनके जीवित रहने के लिए आवश्यक है।

(ग) सामान्य स्तर की कारवाई

यह आज हमारे समाज में सबसे ज्यादा प्रचलित है। यह वह समूह है, जो बड़े स्तर पर दिखाई देता है। जिस स्तर पर वह काम कर रहा है, वह बहुत सामान्य है। यही समूह मध्य वर्ग बनाता है और वास्तव में सबसे खतरनाक है; क्योंकि यह किसी असाधारण काम में विश्वास नहीं करता। इस समूह के लोग वास्तव में औसत दिखते हैं, सामान्य जीवन, विवाह और कॅरियर बनाने के लिए ही अपना जीवन बिताते हैं। ये औसत काम करते हैं। दूसरों के लिए समस्या पैदा नहीं करते, जब तक कि स्थिति स्थिर और अनुमानित रहती है। औसत की परिभाषा असाधारण से कम है। सामान्य प्रयास करना सबसे अधिक खतरनाक है, क्योंकि समाज द्वारा सबसे अधिक स्वीकार किया जाता है। हर औसत अस्तित्व को एक असाधारण जीवन में बदला जा सकता है।

(घ) बड़े स्तर पर कारवाई

बड़े पैमाने पर कारवाई, हालाँकि दूर की कौड़ी लग सकता है। बच्चों को देखो, वे लगातार प्रयास में लगे रहते हैं, सिवाय जब कुछ गलत होता है। अगर मैं अपने जीवन

के शुरू के दस साल देखूँ तो निश्चित रूप से यह सच था कि अधिकांश बच्चों की तरह मैं पूरे समय बाहर था। मैं हर समय प्रयास कर रहा था, जब तक कि वयस्कों ने मुझे बताना नहीं शुरू किया कि कहाँ ज्यादा रिस्क है।

अगर हम ध्यान से देखें तो चींटी के टीले, मधुमक्खी के छत्ते, सभी जीवित प्राणी संसार में बने रहने के लिए बड़े स्तर पर काररवाई करते हैं। यहाँ कहीं भी पीछे हटने का संकेत नहीं है। मेरे पिताजी एक मेहनती व्यक्ति थे और वे मजबूत अनुशासनवादी थे। दुर्भाग्य से, जब मैं दस साल का था, उनकी मृत्यु हो गई, जिसने मुझे बहुत प्रभावितं किया। अब मैं देखता हूँ तो पाता हूँ कि इस घटना के बाद मैंने पीछे हटना शुरू कर दिया, जबकि मुझे आगे बढ़ने की आवश्यकता थी। ड्रग्स, शराब और बहुत सी बेकार की गतिविधियाँ, जो हाई स्कूल व कॉलेज में जारी रहीं। मैं आलसी और नाकारा नहीं था, पर मेरे पास उचित दिशा नहीं थी और जीवन पर हमला करने के लिए मुझे गलत जानकारी दी जा रही थी। मैंने इस समय का अधिकांश समय ऊबकर, बिना उद्देश्य के और जीवन में उन क्षेत्रों में गुरुत्वाकर्षण के लिए बिताया, जिसमें मैं बहुत अधिक ऊर्जा खर्च कर सकता था; लेकिन कोई रचनात्मक परिणाम नहीं मिला।

ज्यादातर लोग अपने जीवन में किसी-न-किसी समय सहन करते हैं; लेकिन जब मैं गलत काम और गलत सूचना की अवस्था से जागा तो मैंने अपने कॅरियर के लिए अपनी सारी ऊर्जा लगा दी और मैंने बड़े स्तर पर काररवाई की। यह नई समस्याएँ पैदा करता है और जब तक आप समस्याएँ पैदा नहीं करते, आप वास्तव में चौथे चरण में नहीं पहुँच सकते। 29 साल की उम्र में मैंने अपना सेमिनार व्यवसाय शुरू किया। मैंने अपने लिए एक नाम बनाने के लिए दस गुना अधिक मेहनत की। मैं अपना दिन सुबह 7 बजे शुरू करता और 9 बजे तक वापस नहीं लौटता था। एक दिन में मैंने 40 से अधिक संगठनों का दौरा किया।

जब आप बड़े स्तर पर काररवाई कर रहे हैं तो आप कितने घंटे काम करते हैं, इसके बारे में नहीं सोच रहे हैं। जब आप चौथे चरण में काम करना शुरू करते हैं तो आपका मन शिफ्ट हो जाता है और इसी तरह से आपको परिणाम भी मिलते हैं। इसका अर्थ है, कुछ अनुचित विकल्प बनाना, फिर उन पर और भी अधिक मेहनत करना। इसके लिए आपकी आलोचना भी हो सकती है। हो सकता है, आप कितनी भी मेहनत से काम करते हों, पर उसे औसत दर्जे का ही कहा जाए और आप दूसरों की आलोचना और चेतावनी प्राप्त करना शुरू करते हैं, लेकिन मजबूत रहें, यह गतिविधि आपको उस अवस्था से बाहर निकाल देगी, जिसे हमेशा से आपको स्वीकार करने के लिए सिखाया गया है।

आपके द्वारा काम करने के लिए, आपके द्वारा चुने गए प्रयास के लिए आपको

निरंतर अथक प्रयास करना होगा। धन और शक्ति ध्यान के नियम का पालन करते हैं। इसलिए जो सबसे अधिक ध्यान आकर्षित कर सकता है और सबसे ज्यादा प्रयास कर सकता है, वह सबसे अच्छे परिणाम प्राप्त करता है। कोई भी आपके घर आकर आपके सपने सच नहीं कर सकता। भीड़ से बाहर खड़ा होने के लिए, ग्राहकों और अपने उत्पादों, सेवाओं, संगठन पर विचार करने के लिए आपको बड़े पैमाने पर काररवाई करनी होगी। बेहतर चुनिए, बेहतर बनिए।

8. आपके अंदर जुनून होना चाहिए

'जुनूनी' शब्द का अर्थ—"एक निरंतर विचार, छवि या इच्छा द्वारा किन्हीं विचारों या भावनाओं का सर्वोच्च रूप", जो आपको अपने लक्ष्य, अपने सपने, अपनी क्षेत्रीय महत्त्वाकांक्षा पर हावी होने के लिए आपको सबसे पहले चाहिए कि वह आपके विचारों पर हावी हो। जुनून बुरी चीज नहीं है। यह वह जगह है, जहाँ आप जाना चाहते हैं। वास्तव में, सफलता के बारे में आप इतना कट्टर होना चाहते हैं कि दुनिया जाने, आप समझौता नहीं करेंगे, चलते जाएँगे और जब तक आप अपने पूरे मिशन पर पूरी तरह आसक्त नहीं हो जाते, तब तक कोई भी आपको गंभीरता से नहीं लेगा। जब तक दुनिया यह न समझ ले कि आप 100 प्रतिशत प्रतिबद्ध हैं और पूरी तरह से विश्वास रखते हैं कि अपने प्रोजेक्ट को आगे बढ़ाने में कामयाब रहेंगे, आपको अपनी जरूरत का ध्यान व समर्थन नहीं मिलेगा, जो आप चाहते हैं। तब केवल आपका जुनून काम आता है। वह आग की तरह होता है। आपको उसे इतना बड़ा बनाना चाहिए कि लोग प्रशंसा में उसके चारों ओर बैठने के लिए मजबूर महसूस करें।

हमारे अंदर अधिकतर जुनून का अभाव होता है। ज्यादातर लोग किसी लक्ष्य को प्राप्त करने के लिए केवल प्रयास करते हैं, जबकि सबसे सफल व्यक्ति प्रत्येक काररवाई को एक इनाम के माध्यम से देखते हैं और जुनून के साथ काम करते हैं।

9. सर्व मानसिकता

अधिकांश समाज सर्व मानसिकता को हतोत्साहित करता है, क्योंकि हमें सुरक्षित रूप से खेलना और सबकुछ जोखिम में नहीं डालना सिखाया जाता है। हमें बड़ी अदायगी किए जाने के बजाय खुद को नुकसान से बचाने के लिए प्रोत्साहित किया जाता है। यह माइंडसेट है, फिर भी मिथक पर आधारित है कि आपकी ऊर्जा, रचनात्मकता और प्रयास सीमित मात्रावाली भौतिक चीजें हैं, जिन्हें स्थापित नहीं किया जा सकता।

यह महत्त्वपूर्ण है कि आप अपने मस्तिष्क से पूरी तरह से काररवाई करने के बारे में पुनः प्रयास करें और आप जानते हैं कि आप कितनी बार कार्य करना जारी रख सकते हैं, इसकी कोई सीमा नहीं। आप जितनी बार चाहें, उतनी बार असफल हो सकते हैं या

सफल हो सकते हैं और फिर उसे बार-बार कर सकते हैं। याद रखें, आप कितनी बार भी रुक सकते हैं और जारी रख सकते हैं। इसकी कोई सीमा नहीं है। जब तक आप मैदान नहीं छोड़ते, कोई विफलता नहीं है। आपके लिए अपनी सारी ऊर्जा या रचनात्मकता का उपयोग करना असंभव है। विचारों से बाहर भागना आपके लिए असंभव है। आप कभी भी नए सपने देखने की क्षमता नहीं खोएँगे। आपके पास हमेशा एक हाथ और एक दिन और एक मौका होगा।

आपको नए मुद्दे और दुविधाओं का सामना करने के लिए हमेशा तैयार रहना चाहिए, क्योंकि वे आपको समाधान खोजने और रेस में बनाए रखने के लिए चुनौती देंगे। सोचिए, कितना अच्छा होगा कि लोग रात के 2 बजे भी आपके रेस्तराँ के बाहर लाइन लगाए खड़े हैं और एक टेबल का इंतजार कर रहे हैं। सफल और असफल लोगों के बीच एक बड़ा अंतर यही है। सफल लोग समस्याओं को हल करने के लिए अवसर की तलाश करते हैं, जबकि असफल लोग उससे बचने के लिए हर संभव प्रयास करते हैं। इसलिए याद रखें, दायित्वशील रहें और बड़े पैमाने पर काररवाई करें और उसके बाद अधिकतम मात्रा में काररवाई करें। आप ही समस्या पैदा करेंगे और उसे विभिन्न स्तरों पर वितरित करेंगे, जो आपको आश्चर्यचकित करेंगी।

10. निरंतर चलते रहो

सफलता निरंतर ध्यान देने की माँग करती है। सफलता उन लोगों को आशीर्वाद देने के लिए है, जो इस पर सबसे अधिक ध्यान देने के लिए प्रतिबद्ध हैं। यह लॉन या बगीचे जैसा है। कोई फर्क नहीं पड़ता कि यह कैसे हरा हो जाता है या फूलों को सुंदर बनाता है। आपको इसे जारी रखना चाहिए। आपको घास काटना, ट्रीमिंग करना, पानी देना तथा रोपण करना होगा, अन्यथा आपकी घास भूरी हो जाएगी और आपके फूल मर जाएँगे। यही सफलता के मामले में है। जो लोग इसे बनाना और रखना चाहते हैं, वे कभी पीछे नहीं हटते। निरंतर चलते रहो, आराम मत करो। कभी मत रुको। मैंने बहुत सफलता प्राप्त करने के बाद यह कठिन तरीका सीखा और फिर अपनी प्रशंसा पर विश्राम किया।

11. आपके अंदर की आग में सबकुछ नष्ट करने की क्षमता होनी चाहिए

प्रतिस्पर्धा की चिंता मत करो। अनिश्चितता की चिंता मत करो। इसका सबसे अच्छा तरीका है कि आग इतनी बड़ी और इतनी गरम हो कि दुनिया में हर कोई, यहाँ तक कि आपका प्रतियोगी भी गर्मजोशी से जल जाए। ध्यान रखें कि अधिकांश प्रतियोगिताएँ उन लोगों द्वारा बनाई जाती हैं, जो उच्च स्तर की काररवाई के लिए तैयार

नहीं होते। जो केवल दूसरों के प्रयासों की नकल करते हैं, उनके पास कभी पर्याप्त लकड़ी नहीं हो सकती। वे कभी बहुत अधिक कारवाई नहीं कर सकते। वे बहुत अधिक सफलता अर्जित नहीं कर सकते। बहुत अधिक बातें करने में, बहुत अधिक अधिकार प्राप्त करने या बहुत अधिक काम करने के बारे में बात करने में, लिखे जाने जैसी कोई बात नहीं है। ऐसा औसत दर्जे के लोग अपने स्वयं के निर्णय को न्यायपूर्ण और उचित ठहराने के लिए करते हैं।

यह दुःखद है, लेकिन सच है कि ज्यादातर लोग अलाव बनाने के मोहल्ले में पहुँचते ही नहीं। वे या तो गलत शिक्षित हैं, सामाजिक रूप से, कम के लिए व्यवस्थित करने के लिए प्रोग्राम किए गए हैं या उन्हें डर है कि उनके कार्य को किसी तरह नियंत्रण से बाहर कर दिया जाएगा। आपको स्वयं को इतना गरम बनाना होगा कि आप न केवल घर जला दें, बल्कि अपने रास्ते में अपना सबकुछ जला दें, पूरे रास्ते जला दें। तब तक चलते रहो, जब तक कि आपकी आग इतनी गरम न हो जाए कि लोग कारवाई करने के लिए आपकी क्षमता की प्रशंसा में खड़े हों। उच्च प्रतिरोध के बारे में चिंता न करें, जिससे आप डरते हैं कि आप बाजार या अपने प्रतिस्पर्धी का सामना कैसे करेंगे? एक बार जब वे यह देखते हैं कि आपके साथ कदम नहीं मिलाया, तो वे जल जाएँगे और वे आपके रास्ते से हट जाएँगे।

□

जॉन मैक्सवेल

जॉन केल्विन मैक्सवेल का जन्म सन् 1947 में हुआ। वे एक अमेरिकी लेखक, वक्ता और पादरी हैं, जिन्होंने मुख्य रूप से नेतृत्व पर ध्यान केंद्रित करते हुए कई पुस्तकें लिखी हैं। 'न्यूयॉर्क समय्स' की अच्छा सेलर की सूची में उनकी पुस्तकों की लाखों प्रतियाँ बिक चुकी हैं।

1. प्रभाव की अवस्थाएँ

जब हम छोटे थे तो बड़े होकर प्रसिद्ध कलाकार बनना चाहते थे, राष्ट्रपति बनना चाहते थे; क्योंकि हम उन लोगों से प्रभावित थे। हर व्यक्ति अन्य लोगों पर प्रभाव डालता है। इस बात से कोई फर्क नहीं पड़ता कि आप कौन हैं या आप क्या काम करते हैं। अमेरिका के राष्ट्रपति जैसे नेता का न केवल अपने देश के, बल्कि पूरी दुनिया के लाखों-करोड़ों लोगों पर जबरदस्त असर पड़ता है। लोगों का मनोरंजन करनेवालों का प्रभाव या उससे अधिक संस्कृतियों की पूरी पीढ़ी पर पड़ता है। ग्लेन लेदरवुड जैसे शिक्षक ने, जिन्होंने संडे स्कूल में जॉन और अन्य लड़कों को प्रशिक्षित किया, अपने छात्रों की जिंदगी और अप्रत्यक्ष रूप से उन लोगों के जीवन को प्रभावित किया, जिन्हें बड़े होकर उन छात्रों ने प्रभावित किया। प्रभाव डालनेवाला व्यक्ति बनने के लिए आपको किसी बड़े व महत्त्वपूर्ण काम में लगे होने की जरूरत नहीं है। वास्तव में, अगर आपकी जिंदगी किसी भी तरह से लोगों से जुड़ी है तो आप प्रभाव डालनेवाले व्यक्ति हैं। अगर आप लोगों पर सकारात्मक प्रभाव डालना चाहते हैं तो आपको प्रभावशाली इनसान बनना होगा। अगर आप सेल्समैन हैं तो आपको अपने ग्राहकों पर प्रभाव डालने की क्षमता को बनाना होगा और आप मैनेजर हैं तो आपकी सफलता इस बात पर निर्भर करती है कि आप अपने कर्मचारियों पर कैसा असर डालते हैं। अगर आप पादरी हैं तो लोगों तक पहुँचने और अपने चर्च को बढ़ाने की आपकी क्षमता इस बात पर निर्भर करती है कि आप अपनी धर्म सभा में कितना असर डाल सकते हैं।

प्रभाव डालना कितना महत्त्वपूर्ण हो सकता है, यह राष्ट्रपति कैल्विन कूलिज के एक किस्से से साबित होता है। व्हाइट हाउस में रात को ठहरे एक अतिथि सुबह कूलिज के साथ नाश्ता कर रहे थे और वे चाहते थे कि राष्ट्रपति पर उनका असर पड़े। उन्होंने देखा कि कूलिज ने अपना कॉफी का कप उठाया, थोड़ी सी कॉफी एक गहरी प्लेट में उड़ेल दी और उसमें थोड़ी चीनी व क्रीम मिला दी। शिष्टाचार का उल्लंघन न कर अतिथि ने भी वैसा ही किया और प्लेट में कॉफी डालकर उसमें चीनी व क्रीम मिला दी। फिर वे राष्ट्रपति के अगले कदम का इंतजार करने लगे और यह देखकर उनके होश उड़ गए कि राष्ट्रपति ने उस प्लेट को अपनी बिल्ली के आगे फर्श पर रख दिया है। प्रभाव के मुख्य चार चरण होते हैं—

(क) प्रतिमान

लोगों को जो सबसे पहले दिखाई देता है, वे उससे प्रभावित होते हैं। अगर आपके बच्चे हैं तो आपने अवश्य देखा होगा। आप चाहे उन्हें कुछ भी करने को कहें, वे अपनी स्वाभाविक प्रवृत्ति के अनुसार आपकी गतिविधियों की नकल करते हैं। अधिकतर लोगों के साथ यही होता है। अगर वे आपको सकारात्मक और विश्वसनीय मानते हैं तो अपनी जिंदगी में आपके प्रभाव को चाहते हैं। जितना अधिक वे आपको जानेंगे, उतना ही अधिक आपकी विश्वसनीयता होगी, उतना ही ज्यादा आपका प्रभाव पड़ेगा।

(ख) प्रेरणा

जब आप लोगों को प्रोत्साहन देते हैं और उनके साथ भावनात्मक स्तर पर संवाद करते हैं तो आप प्रेरक व प्रभावशाली व्यक्तित्व बन जाते हैं। यह आपके और उनके बीच में एक पुल बनाती है। इससे लोगों का आत्मविश्वास और आत्म-सम्मान बढ़ता है। जब आपके साथ रहते हुए लोगों को आपके और आपके बारे में अच्छा महसूस होता है तो आपके प्रभाव का स्तर उल्लेखनीय रूप से बढ़ता है।

(ग) परामर्श

प्रभाव का अगला स्तर है परामर्श देना। परामर्श देने का मतलब है—अपने जीवन को दूसरे लोगों में उड़ेलना और उनकी संपूर्ण क्षमता तक पहुँचने में उनकी सहायता करना। जब आप अपना एक हिस्सा किसी को देते हैं तो उनकी जिंदगी की रुकावटें दूर करने में उनकी मदद करते हैं तो आप उन्हें दिखाते हैं कि निजी और पेशेवर जीवन में कैसे बढ़ना है! आप जीवन का एक नया स्तर पाने में उनकी मदद करते हैं। आप वास्तव में उनके जीवन में बदलाव ला सकते हैं।

(घ) वृद्धि

जो सबसे बड़ा प्रभाव आप डालते हैं, वह है गुणन और वृद्धि के स्तर पर। इस स्तर पर आप लोगों की मदद करते हैं कि वे अन्य लोगों के जीवन पर सकारात्मक

असर डालें। न केवल आपसे सीखी गई बातों को उन तक पहुँचाएँ, बल्कि उन बातों को भी, जो उन्होंने अपने अनुभव से सीखी और हासिल की हैं। बहुत कम लोग इस चौथी अवस्था तक पहुँच पाते हैं, हालाँकि हर किसी में यहाँ तक पहुँचने की क्षमता अवश्य होती है। इसके लिए निस्स्वार्थता और प्रतिबद्धता होनी चाहिए।

2. अपना नजरिया सही रखें

हमेशा अपने ए और बी विद्यार्थियों के प्रति दयालु रहें, क्योंकि किसी दिन उनमें से कोई शिक्षा के लिए प्रोफेसर बनकर आपके कैंपस में लौटेगा और आप सी ग्रेड के विद्यार्थी के लिए भी दयालु रहें, क्योंकि किसी दिन उनमें से कोई लौटेगा और विज्ञान प्रयोगशाला बनवाने के लिए 20,00,000 डॉलर दान में देगा। लोगों में बहुत कम फर्क होता है, लेकिन उसी छोटे से फर्क से बहुत बड़ा फर्क पड़ता है। यह छोटा फर्क है कि वह सकारात्मक है या नकारात्मक। कोच इस बात के महत्त्व को समझते हैं कि किसी मुश्किल प्रतिस्पर्धी का सामना करने से पहले टीमों का नजरिया सही होना चाहिए। सर्जन जानते हैं कि ऑपरेशन करने से पहले उनका मरीज मानसिक रूप से तैयार हो। सार्वजनिक वक्ता अपने श्रोताओं के सामने बोलने से पहले एक अनुकूल माहौल चाहते हैं, क्योंकि शुरुआत सही हो तो अंत में मिलनेवाली सफलता सुनिश्चित हो जाती है। आपने यह कहावत सुनी होगी कि अंत भला तो सब भला। उतना ही सच यह भी है कि श्रीगणेश सही तो सब सही।

अधिकतर प्रोजेक्ट शुरू होने से पहले ही असफल या सफल हो जाते हैं। एक युवा पर्वतारोही और एक अनुभवी गाइड एक ऊँचे शिखर पर चल रहे थे। एक सुबह युवा पर्वतारोही को अचानक जोर से गड़गड़ाहट सुनाई दी। उसे विश्वास हों गया कि संसार खत्म हो रहा था। गाइड ने कहा कि यह संसार का अंत नहीं है, बस, एक नए दिन की शुरुआत है। सूरज उगने पर बर्फ पर धूप पड़ी थी, जिससे बर्फ पिघलने लगी थी। कई बार हम इस बात के दोषी होते हैं कि हम अपनी भावी चुनौतियों को एक उजले नए अवसर का सूर्योदय मानने के बजाय उन्हें अपने जीवन का सूर्यास्त मान लेते हैं। जूते बेचनेवाले दोस्तों की कहानी, जिन्हें जूते बेचने के लिए एक टापू पर भेजा गया। पहला सेल्समैन जैसे ही वहाँ पहुँचा, उसे यह जानकर सदमा लगा कि वहाँ कोई जूते नहीं पहनता था। उसने तुरंत शिकागो के होम ऑफिस में एक टेलीग्राम भेजा—'कल मैं लौट आऊँगा। यहाँ कोई जूते नहीं पहनता।' दूसरा सेल्समैन यही देखकर बहुत रोमांचित हो गया, तुरंत उसने शिकागो के होम ऑफिस में एक टेलीग्राम किया—'कृपया 10,000 जूते भेज दें। यहाँ हर किसी को उनकी जरूरत है।'

हमारा नजरिया समस्या को नियामत में बदल सकता है। हर अवसर में एक

मुश्किल होती है, हर मुश्किल में एक अवसर होता है। जब किसी मुश्किल स्थिति का सामना होता है तो उत्कर्ष नजरिएवाला व्यक्ति सबसे बुरे रूप में भी उसका सर्वश्रेष्ठ लाभ उठा लेता है।

3. अंदर से बड़े बनें

कोई भी खुद को ईमानदार कह सकता है, लेकिन कार्य ही वास्तव सूचक होता है। आपकी प्रवृत्ति ही यह तय करती है कि आप कौन हैं। आप कौन हैं, इसी बात से तय होता है कि आप क्या देखते हैं। आप क्या देखते हैं, इसी से तय होता है कि आप क्या करते हैं। जीवन में बहुत सी चीजों पर हमारा कोई नियंत्रण नहीं होता। हम अपने माता-पिता को नहीं चुन सकते। हम अपने जन्म और परवरिश की जगह या परिस्थितियाँ नहीं चुन सकते। अपनी प्रतिभा को नहीं चुन सकते, लेकिन अपनी प्रवृत्ति का चयन हम खुद करते हैं।

वास्तव में, जब भी हम कोई चयन करते हैं तो हम हर बार अपना निर्माण करते हैं। जब हम किसी मुश्किल में फँसते हैं या तो हम मुकाबला करते हैं या बच कर निकल जाते हैं। या तो हम सत्य को तोड़-मरोड़ देते हैं या फिर उसका बोझ उठाकर अटल खड़े रहते हैं। या तो हम आसानी से मिलनेवाला धन ले लेते हैं या फिर हम कीमत चुकाते हैं।

क्या आपने कभी देखा है कि बहुत से प्रतिभाशाली लोग एक निश्चित स्तर की सफलता हासिल करने के बाद अचानक धड़ाम से गिर जाते हैं? हार्वर्ड मेडिकल स्कूल के मनोवैज्ञानिक और 'सक्सेस सिंड्रोम' के लेखक कहते हैं कि जो लोग ऊँचे शिखर पर पहुँच जाते हैं, लेकिन उनके पास तनाव के बीच शक्ति देनेवाला चरित्र नहीं होता, वे तबाही की ओर बढ़ रहे होते हैं। स्टीवन मानते हैं कि ये लोग इन चार चीजों में से किसी एक या उससे अधिक की ओर बढ़ने के लिए अभिशप्त होते हैं—अहंकार, अकेलेपन की कष्टकारी भावनाएँ, विनाशकारी रोमांचप्रियता या विवाहेत्तर संबंध। इनमें से प्रत्येक के भयंकर परिणाम होते हैं। इसकी आपको कीमत चुकानी पड़ती है।

अपनी सफलता के दबाव से बाहर निकलने के लिए हर संभव प्रयास करें और यह न सोचें कि जिस खाई में आप फँसे हैं, वह समय गुजरने, अमीर बनने या प्रतिष्ठा बढ़ने के साथ अपने आप ओझल हो जाएगी। अधिकांशत: ऐसी चिंताओं पर ध्यान नहीं दिया जाता और वे समय के साथ ज्यादा गहरी व विनाशकारी हो जाती हैं। खुद से पूछें कि क्या आपके शब्द और कार्य समान रहते हैं—हर वक्त? जब आप कहते हैं कि आप कोई काम पूरा करेंगे तो क्या आप हमेशा उसे समय पर पूरा करते हैं? यदि आप अपने बच्चों से कहते हैं कि आप उनके कविता-वाचन के कार्यक्रम में, फुटबॉल मैच में पहुँच जाएँगे तो क्या वहाँ सच में पहुँचते हैं? क्या लोग अपने मौखिक वादे पर कानूनी अनुबंधन जितना भरोसा करते हैं? घर पर, ऑफिस में, समुदाय में लोगों से मिलते वक्त यह बात

हमेशा याद रखें कि आपका चरित्र ही आपकी सबसे महत्त्वपूर्ण पूँजी है।

एक आदमी अपनी छोटी बेटी को एक मेले में घुमाने ले गया। बेटी फुरती से दौड़कर एक दुकान पर पहुँच गई और कॉटन कैंडी माँगने लगी। जब दुकानदार ने उसे एक बड़ी गेंद जैसी मिठाई दी तो पिता ने पूछा, "क्या तुम्हें पूरा यकीन है कि तुम इतनी सारी कैंडी खा सकती हो?"

लड़की ने जवाब दिया, "चिंता न करें पिताजी, मैं बाहर के मुकाबले अंदर से बहुत ज्यादा बड़ी हूँ।" वास्तविकता यही है कि आपको अंदर से ज्यादा बड़ा होना चाहिए। सशक्त, मजबूत और अपने शब्दों पर कायम रहनेवाला व्यक्ति ही सफल नेतृत्वकर्ता बन सकता है।

4. हर दिन शुरुआत करें

दरारों की तलाश करें। समय निकालकर अपने जीवन के प्रमुख क्षेत्रों—कामकाज, व्यावहारिक जीवन, परिवार, सेवा आदि पर नजर डालें और पहचानें कि क्या आप कन्नी काट रहे हैं, समझौता कर रहे हैं या लोगों को निराश कर रहे हैं? पिछले दो महीनों में हुई ऐसी जो भी घटना आपको याद हो, उसे लिखें। गलत आदतों को तलाश करें। आपने जो प्रतिक्रियाएँ लिखी हैं, उनकी जाँच-पड़ताल करें। क्या कोई ऐसा खास क्षेत्र है, जहाँ आप में कमजोरी हो सकती है? क्या किसी प्रकार की समस्या आपके जीवन में बार-बार उभर आती है? गलत आदतों को पहचानने से कमजोरियों का निदान करने में मदद मिलेगी। अपने दोषों को स्वीकार करें। चारित्रिक सुधार की शुरुआत तब होती है, जब आप अपने दोषों को पहचानकर उन्हें स्वीकार करते हैं, माफी माँगते हैं और अपने कार्यों को परिणामों से निभाते हैं। उन लोगों की सूची बनाएँ, जिनसे आपको अपने कार्य के लिए माफी माँगनी चाहिए। सच्चे दिल से माफी माँग लें और दोबारा योजना बनाएँ। अपने अतीत के कार्यों को स्वीकार करना एक चीज है, एक नया भविष्य-निर्माण करना बिल्कुल अलग ही चीज है। जब आपने अपनी कमजोरी के क्षेत्र पहचान लिये हैं तो योजना बनाएँ, ताकि आपसे वही गलती दोबारा न हो।

यदि आप अपने भीतर गहराई में झाँककर देखें तो आपको वे गुण मिलेंगे, जिनकी मदद से आप अपने सबसे बड़े सपने साकार कर सकते हैं। यह एक ऐसा सवाल है, जिसे इमानदारी से पूछने और जवाब देने का साहस हम में से प्रत्येक में होना चाहिए, क्योंकि तभी हम अपनी सच्ची संभावना को साकार कर सकते हैं।

5. अपने चरित्र को लेकर हमेशा दृढ़ रहें

अगर आपने छोटे हवाई अड्डों से यात्रा की है या आपको कंपनी के हवाई जहाज में सफर करने का काफी अनुभव है तो संभव है आपने लियर जेट देखा होगा या फिर

उसमें उड़ान भरी होगी। इस अद्भुत हवाई जहाज के आविष्कारक का नाम था बिल लियर और आविष्कारक, विमान चालक और व्यवसायी लियर के पास 150 से अधिक पेटेंट थे, जिनमें ऑटोमेटिक पायलट, कार रेडियो और आठ ट्रैक वाले टेप्स शामिल थे। लियर में पथ प्रदर्शक की सोच थी और उन्नीस सौ पचास के दशक में भी वे छोटे कॉरपोरेट्स जेट्स के निर्माण की संभावना को भाँप सकते थे। अपने सपने को साकार करने में उन्हें कई साल लग गए। अंतत 1963 में पहले लियर जेट ने उड़ान भरी, जिसमें कहीं कोई समस्या नहीं आई। 1964 में उन्होंने पहला जेट बनाकर ग्राहक को दे दिया।

सफलता ने तुरंत लियर के कदम चूमे और उनके कई जेट्स तत्काल बिक गए, लेकिन कुछ ही समय बाद लियर के बनाए दो जेट रहस्यमयी परिस्थितियों में दुर्घटनाग्रस्त हो गए। उस वक्त तक लियर के 55 जेट बिक चुके थे। लियर ने तत्काल सभी मालिकों को यह खबर भेज दी कि वे अपने जेट में तब तक उड़ान न भरें, जब तक कि वे अपनी टीम के साथ मिलकर यह पता नहीं लगा लेते कि दुर्घटनाएँ क्यों हुई थीं? उन्हें इस बात की चिंता नहीं थी कि यह कदम उठाने से मीडिया में कितना विपरीत प्रचार हो सकता है! उनके लिए ज्यादा महत्त्वपूर्ण था कि ऐसा करने पर कहीं और हादसे न हो जाएँ।

उड़ानों पर शोध करने के बाद लियर ने एक संभावित तकनीकी कारण खोज लिया, लेकिन उसकी सच्चाई की पुष्टि जमीन पर नहीं हो सकती थी। असल में समस्या पकड़ में आई है या नहीं, यह जानने के लिए एक अच्छा तरीका था—उन्हें उड़ान भरते समय उस समस्या को उत्पन्न करना था। यह एक खतरनाक प्रक्रिया थी, लेकिन उन्होंने यही किया। जब उन्होंने अपनी उड़ान भरी और समस्या जान-बूझकर उत्पन्न की, जेट अनियंत्रित हो गया। उनका भी वही हश्र होते-होते बचा, जो बाकी दो पायलटों का हुआ था, लेकिन वे समाधान जानते थे, इसलिए उन्होंने जेट पर दोबारा नियंत्रण पा लिया और इस तरह खराबी की पुष्टि कर ली। जमीन पर सकुशल उतरने के बाद लियर ने समस्या को सही करने के लिए एक नया कल-पुरजा बनाया और उसे अब तक के सभी 55 हवाई जहाजों में लगाकर खतरे की आशंका खत्म कर दी।

हवाई जहाजों को जमीन पर खड़ा रखने के आग्रह से लियर को काफी आर्थिक नुकसान हुआ और इसकी वजह से संभावित ग्राहकों के मन में शंका भी उत्पन्न हुई। फलस्वरूप उन्हें अपना व्यवसाय दोबारा जमाने में दो साल का समय लग गया; लेकिन लियर को अपने निर्णय पर कभी अफसोस नहीं हुआ। दुर्घटनाओं के रहस्य की गुत्थी को सुलझाने के लिए वे अपनी सफलता, अपनी दौलत, यहाँ तक कि अपनी जिंदगी को भी दाँव पर लगाने को तैयार थे। वे अपनी ईमानदारी और अखंडता को छोड़ने के लिए तैयार नहीं थे, चाहे उन्हें इसकी कोई भी कीमत क्यों न चुकानी पड़े। इसके लिए हमें एक चरित्र की आवश्यकता होती है।

चरित्र संकट में नहीं बनता, लेकिन इसमें वह निश्चित रूप से प्रकट होता है। विपत्ति वह दोराहा है, जहाँ व्यक्ति दो में से किसी एक राह को चुनने के लिए मजबूर हो जाता है—चरित्र या समझौता। जब भी वह चरित्र को चुनता है तो हर बार वह ज्यादा मजबूत हो जाता है, भले ही उसके नतीजे नकारात्मक हों। चरित्र का विकास हमारे विकास के केंद्र में है।

6. विपत्ति एक संपत्ति की तरह है

समाज ने कभी शांति के समय में मजबूत इनसान विकसित नहीं किए हैं। विपत्ति उन लोगों की संपत्ति होती है। पतंग हवा के साथ नहीं, बल्कि उसके खिलाफ ऊपर उठती है। यह जीवन के बारे में भी उतना ही सच है। जब नेपोलियन के सहपाठी ने उसके साधारण परिवार और गरीबी के कारण उसका मखौल उड़ाया तो उसने खुद को पूरी तरह अपनी पुस्तकों में झोंक दिया। बुद्धिमत्ता में अपने सहपाठियों से तेजी से ऊपर उठने के कारण वे उसका सम्मान करने लगे। जल्द ही उसे कक्षा का सबसे बुद्धिमान छात्र माना जाने लगा।

बहुत कम लोग अब्राहम लिंकन को जानते थे, जब तक कि गृह युद्ध के भारी बोझ ने उनके चरित्र को उजागर नहीं किया था। 'रॉबिंसन क्रूसो' उपन्यास जेल में लिखा गया था। लूथर ने वाटर बर्ग के महल में नजरबंद रहते समय 'बाइबल' का अनुवाद किया था। 'द डिवाइन कॉमेडी' के लेखक दांते दस वर्ष तक निर्वासन में काम करते रहे, क्योंकि उन पर मृत्युदंड की तलवार लटक रही थी। बीथोवेन ने जब अपनी सबसे महान् रचनाएँ लिखीं, वे लगभग पूरी तरह बहरे थे और दुःखों के बोझ तले दबे थे।

जब ईश्वर किसी को शिक्षित करना चाहता है तो वह उसे नियामतों की नहीं, बल्कि आवश्यकताओं की पाठशाला में भेजता है। जब तक संकट आते हैं महान् नेता उभरकर सामने आ जाते हैं। जो लोग सफलता हासिल करते हैं, उनके जीवन का अध्ययन करें, आप पाएँगे कि भयंकर मुश्किलों ने उन्हें बार-बार सामान्य से ऊपर उठने के लिए विवश किया। न सिर्फ वे जवाब खोज लेते हैं, बल्कि अपने भीतर एक जबरदस्त शक्ति भी खोज लेते हैं। जब परिस्थितियाँ हावी होती नजर आती हैं तो दूरस्थ समुद्री कुएँ की तरह भीतर की यह शक्ति विस्फोट करके एक शक्तिशाली लहर में बदल जाती है। तब खिलाड़ी, लेखक, राजनेता, वैज्ञानिक या व्यवसायी उभरकर सामने आते हैं। एविड शार्नाफ ने कहा था कि "कब्रिस्तान में बहुत सुरक्षा है। मैं तो अवसर की तलाश में हूँ।"

7. बदलाव कभी भी संभव है

आप कौन हैं, यह बात याद रखें, चाहे आपकी उम्र ग्यारह साल हो, बयालीस साल हो या पैंसठ साल हो, जीवन के प्रति आपका नजरिया अभी भी निर्माण की प्रक्रिया में है।

अपना नजरिया बदलने के लिए कभी देर नहीं होती।

अच्छा नजरिया पाने की पूँजी है—बदलने की स्वीकार्यता। हम अपने नजरियों के या तो मालिक होते हैं या फिर शिकार। यह व्यक्तिगत चयन का मामला है। हम आज कौन हैं, यह उस चुनाव का परिणाम है, जो हमने कल किए थे। कल हम वह बनेंगे, जो हम आज चुनते हैं। परिवर्तन करने का मतलब है—परिवर्तन करने का चयन। मुझे बताया गया है कि उत्तरी कनाडा में बस, दो मौसम होते हैं। जब दूरस्थ इलाकों की सड़कें पिघलने लगती हैं तो वहाँ कीचड़ हो जाती है। दूरस्थ देहात में जानेवाले वाहन गहरी लीक छोड़ जाते हैं। ठंडे मौसम के लौटने पर लीक जम जाती है। जाड़े के महीनों के दौरान दूरस्थ इलाकों में जानेवाले लोगों के लिए एक साइन बोर्ड लगा रहता है—'कृपया आप जिस लीक पर गाड़ी चलाने जा रहे हैं, उसे सावधानी से चुनें, क्योंकि आप अगले 20 मील तक उसी लीक में रहेंगे।' कुछ लोग लीक वाली कार की तरह हैं।

कुछ खुद को अपने वर्तमान नजरिए में अटके महसूस करते हैं। नजरिया स्थायी नहीं होता। अगर आप अपने नजरिए में खुश नहीं हैं तो यह जान लें कि आप इसे बदल सकते हैं। कोई भी इस तरह का सकारात्मक व्यक्ति बन सकता है, जिसके लिए जीवन आनंद में है और हर दिन संभावनापूर्ण है। बशर्ते वह सचमुच इसकी इच्छा करे, यदि आप बेहतरीन नजरिया पाना चाहते हैं तो अपने वर्तमान नजरिए का आकलन करें। आप कहाँ से शुरू कर रहे हैं? आप कभी भी बदल सकते हैं।

8. समस्याओं को समझकर निर्णय लें

जब कोई पेशेवर विशेषज्ञ नदी के बहाव रोकनेवाले लट्ठों को देखता है तो वह ऊँचे पेड़ पर चढ़कर सबसे प्रमुख लट्ठे का पता लगाता है और उसे हटा देता है और बाकी काम नदी का बहाव खुद कर देता है। दूसरी ओर, एक नौसिखिया लट्ठों के ढेर के किनारे से शुरू करते हुए सारे लट्ठों को हिलाता है और अंत में सबसे प्रमुख लट्ठे को हिलाता है। जाहिर है, दोनों ही तरीकों से लट्ठे हट जाते हैं, पर पेशेवर विशेषज्ञ अपने काम को अधिक जल्दी और प्रभावी ढंग से कर लेता है। समस्या-मूलक भावनाओं को पहचानें कि किसकी वजह से आप अपने बारे में सबसे ज्यादा नकारात्मक महसूस करते हैं। समस्या के मुख्य कारण को पहचानें। इनसान अपने विचारों का महायोग है। जैसा इनसान अपने भीतर सोचता है, वैसा ही वह हो जाता है। कौन से विचार आपके दिमाग में हावी रहते हैं और उसे नियंत्रित करते हैं?

आपको सच्चाई की रोशनी में अपनी भावनाओं की जाँच करने की जरूरत है। यदि आप धार्मिक हैं तो धर्मग्रंथ का इस्तेमाल करें। उसके हिसाब से आपका नजरिया कैसा होना चाहिए? संकल्प लें, इस अवस्था में मुझे बदलने के लिए क्या करना

चाहिए ? मुझे बदलना ही है। याद रखें, बदलने का चयन एक निर्णय है, जिसे लेना जरूरी है और इसे सिर्फ आप ही ले सकते हैं। अपने चयन पर अमल करने की योजना बनाएँ। अपने निर्णय पर तुरंत और बार-बार काम करें।

किसी मुश्किल काम की सफलता की गारंटी एक ही चीज से दी जा सकती है, वह है शुरुआत से ही आस्था कि आप इसे कर सकते हैं। दार्शनिक विलियम जेम्स ने कहा था, "मेरी पीढ़ी की सबसे बड़ी खोज है कि लोग अपना मानसिक नजरिया बदलकर अपने जीवन को बदल सकते हैं।" परिवर्तन आपकी मानसिक अवस्था पर निर्भर करता है। विश्वास करें, आप बदल सकते हैं। अपने मित्रों, अपने सहकर्मियों से कहें कि वे हर अवसर पर आपको प्रोत्साहित करें और यदि आप धार्मिक हैं तो ईश्वर की मदद माँगें। वह आपकी समस्याएँ जानता है और उनसे उबरने में आपकी मदद करने के लिए इच्छुक व समर्थ है।

9. अपने जीवन के उद्देश्य बनाएँ और आस्थावान् रहें

जब मैं लड़का था, मेरे पिता ने मेरे भाई और मेरे लिए एक बास्केट बॉल कोर्ट बनाने का निर्णय लिया। उन्होंने एक सीमेंट का ड्राइवे बनाया। गैरेज पर एक बैक बोर्ड लगाया और बास्केट लगाने की तैयारी कर रहे थे कि तभी उन्हें कहीं जाना पड़ा। उन्होंने वादा किया कि वे लौटते ही बास्केट टाँग देंगे। मैंने सोचा, कोई समस्या नहीं। मेरे पास बिल्कुल नई एक स्पेल्डिंग बॉल है और उसे उछालने के लिए सीमेंट का एक नया ड्राइवे भी है। कुछ मिनट तक मैं बॉल को सीमेंट पर उछालता रहा। जल्द ही यह नीरस लगने लगा, इसलिए मैंने बॉल उठाई और उसे बैक बोर्ड की ओर फेंक दिया। उसे दोबारा तब तक नहीं उठाया, जब तक कि पिता ने लौटकर बास्केट तैयार नहीं किया, क्योंकि बिना बास्केट बॉल खेलने में कोई मजा नहीं है।

उद्देश्य न हो तो खुशी नहीं मिलती। अपना नजरिया बदलने में आनंद और दिशा दोनों ही के लिए आपके पास एक स्पष्ट उद्देश्य होना चाहिए। यह उद्देश्य यथासंभव अधिक स्पष्ट लिखा हुआ और हस्ताक्षर सहित होना चाहिए, जिसके साथ एक समय-सीमा भी जुड़ी होनी चाहिए। इस उद्देश्य कथन को ऐसी जगह रखें, जहाँ इसे आप दिन में कई बार देखते रहें और आगे आपको इससे प्रेरणा मिलती रहे।

अगर आप हर दिन ये तीन चीजें करेंगे तो उद्देश्य हासिल हो जाएँगे। पहला विशिष्टता से लिखें कि आप हर दिन क्या हासिल करना चाहते हैं। बाइबल में गोलायथ के साथ डेविड की मुठभेड़ की कहानी आस्था की अच्छी मिसाल है। यह दरशाती है कि अपर्याप्त लग रहे संसाधनों से अजेय दिखनेवाली बाधाओं को कैसे पार किया जा सकता है, लेकिन जब मैंने पहली बार डेविड की जीवनी पढ़नी शुरू की तो एक चीज से चकरा

गया। उसने गोलायथ से मुकाबला करने जाते समय अपनी गुलेल के लिए पाँच पत्थर क्यों उठाए थे? दानव तो एक ही था, फिर उसने पाँच पत्थर क्यों उठाए? पाँच पत्थर चुनने का यह मतलब था कि उसकी आस्था में कोई कमी थी! क्या वह यह सोच रहा था कि वह पहला निशाना चूक जाएगा और उसके पास चार और मौके रहने चाहिए? कुछ समय बाद मुझे सवाल का जवाब मिल गया। गोलायथ के चार बेटे थे। इसका मतलब यह है कि कुल मिलाकर पाँच दानव थे। डेविड के हिसाब से उसने एक दानव के लिए एक ही पत्थर उठाया था।

आस्था में विशिष्ट रहने से हमारा यही मतलब है कि वे कौन से दानव हैं, जिन्हें आपको मारना है, ताकि आपका नंजरिया वैसा बन जाए, जैसा आप इसे बनाना चाहते हैं। आपको किन संसाधनों की जरूरत होगी? अपनी समस्याओं को देखकर कुंठा से घबराएँ नहीं। एक बार में सिर्फ एक ही समस्या से मुकाबला करें। कुछ समय में आप पाएँगे कि आप बदल रहे हैं और ये बदलाव वैसे ही हैं, जैसा आपने चाहा था।

10. विकास का क्रम लगातार जारी रहना चाहिए

ज्यादातर लोगों के पास एक ही रणनीति होती है—कड़ी मेहनत आपको वहाँ तक ले जाएगी, जहाँ आप पहुँचना चाहते हैं, लेकिन कड़ी मेहनत सफलता की गारंटी नहीं होती, न ही उम्मीद की कोई रणनीति होती है। आप जो भी करते हैं, उसमें बेहतर कैसे बनते हैं? आप अपने संबंधों को बेहतर कैसे बनाते हैं? आप इनसान के रूप में ज्यादा गहराई और बुद्धिमत्ता कैसे हासिल करते हैं? आप ज्ञान कैसे हासिल करते हैं? आप बाधाओं से कैसे उबरते हैं? ज्यादा कड़ी मेहनत करके, ज्यादा लंबे समय तक काम करके या परिस्थितियों के बेहतर होने का इंतजार करके?

यदि आपके पास अपने सपने, लक्ष्य व अपेक्षाएँ हैं तो उन्हें हासिल करने के लिए आपको विकास करना होगा। बचपन में हमारा शरीर अपने आप विकास करता है। एक साल गुजरने पर हम ज्यादा लंबे हो जाते हैं, ज्यादा शक्तिशाली हो जाते हैं और नई चीजें करने तथा नई चुनौतियों का सामना करने में ज्यादा सक्षम बन जाते हैं। कई लोगों के अवचेतन मन में यह धारणा रहती है कि वयस्क होने के बाद मानसिक, आध्यात्मिक और भावनात्मक विकास भी इसी तरह अपने आप होगा तथा समय बीतने के साथ वे और बेहतर बनते जाएँगे। समस्या यह है कि सिर्फ जिंदा रहने से हम बेहतर नहीं बनते। इसके लिए हमें विकास करना पड़ता है।

कोई भी संयोग से बेहतर नहीं बनता। व्यक्तिगत विकास खुद-ब-खुद नहीं हो जाता। सच तो यह है कि जब आपकी औपचारिक शिक्षा पूरी हो जाए तो आपको अपनी विकास-प्रक्रिया की पूरी बागडोर अपने हाथ में थाम लेनी चाहिए, क्योंकि कोई दूसरा इसे

आपके लिए नहीं करेगा। जैसा मिशेल डी. माउंटेन ने कहा था, "जिस व्यक्ति का गंतव्य ही तय न हो, कोई हवा उसे उसके पक्ष में नहीं चला सकती।" यदि आप चाहते हैं कि आपका जीवन बेहतर हो तो स्पष्ट तौर पर अपना लक्ष्य बनाएँ।

यदि आप अपनी मनचाही चीज के बारे में स्पष्ट होते हैं तो संसार की प्रतिक्रिया भी स्पष्ट होती है। अमेरिकी नेता फ्रैंक क्लार्क ने कहा था, "संसार में हम कितनी बड़ी उपलब्धियाँ हासिल कर सकेंगे, अगर हर व्यक्ति वह कर ले, जो वह करने का इरादा रखता है।" ज्यादातर लोग तो चीजों पर उतनी फुरती से काम नहीं करते, जितनी फुरती से उन्हें करना चाहिए। वे घटते इरादे के नियम के अधीन रहते हैं, जो कहता है कि आपको जो काम इसी समय करना चाहिए, उसे करने के लिए आप जितना ज्यादा इंतजार करते हैं, इस बात की उतनी ही ज्यादा संभावना होती है कि आप उसे दरअसल कभी नहीं करेंगे।

चाहे परिस्थिति आपको प्रेरित करे या न करे, विकास शुरू करने का सही समय यही है। कल के लिए जीया जीवन उपलब्धि से हमेशा एक दिन दूर रहेगा। यदि आप उद्देश्यपूर्ण ढंग से विकास नहीं कर रहे हैं तो आपको यह काम आज ही शुरू कर देना चाहिए। यदि आप ऐसा नहीं करेंगे तो हो सकता है कि आप कुछ लक्ष्यों तक पहुँच जाएँ, जिनका आप जश्न मना सकते हैं, लेकिन आप अंततः मैदान में ही अटके रहेंगे, ढलान पर फिसलने लगेंगे। एक बार उद्देश्यपूर्ण ढंग से विकास शुरू करने के बाद आप विकास जारी रख सकते हैं और लगातार पूछ सकते हैं कि इसके बाद क्या ?

11. संगठन ही शक्ति है

सभी लोग सफल लोगों को पसंद करते हैं। साहसी व व्यक्तिवादी लोगों से प्रेम करते हैं, जो तमाम बाधाओं या विरोध के बावजूद आखिरी दम तक संघर्ष करते हैं। जैसे उपनिवेशी, जो वीरान इलाके में अग्रिम मोरचे पर अपने लिए जगह बनाता है। ओल्ड वेस्ट का एक शेरिफ, जो गोलाबारी में शत्रु का सामना करता है। वह पायलट, जो अकेले ही बहादुरी से अटलांटिक महासागर के पार उड़ान भरता है और वह वैज्ञानिक, जो अपने दिमाग की ताकत के बूते पर संसार को बदल देता है।

हम उनकी चाहे जितनी प्रशंसा कर लें, सच तो यह है कि किसी अकेले व्यक्ति ने कभी कोई मूल्यवान कार्य नहीं किया है। कोई अकेला इनसान महान् कार्य कर सकता है, यह विश्वास और मिथक के सिवा कुछ नहीं है। संसार में कोई ऐसा रेंबो नहीं होता, जो शत्रुओं की पूरी सेना का अकेले ही मुकाबला कर सके। लोन रेंजर भी अकेले नहीं था। वह जहाँ भी गया, हर कदम पर टोंटो भी उनके साथ था।

सतह के नीचे देखने पर आप पाएँगे कि अकेले व्यक्ति के नजर आनेवाले काम वास्तविकता में टीम के सम्मिलित प्रयास थे। आइंस्टीन ने एक बार टिप्पणी की थी,

"दिन में कई बार मुझे अहसास होता है कि मेरे खुद के बाहरी और आंतरिक जीवन का कितना सारा हिस्सा मेरे साथी इनसानों—जीवित और मृत दोनों ही—के श्रम पर आधारित है और मुझे जितना प्राप्त हुआ है, उतना बदले में देने के लिए मुझे खुद से मेहनत करवानी होगी।" चीन की एक कहावत है, "एक योग्य व्यक्ति के पीछे हमेशा अन्य योग्य व्यक्ति होते हैं।"

सत्य तो यह है कि टीम वर्क एक महान् उपलब्धि के केंद्र में होता है। सवाल यह नहीं है कि क्यों टीमें महत्त्वपूर्ण होती हैं? दरअसल, सवाल यह है कि क्या हम इस सत्य को स्वीकार करते हैं और बेहतर टीम खिलाड़ी बनाते हैं? आप अकेले ही वास्तविक महत्त्व का कोई भी काम नहीं कर सकते। मानव जाति के इतिहास का कोई भी एक वाकई महत्त्वपूर्ण काम सोचें, जिसे किसी अकेले इनसान ने किया हो! चाहे आप किसी भी काम का जिक्र करें, आप पाएँगे कि उनमें लोगों का समूह शामिल था। इसलिए अमेरिकी राष्ट्रपति लिंडन जॉनसन ने कहा था, "ऐसी कोई समस्या नहीं है, जिसे हम मिलकर न सुलझा सकें। बहुत कम समस्याएँ हैं, जिन्हें हम अकेले ही सुलझा सकते हैं।" यदि आप अपनी पूरी क्षमता व संभावना तक पहुँचना चाहते हैं या किसी असंभव नजर आनेवाले काम की कोशिश करना चाहते हैं, जैसे अपने जाने के 2,000 साल बाद कोई संदेश संप्रेषित करना चाहते हैं तो आपको टीम का खिलाड़ी बनने की जरूरत है। यह बात आपने पहले भी सुनी होगी, "अकेले खिलाड़ी खेल खेलते हैं, लेकिन चैंपियनशिप टीम ही जीतती है।"

□

जिग जिगलर

हिलेरी हिंटन जिग जिगलर (6 नवंबर, 1926–28 नवंबर, 2012) एक अमेरिकी लेखक, विक्रेता और प्रेरक वक्ता थे।

1. आपके पास हमेशा एक चाल होती है

"कोई भी व्यक्ति नीचे गिर जाने या मायूस हो जाने से असफल नहीं होता। वे केवल तब असफल होते हैं, जब नीचे ठहरे रहते हैं या नकारात्मक बने रहते हैं।" कॉवेट इस बात पर जोर देता है कि आपको एक रिसते हुए टायर की तरह होना चाहिए। पराजय को आप में से कुछ बाहर निकालकर अपनी हवा थोड़ी कम कर देनी चाहिए। अगर ऐसा नहीं हुआ तो यह इस बात का एक सशक्त संकेत होगा कि आपको न केवल हारना बुरा नहीं लगा, बल्कि आप भावात्मक रूप से जीत की इच्छा नहीं रखते थे। यह आपकी आंतरिक प्रतिक्रिया के बारे में है; परंतु स्पष्ट रूप से मैं ऐसा महसूस नहीं करता कि आप मुँह लटका लें, जरूरत से ज्यादा गुस्सा करें, तुच्छ खेल-भावना दिखाएँ अथवा अन्य किसी प्रकार का बचकाना व्यवहार करें। शिष्ट व परिपक्व बनें और याद रखें, यदि आप पराजय से सीखते हैं तो आप वास्तव में पराजित नहीं हुए। इस नए नजरिए के साथ इस बात की प्रबल संभावनाएँ हैं कि अगले मुकाबले के बाद आप विजेताओं के क्षेत्र में प्रवेश कर लेंगे।

अपने अंदर की प्रतिभा का पूरी तरह उपयोग करने के लिए आप में भावोत्तेजक होने की क्षमता होनी चाहिए। थोड़ा सा मायूस होने पर कोई भी व्यक्ति यह क्यों सोचने लगता है कि उससे कोई बहुत बड़ी गलती हो गई और उसमें अपराध-भावना, शंका एवं स्वयं को दोष देने की भावना पैदा हो जाती है? यह बिल्कुल स्वाभाविक स्थिति है और एकदम ठीक है। फिर भी, मुझे इस बात पर जोर देना है कि भले ही 'नीचे उतरना' सामान्य और बिल्कुल ठीक हो, परंतु उसी तरह रुके रहना न तो सामान्य है, न ठीक है।

जब आप नीचे गिर गए तो ऊपर किस तरह उठते हैं? पहले—पहचान लें कि

आप 'नीचे' हैं, दूसरे—समझ लें कि कभी-कभी कुछ स्थितियाँ निराशाजनक होती हैं, तीसरे—जान लें कि यह परिस्थिति अस्थायी है और चौथे—एक समय-सीमा निर्धारित करें कि आपको कितनी देर तक नीचे ठहरे रहना है। उदाहरण के लिए, मैं किसी संगठित राजनीतिक दल का सदस्य नहीं हूँ। मैं एक रिपब्लिकन हूँ। जब जिमी कार्टर ने राष्ट्रपति पद के लिए गैराल्ड फोर्ड को हराया तो मैं बुरी तरह निराश हो गया। मेरा विश्वास था कि मिस्टर फोर्ड एक बेहतर राष्ट्रपति होंगे। चुनाव के बाद मुझे यह तय करना पड़ा कि क्या मैं मिस्टर कार्टर की, अमेरिका की और स्वयं की मदद करने की कोशिश करूँ या आहत करने की? मैं जानता था कि मुझे क्या करना चाहिए; परंतु मैं निराश था और महसूस करता था कि मेरे कुछ दिन पीड़ा के थे। अत: मैंने 15 नवंबर को अपना 'ऊपर उठने' का दिन निर्धारित कर लिया। अंतरिम अवधि में मैंने मिस्टर कार्टर के बारे में नकारात्मक बातें कहीं और सोचीं। 15 नवंबर को मैंने जिमी कार्टर के बारे में 'अच्छी चीजें' पढ़नी शुरू कीं। मैंने कार्टर के प्रशंसकों को सुना, उनकी पृष्ठभूमि संबंधी सामग्री तलाशी, मंत्रिपरिषद् के गठन पर उनकी सोच का अनुसरण किया और नौकरशाही से चरबी छाँटने की उनकी कुछ विधियों का अध्ययन किया। कुछ ही दिनों में मैं यह देखकर विस्मित था कि मैं कितना बदल गया था!

एक प्रसिद्ध पेंटिंग में शैतान को एक नौजवान के साथ शतरंज खेलते दिखाया गया है। शैतान ने अभी अपनी चाल चली है और नौजवान के बादशाह की शह होती नजर आ रही है। नौजवान के चेहरे पर पूरी तरह पराजय और दु:ख के भाव छाए हुए हैं। एक दिन शतरंज का महान् विद्वान् पॉल मार्कर खड़ा हुआ उस पेंटिंग को देख रहा था। उसने बोर्ड पर स्थितियों का ध्यान से अध्ययन किया और अचानक उसका चेहरा चमक उठा। उसने पेंटिंग में बने नौजवान से कहा, "कोशिश मत छोड़ो। तुम्हारे पास अभी भी एक चाल है।" आपके पास भी हमेशा 'एक और चाल' होगी।

2. 'अगर' शब्द सफल लोगों के शब्दकोश में नहीं होता

कई वर्ष पहले कोलंबिया, दक्षिण कैरोलिना में एक युवा रसोई उपकरणों का सेल्समैन मेरे दफ्तर में आया। दिसंबर माह की शुरुआत का समय था और हम अगले वर्ष के लिए योजनाओं पर बातचीत कर रहे थे। मैंने उससे पूछा, "अगले वर्ष आप कितनी बिक्री करने वाले हैं?" अपने चेहरे पर एक बड़ी सी मुसकान लिये उसने कहा, "मैं आपको एक चीज की गारंटी देता हूँ कि मैंने इस वर्ष जितनी बिक्री की है, अगले वर्ष उससे अधिक करूँगा।" मैंने कहा, "यह बहुत अच्छा है। इस वर्ष आपने कितनी बिक्री की?" वह पुन: मुसकराया और उसने कहा, "यह तो मुझे ठीक से मालूम नहीं है।" है न रोचक बात? यह काफी खेदजनक भी है। दुर्भाग्यवश, अधिकांश लोग लगभग ऐसी

ही स्थिति में होते हैं। वे नहीं जानते कि वे कहाँ पर हैं? उन्हें यह भी ज्ञात नहीं होता कि वे कहाँ पर रहे; परंतु वे यह अवश्य सोचते हैं कि उन्हें मालूम है कि वे कहाँ जा रहे हैं।

मैंने उस युवा सेल्समैन को एक प्रश्न के साथ चुनौती दी, "आप रसोई उपकरणों के व्यापार में किस प्रकार प्रसिद्ध होना पसंद करेंगे?" अब 'प्रसिद्ध' शब्द काफी चुनौतीपूर्ण शब्द है। वह झाँसे में आ गया और उसने उत्साहपूर्वक कहा, "कैसे?"

"आसानी से।" मैंने कहा, "बस, कंपनी के अब तक के सारे रिकॉर्ड तोड़ कर।" इस बार उसकी प्रतिक्रिया कुछ कम उत्साही थी। उसने कहा, "यह आपके लिए कहने में अवश्य आसान है, परंतु कोई भी व्यक्ति—यहाँ तक कि मैं भी—उस रिकॉर्ड को कभी नहीं तोड़ पाएँगे।" मैंने पूछा, "क्यों?" उसने मुझे बताया कि रिकॉर्ड ईमानदारी से नहीं बना था, क्योंकि जिस आदमी ने उसे बनाया था, वह अपने दामाद द्वारा अपने नाम से रसोई के उपकरण बिकवाता था।

नवयुवक के पास पराजितों वाला कमजोर पक्ष था, "मैं यह नहीं कर सकता, क्योंकि रिकॉर्ड में ईमानदारी नहीं है।" मैंने उसे यह कहकर चुनौती दी, "यदि एक व्यक्ति रिकॉर्ड बना सकता है तो दूसरा उसे तोड़ सकता है।" क्योंकि प्रोत्साहन सफलता की आत्मा होती है। अतः मैंने उसके सम्मुख कुछ पुरस्कार सुझाए। सबसे पहले, मैंने उसे विश्वास दिलाया कि यदि उसने उस सर्वकालीन रिकॉर्ड को तोड़ दिया तो कंपनी उसकी तसवीर को अपने होम ऑफिस में अध्यक्ष की तसवीर के साथ लगाएगी। उसे यह पसंद आया। फिर, मैंने उसे बताया कि उसकी तसवीर राष्ट्रीय विज्ञापन में एवं लेखों में प्रयोग की जाएगी और वह विश्व भर में सर्वोत्तम सेल्समैन के रूप में प्रसिद्ध हो जाएगा। उसे वह वास्तव में पसंद आया। अंत में, मैंने उसे बताया कि वे उसे एक 'स्वर्ण पात्र' बनाकर देंगे। जहाँ तक प्रेरित करने की बात है, तो यह कारगर रहा, परंतु उसे अभी भी कुछ शंका थी कि वह कितनी बिक्री कर पाएगा? मैंने उसे स्मरण कराया कि वह अपने सर्वोत्तम सप्ताह को 50 से गुणा करके रिकॉर्ड तोड़ सकता है।

उसने फीकी हँसी हँसते हुए कहा, "आपको यह कहने में आसान लगता है…"

मैंने उसे बीच में टोका, "आप यह कर सकते हैं।" वह अभी भी सहमत नहीं था कि वह कर सकता है; परंतु उसने इस पर गंभीरता से विचार करने का वादा किया। यह एक महत्त्वपूर्ण बिंदु है, क्योंकि कोई लक्ष्य, जो लापरवाही से निर्धारित किया गया हो और सहजता से लिया गया हो, वह पहली ही बाधा पर आसानी से त्याग दिया जाता है।

26 दिसंबर को उसने मुझे अगस्ता, जॉर्जिया में अपने घर से फोन किया। उसकी उत्तेजना महसूस की जा सकती थी। उसने मुझे सारी बात बताई, "आपको पता है, इस महीने के शुरू में हुए अपने दौरे के बाद से मैंने अपने द्वारा की गई हर चीज का रिकॉर्ड रखा है। मुझे मालूम है कि एक दरवाजा खटखटाने पर, एक फोन कॉल करने पर, एक

प्रदर्शन का संचालन करने पर अथवा एक नमूना पेश करने पर मुझे कितना व्यापार हासिल होता है। मुझे मालूम है कि हर सप्ताह मैं कितनी बिक्री करता हूँ, हर दिन कितनी करता हूँ और हर घंटे कितनी करता हूँ।" उत्साह के अति भावावेग में उसने आगे कहा, "मैं उस रिकॉर्ड को तोड़ने वाला हूँ।" मैंने यह कहने के लिए वार्त्तालाप के इस शब्द पर जोर दिया, "नहीं, तुम रिकॉर्ड तोड़ने वाले नहीं हो। तुमने रिकॉर्ड तोड़ दिया है।"

मैंने ऐसा इसलिए कहा, क्योंकि उसने एक बार भी 'अगर' शब्द का प्रयोग नहीं किया। उसने निश्चय करने तक पहुँचने के लिए कड़ी मेहनत की थी, परंतु सरलता से उसे व्यक्त किया, "मैं उस सर्वकालीन रिकॉर्ड को तोड़ने वाला हूँ।"

3. प्रेरणा

प्रेरणा तीन तरह से काम करती है—पहली 'भय' प्रेरणा है, जो कहती है, 'यदि आप रात 11 बजे तक वापस नहीं आए तो यह इस महीने की आपके बाहर जाने की आखिरी रात होगी।' अथवा 'यदि आपने बिक्री नहीं बढ़ाई तो आपको नौकरी से हटा दिया जाएगा।' कुछ लोगों के लिए भय प्रेरणा का काम करता है; परंतु अधिकतर लोगों के साथ यह काम नहीं करती, क्योंकि इससे रोष उत्पन्न होता है, जो विद्रोह की ओर ले जाता है।

टेक्सास के एक व्यक्ति ने एक प्रतियोगिता रखी और उसमें तीन इनाम घोषित किए। जीतनेवाला किसी एक इनाम को चुन सकता था—10 लाख डॉलर नकद, अपनी पसंद की एक हजार एकड़ जमीन या शादी में उसकी लड़की का हाथ।... उसके मुँह से शब्द अभी निकल ही पाए थे कि पूल की दूसरी तरफ से बहुत जोर की आवाज हुई और उसके बाद पानी से ऊँचा उछलता हुआ एक नौजवान लड़का पूल की दूसरी तरफ से प्रकट हुआ, जिसने अभी-अभी कभी न टूटनेवाला एक वर्ल्ड रिकॉर्ड बना दिया था। मेजबान ने उत्साहपूर्वक उस नौजवान को बधाई दी और फिर अपने वायदे के अनुसार उसने उस विजयी नौजवान से उसकी पसंद पूछी। क्या तुम्हें 10 लाख डॉलर चाहिए? नौजवान ने सिर हिलाकर मना कर दिया। एक हजार एकड़ जमीन? फिर नहीं। फिर क्या मेरी लड़की से शादी? जब नौजवान ने फिर से 'न' कहा तो मेजबान ने कुछ अचंभे में पूछा, "तो फिर तुम क्या चाहते हो?" नौजवान ने जल्दी से जवाब दिया, "मैं उस आदमी का नाम जानना चाहता हूँ, जिसने मुझे पूल में धक्का दिया था।"

दूसरी प्रेरणा प्रोत्साहन या 'गाजर' प्रेरणा है, जो साधारण रूप से कार्य-संपन्नता के लिए पुरस्कृत करना है। यह कहती है, 'यदि आप कंपनी में अपने परिणामों में सबसे आगे रहते हैं तो आप पुरस्कार में हवाई का एक दौरा जीत जाएँगे। यदि आप अपने लाभ का प्रतिशत तीन अंक से बढ़ा देंगे तो आपको अपने विभाग में एक पदोन्नति मिलेगी।

अगर आप ठीक से काम करते हैं तो आपको स्थायी रूप से काम सौंप दिया जाएगा।' यह प्रेरणा अधिकतर लोगों पर कारगर होती है। आपने संभवतः गाड़ी खींचते हुए गधे की तसवीर देखी होगी। उस तसवीर में गधे के सामने गाजर लटक रही होती है। जब गधा गाजर की ओर बढ़ता है तो वह गाड़ी खींचता है। यह कुछ उसी तरह है।

कई बार प्रतिभागी एक आराम/सुविधा के क्षेत्र में पहुँच जाता है तथा उसे और अधिक आराम या गाजरों की जरूरत नहीं रहती। अब आप क्या करेंगे? उसकी प्यास जगाओ! उत्तर सरल है। गधे को रेस के घोड़े में बदल दीजिए और उसमें दौड़ की चाह पैदा कर दीजिए, तीसरी तरह की प्रेरणा लागू कीजिए—आंतरिक प्रेरणा। आंतरिक प्रेरणा ही सबसे महत्त्वपूर्ण और आशावादी है। अच्छी पुस्तकें पढ़ना, अच्छे लोगों को सुनना, अच्छे विचारों को अपनाना, इससे व्यक्ति स्थायी रूप से प्रेरित होता है।

4. सही चुनाव केवल आप करते हैं

दिमाग एक बगीचे की तरह काम करता है। हर कोई जानता है कि अगर आप सेम का पौधा लगाते हैं तो उससे आप आलू नहीं पा सकते। आप उससे सेम ही पाएँगे। जाहिर है, आप सेम का पौधा सेम की एक फली पाने के लिए नहीं लगाते। आप सेम का एक पौधा सेम की बहुत सी फलियाँ पाने के लिए लगाते हैं। पौधा लगाने से लेकर पैदावार होने के बीच सेम की फलियों की संख्या में बहुत अधिक बढ़ोतरी होती है। दिमाग के काम करने का ढंग भी वैसा ही है। आप दिमाग में जो भी रोपते हैं, उसकी आपको कई गुना फसल मिलेगी; क्योंकि रोपने और पैदावार होने के बीच कल्पना प्रवेश कर जाती है और परिणामों को कई गुना कर देती है। कुछ तरीकों में दिमाग एक मनी बैंक की तरह काम करता है। आपके मस्तिष्क बैंक में दो टेलर हैं, जिनमें से दोनों आपके प्रत्येक आदेश के प्रति आज्ञाकारी हैं। एक टेलर धनात्मक है और धनात्मक जमा एवं धनात्मक विद्ड्रॉल्स को सँभालता है। दूसरा टेलर ऋणात्मक है एवं सारी ऋणात्मक जमा राशियों को स्वीकार करता है और आपको नकारात्मक फीडबैक देता है।

मस्तिष्क के स्वामी के रूप में आपका सारे विद्ड्रॉल्स एवं अधिकांश जमा राशियों पर पूरा नियंत्रण है। जमा राशियाँ आपके जीवन के संपूर्ण अनुभव का प्रतिनिधित्व करती हैं। विद्ड्रॉल्स आपकी सफलता व खुशी को निर्धारित करते हैं। जाहिर है, आप वह चीज नहीं निकाल सकते, जो जमा नहीं की गई है। लेन-देन की प्रत्येक क्रिया के लिए कौन सा टेलर प्रयोग करना है, इसका चुनाव आप कर सकते हैं। किसी समस्या के लिए नकारात्मक टेलर का प्रयोग करें और वह आपको याद दिलाएगा कि विगत में आपने कितना खराब प्रदर्शन किया है! वह वर्तमान समस्या को हल करने के बारे में आपकी असफलता की भविष्यवाणी करेगा। अपने सकारात्मक टेलर का प्रयोग करें

और वह आपको उत्साहपूर्वक बताएगा कि किस तरह आपने विगत में इससे भी बड़ी समस्याओं को सफलतापूर्वक हल किया है। वह आपको आपकी निपुणता व विद्वत्ता की मिसालें देगा और आपको आश्वस्त करेगा कि आप आसानी से इस समस्या को हल कर सकते हैं।

5. अपने दिमाग में कूड़ा इकट्ठा न होने दें

यदि मैं एक बाल्टी कूड़ा-करकट लेकर आपके घर में आऊँ और उसे आपके लिविंग रूम के फर्श पर फैला दूँ, तो गंभीर समस्याएँ हो जाएँगी। तीन में से एक बात होगी। आप या तो मेरी शारीरिक रूप से धुनाई करेंगे, पुलिस को बुलाकर मुझे गिरफ्तार करा देंगे अथवा अपनी बंदूक उठाएँगे और कहेंगे, 'अब जिगलर, मैं शर्त लगाकर कह सकता हूँ कि आप इस कूड़ा-करकट को फर्श पर से साफ करोगे।' मैं भी यह शर्त लगाकर कह सकता हूँ कि मैं करूँगा। सच तो यह है कि मैं उसे इतनी अच्छी तरह से साफ करूँगा कि कूड़े का निशान तक न रहे। रोचक बात यह है कि आप फिर भी पड़ोसियों को उस व्यक्ति के बारे में बताते रहेंगे, जिसने आपके घर आकर फर्श पर कूड़ा-करकट डाला था।

आप संभवत: कहेंगे, "मैंने उस पर बंदूक तानी और किस तरह उससे अपनी बात मनवाई।" आप फर्श पर कूड़ेवाली बात को बहुत महत्त्व दे देंगे। पर उन लोगों के साथ आप क्या करते हैं, जो आपके दिमाग में कूड़ा-करकट इकट्ठा करते हैं? आपकी उन लोगों के लिए किस तरह की प्रतिक्रिया होती है, जो आपसे आकर कहते हैं कि वे चीजें आप नहीं कर सकते और आपकी क्षमताओं पर बाँध लगा देते हैं? आप उन लोगों पर किस तरह प्रतिक्रिया करते हैं, जो आपके उत्पाद, आपके समुदाय, आपके चर्च, आपके देश, आपके परिवार, आपके बॉस या आपके स्कूल के बारे में क्रूर बातें कहते हैं? उन लोगों के प्रति आप क्या करते हैं, जो अपना नकारात्मक कूड़ा-करकट आपके दिमाग में डाल देते हैं?

शायद आप सिर्फ अपने दाँत निपोरकर कहेंगे, 'ठीक है, इससे मैं आहत होने वाला नहीं हूँ। उसके कूड़ा-करकट डालने से मुझ पर फर्क नहीं पड़ता।' दोस्त, मैं आपको बता दूँ, यहीं पर आप गलत हैं। यदि आप कूड़ा-करकट अंदर डालेंगे, तो कूड़ा-करकट ही बाहर आएगा। जो व्यक्ति आपके दिमाग में कूड़ा-करकट डालता है, वह आपके फर्श पर कूड़ा डालनेवाले व्यक्ति की तुलना में कहीं अधिक नुकसान करता है।

6. प्रोत्साहन वह ईंधन है, जिस पर उम्मीद दौड़ती है

विल, स्किल और रीफिल—यानी इच्छा-शक्ति, कुशलता और पुनः प्रयास। विल—यह है 'चाहना'। यही है लोगों का दिल, इच्छा, व्यवह . और लगन। स्किल—

इसका तात्पर्य है 'दक्षता'। इसका अर्थ लोगों में निहित कुशलता, प्रक्रिया और तकनीकी दक्षता से है। रीफिल—इससे अभिप्राय चाह और दक्षता को प्रक्रिया में लाने से है।

ऐसी कोई जादू की छड़ी जैसी चीज नहीं है कि ट्रेनिंग व डेवलपमेंट की छड़ी एक बार चलाई और सबकुछ हो गया? बिना कौशल, चाहे आप जो भी हों, आप केवल निराशा के अंतहीन चक्र ही बनाते चले जाएँगे। बिना 'रीफिल' के सफलता के लिए अंतर पैदा करनेवाला स्तर बना पाना—और वह भी महज विल एवं स्किल के जरिए—असंभव है और इसी के साथ आप सफलता के जिस मुकाम को छूना चाहते हैं, वह भी हासिल कर पाना मुश्किल हो जाएगा।

आप जो हैं, वह हैं और ऐसा इसलिए, क्योंकि कुछ चीजें आपके मन-मस्तिष्क में पहले से बैठ चुकी हैं। आप जो हैं, उसमें बदलाव ला सकते हैं, बशर्ते अब से जो कुछ भी आपके मन-मस्तिष्क में जाए, उसे आप बदलने को राजी हों। दैनिक आधार पर भले ही यह पाँच या दस मिनट के आधार पर आप कर सकें, किंतु अपने मन-मस्तिष्क में उन सामग्रियों को रीफिल करें, जो आपकी विल या आपकी स्किल या दोनों को विकसित करने में मदद करें। आप चाहें तो ऐसी चीजों को पढ़कर या सुनकर अपने उक्त उद्देश्य को आगे बढ़ा सकते हैं।

'जस का तस' जैसी कोई चीज इस दुनिया में नहीं है। जीवन में, व्यवसाय में या आपके पारिवारिक संबंधों में किनारे-किनारे चलना बेहतर विकल्प नहीं है। ये सब या तो सुधरेंगे या और खराब होते चले जाएँगे। सफलता के लिए भी यही सच है। आप या तो सफलता के नजदीक पहुँच जाएँगे या इससे और दूर हो जाएँगे। यही कारण है कि विल, स्किल और रीफिल का दैनिक आधार पर अभ्यास बेहद महत्त्वपूर्ण है।

चूँकि आप योजना बनाते हैं, तैयार होते हैं और जीवन में जीतने की अपेक्षा करते हैं, क्योंकि आप जीतने के लिए पैदा हुए हैं, अतः यह कभी न भूलें कि उम्मीद एक उत्प्रेरक की तरह काम करती है, जो आपको शुरुआत के लिए तैयार करती है और वह प्रोत्साहन उम्मीद को जिंदा रखता है। विल, स्किल और रीफिल का दैनिक अभ्यास करके आप जरूरी प्रोत्साहन हासिल कर सकेंगे। आप जीतने के लिए खुद को तैयार करें, सफलता की अपेक्षा करें, दुनिया बदलें। किसी भी चीज की चाहत करिए, फिर उसके लिए अपनी इच्छा-शक्ति और अपने कौशल का विकास करिए और सफलता को अपना गुलाम बना लीजिए।

7. हर दिन का लक्ष्य निर्धारित कीजिए

चीनी लोग कहते हैं, "यदि आप किसी व्यक्ति को एक मछली देते हैं तो आप उसकी दिन भर की भूख मिटाने का इंतजाम करते हैं; परंतु यदि आप उसे सिखाते हैं कि

मछली कैसे पकड़ी जाती है तो आप उसकी जिंदगी भर की भूख मिटाने का इंतजाम करते हैं।" अपने बच्चों को सिखाएँ कि चीजें किस प्रकार करें, अपना सहारा खुद कैसे बनें और अपनी आवश्यकताओं की पूर्ति खुद कैसे करें।

46 वर्ष की उम्र में मेरा वजन 37 पौंड ज्यादा था, जो एक साथ कम नहीं किया जा सकता था। इसलिए मैंने लक्ष्य बनाया। अपने लक्ष्य को छोटे-छोटे टुकड़ों में बाँट दिया। प्रतिदिन थोड़ा प्रयास। मैंने आँकड़ा निकाला तो पाया कि 37 पौंड कम करने के लिए मुझे केवल हर रोज 1.9 औंस कम करने हैं।

पुरानी कहावत है कि एक मील चलना कष्टप्रद है, परंतु एक-एक इंच अवश्य चला जा सकता है। यह निश्चित रूप से सत्य है। आगे बढ़नेवाले हर कदम—हर कार्य-संपन्नता—अथवा मेरे मामले में, मापे जा सकनेवाले वजन घटने के हर एक अंश से मेरा उत्साह बढ़ा कि मैं बार-बार सफल होऊँ। सफलता से सफलता उत्पन्न होती है। इसीलिए यह अत्यंत महत्त्वपूर्ण है कि जब आप कोई लक्ष्य निर्धारित करें या उसे हासिल करने की कोशिश करें तो उसे इस तरह से व्यवस्थित करें कि आप प्रतिदिन किसी-न-किसी प्रकार की सफलता का आनंद ले सकें। यह सकारात्मक फीडबैक आपका विश्वास बढ़ाता है, जिससे आप स्वयं से और अधिक कार्य संपन्न करने की आशा करने लगते हैं और खुद को ऐसा करते हुए देखने लगते हैं, जिसका अर्थ है कि आप और अधिक कार्य संपन्न करेंगे तथा और अधिक बड़े होंगे। आपके दूरगामी ध्येयों तक पहुँचने का एकमात्र मार्ग निकट भविष्य के उद्देश्यों की प्राप्ति से होकर गुजरता है। अपनी नजर बड़े उद्देश्यों पर रखें; परंतु याद रहे कि जैसे-जैसे आप अपने दैनिक उद्देश्यों को प्राप्त करते जाते हैं, वैसे-वैसे ही आप अपने दूरगामी उद्देश्यों के निकट पहुँचते जाते हैं।

रोजाना की कार्य-संपन्नताएँ उस महल की ईंटें हैं। यदि आप नियमित रूप से सही लक्ष्य-निर्धारण प्रक्रिया के साथ ईंटों को सही जगह पर रखते हैं तो आप अंततः शिखर के लिए अपनी सीढ़ियों का निर्माण कर लेंगे। शिखर पर जानेवाली लिफ्ट खराब है। आपको सीढ़ियों से जाना होगा—एक समय में एक-एक सीढ़ी चढ़कर। सौभाग्य से, वे सभी साफ तौर से चिह्नित हैं और आपको ऊपर तक चढ़ने के लिए इशारा कर रही हैं।

8. आपको खुद को प्रशिक्षित करना चाहिए

मक्खियों को ढक्कन लगे एक जार में रखकर प्रशिक्षित करते हैं। मक्खियाँ क्योंकि कूदती हैं, इसलिए वे कूदेंगी और ढक्कन से बार-बार टकराएँगी। जब आप उन्हें कूदता हुआ और ढक्कन से टकराता हुआ देखेंगे तो आप एक रोचक बात पाएँगे। मक्खियों का कूदने का क्रम जारी है, परंतु अब वे इतना ऊँचा नहीं कूद रही हैं कि ढक्कन से टकरा पाएँ। फिर आप चाहे ढक्कन हटा दें तो भी मक्खियाँ कूदती रहेंगी, परंतु जार से बाहर

नहीं जाएँगी; क्योंकि उन्होंने अपने आपको बस, उसी ऊँचाई तक कूदने का अभ्यस्त कर लिया है।

जब हम अपना सफर शुरू करते हैं तो हमारे इरादे बहुत बड़े होते हैं, लेकिन धीरे-धीरे वे ठंडे पड़ते चले जाते हैं और हम ऊँची छलाँग लगाना भूल जाते हैं; क्योंकि हमारे आसपास नकारात्मकता का घेरा होता है। हमारे आसपास के लोगों को उस पर विश्वास नहीं होता और हम उससे प्रभावित होते हैं। यह भी एक कारण होता है कि खिलाड़ी को कोच बार-बार सिखाते हैं कि वह अपनी लड़ाई लड़े। तब व्यक्ति नकारात्मक कूड़े-करकट को सुनता है, जो उसे सफलता के तरीके सुझाने के बजाय असफलता के बहाने सुझाते हैं। इस प्रक्रिया में वह पराजितों वाली शिथिलता हासिल कर लेता है। अगर आप सफलता चाहते हैं तो मक्खियों की तरह खुद को प्रशिक्षित मत करिए।

9. दिन की शुरुआत

यदि आप जीवन द्वारा आपको प्रस्तुत की जानेवाली सभी चीजों के प्रति उत्साह एवं सही सोचने के ढंग को विकसित करना चाहते हैं तो उस तरीके को उलटना होगा, जिस तरीके से अधिकतर लोग अपने दिन की शुरुआत करते हैं। जब अलार्म बजना बंद हो जाता है, वे थोड़ा विलाप करते हैं, अपने चेहरे पर थप्पड़ लगाते हैं और कहते हैं, "ओह, नहीं। मुझसे यह मत कहो कि उठने का समय हो गया है। मुझे ऐसा लग रहा है जैसे कि मैं अभी लेटा था।" बहुत से लोग हर दिन को ऐसे शुरू करते हैं, जैसे कि वह एक दूसरा बीता हुआ कल होने वाला है। बीता हुआ कल उन्हें पसंद नहीं है। इस तरह की शुरुआत से क्या इसमें कोई अचरज की बात है कि एक 'बुरे' दिन के बाद दूसरा 'बुरा' दिन आता है? आपके दिन की शुरुआत करने का एक बेहतर तरीका यह है कि कल सुबह जब घड़ी का अलार्म बजना बंद हो तो हाथ बढ़ाकर उसे बंद कर दीजिए। तुरंत बिस्तर पर सीधे बैठ जाइए। अपने हाथों से ताली बजाकर कहें, 'आहा, यह बिस्तर छोड़ने के लिए और दुनिया के द्वारा पेश किए जानेवाले अवसरों का लाभ उठाने के लिए उत्तम दिन है!' जरा सोचिए, आप नौ साल के एक बच्चे की तरह अपनी हथेलियाँ बजाकर कह रहे हैं, 'आहा!' यह बिस्तर छोड़ने के लिए और दुनिया का मुकाबला करने के लिए एक उत्तम दिन है! अगर आप सौ साल तक जिएँ तो भी आप इससे बड़ी बात कभी नहीं कहेंगे। अब चूँकि आप उठ गए हैं, नहा लें और नहाते हुए गाएँ। गाने के लिए न तो लय, न ही आपकी प्रतिभा महत्त्वपूर्ण है। गाने का यह विचार ही असल चीज है। नहाते हुए गाने की धारणा एकदम सरल है। 'हम इसलिए नहीं गाते, क्योंकि हम खुश हैं। हम खुश हैं, क्योंकि हम गाते हैं।' उसी तरह 'हम काम करना व खेलना इसलिए नहीं छोड़ते कि हम बूढ़े हो जाते हैं। हम बूढ़े हो जाते हैं, क्योंकि हम काम करना व खेलना छोड़ देते हैं।' जब

आप नाश्ते की मेज पर बैठें, मेज को थपथपाएँ और कहें कि आप इसी नाश्ते की उम्मीद कर रहे थे।' भले ही आप पिछले 365 दिनों से हर रोज यही भोजन खा रहे हों! इस बात की संभावनाएँ हैं कि भले ही नाश्ता वास्तव में उतना अच्छा न हो, उसे बनानेवाला अगले दिन बेहतर बनाने के लिए प्रेरित हो जाएगा।

विचार कार्य से पहले आता है। एक ऐसा दिन बिताने के बाद आप अगली सुबह करनेवाले कार्य की योजना रात को बनाते हैं। इससे सकारात्मक रूप से योजना बनाने की आदत पड़ती है और इसके दूरगामी परिणाम होते हैं, क्योंकि 'जब आप एक कार्य बोते हैं तो आप एक आदत की फसल काटते हैं, जब आप एक आदत बोते हैं तो एक चरित्र की फसल काटते हैं, जब आप एक चरित्र बोते हैं तो एक नियति की फसल काटते हैं।' तर्क से कोई भावना नहीं बदलती, परंतु कार्य से बदल जाएगी।

10. अपने गाइरोस्कोप से सही काम लें

इस पृथ्वी पर हर प्राणी के अंदर एक गाइरोस्कोप है, जो उसके जन्म के साथ ही एक मानक उपकरण के रूप में आता है। एक युवा गिलहरी को लें, जो किसी अन्य गिलहरी से हजारों मील दूर होती है। जब शीत ऋतु आती है तो वह सर्दियों के लिए गिरियाँ व मेवे इकट्ठा करने लगेगी; हालाँकि हो सकता है, वह सारी सर्दियाँ जीवित ही न रहे। यह स्वयं संरक्षण का नियम है। यह उसका स्थायी गाइरोस्कोप है। इसी तरह, एक युवा बत्तख, जो कभी शीत ऋतु में नहीं रही, दक्षिण की ओर उड़ चलेगी, भले ही वह अन्य बत्तखों से बिल्कुल अकेली हो जाए। यह स्वयं संरक्षण के नियम की माँग है। यह उसके अंदर स्थायी रूप से लगा हुआ गाइरोस्कोप है। आदमी के पास भी गाइरोस्कोप होता है, परंतु थोड़ा भिन्न। अंतर यह है कि आदमी अपने गाइरोस्कोप को निर्धारित कर सकता है। किसी झील या समुद्र के किनारे जाएँ और चलती हुई नौकाओं को गौर से देखें। आप देखेंगे कि वे 360 दिशाओं में जा रही होंगी और आप यह भी देखेंगे कि हवा केवल एक दिशा में बह रही है। तो यदि हवा केवल एक दिशा में बह रही है, फिर नौकाएँ इतनी भिन्न दिशाओं में कैसे जा सकती हैं? उत्तर सरल है। नाव पर कोई व्यक्ति है, जिसने उसकी यात्रा का निर्धारण किया है। इस प्रकार, आप अपनी यात्रा का निर्धारण करते हैं, जो आपके जाने की दिशा निर्धारित करती है और दिशा नियति का निर्धारण करती है।

जब कोई चीज आपको रास्ते से थोड़ा सा भटका दे तो आपके लिए यह जरूरी नहीं है कि आप फिर से अपने शुरुआत वाले स्थान पर वापस जाएँ।

जब आप लंबी टेलीफोन बातचीत में लगे होते हैं तो क्या आप व्यर्थ के काम में उलझे रहने के दोषी होते हैं? क्या आप वर्ग, आयत और वृत्त की आकृतियाँ बनाते हैं?

यदि बातचीत काफी लंबी है तो क्या आप उसमें शेड भरने लगते हैं और उस शेड में फिर डिजाइन बनाने लगते हैं? आप स्वयं को व्यर्थ के कामों में उलझे रहनेवाले एक व्यक्ति के रूप में किस प्रकार देखते हैं? जैसा कि शायद आप जानते हों, कुछ व्यर्थ के काम में उलझे रहनेवाले व्यक्ति अपने वे व्यर्थ के काम इधर-उधर छोड़ जाते हैं, ताकि उनका 'पता चल जाए'। व्यर्थ का काम कभी नहीं बिकता।

व्यर्थ के काम में उलझे रहने का बाजार सीमित है। बजाय व्यर्थ की आकृतियाँ बनाते रहने के, जो कि गैर-फायदेमंद है। कागज की एक साफ शीट लेकर उस पर लिखना शुरू करें—'मैं कर सकता हूँ, मैं कर सकता हूँ, मैं कर सकता हूँ…।' फिर विस्तार से समझाएँ कि आप क्या कर सकते हैं! अपने उद्‌देश्यों को कागज की एक शीट पर और बाथरूम के शीशे पर लिखें। फिर अपनी पेपर शीट या शीशे की तली पर लिखें—'मैं करूँगा, मैं करूँगा, मैं करूँगा।' यह प्रक्रिया आपके उद्‌देश्यों को आपके अवचेतन मन में अमिट रूप से जलाकर आपके गाइरोस्कोप को ठीक से निर्धारित कर देगी। याद रखें, जहाँ तक आप देख पाते हैं, वहाँ तक जाएँ और जब आप वहाँ पहुँच जाएँगे तो वहाँ से हमेशा और आगे देख पाएँगे।

11. अपने दिमाग को खुराक दें

गरदन के नीचे, बहुत कम लोगों का मूल्य 100 डॉलर प्रति सप्ताह से अधिक होता है। गरदन से ऊपर किसी व्यक्ति के मूल्य की कोई सीमा नहीं है। तो हम क्या करते हैं? हम हर रोज अपने पेट को, अर्थात् गरदन के नीचे के 100 डॉलर के हिस्से को खुराक देते हैं। हम अपने मस्तिष्क को—जिसके मूल्य की, कमाई की और खुशी की संभावना की कोई सीमा नहीं है—कितनी बार खुराक देते हैं?

बहुत से लोग, जो हताश हैं, नकारात्मक भाव वाले हैं, हारे हुए हैं, अपने से निराश हैं, टूटे हुए हैं, नाखुश हैं, जो अपने दिमाग और नजरिए को किसी भी तरह की खुराक देने का तीव्रता से विरोध करते हैं, उन्हें प्रेरणा एवं सूचना की सख्त जरूरत होती है; परंतु वे सेमिनार में उपस्थित होने या अच्छी पुस्तकें पढ़ने या प्रेरणादायक रिकॉर्डिंग सुनने के लिए लगातार इनकार करते रहते हैं। असफल लोग सोचते हैं कि सफल लोग सकारात्मक हैं, क्योंकि वे प्रतिवर्ष 50,000 डॉलर कमाते हैं। जबकि वस्तु-स्थिति इसके बिल्कुल विपरीत है। सफल लोग प्रतिवर्ष 50,000 डॉलर कमाते हैं, क्योंकि उनका सोचने का ढंग सही है।

सफल व्यक्ति सकारात्मक क्यों होते हैं? इसे उलटा कहें—सकारात्मक व्यक्ति सफल क्यों होते हैं? वे सकारात्मक हैं, क्योंकि वे जान-बूझकर अपने दिमाग को नियमित रूप से अच्छे, स्वच्छ, सशक्त व सकारात्मक मानसिक विचारों की खुराक देते

हैं। आप समाज के लिए एक खतरा और मुर्दाघर के लिए एक उम्मीदवार थे, क्योंकि आप सचेत होकर गाड़ी चलाना सीख रहे थे। कुछ समय के बाद आप एक्सीलरेटर दबाते हैं, गीयर बदलते हैं, क्लच छोड़ते हैं, टॉफी या गम का कवर हटाते हैं, खिड़की का शीशा नीचे करते हैं और अपने पड़ोसी के बारे में बातें करते हैं और यह सब आप एक ही समय पर कर लेते हैं। आप ये सब चीजें पूरी सुरक्षा के साथ कर लेते हैं, क्योंकि आपने ड्राइव करने की प्रक्रिया को चेतन मस्तिष्क से अवचेतन मस्तिष्क में खिसका दिया। आपने सचेत होकर ड्राइव करना सीखा और बाद में यह अचेत या स्वचालित हो गया। यह लगभग एक रिफ्लेक्स क्रिया थी।

आप जो भी अच्छा करेंगे, अवचेतन मन से होगा। इसमें आपका नजरिया भी शामिल है। आप अपने नजरिए की प्रतिक्रियाएँ अवचेतन में खिसका सकते हैं। आप इसे इतनी पूर्णता के साथ कर सकते हैं कि आप नकारात्मक व सकारात्मक दोनों स्थितियों में अपने आप सकारात्मक रूप से प्रतिक्रिया करेंगे। इसमें लगन एवं कार्य व अभ्यास की जरूरत है; परंतु यह किया ज़ा सकता है। किसी भी उत्तेजक बात के प्रति सकारात्मक प्रतिक्रिया एक प्रतिरूप क्रिया या अभ्यस्त प्रतिक्रिया की तरह हो सकती है।

□

जिम रॉन

एमानुएल जेम्स रॉन का जन्म 17 सितंबर, 1930 को और मृत्यु 5 दिसंबर, 2009 को हुई। उनको पेशेवर रूप से 'जिम रॉन' के नाम से जाना जाता है। वे एक अमेरिकी उद्यमी, लेखक और प्रेरक वक्ता थे।

1. यदि आप वक्ता बनना चाहते हैं

अपनी बात अच्छे से कहो। अगर आपको अच्छी जानकारी है, पर आप उसे अपनी बातचीत में सही से इस्तेमाल नहीं कर सकते तो कोई भी आपकी बात नहीं समझेगा। अपनी बात अच्छे से समझाने के लिए पहला कदम है, ईमानदारी व निष्ठा। आपको बार-बार अभ्यास करना है। आपको वार्त्तालाप के हर क्षेत्र में बात करने का अभ्यास करना है, फिर चाहे आप अपने ग्राहक से बात करें या अपने बच्चों से। पहले मैं लोगों के सामने सभाओं में बोलने से घबरा जाता था; पर मैंने अपने डर को खुद पर हावी नहीं होने दिया और अब कई हजार भाषण देने के बाद मैं बिना रुके घंटों बोल सकता हूँ।

आपके बोलने का उद्देश्य होना चाहिए। बेहतरी के लिए, प्रभाव डालने के लिए और बारीकियाँ समझाने के लिए आपको अभ्यास करना होगा। अभ्यास करते रहें। बस, आप सही शब्दों का चुनाव करना जान जाएँगे। भाषा में गलती करना महँगा पड़ सकता है। हो सकता है, आप हिचकिचाने लगें, हड़बड़ाने लगें या फिर शुरू करते वक्त बेवकूफी का प्रभाव डालें; पर अभ्यास करने से, चाहे इसमें वर्षों लगें, आप सही और प्रभावशाली तरीके से बोलना शुरू कर देंगे। अपने वार्त्तालाप को छोटा रखें। कई बार वार्त्ता जितनी छोटी होती है, उसका इतना ही असर होता है और कहनेवाली बात थोड़े में ही समा जाती है। बोलते ही मत जाओ।

यह आपको बच्चे सिखा देंगे। 30 सेकंड के बाद वे हैरान हो जाते हैं कि आप कितना बोलोगे? जीसस इस बात में अव्वल थे। कइयों को तो वह बस, इतना ही कहते थे, 'मेरे पीछे आओ।' वह इतना संक्षिप्त कैसे हो सकते थे, क्योंकि उनके पहुँचने से पहले ही

उनकी प्रसिद्धि पहुँच जाती थी। अत: जब वह कहीं पहुँचते थे, उन्हें अधिक नहीं बोलना पड़ता था। इसलिए हम निजी विकास पर जोर देते हैं। अगर हमारी प्रसिद्धि लोगों तक पहुँची हो तो हमें अनेक शब्दों में कहने की जरूरत नहीं होती। अच्छा वक्ता बनने के लिए हमारी शैली होनी चाहिए। आपकी शैली आपकी पृष्ठभूमि पर आधारित होती है। असरदार शैली सीखिए, पर किसी की नकल मत कीजिए। दूसरे वक्ताओं के हाव-भाव देखें और देखें कि इसमें से किन भावों को आप अपने में ढाल सकते हैं। अपनी शैली खुद बनाएँ।

शिष्टाचार पदार्थ से अधिक महत्त्वपूर्ण है। अच्छी जानकारी देते समय आप नहीं चाहेंगे कि बोलने की बेकार शैली आगे आए। अगर इसमें कोई सहायता ले ली जाए तो आप इसे सुधार सकते हैं। हमें उन सभी अध्यापकों की याद है, जिन्होंने हमें एक विशेष तरीके से पढ़ाया। उनका पढ़ाया हमें आज तक याद है, क्योंकि उन्होंने उत्साहपूर्वक पढ़ाया और उनके हाव-भाव हमें आज तक याद हैं। आपने कितना कहा, यह महत्त्वपूर्ण नहीं है; बल्कि आपने कैसे कहा, यह महत्त्वपूर्ण है। अपना शब्दकोश बढ़ाओ। शब्दकोश और व्यवहार के बीच एक संबंध है। शब्दकोश भी देखने का एक तरीका होता है। अगर आपके पास सीमित शब्द हैं तो आप अपने दिमाग में तसवीर नहीं खींच सकते। आप एक ऐसे पेंटर की तरह हो जाते हैं, जिसके पास सीमित रंग हैं। हम केवल समस्या, समाधान या अनुभव को अपने शब्दकोश में देख सकते हैं। अपने रोमांचक भविष्य के लिए अपना शब्दकोश बढ़ाएँ, ताकि आप अपनी खूबसूरती को, कविताओं को और जिंदगी के अनुभवों को शब्दों में पिरो सकें। अगर आपके पास सीमित शब्द हैं तो आपकी दुनिया छोटी है। आप जिंदगी को छोटे से छेद से देख रहे हैं। अपनी जिंदगी में शब्द जमा करते रहें। वे कहाँ से और कैसे बने हैं, यह जानकर आपको बहुत रोमांच आएगा। अपनी भाषा को पढ़ने में लापरवाही न बरतें। भाषा ऐसा हथियार है, जिससे आप अपने संबंध और आर्थिक भविष्य को बनाते हो।

अपने श्रोताओं के चेहरे पढ़िए, ताकि आपको पता रहे कि अब आगे क्या कहना है ? अगर आप अपने श्रोताओं को नहीं पढ़ते हैं तो आप गलत दिशा की ओर बढ़ सकते हैं।

"श्रोताओं को पढ़ना चाहिए। अगर 10,000 लोग आपसे कुछ पूछने लगें तो आपके लिए मुश्किल हो जाएगी।"

—जिग जिगलर

अपने श्रोताओं को पढ़ते वक्त पहले सिर्फ दिखाई देनेवाली चीजें, जैसे कि उनकी शारीरिक भाषा पढ़ें। अगर वे अपने हाथ मोड़ें, चेहरे पर सिलवटें और ठुड्डी नीचे किए बैठे हैं तो आपको भाषण बीच में समाप्त करना होगा। अगर लोग घड़ियों में समय देखने लगे हैं,

दरवाजे की ओर देखने लगे हैं तो आपको ध्यान देना होगा कि आप ज्यादा समय ले रहे हैं।

इन नियमों का पालन करके आप अच्छे वक्ता बन सकते हैं। याद रखें, अच्छा श्रोता ही अच्छा वक्ता बनता है।

2. अधीर न हों और लालच से दूर रहें

समय के चक्र को समझने का प्रयास करें। संसार में दो चीजें हैं, जो आपको किसी भी चीज से जल्दी नष्ट कर सकती हैं, वे हैं—लालच और अधीरता, यानी बेसब्री। आपको धैर्यवान् बनना पड़ेगा। आपको अपनी परियोजना के लिए समय देना होगा। एक सिंफनी ऑर्केस्ट्रा, जो अच्छा संगीत देता है, वह सभी को प्रभावित करता है, जो कि बनने में वक्त लेता है। अपने आपको भी वक्त दें। कोई भी नई चीज सीखने के लिए समय को सीमित न करें, अधीर न हों। क्या हो, अगर छोटे बच्चे अपने जूते के फीते बाँधना सीखना छोड़ दें? लालच एक भयंकर रोग है। 'वॉल स्ट्रेट' मूवी जो दरशाती है कि विपरीत लालच अच्छा नहीं। यह बुराई है। इसके खिलाफ हमें कानून बनाना चाहिए, जंग छेड़नी चाहिए। हमने '80 और '90 के दशक में इस लालच की आँधी को देखा है। लालच अपने हिस्से से ज्यादा की माँग रखता है। बिना कुछ बदले, कुछ-न-कुछ दूसरों के खर्चों पर मिल जाए, यही है बुराई। जायज महत्त्वाकांक्षा कुछ और ही होती है, जो कि एक अच्छी चीज है। परिश्रम की एवज में ऐश्वर्य, न कि दूसरों के खर्चे पर ऐश करना या उत्पाद बनाकर या परिश्रम करके लाभ उठाना अधिक बहुमूल्य है। अगर आप कुछ लोगों की मदद करते हैं, ताकि वे अपनी इच्छित वस्तु पा लें तो आप जो चाहे, पा सकते हैं। जैसा कि जिग जिगलर ने कहा है, "अमीर होने के लिए लालच की जरूरत नहीं होती। खुद की और दूसरे की भलाई करने से आप बिना लालच के धनी बन सकते हैं।" समाज इतना उतावला है कि वह बेकाबू है। लोगों का काम अगर दो क्षण में नहीं होता तो उनमें बेचैनी आ जाती है। सड़कों पर भी लोगों की अधीरता नजर आती है। दो-तीन सेकंड के इंतजार करने की बजाय वे अपने आपको धोखा देने के लिए तैयार हो जाते हैं। धैर्य का अर्थ होता है—जब सब अपना काम कर लें, तब तक आप इंतजार करें।

3. अपने व्यक्तित्व पर काम करें

हमारा जीवन हमें समस्याएँ हल करना सिखाता है। नील आर्मस्ट्रांग ने कहा था कि चाँद पर जाना और आना—बस, दो समस्याओं को हल करने के बराबर था। चाँद पर कैसे जाया जाए और कैसे वापस आया जाए? उन्होंने कहा कि इसके पीछे जो रहस्य है, वह इन दोनों समस्याओं को हल करने से पहले हार न मानना है। बिजनेस में भी आपको किसी योजना पर कार्य करना और उसे पूरा करना है। इस बात पर ध्यान देना है। आप अपनी समस्याएँ कागज के एक तरफ लिख लें। यह आपको उन समस्याओं को सुलझाने

में मदद देगा। कुछ लोग इस हरकत को नकारात्मक रूप से देखते हैं; पर आपको उसपर ध्यान देना है। इसका अर्थ यह कदापि नहीं है कि आप मुश्किलों में डूबे रहेंगे। अगर आप बुरी समस्या इस पर ही लिखते हैं तो भी आधा हल उनको लिखते समय ही अपके सामने आ जाता है। अपनी समस्याओं को समझने में ही आधा हल सामने आ जाता है। कागज के दाईं ओर का हिस्सा आप इन समस्याओं का हल लिखने के लिए छोड़ दें। मैंने पाया है, तीन प्रश्न आपकी कोई भी समस्या का हल करने में मदद करते हैं—

1. तीन प्रश्न

(क) मैं क्या कर सकता हूँ ?

जब आप समस्याओं को देखें तो अपने मन में कई संभावनाओं व विकल्पों को ढूँढ़ें, जो आपकी मदद करेंगे। एक कागज पर अपने विकल्पों की सूची बनाएँ और उनका मूल्यांकन करें। आपके पहले प्रश्न का उत्तर यह भी हो सकता है—मुझे नहीं पता, मैं क्या करूँ ? कोई बात नहीं, ऐसा भी होता है।

(ख) मैं क्या पढ़ सकता हूँ ?

किसी और की ऐसी ही समस्या होगी, जिसने किसी पुस्तक में अपनी रिसर्च में लिखी होगी। आप सोचोगे, फिर वह आपकी समस्या पर कैसे लागू होगी ? पर कुछ दिनों तक वह पुस्तक पढ़ने से आपको किसी और के जीवन भर के परिश्रम का महत्त्व समझ में आ जाएगा। अच्छी पुस्तकें पढ़ने का कोई विकल्प नहीं। अपनी पढ़ने की आदत न छोड़ें। अगर आपने कई किताबें पढ़ी हैं, फिर भी उसका जवाब नहीं पा सके हैं तो आप तीसरा सवाल पूछें।

(ग) मैं सवाल किससे पूछूँ ?

आपको मदद माँगने से हिचकिचाना नहीं चाहिए। पर पहले से ही मदद न माँगें। अपने दिमाग से काम लें। याद रखें, प्रयास करना हल पा लेने के बराबर ही मूल्यवान है। आपको अभ्यास की जरूरत है। सेल्स के बारे में हम कहते हैं, कोशिश हमेशा ही सेल्स के समान है। यह कोशिश है, जो आपके हुनर को विकसित करती है, बल्कि सवालों के जवाब तलाशने में भी मदद करती है। हल तो क्षणिक होते हैं, लेकिन हुनर स्थायी होते हैं। अभ्यास करते रहें, जब तक आप किसी हुनर को अच्छे से विकसित न कर लें। जब आप किसी से कुछ पूछते हैं और अपने लिखित काम के पन्ने दिखाते हैं तो वे आपको अच्छी सलाह देंगे। कई बार यह पूछना उचित होता है, 'क्या आप मेरी मदद करेंगे ?' पर इससे भी बेहतर प्रश्न होगा, 'क्या आप मुझे सिखाएँगे ?' अगर आप कुछ सवालों के हल प्राप्त करने की पूरी कोशिश करेंगे, बिना शॉर्टकट्स के, तो आप जरूर पा लेंगे। लोग सिखाना चाहते हैं। उन्हें खुशी मिलती है, जो उन्हें उनसे सीखना चाहते हैं, अपने में निवेश करना चाहते हैं। वे उनसे मिलकर बहुत खुश होते हैं।

2. व्यवहार

आत्म-विकास का एक और महत्त्वपूर्ण पहलू है कि आप बाजार में कैसा व्यवहार करते हैं? अपने काम के बारे में जितना कर सकते हैं, पता करिए। आप कहाँ काम करते हैं? अपनी कंपनी व उद्योग के बारे में जानिए। काम जानना ही काफी नहीं होता। अपने आचरण और हुनर दोनों के बारे में सजग रहिए। आप अपने व्यवहार से अपनी संभावित आय को कम नहीं करना चाहेंगे। आपका व्यवहार कहीं और चल सकता है, लेकिन मार्केट में नहीं, जहाँ आप अभी-अभी दाखिल हुए हैं।

3. भाषा

मार्केट में अपनी भाषा पर ध्यान रखें, नहीं तो यह आपके भविष्य को बहुत महँगी पड़ सकती है। खराब भाषा से आपको हर साल हजारों-लाखों रुपयों का नुकसान हो सकता है। यह एक नैतिक प्रश्न नहीं है। यह तो एक परिणामों का प्रश्न है। कुछ कहानियाँ बार या कोर्ट में उपयुक्त होती हैं, पर मार्केट प्लेस में नहीं। पर एक अच्छी भाषा की कद्र हर जगह होती है।

4. आदतें

मार्केट में आपकी आदतें भी बहुत अहम भूमिका निभाती हैं। बेपरवाही एक घातक मुसीबत बन सकती है। धूम्रपान करना एक खराब आदत है, जो आपको महँगी पड़ सकती है। सुस्त होना आपको महँगा पड़ सकता है। आपके एक दशक के ढीलेपन व सुस्ती से आप देखेंगे कि आपको लाभ नहीं, बल्कि हानि ही उठानी पड़ी है। मैं आपको ऐसा बनने के लिए नहीं कह रहा, जो आप बन नहीं सकते। मैं चाहता हूँ कि आप अपनी आदतों के बारे में सावधान रहें।

5. वेशभूषा

वस्त्र, यानी कि आपका पहनावा आपके व्यक्तित्व का महत्त्वपूर्ण अंग है। वेशभूषा एक ऐसी चीज है, जिस पर आपको—खासकर मार्केट में—अधिक ध्यान देना होगा। आप खुली कॉलर वाली शर्ट, सुनहरी बेल्ट, नोक वाले पीले जूते डिस्को के लिए ही रखें। मार्केट में विभिन्न जगहों पर, विभिन्न हिस्सों पर विभिन्न वेशभूषा ही चलती है। अगर आप मार्केटिंग के छात्र हैं तो यह बात समझ सकते हैं।

मार्केट में अपने हुनर को लाएँ, न कि अपनी जरूरतों को। मार्केट में आपकी आवश्यकताओं की कोई माँग नहीं है। अपनी उत्सुकता को ही लाएँ, न कि अपनी जरूरत को। जब आप नौकरी के लिए आवेदन भेजें तो यह जानना बहुत जरूरी है कि उत्पादन करने की तैयारी, आपके दूसरे सहकर्मियों, जो अपनी जरूरतों को पूरा करने में लगे हैं, से काफी आगे ले जाएगी। अपनी बीमारी, पैसे या संबंधियों का रोना मार्केट में न

रोएँ। मार्केट प्लेस वह मिट्टी है, वहाँ फसल तभी होगी, जब आप मेहनत के बीज बोएँगे, न कि अपनी जरूरतों का और चिंताओं को।

4. फीडबैक लें

इन सब में किसी से मदद माँगने में हिचकिचाएँ नहीं। ऐसे किसी आदमी, जो दिल से आपकी मदद करना चाह रहा हो, से आप अपने सभी पहलुओं के बारे में सलाह या फीडबैक ले सकते हैं। सच्चाई का सामना करने को तत्पर रहें। आप अपने बरताव के प्रति अनजान हो सकते हैं, क्योंकि आपकी कई आदतें बिल्कुल अस्पष्ट होती हैं। कई बार लोग आपको आपकी आदतों के बारे में नहीं बताते, क्योंकि यह बड़ा भावुक पहलू है। पर अगर आप उनको ऐसा करने को आमंत्रित करते हैं तो आप अच्छी सलाह सुनने के दरवाजे खोल देते हैं। अतः हमेशा उनकी प्रतिक्रिया जानने के लिए तैयार रहें, नहीं तो आपको इसकी कीमत चुकानी पड़ेगी।

यह आपकी शिक्षा व सफलता का एक अहम हिस्सा है। मेरे अनुभवों के हिसाब से यह तरकीब हमेशा काम करती है। मुझे सेमिनारों में लिखित सामग्री पर सुझाव लेने पड़ते थे। मैं शुरू में सतर्क रहता था। इसको उचित ठहराता था। मेरे दोस्त ने जब मुझे मेरी प्रस्तुति के पहलुओं पर गौर करने को कहा, तब मैंने एक-दो दिन इसका प्रतिरोध किया, पर बाद में यह महसूस किया कि वह सही था—कुछ शब्दों के अलावा, जिन शब्दों का मैं अपनी प्रस्तुति में इस्तेमाल कर रहा था, वे जो नुकसानदेह थे। मुझे अपने पहनावे पर भी सलाह लेने की जरूरत पड़ती थी। मुझे यह बताया जाता था कि काले महँगे सूट के साथ सफेद मोजे बिल्कुल मेल नहीं खाते। आखिर मैं इडाहो के एक किसान का बेटा ही तो था। आपको इस तरह की सलाह की हमेशा जरूरत रहती है। आपको अपनी आदतों और भाषा के बारे में हमेशा किसी की सलाह की जरूरत पड़ सकती है। आप कैसे लगते हैं? आपके ऊपर कैसी खुशबू आती है? इसके बारे में आपको फीडबैक लेने की जरूरत पड़ेगी। यदि आप अपने ऊपर मेहनत कर रहे हैं तो मार्केट प्लेस का इस तरह का अध्ययन इसका दूसरा पहलू है।

5. ऋतुओं से सीखें

मौसम से सबक लें। मौसम के बारे में भी याद रखने योग्य पहली बात यह है कि आप उसे बदल नहीं सकते; पर अच्छी बात यह है कि आप खुद को बदल सकते हैं। अगर आप भविष्य के बारे में जानना चाहते हैं तो मौसम की ओर देखें और फिर आप जान पाएँगे कि आपका भविष्य भी वैसा ही होगा। अवसरों के साथ मुश्किल से भरा हुआ! यह पिछले 6,000 वर्षों से ऐसा ही है। कई बार मुश्किल अधिक होती हैं। अगर आप अपनी आय एवं अपने स्वास्थ्य और अपनी योग्यताओं में बदलाव लाते हैं तो आप

बाजार के लिए अधिक उपयोगी हो जाते हैं।

हर साल पतझड़ के बाद शीत ऋतु आती है। यह कभी भी नहीं बदलेगा। कई बार शीत ऋतु बहुत लंबी और कष्टकर होती है; पर यह चक्र हमेशा ही समान रहता है। ऐसा सोचना कि सर्द मौसम नहीं आएगा, बेवकूफी होगी। '80 के दशक में ऊँचा उठनेवालों को लगा कि हमेशा बसंत ही रहेगा। यह सोचना बेवकूफी थी कि कोई दूसरा रिसेशन नहीं आएगा। इन सबको इतिहास की किताबें पढ़नी चाहिए थीं। तब इन्हें समझ में आता कि सर्दी का मौसम भी आएगा। हर प्रकार की शीत देखने को मिलती है—कुछ तो आर्थिक व राजनीतिक होती है। इस स्थिति से उबरने के लिए कैलेंडर के पन्ने फाड़ देने से कुछ नहीं होगा, बल्कि आप अधिक शक्तिशाली, बुद्धिमान और बेहतर बनकर इस जाड़े रूपी कठिनाई से उबर पाएँगे।

वसंत ऋतु का लाभ उठाएँ। शीत के बाद वसंत का आगमन होता है व पिछले हजार सालों में हर साल केवल एक बार वसंत आता है। क्या आप इस स्थिति को अच्छी नहीं मानेंगे? इसी समय का लाभ उठाएँ। वसंत एक अवसर की तरह है और अवसर हमेशा मुश्किलों के बाद मिलते हैं। विस्तारीकरण हमेशा मंदी के बाद आता है। इसी का लाभ उठाएँ। वसंत एक मौका है, न कि गारंटी और यही आपके लिए काफी है। यदि आप वसंत में बीज नहीं बोएँगे तो पतझड़ में हाथ फैलाने पड़ेंगे। वसंत में आपको जल्दी करनी पड़ेगी, क्योंकि अवसरों की खिड़की ज्यादा देर तक नहीं खुली रह सकती। किसान इस बात को अच्छे से समझते हैं। वसंत में समय बरबाद नहीं करते, क्योंकि वे जानते हैं कि फसल बोने का समय सीमित है। खिड़की जल्दी ही बंद हो जाएगी। जिंदगी में अच्छा समय थोड़ी देर ठहरता है, इसलिए समय बरबाद न करें। आपने कई वसंत देखे हैं। उनका फायदा उठाएँ। आप जो भी करें, उससे हटें नहीं। हर दिन का लाभ उठाएँ। गरमी की ऋतु में आप अपने मूल्यों का पोषण और अपने शत्रु का विनाश करें।

6. साथ मिलकर चलें

हर एक के बारे में एक शिक्षित नजरिया रखें। आप अकेले कभी सफल नहीं हो सकते। एक अमीर साधु तलाशना बड़ा मुश्किल है। हम सबको क्यों एक-दूसरे की जरूरत होती है, क्योंकि एक व्यक्ति से कभी सिंफनी, उद्योग या अर्थव्यवस्था नहीं बनती। हम सभी की मदद करनेवाले मूल्य, पैसा और संस्थाओं को बनाने के लिए हमें सभी की जरूरत होती है। इसलिए हमें अपने आसपास दूसरों को सराहना होगा, उनकी प्रशंसा करनी होगी। प्रत्येक व्यक्ति की भागीदारी को मान दीजिए। हर एक उपहार का पूरा मूल्य समझें, क्योंकि यह सब एक-दूसरे की और हर एक व्यक्ति की सफलता के लिए जरूरी है।

7. आत्म-सम्मान सफलता की राह में पहला कदम है

आप स्वयं के बारे में कैसा महसूस करते हैं, यह भी बहुत आवश्यक है। आत्म-सम्मान सफलता की राह में बड़ा कदम है। आपको अपने आत्म-सम्मान और आत्म-मूल्य का विकास करना होगा। आत्म-सम्मान के गिरने में सबसे बड़ा हाथ सामान्य अनुशासन की कमी होती है। यदि आपको कुछ करना चाहिए और आप वह नहीं करते, तब आप में अनुशासन की कमी है। आप अपना आत्म-सम्मान खत्म कर रहे हैं। जो हमें करना चाहिए, वह न करना बड़ा आसान है। जब आप अपनी क्षमता से कम करते हैं तो आपके आत्म-सम्मान में गिरावट की शुरुआत होने लगती है और फिर यह खत्म होने लगता है। यह आपके पतन की शुरुआत है। यह एक व्यक्तिगत चुनौती है। अगर आप आर्थिक रूप से आत्मनिर्भर हो जाते हैं या अपनी सेहत के प्रति जागरूक हो जाते हैं, अपने आपको महत्त्व देते हैं तो समाज को कोई फर्क नहीं पड़ता। अगर आप आलसी हो जाते हैं, लापरवाही बरतते हैं तो समाज आपको दुत्कारेगा नहीं, पर यह आदत आपको नष्ट कर देगी। उपेक्षा सबके मन को दुःखी कर देती है, हमें अवसरों का लाभ उठाने से वंचित कर देती है।

यह एक संक्रमण की तरह है, जिस पर अगर ध्यान न दिया जाए तो यह एक तरह की बीमारी का रूप ले लेती है। एक लापरवाही से दूसरी लापरवाही जन्म लेती है। अपनी आर्थिक स्थिति की ओर लापरवाह होने से आपकी सेहत पर बुरा असर पड़ता है। अगर आप सेहत के प्रति लापरवाही बरतते हैं तो आप दोस्ती की ओर से लापरवाह होते हैं। दोस्ती की ओर से लापरवाह हो जाने से शायद एक दिन आप पाएँगे कि आप अपने स्वयं के परिवार की ओर से लापरवाह हो जाते हैं। पर एक साधारण-सा अनुभव आपके आत्म-सम्मान को वापस ले आता है। हर साधारण-से-साधारण अनुशासन से दूसरे अनुशासन की ओर कदम बढ़ता है। एक दिन में एक सेब खाना शुरू कर दीजिए और देखिए, कैसे आप अपने घर के चारों ओर सैर करना शुरू कर देते हैं। एक साधारण सा अनुशासन आपका आत्म-सम्मान वापस ले आता है और आपको सकारात्मक सोच देता है। यह अनुशासन आपका आत्म-सम्मान बढ़ा देता है। आत्म-सम्मान सफलता की सबसे बड़ी कुंजी है, सबसे बड़ी बुनियाद है। आप प्रत्येक दिन अनुशासित तरीके से पढ़ना शुरू कीजिए और फिर देखिए, आप जल्द ही एक नई पुस्तक में से एक पूरा पैराग्राफ पढ़ने लगेंगे। आप किसी फिल्म के डायलॉग या गाने अधिक ध्यान से सुनने लगेंगे, आप जीवन के प्रति अधिक सजग हो उठेंगे। ये छोटी-छोटी सामान्य चीजें ही बुनियाद की पहली सीढ़ी हैं, क्योंकि सभी अनुशासन एक-दूसरे को प्रभावित करते हैं। संसार में कुछ भी अकेला नहीं है। प्रत्येक चीज महत्त्वपूर्ण है। कुछ चीजें अन्य चीजों से अधिक मायने रखती हैं; पर ऐसी कोई भी चीज नहीं है, जो महत्त्वपूर्ण नहीं है। अनुशासन में कमी चारित्रिक कमी बन जाती है।

एक अच्छी बात यह है कि हर नई व्यवस्था बाकियों को प्रभावित करती है और नई व्यवस्था को जन्म देती है। एक दिन में एक सेब खाना स्वास्थ्य संबंधी किसी अच्छी आदत को जन्म देता है, जिससे आपको अपनी दोस्ती कायम रखने के लिए ऊर्जा मिलती है और जल्द ही आपका ऊपर चढ़ने का सफर शुरू हो जाता है। आप जो भी करें, पर कभी भी ऊर्जा में कमी न करें।

8. केवल चलते रहें

घर पर और अपने दफ्तर में अवसरों की सीढ़ियाँ चढ़ते रहें। आपके पास जितना है, आप उससे कहीं अधिक पा सकते हैं, क्योंकि आप अभी और भी ऊपर जा सकते हैं और इसे प्राप्त करने का एक ही उपाय है, वह है—खुद पर और अधिक मेहनत करें। याद रखें, अगर आपको कंपनी ज्यादा वेतन देती है तो ज्यादा होना ही काफी नहीं है। अगर आप और अच्छे बनेंगे तो वे और अधिक देंगे। थोड़ी सी अधिक मेहनत से आप अधिक मूल्यवान बन सकते हैं और अधिक ऊँचा उठ सकते हैं।

9. अपने शत्रुओं का सामना करें

जैसे ही आप अपने बगीचे को साफ करते हैं, खरपतवार का आना शुरू हो जाता है, जो कि एक समस्या बन जाता है। इसी तरह, जीवन में भी कीड़े-मकोड़े आने शुरू हो जाते हैं। अत: अपने बगीचे की एक पिता की तरह रक्षा करें और माँ की तरह पोषण। आप खरपतवार को नजरअंदाज नहीं कर सकते। अपने बगीचे को खत्म होने से बचाने के लिए जो भी खरपतवार आप खत्म कर सकते हैं, उसके लिए आपको एक फावड़े और शत्रुता के भाव की जरूरत होगी। अगर आप यह सोचकर अपना मुँह फेर लेंगे कि यह खरपतवार अपने आप खत्म हो जाएगी तो ऐसा सोचना गलत होगा। इसी तरह, यह भी बहुत जरूरी है कि आप अपने मूल्यों से प्यार और शत्रुओं से नफरत करें। किसी महापुरुष ने कहा है कि 'अच्छाई से प्रेम, बुराई से नफरत करो।'

रक्त-प्रवाह की तरह काम करना चाहिए। आपकी लाल रक्त कोशिकाएँ एक माँ की तरह आपको पोषित कर पोषण देती हैं और सफेद रक्त कोशिकाएँ रोगों से लड़ने के लिए होती हैं—एक पिता की तरह। अगर आपकी सफेद रक्त कोशिकाएँ लड़ेंगी नहीं या रोगों के कीटाणुओं को मारेंगी नहीं तो आपको बीमारी खत्म कर देगी। अगर आपके पास स्वास्थ्य संबंधी योजनाएँ नहीं हैं तो आपको बीमारी जकड़ लेगी। जब हमने सद्दाम हुसैन के खिलाफ युद्ध छेड़ा, तब कुछ लोगों ने 'कुवैत जैसे छोटे से देश के खिलाफ लड़ने से क्या मिलेगा' जैसी बातें की। पर दूसरों ने इसे तानाशाही पर रोक की पहल माना, जिससे मध्य-पूर्व और भूमध्य सागरीय देशों को खतरा था। राष्ट्रपति बुश ने अपनी सीमा बिल्कुल सही बाँधी थी। सीमा पहले से बाँध लेना एकदम सही होता है, बजाय इसके कि

बाद में बाँधी जाए। ठीक इसी तरह अपने जीवन में भी करना चाहिए। आप खरपतवार के मजबूत होने का इंतजार करते हुए बाद में उसके खिलाफ कदम उठाने की प्रतीक्षा न करें। हमारे कुछ शत्रु बाहर होते हैं, कुछ हमारे भीतर। गली के दुश्मनों से अपना पर्स बचाने के लिए सदा सावधान रहें; पर मन के उस चोर का क्या करें, जो आपका खुद से किया वायदा चुराना चाहता है ? यह चोर कहता है कि आप काफी बूढ़े, थके हुए, छोटे हैं। वह आपके विकास और हुनर को बातों से चुराना चाहता है। अगर आप उसपर लगाम नहीं कसेंगे तो वह आपको कमजोर और लाचार बना देगा। अकेली चिंता ही आपको एक किनारे ले जाएगी। आप अपने विश्वास को जगाए रखें और चिंता पर जीत हासिल करें।

आप जैसे ही नया प्रोजेक्ट या किसी संबंध की शुरुआत करते हैं, इसके दुश्मन पैदा हो जाते हैं और कंपनी बनाए रखने के लिए इन सबसे आपको लड़ना पड़ता है। पतझड़ के समय बिना शिकायत के अधिक-से-अधिक कटाई करें। शिकायत एक बीमारी की तरह होती है, जो बाद में भयंकर रूप बन जाती है। यह आपकी ही फसल है तो फिर इसके बारे में क्या शिकवा! आप अपने बारे में सबकुछ कभी भी अपने अनुसार बदल सकते हैं।

10. जिंदगी के प्रति हमारा नजरिया सबसे ज्यादा महत्त्वपूर्ण होता है

सफलता और खुशी के लिए सही नजरिया बहुत जरूरी होता है। एक सही रवैया एक अच्छे जीवन का मूलभूत तत्त्व है। इसलिए, हमें अपनी भावनाओं की दुनिया और अपने सपनों को पूरा करने की संभावनाओं को जाँचते रहना चाहिए। जो भावनाएँ हमारे भीतर होती हैं, वे हमारे प्रचलित रवैए पर असर डालती हैं। हमारा यही जारी रवैया, जो आखिर में हमारी जिंदगी की गुणवत्ता को मजबूत करता है, हमारी जिंदगी कैसी होगी, यह तय करने में इसका बड़ा हाथ होता है; क्योंकि जीवन में हर एक चीज दूसरी चीज पर असर डालती है।

अतीत के बारे में एक स्वस्थ और समझदार नजरिया किसी की भी जिंदगी में बहुत बड़ा अंतर ला सकता है। अतीत तक पहुँचने का एक अच्छा तरीका है कि इसे एक स्कूल की तरह मानें, न कि एक औजार की तरह। हमें अपने आपको अतीत की गलतियों, भूलों और असफलताओं से जूझकर घाटे की मौत मरने नहीं देना चाहिए। हमारे अतीत की घटनाएँ, चाहे वे अच्छी हों या बुरी, हमारे जीवन के अनुभव का एक हिस्सा हैं। कुछ लोगों के लिए उनका अतीत एक बहुत सख्त शिक्षक हो सकता है। पर हमें अपने अतीत को पढ़ाने देना चाहिए और अपने अनुभव के मोल को साथ लाना चाहिए। अपने अतीत को हम पर हावी होने देना बहुत आसान है; पर यह अच्छी खबर है कि हमारा अतीत हमें बड़ी आसानी से पढ़ा देता है और हमारा मूल्य बढ़ा देता है। हमारे भविष्य के चमत्कार का एक हिस्सा हमारे अतीत में छुपा है।

पिछले सबक, गलतियाँ और असफलताएँ, सारे अनुभव—जो हमारे साथ घटित हुए हैं, वे या तो हमारे मालिक हैं या हमारे नौकर। इसलिए बहुत जरूरी है कि अपने अतीत के पाठ को जमा करके उसे अपने भविष्य में निवेश करें। यदि हम अपने अतीत की ओर इस तरह का समझदार रास्ता अपनाएँ तो हम अपने आगे आनेवाले बारह महीनों की दिशा ही बदल देंगे। अतीत के बारे में एक नई फिलॉसफी बनाना हमारे आज के नजरिए को बदलने की चाबी है। जब हम यह मानते हैं कि हम अतीत को बदल नहीं सकते तो हमारे पास पछतावे, खेद और कड़वाहट की भावना बेहतर भविष्य, जिसमें हमारे पास आज के अवसर हैं, को बनने नहीं देगी। हम कितनी अच्छी तरह अपने आज को सँभालते हैं, यह इस बात पर निर्भर करता है कि अतीत के बारे में हमारा कैसा नजरिया है? जब तक हम अपनी फिलॉसफी को नहीं सुधारते, तब तक हम अपने नजरिए को ठीक नहीं कर सकते। यदि हम अपना रवैया ठीक नहीं करते तो हमारा भविष्य उसी पछतावे, खेद और कड़वाहट से भर जाएगा, जिसने अभी हमारा भी गला पकड़ रखा है। हम तब तक सुनहरे भविष्य की ओर नहीं बढ़ सकते, जब तक कि हम अँधेरे और अपने अतीत के दरवाजे न बंद कर दें।

हमारा आज वह है, जहाँ से हमारा बेहतर भविष्य शुरू होता है। हमारे अतीत ने हमें यादों व अनुभवों का खजाना दिया है और हमारा वर्तमान हमें एक अवसर देता है कि हम इसे ठीक से अपने काम में लाएँ। वर्तमान हमें एक अवसर देता है कि एक उत्साहपूर्ण भविष्य बनाने का वायदा हमसे आज की कीमत माँगता है। आज के पल के अवसर को हमें छोड़ना नहीं चाहिए, वरना कल के फल हमसे दूर हो जाएँगे। हमारे अतीत के लक्ष्य और कामनाएँ हमें आज के इनाम दे रही हैं। यदि आज के फल छोटे हैं तो हमारे अतीत की कोशिशें भी छोटी हैं। अगर आज के प्रयास छोटे हैं तो आगे के फल भी छोटे होंगे। आज के दिन हमारे पास 1,440 मिनट हैं। अमीर और गरीब दोनों के पास 24 घंटे हैं। समय किसी पर एहसान नहीं करता। वह यही कहता है कि मैं यहाँ हूँ, तुम मेरे साथ का क्या करोगे? हम हर दिन का कैसे उपयोग कर सकते हैं, यह हमारे रवैए पर निर्भर करता है। सही नजरिए की बदौलत हम इस दिन को दबोच सकते हैं और इसको एक नई शुरुआत बना सकते हैं। हमारा वर्तमान हमारी पिछली असफलता और कल के पछतावे पर ध्यान नहीं देता। यह तो सिर्फ हम सबको एक ही कीमती उपहार देता है, अगले 24 घंटे इस आशा के साथ कि हम इसका उपयोग ठीक से करेंगे। वर्तमान जो सबसे बड़ा मौका अपने साथ लाता है, वह है बदलाव की प्रक्रिया की शुरुआत। आज बिल्कुल पिछले कल की तरह हो सकता है, परसों की तरह, नरसों की तरह, यह सब नजरिए का सवाल है।

11. अंत तक लड़िए

ज्ञान बढ़ाते रहें तो जीवन जीने योग्य है। ज्ञान की प्यास कभी कम न होने दें। आनेवाले खतरे को समझें और सीखें, जिंदगी को गहराई से समझें। अपनी शिक्षा को काम करने का अवसर दें और कोशिश एक बार ही न करें, बल्कि अंत तक करते रहें। एक बच्चा चलने में कितना समय लेता है? उत्तर होगा कि जब तक वह चलने नहीं लगता। आप नहीं जानते कि आप कितने ऊँचे पहुँच सकते हैं या फिर आप कितनी दूर तक भाग सकते हैं! आपके पास जो चीज पहले से ही हो, उसे प्राप्त करना, सीखना मुश्किल है। आपको इसका पता चल ही नहीं सकता। कई लोग ऋतुओं को देखने के लिए जीवित नहीं रहते। कई लोग नींव रखने में पूरी जिंदगी लगा देते हैं, पर दीवारें व छत देखने के लिए जीवित नहीं रहते। अगर आप खेल खेलने के लिए आते हैं तो इसे समाप्ति तक खेलें। इसका अभ्यास हर बात में करें। अगर आप किसी खेल को देखने के लिए टिकट खरीदते हैं तो उसे अंत तक देखने के लिए रुकें। अगर दर्शक खेल खत्म होने से पहले ही उठ जाएँ तो यह खिलाड़ियों के लिए प्रेरणादायक नहीं होगा। एक महान् ईसाई लीडर ने लिखा था—"यह जानते हुए कि अंत समीप है, मैंने लड़ाई ही जमकर लड़ी।" अपने परिवार के लिए, अपनी सेहत के लिए और अपने व्यवसाय के लिए लड़ते रहें, आगे बढ़ते रहें। आपको कभी बीच में नहीं छोड़ना नहीं चाहिए। अपने परिवार, अपने आदर्शों पर भरोसा रखें। अगर आप जीवन की देखभाल करेंगे तो नतीजा भी पाएँगे। अगर आप थोड़ी सी ज्यादा देखभाल करेंगे तो नतीजा और भी अच्छा होगा।

□

जैक कैनफील्ड

जैक कैनफील्ड का जन्म 19 अगस्त, 1944 को अमेरिका में हुआ। वह एक अमेरिकी लेखक, प्रेरक वक्ता एवं कॉरपोरेट ट्रेनर और उद्यमी हैं। वे 'चिकन सूप फॉर द सोल' सीरीज के सह-लेखक हैं, जिसकी 40 से अधिक भाषाओं में, 250 से अधिक शीर्षक और 50 करोड़ प्रतियाँ बिक चुकी हैं।

1. कंफर्ट जोन से बाहर आएँ

क्या कभी ऐसा हुआ है कि कार चलाते समय आपने पाया है कि आपने हैंडब्रेक लगी छोड़ दी है? क्या ब्रेक की रोक का मुकाबला करने के लिए आपने एक्सीलेटर पर पैर का दबाव और बढ़ाया? नहीं, यकीनन नहीं। आपने बस, इतना किया है कि हैंड ब्रेक ढीली कर दी और बिना किसी अतिरिक्त प्रयास के रफ्तार और तेज हो गई। अधिकतर लोग जिंदगी से होकर गुजरते समय अपनी मनोवैज्ञानिक हैंड ब्रेक लगाए रखते हैं, अपने बारे में नकारात्मक छवियों से चिपके रहते हैं या फिर ऐसे जबरदस्त अनुभव के असर से पीड़ित रहते हैं, जिन्हें अभी तक उन्होंने ढीला नहीं किया होता। वे खुद अपनी बनाई हुई सुविधा के दायरे में जीते हैं। वे हकीकत के बारे में ऐसे विश्वास बनाए रखते हैं, जो सही नहीं होते या फिर अपराध-बोध और आत्म-संदेह की भावना पाले रखते हैं और जब वे अपने लक्ष्य को प्राप्त करने के लिए कोशिश करते हैं, ये नकारात्मक छवियाँ या पहले से तयशुदा सचित्र हमेशा उनके अच्छे इरादे को खारिज करके साफ कर देते हैं, चाहे वे कितना ही कड़ा प्रयास क्यों न करें।

दूसरी ओर, सफल लोगों ने यह खोज लिया होता है कि अपनी सफलता की प्रचालन शक्ति के लिए इच्छा-शक्ति को बढ़ाकर, इंजन की तरह इस्तेमाल करने की जगह, यही ज्यादा आसान है कि अपने सीमित करनेवाले विश्वासों को त्यागकर, अपनी आत्म-छवियों को बदलकर ब्रेकों को ढीला कर दिया जाए।

अपनी सुविधा के दायरे से बाहर आइए। अपनी सुविधाओं को कारागार समझिए,

जिसमें आप जी रहे हैं। काफी हद तक आत्मनिर्भर निर्मित कारागार, जो यह नहीं कर सकता, 'करना होगा', 'नहीं करना चाहिए' जैसे बेबुनियाद विश्वास नाम से बना होता है। इन विश्वासों में वे सभी नकारात्मक फैसले होते हैं, जिन्हें आप अपनी जिंदगी के दौरान इकट्ठा करते हैं, शायद आप अपने आपको सीमित करने के लिए प्रशिक्षित भी किए गए हैं। हाथी जैसे बुद्धू मत बनिए। हाथी के बच्चे को जन्म से ही बहुत छोटी सी जगह के भीतर बने रहने के लिए सिखाया जाता है। उसका महावत उसकी टाँग जमीन में गहरे लकड़ी के खूँटे के सहारे से बाँधता है। इससे हाथी का बच्चा उतनी ही जगह में सीमित रहता है। हालाँकि हाथी का बच्चा शुरू में उसको तोड़ने की कोशिश करता है, लेकिन वह बहुत मजबूत होती है और अंत में हाथी के बच्चे को अहसास हो जाता है कि वह उसे तोड़ नहीं सकता। वह सीख जाता है कि उसे उतनी ही जगह के भीतर रहना है। जब वह 5 टन का हो जाता है तो बड़ी आसानी से उसको तोड़ सकता है। पर वह ऐसा नहीं करता। वह कोशिश भी नहीं करता, क्योंकि एक बच्चे के तौर पर उसे अनुभव होता है कि रस्सी को तोड़ना उसकी सामर्थ्य के बाहर था। इस तरकीब से बड़े-से-बड़ा हाथी भी सबसे नाजुक छोटी-से-छोटी रस्सी से बाँधकर रखा जा सकता है।

आप भी अपनी सुविधा के दायरे के भीतर किसी ऐसी चीज से बँधे हैं, जो उतनी ही छोटी और कमजोर है, जैसे वह रस्सा था, जो हाथी को काबू में रखता है, सिवाय इसके कि आपकी रस्सी सीमा और छवियों व अनुभवों से बनी है, जो आपको बचपन में मिले और आपने उन्हें अपना लिया।

पहला, आप इस बात को पुष्ट करिए कि जो आप चाहते हैं, वह आपके पास है। जो आप करना चाहते हैं, वह आप कर रहे हैं और जिस हाल में आप रहना चाहते हैं, उस हाल में आप रह रहे हैं। दूसरा, अपने आपसे सकारात्मक बातचीत और संकल्प का इस्तेमाल करिए। आप शक्तिशाली आंतरिक शक्तियाँ निर्मित कर सकते हैं। आप सीधे-सादे ढंग से अपने व्यवहार बदल सकते हैं। ये उपाय ऐसे हैं, जो आपको अपनी सुविधा के अनुसार दायरे से बाहर आने में मदद करेंगे।

2. अच्छी आदतों का निर्माण करें

अज्ञात दिशा में साहस के साथ कदम बढ़ाइए और खुद पर भरोसा रखिए, फिर देखिए, आपका सहज ज्ञान आपको आगे ले जाएगा। आपका विश्वास जब मजबूत होता है तो काम ऐसा, जिसे रोका न जा सके। तब अदृश्य शक्ति आपकी सहायता करती है, जिसे कई लोग दैवीय हस्तक्षेप कहते हैं और वह आपके रास्ते की सारी रुकावट को दूर कर देता है। आपकी राह स्पष्ट व सुगम हो जाती है। न जाने कौन सा बड़ा इनाम आपका इंतजार कर रहा हो! जब आप उत्साहपूर्ण केंद्रित काररवाई की आदत डालते हैं

तो आपके संकल्प पूरे होते हैं। जीवन में कुछ भी अपने आप नहीं होता। सबकुछ इस पर निर्भर करता है कि आप क्या चाहते हैं, हर परिस्थिति के प्रति कैसी प्रतिक्रिया व्यक्त करते हैं। अगर आप में हमेशा ही गलत चुनाव करने की आदत है तो अकसर मुसीबतें आती रहती हैं। आपके हर दिन के चुनाव आखिरकार यह तय करते हैं कि आप संपन्न जीवन जीते हैं या अभावग्रस्त जीवन। हालाँकि जीवन कभी अवसरों के रास्ते पूरी तरह बंद नहीं करता।

आपको एक आसान सी तरकीब बताते हैं। कल्पना कीजिए कि आपके हाथ में एक सफेद लंबी प्लास्टिक की चेन है, जो 20 फीट लंबी है। वह चेन सैंकड़ों अलग-अलग कड़ियों से बनी है, जो उससे जुड़ी हैं। अब कल्पना कीजिए कि हर लिंक एक गलत चुनाव है। हर गलत चुनाव दूसरे गलत चुनाव से जुड़ा है। सारे गलत चुनाव मिलकर आखिर में एक बुरी आदत बन जाते हैं। आप कल्पना कीजिए, आपने इस प्लास्टिक की चेन को अपने हाथ ऊपर उठाकर पकड़ रखा है और आप चेन को अपने हाथ से गुजारते हैं, जिसमें पहली कड़ी से चेन के बीच की कड़ी तक पहुँचते हैं। पहली व दूसरी आप लगातार घुमाते हैं, जिनमें आपको कोई अंतर नहीं दिखता। पहली कड़ी दूसरी से अलग नहीं दिखती। यह किसी बुरी आदत के जैसी होती है। हमें कुछ भी बदला हुआ नहीं दिखता, कोई नकारात्मक नतीजा भी नहीं दिखता। यह समय हफ्तों या महीनों लंबा हो सकता है। चेन को तब तक गुजारते जाइए, जब तक कि आप अंत तक न पहुँच जाएँ, जो बरसों के बराबर होता है। अचानक आपको चेन में एक बहुत बड़ी गाँठ नजर आती है। क्या आप जानते हैं, उसे क्या कहा जाता है? एक संकट! हार्ट अटैक! घर का टूटना, तलाक और आपको अंदाजा नहीं था कि ऐसा होने वाला है। लगातार किए जानेवाले चुनाव आपकी आदत की बुनियाद बनते हैं।

भविष्य किस प्रकार सामने आता है, उसमें आपकी आदतों की एक बड़ी भूमिका होती है। इसमें आपकी वैसी आदतें शामिल रहती हैं, जिन्हें आप हर दिन व्यावसायिक जगत् में दिखाते हैं। साथ ही विभिन्न प्रकार के व्यवहार भी होते हैं, जिन्हें आप अपने निजी जीवन में दिखाते हैं।

3. सबकुछ आपकी प्रतिक्रिया पर निर्भर करता है

सबकुछ घटना प्रतिक्रिया और घटना के बाद आपकी प्रतिक्रिया पर निर्भर करता है। मान लीजिए, पहली घटना, आपको 400 डॉलर बोनस दिया जाता है। प्रतिक्रिया आप पहली रात उसे तफरी में खर्च कर देते हैं। परिणाम—आप ठनठन गोपाल रह जाते हैं। दूसरी घटना, आपको 400 डॉलर बोनस दिया जाता है। आप म्यूचुअल फंड्स में निवेश करते हैं। परिणाम—आपकी वित्तीय स्थिति बेहतर हो जाती है। आपकी जिंदगी

में केवल तीन चीजों पर आपका नियंत्रण होता है—जो आप सोचते हैं, जिन छवियों की आप कल्पना करते हैं, जो कदम आप उठाते हैं, यानी आपका व्यवहार। आप इन तीन चीजों को कैसे इस्तेमाल करते हैं, यह आपके तमाम अनुभवों पर निर्भर करता है। अगर आपको यह सब पसंद नहीं है, जो आप रच रहे हैं, अनुभव कर रहे हैं तो आपको अपनी प्रतिक्रियाएँ बदलनी चाहिए। अपने नकारात्मक विचारों को सकारात्मक विचारों में बदल डालिए। अपने सपनों को बदलिए। अपनी आदतों को बदलिए, जो आप पढ़ते हैं, उसे बदलिए; दोस्तों को बदलिए। बात करने के तरीकों को बदलिए, अगर आप वही करते रहेंगे, जो आप करते हैं तो आपको वही मिलता रहेगा, जो अब तक मिलता रहा है। वही व्यवहार करते हुए अलग नतीजों की उम्मीद करना, ऐसा कभी नहीं होगा। अगर आप शराबी हैं और शराब पीना जारी रखते हैं तो आप अपनी जिंदगी बेहतर नहीं बना पाएँगे। इसी तरह, अगर आप अपने मौजूदा व्यवहार को कायम रखते हैं तो आपकी जिंदगी बेहतर नहीं होगी। यह वैसी-की-वैसी ही रहेगी। जिस दिन आप अपनी प्रतिक्रिया को बदल देंगे, उसी दिन से आपकी जिंदगी बेहतर होनी शुरू हो जाएगी।

आप अभी जो कर रहे हैं, उससे अधिक और बेहतर कर पाते, तो आप जिंदगी में जो कर रहे हैं, वह नजर आ गया होता। अगर आप कुछ अलग चाहते हैं तो आपको भी कुछ अलग करना ही होगा।

4. आमदनी से अधिक खर्च न करें

आजकल लोग तुरंत सबकुछ पाने की इच्छा रखते हैं। वह ऐसी चीजें खरीद लेते हैं, जिनका वे खर्च उठा नहीं सकते और उनका भुगतान जहाँ तक संभव हो, टालते जाते हैं। कार, फर्नीचर, उपकरण, मनोरंजन के साधन आदि। ये लोग हमेशा हड़बड़ी में रहते हैं। अकसर अगले महीने एक नया भुगतान खड़ा रहता है। इसके फलस्वरूप कई घंटे तक काम करने तथा खर्चे पूरे करने के लिए एक और नौकरी करने की जरूरत पड़ती है, जिससे तनाव बढ़ जाता है। अगर आपके खर्च लगातार आपकी आमदनी से ज्यादा होते हैं तो उसका एक अंतिम नतीजा निकलता है, जिसे 'कंगाली' या 'दिवालियापन' कहते हैं।

पश्चिमी जगत् में अधिकांश आबादी ज्यादा वजनदार, जरूरत से कम व्यायाम करनेवालों की और अल्प पोषितों की है, जिसमें भविष्य के परिणामों पर जरा भी विचार नहीं किया जाता। हम ज्यादा जंक फूड खाते हैं, बिल्कुल भी व्यायाम नहीं करते, आमदनी से ज्यादा खर्च करते हैं और फिर उसे चुकाने के लिए तनाव में रहते हैं। अगर आप ऐसे ही काम करते रहे और जंक फूड खाते रहे तो आपका शरीर एक दिन जवाब दे जाएगा। इसके परिणामस्वरूप तनाव के साथ-साथ अधिक कोलेस्ट्रॉल और अधिक हार्ट

अटैक का खतरा बढ़ जाता है। फिर भी लोग सामने दिख रहे खतरे को नजरअंदाज करते हैं। ये जीवन के लिए खतरा पैदा करनेवाले नतीजे हैं। फिर भी हम बिना इस बात की चिंता किए मस्ती से जीते रहते हैं कि एक बड़ा संकट बस, आने ही वाला है। उदाहरण के लिए, वर्ष 2008 के अमेरिका एसोसिएशन के आँकड़ों के अनुसार, 8.2 करोड़ से अधिक लोगों को दिल की बीमारी की आशंका है और खर्च 286 डॉलर से भी अधिक।

5. शिकायत मत करिए

आपको दोष मढ़ना त्यागना होगा। दूसरों को इल्जाम देना वक्त बरबाद करना है, चाहे आप दूसरों में कितने ही दोष खोज निकालें, चाहे उसे कितना ही दोषी ठहरा लें, इससे आप नहीं बदल सकते।

> *"जब तक आप किसी व्यक्ति या चीज को अपनी सफलता के अभाव के लिए दोषी ठहराना जारी रखेंगे, आप कभी सफल नहीं हो पाएँगे।"*
>
> **—वेन डायर**

अगर आप विजेताओं में शामिल होना चाहते हैं तो आपको सच को स्वीकारना होगा कि आप ही थे, जिसने वे कदम उठाए, वे बातें सोचीं, वे भावनाएँ महसूस कीं तथा वे रास्ते चुने, जो आपको वहाँ ले जाएँ, जहाँ आप हैं। यह आप ही थे—जंक फूड खानेवाले। आप ही थे—न नहीं कहनेवाले। आप ही थे—नौकरी करनेवाले, आप ही थे—नौकरी में जमे रहनेवाले। आप ही थे—जिसने फैसला किया कि लोगों का विश्वास करेंगे। अपने सहज ज्ञान को नजरअंदाज करनेवाले आप ही थे। आप ही थे, जिसने अपने सपनों का परित्याग कर दिया। आप ही थे, जिसने वह खरीदा था। आप ही थे, जिसने उसकी परवाह नहीं की थी। आप ही थे और आपने ही फैसला किया था कि आप अकेले चलेंगे। आपने उस व्यक्ति पर भरोसा किया। आपने ही बुराई को 'हाँ' कहा। संक्षेप में, आप ही ने उन विचारों को सोचा और भावनाओं को महसूस किया, रास्ता चुना, शब्द कहे और इसलिए आप वहाँ हैं, जहाँ आप अभी मौजूद हैं।

अगर आपको यह विश्वास न होता कि इससे बेहतर संभव है, ज्यादा पैसा, बड़ा घर, अधिक संतोषजनक नौकरी, अधिक प्रेम करनेवाला जीवन साथी, तो आप शिकायत न कर पाते। इसका अर्थ आपके पास इससे बेहतर छवि है। आप जानते हैं कि आप उसको हासिल करना पसंद करेंगे, लेकिन आप वे सारे जोखिम उठाने को तैयार नहीं हैं, जो उसको रचने और पाने के लिए जरूरी हैं। लोग सिर्फ उन्हीं चीजों की शिकायत करते हैं, जिनके बारे में वे कभी कुछ कर सकते हैं। कभी कोई गुरुत्वाकर्षण की शिकायत नहीं करता। क्या आपने कभी किसी बुजुर्ग को, जिसकी कमर उम्र की वजह से टेढ़ी

हो गई है, सड़क पर जाते हुए गुरुत्वाकर्षण की शिकायत करते हुए सुना है ? नहीं सुना होगा। इसका कारण स्पष्ट है, गुरुत्वाकर्षण स्थिर है। इसे बदला नहीं जा सकता। इसकी शिकायत नहीं की जा सकती। इसलिए हम उसके बारे में बात करना पसंद नहीं करते।

आपको शिकायत करना छोड़ना होगा। जो आदमी इस बात की शिकायत करता है कि गेंद किस तरह टप्पा खा रही है, वह वही आदमी होता है, जिसने उसे गिरा दिया होता है। किसी चीज, किसी व्यक्ति की शिकायत करते समय आपको यह विश्वास जरूर होगा कि इससे बेहतर कुछ जरूर मौजूद है। आपके पास किसी चीज का संदर्भ होगा कि जिसे आप पसंद करते हैं, जिसे आप रचने या बनाने की जिम्मेदारी उठाने को तैयार नहीं होते।

6. खुद पर विश्वास करना सीखिए

मानसिक स्थिति मन से प्रारंभ होती है। अगर आप सफलता पाना चाहते हैं तो आपकी प्रवृत्ति ही दुनिया को देखने की खिड़की है। यह आश्चर्यजनक है, जब आप खुद अपनी आँखों से आँखें मिलाकर जोश के साथ कुछ कहते हैं, आप क्या करना चाह रहे हैं, तो आपके आत्मविश्वास को बल मिलता है। वह मजबूत होता है। आपका सपना जो भी हो, जैसा भी हो, शीशे में अपने साथ आँखें मिलाइए और ऐलान कीजिए कि आप हर हाल में उसे हासिल करने जा रहे हैं, चाहे उसकी जो असफल कीमत भी चुकानी पड़े।

अधिकतर लोग इसलिए असफल नहीं होते कि उनके पास कौशल या रुचि का अभाव होता है, बल्कि इसलिए असफल होते हैं कि उन्हें विश्वास ही नहीं होता कि वे जीत भी सकते हैं।

7. बेहतर परिणाम के लिए अपनी प्रतिक्रियाएँ बदलें

अगर कुछ पहले से सोचे गए ढंग से नहीं होता तो आप सोचिए कि आपने उसे कैसे रचा ? आपने क्या विश्वास किया ? किन बातों पर भरोसा किया ? मैंने क्या कहा, क्या नहीं कहा, यह नतीजा क्या करने या न करने की वजह से हुआ। मैंने ऐसा क्या किया कि दूसरे आदमी ने ऐसा कदम उठाया। स्वयं से सवाल करिए कि जो चीज आपको चाहिए, उसको हासिल करने के लिए क्या करना चाहिए और क्या नहीं करना चाहिए। घटना, प्रतिक्रिया, परिणाम बुनियादी विचार हैं कि जिंदगी में आप जिस भी नतीजे से रू-ब-रू होते हैं, चाहे वह सफलता हो या असफलता, वह अमीरी-गरीबी, स्वास्थ्य-बीमारी हो, निराशा हो या खुशियाँ हों। अगर आपको नतीजे पसंद नहीं हैं तो आपके पास हमेशा दो विकल्प होते हैं—आप घटना के परिणामों के अभाव, को दोषी ठहरा सकते हैं। दूसरे शब्दों में, आप अर्थव्यवस्था, मौसम, पैसे के अभाव, अपनी शिक्षा की कमी, नस्लवाद, लिंगभेद, मौजूदा प्रशासन, अपनी पत्नी या पति अथवा अपने बॉस के समर्थन के अभाव, राजनीतिक वातावरण, मौजूदा यंत्र का अभाव को दोषी ठहरा सकते हैं। यदि

आप गोल्फ खेलते हैं तो आपके खेल के दौरान उपकरणों या उस मैदान को, जहाँ आप खेल रहे हों, उसे दोषी ठहरा सकते हैं। बेशक ये बातें मौजूद होती हैं, लेकिन अगर ये सही परिणाम को तय करनेवाले मुख्य कारण होते तो कभी कोई सफल ही नहीं हो पाता।

जैक रॉबिंसन कभी बेसबॉल के राष्ट्रीय मुकाबलों में हिस्सा न ले पाते। बारबरा बुश कभी अमेरिकी सांसद न बनी होतीं। बिल गेट्स कभी माइक्रोसॉफ्ट की स्थापना न कर पाते। स्टीव जॉब्स ने कभी एप्पल कंपनी न शुरू की होती। कोई चीज असंभव नहीं है। बनाए गए हर कारण के साथ सैकड़ों लोग ऐसे ही नजर आते हैं, जिन्होंने उन्हीं परिस्थितियों का सामना किया है और सफल हुए हैं। ढेरों लोगों ने कथित सीमाओं को जीता है। इसलिए यह संभव नहीं है कि सेवाएँ आपको रोक रही हैं। यह बाहरी कारण नहीं है, जो आपको रोकते हैं; बल्कि आप खुद हैं। हम खुद को रोकते हैं। हम ऐसे विचारों में डूबे रहते हैं, जो हमारे सामने सीमाएँ खड़ी करते हैं और हम खुद को पराजित करनेवाले व्यवहार करते हैं। हम अपनी आत्म-विनाशकारी आदतों, जैसे शराब या सिगरेट आदि को बेतुके तर्कों से सही ठहराते हैं, उनका बचाव करते हैं और उपयोगी प्रतिक्रियाओं को नजरअंदाज करते हैं, लगातार खुद को अशिक्षित करने में सफल रहते हैं। नए-नए कौशल सीखने में ढील बरतते हैं और फिजूल की गप-शप में लगे रहते हैं। अस्वास्थ्यकर चीजें खाते हैं, व्यायाम करने से परहेज करते हैं। आमदनी से ज्यादा खर्च करते हैं। अच्छी चीजों में निवेश नहीं करते। जरूरी संघर्षों से घबराते हैं। सच बोलने से कन्नी काटते हैं। जो हम चाहते हैं, उसकी फरमाइश नहीं करते, फिर हम अचरज से भरकर सोचते हैं कि आखिर हमारी जिंदगी बेहतर क्यों नहीं है ? इतनी गड़बड़ क्यों है ?

लेकिन दिलचस्प बात यह है कि ज्यादातर लोग ऐसा ही करते हैं। हर चीज, जो उनके मन-माफिक नहीं होती, उसका दोष वे बाहरी घटनाओं और हालातों पर मढ़ देते हैं। हर चीज के लिए उनके पास एक बहाना होता है।

इसके बदले आप घटना पर प्रतिक्रियाओं को बदल सकते हैं। जब तक कि वे परिणाम न मिल जाएँ, जो आपने सोचे हैं। आप संचार संपर्क बदल सकते हैं। अपने दिमाग में जो तसवीरें बना रखी हैं, उन्हें सच कर सकते हैं। अपनी सारी दुनिया की छवि और अपना व्यवहार बदल सकते हैं। एक चीज है, जो वरदान के तौर पर हममें है कि हम अपनी सोच बदल सकते हैं। बदकिस्मती से हम में से अधिकांश लोग अपनी आदतों के इस तरह गुलाम होते हैं कि अपना व्यवहार नहीं बदलते। पहले से ही निश्चित प्रतिक्रियाओं में, जीवन साथी और बच्चों के प्रति, अपने सहकर्मियों के प्रति, अपने ग्राहकों के प्रति, छात्रों के प्रति, सामान्य रूप से सारी दुनिया के प्रति फँसे रह जाते हैं। हम सभी प्रतिक्रियाओं का समूह हैं, जो हमारे नियंत्रण से परे सक्रिय रहती हैं।

आपको अपने विचारों, छवियों, सपनों और लक्ष्यों पर दोबारा काबू पाना है। जो भी

आप सोचते हैं, कहते और करते हैं, वह ज्यादा-से-ज्यादा सुलझा होना चाहिए। आपके उद्देश्य, मूल्य और लक्ष्य से उसका तालमेल होना चाहिए। अगर आपको अपने परिणाम पसंद नहीं हैं तो अपनी प्रतिक्रियाएँ बदलें।

8. सामाजिक रिश्ते

संबंधों पर नजर डालिए। विवाह पर संकट खड़ा है, जिससे लगभग 50 प्रतिशत शादियाँ तलाक पर जाकर खत्म होती हैं। अगर आपके पास संबंधों को समय, ऊर्जा और प्रेम से तराशने का समय नहीं है तो आप सकारात्मक रिश्तों की उम्मीद नहीं कर सकते।

व्यक्तिगत रूप से मेरी सबसे अच्छी आदत है कि मैं लंबे समय तक सोना पसंद करता हूँ। मैं बहुत लंबे समय तक साढ़े छह घंटे की नींद के साथ जी रहा था, क्योंकि इतना ही हो सकता था। साढ़े छह घंटे से आठ घंटे की नींद के बीच ही मनुष्य का विकास करनेवाले हार्मोन्स सक्रिय होते हैं, जो शरीर को युवा रखते हुए मांसपेशियों का निर्माण करते हैं। वही आखिरी डेढ़ घंटा होता है, जब शरीर सबसे अधिक सफाई करता है। शरीर की प्रतिरोधी प्रणाली शरीर के घाव भरने का अधिकांश काम गहरी नींद में करती है। इसलिए मैंने अभी-अभी ज्यादा सोने का संकल्प लिया है। मैं रात को 11 बजे बिस्तर पर जाऊँगा और सुबह 7 बजे सोकर उठूँगा। बजाय इसके कि रात 1 बजे सोने जाऊँ और सुबह 7 बजे उठ जाऊँ।

मैंने निर्णय किया है कि मैं पहले से ज्यादा मिलना-जुलना करूँगा। मैं ज्ञान को बढ़ाने के लिए पढ़ने और इंटरनेट पर सर्च करने में इतना व्यस्त रहता था कि संबंधों को बना नहीं रहा था। अगर आप लोगों से बात नहीं करेंगे तो आपके संबंधों को गहरा बनाने की क्षमता पैदा नहीं होगी। अगर आप अपने सबसे महत्त्वपूर्ण रिश्तों को बढ़ाते रहेंगे तो जब भी आपको किसी चीज की जरूरत होगी, वे आपकी मदद के लिए तैयार रहेंगे; क्योंकि आप केवल जरूरत के समय उनसे बात नहीं कर रहे होंगे।

9. हमारी परिस्थितियाँ मानसिक असुविधा और सुविधा का खेल हैं

उसी अनुभव को बार-बार मत दोहराइए। एक महत्त्वपूर्ण अवधारणा, जिसे सफल लोग समझते हैं। सच यह है कि आपको कभी फँसना नहीं चाहिए। आप उन्हीं विचारों को सोचते हुए, उन्हीं विश्वास को बनाए रखते हुए, वही शब्द बोलते हुए, वही काम करते हुए सिर्फ उसी अनुभव को बार-बार पुनर्निर्मित कर रहे हैं। बहुत बार हम एक दायरे में घूमनेवाले व्यवहार में फँसकर रह जाते हैं, जो लगातार हमें नीचे की ओर ले जानेवाली चकरी में फँसाए रखता है। हमारे सीमित करनेवाले विचार हमारे दिमाग में छवियाँ बनाए रखते हैं और ये छवियाँ हमारे व्यवहार को नियंत्रित करती हैं, जो बदले में उसे सीमित करनेवाले विचार को पुख्ता करता रहता है। जब आप अपनी मौजूदा परिस्थितियों के बारे

में शिकायत करते रहेंगे, आपका मन-मस्तिष्क उसपर केंद्रित रहेगा। लगातार बात करते, सोचते और लिखते हुए आप लगातार अपने मस्तिष्क की उन्हीं लीकों को पुष्ट करते हैं, जो आपको वहाँ ले आई हैं, जहाँ आप आज हैं। आप आमतौर पर वही तरंगें प्रसारित कर रहे हैं, जो उन्हीं लोगों और परिस्थितियों को प्रस्तुत करती रहेंगी, जो आपने पैदा की हैं।

इस चक्र को बदलने के लिए आपको वास्तविकता के बारे में सोचने, बात करने और लिखने पर ध्यान केंद्रित करना चाहिए, जो आप साकार करना चाहते हैं। आपके लिए जरूरी है कि आप अपने अवचेतन मन को, इसी मानसिकता को नए विचारों से भर दें।

"जिन महत्त्वपूर्ण समस्याओं से हम दो-चार होते हैं, वे उसी स्तर की सोच से हल नहीं हो सकतीं, जिसने उन्हें पैदा किया है।"

—अल्बर्ट आइंस्टीन

आपका सुविधाजनक क्षेत्र ठीक उसी तरह काम करता है, जैसे आपके घर का तापमान नियंत्रक। जब कमरे का तापमान, तापमान के छोर पर पहुँचता है तो निश्चित तापमान नियंत्रक बिजली की तरंगों द्वारा एयरकंडीशनर को चालू या बंद करने का संकेत भेजता है। जैसे-जैसे कमरे का तापमान बदलना शुरू होता है, बिजली के संकेतक परिवर्तनों पर प्रतिक्रिया देते रहते हैं और तापमान को निश्चित स्तरों पर बनाए रखते हैं। इसी तरह, आपके पास एक आंतरिक मनोवैज्ञानिक तापमान नियंत्रक यंत्र होता है, जो दुनिया में आपके प्रदर्शन एवं आपके कामकाज का नेतृत्व करता है। विद्युत् संकेतों की जगह आपका प्रदर्शन नियंत्रक, आपको सुविधा क्षेत्र के भीतर रखने के लिए, असुविधा संकेतों का इस्तेमाल करता है। जैसे ही आपका व्यवहार या प्रदर्शन उसी दायरे या क्षेत्र के छोर तक पहुँचने लगता है, आप असुविधा महसूस करने लगते हैं। जो आप अनुभव कर रहे होते हैं, अगर उस आत्म-छवि के बाहर—जो आपने अवचेतन रूप से बना रखी है—आपका शरीर आपको मनो-शारीरिक तंत्र, मानसिक तनाव और मानसिक असुविधा के संकेत भेजने लगता है। इससे बचने के लिए अपने अवचेतन मन द्वारा आप खुद को दोबारा अपने सुविधा-क्षेत्र के अंदर ले आते हैं।

मेरे सौतेले पिता, जो एन.सी.आर. के लिए क्षेत्रीय बिक्री प्रबंधक थे, ने गौर किया था कि उनके बिक्री कर्मचारियों में से हर एक ने बिक्री कर्मचारी के रूप में एक आत्म-छवि बना रखी थी। वह 2,000 रुपए महीना वाले बिक्री कर्मचारी थे या फिर 3,000 रुपए वाले बिक्री कर्मचारी थे। किसी बिक्री कर्मचारी की छवि यह थी कि वह महीने में 3,000 रुपए डॉलर कमाता था। जब वह महीने के पहले हफ्ते में कमीशन में इतना पैसा

कमा लेता था तो वह महीने के बाकी बचे हफ्ते में ढीला पड़ जाता था। दूसरी तरफ, महीने का अंत नजदीक होता, तब तक उसने कमीशन में 1,600 रुपए कमाए होते तो वह रोजाना 16 घंटे काम करता रहता। हफ्ते की छुट्टी में भी जुटा रहता और भरसक प्रयास करता कि वह महीने के अंतिम दिनों में 1,600 रुपए और कमा ले और 3,000 रुपए तक पहुँच जाए। जैसी परिस्थितियाँ हों, 3,000 रुपए की आत्म-परिस्थितिवाला व्यक्ति 3,000 रुपए ही पैदा करेगा। इसके अलावा और कुछ भी करना उसके लिए असुविधा का अनुभव कराएगा।

इस दृश्य योजना की कल्पना अपनी बचत खाते के संदर्भ में कीजिए। कुछ लोग बड़े आराम से महसूस करते हैं, जब तक उनके बचत खाते में 2,000 रुपए रहे। दूसरे लोग उस समय तक सुविधा का अनुभव नहीं करते, जब तक उनके बचत खाते में कम-से-कम आठ महीने की तनख्वाह, 32,000 रुपए बचाकर न रखे हों। कुछ लोग बिना कुछ बचत किए 25,000 रुपए के कर्ज के साथ क्रेडिट कार्ड पर खुश रहते हैं। उस आदमी को, जिसे आराम महसूस करने के लिए बचत में 32,000 रुपए का बैलेंस चाहिए, मान लीजिए, जरूरी इलाज के कारण वह अचानक खर्च हो जाए। वह अपने खर्चे में कटौती करेगा, ओवरटाइम काम करेगा, कबाड़ बेचेगा, हर काम करेगा, ताकि अपनी बचत की रकम को वापस 32,000 रुपए कर सके। इसी तरह अगर अचानक उसे कहीं से पैसे मिल जाएँ तो संभावना यही है कि वह उसमें से उतना ही खर्च करेगा, जिससे 32,000 के सुविधा-क्षेत्र में बना रहे।

आपने सुना होगा कि लॉटरी जीतनेवाले अपनी दौलत को जीतने में कुछ वर्षों के भीतर खो देते हैं, खर्च कर देते हैं, उड़ा देते हैं। सच यह है कि लॉटरी विजेता 80 प्रतिशत लोग पाँच साल के अंदर खुद को दिवालिया घोषित कर देते हैं। कारण यह है कि वे करोड़पति होने की मानसिकता विकसित नहीं कर पाते। नतीजे के तौर पर उसी मानसिकता को फिर से निर्मित करते हैं, जो उनकी पिछली मानसिकता से मेल खाती है। उन्हें इतने सारे पैसे पाकर असुविधा होती है, इसलिए वे अपने दायरे में लौटने का कोई-न-कोई तरीका ढूँढ़ लेते हैं।

10. निरंतरता

यदि आप किसी नए व्यवहार को बढ़ाते रहने में जुटे रहते हैं तो आखिर में वह स्वचलित हो जाता है। उदाहरण के लिए, आप किसी कार को आमतौर पर गियर बदलने के तरीके से सीखते हैं तो शुरुआती सबक अकसर दिलचस्प होते हैं। एक सबसे बड़ी समस्या यह समझने में आती है कि क्लच, एक्सीलेटर पैडल के बीच अच्छा तालमेल कैसे बिठाएँ कि आप आसानी से गियर बदल सकें! अगर आप क्लच को तुरंत छोड़

दें तो कार रुक जाएगी। अगर आप क्लच को छोड़े बिना एक्सीलेटर को बहुत ज्यादा दबाएँगे तो इंजन जोर से आवाज करेगा, लेकिन आप आगे नहीं बढ़ पाएँगे। कभी-कभी कार सड़क पर कंगारू की तरह चलती है, आगे बढ़ती है और रुक जाती है; क्योंकि नया ड्राइवर पैडलों से जूझता रहता है। हालाँकि अभ्यास करने से गियर बदलना आसान हो जाता है और आप इसके बारे में सोचते भी नहीं।

वर्षों तक मैं गोल्फ खेलते-खेलते माहिर हो गया था। इसका सबूत मेरे स्कोर हैं। मैं कई होल में 8 या 9 अंक ले आता था और 100 से भी ज्यादा के स्कोर पर खत्म करता था। कभी-कभी मैंने प्रशिक्षण लिया और थोड़ा सुधार देखा। फिर मैं कई महीने तक नहीं खेलता था और एक अच्छा स्कोर बनाने की उम्मीद करता था। इसे कहते हैं भ्रम में जीना। फिर मैंने 90 का स्कोर लगातार बनाते रहने का लक्ष्य निर्धारित किया। इसके लिए मैंने हर दिन थोड़ा अभ्यास, चोटी के खिलाड़ियों का अध्ययन, नियमित सबक लेना और हफ्ते में दो दिन खेलना शुरू किया, आज यह काम कर रहा है।

अच्छी खबर यह है कि आप जब चाहें, अपने आपको नए साँचे में ढाल सकते हैं। अगर आप पैसों की तंगी झेल रहे हैं और आपको पैसों की तंगी से आजादी चाहिए तो क्या सही होगा? पैसों को लेकर आपके व्यवहार का पता लगाया जाए। आपकी आदत क्या है? आप सबसे पहले हर महीने अपने आपको पैसे दें कि आप निरंतर रूप से अपनी आय का कम-से-कम 10 प्रतिशत बचाते हैं। उसका निवेश करते हैं। इसका उत्तर या तो 'हाँ' होगा या 'नहीं'। तुरंत आपको पता लग जाएगा कि आप सही दिशा में जा रहे हैं। यहाँ मूल मंत्र है—निरंतरता। इसका मतलब है—हर महीने और हर महीने के बाद।

कई लोग अपने पैसों को बढ़ाने के मामले में माहिर होते हैं। उनमें काफी निरंतरता रहती है। मान लीजिए, आपने बचत और निवेश का कार्यक्रम शुरू किया, पहले छह महीने तक आप पूरी ईमानदारी से अपनी आय का 10 प्रतिशत के हिसाब से निकाल देते हैं। फिर कुछ-न-कुछ हो जाता है। आप छुट्टी मनाने के लिए पैसे उधार लेते हैं और खुद से कहते हैं कि अगले कुछ महीनों में आप हिसाब ठीक कर लेंगे। बेशक, आप ऐसा नहीं करते और पैसे की तंगी से आजादी का आपका कार्यक्रम रफ्तार पकड़ने से पहले ही धराशायी हो जाता है।

दूसरी परिस्थिति में, अगर आपकी प्राथमिकताओं में स्वास्थ्य को बेहतरीन रखना काफी ऊपर है तो अपने को सही आकार में रखने के लिए आपको हर हफ्ते में कम-से-कम तीन बार व्यायाम करने की जरूरत पड़ेगी। अगर आप हर हाल में व्यायाम की आदत को बनाए रखें, चाहे कुछ भी हो जाए, तो समझिए कि आप दूरगामी लाभों का महत्त्व समझते हैं।

जो लोग बदल जाने में माहिर होते हैं, वे कुछ हफ्ते या महीने बाद उसे छोड़ देंगे

और आमतौर पर उनके पास बहानों की लंबी सूची होती है कि क्यों उन्हें इसका फायदा नहीं मिला। अगर आप खुद को भीड़ से अलग करना चाहते हैं, अनोखी जीवन-शैली का आनंद लेना चाहते हैं तो निरंतरता को समझिए। यह काफी महत्त्व रखता है। याद रखिए, सफल लोग गलती से चोटी पर नहीं पहुँचते। इसके लिए उचित कारवाई, व्यक्तिगत अनुशासन और इन चीजों को करने के लिए ढेर सारी ऊर्जा की आवश्यकता होती है। आज का व्यवहार आपका भविष्य तय करेगा। अमीरों जैसा या गरीब, स्वस्थ या अस्वस्थ, संतुष्ट या असंतुष्ट, खुश या नाखुश— यह फैसला आपका है, इसलिए सोच-समझकर लीजिए। निरंतरता बनाए रखिए।

11. पैसा कमाना ही जीवन का प्रमुख उद्‌देश्य नहीं है

लोग अपनी जीवन-शैली को लेकर चिंतित रहते हैं। इस तरह की बातें अकसर सुनने को मिल जाती हैं कि मैं बेहतर जीवन जीना चाहता हूँ। मैं बस, जीवन को सरल बनाना चाहता हूँ। हाल में कई लोगों ने शेयर बाजार में तबाही मचानेवाला वित्तीय नुकसान झेला या मकान की किस्त चुकाने में जुट गए। ऐसा लगता है, जैसे धन-दौलत कमाने की अंधाधुंध होड़ लगी है और तथाकथित सफल जीवन के सारे फंदे अब गले में फँस चुके हैं। यहाँ एक बेहद महत्त्वपूर्ण बात है, जिसे समझ लेना चाहिए। सही मायने में अमीर होने का मतलब केवल पैसों की तंगी से आजादी नहीं है, बल्कि अच्छे व सार्थक संबंध बनाना, अपनी सेहत को बेहतर बनाना और अपने कॅरियर तथा व्यक्तिगत जीवन के बीच तालमेल बनाना भी हमारे जीवन का उद्‌देश्य है।

अपने मन या सोच को अच्छा बनाना भी अनिवार्य है। इसकी तलाश और विस्तार में समय लगता है। यह कभी न खत्म होनेवाली प्रक्रिया है। आप अपने बारे में जितना जानेंगे—आप कैसे सोचते हैं, आप कैसा महसूस करते हैं, आपका सही उद्‌देश्य क्या है और आप कैसे जीना चाहते हैं? आपका जीवन उतना ही प्रभावी बनेगा। हर हफ्ते महज कड़ी मेहनत करने, अपनी नौकरी की चिंता करने की बजाय आप सहज ज्ञान के आधार पर बेहतर चुनाव करने लगेंगे और अपने अंदर की आवाज से ही जान जाएँगे कि क्या करना सही होगा! जागरूकता का यह उच्च स्तर है, जो आपके रोजाना के जीवन की गुणवत्ता को निर्धारित करता है।

□

जोसेफ मर्फी

जोसेफ मर्फी आयरिश मूल के मनोवैज्ञानिक लेखक हैं, जिन्हें अमेरिकी नागरिकता प्राप्त है। मर्फी अपनी पुस्तक 'आपके अवचेतन मन की शक्ति' के लिए प्रसिद्ध हैं।

1. दौलत एक विचार है

दौलत किसी ज्वार की तरह हमेशा आती-जाती रहती है। एक सेल्स मैनेजर ने मुझे बताया कि उसके एक सहयोगी ने कंपनी के विस्तार का एक विचार 10 लाख डॉलर में बेचा था। आपके पास भी भारी दौलत वाला कोई विचार हो सकता है। विचार आपके मस्तिष्क में मौजूद एक चित्र है। दौलत आपके मस्तिष्क में मौजूद एक विचार है। दौलत एक मानसिक नजरिया है। उस सेल्स मैनेजर ने मुझे यह भी बताया कि इस वक्त अमेरिका में जितने ज्यादा मिलियनेयर हैं, उतने इतिहास में किसी समय नहीं रहे।

यह सीख लें कि धन-दौलत, भोजन, वस्त्र—इन सभी चीजों के बारे में सही नजरिया रखना जरूरी है। जब आप दौलत से दोस्ती कर लेते हैं तो यह आपके पास हमेशा ज्यादा मात्रा में रहेगी।

क्या ऐसा है कि कुछ लोगों को इस संसार की दौलत का अनुभव करने और आनंद लेने के लिए चुना गया है या यह उनके भाग्य में लिख दिया गया है—और बाकी लोगों के भाग्य में कठिनाइयों और वंचना का कष्ट उठाना बदा है? दरअसल, ऐसा कतई नहीं है। यह हमारे अंदर की सृजनात्मक शक्ति और उपस्थिति का स्पष्ट कथन है—पल-दर-पल यह हम पर प्रतिक्रिया कर रही है, हमारी रोजमर्रा की स्थितियों और परिस्थितियों को उत्पन्न कर रही है—'हमारे मन के विचारों, हमारे हृदय के मनन' के अनुरूप प्रतिक्रिया कर रही है, निर्माण कर रही है—हमारे ज्यादा गहरे व अवचेतन मन के अनुरूप।

गरीब होना एक रोग है। यह एक मानसिक नजरिया है। एक युवा महिला बहुत

अच्छी लेखिका थी, जिसके कई लेख प्रकाशन के लिए स्वीकार हो गए थे। उसने एक बार मुझसे कहा, "मैं पैसे के लिए नहीं लिखती हूँ।" मैंने उससे कहा, "पैसे के साथ क्या गलत है?" यह सच है कि आप पैसे के लिए नहीं लिखती हैं, लेकिन यह मेहनत कीमत की हकदार है। आप जो लिखती हैं, वह दूसरों को प्रेरित करता है, ऊपर उठाता है और प्रोत्साहित करता है। जब आप सही नजरिया अपना लेती हैं तो आर्थिक भुगतान अपने आप खुलकर आपकी ओर आएगा। वह सचमुच पैसे को नापसंद करती थी। एक बार तो उसने पैसे को 'गंदा पैसा' तक कहा। मुझे लगता है कि यह बचपन की याद होगी, जब उसने अपनी माँ या किसी दूसरे के मुँह से सुना होगा कि पैसा बुरा है या पैसे का प्रेम ही सारी बुराई की जड़ है और यह सब बिना सोचे-समझे यह कहना निरा अंधविश्वास है कि पैसा बुरा या गंदा है। इस महिला का अवचेतन नक्शा यह था कि गरीबी में किसी-न-किसी तरह का सद्गुण है। ऐसा नहीं है। यह एक बीमारी है, रोग है। सृष्टि में कोई बुराई नहीं है—अच्छाई व बुराई लोगों के विचारों तथा प्रेरणाओं में थी। सारी बुराई जीवन की गलत व्याख्याओं और मन के नियमों के दुरुपयोग से आती है। दूसरे शब्दों में, अज्ञान ही एकमात्र बुराई है; एकमात्र परिणाम कष्ट है। यूरेनियम, चाँदी, सीसे, ताँबे, लोहे, कोबाल्ट, निकल, कैल्सियम या डॉलर के नोट को बुरा घोषित करना मूर्खता होगी। यह कितना बकवास, विचित्र और मूर्खतापूर्ण है! एक या दूसरी धातु के बीच फर्क सिर्फ केंद्रीय नाभिक के चारों ओर घूमनेवाले इलेक्ट्रॉन्स की संख्या और गति का होता है। 100 डॉलर के नोट जैसा कागज का टुकड़ा हानि-रहित है। इसमें और ताँबे या सीसे में एकमात्र फर्क अणुओं व परमाणुओं का है, जिनके इलेक्ट्रॉन और प्रोटॉन धन के भौतिक प्रमाणों के लिए अलग तरीके से व्यवस्थित हैं।

दौलत एक विचार है। रेडियो एक विचार है। टेलीविजन एक विचार है। कार एक विचार है। आप जो देखते हैं, वह हर चीज एक विचार है। मान लें, किसी विनाशकारी घटना की वजह से संसार की सारी कारें नष्ट हो जाएँ—तो कोई इंजीनियर उन्हें दोबारा बना सकता है। है न? और कुछ ही समय में हमारे पास करोड़ों कारें हो जाएँगी।

जब आप प्रार्थना करते हैं तो कुछ भी माँगते समय यह विश्वास करें कि वह आपको मिल चुकी है और वह आपके पास होगी। यही सफल प्रार्थना का आधार है, चाहे इसका उद्देश्य हमारे शरीर का उपचार हो या समृद्धि हो, सफलता हो, उपलब्धि हो या भौतिक लाभ हों। एक बार जब आप अपने ज्यादा गहरे मन को विश्वास दिला देते हैं कि आपकी मनचाही चीज आपके पास है तो वह तुरंत उसे साकार करने की दिशा में चल देगा। आप मुझसे कह सकते हैं, "मैं अपने ज्यादा गहरे मन, अपने अवचेतन मन को यह विश्वास कैसे दिला सकता हूँ कि मेरे पास अमीरी या कोई दूसरी अच्छी चीज है, जब मेरा सहज बोध मुझे बताता है कि बिलों का ढेर बढ़ रहा है, कर्जदार हाथ धोकर

पीछे पड़े हैं, बैंक मकान की किस्त एवं कर्ज चुकाने के लिए फोन कर रहा है आदि?" आप नहीं दिला सकते। अगर आप कर्ज एवं देनदारी के बारे में सोचते रहते हैं और इस बारे में कि आप पर कितना उधार चढ़ा है, तो आप अपने दु:ख को कई गुना बढ़ा लेंगे। आपका ज्यादा गहरा मन उसे तथ्य के रूप में स्वीकार करता है, जिसे आप इसके सामने पर्याप्त बार विश्वसनीय अंदाज में दोहराते हैं, ठीक उसी तरह जिस तरह आपने चलना सीखा था। आपके पास एक विचार-मानचित्र था, एक कार्य था, चाहे यह तैरना हो, चलना हो, टेनिस या गोल्फ खेलना हो और आप उसे बार-बार दोहराते थे। आप जानते थे कि आप क्या कर रहे थे और आप उसे क्यों कर रहे थे। आप चलना सीखना चाहते थे, आप नाचना सीखना चाहते थे, आप तैरना सीखना चाहते थे।

इसलिए, आखिरकार आपके अवचेतन ने मानचित्र को आत्मसात् कर लिया और फिर आप स्वत: ही तैरे और स्वत: ही चलने लगे। यही तरीका दौलत और किसी दूसरी चीज के लिए प्रार्थना करने में काम करता है। एक बार जब आपका अवचेतन मन कथन को सत्य मान लेता है तो यह दौलत को आपके पास लाने के लिए हर संभव कार्य करने में जुट जाता है।

2. आप जो बनना चाहते हैं, वह बन सकते हैं

हम जो हासिल करते हैं और जो हासिल नहीं कर पाते हैं, वह हमारे खुद के विचारों का प्रत्यक्ष परिणाम होता है। यह न्यायपूर्ण ढंग से व्यवस्थित सृष्टि है, जहाँ संतुलन हटने का अर्थ पूर्ण विनाश होगा। इसलिए हमारी व्यक्तिगत जिम्मेदारी पूरी है। हमारी कमजोरियाँ और शक्तियाँ, शुद्धता और अशुद्धता सिर्फ हमारी हैं और कभी किसी दूसरे व्यक्ति की नहीं हैं। वे किसी दूसरे के नहीं, बल्कि हमारे ही द्वारा लाई जाती हैं। वे कभी किसी दूसरे के नहीं, बल्कि सिर्फ हमारे द्वारा ही बदली जा सकती हैं। हमारी सारी खुशी और दु:ख अंदर से आते हैं। जैसा हम सोचते हैं, वैसे ही हम होते हैं; जैसा हम सोचना जारी रखते हैं, वैसे ही हम बने रहते हैं। ऊपर उठने, जीतने और सफलता हासिल करने का एकमात्र तरीका यह है कि हम अपने विचारों को ऊपर उठा लें। हमारे कमजोर, दीन-हीन और दु:खी बने रहने का एकमात्र कारण यह होगा कि हम अपने विचारों को ऊपर उठाने से इनकार कर दें। हमारी उपलब्धियाँ—चाहे वे व्यवसाय में हों, बौद्धिक जगत् में हों या आध्यात्मिक जगत् में—निश्चित और निर्देशित विचार का परिणाम हैं। जो लोग कम हासिल करना चाहते हैं, उन्हें कम त्याग करना होगा; जो लोग ज्यादा हासिल करना चाहते हैं, उन्हें ज्यादा त्याग करना होगा; जो लोग बहुत ज्यादा हासिल करना चाहते हैं, उन्हें बहुत ज्यादा त्याग करना होगा।

शक्तियों का इस्तेमाल दो तरीकों से किया जा सकता है। उदाहरण के तौर पर, पानी

हमारी सफाई कर सकता है या हमें डुबो सकता है; बिजली जीवन को ज्यादा आसान बनानेवाली शक्ति दे सकती है या फिर घातक बन सकती है।

3. आपका नजरिया ही आपके व्यक्तित्व का स्वामी है

आप सही मानसिक नजरिया तब विकसित करते हैं, जब आपको यह अहसास हो जाता है कि कोई भी बाहरी चीज आपकी मानसिक सहमति के बिना आपको चोट नहीं पहुँचा सकती या विचलित नहीं कर सकती। आप अपने संसार के एकमात्र चिंतक हैं। अतः कोई चीज आपकी मानसिक सहमति के बिना आपको क्रोध, दुःख या शोक नहीं पहुँचा सकती। बाहर से जो सुझाव आपकी ओर आता है, उसमें अपनी कोई शक्ति नहीं है। शक्ति तो आप उसे तब देते हैं, जब आप उसे अपने विचारों को नकारात्मक बनाने की अनुमति देते हैं। यह अहसास कर लें कि आप अपने विचार-जगत् के स्वामी स्वयं हैं। भावनाएँ विचार का अनुसरण करती हैं; इसलिए आप अपनी खुद की कक्षा में सर्वोच्च हैं। क्या आप दूसरों को यह अनुमति देते हैं कि वे आपको नकारात्मक रूप से प्रभावित करें? क्या आप अखबारों की सुर्खियों, गप-शप या दूसरों की आलोचना को यह अनुमति देते हैं कि वे आपको विचलित करें या उदास करें? यदि आप ऐसा करते हैं तो आपको स्वीकार करना चाहिए कि आप स्वयं ही अपनी खिन्न मनोदशा का कारण हैं।

क्या आप दूसरों के बुरे की कल्पना करते हैं? यदि आप ऐसा करते हैं तो गौर करें कि आपके ज्यादा गहरे स्वरूप में कौन सा भाव उत्पन्न होता है? यह नकारात्मक होता है; यह आपकी सेहत तथा दौलत के लिए विनाशकारी होता है। परिस्थितियाँ आपको सिर्फ उतना ही प्रभावित कर सकती हैं, जितनी आप उन्हें अनुमति देते हैं। आप स्वेच्छा से और निश्चित रूप से जीवन तथा सारी चीजों के बारे में अपना नजरिया बदल सकते हैं।

उदाहरण के तौर पर, यदि आप कल्पना करते हैं कि सामनेवाला इनसान ओछा, बेईमान और ईर्ष्यालु है तो गौर करें कि इससे आपके भीतर कौन सी भावना जाग्रत् होती है। अब इस स्थिति को उलट दें। उसी व्यक्ति के ईमानदार, सच्चे, प्रेमपूर्ण और दयालु होने की कल्पना करें; गौर करें कि इसकी प्रतिक्रियास्वरूप आपके भीतर कौन सी भावना उत्पन्न होती है। इसलिए, क्या आप अपने नजरियों के स्वामी नहीं हैं?

जीवन के बारे में कई लोगों का उदास व निराशावादी नजरिया होता है। वे चिड़चिड़े, आलोचनात्मक और झगड़ालू होते हैं। यह उस प्रबल मानसिक नजरिए के कारण होता है, जो हर चीज पर उनकी प्रतिक्रिया को निर्देशित करता है।

एक बार एक आदमी लंदन की सड़कों पर जा रहा था और उसे सड़क पर साँप दिखने का वहम हुआ। डर के मारे उसे जैसे लकवा मार गया। उसे जो दिखा था, वह साँप नहीं, उसका वहम था। बहरहाल, उसकी मानसिक और भावनात्मक प्रतिक्रिया

वैसी ही थी, जैसी कि साँप दिखने पर होती। उन चीजों की कल्पना करें, जो भी प्यारी, प्रशंसनीय और अच्छी हैं। इससे जीवन के प्रति आपका पूरा भावनात्मक नजरिया बदल जाएगा।

4. कल्पना आविष्कार को जन्म देती है

सारे धर्म दरअसल, मनुष्य के कल्पनाशील मन से ही उत्पन्न हुए हैं। क्या कल्पना के क्षेत्र से ही टेलीविजन, रेडियो, राडार, सुपर जेट और अन्य सभी आधुनिक आविष्कार नहीं आए हैं? आपकी कल्पना अनंत का खजाना है, जो आपको संगीत, कला, कविता और आविष्कारों के सभी कीमती मोती देती है। आप किसी प्राचीन खँडहर, क़िसी पुराने मंदिर या पिरामिड को देखकर मुर्दा अतीत के इतिहास को दोबारा बना सकते हैं। किसी पुराने कब्रिस्तान के खँडहरों में आप एक सुंदर और भव्य आधुनिक शहर का पुनरुज्जीवन भी देख सकते हैं। हो सकता है कि आप अभाव या कमी की कैद में हों या पत्थर की छड़ों के पीछे हों, लेकिन अपनी कल्पना में आप ऐसी स्वतंत्रता पा सकते हैं, जिसका आपने सपना भी नहीं देखा।

याद करें कि कैसे पेरिस के नाली साफ करनेवाले चिको ने कल्पना की और सातवाँ स्वर्ग कही जानेवाली स्वर्ग जैसी मानसिक अवस्था में रहा, हालाँकि उसने कभी दिन की रोशनी भी नहीं देखी! जॉन बनयन ने जेल में अपनी महान् कृति 'पिलग्रिम्स प्रोग्रेस' लिखी थी। मिल्टन हालाँकि अंधे थे, लेकिन उनमें अपनी अंदरूनी आँख से देखने की क्षमता थी। उनकी कल्पना ने उनके मस्तिष्क को अग्नि-पुंज बना दिया और उन्होंने 'पैराडाइज लॉस्ट' की रचना कर दी।

कल्पना मिल्टन की आध्यात्मिक आँख थी। इसी की बदौलत वे ईश्वर का काम करने में समर्थ हुए। इसी के जरिए उन्होंने समय, स्थान और पदार्थ की दूरी को मिटा दिया। इसी से उन्होंने अदृश्य उपस्थिति एवं शक्ति के सत्यों को प्रकट किया।

जीनियस वह इनसान है, जो अपने अवचेतन मन के तादात्म्य में होता है। वह इस शाश्वत भंडार का दोहन करने में सक्षम होता है और इसी से अपनी समस्याओं के समाधान हासिल करता है। इस तरह उसे मेहनत करके पसीना नहीं बहाना होता है। प्रतिभाशाली लोगों में कल्पना की शक्ति बहुत ज्यादा विकसित होती है। सभी महान् कवियों और लेखकों को उच्च विकसित व अनुशासित कल्पना-शक्ति का वरदान मिला होता है।

किसी शहर का वास्तुविद् पहला कुआँ खोदने या पहला मकान बनाने से पहले ही इमारतों और कुओं को साकार रूप में देखता है। "मैं बंजर भूमि को पानी का तालाब बना दूँगा और सूखी जमीन को पानी के झरनों से भर दूँगा।" लंबे घंटे, कठोर मेहनत या आधी रात तक काम करने से मिल्टन, शेक्सपियर या बीथोवन उत्पन्न नहीं होंगे। लोग

शांत लम्हों में महान् चीजें हासिल करते हैं, जब वे यह कल्पना करते हैं कि समय की बुनियाद से अदृश्य चीजें स्पष्ट रूप से दिख रही हैं।

एडिसन का हर आविष्कार सबसे पहले उनकी कल्पना में प्रकट हुआ था। यही टेस्ला के बारे में सही है, जो एक अन्य महान् आविष्कारक और वैज्ञानिक थे। यह कल्पना करने और सपने देखने की ही क्षमता थी, जिसकी वजह से हेनरी फोर्ड ने संसार को कार में सवार कराने के लिए आगे देखने को प्रेरित किया था।

हम सभी कोलंबस और अमेरिका की खोज की कहानी पढ़ते हैं। यह कल्पना थी, जिसकी बदौलत वे इस खोज की ओर प्रवृत्त हुए। साथी नाविकों ने कोलंबस से कहा, "जब सारी आशा खत्म हो जाए तो हम क्या करेंगे?" उनका जवाब था, "भोर होते ही तुम कहोगे, 'तैरते चलो, तैरते चलो, तैरते चलो'।"

अपनी चपल कल्पना के जरिए कॉपरनिकस ने प्रकट किया कि पृथ्वी अपनी धुरी पर कैसे घूमती थी, जिससे पुरानी खगोल-शास्त्रीय अवधारणाएँ खत्म हो गईं।

हमें हमारे मन को किसी पैराशूट जैसा बनाना चाहिए। पैराशूट खुलता है; अगर यह न खुले तो यह कतई अच्छा नहीं है। इसी तरह, हमें अपनी आँखों और मन को नए सत्यों की ओर खोलना चाहिए। हमें नए सत्य और नए ज्ञान की भूख-प्यास जगानी चाहिए, ताकि हम आस्था और समझ के पंखों से अपनी समस्याओं के ऊपर उड़ने में सक्षम बन सकें। हमारे युग के मशहूर जीव-वैज्ञानिक, भौतिक-शास्त्री, खगोल-शास्त्री और गणितज्ञ एक स्पष्ट वैज्ञानिक कल्पना की प्रतिभा से लैस हैं। मिसाल के तौर पर, आइंस्टीन का सापेक्षता का सिद्धांत उनकी कल्पना में आया था। प्राचीन मिस्र की कब्रों का अध्ययन कर रहे पुरातत्त्ववेत्ता और जीवाश्मिकी अपनी कल्पनाशील अनुभूति के जरिए प्राचीन दृश्यों को दोबारा बनाते हैं। मृत अतीत एक बार फिर सजीव बन जाता है और बहुत सी बातें बताता है। प्राचीन खँडहरों और उनकी चित्रलिपि देखकर वैज्ञानिक हमें एक ऐसे युग के बारे में बताता है, जब कोई भाषा मौजूद नहीं थी। संप्रेषण सिर्फ हुंकारों, कराहों और संकेतों के माध्यम से किया जाता था। वैज्ञानिक की कल्पना उसे यह क्षमता देती है कि वह उस प्राचीन मंदिर को छत से ढँक दे और उसे चारों ओर बाग, तालाब तथा फव्वारों से घेर दे। जीवाश्म अवशेषों को आँखों, मांसपेशियों तथा स्नायुओं की पोशाक पहना दी जाती है और वे एक बार फिर चलने व बोलने लगते हैं। अतीत जीवित वर्तमान बन जाता है और हम कल्पना में पाते हैं कि कोई समय या स्थान नहीं है।

5. इच्छा सदैव आगे बढ़ने के लिए प्रेरित करती है

इच्छा असीमित का धक्का है, जो हमें कोई ऐसी चीज बता रहा है, जिसे स्वीकार करने पर हमारा जीवन ज्यादा पूर्ण और ज्यादा आनंददायक बन जाएगा। इच्छा से

जितने ज्यादा लाभ की अपेक्षा होती है, हमारी इच्छा भी उतनी ही ज्यादा प्रबल होती है। जहाँ किसी लाभ या तरक्की की अपेक्षा नहीं होती है, वहाँ कोई इच्छा नहीं होती है; फलस्वरूप कोई कर्म भी नहीं किया जाता है। इच्छा सृजनात्मक शक्ति है; इसे बुद्धिमत्ता से प्रवाहित व निर्देशित करना चाहिए। इच्छा और इसका साकार होना आपके खुद के मन में घटित होता है। मानसिक और भावनात्मक रूप से खुद को विचार के साथ एक कर लें; अवचेतन इसे साकार कर देगा। डर, अभाव और एकाकीपन की जेल से बाहर निकल आएँ। यह सोचना छोड़ दें कि ईश्वर आसमान में बैठा कोई दाढ़ीवाला बुजुर्ग है। ईश्वर आपके भीतर की असीमित उपस्थिति, असीमित शक्ति और असीमित प्रज्ञा है। यह अहसास कर लें कि असीमित उपचारक उपस्थिति आपके भीतर है। यह आपको पूर्ण कर सकती है। यह कहना ईश-निंदा है कि ईश्वर आपको दंड दे रहा है। यह निरा अज्ञान है। अज्ञान इस संसार का एकमात्र पाप है और सारा दंड, दु:ख एवं कष्ट अज्ञान के ही कारण होता है। आपका मन और शरीर एक ही हैं। यह अहसास कर लें कि असीमित प्रज्ञा सभी तरीकों से आपका नेतृत्व करती है और आपको मार्गदर्शन देती है। अपना ध्यान समस्या से दूर हटा लें। इसके बजाय साकार इच्छा की वास्तविकता पर ध्यान केंद्रित करें। पूर्ण इच्छा की वास्तविकता को देखें, इसमें आनंदित हों। हमेशा अंत तक जाएँ। जब आप अंत को देख लेंगे तो अंत तक पहुँचने के साधन भी खोज लेंगे।

6. न कहने की आदत बनाइए

पीटर उस्पेंस्की शुरुआती बीसवीं सदी के महानतम विचारकों में से एक थे। उनका एक विद्यार्थी किसी दूसरे के शब्दों, गप-शप और कार्यों से विचलित हो जाता था। इस पर उस्पेंस्की उससे कहते थे, “उसने तुम्हारे बारे में जो कहा, क्या उसमें सच्चाई है?” अगर वह कहता था, “नहीं।” तो उस्पेंस्की कहते थे, “तो फिर ठीक है, तुम्हें क्यों विचलित होना चाहिए? अपने लक्ष्य पर निगाह जमाए रखो।” आपका लक्ष्य क्या है? आपका लक्ष्य सद्भाव, शांति, बुद्धिमत्ता, समझ, सफलता, सही क्रिया और सौंदर्य के साथ मानसिक व भावनात्मक रूप से जुड़ना है। यह इतना ही सरल है। एक पुरानी कहावत है, ‘जिसे देवता नष्ट करना चाहते हैं, पहले वे उसकी मति फेर देते हैं।’ यदि कोई आपको क्रोधित या भावनात्मक रूप से विचलित कर सकता है तो उस व्यक्ति की आप पर शक्ति होती है। उस नकारात्मक भाव के आवेश में आप निश्चित रूप से कोई मूर्खतापूर्ण कार्य कर बैठेंगे; कोई ऐसा कार्य, जिसे आप सचमुच नहीं करना चाहते, लेकिन जिसे आप नकारात्मक भाव के आवेश में कर बैठते हैं।

एक युवक पादरी बनने के लिए नव विचार की शिक्षा ग्रहण कर रहा था। उसने मुझे बताया कि उसकी माँ घर पर नाटक करती थीं। उसमें चुपचाप रोते रहना और गश

खाकर गिरना शामिल था। वे कहती थीं, "तुम्हारे कारण मुझे दिल का दौरा पड़ रहा है, क्योंकि तुम अपने पुरखों का धर्म छोड़ रहे हो, जो एकमात्र सच्चा धर्म है। किसी दिन मैं मर जाऊँगी और तुम्हें इस बात का अफसोस होगा।" वह दिन में कई बार इस तरह का तमाशा करती थीं। मैंने उस युवक को समझाया कि उसकी माँ की प्रेरणा यह थी कि वह अपने दिल की इच्छा को पूरा न करे। वे अपनी ही चलाना चाहती थीं। वे उसे अपराधी तथा निर्दयी महसूस कराना चाहती थीं, क्योंकि वह उनकी इच्छाओं के अनुरूप काम नहीं कर रहा था। यह भावनात्मक ब्लैकमेलिंग है। मैंने उससे कहा कि उसे इन तमाशों, आँसुओं और तूफानी बखेड़ों के सामने झुकने से पूरी तरह इनकार कर देना चाहिए। उसे सिर्फ 'नहीं' कहना था, जो उसने कह दिया।

7. आपका डर ही अंत में सच हो जाता है

एक महिला दुःखी और हैरान-परेशान हाल में मेरे पास आई। उसे अपराध-बोध कचोट रहा था, क्योंकि उसके दामाद ने इलाके में किसी को गोली मार दी थी। मैंने उसे समझाया कि वह किसी दूसरे इनसान के कार्यों या मानसिक अवस्था के लिए जिम्मेदार नहीं थी कि किसी सिरफिरे व्यक्ति के कामों के लिए उसे दोष नहीं दिया जा सकता—और यह कि अगर वह जेल या मानसिक संस्थाओं में बंद सभी पागलों, उन्मत्त लोगों एवं सेक्स अपराधियों को लेकर चिंता करने लगेगी, गुस्सा करने लगेगी और उलटा-सीधा कहने लगेगी तो वह खुद बीमार बन जाएगी। यह इस सत्य की वजह से होगा कि आप वही बन जाते हैं, जिस पर आप सोचते हैं।

वायुमंडल के तत्त्व हानि-रहित होते हैं। कई लोग कहते हैं कि ठंड आते ही उन्हें गठिया या साइटिका हो जाता है। ऐसा उनकी अपेक्षा, डर और विश्वास के कारण होता है। जॉब ने कहा था, "जिसका मुझसे सबसे ज्यादा डर होता है, वह मुझ पर आ जाता है।" यह मनोवैज्ञानिक नियम है। यह पूरी तरह सच है। करोड़ों लोग हैं, जिन्हें मौसम बदलने पर फ्लू, दर्द, सर्दी या गठिया नहीं होता है। इसलिए यह सर्वव्यापी नियम नहीं है। यदि यह सर्वव्यापी होता तो मौसम बदलने पर सभी लोगों को यह तकलीफ होती। स्पष्ट रूप से भौतिक नहीं, बल्कि उनकी मानसिक और भावनात्मक जलवायु के कारण ऐसा होता है।

8. प्रेम एक भावनात्मक बंधन है

कुछ साल पहले मैं अस्पताल में एक व्यवसायी से मिला। वह 'दाद' (Shingles) से बहुत परेशान था, जिससे उसे बहुत दर्द होता था। वह दिल की बीमारी से भी परेशान था। ऐसा लगता था, जैसे परिस्थितियों के तालमेल ने उसे आर्थिक और शारीरिक रूप से तोड़ दिया था। बुरे निवेशों की वजह से उसने वह सारा पैसा गँवा दिया था, जो उसने

अपने जीवन के कई वर्षों में बचाया था। इस सबसे बढ़कर उसे मृत्यु का प्रबल डर भी था। उस समय मैंने उसे उसके सबसे बड़े प्रेम का हवाला दिया—उसकी पंद्रह साल की बेटी, उसकी इकलौती संतान। मैंने इस बिंदु पर जोर दिया कि वह उसके प्रेम, स्नेह और ध्यान की हकदार है। उसे अपने पिता के संरक्षण और शिक्षित होने की जरूरत थी। वह संसार में अपनी सच्ची जगह खोजना चाहती थी। मैंने इस बात पर भी जोर दिया कि चूँकि वह अपनी बेटी से प्रेम करता था और उसे उसके लिए माता-पिता दोनों की भूमिका निभानी थी (लड़की के पैदा होते ही उसकी माँ चल बसी थी), इसलिए उसे अब यह सुनिश्चित करना चाहिए कि उसकी बेटी के पास वे सभी लाभ रहें, जो सिर्फ प्रेमपूर्ण माता-पिता ही दे सकते हैं। मैंने उसे एक सरल तकनीक बताई--वह घर पर होने का चित्र बार-बार देखे—वह घर में चल रहा है, अपनी डेस्क पर बैठा है, डाक खोल रहा है और फोन का जवाब दे रहा है। उसे अपने घर में अपनी बेटी के आलिंगन की स्वाभाविकता, मूर्तता और ठोसपन का अहसास भी करना था। मैंने उसे एक प्रार्थना दी और कहा कि वह इसे भावना तथा आस्था के साथ दिन में कई बार दोहराए--"हे परम पिता, मैं आपको उस चमत्कारी उपचार के लिए धन्यवाद देता हूँ, जो इस समय घटित हो रहा है। ईश्वर मुझसे प्रेम करता है और मेरी परवाह करता है।" उस व्यक्ति ने इन निर्देशों का निष्ठापूर्वक पालन किया। कुछ सप्ताह बाद जब वह अस्पताल में लेटकर अपने घर की डेस्क पर अपने होने का चित्र देख रहा था तो अचानक कुछ हुआ। उसने कहा, "मुझे ऐसा महसूस हुआ, जैसे मुझे अंधकार से निकालकर चौंधियानेवाली रोशनी में ऊपर उठाया गया है। मुझे महसूस हुआ कि दैवी प्रेम मेरी आत्मा में भर रहा है। मुझे महसूस हुआ, जैसे दुःख से मानसिक शांति तक मेरा कायाकल्प हो गया है।" उसका उल्लेखनीय स्वास्थ्य-लाभ हुआ और आज वह खुश व आनंदित है तथा बहुत सफल व्यावसायिक जीवन जी रहा है। वह अपने नुकसान की भरपाई कर चुका है और उसकी बेटी कॉलेज में पढ़ रही है। जब कोई व्यक्ति बीमार और निराश होता है तो उसके प्रबल प्रेम के प्रति आग्रह करना अच्छा रहता है, क्योंकि प्रेम सबको जीत लेता है। जैसा आप जानते हैं, पूर्ण प्रेम डर को बाहर निकाल देता है। यदि आप आकर्षित होते हैं तो आप प्रेम में होंगे। आप वही हैं, जो होने की आप कल्पना करते हैं। इसलिए कल्पना करें कि आप बेहद सफल हैं। कल्पना करें कि आप वह कर रहे हैं, जो करने की आप हसरत रखते हैं। इसे करते रहें, इसे बार-बार करें।

9. कुछ चीजें आपके नियंत्रण से बाहर होती हैं

कुछ चीजें हैं, जिन्हें आप नहीं बदल सकते; लेकिन आप खुद को बदल सकते हैं और इस तरह अपने खुद के भविष्य को बदल सकते हैं, आकार दे सकते हैं, सृजन

कर सकते हैं। चाहे आपको पता हो या नहीं, आपके विचार और भावनाएँ आपका भाग्य बनाती हैं। जब भी किसी स्थिति पर निर्णय के बारे में आपको शंका हो तो यह प्रार्थना करें, "हे ईश्वर, मुझे उन चीजों को बदलने का साहस दो, जिन्हें बदला जा सकता है; उन चीजों को स्वीकार करने की शक्ति दो, जिन्हें नहीं बदला जा सकता और फर्क पहचानने की बुद्धि दो।" जीवन में आपका काम ईश्वर के प्रेम तथा ईश्वर की शांति की जागरूकता में चलना है। इस तरह चलने पर पूरे संसार के प्रति शांति, प्रेम और सद्भाव की मनोदशा उत्पन्न हो जाएगी। ये आध्यात्मिक कंपन सामूहिक मन या प्रजातीय मन के डर, घृणा, ईर्ष्या और लोभ की हानिकारक आदतों को कम कर देंगे। अपने भीतर दु:ख, पीड़ा, शत्रुता एवं अवसाद के मानसिक विष उत्पन्न करने और यह हानिकारक मानसिक गंदगी सामूहिक मन में उड़ेलने में क्या समझदारी है, जो पहले ही पर्याप्त दूषित है? आपको दूसरों को यह अनुमति नहीं देनी चाहिए कि वे अपने स्वार्थपरक उद्देश्यों से आपके मन में गलत चीजें भर दें। जीवन में आपका उद्देश्य ईश्वर के प्रेम की चेतना में चलना है, यह जानते हुए कि अगर आपकी निगाह ईश्वर पर जमी रही तो आपकी राह में कोई बुराई नहीं आ सकती। आपको वह नहीं सोचना चाहिए, जो आपके नियंत्रण से बाहर है।

10. हमारा अवचेतन मन एक इंजन की तरह है

किसी इनसान का चेतन मन व्यक्तिगत और चुनिंदा होता है। यह चुनता है, चयन करता है, तौलता है, विश्लेषण करता है, चीर-फाड़ करता है और जाँच-पड़ताल करता है। यह विवेचनात्मक और निगमनात्मक दोनों तरीकों से तर्क करने में सक्षम होता है। व्यक्तिपरक या अवचेतन मन चेतन मन के अधीन होता है। इसे चेतन मन का सेवक कहा जा सकता है। अवचेतन मन चेतन मन के आदेशों का पालन करता है। आपके चेतन विचार में शक्ति होती है। आप जिस शक्ति से परिचित हैं, वह है विचार। आपके विचार के पीछे मन, आत्मा या ईश्वर है। केंद्रित व निर्देशित विचार व्यक्तिपरक स्तरों तक पहुँचते हैं। इसके लिए उनमें गहनता का निश्चित अंश होना चाहिए। गहनता एकाग्रता से हासिल की जाती है। एकाग्रता का अर्थ है—केंद्र पर लौटना और अपने भीतर की असीम शक्ति पर मनन करना। सही तरीके से एकाग्र होने के लिए आप अपने मन के पहिए घुमाना बंद कर देते हैं और एक शांत एवं तनाव-मुक्त मानसिक अवस्था में दाखिल हो जाते हैं। जब आप एकाग्र होते हैं तो आप अपने विचारों को समेटते हैं और अपना सारा ध्यान अपने आदर्श, लक्ष्य या उद्देश्य पर केंद्रित करते हैं। अब आप एक केंद्रीय बिंदु पर हैं, जहाँ आप अपना पूरा ध्यान और निष्ठा अपने मानसिक चित्र को दे रहे हैं। केंद्रित ध्यान की विधि कुछ हद तक आवर्धक लेंस से मिलती-जुलती है, जिसके जरिए सूर्य की किरणों को फोकस किया जाता है। आप सूर्य की गरमी के छितरे

हुए कंपनों और केंद्रीय बिंदु से निकलते कंपनों के प्रभाव के बीच अंतर देख सकते हैं। आप आवर्धक लेंस से किरणों को इस तरह केंद्रित कर सकते हैं कि वे किसी खास वस्तु को जला दें। आपके मानसिक चित्रों पर केंद्रित सतत ध्यान से भी इसी तरह की गहनता हासिल होती है। नतीजा यह होता है कि अवचेतन मन की संवेदनशील प्लेट पर एक गहरा व स्थायी प्रभाव पड़ जाता है।

छवि के बनने से पहले आपको यह मानसिक नाटक कई बार दोहराना पड़ सकता है; लेकिन निरंतर या सतत् कल्पना ही ज्यादा गहरे मन को भरने का रहस्य है। जब दिन के दौरान डर या चिंता आपकी ओर आए तो आप हमेशा अपने मन की उस प्यारी तसवीर को निहार सकते हैं और यह अहसास कर सकते हैं तथा जान सकते हैं कि आपने एक निश्चित मनोवैज्ञानिक नियम को सक्रिय कर दिया है, जो अब आपके मन के अंध कक्ष में काम कर रहा है। ऐसा करके आप दरअसल बीज को पानी और खाद दे रहे हैं तथा इसके विकास की गति तेज कर रहे हैं। मनुष्य का चेतन मन मोटर है तथा अवचेतन मन इंजन है। आपको मोटर चालू करनी होगी और इंजन काम करने लगेगा। चेतन मन डायनेमो है, जो अवचेतन मन की शक्ति को जाग्रत् करता है।

11. प्रार्थना में अपार शक्ति है

जब आप यह पता लगाते हैं कि सत्य क्या है और आपका मन उस सत्य को मानने लगता है तो प्रार्थना में आप मन का परिवर्तन अनुभव करते हैं। प्रार्थना इस सत्य को उजागर करती है कि ईश्वर सारी इनसानी समस्याओं को सुलझाने में सर्वोच्च और सर्वशक्तिमान है। चाहे आप किसी भी तरह की मुश्किल का सामना कर रहे हों और चाहे स्थिति कितनी भी जटिल क्यों न दिखती हो, प्रार्थना से एक सौहार्दपूर्ण समाधान निकल सकता है और दैवी व्यवस्था के तहत आपका जीवन दोबारा व्यवस्थित हो सकता है। प्रार्थना का अर्थ ईश्वर से कोई चीज माँगना नहीं है, न ही प्रार्थना ईश्वर की इच्छा को बदलने की कोशिश है। प्रार्थना तो बस, आपके मन की परिस्थितियों को बदल देती है। प्रार्थना आसमान में बैठे ईश्वर से किसी अहसान के बदले में कातर याचना, गिड़गिड़ाना या अनुनय-विनय करना नहीं है।

इसके बजाय प्रार्थना तो उस मनुष्य की सकारात्मक कोशिश है, जो इस जोशीली आस्था और विश्वास से काम कर रहा है कि ईश्वर, जो असीम प्रज्ञा है, मन में निहित विचारों की प्रकृति के अनुरूप प्रतिक्रिया करेगा। प्रार्थना का फल सत्य पर आधारित खुद के मन में होता है—आपकी आस्था के अनुरूप ही आपको फल मिलता है। प्रार्थना आपके जीवन और आपके सभी मामलों में ईश्वर की उपस्थिति का अभ्यास है। यह एक विश्वास है कि जहाँ आप हैं, ईश्वर वहीं है और वह हमेशा आपके जरिए बोल रहा है।

जब भी आप ईश्वर और उसके प्रेम व बुद्धिमत्ता के बारे में सोच रहे हैं तो आप प्रार्थना कर रहे हैं। जब भी आप ईश्वर के साथ अपने एकत्व को महसूस करते हैं तो आप प्रार्थना कर रहे हैं। इसी तरह, जब भी आप 'बाइबल' या किसी अन्य आध्यात्मिक ग्रंथ के आध्यात्मिक सत्य को पढ़ते हैं या उस पर मनन करते हैं, तब भी आप प्रार्थना कर रहे हैं। कई लोग दिन में सैकड़ों बार प्रार्थना करते हैं। काम करते वक्त वे मन-ही-मन दावा करते हैं कि ईश्वर पूरे समय उनके ही जरिए उनका मार्गदर्शन कर रहा है, उन्हें निर्देश दे रहा है, काम कर रहा है और वह सर्वशक्तिमान हमें हमारे कर्म करते देख रहा है। प्रार्थना प्राय: ईश्वर की उपस्थिति का अभ्यास कहलाती है, यानी आपको यह अहसास होता है कि ईश्वर की प्रज्ञा और बुद्धिमत्ता आपके माध्यम से काम कर रही है और जहाँ पहले मुश्किल नजर आती थी, वहाँ एक सौहार्दपूर्ण समाधान ला रही है। मन का यह नजरिया मुश्किल को मधुरता में बदल देता है। स्वर्णिम नियम और प्रेम के नियम के दृष्टिकोण से अपने हर काम को करके आप ईश्वर की उपस्थिति का अभ्यास कर सकते हैं।

हमारे स्थानीय समाचार-पत्र में एक खबर छपी थी। एक युवक कोरियाई युद्ध में लड़ने गया था। जब उसने 23वें भजन की पंक्तियों को दोहराया तो इसकी बदौलत वह निश्चित लगनेवाली मृत्यु से चमत्कारिक रूप से बच गया। गोलियाँ उसके पास से उड़ती हुई जा रही थीं। उसके साथी मरते जा रहे थे और उसके घुटने काँप रहे थे। ऐसे भीषण हालात में जब उसने जोर से प्रार्थना की तो उसके भीतर एक आंतरिक शांति और विश्वास उमड़ने लगा। जब उसने सुरक्षा और स्वतंत्रता का मार्ग खोज लिया तो कोई भी गोली या दुश्मन उसे छू भी नहीं पाया। उसके भीतर की असीम प्रज्ञा ने विश्वास और आस्था की उसकी प्रार्थना पर प्रतिक्रिया की थी।

□

टोनी रॉबिंस

एंथनी जे. रॉबिंस का जन्म 29 फरवरी, 1960 को अमेरिका में हुआ। वह एक लेखक, प्रेरक वक्ता, लाइफ कोच और परोपकारी व्यक्ति हैं। रॉबिंस को उनके सेमिनारों और स्वयं-सहायता पुस्तकों के लिए जाना जाता है। उन्होंने छह अंतरराष्ट्रीय बेस्ट सेलर पुस्तकें लिखी हैं। उनके लाइव सेमिनार में 40 लाख से ज्यादा लोग होते हैं।

1. अपने मानक चुनिए

अगर आप वास्तव में खुद में बदलाव चाहते हैं या आप कुछ भी बदलना चाहते हैं तो सबसे पहले आपको अपने मानक बदलने होंगे; क्योंकि परिवर्तन हमारे लक्ष्य से अलग होते हैं। आप हमेशा अपने लक्ष्यों को नहीं पा सकते, पर आप हमेशा अपने मानकों को पा सकते हैं। ज्यादातर लोगों के पास बहुत बड़ी लिस्ट होती है कि उन्हें क्या करना चाहिए, लेकिन क्या वे अपने मानकों को बदल पाते हैं? जब आप फैसला करते हैं कि आपको कुछ करना है तो आपको उसके प्रति समर्पित होना चाहिए। जब सारी संभावनाएँ बंद हो चुकी हों, तब आपको खुद से कहना चाहिए कि आप रास्ता खोज लेंगे और अपना रास्ता खुद बनाएँगे।

मनुष्य तब चीजों को सुलझा पाता है, जब वह खुद के अंदर सुलझा हुआ होता है, जब वह अपने मानकों को विकसित करता है और खुद से कहता है, मुझे यह करना है, तो रास्ते खुद-ब-खुद मिल जाते हैं। मुझे ऐसे लोग पसंद नहीं हैं, जो किसी भी रास्ते पर चलना चाहते हैं, लेकिन खुद को सीमा में बाँध देते हैं। अपने आपसे पूछिए, क्या आप सीमाओं में रहना पसंद करेंगे? जब आप ऐसा नहीं करेंगे तो आप सच में जान पाएँगे कि आप कौन हैं! हमारे जीवन में बहुत से तरीके होते हैं किसी निश्चित लक्ष्य तक पहुँचने के लिए, अगर हम खुद को सीमाओं में न बाँधें तो! खुद को बाँधने की कोशिश मत कीजिए। रास्ते ढूँढ़िए। रास्ते बहुत हैं। बस, आपको चलने की आवश्यकता है और खुद को खोजने की आवश्यकता है। क्या हमें इसलिए सफल होना है, जिससे लोग हमें

पसंद करें और हमारा सम्मान करें ? नहीं, आप खुद को पसंद करिए, लोग खुद-ब-खुद आपको पसंद करने लगेंगे। हमें अपने लिए ऐसे मानक चुनने होंगे, फिर यह मायने नहीं रखता कि हम कौन हैं ? हम वही होते हैं, जिसमें हम विश्वास करते हैं। कोई फर्क नहीं पड़ता कि लोग आपके बारे में क्या सोचते हैं ! वे आपको पसंद करते हैं, आपका सम्मान करते हैं या नहीं।

2. आप अपना भाग्य खुद लिखते हैं

लक्ष्य बनाना अदृश्य को दृश्य में बदलने का पहला कदम है। बिना लक्ष्य के जीवन दिशाहीन होता है। बिना दिशा के व्यक्ति अपने लिए ही नहीं, किसी भी समाज और राष्ट्र के लिए भी हानिकर है। हमें अपनी बात रखनी आनी चाहिए। सबकी प्रतिभाएँ अलग होती हैं। प्रभावी ढंग से संवाद करने के लिए हमें अहसास होना चाहिए कि हम सभी अलग-अलग तरह से दुनिया को देखते हैं और इस समझ को एक मार्गदर्शक के रूप में दूसरों से संवाद करने में प्रयोग करना चाहिए। आपके निर्णय के क्षणों में आपकी नियति आकार लेती है और सफलता के रास्ते खोलती है, लेकिन सफलता की एक कीमत है। सफलता का राज यह सीखना है कि कैसे दर्द और खुशी का उपयोग किया जाए, बजाय इसके कि दर्द और खुशी कैसे आपका उपयोग करते हैं। अगर आप यह करते हैं, आप अपने जीवन के नियंत्रण में हैं। अगर नहीं तो जीवन आपको नियंत्रित करता है। अपने फैसले को लेकर प्रतिबद्ध रहें, लेकिन अपने तरीके को लेकर लचीले रहें और विश्वास करना सीखें खुद पर, अपने फैसलों पर, दूसरों पर। विश्वास में जहाँ सृजन करने की शक्ति होती है, विनाश करने की भी। यही कारण है कि हममें से इतने कम लोग वह हासिल कर पाते हैं, जो हम सचमुच चाहते हैं।

कभी-कभी हम अपना ध्यान केंद्रित नहीं करते। हम कभी अपनी शक्ति केंद्रित नहीं करते। अधिकतर लोग जीवन में इधर-उधर के काम करते रहते हैं, कभी भी किसी एक चीज में मास्टरी करने की नहीं सोचते। सफलता का मार्ग है—बड़ी व दृढ़ काररवाई करना। हम अपना जीवन बदल सकते हैं। हम जो चाहते हैं, बिल्कुल वही कर, पा और हो सकते हैं, यदि हम सच में चाहें तो। लोग आलसी नहीं होते। बस, उनके लक्ष्य कमजोर हैं, यानी ऐसे लक्ष्य, जो उन्हें प्रेरित नहीं करते। लक्ष्य सोते-जागते हमारी आँखों में तैरने चाहिए। आपके प्रभाव की सीमा केवल आपकी कल्पना और प्रतिबद्धता है। यदि आप वही करते हैं, जो आप हमेशा से करते आए हैं तो आपको वही मिलेगा, जो हमेशा से मिलता आया है। जीवन की घटनाएँ नहीं, बल्कि हमारा विश्वास और घटनाएँ मायने रखती हैं, जो हमारे जीवन को आकार देती हैं। मैं आपको अपना जीवन एक मास्टरपीस बनाने की चुनौती देता हूँ। मैं चुनौती देता हूँ कि आप उन लोगों की श्रेणी में शामिल हों, वे

जो कहते हैं, वो करते हैं; जो अपनी बात पर चलते हैं। सफल लोग बेहतर सवाल पूछते हैं और परिणामस्वरूप, वे बेहतर जवाब पाते हैं।

हमेशा एक तरीका होता है, अगर आप कमिटेड हैं। एक बार आप समय पर महारत हासिल कर लेते हैं तो आप समझ जाएँगे कि यह कितना सच है कि ज्यादातर लोग ओवरएस्टिमेट कर देते हैं कि वे एक साल में क्या कुछ प्राप्त कर सकते हैं और अंडरएस्टिमेट कर देते हैं कि वे एक दशक में क्या कुछ प्राप्त कर सकते हैं। आप देखेंगे, जीवन में बहुत से लोग जानते हैं कि उन्हें क्या करना है; लेकिन बहुत कम ही लोग सच में वह करते हैं, जो वे जानते हैं कि उन्हें करना है। जानना काफी नहीं है! आपको जरूर एक्शन लेना चाहिए।

आप बहुत अधिक खाना चाहते हैं या कम? तो कम खाइए। इस तरह आप लंबे समय तक बहुत कुछ खाने के लिए जीवित रहेंगे। जिंदगी अनमोल है, लेकिन उससे भी आगे जिंदगी कुछ कर दिखाने का नाम है। ये वो नहीं है कि हमें क्या मिलता है, बल्कि ये वो है कि हम क्या बनते हैं, क्या योगदान देते हैं, जो हमारी जिंदगी को मायने देता है। असफलता जैसी कोई चीज नहीं है। केवल परिणाम हैं। जब हम कोई कार्य करते हैं तो कार्य पूरा होता है या अधूरा। हम उसके साथ सफलता-असफलता जोड़ देते हैं और अधूरे काम को पूरा करने में कमजोर पड़ जाते हैं। जो भी होता है, जिम्मेदारी लें। जीवन में आपको प्रेरणा या हताशा की जरूरत होती है। उत्साह के साथ जिएँ। अवसर के साथ तैयारी का मिलन उस संतति की उत्पत्ति करता है, जिसे हम 'भाग्य' कहते हैं। आप अपना भाग्य लिखने के लिए स्वतंत्र हैं।

3. आप अपने आप में संपूर्ण हैं

आपके अंदर संपूर्णता निहित है। वह कहीं बाहर नहीं है, जिसे खोजा जा सके, जो आपको पूरी तरह से संपूर्ण बनाती है। खुद को बाहर से अलग करके सोचिए कि ऐसी कौन सी चीज है, जो आपको संपूर्ण बनाती है, जो आपको जीवन देती हैं? वे कौन सी चीजें हैं, जो आपको शानदार बनाती हैं? आपकी खुद की शर्तों पर, वे किसी और की शर्तें नहीं हो सकतीं, न ही आपके पिता की, न ही आपकी माता की, न ही वह आपका बैकग्राउंड हो सकता है। तो फिर वह क्या चीज है, जो आपको संपूर्ण बनाती है? आपको अलग बनाती है? बहुत से तरीके हैं, जो आपको दूसरों से अलग करते हैं। कभी-कभी आप यह अनुभव भी करते हैं कि आप वास्तव में संपूर्ण हो गए हैं। खोजिए, वह कौन सा गिफ्ट है, जो आपको सबसे अलग करता है? अगर आप एक कलाकार हैं, अगर आप एक टैलेंटेड व्यक्ति हैं, जो किसी भी विशेष वस्तु का निर्माण कर सकता है। आप एक व्यवसायी हैं तो आप एक बड़ा रिस्क ले सकते हैं,

नजरिया बना सकते हैं। अटैक द टैलेंट, अगर आप चाहते हैं तो यह आपको खुद ही करना होगा। वह आपके लिए कोई लीडर या मैनेजर नहीं करेगा। वैसे ही खुद की खोज आपको खुद ही करनी होगी। आप किसी के दर्शन या किसी के अनुभव से उसे अपने अंदर महसूस नहीं कर सकते।

एक व्यवसायी, एक कलाकार, एक मैनेजर, एक क्लर्क, एक शिक्षक के तौर पर ये सभी क्षमताएँ आपके पास हैं। क्षमताएँ हमें संपूर्ण नहीं बनातीं। हमेशा अपने जीवन को शिखर पर ले जाने के लिए प्रयास कीजिए। हमेशा प्रश्न कीजिए कि ऐसी कौन सी चीज है, जो आपको संपूर्णता की ओर प्रेरित करती है ? असल मायने में तभी जीवन खुशहाल होगा और आप अभाव में भी कह सकेंगे कि यही संपूर्णता है। जो चीज आपको सुख दे, शांति दे; आपको ही नहीं, आपके चारों तरफ के माहौल को एक ऊर्जा दे, वही संपूर्णता है। उसका अहसास अलग है। वह सारे बंधनों से मुक्त है।

4. अपने ग्राहकों से प्यार कीजिए

हमें किसी भी रिश्ते के अंत तक शुरुआती व्यवहार करना चाहिए। जब भी हमारा रिश्ता नया-नया जुड़ा था और खत्म होने के बाद भी उसमें वही प्यार होना चाहिए। ऐसा ही रिश्ता आपके और आपके ग्राहक के बीच होना चाहिए। ऐसा नहीं कि आप तभी अपने ग्राहकों के प्यार में होते हैं, जब वे आपकी वस्तुएँ खरीदते हैं। आपको अपने उत्पादन और कंपनी से अधिक अपने ग्राहक से प्यार करना चाहिए। आप अपने जीवन का लक्ष्य उनकी जरूरतों को ढूँढ़ने में लगाते हैं। अगर आप उनसे प्यार करते हैं तो आप उनके लिए कुछ भी करेंगे।

क्या आपने कभी सोचा है, अगर आप उनसे प्यार करेंगे तो वे आपके प्यार में पड़ जाएँगे ? आप अपने ग्राहकों को जीवन भर के लिए प्यार कीजिए। उन्हें ग्राहक मत समझिए। उनके प्यार में पड़ जाइए। ज्यादातर लोग अपने ग्राहकों को तब तक ही प्यार करते हैं, जब तक वे उनसे चीजें खरीदते हैं। अगर उनसे खरीदना बंद हो जाए तो उनके रिश्ते खत्म हो जाते हैं। वह अपनी कोई जवाबदेही किसी भी चीज पर नहीं समझते और इस तरह एक रिश्ते का अंत हो जाता है। आपको जीवन भर के लिए ग्राहक चुनने हैं, न कि एक निश्चित समय के लिए। अगर आप जीवन भर के लिए कोई रिश्ता तलाशते हैं तो यह एक अलग शक्ति के रूप में काम करता है। इसका अर्थ बिल्कुल अलग होता है। यह एक अलग जीवन विकसित करता है, क्योंकि जब आप ऐसा सोचते हैं तो रिश्ते की शुरुआत अलग ढंग से करते हैं। आपके निर्णय अलग होते हैं, आपकी सोच अलग होती है और आप रिश्ते जीवन भर के लिए बनाते हैं। अपने ग्राहकों से सदैव के लिए प्यार करना सीखिए।

5. प्रगति और खुशी दोनों साथ-साथ चलती हैं

ज्यादा-से-ज्यादा चीजें इकट्ठा करना हमें खुश नहीं रख सकता। यह महत्त्वपूर्ण नहीं कि आपने कितनी सुविधाएँ इकट्ठा की हैं! ये सब चीजें आपको बहुत थोड़े समय के लिए उत्साहित कर सकती हैं, बहुत थोड़े समय के लिए खुश रख सकती हैं। चाहे वह एक संबंध हो। एक रिश्ता चाहे कितना भी शानदार हो, चाहे कितना भी रोमांचक हो, लेकिन अगर वह प्रगति नहीं कर रहा है तो वह ज्यादा दिनों तक नहीं चल सकेगा।

प्रगति और खुशी दोनों साथ-साथ चलती हैं। अगर आप अपने नियमित जीवन में प्रगति कर रहे हैं, लगातार चल रहे हैं तो आप जीवित रहने के अहसास से भरे-पूरे रहेंगे। किसी भी नए साल की शुरुआत करने से पहले हम खुद से कई वादे करते हैं कि हम एक अच्छी शुरुआत करेंगे। हमारी जो भी अभिलाषाएँ हैं, हम उन्हें पूरा करेंगे। जो भी आप कर सकते हैं, पूरी क्षमता के साथ करेंगे, आप प्रगति करेंगे, खुद को इंप्रूव करेंगे। खुद में बदलाव करेंगे और बदलाव से शायद बहुत कुछ बदलेगा, जो प्रगति की ओर ले जाएगा। ऐसे संकल्प हम सभी लेते हैं, पर क्या हम उन संकल्पों तक पहुँच पाते हैं? संकल्प से अधिक महत्त्व हमारी दृढ़ता रखती है कि हम उसे निभाने में कितने सफल होते हैं।

ठहराव हमारे जीवन को जंग की तरह गला देता है। चलते रहना ही जीवन का नियम है। ठहरा हुआ पानी खराब हो जाता है और गतिशील पानी हमेशा स्वच्छ व पीने लायक होता है। गतिशीलता ही जीवन की परिभाषा है। जिसमें गति नहीं, वह निर्जीव के समान है। अर्थव्यवस्था नियमित रूप से बदलती है। आप क्या चाहते हैं, इस बात से कोई फर्क नहीं पड़ता। मौसम अपने नियम से बदलता है। सर्दी आती है, गरमी आती है, बरसात आती है, सूरज उगता है, ढलता है, फूल खिलते हैं, पेड़ उगते हैं, फल लगते हैं, रिश्ते बदलते हैं। हमारा शरीर भी समय के साथ बदलता है। जीवन से लेकर मृत्यु तक शरीर में नियमित रूप से बदलाव होते हैं, लेकिन इस बदलाव पर हमारा कोई नियंत्रण नहीं होता। हम चाहें भी तो इस बदलाव को नहीं रोक सकते। यह बदलाव स्वयमेव है। पर यह प्रगति नहीं है। अगर आप सच में प्रगति चाहते हैं तो आपको अपने जीवन को अलग नजरिए से देखना होगा। आपको खुद से कहना होगा। आपको चीजों पर नियंत्रण करने की केवल आशा ही नहीं करनी है, बल्कि चीजों पर नियंत्रण करना है। बिल्कुल उन्हीं व्यक्तियों की तरह, जो संकल्प लेते हैं और अपने जीवन में प्रगति की ओर जाते हैं। अगर आप समय व परिस्थिति के अनुसार लगातार बदलते रहेंगे तो हमेशा अनुभव करेंगे कि आप खुश हैं, चाहे आपके पास चीजों का भंडार हो या न हो।

6. ऐड वैल्यू (विपणन के मूल्य)

विपणन का अर्थ किसी भी मार्केट एसोसिएशन से है, जो पहले यह तय करती है

कि वे क्या चाहते हैं? उसके बाद किसी उत्पाद या सेवा की शुरुआत होती है और जब हमारा ग्राहक उस वस्तु या सेवा की जरूरत होने पर उसका इस्तेमाल करता है, जिससे उसे कोई फायदा पहुँचता है या लाभ पहुँचता है तो माना जाएगा कि विपणन न्यायोचित है। विपणन के अंदर दो मुख्य चीजें आती हैं—नए ग्राहकों को शामिल करना, मौजूद ग्राहक बनाए रखना और उनके साथ अपने रिश्तों का विस्तार करना। एक बार जब विक्रेता अपने खरीदार को अपना ग्राहक बना लेता है तो आधार प्रबंधन शुरू होता है। आधार प्रबंधन के तहत जो प्रक्रिया आरंभ होती है, उसमें विक्रेता अपने ग्राहक के साथ रिश्ते विकसित करता है, संबंधों को पोषण देता है, दिए जा रहे लाभों में वृद्धि करता है और अपने उत्पाद/सेवा को निरंतर बेहतर बनाता है, ताकि उसका व्यापार प्रतिस्पर्धियों से सुरक्षित रहे।

टोनी कहते हैं, 'आप विश्व स्तर की मार्केट बनाने के लिए क्या करते हैं? आपकी किसी चीज को यूनिक तरह से बेचने की क्या-क्या योजनाएँ हैं? हम वैल्यू ऐड मार्केटिंग किसे कहते हैं? VAM ज्यादातर लोग विज्ञापनों को देख-देखकर या तो थक चुके हैं या फिर बीमार हो चुके हैं; क्योंकि जो कुछ विज्ञापन में दिखाया जाता है, वह कुछ भी उन्हें नहीं मिलता। सबकुछ बाहरी और दिखावा होता है। चारों तरफ यही छल है। विक्रेता विज्ञापन दिखाकर अपने ग्राहकों को ठगते हैं।

(क) एक ग्राहक के रूप में

अधिकतर ग्राहक जो विज्ञापन टी.वी. या किसी बैनर पर लगे हुए देखते हैं, वे शाब्दिक संरचना द्वारा खूबसूरती से अपने उत्पाद को उनके सामने प्रस्तुत करते हैं; लेकिन जब वह चीज ग्राहक के सामने आती है तो वे उससे सहमत नहीं हो पाते, जो विज्ञापन देखकर उन्होंने उस चीज को खरीदा था। ऐसे ही अनुभव होने से धीरे-धीरे विश्वास खोता जाता है और ग्राहक व विक्रेता के बीच कभी रिश्ता मजबूत नहीं हो पाता और वह रिश्ता एक खरीदारी पर ही बंद हो जाता है। ग्राहक का ब्रेन वॉश किया गया है। विज्ञापन दिखाकर 98 प्रतिशत लोगों का ब्रेन वॉश करने की कोशिश की जाती है। अगर आप एक ग्राहक हैं तो आपको चाहिए कि आप उन चीजों को न खरीदें। अगर आप वास्तव में कुछ अलग करना चाहते हैं तो आपको खुद को इसके लिए तैयार करना होगा, क्योंकि ऐसी चीजें आपका समय और पैसा दोनों ही बरबाद करती हैं। आज के समय में विज्ञापन उत्पादन की सही पहचान नहीं रहे हैं।

(ख) एक विक्रेता के रूप में

आज के समय में बाजार को केवल एक बाजार की तरह नहीं देखा जा सकता। आपको बाजार में तब तक कोई स्थान नहीं मिलेगा, जब तक आप अपने उत्पाद के साथ वैल्यू शामिल नहीं करते, जो लोगों के लिए लाभदायक हो। आपको इसके लिए प्रयास

करना होगा। आपको उन्हें सिखाना होगा। आपको उन्हें कुछ मूल्यवान देना होगा। वस्तु की कीमत बहुत अधिक मायने नहीं रखती, अगर चीज कीमती हो और वह अपने ग्राहक को संतुष्ट करती है और उसका मूल्य कष्ट नहीं देता। ग्राहक आपको एक एक्सपर्ट की तरह देखना चाहता है; एक ऐसा व्यक्ति, जो किसी भी उत्पाद में वैल्यू ऐड करता है, जो एक ग्राहक को ज्यादा-से-ज्यादा इन्फॉर्मेशन, ज्यादा-से-ज्यादा अनुभव, ज्यादा-से-ज्यादा उत्पाद और ज्यादा-से-ज्यादा सर्विसेज प्रदान कर सकता है। वही सही मायने में एक सफल विक्रेता है। निश्चित रूप से बाजार में उसकी कीमत होगी और उसकी एक अपनी पहचान होगी।

7. छोटी-छोटी बातों पर ध्यान दीजिए

सफलता और असफलता घटनाएँ नहीं हैं कि एक दिन आप असफल हुए और आपने कह दिया कि यह विनाशकारी घटना मेरे साथ उस दिन घटी या एक दिन मैं सफल हो गया। असफलता छोटी-छोटी चीजों से आती है, लेकिन आप कभी उसे असफलता की श्रेणी में नहीं रखते। किसी दिन आपसे किसी पुस्तक को पढ़ने के लिए कहा जाता है, लेकिन आप नहीं पढ़ते। आप धीरे-धीरे अपने कोर्स की सभी पुस्तकों को टालते चले जाते हैं और एक दिन आता है, जब आपकी परीक्षा होती है। आप परीक्षा से पहले चाहें तो भी अपने सभी विषयों की तैयारी नहीं कर सकते। आप उसमें फेल हो जाते हैं और कहते हैं कि आई एम सॉरी। आप अपने आपको शारीरिक श्रम करने के लिए धक्का नहीं दे सकते। आप कहते हैं, आप व्यायाम नहीं कर सकते। व्यायाम करना न करना जरूरी नहीं है, लेकिन एक दिन आप शारीरिक रूप से इतने कमजोर हो जाते हैं कि आप कहते हैं कि आप असफल हो गए खुद को स्वस्थ रखने में। ये छोटी-छोटी असफलताएँ एक दिन इकट्ठा होकर एक साथ आती हैं, क्योंकि आपने उन्हें छोटा समझकर हमेशा नजरअंदाज किया है। सफलता कभी भी एक रात में कमाई नहीं जाती। वह छोटी-छोटी चीजों से मिलकर बनती है, आपकी छोटी-छोटी आदतों से बनती है, आपके व्यवहार से बनती है, आपके काम करने के तरीके से बनती है। सफलता का अपना एक विजन होता है। अगर आप इन छोटी-छोटी चीजों में सफल होते हैं तो यह आपको बहुत बड़ा कारण देती हैं आगे आनेवाले समय में आपको सफल बनाने के लिए। छोटी-छोटी आदतें एक छोटे बीज की तरह हैं। जैसे-जैसे समय बढ़ता है, वे पेड़ का आकार लेती हैं और आप अपने लक्ष्य तक पहुँचते हैं। एक दिन में कुछ नहीं होता। धीरे-धीरे आपका वृक्ष बड़ा होता है और उसपर हजारों फल लगते हैं।

अगर आप किसी व्यापार में हैं तो आप इतना उत्पादन कर सकते हैं, जो कभी कोई सोच भी नहीं सकता और वही उत्पादन आपके साथ लोगों को जोड़ता जाता है। न केवल

जोड़ता है, आपकी तरफ ऐसे लोगों को आकर्षित करता है, जो आपको देखकर कहते हैं कि हाँ, वे आपके साथ व्यापार करना चाहते हैं। छोटी-छोटी बातों पर ध्यान देना जरूरी है, क्योंकि छोटी-छोटी बातें ही बड़े लक्ष्य तक जाने का रास्ता तय करती हैं।

8. अपनी सोच पर ध्यान दीजिए

जीवन में कितनी ऐसी चीजें होती हैं, जिन्हें आप पाना चाहते हैं; लेकिन आपकी अंदरूनी आवाज आपसे कहती है कि यह नहीं होगा, यह छोड़ दो। मैं सन् 1968 में वोक्सवैगन चला रहा था, जहाँ एक सप्ताह में मैं लगभग 40 डॉलर कमाता था। मैंने अपनी मानसिकता को बदला। मेरे जीवन में धन का प्रवाह होगा। एक दिन वह मेरी अनुपस्थिति के अभाव में बहेगा। इस विचार से मेरी सभी जरूरतों, इच्छाओं और लक्ष्यों को अनंत बुद्धि द्वारा तात्कालिक गति मिली। मैं अपने जीवन में प्रचुरता की कल्पना करता हूँ और मेरी सारी ऊर्जा उस तरफ लग जाती है। इस माइंडसेट के साथ मैंने अगले एक साल के अंदर 38,000 डॉलर कमाए और आज मैं एक साल में 10 लाख डॉलर कमाता हूँ; क्योंकि मेरे अंदर की आवाज ने कभी नहीं कहा कि मैं नहीं कर सकता। आपको उतना ही मिलता है, जितना आप सोचते हैं कि आप उसके लायक हैं।

9. भावात्मक शक्ति हमारे जीवन की महत्त्वपूर्ण कड़ी है

हम सब में एक आग है, जो हमें कुछ करने के लिए हर समय प्रेरित करती है। यह बात आज की हो रही है, 10 साल पहले आपके साथ क्या हुआ, इसका अब कोई महत्त्व नहीं है। जो शक्ति, जो आग हमें प्रेरित कर रही है, वह हमारी भावनाओं की ताकत ही तो है, जो अदृश्य होकर भी हर समय हमारे साथ है। हम सबको यह भ्रम है कि हम सबकुछ अपनी बेहतरी के लिए कर रहे हैं। मगर जब बात भावनाओं की आती है तो दिमाग के सब तार बदल जाते हैं, क्योंकि भावनाएँ सिर्फ हम तक कहाँ सीमित हैं। वे हमारी हर हरकत को देख रही होती हैं और हम जो भी कुछ बनते हैं या बनाते है, वह उन्हीं की देन है। एक सफल नायक के पास यह हुनर होता है, भावनाओं को दिशा देने का। वे समझते हैं ताकत इस अदृश्य शक्ति की।

मुझपर एक जुनून सवार था, जो लगभग 30 साल तक मेरे साथ था। क्या है वो एक चीज, जो सच में किसी भी व्यक्ति की जिंदगी को बदल सकती है, उसे हर रोज एक बेहतर इनसान बनने पर मजबूर पर सकती है ? मैं समझना चाहता था इनसानों की उस एक जरूरत को, जिसके बिना उसकी तरक्की मुश्किल है। जिंदगी जितनी मुझे समझ आई है, वह दो मंत्रों पर आधारित है। पहला है, प्राप्ति का विज्ञान और दूसरा है पूर्ति की कला। पहला मंत्र पाने के कई साधन और टेक्नोलॉजी हैं। मगर दूसरा मंत्र तभी मिलेगा, जब आप खुद से मिलेंगे। क्यों ऐसा होता है कि किसी एक इनसान को सबकुछ मिलने के बाद भी

वह निराश रहता है, क्यों खुशी की हर वस्तु होते हुए भी उसको खुशी नहीं मिलती ? वहीं कुछ ऐसे लोग भी हैं, जिन्हें सिर्फ दर्द मिला है। शारीरिक, मानसिक, सामाजिक और फिर भी वही लोग समाज में सबसे ज्यादा योगदान करनेवाले बनते हैं ! इतने दर्द को सहने के बावजूद उनमें वह ऊर्जा आती है, जो समाज को एक नई रोशनी देती है।

ज्यादातर लोगों को लगता है, हमारा अतीत ही हमारा भविष्य बनेगा। मतलब जो हमने जिया और महसूस किया है, जिस परिवेश से हम आ रहे हैं, हमारी सभ्यता, हमारी संस्कृति हमें बनाती है, लेकिन मैं ऐसा नहीं मानता। हमारा अतीत हमारा भाग्य नहीं निर्धारित करता है। आप क्या फैसले लेते हैं—अपनी जिंदगी में या अपनी जिंदगी के लिए, यह आपका भाग्य निर्धारित करता है। जब कोई अपने लक्ष्य को पाने में असफल हो जाता है तो वह अकसर व्यर्थ के बहाने देकर खुद को बचाना चाहते हैं। वे संसाधनों का हवाला देते हैं; मगर इनसान संसाधनों की कमी से नहीं हारता, वह हारता है साधन-संपन्नता की कमी से। उसमें कमी होती है, कुछ कलात्मक सोचने की, प्रेम की, जिज्ञासा की, विश्वास की और इच्छा-शक्ति की। जब हमारी मुलाकात सही भावनाओं से हो जाती है तो हम आगे बढ़ जाते हैं, अपने ही लक्ष्य की तरफ। जो कभी न जीता हो, वह खिलाड़ी कैंसर जैसी बीमारी से लड़कर लौटता है और अपनी जिंदगी का सबसे अच्छा प्रदर्शन करता है।

आपके सही फैसले आपकी किस्मत के लिए जिमेदार होते हैं। तीन फैसले, जो हम हर वक्त लेते रहते हैं, वे हैं—मैं अब क्या करूँ ? जो कर रहा हूँ, उसका क्या मतलब होगा और हम अंत में क्या करते हैं ? ये तीन बातें हमारी नियति बनाती हैं। जब हम अत्यंत पीड़ा से गुजरते हैं तो हमारे अंदर एक भावनात्मक शक्ति का जन्म होता है, जो फिर हमें हारने नहीं देती। आपकी क्षमता से ज्यादा बड़ा योगदान है आपकी सोच का, आपकी उस समय की भावनाओं का, जो आपको कुछ बेहतर करवा देती हैं। छह ऐसी जरूरतें हैं, जो हम सभी की हैं—विश्वास, आश्चर्य, महत्त्वपूर्ण होना, प्रेम या किसी से जुड़ाव। आखिरी दो जरूरतें हमारी आत्मा की होती हैं, वे हैं—निरंतर बढ़ना और समाज को वह लौटाना, जिसके लिए कभी हम तरसे हों। मेरा जीवन बहुत कठिन था। छोटी उम्र में पिता ने छोड़ दिया। क्रिसमस और ईस्टर पर भी मेरे मन में किसी चीज को लेकर उत्साह नहीं रहता था। जब मैं 17 वर्ष का था तो मैंने प्रण लिया, जो कभी किसी को नहीं बताया कि मैं हर ईस्टर को दो परिवारों को भोजन करवाऊँगा। मैंने ऐसा किया और हर साल यह नंबर बढ़ते गए। आज मेरी कंपनी हर साल 20 लाख लोगों को इन पवित्र त्योहारों पर उनका पसंदीदा भोजन उपलब्ध करवाती है। मेरे जीवन में अजनबी मेरे काम आए हैं। मैं वही इस समाज को लौटा रहा हूँ—अजनबियों की मदद करके।

मेरे इस सही फैसले ने मेरी नियति को एक खूबसूरत मोड़ दिया है, जो मेरे अतीत से बिल्कुल विपरीत है।

10. अच्छी एनर्जी को रिसीव करिए

टोनी के पिता ने उनके परिवार को 12 साल की उम्र में छोड़ दिया था। टोनी की माँ अल्कोहलिक थीं। रॉबिंस कहते हैं, उनका बचपन बहुत शोषित था। उन्होंने एक जेनरेटर के तौर पर काम किया है। वह कभी कॉलेज नहीं गए, इसके बावजूद वह सबसे सफल पर्सनैलिटी डेवलेपमेंट कोच हैं, बेस्ट सेलर लेखक हैं। वह एक सेल्फ मेड मिलेनियर हैं। उन्होंने बिल क्लिंटन और ओपरा विनफ्रे जैसे लोगों को कोच किया है। उनके पास एक प्रभावशीलता है। वह लोगों के जीवन को इस तरह परिवर्तित करते हैं कि आपको लगेगा कि वे जादूगर हैं। वह '80 से लगातार अच्छे परिणाम देते आ रहे हैं। हर बड़ी चीज को प्राप्त करने के लिए कठिन परिश्रम की जरूरत होती है। वह तीन दिन के अंदर 50 घंटे के सेमिनार कंप्लीट करते हैं। वह इतना काम करते हैं, जितना ज्यादातर लोग एक हफ्ते में करते हैं। टोनी कठोर परिश्रम करते हैं, लेकिन यह सफलता का कारण पर्याप्त नहीं है। उनके मेटेरियल की वजह से जब आप उनको सुनते हैं तो लगता है वो एक थैरैपिस्ट्स हैं। उनकी बात प्रशिक्षण के द्वारा काम करती है। उनका अपना रिसर्च सेंटर है, जहाँ वे लोगों की मदद करने के लिए पहले से बेहतर तरीके तलाशते रहते हैं।

टोनी को यह ऊर्जा अपने सबसे मुश्किल दिनों से मिली। वह आभार-ज्ञापन का दिन था। उनके लिए समय बहुत मुश्किल था। उनके पिता घर का खर्च नहीं चला पा रहे थे। उस दिन उनके पास खाने के लिए कुछ नहीं बचा था। कोई स्ट्रेंजर्स उनको खाना देने के लिए आया। टोनी का परिवार अच्छा खाना खा सकता था, पर टोनी के पिता ने इस बात की सराहना नहीं की। उन्होंने खाना मिलने के लिए आभार प्रकट नहीं किया, बल्कि उन्हें एक तरह का दौरा पड़ गया। उनका अभिमान सामने आ गया, क्या मैं चैरिटी लूँगा किसी से? जो उनके परिवार के लिए ब्लेसिंग होता, वह एक अभिशाप बन गया। उनके पिता को उस दिन छोड़ दिया। उनको ब्लेसिंग्स रिसीव करना नहीं आता था। टोनी ने इसी बात से सीखा, उन्होंने इस टेंडेंसी को चेंज किया। वह यही करते हैं। वह आपको इस जगह पर रख देते हैं, जहाँ आप ग्रहण कर सकें। जहाँ आपका अहं खत्म हो जाए। जहाँ अहं बीच में न आए। जहाँ कोई रेजिस्टेंस न हो। टोनी को जो प्रभावशील बनाती है, वह आप देख नहीं सकते, वह आप नंबर में नाप नहीं सकते हो। आप पकड़कर अपने पास नहीं रख सकते, लेकिन आप इसे महसूस कर सकते हैं, यह ऊर्जा से संबद्ध है।

ट्यूनिंग फोर्क, जो संगीतकार इस्तेमाल करते हैं। जब हम इसे किसी सर्विस पर हिट करते हैं तो यह खास पिच पर कंपन करता है। जब यह कंपन करता है तो इसके पास रखी सारी चीजें उसी फ्रीक्वेंसी पर कंपन करने लगती हैं। सिर्फ ट्यूनिंग फोर्क के रूम में होने से वहाँ की कंपन चेंज हो जाता है। यह एनर्जी इतनी कंसंट्रेट होती है, इतनी

केंद्रित होती है कि अपने पास की चीजों पर इफैक्ट करती है। इतना इफैक्ट करती हैं कि चीजें कंपन करने लगती हैं। उनका कंपन बदल जाती हैं। उन चीजों का रिएक्शन बदल जाता है। टोनी के पास यही है, रेजोनेंस। रेजोनेंस का मतलब है—किसी को अपने अंदर महसूस करना। मैं आपके साथ हूँ। मैं आपको महसूस कर सकता हूँ। मैं आपसे रिसीव कर सकता हूँ। जब मैं आपके साथ हूँ, आपसे सीख सकता हूँ। जब हम समान फ्रीक्वेंसी पर होते हैं, तब हम रेजोनेट करते हैं। यह एक उपहार है, आपको रिसीव करना आता है तो आपकी जीवन बदल सकती है। अच्छी चीजों का कंपन होता है। एक खास फ्रीक्वेंसी होती है। हीलिंग की एक कंपन फ्रीक्वेंसी है। आपकी ड्रीम्स की एक खास फ्रीक्वेंसी है। निर्भर करता है कि आप किस फ्रीक्वेंसी पर हैं? क्या आप अच्छी चीजों से रेजिनेट करते हैं? क्या हीलिंग की फ्रीक्वेंसी को रेजिनेट करते हैं? क्या आप और आपके सपने समान फ्रीक्वेंसी पर हैं? कुछ लोग बहुत अवसाद में हैं, डिसकैरेज है, क्योंकि वे अपने सपने को अलग फ्रीक्वेंसी पर चिज कर रहे हैं। इसलिए उनके जीवन में कोई बदलाव नहीं है। रेजोनेंस को अलग जगह पर ढूँढ़ रहे हैं। वे उसे अलग फ्रीक्वेंसी पर ढूँढ़ रहे हैं।

टोनी एक ट्यूनिंग फोर्क की तरह हैं। अपने उद्देश्य की वजह से, अपनी प्रामाणिकता की वजह से वे लोगों के अंदर परिवर्तन ला पाते हैं। वे आपके सपनों की फ्रीक्वेंसी वाइब्रेट करते हैं। वह आपकी हीलिंग की फ्रीक्वेंसी पर वाइब्रेट करते हैं। अगर आप उनके पास जाते हैं, उनकी फ्रीक्वेंसी पिक कर लेते हैं तो आपका जीवन परिवर्तित होना शुरू हो जाता है। वह आपको टूल्स एंड टेक्निक्स देते हैं, अपने जीवन को ट्रांसफर करने के लिए। जब आप उनके साथ होते हैं, आप ओपन होते हैं। आप समान फ्रीक्वेंसी पर रेजिनेट कर रहे हैं। अब आप रिसीव कर सकते हैं।

बहुत मुश्किल होता है फीडबैक लेना। आलोचना को स्वीकार करना। किसी की सलाह को जीवन में स्वीकार करना। अपने आपको कहना, मुझे सहायता की जरूरत है। कहना कि मैं यह अकेले नहीं कर सकता हूँ, बहुत मुश्किल होता है। अपने आपको बदल पाना मुश्किल है; पर बदलाव असंभव हो जाएगा, अगर आप खुद को बदलने के लिए फैसला न करें। फैसला करने का मतलब ज्यादातर मामलों में यही होता है, आप खुद को रिसीव करने के लिए ओपन करते हैं। जीवन के उन हिस्सों में, जहाँ आपने अपने आपको बंद कर दिया है। जीवन के उन हिस्सों में, जहाँ आप बदलाव चाहते हैं, वहाँ पर अपने आपको खुला रखिए। अच्छी चीजों को, अच्छी आदतों को, अच्छे लोगों को, अच्छी भावनाओं को स्वीकार कीजिए; क्योंकि अच्छी चीजें मिलकर ही एक अच्छे जीवन का निर्माण करती हैं। खुलकर रिसीव करिए, जो लोग और जिंदगी आपको देना चाहते हैं।

11. प्रतिबद्धता

केवल वे, जिन्होंने ईमानदार और निस्स्वार्थ योगदान की शक्ति को जान लिया है, वे जीवन की असली खुशी का अनुभव करते हैं : सच्ची परिपूर्णता। असली मायने में यही पूर्णता है। आप ऋणी हैं अपने समाज के, उन सभी चीजों के, उन सभी लोगों के, जिन्होंने आपको कभी-न-कभी कुछ दिया है। आपको उन्हें लौटाने के लिए प्रतिबद्ध होना चाहिए। हम प्रतिबद्ध हैं एक अच्छा भविष्य देने के लिए अपनी युवा पीढ़ी को। वह केवल ईमानदारी और निस्स्वार्थ भावना से ही आ सकता है।

"मैं 'आज' कैसे जीने जा रहा हूँ, जिससे वह कल बना सकूँ, जिसे बनाने के लिए मैं प्रतिबद्ध हूँ?"

□

डेल कारनेगी

डेल कारनेगी एक महान् लेखक थे। उनका जन्म 24 नवंबर, 1888 को मैरीविल्ल, मिसौरी में हुआ था। वे अपने सकारात्मक दृष्टिकोण के साथ जीवन में आगे बढ़ते रहे। वे अपनी पुस्तक 'हाउ टू विन फ्रेंड्स एंड इन्फ्लुएंस पीपल' (How to win Friends and Influence People) के लिए जाने जाते हैं। उन्होंने अपने कई सिद्धांतों को एक सफल व्यापार प्रशिक्षण कार्यक्रम में भी शामिल किया, जिसे 'डेल कारनेगी कोर्स इन इफेक्टिव स्पीकिंग एंड ह्यूमन रिलेशंस' कहा जाता है।

1. वर्तमान में एक-एक दिन जिएँ

इनसान के स्वभाव की बहुत बड़ी विडंबना है कि वह जीवन जीने को टालता रहता है। हम सभी क्षितिज पर भविष्य के गुलाबों के किसी जादुई बगीचे के सपने देखते रहते हैं, बजाय उन गुलाबों का आनंद लेने के, जो आज हमारी खिड़की के बाहर खिल रहे हैं। कितनी अजीब होती है हमारे जीवन की यात्रा! स्टीफन लिकॉक ने लिखा है—बच्चा कहता है, 'जब मैं बड़ा हो जाऊँगा'; बड़े होने पर वह कहता है, 'जब मैं कमाने लगूँगा'; जब वह कमाने लगता है तो कहता है, 'जब मेरी शादी हो जाएगी'; जब उसकी शादी हो जाती है तो उससे क्या फर्क पड़ता है, विचार बदलकर हो जाता है, 'जब मैं रिटायर हो जाऊँगा' और फिर, जब रिटायरमेंट आता है तो पीछे मुड़कर अपने सफर को देखता है और एक ठंडी हवा की कँपकँपी छूट जाती है। न जाने कैसे उसने सबकुछ गँवा दिया और जीवन पीछे छूट गया। हमें बहुत देर बाद समझ में आता है कि जिंदगी हर पल जीने के लिए होती है। इसलिए हमें हर दिन, हर घंटे को जीना चाहिए।

डेट्रॉइट के स्वर्गीय एडवर्ड एस. इवांस चिंता करते-करते मौत के कगार पर पहुँच गए थे। तब जाकर जान पाए कि जिंदगी हर पल जीने के लिए होती है। इसलिए हमें हर दिन, हर घंटे इसे जीना चाहिए। गरीबी में बड़े हुए एडवर्ड ने पहले तो अखबार बेचकर, फिर किराने की दुकान पर क्लर्क बनकर कमाया। जब उनका परिवार सात लोगों का हो

गया तो वे असिस्टेंट लाइब्रेरियन बन गए। तनख्वाह कम थी, पर नौकरी छोड़ने के जख्म से वह डरते थे। आठ साल बाद उनमें इतनी हिम्मत आई कि वे खुद का बिजनेस शुरू करने का साहस जुटा सके। एक बार उन्होंने जब बिजनेस शुरू किया, उसमें 20,000 साल की आमदनी होने लगी। तभी एक घटना घटी। उनका दोस्त दिवालिया हो गया। उसे बचाने के चक्कर में उनका पूरा पैसा डूब गया। वह यह सहन नहीं कर पाए। उन्होंने बताया, "मैं न तो सो सकता था, न खा सकता था। मैं बुरी तरह बीमार पड़ गया। चिंता, चिंता! चिंता के कारण मैं बीमार पड़ गया था। एक दिन जब मैं सड़क पर पैदल चल रहा था तो मुझे चक्कर आ गए और मैं फुटपाथ पर गिर गया। मैं चलने के काबिल नहीं बचा था और मेरे शरीर पर फोड़े हो गए, शरीर के अंदर भी हो गए। बिस्तर पर लेटे रहने से मुझे असहनीय कष्ट होने लगा। मैं रोज कमजोर होता जा रहा था। आखिरकार, डॉक्टर ने बताया कि मैं सिर्फ दो सप्ताह और जिंदा रह सकता हूँ। मैंने अपनी वसीयत लिखी और फिर मौत का इंतजार करते हुए सोचता कि चिंता करने का कोई फायदा नहीं। मैंने हार मान ली। मैं शांत हो गया। मुझे नींद आई। कई सप्ताह से दो घंटे लगातार नींद नहीं आई थी, परंतु अब मैं बच्चे की तरह सोया। थकान दूर होने लगी। मुझे भूख लगने लगी। मेरा वजन भी बढ़ गया। कुछ सप्ताह बाद में बैसाखी के सहारे चलने लायक हो गया। छह सप्ताह बाद में काम पर वापस जाने लायक हो गया। मुझे 30 डॉलर की एक नौकरी मिल गई। मुझे वाहनों के पीछे लगाने के लिए ब्लॉक बेचने का काम मिला था। मैंने पिछली बातों पर पछताना बंद कर दिया था।"

उन्होंने तेजी से तरक्की की। कुछ सालों बाद वे कंपनी के प्रेसिडेंट बन गए। अगर आप कभी ग्रीनलैंड के ऊपर से जाएँ तो आप इवांस क्षेत्र में उतर सकते हैं। हवाई पट्टी, जिसका नामकरण उनके सम्मान में किया गया है।

अतीत और भविष्य को लोहे के दरवाजे से बंद कर दें। एक ही दिन यानी डे टाइट कंपार्टमेंट में जिएँ। आप खुद से यह सवाल पूछें, "क्या मैं वर्तमान में जीने को इसलिए टाल रहा हूँ, क्योंकि मैं भविष्य की चिंता कर रहा हूँ? क्या मैं अतीत की घटनाओं पर अफसोस करके अपने वर्तमान को निराशाजनक बना रहा हूँ? क्या मैं हर दिन सुबह 'आज को पकड़ लो' का दृढ़ संकल्प करके उठता हूँ?"

2. चिंता हमें अंदर से खोखला बना देती है

अमेरिका में रह रहे दस लोगों में से एक को नर्वस ब्रेकडाउन होगा, जो अधिकांश मामलों में चिंता और भावात्मक संघर्ष की वजह से होता है। डर के कारण चिंता होती है। चिंता से तनाव होता है और आप नर्वस हो जाते हैं। इसके कारण आपके आमाशय की तंत्रिका प्रभावित होती है और पेट में आमाशय रसों का प्रभाव सामान्य से असामान्य हो

जाता है। अकसर इसका परिणाम होता है, आमाशय में अल्सर। 'नर्वस सिस्टम ट्रबल' पुस्तक के लेखक डॉ. जोसेफ एफ. मॉण्टेग्यू कहते हैं, "आप क्या खाते हैं, आपको उससे आमाशय का अल्सर नहीं होता। अल्सर तो आपको उसी से होता है, जो आपको खाए जा रही है।"

मेयो क्लीनिक की डॉ. डब्ल्यू. सी. अल्वारेज के अनुसार, "अधिकांश मामलों में अल्सर भावात्मक तनाव की पहाड़ियों और घाटियों के अनुसार बढ़ते व घटते हैं।" इस वाक्य की पुष्टि इस अध्ययन से होती है, जो मेयो क्लीनिक ने पेट की बीमारियों से पीड़ित 15,000 लोगों पर किया। इस अध्ययन में यह पता चला कि 80 प्रतिशत लोगों की पेट की बीमारियों के पीछे कोई शारीरिक कारण नहीं था। चिंता, डर, नफरत, स्वार्थ और दुनिया की हकीकत के साथ तालमेल न बिठा पाने के कारण उन्हें पेट की बीमारियाँ हो गईं।

जरा सोचिए, हमारे तिहाई बिजनेस एग्जीक्यूटिव अपने शरीर को 45 साल तक पहुँचने से पहले ही हृदय रोग, अल्सर और उच्च रक्तचाप का शिकार बना रहे हैं। वे सफलता किस कीमत पर खरीद रहे हैं? क्या हम ऐसे आदमी को सफल कह सकते हैं, जो बिजनेस में प्रगति की कीमत पेट के अल्सर और हृदय रोग से चुका रहा हो? क्या फायदा, अगर कोई आदमी सारी दुनिया भी जीत ले और अपना स्वास्थ्य गँवा दे? चाहे पूरी दुनिया का मालिक हो जाए, परंतु एक समय एक ही छटे बिस्तर पर सो सकता है और एक दिन में सिर्फ तीन बार भोजन कर सकता है। एक नया कर्मचारी भी यह कर सकता है और शायद ऊँचे पद पर बैठे बिजनेस एग्जीक्यूटिव्स से ज्यादा गहरी नींद सोएगा और ज्यादा अच्छे से भोजन का आनंद लेगा। आपको विनम्र, जिम्मेदारीवाला व चिंता-मुक्त इनसान होना चाहिए। बजाय इसके कि रेलरोड कंपनी या सिगरेट कंपनी चलाने के चक्कर में 45 साल की उम्र में अपनी सेहत बरबाद कर दें।

दुनिया का सबसे बड़ा सिगरेट निर्माता जब कनाडा के जंगलों में सैर कर रहा था तो हृदय गति रुक जांने के कारण उसकी मौत हो गई। उसने करोड़ों की दौलत इकट्ठा की और 61 साल की उम्र में मर गया। उसने अपने जीवन के कई साल उस चीज के एवज में दिए, जिसे व्यापारिक सफलता कहा जाता है। मेरे हिसाब से, करोड़ों डॉलर का स्वामी वह सिगरेट एग्जीक्यूटिव मेरे पिता की तुलना में आधा भी सफल नहीं था, जो मिसूरी के एक छोटे से किसान थे और जो 89 साल की उम्र में एक भी डॉलर छोड़े बिना मरे थे।

3. डर

उत्साहित होने का दिखावा कीजिए और आप वाकई में उत्साहित हो जाएँगे। निष्क्रियता संदेह और डर को जन्म देती है। सक्रियता आत्मविश्वास और साहस को जन्म देती है। अगर आप डर पर विजय पाना चाहते हैं तो घर पर बैठकर इसके बारे

में मत सोचो। बाहर निकलो और व्यस्त हो जाओ। अगर आप अपना मन बना लें तो किसी भी डर पर विजय हासिल कर सकते हैं। याद रखें, डर का अस्तित्व केवल आपके दिमाग में होता है। आप किसी भी डर पर विजय प्राप्त कर सकते हैं, यदि आप केवल ऐसा करने के लिए अपना मन बना लेंगे। याद रखने की जरूरत है, डर मन में कहीं भी मौजूद नहीं है।

याद रखें कि आप कौन हैं या आपके पास क्या है, यह फर्क नहीं पड़ता है। यह फर्क जरूर पड़ता है कि आप क्या सोचते हैं? उस काम को करें, जिसे आप करने से डरते हैं और यही वह सबसे तेज व सटीक तरीका है. जो अभी तक डर पर विजय हासिल करने के लिए खोजा गया है।

4. आलोचना करोगे तो आलोचना का सामना करना पड़ेगा

वर्ष 1931 की 7 मई को न्यूयॉर्क में एक बड़ी मुठभेड़ हो रही थी। वह मुठभेड़ अंतिम पड़ाव पर थी। वहाँ हत्यारे क्रॉले को चारों ओर से घेर लिया गया था। वह 'दुनाली बंदूक' के नाम से मशहूर था। वह अपनी प्रेमिका के घर में छुपा हुआ था। वह हत्यारा न तो सिगरेट पीता था, न शराब को हाथ लगाता। क्रॉले एक कुरसी के पीछे छुपकर पुलिस पर लगातार गोलियाँ बरसा रहा था। अंत में उसे पकड़ लिया गया। कमिश्नर ने कहा कि वह इतना चौकन्ना चोर था कि पंख फड़फड़ाने की आहट पर भी किसी को भी गोली मार देता था, लेकिन 'दुनाली' अपनी नजर में क्या था? जिस समय क्रॉले पर पुलिस गोलियाँ बरसा रही थी, उस समय उसने एक चिट्ठी लिखी थी और चिट्ठी में लिखा था—"मेरी कमीज के नीचे एक अत्यंत ही दयालु, परंतु दुःखी दिल है। एक ऐसा कोमल दिल, जो किसी को भी नुकसान नहीं पहुँचाना चाहता।"

पत्र लिखने से कुछ समय पहले की बात है, जब क्रॉले आयरलैंड पर किसी गाँव की सुनसान सड़क पर अपनी प्रेमिका के साथ घूम रहा था। एक पुलिसवाले ने उसकी कार के पास आकर उसे लाइसेंस दिखाने के लिए कहा। इतनी सी बात के लिए उसने रिवॉल्वर निकालकर पुलिसवाले के सीने में गोली मार दी। 'दुनाली बंदूक' खुद को किसी बात के लिए दोषी नहीं ठहराता था। तो क्या ऐसा लगता है कि अपराधियों में यह सामान्य सी बात है?

अमेरिका का सबसे कुख्यात बदमाश अल केपोन विश्व का सबसे खतरनाक ग्रुप लीडर था, लेकिन वह अपने आपको दोषी नहीं मानता था। उसने लिखा—"मैंने अपने जीवन के स्वर्णिम दिन लोगों की भलाई करने में गँवा दिए, ताकि वे सुखी जीवन जी सकें, लेकिन इसके बदले मुझे केवल गालियाँ ही सुनने को मिलती हैं और पुलिस से छुप-छुपकर भागना पड़ता है।"

सबसे कुख्यात अपराधियों में से एक डच शुल्ट्ज भी ऐसा ही कहता था। उसने कहा कि वह लोगों की भलाई करता है और अपनी इस बात पर उसे पूरा यकीन भी है। बहुत कम अपराधी खुद को बुरा समझते हैं, इसलिए विषय को सही प्रमाणित करने के लिए तर्क-वितर्क करते हैं। उनके पास यह बात साबित करने के पर्याप्त ठोस कारण होते हैं कि उन्होंने किसी पर गोली क्यों चलाई थी? या फिर किसी तिजोरी को क्यों तोड़ा था? तर्कों के आधार पर प्रत्येक अपराधी खुद को सही साबित करने की पूरी कोशिश करता है। वह खुद को सजा का हकदार नहीं मानता।

100 में से 99 लोग ऐसे होते हैं, जो कभी अपने को दोष नहीं देते। चाहे वे कितनी भी गलतियाँ कर लें, परंतु कभी भी उन्हें अपनी वह गलती दिखाई नहीं देती। कभी वे स्वयं की आलोचना नहीं करते। किसी की भी आलोचना करने से कोई लाभ नहीं होता, क्योंकि इससे सामनेवाला व्यक्ति अपना बचाव करना शुरू कर देता है, बहाने बनाकर तर्क देने लगता है। आलोचना बहुत खतरनाक भी होती है, क्योंकि उससे व्यक्ति के आत्म-सम्मान को बहुत ठेस पहुँचती है और फिर उस व्यक्ति के दिल में आपके लिए दुर्भावना भर जाती है। मनोवैज्ञानिक बी.एफ. स्किनर ने अपने प्रयोग में प्रमाणित किया कि आलोचना से कोई सुधरता नहीं है, आपके उस व्यक्ति से संबंध जरूर बिगड़ जाते हैं। यही बात जानवरों पर भी लागू होती है। जिस जानवर को उसके अच्छे व्यवहार के लिए पुरस्कृत किया जाता है, वह उस जानवर से ज्यादा तेजी से सीखता है, जिसे खराब व्यवहार के लिए सजा दी जाती है। महान् मनोविश्लेषक हैंस सेल्वे ने भी कहा, "हर व्यक्ति सराहना व प्रशंसा का भूखा होता है। हर व्यक्ति निंदा से डरता है। निंदा से मनोबल कमजोर हो जाता है। उसकी स्थिति में कोई सुधार नहीं होता।"

यही मानव स्वभाव है। हर कोई यही तो करता है। प्रत्येक अपराधी अपना दोष दूसरों के सिर पर मढ़ देता है। कभी वह विपरीत परिस्थितियों को दोषी ठहराता है, परंतु अपने ऊपर कभी कोई कलंक नहीं लगने देता। इसलिए आलोचना बूमरैंग की भाँति हमारे पास लौटकर आती हैं। आलोचना करनेवाले को अपनी ही आलोचना का सामना करना पड़ता है। हमें यह बात अपने मस्तिष्क में बिठाकर रखनी चाहिए कि जिस व्यक्ति की हम आलोचना कर रहे हैं या फिर जिसे सुधारने की कोशिश कर रहे हैं, वह या तो अपने पक्ष में कोई तर्क प्रस्तुत करेगा या फिर शिष्टतापूर्वक कह देगा, "जो कुछ भी मैंने किया, उसके अतिरिक्त मेरे पास कोई और उपाय नहीं था।"

15 अप्रैल, 1865 की सुबह अब्राहम लिंकन का पार्थिव शरीर लींजिग हाउस के कमरे में रखा हुआ था और लोग कह रहे थे, "लोगों के हृदय पर राज करनेवाला संसार का श्रेष्ठ शासक अब हमें छोड़कर चला गया।" लिंकन में लोगों का दिल जीतने की ऐसी कौन सी कला थी? वह हमेशा से ऐसे नहीं थे। वह दूसरों की निंदा करते थे,

आलोचना करते थे। यहाँ तक कि कविताओं के माध्यम से लोगों का उपहास करते हुए उन्हें प्रकाशित करवाते थे। एक ऐसे ही पत्र से एक बार ऐसी आग भड़की कि वह जीवन भर जलती रही।

सन् 1842 में उन्होंने जेम्स शील्ड्स नाम के एक अहंकारी राजनेता पर एक व्यंग्य भेजा, जो एक समाचार-पत्र में छप गया। उसे पता चला कि यह पत्र लिंकन ने लिखा है। वह घोड़े पर सवार होकर लिंकन के सामने गया और उन्हें द्वंद्व युद्ध की चुनौती दी। लिंकन युद्ध नहीं करना चाहते थे, लेकिन अपना आत्म-सम्मान बचाने के लिए उन्हें करना पड़ा। एक की मौत निश्चित थी, लेकिन उनके मित्रों ने बीच-बचाव कर उस युद्ध को टाल दिया। वह लिंकन के जीवन की सबसे दु:खद घटना थी। इसके बाद उन्होंने कभी किसी को अपमानजनक पत्र नहीं लिखा। उन्होंने लोगों का मजाक उड़ाना छोड़ दिया और अपने शब्दकोश में 'आलोचना' शब्द को ही निकालकर फेंक दिया। उन्होंने गृह युद्ध के समय पोटोमैक की सेना के लिए एक के बाद एक कई जनरल नियुक्त किए। सभी ने बड़ी गलतियाँ कीं। लिंकन हताश होकर फर्श पर इधर-उधर घूमते रहते थे; लेकिन उनका हृदय दुर्भावना से नहीं, बल्कि सद्भावना से परिपूर्ण था। एकदम शांत रहे। किसी की भी आलोचना नहीं की। उनके शब्द थे कि आलोचना भूलकर भी मत करो। इससे आपको भी आलोचनाओं का सामना नहीं करना पड़ेगा।'

5. क्रोध से कोई लड़ाई नहीं जीती जा सकती

एनिड ओकलाहोमा के जॉर्ज बी. जांसटन एक इंजीनियरिंग कंपनी में सुरक्षा प्रभारी के पद पर कार्य करते थे। उनका काम क्षेत्र में काम कर रहे कर्मचारियों का ध्यान रखना था। प्रत्येक कर्मचारी के लिए क्षेत्र में हेलमेट पहनना जरूरी होता था। पहले जब कोई कर्मचारी बिना हेलमेट लगाए होता था तो वह आग-बबूला हो जाते थे और उसे नियमों का उदाहरण देते थे। उसका परिणाम यह निकलता था कि कर्मचारी अधूरे मन से उस आदेश का पालन करते हुए उनके सामने तो हेलमेट पहन लेते थे, लेकिन उनके जाने के बाद तुरंत हेलमेट निकाल देते थे। उन्होंने नई युक्ति परीक्षण करने के बारे में सोचा। अब जब भी वह किसी कर्मचारी को बिना हेलमेट के देखते तो पूछते कि क्या वह हेलमेट आरामदायक नहीं है ? या फिर उसके सिर पर सही से फिट नहीं हो रहा है ? उन्होंने बातों-बातों में उन कर्मचारियों को यह भी आभास करा दिया कि हेलमेट उनकी सुरक्षा के लिए है, न कि बोझ के परिणामस्वरूप; और उसका परिणाम निकला कि सभी कर्मचारियों ने अपनी सुरक्षा को ध्यान में रखते हुए हेलमेट पहनने शुरू कर दिए और एनिड के प्रति उनके मन में कोई दुर्भावना नहीं आई।

क्रोध में मार्क ट्वेन विषैले पत्र लिखकर अपने क्रोध को शांत करते थे; लेकिन

इससे कभी किसी को कोई हानि नहीं पहुँची, क्योंकि उनकी पत्नी इतनी समझदार थीं कि चुपके से पत्रों को पढ़कर कूड़ेदान में फेंक देती थीं। उन पत्रों ने कभी भी डाक डिब्बे की शक्ल नहीं देखी। अगर आप किसी को सुधारना चाहते हैं, परिवर्तित करना चाहते हैं तो इसका आरंभ खुद से करिए। यदि निस्स्वार्थी होकर सोचोगे तो तुम सबसे पहले खुद को सुधारना चाहोगे। चीनी दार्शनिक कन्फ्यूशियस ने कहा है कि अपने पड़ोस की छत पर पड़ी बर्फ के बारे में शिकायत तब तक मत करो, जब तक कि आपके घर की सीढ़ियाँ साफ न हों।

यदि हम अपने मन में घृणा व क्रोध की भावना पैदा कर लेते हैं तो यह दशकों तक चलती है। शायद उसकी मौत के बाद भी समाप्त नहीं होती। जब भी हम दूसरे लोगों के साथ मेल-जोल बढ़ाएँ, उनके साथ व्यवहार करें तो यह बात हमेशा अपने मस्तिष्क में रखनी चाहिए कि हमारा सामना केवल तार्किक बुद्धिवाले लोगों के साथ नहीं होगा। हर व्यक्ति के कुछ भावात्मक गुण अवश्य होते हैं, कुछ खामियाँ जरूर होती हैं। घमंड होता है तो अहंकार भी होता है। बुराई करना, निंदा करना, शिकायत करना, गुस्सा करना, आलोचना करना—यह सब बहुत आसान होता है। कोई मूर्ख ही ऐसा कर सकता है या फिर यों कहें कि ज्यादातर मूर्ख यही तो करते हैं; लेकिन लोगों को समझने, उनको क्षमा करने के लिए व्यक्ति को बहुत समझदारी तथा संयम की आवश्यकता होती है। क्रोध से कोई लड़ाई नहीं जीती जा सकती। कार्लाइल ने कहा था कि "महान् व्यक्ति छोटे लोगों के साथ व्यवहार करने में अपनी महानता का परिचय देते हैं।"

6. सफलता

आप कभी भी सफलता प्राप्त नहीं कर सकते हो, जब तक कि आप जो कर रहे हैं, वह आपको पसंद नहीं है। हम सब में अपार संभावनाएँ हैं, जिनके बारे में हम नहीं जानते हैं। हम वह कर सकते हैं, जो हम सपने में भी नहीं सोच सकते हैं। सफल व्यक्ति अपनी गलतियों से लाभ उठाएगा और फिर उससे एक अलग तरीके से कोशिश करेगा। सफलता वह है, जो आप चाहते हैं कि वह मिल जाए। आनंद इसमें है कि आपको जो मिले, उसे आप चाहें। असफलता से सफलता को प्राप्त करें। निराशा और असफलता सफलता की सीढ़ी के दो सोपान हैं। दुनिया में ज्यादातर महत्त्वपूर्ण चीजें उन लोगों द्वारा पूरी की गई हैं, जिन्होंने कोशिश की है। जब कोई उम्मीद नहीं थी, तब भी उन्होंने कोशिश जारी रखी।

7. जब आप एक पिता हैं

जब आप अपने सोते हुए बेटे के सामने खड़े होते हैं और सोचते हैं कि कुछ मिनट पहले आपको बहुत पश्चात्ताप हुआ था, क्योंकि कुछ समय पहले वह जब आपकी

लाइब्रेरी में आया था, तब अखबार पढ़ते हुए आपने रुकावट डालने के लिए उसे डपट दिया था, "कभी तो चैन से जीने दिया करो।" वह कुछ भी नहीं बोला। आपके पास आया और आपके गले में अपनी बाँहें डाल दीं और आपको चूमा, 'गुड नाइट पिता' कहकर गायब हो गया। आप सोचिए, आज आपने उसपर कितना क्रोध किया! वह स्कूल के लिए निकल रहा था। उसने हाथ साफ करने के लिए तौलिया की जगह परदे का इस्तेमाल किया। फर्श पर सारी चीजें बिखरी हुई थीं। आपने उसे डाँटा, क्योंकि खाते हुए उसने मेज पर खाना बिखेर दिया, क्योंकि उसके मुँह से चबर-चबर की आवाज आ रही थी। उसकी कुहनियाँ मेज पर थीं। टोस्ट पर ज्यादा मक्खन था। आप ऑफिस जाने के लिए निकल रहे थे और वह खेलने जा रहा था। उसने 'गुड बाय पिता' कहा और तुमने उसे गुस्से से टोका, "जरा अपना कॉलर तो ठीक कर लो।" ऑफिस से लौटने के बाद भी जब वह मिट्टी में खेल रहा था तो उसके जुराब में छेद हो गया। उसके कपड़े गंदे थे। आप अपनें क्रोध पर नियंत्रण नहीं कर पाए और उसके दोस्तों के सामने उसे अपमानित कर दिया, "पता है, कितनी महँगाई हो गई है! कपड़े कितनें कीमती हैं, अपनी कमाई से खरीदोगे, तब पता चलेगा।"

इतनी उपेक्षा के बावजूद उसके मन में कितना प्रेम है, जो अभी तक नहीं खोया। आप खुद से पूछिए, 'मैं आखिर ऐसा क्यों होता जा रहा हूँ? मेरी आदत डाँटने की पड़ती जा रही है। मैं अपने बच्चे को कैसा बचपन दे रहा हूँ? ऐसा तो नहीं कि मैंने उसे प्यार करना छोड़ दिया है?'

ऐसा इसलिए है, क्योंकि आपको उससे कुछ अधिक आशाएँ हैं। आप उसके बचपन को अपनी उम्र की तराजू में तौलने लगे हैं। उसका हृदय पहाड़ियों के बीच से होती सुबह की भाँति विशाल है। उसके मन में बड़प्पन है, तभी तो इतनी डाँट के बावजूद वह तुम्हें 'गुड नाइट' किस देने आ गया। उसके अंदर कोई मैल नहीं है। तुम उसके बिस्तर के सिरहाने बैठकर लज्जित, अपमानित और उससे छोटा महसूस करते हो; लेकिन यह एक दुर्बल पश्चात्ताप है। अगर आप उसे जाकर बताएँगे तो वह कभी नहीं समझ पाएगा। बस, आपको उसके साथ खेलना है, उसकी बातों को ध्यान से सुनना है, डाँटने से पहले अपनी जीभ को अपने दाँतों के नीचे दबाना है और खुद से कहना है कि तुम उसे बड़ा मानने लगे थे। तुमने उससे ज्यादा ही उम्मीदें पाल ली थीं, बहुत ज्यादा। हमें उसकी आलोचना करने से पहले उसे जानने व समझने की कोशिश करनी चाहिए कि जो काम हम करते हैं, उसके पीछे क्या कारण है? परिस्थितियों पर ध्यान देना बहुत रोचक और लाभदायक होगा। इससे माहौल हलका-फुलका बना रहता है। अंत में, हमें सबको माफ कर देना ही होता है।

8. दिल से सच्ची प्रशंसा करना सीखें

हम अनगिनत चीजें चाहते हैं; लेकिन बहुत कम चीजें ऐसी होती हैं, जिन्हें हम इतनी आतुरता से चाहते हैं कि उनके बिना हमारा जीवन जीना ही असंभव हो जाता है।

1. अच्छा भोजन
2. भरपूर नींद
3. अच्छा स्वास्थ्य एवं जीवन का पूर्ण संरक्षण
4. परलोक का सुधार
5. सेक्स की आत्म-संतुष्टि
6. इतना पैसा कि हम अपनी इच्छाएँ पूरी कर सकें
7. बच्चों को बेहतर भविष्य और उनके जीवन का कल्याण
8. महत्त्व की प्रबल इच्छा।

ऊपर लिखी सारी इच्छाएँ पूरी हो जाती हैं, केवल एक को छोड़कर—महत्त्व की इच्छा। यह इच्छा सबसे ज्यादा प्रबल होती है। यह बढ़ती जाती है, कभी संतुष्ट नहीं होती। एक बार अब्राहम लिंकन ने अपने पत्र की शुरुआत इस प्रकार की—"हर किसी को अपनी प्रशंसा अच्छी लगती है।" विलियम जेम्स ने कहा, "हर व्यक्ति गहराई से चाहता है कि उसे प्रशंसा मिले, उसे सराहा जाए।" फ्रायड ने भी यही बात कही थी, "यह मानवीय भूख है, जो स्थायी है। दुर्बल व्यक्ति, जो लोगों की प्रशंसा की भूख को संतुष्ट करने में सफल हो जाता है, लोग पूर्ण रूप से उसकी मुट्ठी में बंद हो जाते हैं। दूसरे लोग उसे इतना प्रेम करने लगेंगे कि उसके शव को दफनानेवाले तक उसकी मौत पर शोक मनाएँगे।"

यही अंतर होता है जानवरों में और इनसानों में। मेरे पिता अच्छी नस्ल के जर्सी सूअर तथा मवेशियों को पालते थे और प्रदर्शनी में उन्हें ले जाते थे। एक बार सूअर को प्रथम पुरस्कार मिला। मेरे पिताजी ने सफेद मलमल के कपड़े पर नीले रिबन लगा दिए थे। जब भी कोई हमारे घर आता, मेरे पिताजी बहुत चाव से उन्हें दिखाते और गर्व अनुभव करते। सूअरों को अपने द्वारा जीते गए रिबनों की कोई जानकारी भी नहीं थी। वह पुरस्कार मेरे पिताजी को महत्त्वपूर्ण होने का अनुभव कराते थे। यह पूर्वजों से हमारे साथ चली आ रही है। महत्त्व की प्रबल इच्छा न होती तो शायद सभ्यता का विकास नहीं हुआ होता और हम आज भी जानवरों की भाँति नग्न अवस्था में घूम रहे होते। महत्त्वपूर्ण बनने की महत्त्वाकांक्षा के कारण ही तो अनपढ़ और निर्धन क्लर्क कानून की पुस्तकों में रुचि लेने लगा था, जिसने कुछ पुस्तकों को 50 डॉलर में कबाड़ी से खरीदा था। वह क्लर्क कोई और नहीं, अब्राहम लिंकन थे।

आपके शहर का सबसे अमीर परिवार एक ऐसा घर बनवाने के लिए दिन-रात

कोल्हू के बैल की भाँति काम करता है, जैसा पूरे शहर में किसी और का न हो। यह अलग बात है कि उनको इतने बड़े घर की जरूरत नहीं होती। महत्त्वपूर्ण होने की आकांक्षाएँ; नई फैशन व नए मॉडल की कार और आकांक्षा आपसे अपने बच्चों की चतुराई के झूठे किस्से भी कहलाती है।

आपके महत्त्वपूर्ण समझने की इच्छा से ही आपके चरित्र का निर्धारण होता है। इतिहास में अनगिनत उदाहरण मिल जाएँगे कि किस प्रकार प्रसिद्ध लोगों ने महत्त्वपूर्ण होने की अपनी अभिलाषा को व्यक्त किया है। जॉर्ज वॉशिंगटन चाहते थे कि सब उन्हें 'हिज हाईनेस, द प्रेसिडेंट ऑफ यूनाइटेड स्टेट्स' के नाम से पुकारें। कोलंबस चाहते थे कि लोग उन्हें 'एडमिरल ऑफ द ओशन एंड वायसराय ऑफ इंडिया' कहें। कैथरीन महान् तो उन पत्रों को हाथ भी नहीं लगाती थीं, जिन पर 'हर इंपीवास्तविक मैजेस्टी' नहीं लिखा होता था। मिसेज लिंकन व्हाइट हाउस में मिसेज ग्रांट पर बहुत जोर से दहाड़ी थीं, "तुम्हारी इतनी हिम्मत कि तुम मेरी आज्ञा के बिना मेरे सामने बैठ जाओ!" महान् शेक्सपियर अपने परिवार के लिए 'कोट ऑफ आर्म्स' प्राप्त करके अपने नाम को और भी अधिक महत्त्वपूर्ण बनाना चाहते थे। महान् लेखक विक्टर ह्यूगो की हार्दिक इच्छा थी कि पेरिस शहर का नामकरण उनके नाम पर किया जाए।

कभी महत्त्वपूर्ण बनने की इच्छा लोगों को पागल हो जाने के लिए प्रेरित कर देती है। वह पागलपन के स्वप्नलोक में रहते हैं। कुछ बीमारियाँ, जैसे सिफलिश मस्तिष्क की कोशिकाओं को नष्ट कर देती है। उसका परिणाम पागलपन होता है। लगभग आधे मानसिक रोगियों के पीछे शारीरिक कारणों को जिम्मेदार समझा जाता है, जैसे नशीले या विषैले पदार्थ का सेवन और दुर्घटनाएँ, लेकिन आधे पागलपन के शिकार लोगों को उनके मस्तिष्क की कोशिकाओं में से कोई शारीरिक बाधा नहीं होती। पोस्टमार्टम परीक्षणों में जब मृत लोगों के मस्तिष्क ऊतकों को माइक्रोस्कोप के नीचे देखा गया तो वह इतने ही स्वस्थ दिख रहे थे, जितने किसी भी आम व्यक्ति के। इसका अर्थ यह है कि लोग पागलपन में उस अवस्था को महसूस करते हैं, जो उन्हें वास्तविक दुनिया में नहीं महसूस होती। जब कोई अपनी महत्त्व की भावना को इतना महत्त्व देता है तो वह सचमुच पागल भी हो सकता है।

प्रत्येक व्यक्ति में कोई-न-कोई ऐसी बात जरूर होती है, जो आपसे अच्छी हो। आपको तुरंत वह बात सीख लेनी चाहिए। हमें केवल अपनी उपलब्धियों व इच्छाओं के बारे में सोचना छोड़ देना चाहिए। हमें चापलूसी को भी भूल जाना करनी चाहिए। खुले दिल से प्रशंसा करनी चाहिए और मुक्त भाव से गले से लगाना व सराहना चाहिए। ऐसा करने से आप पाएँगे कि लोग आपके मूल्यवान शब्दों को अपनी स्मृतियों की तिजोरी में पूरे ध्यान से सजाकर रखेंगे और जीवन भर उन्हें कंठस्थ करते रहेंगे। फिर जो कुछ आपने

कहा था, वह आप तो भूल जाएँगे, लेकिन जिससे कहा था, वह कभी नहीं भूल पाएँगे। दिल से सच्ची प्रशंसा करना सीखें।

9. दूसरों की रुचि का ध्यान रखिए

हमें लोगों से बात करते हुए अपनी व्यक्तिगत पसंद को भूल जाना चाहिए। जब भी आप किसी से कोई काम करवाना चाहें तो इस बात को हमेशा ध्यान में रखें। यदि आपका बच्चा सिगरेट पीता है और आप उसकी सिगरेट छुड़वाना चाहते हैं तो उसे डाँटना-फटकारना नहीं है। उसे दस बातें मत सुनाइए और उसे मत बताइए कि आप क्या चाहते हैं! आप उसे समझाइए कि अगर वह सिगरेट नहीं छोड़ेगा तो बास्केटबॉल टीम का हिस्सा नहीं बन पाएगा और एथलेटिक्स कप कभी भी नहीं जीत सकेगा।

यही ग्रेट ब्रिटेन के प्रधानमंत्री लॉयड जॉर्ज ने पहले विश्वयुद्ध में किया। एक बार किसी ने उनसे प्रश्न पूछ लिया कि वह किस प्रकार युद्ध के दौरान भी सत्ता में बने रहे, जबकि युद्ध काल में अन्य नेता—विल्सन, ऑरलैंडो तथा क्लोमेंच्यू सब भुला दिए गए। तो उन्होंने कहा कि उन्होंने इस बात को भलीभाँति सीख लिया था कि किस प्रकार मछली की पसंद का खाना उसे पकड़ने के हुक में लगाया जाए। आप जो कुछ चाहते हैं, उसमें आपकी रुचि छुपी हुई है; परंतु इसमें किसी अन्य की रुचि नहीं है। हम सब यही करते हैं। हम सब केवल स्वयं में रुचि लेते हैं। पूरी दुनिया में दूसरों को प्रभावित करने का सबसे सफल तरीका यही है कि सामनेवाले की इच्छाओं को महत्त्व दें।

पूरा संसार स्वार्थी लोगों का जमघट है, जो केवल अपना ही भला चाहते हैं और दूसरे की कोई फिक्र नहीं करते; लेकिन स्वार्थी लोगों की भीड़ में एक-दो मनुष्य ऐसे भी मिल जाते हैं, जो निस्स्वार्थ भाव से दूसरों की मदद करना चाहते हैं। ऐसे लोग स्वयं का लाभ नहीं चाहते, फिर भी यह लाभ उन्हें अपने आप मिल जाता है। कारण, ऐसे लोगों के प्रतियोगी नाममात्र के ही होते हैं। ओवेन डी. यंग, जो अमेरिका के प्रसिद्ध वकील और महान् बिजनेस लीडर थे, उन्होंने एक बार कहा था, "जो व्यक्ति खुद को दूसरों के स्थान पर रख सकते हैं, जो दूसरों के मस्तिष्क के काम करने की योजना को समझ जाते हैं, उन्हें तो इस बात की चिंता कभी नहीं करनी चाहिए कि उनका भविष्य उज्ज्वल होगा या अंधकार में होगा।"

हेनरी फोर्ड ने मानवीय संबंधों की कला की बहुत सुंदर व्याख्या की—"सफलता का सिर्फ एक ही रहस्य है और वह यह है कि हममें वह क्षमता हो कि हम अपने सामनेवाले का दृष्टिकोण, उसकी मानसिकता को समझ सकें और किसी भी घटना को केवल अपने दृष्टिकोण से न देखें।" यह कहावत स्पष्ट और सरल है, लेकिन फिर भी 90 प्रतिशत से अधिक व्यक्ति 90 प्रतिशत से अधिक समय इसे अनदेखा करने में नष्ट करते हैं।

10. शरीर भाषा

अपने व्यवहार की कुछ आदतों के बारे में हम जागरूक भी नहीं होते हैं, लेकिन उनसे इस बात पर बहुत असर हो सकता है कि हम कैसी छाप छोड़ते हैं! आमने-सामने के संवाद पर सामाजिक भाषावादियों में जो अध्ययन किए, उनमें से ये निष्कर्ष सामने आए कि एक व्यक्ति से दूसरे व्यक्ति तक पहुँचनेवाले संदेश का सिर्फ 7 प्रतिशत शब्दों से व्यक्त हुआ था। लगभग 38 प्रतिशत अर्थ स्वर की विशेषताओं से प्रदर्शित हुआ था—आवाज का लहजा, विराम, स्वराघात आदि। पूरे संदेश का प्रतिशत 55 प्रतिशत हिस्सा दिखनेवाले के शरीर संकेतों के माध्यम से संप्रेषित हुआ था, जिसे हम 'शरीर भाषा' की श्रेणी में रखते हैं। अकसर हमें इस बात का पता नहीं होता कि सामनेवाले पर किस-किस बात का फर्क पड़ता है कि दूसरे उसे किस तरह देखते हैं?

हमारी मुद्रा प्रभावित करती है, हमारी आँखों का संपर्क, सिर्फ बताएँ नहीं, चीजों को दिखाएँ। अगर आप किसी से बात कर रहे हैं तो भविष्य को टी.वी. की तरह प्रसारित करें, स्पष्ट संवाद करें, धारणाओं की जाँच करें, अपने नजरिए के बारे में जागरूक बनें।

11. खुद को जानें

सबसे पहले तो खुद को जानें। फिर अपने में क्या कमी है, उसे स्वीकार करें। फिर उस कमी को दूर करने के लिए आगे बढ़ें।

लोग आपके बारे में क्या कहते हैं, इस बारे में चिंता करने की बजाय क्यों न कुछ ऐसा करने की कोशिश में समय बिताएँ, जिसकी वे प्रशंसा करें! आपकी खुशी कभी भी बाहरी परिस्थितियों पर निर्भर नहीं करती है। यह आपके मानसिक रवैए से नियंत्रित होती है।

□

नॉर्मन विंसेंट पील

नॉर्मन विंसेंट पील एक अमेरिकी मंत्री और लेखक थे, जिन्हें सकारात्मक सोच की अवधारणा को लोकप्रिय बनाने में उनके काम के लिए जाना जाता है, विशेष रूप से उनकी सबसे ज्यादा बिकनेवाली पुस्तक 'द पावर ऑफ पॉजिटिव थिंकिंग' के माध्यम से। उन्होंने वर्ष 1932 से 1984 तक मार्बल कॉलेजिएट चर्च, न्यूयॉर्क के पादरी के रूप में भी कार्य किया।

1. असफलता की अवधारणा को अपने विचारों से दूर रखें

इस विचार को कायम रखें कि कोई असफलता स्थायी नहीं होती। यह सफल जीवन में सिर्फ एक अल्पकालीन झटका है। असफलता एक घटना है, जिसे सृजनात्मक उपलब्धि की चित्र-यवनिका में बुना जा सकता है। याद रखें, असफलता सिर्फ अल्पकालीन होती है। असफलता में लाभकारी तत्त्व होते हैं, क्योंकि यह हमें बताती है कि कैसे आगे नहीं बढ़ना है। जब आप जान जाते हैं कि कोई चीज कैसे नहीं की जानी चाहिए तो आप यह सीखने की बेहतर स्थिति में होते हैं कि उसे कैसे करना चाहिए! कभी असफलता को स्वीकार न करें। असफलता की अवधारणाओं को अपने विचारों से बाहर रखें। अपने मन में सफलता की अवधारणाएँ भर लें। थॉमस अल्वा एडिसन के ऑफिस की दीवार पर लगे साइन बोर्ड को याद रखें—'इसे करने का एक बेहतर तरीका है; उसे खोजें।' आप यह कैसे करते हैं? प्रार्थना से प्रेरित अनुशासन और सृजनात्मक सोच द्वारा।

इस जीवन में कोई भी सफलता परिश्रम के बिना हासिल नहीं हो सकती। परिश्रम से किया जानेवाला काम सफल उपलब्धि का 'खुल जा'सिम-सिम' होता है। परिश्रम भरे काम करने और करते रहने की काबिलीयत सफल परिणामों के लिए अनिवार्य है। सभी सफल लोगों के पास एक लक्ष्य होता है—कोई धुँधला, अनिश्चित उद्देश्य नहीं, बल्कि स्पष्टता से परिभाषित विशिष्ट लक्ष्य। कोई भी कहीं नहीं पहुँच सकता, जब तक वह यह

न जानता हो कि वह कहाँ जाना चाहता है और क्या बनना या करना चाहता है। निश्चित व प्रार्थना-केंद्रित लक्ष्य रखें। सुनिश्चित करें कि आपका लक्ष्य सही हो; क्योंकि जो चीज गलत है, वह कभी सही नहीं बनेगी। गलत का परिणाम गलत होता है। केवल सही से ही सही उत्पन्न होता है। इसलिए सही बनें।

यह सुनिश्चित करने के लिए कि आप अपने जीवन में वही कर रहे हैं, जो आपको करना चाहिए, ईश्वर से मार्गदर्शन माँगें। अंतिम विश्लेषण में सिर्फ ईश्वर-निर्देशित जीवन ही सच्ची और बुनियादी सफलता हासिल कर सकता है। निस्स्वार्थ प्रार्थना सफलता पाने का अचूक तरीका है। यह विचार अपना लें कि आप संसार में सबसे ज्यादा भलाई करना चाहते हैं और सर्वश्रेष्ठ जीवन-मूल्य हासिल करना चाहते हैं—सिर्फ खुद के लिए ही नहीं, बल्कि सभी लोगों के लिए—और आप अपने पूरे अनुभव को सफल प्रोत्साहन के क्षेत्र में ले आएँगे।

2. हर दिन अपने दिमाग को खाली कर दें

आप दिन में कम-से-कम दो बार अपने मस्तिष्क को खाली कर दें। यदि आवश्यकता हो तो इससे अधिक बार इस प्रक्रिया को करें। अपने मन से सारे डर, घृणा, पश्चात्ताप, अफसोस और अपराध-बोध की भावनाएँ बाहर निकालने का अभ्यास करें। आप अपने मस्तिष्क को सचेतन रूप से खाली करने की कोशिश कर रहे हैं, सिर्फ इसी बात से आपको राहत मिल जाती है। क्या आपने महसूस किया है कि जब आप अपनी चिंताओं को किसी विश्वासपात्र व्यक्ति को बताते हैं तो आपके मन का बोझ काफी कम हो जाता है? एक पादरी होने के नाते मैंने अकसर यह देखा है कि लोगों के लिए यह बहुत महत्त्वपूर्ण होता है कि उनके पास कोई ऐसा व्यक्ति हो, जिसमें वे सचमुच और पूरी तरह विश्वास कर सकें और वे उसे अपनी सारी चिंताएँ बता सकें।

परंतु यह ध्यान रखें, केवल मस्तिष्क को खाली करना ही काफी नहीं है। जब मस्तिष्क खाली हो जाएगा तो कोई-न-कोई चीज तो अंदर आएगी। मस्तिष्क में लंबे समय तक वैक्यूम की स्थिति नहीं रह सकती। यह संभव ही नहीं है कि आपका मस्तिष्क हमेशा खाली ही बना रहे।

जब आपके पुराने डर, नफरत और चिंताएँ, जो आपको लंबे समय से सताते आ रहे थे, एक बार फिर सताने की कोशिश करेंगे तो वे देखेंगे कि आपके मस्तिष्क के दरवाजे पर एक बोर्ड लगा है—'जगह नहीं है।' हालाँकि वे फिर भी अंदर घुसने की कोशिश करेंगे, क्योंकि वे वहाँ पर काफी लंबे समय से रह रहे हैं और उन्हें वहाँ रहने की आदत पड़ चुकी है, परंतु आपने जिन नए व स्वस्थ विचारों को वहाँ बिठाया है, वे आपके मस्तिष्क के किले की रक्षा करेंगे और उन बाहरी नकारात्मक शत्रुओं को परास्त

कर देंगे। कुछ समय बाद पुराने विचार पूरी तरह से हार मान लेंगे और आपको हमेशा के लिए छोड़कर चले जाएँगे। आपको स्थायी रूप से मानसिक शांति मिल जाएगी।

3. आशावादी होना चुनें

आपके पास एक भविष्य है। आप अपनी संभावनाओं के बारे में चाहे जो महसूस करते हों, बुरी खबर फैलानेवाले आपको चाहे जो बताते हों, इस सबके बावजूद आपके पास सचमुच एक भविष्य होता है।

चाहे परिस्थितियाँ कितनी ही मुश्किल हों, चाहे डगर कितनी ही कठिन हो, चाहे आप कितने ही हताश हों, आपके पास एक भविष्य होता है। आप चाहे जितने बूढ़े, थके हुए या बीमार महसूस करते हों, इसके बावजूद आपके पास एक भविष्य होता है। आपके हिसाब से जीवन और परिस्थितियों ने आपके साथ चाहे जितना अन्यायपूर्ण व्यवहार किया हो, याद रखें—हमेशा याद रखें—आपके पास एक भविष्य होता है! भविष्य आज एक बड़ा कारोबार बन चुका है। ऐसा लगता है कि कई लोग अब ज्योतिष और जन्म-पत्रियों पर जी-जान से भरोसा कर रहे हैं। कहा जाता है कि ज्योतिष का उद्गम चाल्डिया में और फारस की खाड़ी के आसपास हुआ। चाल्डिया और बेबिलोन के राजाओं के यहाँ ज्योतिषियों को नौकरी दी जाती थी, जो भविष्य के बारे में उन्हें सलाह देते थे। मिस्र के फराओ भी ज्योतिष का इस्तेमाल करते थे। ऐसा लगता है कि आज ज्योतिषियों का बाजार एक बार फिर गरम हो चुका है। अमेरिका में 1,750 दैनिक समाचार-पत्रों में से 1,220 ज्योतिष का कॉलम और जन्म-पत्री छापते हैं। लोग भविष्य के बारे में चिंतित हैं, इसलिए जन्म-पत्रियों में रुचि लेते हैं।

एक बड़े बुक स्टोर में मैंने देखा कि ज्योतिष और तंत्र-मंत्र विज्ञान की पुस्तकें तीन मेजों पर रखी थीं। धार्मिक पुस्तकों के लिए सिर्फ एक ही मेज रखी गई थी। जाहिर है, जब भविष्य अनिश्चित नजर आता है तो कई लोग तसल्ली और मार्गदर्शन पाने के लिए अजीबोगरीब व जादुई स्रोतों की ओर भी मुड़ सकते हैं।

ईश्वर के पास आपके भविष्य, आपके देश के भविष्य, पूरे विश्व के भविष्य का जवाब है। समझदारी भरा काम यह है कि हम खुद को उनके हाथों में रख दें; क्योंकि वे भविष्य के बारे में, आपके भविष्य के बारे में सबकुछ जानते हैं। यह बेहतरीन भविष्य पाने का रहस्य है।

शिकागो क्षेत्र में एक हाइवे पर एक कार में तीन लोग बैठे थे। स्टेशन वैगन में डेल ग्रुएट्जमेकर और उसके पति एंबर के साथ उनकी बेटी स्यू भी थी। ट्रैफिक भारी था और बारिश की वजह से सड़क चिकनी थी। एंबर ने वाहनों की कतार के पीछे अपनी कार रोकी। तभी उसे पीछे वाले शीशे में बरसों की ड्राइविंग का सबसे खौफनाक दृश्य दिखा।

एक विशाल ट्रेलर ट्रक हाइवे पर बेकाबू होकर फिसल रहा था और सीधे उसकी कार की तरफ आ रहा था। एक सेकंड बाद ही वह कार से भिड़ गया और चकनाचूर करनेवाली शक्ति के साथ उसके ऊपर जा गिरा। काँच टूटने और धातु के मुड़ने की आवाज, गैसोलिन का धुआँ, खामोशी। माँ के घुटने सीने से चिपके हुए थे और वह बमुश्किल साँस ले पा रही थी। मुश्किल से उसने अपना हाथ और सिर हिलाया; लेकिन कार की दबी-कुचली छत उसके स़िर से सिर्फ कुछ इंच ऊपर थी। उसके पति का शरीर विकृत स्थिति में था। उसके फँसे हुए पैर अजीब तरीके से मुड़ गए थे। एक पैर नीचे मुड़ा था, दूसरा पैर कार की टूटी खिड़की के पार निकला था और दैत्याकार ट्रक की बगल में दबा हुआ था। स्यू पीठ के बल लेटी थी और उसे हिलने में मुश्किल आ रही थी। पर वे तीनों बच गए और लगभग दो घंटे बाद उनको कार से निकाला गया।

जिंदा बचने के बाद उन्हें अस्पताल ले जाया गया और जल्दी ही अस्पताल से छुट्टी दे दी गई। लोगों ने पूछा, "आप इतने शांत कैसे थे?" उनका जवाब था, "इस संसार में हम ईश्वर के हाथों में हैं और यहाँ से जाने के बाद भी उसी के हाथों में होंगे।" वे यह कह रहे थे, "चाहे जो भी हो, जब हम ईश्वर के हाथों में होते हैं तो हमारे पास एक भविष्य होता है।" क्या भविष्य का संबंध इस नश्वर जीवन के परिणामों से ही होता है? क्या भविष्य की एक सीमा होती है, जिसके पार कुछ नहीं होता? बिल्कुल नहीं। भविष्य असीमित होता है और अमरता में काफी दूर तक जाता है। समय भविष्य को तय नहीं करता है। उम्र या परिस्थितियाँ भविष्य को तय नहीं करती हैं। यदि ईश्वर में आपका भविष्य है तो वह भविष्य हमेशा रहता है। उसके बारे में चिंतित रहकर हम अपनी नकारात्मकता को बढ़ाते हैं।

4. नजरिए तथ्यों से ज्यादा महत्त्वपूर्ण होते हैं

आत्मविश्वास की कमी आज इनसान की सबसे बड़ी समस्याओं में से एक है। एक यूनिवर्सिटी में मनोविज्ञान के लगभग 60 विद्यार्थियों का सर्वे किया गया। विद्यार्थियों से पूछा गया कि उनकी सबसे कठिन व्यक्तिगत समस्या कौन सी है? पचहत्तर प्रतिशत ने जवाब दिया, "आत्मविश्वास की कमी।" इस आधार पर हम यह अनुमान लगा सकते हैं कि आम जनता की स्थिति भी कमोबेश यही होगी। हर जगह आप ऐसे लोगों से मिलते हैं, जो अंदर से डरे हुए हैं, जो जिंदगी में दुबककर चलते हैं, जिनमें असुरक्षा और अयोग्यता की भावनाएँ गहराई में जमी हुई हैं, जिन्हें अपनी शक्तियों पर संदेह है। अंदर-ही-अंदर उन्हें विश्वास नहीं होता कि वे किसी जिम्मेदारी को निभाने के योग्य हैं या उनमें अवसर का लाभ उठाने की क्षमता है। उन्हें हमेशा यह अस्पष्ट और काल्पनिक डर लगा रहता है कि कुछ-न-कुछ गड़बड़ होने वाली है। उन्हें यह विश्वास नहीं होता कि उनमें उतने

सफल होने की काबिलीयत है, जितने सफल वे होना चाहते हैं। इसीलिए वे अपनी सामर्थ्य से बहुत कम स्तर पर ही संतुष्ट होने की कोशिश करते हैं। जिंदगी की राह पर हजारों लोग हारे हुए एवं डरे हुए हैं, घुटनों के बल घिसटते हुए चले जा रहे हैं। ज्यादातर मामलों में उनकी कुंठा या असमर्थता सिर्फ काल्पनिक है और इसलिए अनावश्यक है। जीवन के आघात, मुश्किलों के पहाड़ एवं समस्याओं की बहुतायत से आपकी ऊर्जा कम होती है और आप थकान तथा हताशा का अनुभव करते हैं। इस स्थिति में आपकी शक्ति की वास्तविक स्थिति अकसर छुप जाती है और आप हताशा में घुटने टेक देते हैं, जो तथ्यों के अनुरूप नहीं होता। यह बेहद महत्त्वपूर्ण है कि आप अपने व्यक्तित्व के सकारात्मक गुणों का विश्लेषण करें। तार्किकता के नजरिए से ऐसा करने पर यह मूल्यांकन आपको विश्वास दिला देगा कि आप उतने पराजित नहीं हैं, जितना कि आप अपने आपको सोचते हैं।

"नजरिए तथ्यों से ज्यादा महत्त्वपूर्ण होते हैं।" यह इतनी महत्त्वपूर्ण पंक्ति है कि इसे बार-बार दोहराया जाना चाहिए, जब तक कि आप इसकी सच्चाई को पूरी तरह से न जान जाएँ। हमारे सामने मौजूद कोई भी तथ्य चाहे जितना मुश्किल हो या प्रत्यक्ष रूप से चाहे जितना निराश करनेवाला हो, उतना महत्त्वपूर्ण नहीं है, जितना कि उस तथ्य के बारे में हमारा नजरिया।

एक बार स्टोनवेल जैक्सन एक साहसिक आक्रमण की तैयारी कर रहे थे, तभी एक जनरल डरकर यह आपत्ति उठाने लगा, "मैं इस बात से डरता हूँ," या "मुझे डर है कि···" उस डरनेवाले अधीनस्थ के कंधे पर अपना हाथ रखते हुए जैक्सन ने कहा, "जनरल, अपने डर को कभी अपना सलाहकार मत बनाओ।"

विश्वास की भावनाएँ आपके मस्तिष्क में आदतन रहनेवाले विचारों के प्रकार पर निर्भर करती हैं। यदि आप हार के बारे में सोचते रहेंगे तो आपकी हार तय है; परंतु यदि आप विश्वास के विचारों का अभ्यास करेंगे, यदि आप इसकी प्रबल आदत डाल लेंगे तो आप यह प्रबल क्षमता विकसित कर लेंगे, जिसके द्वारा आप अपनी मुश्किलों को जीत लेंगे, चाहे वे मुश्किलें कैसी भी हों। विश्वास की भावनाएँ दरअसल बढ़ी हुई शक्ति को प्रेरित करती हैं।

इमर्सन ने एक जबरदस्त सत्य का उद्घाटन करते हुए कहा था, "वे जीत जाते हैं, जिन्हें यह विश्वास होता है कि वे जीत सकते हैं।" और उन्होंने यह भी जोड़ा, "जिस काम से डर लगे, वह काम कर दें और आपका डर निश्चित रूप से मर जाएगा।" विश्वास एवं आस्था का प्रयोग करें और आप देखेंगे कि डर व असुरक्षा की भावनाएँ आपका कुछ नहीं बिगाड़ पाएँगी।

5. सामाजिक तालमेल

यदि आप लोगों को सचमुच पसंद करते हैं, उनके साथ रहना चाहते हैं, उनके साथ बातचीत करना चाहते हैं, उनकी मदद करना चाहते हैं तो आप पाएँगे कि लोग आम तौर पर आपको पसंद करेंगे। जब साझी पसंद मौजूद होती है तो लोग एक-दूसरे के साथ मिल-जुलकर रहते हैं। हमेशा सामनेवाले की गतिविधियों और विचारों में रुचि लें। अपने बारे में बात करने के बजाय बातचीत को सामनेवाले की रुचियों पर केंद्रित रखें। यदि आप सामनेवाले की रुचियों में तल्लीन रहते हैं तो वह आपकी ओर ध्यान देगा और आपका सुखद समय गुजरेगा। दूसरों के साथ मिल-जुलकर रहने के लिए यह आवश्यक है कि आप पसंद आने लायक हों। पुरानी कहावत पर अमल करें, 'मित्र पाने के लिए मित्र बनें।' सामनेवाले के लिए साथ रहने को आसान बना दें। सहज किस्म के व्यक्ति बनें, ताकि आपके साथ रहने में कोई तनाव न हो। 'पुराने जूते' जैसे व्यक्ति बनें, घरेलू तथा जमीन से जुड़े व्यक्ति बनें। प्रेरक बनने का गुण विकसित करें। यदि आपके साथ रहने से लोग बेहतर और ज्यादा सजीव महसूस करते हैं तो वे आपको खोजेंगे और आपके व्यक्तिगत संबंध उत्कृष्ट बन जाएँगे। लोगों के साथ गलत तरीके से न पेश आएँ। तनाव-रहित और मिलनसार बनें। चिड़चिड़े या इतने संवेदनशील बनने से बचें कि आप आसानी से आहत हो जाएँ। लोग अति संवेदनशील लोगों से दूर छिटकते हैं, क्योंकि उन्हें अप्रिय प्रतिक्रिया जगाने का डर होता है।

दूसरों के साथ होनेवाली हर गलतफहमी का उपचार करने की सच्ची कोशिश करें। मानसिक व आध्यात्मिक रूप से अपनी शिकायतें बह जाने दें और हर एक के प्रति सद्भाव का नजरिया रखें। लोगों से प्रेम करें और उनके लिए चीजें करें। मित्रता के निस्स्वार्थ और बहिर्मुखी कार्य करें। यह अवश्यंभावी रूप से सुखद व्यक्तिगत संबंधों की ओर ले जाता है। इसका सार 'बाइबल' के इस जाने-पहचाने उपदेश में है, "दूसरों के लिए वही करें, जो आप चाहते हैं कि वे आपके लिए करें।"

6. ऊर्जा का स्रोत

हम जो सोचते हैं, उसका इस बात पर निश्चित प्रभाव पड़ता है कि हम वास्तव में शारीरिक रूप से कैसा महसूस करेंगे! यदि आपका दिमाग आपको बताता है कि आप थके हुए हैं तो आपका शरीर, आपकी तंत्रिकाएँ और आपकी मांसपेशियाँ इस तथ्य को स्वीकार कर लेती हैं, परंतु यदि आपका दिमाग किसी काम में गहरी रुचि ले रहा है तो आप उस काम को अनंत काल तक बिना थके जारी रख सकते हैं। धर्म हमारे विचारों के माध्यम से काम करता है, क्योंकि धर्म विचारों के अनुशासन का सिस्टम है। मस्तिष्क में आस्था के दृष्टिकोण को भरकर यह हमारी ऊर्जा बढ़ा देता है। आपके पास प्रचुर शक्ति

के संसाधन और समर्थन हैं, यह सुझाव देकर यह आपको कार्य करने की अत्यधिक शक्ति प्रदान करता है।

ईश्वर ही सारी ऊर्जा का स्रोत है—सारे ब्रह्मांड की ऊर्जा, आणविक ऊर्जा, विद्युत् ऊर्जा और आध्यात्मिक ऊर्जा। वस्तुत: ऊर्जा का हर रूप उसी रचयिता से उत्पन्न हुआ है। ईश्वर से संपर्क हमारे भीतर भी उसी तरह की ऊर्जा को प्रवाहित करता है, जिस तरह की ऊर्जा से दुनिया का नवीनीकरण होता है और जो हर साल वसंत में प्रकृति को नया रूप देती है। जब हम अपने विचार की प्रक्रियाओं के माध्यम से ईश्वर के आध्यात्मिक संपर्क में आते हैं तो अपने आप हम में ईश्वर की दैवी ऊर्जा और शक्ति प्रवाहित होने लगती है, जिससे अपने आप मूल रचनात्मक कार्य नवीनीकृत होता रहता है। जब दैवी ऊर्जा से हमारा संपर्क टूट जाता है तो हमारा व्यक्तित्व धीरे-धीरे शरीर, मन और आत्मा से कमजोर होने लगता है। अगर बिजली से चलनेवाली घड़ी को बिजली की आपूर्ति मिलती रहे तो वह अनंत काल तक बिना रुके चल सकती है और सही समय बता सकती है, परंतु यदि आप आपूर्ति बंद कर दें तो वह तत्काल रुक जाएगी। क्यों ? क्योंकि ऊर्जा के स्रोत से उसका संपर्क टूट गया है; जो पूरे ब्रह्मांड में प्रवाहित हो रही है। आम तौर पर यही प्रक्रिया मानवीय अनुभव में भी लागू होती है।

7. समस्याएँ जीवन का चिह्न हैं

हमारे पूर्वज दार्शनिक चिंतक थे, इसलिए वे यह बात जानते थे कि लोगों को सशक्त बनाने का सिर्फ एक ही तरीका है—संघर्ष द्वारा। इनसान मुश्किलों, बाधाओं और कष्टों का प्रबल प्रतिरोध करके ही मानसिक व आत्मिक रूप से मजबूत बनता है। व्यक्ति के विकास में समस्याओं का यही अनुशासनात्मक महत्त्व है। ये उसकी अंतर्दृष्टि, शक्तियों और सृजनात्मक रूप से जीने की क्षमता को बढ़ाती हैं। मशहूर शोध वैज्ञानिक स्वर्गीय चार्ल्स एफ. (बॉस) केटरिंग यह सच्चाई जानते थे। उन्होंने जनरल मोटर्स की अपनी प्रयोगशाला की दीवार पर एक साइनबोर्ड लगा रखा था, ताकि उनके साथियों को और उन्हें लाभ हो सके—'मेरे पास अपनी सफलताएँ न लाएँ; उनसे मैं कमजोर होता हूँ। मेरे पास अपनी समस्याएँ लाएँ; उनसे मुझे शक्ति मिलती है।' दरअसल, व्यक्ति समस्याओं पर अपनी प्रतिक्रिया देखकर अपने मानसिक स्वास्थ्य के बारे में काफी कुछ सीख सकता है। अगर वह 'अन्यायपूर्ण' व्यवहार के बारे में शिकायत करता है, कटुता रखता है या झींकता है, 'मैं ही क्यों ?' वाला नजरिया रखता है तो यह स्पष्ट है कि उसे मदद की जरूरत है। बहरहाल, यदि वह समस्या को जीवन का हिस्सा मानता है और सोचता है कि शायद इससे लाभ उठाया जा सकता है और साथ ही उसे यह विश्वास है कि वह इसका सामना कर सकता है तो इससे स्वस्थ

मानसिक स्थिति का पता चलता है। इसलिए हम इस सिद्धांत पर जोर देते हैं—अगर ठान लें तो आप कुछ भी कर सकते हैं।

समस्याएँ जीवन का चिह्न हैं। मैं तो यह सुझाव भी देना चाहूँगा कि आपके पास जितनी ज्यादा समस्याएँ हैं, आप उतने ही ज्यादा जीवित हैं। मान लें, किसी व्यक्ति के पास दस बड़ी समस्याएँ हैं। इस आधार पर वह उस गरीब व दुःखी व्यक्ति से दोगुना जिंदा है, जिसके पास सिर्फ पाँच समस्याएँ हैं। अगर आपके पास एक भी समस्या नहीं है तो मैं आपको चेतावनी देता हूँ कि आप बहुत बड़े संकट में हैं। आप जिंदगी से दूर होते जा रहे हैं और आपको इसका पता तक नहीं है।

कब्रिस्तान में किसी को कोई समस्या नहीं है। उनके लिए जिंदगी के संघर्ष खत्म हो चुके हैं। अब वे आराम कर रहे हैं। उन्हें इस बात की जरा भी परवाह नहीं है कि आप और मैं अखबार में क्या पढ़ते हैं, रेडियो पर क्या सुनते हैं या टी.वी. पर क्या देखते हैं! उनके पास एक भी समस्या नहीं है; लेकिन वे मुर्दा हैं।

8. चिंता करना मूर्खतापूर्ण है

चिंता एक आदत है, जो लंबे समय तक विकसित होती रहती है। जो आदत बन सकती है, उसे छोड़ा भी जा सकता है। इसलिए पहला कदम यह है कि चिंता की आदत से खुद को मुक्त कर लें। 'चिंता' शब्द का मूल अर्थ है—गला दबाना या दम घोंटना। यह आपकी नैसर्गिक ऊर्जा और प्रभावकारिता की आपूर्ति बंद कर सकती है। चिंता के विचारों से अपना दम न घोंटें। चिंता करना मूर्खतापूर्ण है। यह मानसिक ऊर्जा की मूर्खतापूर्ण बरबादी है। यह अनुमान लगाया गया है कि आपकी 40 प्रतिशत चिंताएँ अतीत के बारे में होती हैं, 50 प्रतिशत भविष्य के बारे में होती हैं और 10 प्रतिशत वर्तमान समस्याओं के बारे में होती हैं। जिन चीजों की चिंता की जाती है, उनमें से 92 प्रतिशत तो कभी होती ही नहीं हैं। बाकी बची हुई 8 प्रतिशत चिंता से आप निबट सकते हैं। अतीत की गलतियों के बारे में चिंता करना छोड़ने का एक प्रभावकारी तरीका भूलने में कुशल बनना है। अतीत जा चुका है, इसलिए उसे भूल जाएँ। हर दिन जोर से कहें, "जो चीजें पीछे छूट गई हैं, उन्हें भूलकर और जो चीजें सामने हैं, उन तक पहुँचकर मैं ईश्वर के उच्च आह्वान के पुरस्कार के लिए आगे की ओर बढ़ता हूँ।"

महान् मनोवैज्ञानिक व दार्शनिक विलियम जेम्स ने कहा था, "जीनियस का सार यह जानना है कि किसे नजरअंदाज करना है।" जब चिंता करनेवाला नजरअंदाज करना सीख लेता है तो ध्यान कम हो जाता है, तनाव बिखर जाता है और एक नया नजरिया 'इसे जाने दो' हावी हो जाता है। यह चिंता के इलाज के लिए महत्त्वपूर्ण है—भविष्य में स्याह चिंताओं की तलाश न करें। प्रकाश से भरे भविष्य की तलाश करें। एक ऐसा

भविष्य, जिसमें ईश्वर आपकी हिफाजत करता है। क्या हो सकता है, इस बारे में चिंता न करें; आस्था रखकर अच्छी घटनाओं का सृजन करें। अगर आप निर्विकार बनने का नजरिया सीख लेते हैं तो फिर आप चिंतातुर नहीं बनेंगे।

9. अपने दुःख का कारण खुद न बनें

हममें से कई लोग अपने दुःख का निर्माण खुद करते हैं। हालाँकि हमारे सारे दुःखों का कारण हम खुद नहीं होते, क्योंकि सामाजिक परिस्थितियाँ भी हमारे बहुत से दुःखों के लिए जिम्मेदार होती हैं, परंतु फिर भी, यह सच है कि काफी हद तक हमारे विचार और हमारे रवैए हमें जीवन में सुखी या दुःखी बनाते हैं। एक प्रसिद्ध व्यक्ति का कथन है, "पाँच में से चार लोग उतने सुखी नहीं हैं, जितने कि वे हो सकते हैं।" फिर वह आगे कहता है, "दुःख सबसे आम मानसिक स्थिति है।" क्या मानवीय सुख इतना कम हो गया है? यह कहते हुए मुझे झिझक हो रही है; परंतु मैं पाता हूँ कि इतने अधिक लोग दुःख भरा जीवन जी रहे हैं कि मैं उनकी गिनती नहीं कर सकता। चूँकि सुखी होना हर इनसान की मूलभूत इच्छा है। सुख हासिल किया जा सकता है और इसे हासिल करने की प्रक्रिया भी जटिल नहीं है।

एक बार मैं एक रेलवे डाइनिंग कार में एक पति-पत्नी के सामने बैठा हुआ था, जो मेरे लिए अजनबी थे। पत्नी महँगे कपड़े एवं जेवरात पहने थी और फर व हीरे उसकी अमीरी की कहानी कह रहे थे, परंतु वह अपने आप से दुःखी लग रही थी। वह बार-बार तेज आवाज में शिकायत कर रही थी कि डिब्बे में गंदगी थी, सर्विस बहुत खराब थी और भोजन बिल्कुल घटिया था। वह हर चीज के बारे में शिकायत कर रही थी और हर चीज के बारे में परेशान दिख रही थी। दूसरी तरफ, उसका पति खुशमिजाज और जिंदादिल इनसान था, जिसमें स्पष्ट रूप से यह क्षमता थी कि वह हर चीज में खुशी ढूँढ़ लेता था। मुझे लगा कि वह अपनी पत्नी के आलोचनात्मक रवैए पर थोड़ा लज्जित था और कुछ हद तक निराश भी; क्योंकि वह उसे खुश करने के लिए इस यात्रा पर ले जा रहा था। चर्चा बदलने के लिए उसने पूछा कि मैं किस व्यवसाय में हूँ? इसके बाद उसने मुझे बताया कि वह एक वकील है। फिर उसने एक बहुत बड़ी गलती की। व्यंग्यात्मक रूप से मुसकराते हुए उसने कहा, "मेरी पत्नी निर्माण व्यवसाय में है।"

मुझे हैरानी हुई, क्योंकि वह बिजनेस वूमेन या एक्जीक्यूटिव जैसी नहीं दिख रही थी। इसलिए मैंने पूछा, "वे किस चीज का निर्माण करती हैं?"

"दुःख का।" उसका जवाब था, "वे अपने दुःखों का निर्माण करती हैं।"

हम यह सोचते हैं कि दूसरे लोगों को वह मिल रहा है, जिसके वे योग्य नहीं हैं और हममें जितनी योग्यता है, हमें उतना नहीं मिल रहा है। घृणा, विद्वेष व दुर्भावना के भाव

अपनी चेतना में भरकर हम अपने दुःख को और अधिक बढ़ा लेते हैं। दुःख-निर्माण की प्रक्रिया हमेशा डर और चिंता के मूल तत्त्वों का महत्त्वपूर्ण प्रयोग करती है।

एक पुरानी शैली की पुलमैन कार में हम आधा दर्जन लोग दाढ़ी बना रहे थे। अकसर भीड़ भरी ट्रेन में रात का सफर करने के बाद लोगों का मूड अच्छा नहीं रहता, इसलिए चर्चा नहीं हो रही थी और सिर्फ हाँ-हाँ में बातें हो रही थीं। तभी वहाँ एक व्यक्ति आया, जिसके चेहरे पर एक चौड़ी सी मुसकान थी। उसने हम सबसे खुशनुमा अंदाज में 'गुड मॉर्निंग' कहा, हालाँकि बदले में उसे मरे हुए 'गुड मॉर्निंग' सुनने को मिले। वह दाढ़ी बनाते समय शायद अनजाने में एक खुशनुमा धुन गुनगुना रहा था। कुछ लोगों को यह नागवार गुजरा और उनमें से एक ने आखिरकार व्यंग्य में पूछ ही लिया, "आप आज बहुत खुश लग रहे हैं। इसका क्या कारण है?"

"हाँ।" उस व्यक्ति ने जवाब दिया, "मैं सचमुच खुश हूँ। मुझे अच्छा लग रहा है।" फिर उसने आगे कहा, "मैं इसलिए खुश हूँ, क्योंकि खुश रहना मेरी आदत है।"

यह बहुत गहरी बात है, क्योंकि सचमुच सुखी या दुःखी रहना हमारी मानसिक आदत होती है, जिसे हम विकसित करते हैं। बुद्धिमत्तापूर्ण कहावतों के संग्रह 'बुक ऑफ प्रोवर्ब्स' में कहा गया है, "...खुशदिल इनसान हमेशा जश्न मनाता है।" (प्रोवर्ब्स 15:15)। दूसरे शब्दों में, आप खुशदिल बन जाइए, यानी कि सुखी रहने की आदत डाल लीजिए और जीवन एक लंबा जश्न बन जाएगा, यानी कि आप जीवन के हर दिन और हर पल का आनंद ले सकेंगे। सुखी रहने की आदत से ही जीवन सुखी बनता है और चूँकि हम इस आदत को विकसित कर सकते हैं, इसलिए अपने सुख का निर्माण करने की शक्ति हमारे अपने हाथों में होती है।

10. नियंत्रित जोश के साथ आगे बढ़ें

जो खुशनसीब लोग जीवन में सबसे ज्यादा उपलब्धियाँ हासिल करते हैं, वे हमेशा जोश से भरे होते हैं। जो लोग अपनी जिंदगी में सबसे ज्यादा करते या पाते हैं, वे जिंदगी के अवसरों और समस्याओं (सबसे बुरे पलों में भी) के प्रति विश्वासपूर्ण और जोशीला नजरिया रखते हैं। इस प्रबल व बेशकीमती प्रेरक शक्ति को विकसित करने और कायम रखने की तकनीकें सफलता पाने के लिए बहुत जरूरी हैं। जोश सचमुच अंतर पैदा कर सकता है—यह अंतर कि आपकी जिंदगी कैसी बनेगी!

जोशीले लोग आशावादी और खुश होते हैं। चूँकि उन्हें किसी चीज में यकीन है, इसलिए वे प्रगतिशील होते हैं, सक्रियता से पहल करके स्थितियाँ पैदा करते हैं, हमेशा समाज की बेहतरी के लिए काम करते हैं, नए काम-धंधे शुरू करते हैं, पुराने समाज को नए रूप में ढालते हैं और बड़ी उम्मीद से नया संसार बनाते हैं।

स्कॉटिश भौतिक विज्ञानी सर एडवर्ड वी. एपल्टन की वैज्ञानिक खोजों ने विश्वव्यापी प्रसारण संभव बनाया और उन्हें नोबेल पुरस्कार दिलवाया। उनकी आश्चर्यजनक उपलब्धियों का रहस्य पूछे जाने पर उन्होंने कहा, "यह जोश की बदौलत ही संभव हुआ। मेरी नजर में तो जोश व्यावसायिक कुशलता से भी बढ़कर है।" जोश के बिना इनसान में कभी आत्म-अनुशासन और लगातार मेहनत करने की इच्छा नहीं होगी और जब तक इनसान मेहनत नहीं करेगा, तब तक वह व्यावसायिक कुशलता हासिल नहीं कर पाएगा। जोश ही वह प्रगतिशील प्रेरणा है, जो इनसान से लक्ष्य की दिशा में निरंतर काम करवाती है। वॉल्टेयर ने एक बार एक व्यक्ति का विवरण देते हुए उसकी तुलना ऐसे गरम ओवन से की थी, जो हमेशा गरम तो रहता है, लेकिन कभी कुछ पकाता नहीं है। इस दृष्टिकोण पर टिप्पणी करते हुए हैरॉल्ड ब्लेक वॉकर कहते हैं कि कई लोगों में रत्ती भर भी जोश नहीं होता है और वे अपनी नौकरियों में बिना स्फूर्ति के मन मारकर काम करते हैं। यानी कुल मिलाकर वे बस, गरम होने लायक काम करते हैं, लेकिन वास्तव में कभी कुछ पकाते नहीं हैं। उन्होंने बताया कि जब किसी के भीतर जोश की आग धधक उठती है तो आश्चर्यजनक चीजें होने लगती हैं। वॉल्ट व्हिटमैन ने अपने बारे में कहा था, "मैं धीमे-धीमे सुलग रहा था, बस, सुलग रहा था; इमर्सन के कारण ही मुझमें उबाल आया।" यह व्यक्तित्व का अच्छा बढ़िया वर्णन है! वे प्रतिभावान् थे, लेकिन शक्तिशाली नहीं थे, जब तक कि जोश की आग उन्हें उबाल के बिंदु तक नहीं ले आई। परिणाम यह हुआ कि व्हिटमैन ने अमर काव्य का सृजन किया।

रॉबर्ट जॉनसन को चार्ल्स एम. श्वाब की घोषणा की जीवंत मिसाल कहा जा सकता है, "इनसान हर उस चीज में सफल हो सकता है, जिसके प्रति उसके मन में असीम जोश हो।" जॉर्ज मैथ्यू एडम्स ने इसी बात को दूसरे तरीके से कहा था, "जोश एक तरह की आस्था है, जिसमें लपट उठ गई हो।"

आग से शक्ति पाने के लिए इसका दोहन किया जाना चाहिए। दुनिया उस जोशीले व्यक्ति के अधिकार में होती है, जो शांत रह सकता हो। गहराई से सोचने और शानदार काम करने के लिए हमेशा शांत मस्तिष्क की जरूरत होती है। इसलिए इस प्रक्रिया का वर्णन इस तरह किया जा सकता है—जोश इनसान के भीतर आग पैदा कर देता है; लेकिन उसे किसी विचार या प्रोजेक्ट के प्रति अपने जोश पर काबू रखना होगा। कहीं ऐसा न हो कि उसका जोश बेकाबू होकर उसी पर हावी हो जाए! हर प्रबल शक्ति की तरह बेकाबू जोश भी इनसान को तबाह कर सकता है। दूसरी ओर, नियंत्रित जोश हमेशा सृजनात्मक होता है।

11. प्रार्थना में शक्ति है

हर दिन कुछ मिनट का समय निकालें। इस दौरान कुछ भी न बोलें, सिर्फ ईश्वर के बारे में सोचें। इससे आपका मस्तिष्क आध्यात्मिक रूप से ग्रहणशील बनेगा।

फिर आसान व सहज शब्दों में प्रार्थना करें। आपके दिल में जो हो, वह सब ईश्वर से कह दें। अपनी भाषा में ही ईश्वर से बात करें। ईश्वर आपकी भाषा समझता है। बिजनेस के दौरान या यात्रा में अथवा बस या ट्रेन में या अपनी कुरसी पर बैठे-बैठे प्रार्थना करें। अपनी आँखें बंद करके दुनिया से अपना ध्यान हटा लें और ईश्वर की उपस्थिति पर अपना ध्यान केंद्रित करते हुए छोटी-छोटी प्रार्थनाएँ करें। आप हर दिन ऐसा जितना ज्यादा करेंगे, आपको ईश्वर की उपस्थिति का एहसास उतना ही ज्यादा होगा। प्रार्थना करते समय हमेशा माँगते न रहें। इसके बजाय यह विश्वास जताएँ कि ईश्वर ने आपको कितनी नियामतें दी हैं और अपनी अधिकांश प्रार्थनाओं में ईश्वर की कृपा के लिए उसे धन्यवाद दें। इस विश्वास के साथ प्रार्थना करें कि सच्चे दिल से की जानेवाली प्रार्थना में इतनी शक्ति होती है कि वह आपके और आपके प्रियजनों के जीवन में ईश्वर के प्रेम एवं संरक्षण को ला सकती है। प्रार्थना में नकारात्मक विचार का प्रयोग कभी न करें। केवल सकारात्मक विचारों से ही परिणाम मिलते हैं। हमेशा ईश्वर की इच्छा को स्वीकार करने के लिए सहमत रहें। आप जो चाहते हैं, वह माँगें; परंतु यह भी कहें कि ईश्वर आपको जो देगा, आप उसे खुशी-खुशी स्वीकार करेंगे। हो सकता है कि ईश्वर आपको माँगी गई चीज से कोई बेहतर चीज दे रहा हो! हर चीज को ईश्वर के हाथ में सौंपने की आदत डालें। सर्वश्रेष्ठ काम करने की योग्यता माँगें और परिणामों को पूरे विश्वास से ईश्वर के हाथों में सौंप दें।

जिन लोगों को आप पसंद नहीं करते या जिन्होंने आपके साथ बुरा बरताव किया है, उनके लिए प्रार्थना करें। घृणा या विद्वेष आध्यात्मिक शक्ति की पहले नंबर की बाधा है। उन लोगों की सूची बनाएँ, जिनके लिए आप प्रार्थना करने वाले हैं। आप दूसरों के लिए जितनी ज्यादा प्रार्थना करेंगे, खासकर अजनबियों के लिए, आपको उतने ही सुखद परिणाम मिलेंगे।

□

निक वुजिसिस

अकसर हम कहते हैं कि महान् व्यक्तियों का नाम ही काफी है उनकी पहचान के लिए; लेकिन एक ऐसा शख्स, जिसका चेहरा ही काफी है उसके नाम के लिए। कितने विज्ञापनों और कितने वीडियोज में लोग बिना नाम जाने जिनके साहस की मिसाल देते हैं, वही हैं—निक वुजिसिस। निक वुजिसिस अन्य बच्चों की तरह स्वस्थ थे, लेकिन उनमें एक कमी थी। वे 'फोकोमीलिया' नाम के शारीरिक विकार के साथ पैदा हुए थे, जिसके कारण उनके दोनों हाथ-पैर बचपन से ही नहीं थे। इतनी बड़ी अपंगता के बावजूद कोई मुसकरा भर दे तो वह भी एक उपलब्धि बन जाती है; लेकिन निक न केवल मुसकराते हैं, बल्कि आज वे एक सफल मोटीवेटर हैं और आठ किताबें लिख चुके हैं।

1. जीवन जीने के तीन मूल मंत्र

हमारे जन्म से मृत्यु के बीच की अवधि जीवन कहलाती है। जीवन का मुख्य अंग एक चेतना है, जो जीवन के सभी कार्यों की साक्षी रहती है। जीवन वह दिशा है, जो पशुओं, पौधों और दूसरे जीव प्राणियों को अकार्बनिक एवं कृत्रिम चीजों से अलग करती है। इसके विपरीत जीवन एक कला है। आपका खुद का विश्वास ही केवल एक अच्छे जीवन का निर्माण कर सकता है।

(अ) आप कौन हैं और आपकी वैल्यू क्या है?

जीवन का सबसे बड़ा प्रश्न यही है कि आप कौन हैं और आपके जीवन के मूल्य क्या हैं? हमारे जीवन के सिद्धांतों के द्वारा ही हमारी पहचान होती है। मनुष्य एक ऊर्जा की तरह है। अगर दिशा न हो तो ऊर्जा विनाश की ओर बढ़ जाती है। इसलिए इनसान को सबसे पहले अपने बारे में पता होना सबसे जरूरी है। अपने कंफर्ट जोन और सपनों के बीच का स्थान, जहाँ जीवन घटता है, माना कि वह तनाव वाली जगह है, लेकिन यही वह जगह है, जहाँ आप खोज पाते हैं कि आप क्या हैं?

(ब) आपके जीवन का उद्‌देश्य क्या है ?

जीवन का उद्‌देश्य है कि उद्‌देश्य-भरा जीवन हो। हमारा उद्‌देश्य यह तय करता है कि हमें किस दिशा में ज्ञागे बढ़ना है। अगर उद्‌देश्य ही न हो तो आप ऐसे व्यक्ति की तरह हो जाएँगे, जिसके आगे चौराहे तो बहुत हैं, पर कौन सा रास्ता मंजिल तक जाता है, वह नहीं जानता और जीवन भर भटकाव में रहता है। आप जानते हैं, हममें से अधिकतर लोग जानते ही नहीं कि वे क्या बनना चाहते हैं और जो जानते हैं, वही जीवन में महान् होते हैं। इसलिए आपके लक्ष्य अर्जुन की तरह होने चाहिए, जिसे मछली में केवल उसकी आँख दिखी। भगवान् ने आपको एक मुँह और दो कान दिए हैं, जिससे हम जान सकें कि हमें बोलने से ज्यादा सुनना है। सुनने से आप दुनिया को ज्यादा समझ सकेंगे।

(स) आपकी नियति क्या है और आप क्या करना चाहते हैं ?

ईश्वर ने हमें शरीर दिया है, लेकिन चुनने का अधिकार हमारा है। चाहे रास्ता दिखाई न दे, उसका मतलब यह नहीं कि वह वहाँ नहीं है। अपना रास्ता चुनो। कभी-कभी आपको लगता है कि आप अपना लक्ष्य पाने ही वाले हैं, पर चूक जाते हैं। यह हार मानने का कोई कारण नहीं हो सकता। हारता वही है, जो दोबारा प्रयास नहीं करना चाहता। सबसे बड़ा इनाम तब मिलता है, जब आप खुद को छोड़ देते हो। यह दूसरों का जीवन बेहतर बनाने के बारे में है; किसी ऐसी चीज का हिस्सा बनने के बारे में है, जो आपसे बड़ा हो और एक सकारात्मक बदलाव लाने के बारे में है।

2. जीवन में चुनौतियाँ हमारे विश्वास को मजबूत करने के लिए होती हैं

जिंदगी संभव-असंभव का खेल है। चाहो तो कुछ भी हो सकता है और न चाहो तो जो आपके पास है, आप उसका भी इस्तेमाल नहीं कर सकते। दुनिया में कुछ भी असंभव नहीं होता। हम वह सबकुछ कर सकते हैं, जो हम सोच सकते हैं और वह हम सबकुछ सोच सकते हैं, जो अब तक हमने नहीं सोचा।

नेपोलियन बोनापार्ट एक ऐसे व्यक्ति का नाम है, जो साधारण सैनिक से शासक के पद पर अपने अदम्य साहस और आत्मविश्वास तथा बुद्धिमत्ता के बल पर पहुँचा। अपने इसी आत्मविश्वास के बल पर उसने अपने जीवन में कई असाधारण सफलताएँ प्राप्त कीं। उसके इसी साहस और आत्मविश्वास का एक उदाहरण उस समय का है, जब उसकी सेना युद्ध करते हुए आल्प्स पर्वत के पास पहुँची। सामने पहाड़ ने सेना का रास्ता रोक लिया। उसी पहाड़ की तलहटी में एक वृद्ध महिला का परिवार रहता था। नेपोलियन ने उस महिला से आल्प्स पर्वत को पार करने का रास्ता पूछा। जब नेपोलियन ने रास्ता पूछा तो वह महिला हँसने लगी और कहने लगी कि तुमसे पहले भी बहुत से लोगों ने इस

पर्वत को पार करने का प्रयास किया था, लेकिन असफल रहे। ऐसा करना असंभव है। इस पर नेपोलियन ने उस महिला को धन्यवाद दिया और कहा कि अब तो मैं इसे अवश्य पार करूँगा। मेरे शब्दकोष में 'असंभव' शब्द नहीं है। उसके बाद नेपोलियन ने आल्प्स पर्वत को पार करने की योजना बनाई और अपनी पूरी सेना के साथ उस पर्वत को पार किया। यह विश्व में इस प्रकार का पहला उदाहरण था। किसी ने आल्प्स पर्वत अब तक पार नहीं किया था। आत्मविश्वास और साहस के बल पर असंभव दिखनेवाले कार्य भी संभव हो जाते हैं। जरूरत होती है तो केवल सावधानीपूर्वक योजना बनाने की और उस पर अमल करने की।

3. बिना हाथ-पैर के व्यक्ति जीवन में कुछ भी कर सकता है

विश्वास आपको आपके आगे के संघर्ष के लिए शक्ति प्रदान करता है। यह बात कोई प्रभाव नहीं डालती कि चुनौती क्या है? जब हम किसी नए कार्य की शुरुआत करते हैं तो हमें रुककर सोचना चाहिए। उन सीमाओं के बारे में, जो हमने अपने लिए निर्धारित की हैं। आपको बस, उसके पार सोचना है, आप कुछ भी कर सकते हैं।

क्या आपने कभी सोचा है कि बिना हाथ-पैरों का व्यक्ति कैसे जीता है? जब निक पैदा हुए, उनके माता-पिता ने कभी नहीं सोचा था कि उनके घर में कोई ऐसा बच्चा जन्म लेगा! एक माँ को कितना धक्का लगा होगा, जब उसने अपने बच्चे को ही अपने से दूर रखने के लिए कहा हो। निक कहते हैं, "मेरे माता-पिता ने कभी नहीं सोचा था कि मैं ऐसे जन्म लूँगा। इसका कोई वैज्ञानिक कारण नहीं था कि ऐसा क्यों हुआ? अगर ईश्वर मेरे माता-पिता से प्रेम करते थे तो उनके साथ इतना बुरा कैसे होने देते?"

मैं बड़ा हो रहा था। मुझे चौबीस घंटे देखभाल की जरूरत थी। मैं खुद एक गिलास पानी भी नहीं पी सकता था। मैं खुद कुछ खा नहीं सकता था। आइसक्रीम से मैं पूरा गंदा हो जाता था। मुझे टॉयलेट ले जाया जाता था। जब मैं बारह साल का था, तब मुझे सच में लगता था कि मैं एक बोझ हूँ। मैंने अपनी माँ से कहा था कि आपके जाने के बाद मेरी देखभाल कौन करेगा? मुझे अपना कोई भविष्य नजर नहीं आता। मुझे कौन अपनाएगा? कौन मेरा जीवनसाथी बनेगा?

खुद की दूसरों से तुलना करने के बाद खुद को दूसरों से कम पाना! यह एहसास सच में दुःखी करने वाला है कि हम किसी से कमतर हैं। दस साल का बच्चा क्या सोच सकता है—आत्महत्या! ऐसा निक ने भी सोचा था, लेकिन जब उन्होंने जाना कि वह अकेले नहीं हैं, जो ऐसी जिंदगी जी रहे हैं। ऐसे बहुत से लोग हैं, जो उनके जैसे हैं। परिस्थितियों का अंत हार मानने पर नहीं होता। परिस्थितियों का अंत होता है उनसे लड़कर। निक ने वह लड़ाई लड़ी और वह कार्य संभव कर दिया, जो असंभव था।

आज हममें से कितने लोग हैं, जो तैर नहीं सकते, फुटबॉल नहीं खेल सकते, लिख नहीं सकते। जो कुछ हाथ-पैरों वाला इनसान कर सकता है, निक वह सबकुछ कर सकते हैं। इस काम को बेहतर तरीके से करने के बाद वे दूसरों के जीवन को दिशा दे सकते हैं, प्रेरणा दे सकते हैं, उन्हें जीने के लिए प्रेरित कर सकते हैं।

असंभव कुछ नहीं। जीवन सीमाओं का नाम नहीं। जीवन इससे कहीं आगे है, जो हमने सोचा है। जरूरत है तो विश्वास की और आगे बढ़ने की। निक के दाईं तरफ एक छोटा सा पैर है, जिसकी उँगलियाँ चिपकी हुई थीं। डॉक्टर्स ने ऑपरेशन करके उन्हें अलग-अलग कर दिया। निक अपने पैर की उँगलियों से लिख सकते हैं, लैपटॉप चला सकते हैं। ऐसा एक दिन में संभव नहीं हुआ। आप सोच सकते हैं कि दो हाथ होने के बाद भी हमें लिखने के लिए अपने हाथ को स्थिर करने में समय लगता है; लेकिन निक ने प्रयास करना नहीं छोड़ा। बार-बार प्रयास किया, हर बार प्रयास किया। बहुत बार हारे, फिर से प्रयास किया और असंभव को संभव कर दिखाया। कुछ लोग होते हैं, जो हमें प्रेरणा देते हैं; लेकिन कुछ लोगों का जीवन ही प्रेरणा है। निक अगर कहीं खड़े हो जाएँ तो सामनेवाले को दिशा मिल जाए।

दुनिया को ब्रह्मांड के रहस्य बतानेवाले स्टीफन हॉकिंग ALS बीमारी के सबसे मशहूर पीड़ित बन गए थे। आमतौर पर इस बीमारी से ग्रसित व्यक्ति दो-तीन साल के अंदर दम तोड़ देता है, लेकिन हॉकिंग ने सब धारणाओं को गलत साबित कर दिया और पाँच दशक तक उससे लड़ते रहे। उन्होंने कहा, "मेरा मानना है कि ऐसी कोई चीज नहीं है, जो असंभव हो; क्योंकि चीजें खुद को असंभव नहीं बनातीं।"

4. जितना बड़ा संघर्ष होगा, जीत उतनी ही शानदार होगी

प्रयास किसी भी लक्ष्य तक पहुँचने की पहली और आखिरी सीढ़ी है। हमारे जीवन में चुनौतियाँ हमारे विश्वास को और मजबूत करने के लिए आती हैं, न कि हमें गिराने के लिए। यह हमारे ऊपर निर्भर करता है कि हम गिरकर कितनी बार खड़े हो सकते हैं। जिंदगी को थमने मत दो। अगर तुम थमे तो पीछे मुड़कर देखने लगोगे और पीछे मुड़कर देखना तुम्हारा लक्ष्य नहीं है। एक विकलांग, जो तुम्हारे अंदर है, उसके बदले में तुम्हारे अंदर की क्षमता कहीं ज्यादा है। उससे आगे निकलने का जोखिम सिर्फ जिंदगी का हिस्सा नहीं है। यही जिंदगी है। खुद को ऐसे सोचो, जैसे कि तुम सीढ़ियाँ चढ़ रहे हो। अगले पायदान पर जाने के लिए तुम्हें अपनी पकड़ छोड़नी होगी, अगले की तरफ बढ़ना होगा, पहले को भूलना होगा। कभी-कभी ऐसा होता है कि आप परिस्थितियों से हार मान लेते हैं और संघर्ष छोड़ देते हैं; लेकिन समय निकलने के बाद जब आप उस दिशा में सोचते हैं तो पाते हैं कि साहस की कमी थी, यह न देख पाना था कि आपके

पास बेहतर विकल्प थे। विकल्प हमेशा हमारे पास-पास होते हैं। लक्ष्य समय माँगता है अपनी पूर्णता के लिए।

पाब्लो पिकासो स्पेन के महान् चित्रकार थे। वे बीसवीं शताब्दी के सबसे अधिक चर्चित समृद्ध कलाकार थे। उनकी बनाई हुई पेंटिंग्स बेशकीमती होती थीं। उनकी पेंटिंग्स दुनिया भर में करोड़ों व अरबों रुपयों में बिकती थी। उस समय अमीर परिवारों द्वारा उनकी पेंटिंग खरीदना और अपने घर की दीवारों पर लगाना समाज में बहुत ही सम्मानजनक माना जाता था।

एक दिन रास्ते से गुजरते समय एक महिला की नजर पिकासो पर पड़ी। उस महिला ने पिकासो को पहचान लिया। वह दौड़कर उनके पास आई और बोली, "सर, मैं आपकी बहुत बड़ी प्रशंसक हूँ। आप की बनाई हुई पेंटिंग्स मुझे बहुत ज्यादा पसंद हैं। क्या आप मेरे लिए एक पेंटिंग बनाएँगे?"

पिकासो ने उसे टालने के लिए कहा, "मैं खाली हाथ हूँ। मेरे पास कुछ भी नहीं है। मैं फिर कभी पेंटिंग बना दूँगा।" लेकिन महिला जिद पर अड़ गई। तब पिकासो ने दस सेकंड के अंदर जेब से कागज निकालकर पेन से उस पर एक पेंटिंग बनाई और कहा, "यह लो, यह 10 लाख डॉलर की पेंटिंग है।" जब महिला उस पेंटिंग को लेकर बाजार में गई, तब वास्तव में उसकी कीमत 10 लाख डॉलर थी। महिला दौड़ती हुई पिकासो के पास आई और उसने कहा, "मुझे अपना शिष्य बना लीजिए। मैं भी आपके जैसी पेंटिंग बनाना चाहती हूँ, जिनकी कीमत इतनी हो।" पिकासो ने कहा, "जो पेंटिंग मैंने दस सेकंड में बनाई है, इसे सीखने में मुझे तीस साल लगे। मैंने अपने जीवन के तीस साल सीखने में दिए हैं। तुम भी तीस साल दो, सीख जाओगी।"

सफलता कभी हमें अनायास नहीं मिलती, न ही उसका कोई शॉर्टकट होता है। सफलता के पीछे वर्षों की गई अनवरत साधना होती है, लेकिन हम हार मान लेते हैं और संघर्ष करना छोड़ देते हैं।

5. आपकी जिंदगी खुशहाल है या नहीं, यह आपकी अपनी चॉइस है

जिंदगी इस विषय में कतई नहीं है कि आपके पास क्या-क्या है? यह खुद के बारे में है। आप खुद को इन सभी चीजों से घेर सकते हैं, जो पैसा खरीद सकता है। दुनिया में कितनी चीजें हैं, जो मनुष्य ने अपनी खुशी के लिए बनाई हैं—पैसा, ड्रग्स, सेक्स, अल्कोहल, पोर्नोग्राफी, ज्यादा-से-ज्यादा पैसा इकट्ठा करना; लेकिन यह आपकी आशाओं का अंत नहीं है। इतना सबकुछ होने के बाद भी आप कभी इतने दुःखी हो जाएँगे, कोई इनसान जितना दुःखी हो सकता है। एक सीधी सी बात, संसाधन हमें खुशी नहीं दे सकते। संसाधन केवल सुविधाएँ दे सकते हैं। खुशी हमारे अंदर है। यह हमारे

ऊपर निर्भर करता है कि हम क्या चुनते हैं? मान लीजिए, ईश्वर ने सभी को एक आँख दी होती तो क्या पैमाना होता देखने का? क्या संसार में सभी व्यक्ति दुःखी रहते कि उनकी एक ही आँख है?

एक छोटी सी बात, जो हमें जाननी नहीं चाहिए, वह यह कि हम कुछ खोज रहे हैं। क्या वह इतना क्षणिक है, जो हमें पल भर की खुशी दे सकता है। हमें सदैव रहनेवाली खुशी को ढूँढ़ना है। वैसी खुशी, जहाँ आपको लगे कि आप चारों ओर परेशानियों से घिरे हुए हैं। आपको कोई रास्ता दिखाई नहीं देता और आप अपने आपको उतना ही हलका महसूस करते हैं, जितना कि कोई भी खुशहाल इनसान करता। हमें पता होना चाहिए, हम जीवन में क्या खोज रहे हैं? ऐसी खुशी, जो आगे चलकर एक कड़वाहट से ज्यादा कुछ नहीं है या एक ऐसी खुशी, जो हर कदम सुधरने की ओर है। निक कहते हैं, "मैं जब छोटा था तो सोचता था कि जब मेरे हाथ-पैर होंगे तो मैं कितना खुश हो जाऊँगा! पर मैंने देखा, बहुत से लोगों को, जिनके पास हाथ व पैर दोनों हैं, लेकिन मैंने जाना कि हाथ-पैर होना किसी को खुशी नहीं दे सकता। कुछ लोगों ने कहा कि शादी आपको खुशी दे सकती है। हाँ यह सच है, शादी खुशी दे सकती है; लेकिन उसका मतलब यह नहीं है कि अकेला व्यक्ति खुश नहीं रह सकता।"

जब आप चीजों में खुशी ढूँढ़ते हैं तो वह हमेशा काफी नहीं होती। आसपास देखिए, अपने अंदर झाँकिए। खुशी आपका इंतजार कर रही है। तब सिर्फ आप अपना ही जीवन खुशहाल नहीं बनाते, उन लोगों का भी बनाते हैं, जो आपके आसपास हैं। यकीनन, लोग आपसे पूछेंगे कि आपकी खुशी का राज क्या है? आप इतनी परेशानियों में मुसकरा कैसे लेते हैं?

6. ईश्वर के आभारी रहें

हमें विश्वास करना चाहिए कि सबकुछ ईश्वर के नियंत्रण में है। ईश्वर ने जो योजना बनाई है, वह वास्तव में मेरे लिए उत्तम होगी और हमें उसकी योजना को हमेशा सफल बनाना चाहिए। बुरी-से-बुरी परिस्थिति में भी सामान्य और पूरी जिंदगी सारी समस्याओं को बाहर रखकर चुनौतियों का सामना करना चाहिए। हमें उनसे प्यार करना चाहिए। जीवन में ऐसी बहुत सी चीजें होती हैं, जिन्हें हम बदल नहीं सकते और रुकावटें हर किसी के जीवन में होती हैं। कुछ हमारे नियंत्रण में होती हैं, कुछ नहीं। इन रुकावटों से उबरकर सच्ची चीजें हमारे पास आती हैं। हमारा सबसे अच्छा गुण क्या है? कभी हार न मानना और हमेशा ईश्वर के आभारी बने रहना। ईश्वर हमारे लिए कल्पनाएँ करता है और अंत में उन्हें पूरी भी करता है; लेकिन हमारी आशाएँ आज पर निर्भर होती हैं। आप जानते हैं, छोटी-छोटी बातें हमें निराश कर देती हैं। हम बड़ी-बड़ी हँसनेवाली बातों पर हँसते नहीं।

महान् टेनिस खिलाड़ी विंबल्डन विजेता आर्थर एश अपनी दंत चिकित्सा कराते हुए एच.आई.वी. ग्रस्त हो गए। वे विश्व के नंबर वन खिलाड़ियों में से एक थे, अतः उनके प्रशंसकों की संख्या भी लाखों में थी। जब प्रशंसकों को उनके एच.आई.वी. ग्रस्त होने के बारे में पता चला तो सब बहुत दुःखी हुए। लोगों ने उनके लिए प्रार्थना सभाएँ करनी शुरू कर दीं। उन्हें बहुत से चिकित्सकों ने परामर्श देना शुरू कर दिया। एच.आई.वी. एक लाइलाज बीमारी है, फिर भी उन्होंने ईश्वर में अपने विश्वास को नहीं छोड़ा और लंबे समय तक लड़ते रहे।

उनके पास नियमित रूप से उनके प्रशंसकों के पत्र आते थे, जिनका वह यथासंभव जवाब भी देते थे। एक दिन जब वे अपने प्रशंसकों के पत्र पढ़ रहे थे तो उनके एक प्रशंसक ने उनसे पूछा कि भगवान् ने आपको ही इस बीमारी के लिए क्यों चुना ? उस पत्र को पढ़कर वे मुसकराए। जो जवाब उन्होंने दिया, वह निश्चित ही उन्हें महान् व्यक्तियों की श्रेणी में लाकर खड़ा कर देता है। आर्थर ने लिखा—"पूरी दुनिया में 5 करोड़ लोग टेनिस खेलना शुरू करते हैं। उनमें से केवल 50 लाख लोग ही टेनिस खेलना सीख पाते हैं। 50 लाख में से केवल 5 लाख ही पेशेवर खिलाड़ी बनते हैं। 50 हजार लोग प्रतियोगिताओं तक पहुँच पाते हैं, जिनमें से 5 हजार ग्रैंड स्लैम में और 50 विंबल्डन में, 4 सेमीफाइनल में और केवल 2 फाइनल में पहुँच पाते हैं, फिर कोई 1 विजेता बनता है। जब ग्रैंड स्लैम जीतने के बाद मैंने भगवान् से नहीं पूछा कि 5 करोड़ में से मैं ही क्यों ? तो आज कष्ट के समय मुझे यह नहीं पूछना चाहिए कि इस बीमारी के लिए मुझे ही क्यों चुना गया ?"

जो मिला है, उसके लिए सदैव आभारी रहें। कभी उसके अनुसार न जिएँ, जो आपके पास नहीं है। चाहे जितनी मुश्किलें हों, बढ़ते रहें। आस्था होना, विश्वास होना, धारणा होना, ये बहुत अच्छी बातें हैं। इन्हीं के आधार पर हम काम करते हैं और इन्हीं से हमारी जिंदगी मापी जाती है। हमें हमेशा सोचना चाहिए कि हम भगवान् की रचना हैं और उसकी योजना के मुताबिक डिजाइन किए गए हैं। उसने जरूर कुछ बेहतर सोचा होगा। शायद उसकी नजर में हम ही इन परिस्थितियों से लड़ सकते थे।

7. कभी उसकी इच्छा के साथ मत जियो, जो तुम्हारे पास नहीं है

जब आप शुरुआत करते हैं, बहुत से लोग आपको नीचे गिराते हैं। बहुत से लोग होते हैं, जो आपको चिढ़ाते हैं कि आप ज्यादा लंबे हैं, ज्यादा छोटे हैं, ज्यादा मोटे हैं या आपके बाल अलग तरीके के हैं। आपका हाथ मुड़ा हुआ है, आपका पैर मुड़ा हुआ है। आपके दाँत अलग तरीके के हैं। आप खुद को शीशे में देखते हैं, क्या सच में हम ऐसे हैं ? आपके लिए ये चीजें बहुत महत्त्व रखती हैं कि आप कैसे देखते हैं। क्यों ? क्योंकि

आपसे जुड़े लोगों के लिए भी वही चीजें महत्त्व रखती हैं। क्यों यह महत्त्व रखता है कि आप कैसे दिखते हैं? यह उन्हीं लोगों के लिए मायने रखता है, जो आपको स्वीकार नहीं कर सकते, आपको पसंद नहीं कर सकते। हम अकेले हो जाते हैं। हम खुद को बदलना चाहते हैं, फिर हम सोचने लगते हैं कि हमारे बाल अच्छे हो जाएँगे। हम पतले हो जाएँगे तो शायद दूसरों को अच्छे लगने लगेंगे। हमारा पैर ठीक हो जाएगा तो लोग हमें पसंद करेंगे! हमारा हाथ ठीक हो जाएगा तो लोग हमें पसंद करेंगे। पर क्यों अपनी परिस्थितियों को बदलो? हम ऐसा नहीं कर सकते। किसी दिन सुबह हम उठें और कह दें कि मुझे हाथ चाहिए। ऐसा नहीं हो सकता कि मुझे पैर चाहिए। हम सोचने लगते हैं कि हम अच्छे नहीं हैं। हम असफल हैं। ऐसा क्या करें कि लोग हमें पसंद करें, लोग हमें स्वीकार करें। हम डिप्रेस्ड रहने लगते हैं।

क्या हमारे जीवन का कोई उद्देश्य नहीं है? क्या हमें नहीं जीना चाहिए? आपके पास इतने सारे प्रश्न होते हैं, जिनका आपके पास कोई जवाब नहीं होता। हमें उन चीजों के साथ जीना होता है। यह हमारी चॉइस है कि हम अपनी कमियों के साथ चलते हैं या फिर परिस्थितियों से हार मान लेते हैं। अगर आप खुद पर विश्वास करते हैं, आपको फर्क नहीं पड़ता कि लोग आपको कैसे आँकते हैं; लेकिन अगर आप लोगों पर विश्वास करते हैं तो आपको फर्क पड़ता है कि वे आपको असफल समझते हैं। आप कोशिश करते हैं एक मुखौटा पहनने की और लोगों से मिलते हैं कि आप अच्छे हैं; लेकिन जब आप घर लौटते हैं और खुद के बारे में सोचते हैं तो पाते हैं कि आप अभी भी उसी तरह जी रहे हैं। किसी को आपकी परवाह नहीं है। ऐसा कोई भी नहीं होता, जो आकर आपसे यह कहे कि मैं आपसे प्रेम करता हूँ, मैं आपकी देखभाल करता हूँ। अधिकतर लोग आपसे पूछते हैं, क्या आप ठीक हैं? लेकिन वह पूछना भर होता है, उन्हें फर्क नहीं पड़ता कि आप ठीक हैं या नहीं? जीवन एक यात्रा है। यात्रा में कितनी रुकावटें, कितने व्यवधान होते हैं! हर जगह समतल और सपाट सड़क नहीं होती, जहाँ गाड़ी फुल स्पीड में दौड़े। वहाँ बहुत से गड्ढे होते हैं, कीचड़ होती है। कुछ रास्ते कच्चे होते हैं, लेकिन आप चलते रहते हैं और मंजिल पर पहुँचते हैं। बिना चले आप कभी मंजिल पर नहीं पहुँच सकते।

क्या करते हैं आप, जब गिर जाते हैं? खड़े होते हैं, जमीन पर गिरे नहीं रहते; क्योंकि बिना खड़े हुए आप चल नहीं सकते। ऐसे ही आप अपने जीवन में कभी गिर जाते हैं तो आपका खड़ा होना जरूरी है। लोग क्या सोचते हैं आपके बारे में, क्या कहते हैं, यह सोचना ही आपको अपाहिज बना देता है। जब आप हार मान लेते हैं तो आप असफल हो जाते हैं। यह अंत नहीं है। अगर आप यहाँ हैं तो निश्चित ही एक नया रास्ता आपके सामने है। इसका अर्थ है, अभी भी आशा है। आपको हमेशा यह सोचना है कि यह अंत नहीं है। महत्त्व यह रखता है कि आप अपनी समस्या का समाधान कैसे करते हैं? अगर

आप अपनी पूरी ताकत के साथ किसी चीज का समाधान करते हैं तो आप कहीं भी, कभी भी, किसी भी परिस्थिति में हों, दोबारा खड़े हो सकते हैं, आत्मविश्वास बढ़ा सकते हैं।

हमें जरूरत है खुद से कहने की कि हमें कोई फर्क नहीं पड़ता कि लोग हमारे बारे में क्या सोचते हैं? हम जैसे भी हैं, बहुत खूबसूरत और बहुत अच्छे हैं। जिस दिन आप खुद को स्वीकार कर लेंगे, उस दिन सबकुछ बदल जाएगा। आपके चारों तरफ प्यार होगा। तीन चीजें, जो आपको सबसे ज्यादा निरुत्साहित करती हैं, आप, आप और आप हैं।

8. विश्व को केवल दो ही चीजों की जरूरत है—आशा और प्रेम

आज करोड़ों लोग भूखे हैं। लाखों लोग आत्महत्या कर रहे हैं। हर 40 सेकंड में कोई व्यक्ति आत्महत्या कर रहा है। लगभग 12 करोड़ लोग गुलामी कर रहे हैं। ऐसे भी लोग हैं, जिनका जीवन पिरामिड की तरह है, सफलता से भरा है। सभी आशा ढूँढ़ रहे हैं, क्योंकि हम आशा के साथ पैदा हुए हैं। सबसे बड़ी शक्ति है प्रेम। हमारे पास बहुत सारा प्रेम है एवं बहुत सारी आशाएँ और जब हम उन्हें खोने लगते हैं तो हम अपनी शक्ति खो देते हैं। विश्व को क्या चाहिए—आशा और प्रेम। बिना प्रेम और आशा के आपको महसूस होगा कि आप दुनिया में क्यों हैं? आप टूट जाएँगे। हर कोई हर किसी की आँखों में अपने लिए प्रेम चाहता है; लेकिन वह कैसे मिल सकता है, जब तक आप उसे बाँटेंगे नहीं। खुशी बाँटिए, प्रेम बाँटिए, जिसकी संसार को बहुत जरूरत है। ईश्वर का प्रेम इतना सच्चा है कि इसे साबित करने के लिए उसने तुम्हें बनाया है। उससे सीखिए। वह सिर्फ देता है।

जब महात्मा बुद्ध के अनुयायी पूरी दुनिया में फैले हुए थे तो जापान में उनके एक अनुयायी थे, जिनका नाम होतेई था। उन्हें आत्मज्ञान हुआ और वे हँसने लगे। उन्होंने उसके बाद हँसना अपने जीवन का उद्‌देश्य बना लिया। वे जहाँ भी जाते, चुंबक की तरह लोग उनसे आकर्षित हो जाते। उनके चारों ओर भीड़ लग जाती। वे लोगों को हँसाते, उनकी उपस्थिति से ही लोग अपना दुःख भूलकर आनंद से भर जाते। जब उनका उद्‌देश्य पूरा होता तो वे दूसरी जगह चल देते। वे अपने जीवन भर लोगों को हँसाते रहे। यह कार्य उन्होंने अपने अंतिम समय तक किया।

जब होतेई का अंतिम समय आया उन्होंने अपने करीबी साथी से कहा कि मृत्यु के बाद उनके शरीर को जला दिया जाए। सभी आश्चर्यचकित हुए, क्योंकि बौद्ध धर्म में अंतिम संस्कार का कोई प्रावधान नहीं है, लेकिन उनके शिष्यों ने उनकी इच्छा पूरी की और जैसे ही उनके शरीर में आग लगाई गई, चारों ओर आतिशबाजी उड़ने लगी। वे नहीं चाहते थे कि उनके जाने के बाद कोई रोए और बाद में लोगों ने उन्हें 'लाफिंग बुद्धा' नाम दिया।

प्रेम जीवन का अनिवार्य गुण है। आप अपने परिवार से, अपने समाज से, अपनी जाति से, अपने देश से प्रेम करते हैं। तो निश्चित है, आप उनका भला चाहेंगे। प्रेम आपका स्वभाव होना चाहिए। चीनी का धर्म मिठास है। अगर आपको कोई सफेद चूर्ण दिया जाए और आपको लगे कि यह मीठा नहीं है तो आप तुरंत कहेंगे, यह चीनी नहीं है। यह तो कुछ और है। मिठास चीनी का धर्म है। नमक का धर्म नमकीन स्वाद है। मिर्ची का धर्म तीखापन है, लेकिन हमारा सबसे अनिवार्य धर्म है—प्रेम।

9. 'किसी दिन' वाली मानसिकता से बचें

'किसी दिन' वाली मानसिकता में आसानी से फँस जाते हैं। किसी दिन मेरे पास बहुत सारा पैसा होगा, जो मुझे जीवन को एंजॉय करने के लिए चाहिए। किसी दिन मैं अपने परिवार के साथ अधिक समय बिता पाऊँगा। किसी दिन मेरे पास आराम करने के लिए और जो मैं चाहता हूँ, वह करने के लिए ढेर सारा वक्त होगा। हमें कुछ भी कल पर नहीं टालना चाहिए। यह मानकर चलिए, परिस्थिति हमेशा ऐसी ही रहेंगी। उनके अनुसार आपको ढलना है। वे आपके अनुसार कभी नहीं ढलेंगी। हर क्षण को खुलकर ऐसे जीना सीखिए, जैसे इस पल के बाद सबकुछ खत्म हो जाएगा। समय के बारे में एक सामान्य कहावत है, 'समय और ज्वार-भाटा कभी किसी की प्रतीक्षा नहीं करते हैं।' यह बिल्कुल पृथ्वी पर जीवन के अस्तित्व की तरह ही सत्य है, अर्थात् जिस तरह से पृथ्वी पर जीवन का होना सत्य है, ठीक उसी तरह से यह कहावत भी बिल्कुल सत्य है। समय बिना किसी रुकावट के निरंतर चलता रहता है। यह कभी किसी की प्रतीक्षा नहीं करता है। किसी दिन का इंतजार करने से बचें। आज में ही जीवन है।

10. माता-पिता के लिए हर बच्चा विशेष होना चाहिए

निक जीना नहीं चाहते थे। दस साल की उम्र में जहाँ बच्चा जीने का सही मतलब भी नहीं समझता, उनके चारों तरफ निराशा फैली हुई थी। निराशा इस बात की कि घर से लेकर स्कूल तक उन्हें अपने जैसा कोई दिखाई नहीं देता था। वे कभी किसी को देखते तो उनके मन में खयाल आता कि ईश्वर ने मुझे ही क्यों चुना? वे हमेशा सोचते कि सामनेवाला इस परेशानी को ज्यादा अच्छे से झेल सकता था, फिर अचानक ऐसा क्या हुआ कि वे न केवल जीने लगे, उन्होंने जाने कितने ही लोगों को जीने की दिशा दी। वे थे, जो जमीन पर ईश्वर का प्रतिनिधित्व करते हैं—उनके माता-पिता। निक के पिता कभी नहीं चाहते थे कि उनके बेटे को कोई कमतर आँके। 18 महीने की उम्र में उन्होंने अपने बेटे को स्वीमिंग सिखाना शुरू कर दिया था। निक जब वह दुनिया से निराश होकर अपने घर आए, उनके पिता के हाथ हमेशा उनके हाथ में होते। वे उन्हें गले लगाते। आप किसी का गले लगाना सुन नहीं सकते, लेकिन फिर भी आप उसे महसूस करते हैं और साहस

से भर जाते हैं, आशा से भर जाते हैं। विश्व की सबसे बड़ी ताकत, जो दिखाई नहीं देती, वह क्या है ? विश्वास। गले लगाना शब्दों से ज्यादा महत्त्व रखता है। अगर उनके माता-पिता ने नहीं बताया होता कि जीवन कितना सुंदर है या वे कितने सुंदर हैं, वे उनके लिए कितने जरूरी हैं तो शायद वे आज हमारे सामने न होते। जब बच्चा यह जानने लगता है कि वह अपने माँ-बाप के लिए कितना स्पेशल है, वे उसे बहुत प्रेम करते हैं और कभी खोना नहीं चाहते तो उसके लिए जीवन में कुछ भी असंभव नहीं रहता।

निक कहते हैं, "मैं समुद्र के किनारे खड़े होकर अधिकतर ऐसी बातें सोचता था कि मैं कभी अपनी पत्नी का हाथ नहीं पकड़ पाऊँगा! मैं कभी अपने बच्चों को अपनी बाँहों में नहीं ले पाऊँगा! मैं पीछे मुड़कर देखता हूँ तो पाता हूँ कि हाँ, मेरी जिंदगी बहुत खूबसूरत है। आपकी जिंदगी के सबसे अच्छा समय, जब आप जन्म लेते हैं और जब आप यह जान जाते हैं कि आपने क्यों जन्म लिया है ? विलियम डकली ने कहा था—मैं सुपीरियर नहीं हूँ। मेरे जीवन में अब भी बहुत सी परेशानियाँ हैं, लेकिन मुझे यह विश्वास है कि जिंदगी खूबसूरत है और मुझे उसे खूबसूरत तरीके से ही जीना है।"

दुनिया में हर माता-पिता अपने बच्चों से प्रेम करता है, लेकिन बच्चों को हमेशा ही बताना चाहिए कि वे कितने खूबसूरत हैं और उनकी आपको कितनी जरूरत है।

11. यदि चमत्कार नहीं कर सकते हो तो चमत्कार बन जाओ

निक जो कहते हैं, वह उन्होंने कर दिखाया है। वे खुद एक चमत्कार से कम नहीं, जिस पर विश्वास करना ऐसा ही है, जैसे स्वर्ग की कल्पना। हम अपने आसपास बिना हाथ-पैर वाले लोगों को देखकर दया से भर जाते हैं, लेकिन आज निक जहाँ खड़े हैं, लोग उनकी तरफ उम्मीद से देखते हैं। उम्मीद खोना हाथ-पाँव खोने से कहीं अधिक बुरा है। सही दिशा में छोटे-छोटे कदम उठाएँ। चाहे आपके कदम कितने ही छोटे क्यों न हों, अपने लक्ष्य की दिशा में आगे बढ़ते रहें। हमें अपने कष्टों की तुलना दूसरों से नहीं करनी चाहिए। जब बिना हाथ-पैरों वाला आदमी सपने देख सकता है तो आप क्यों नहीं ? इनसान का साहस जितना हम सोचते हैं, उससे कहीं अधिक बुरा हैंडल कर सकता है। इसलिए घबराएँ नहीं, सुनहरा भविष्य आपका इंतजार कर रहा है। वहाँ सब वैसा होगा, जैसा आपने सोचा है। माइकल फैराडे से पहले किसी ने नहीं सोचा था कि तारे से होकर रोशनी गुजारी जा सकती है।

□

नेपोलियन हिल

ओलिवर नेपोलियन हिल एक अमेरिकी स्व-सहायता लेखक थे। वह अपनी पुस्तक 'थिंक एंड ग्रो रिच' (1937) के लिए जाने जाते हैं, जो विश्व की अब तक की दस सबसे अधिक बिकनेवाली स्व-सहायता पुस्तकों में से एक है।

1. असंभव कुछ भी नहीं

मानव जाति की एक खास कमजोरी यह है कि औसत व्यक्ति 'असंभव' शब्द का प्रयोग बहुत करता है। वह ऐसे सारे काम जानता है, जो असंभव हैं। वह ऐसी सारी चीजें जानता है, जिन्हें नहीं किया जा सकता। सफलता उन्हीं को मिलती है, जो सफलता के बारे में जागरूक होते हैं। असफलता उन्हीं को मिलती है, जो असफलता के बारे में जागरूक होते हैं।

जब हेनरी फोर्ड ने अपनी प्रसिद्ध वी-8 मोटर बनाने का फैसला किया तो उन्होंने एक ऐसा इंजन बनाने का विकल्प चुना, जिसके आठों सिलिंडर एक ही ब्लॉक में हों। उन्होंने अपने इंजीनियरों को ऐसा इंजन बनाने का निर्देश दिया। डिजाइन कागज पर आ गया; परंतु सभी इंजीनियरों का कहना था कि आठ सिलिंडर के इंजन ब्लॉक को एक ही टुकड़े में ढालना असंभव है। फोर्ड ने कहा, "फिर भी, आप इसे बनाओ।"

"परंतु," उन्होंने जवाब दिया, "यह असंभव है।"

"काम शुरू कर दो।" फोर्ड ने आदेश दिया, "और यह काम तब तक करते रहो, जब तक तुम्हें इसमें सफलता न मिल जाए, चाहे इसमें कितना भी वक्त लगे।"

इंजीनियरों ने काम शुरू कर दिया। छह महीने गुजर गए, परंतु कुछ भी नहीं हुआ। इसके बाद छह महीने और गुजर गए, फिर भी कुछ नहीं हुआ। एक साल बाद फोर्ड ने इंजीनियरों को फिर बुलवाया और दोबारा उन्होंने उन्हें वही बताया कि उनके आदेश को पूरा करने का कोई तरीका उन्हें नहीं सूझ रहा है।

"काम चालू रखो।" फोर्ड ने कहा, "मैं इसे चाहता हूँ और मैं इसे पाकर ही रहूँगा।"

उन्होंने काम चालू रखा और फिर जैसे जादू की छड़ी से रहस्य प्रकट हो गया। फोर्ड की लगन एक बार फिर जीती! हो सकता है कि यह कहानी अक्षरशः सत्य न हो, परंतु इसका मूल भाव और घटनाएँ बिल्कुल सही हैं। हेनरी फोर्ड इसलिए सफल हुए, क्योंकि उन्हें सफलता के सिद्धांत मालूम थे और उन्होंने उन सिद्धांतों पर अमल किया था।

सफलता मानसिक अवस्था से—लक्ष्य की निश्चितता से—शुरू होती है, चाहे उसमें कड़ी मेहनत हो या न हो। आप और आप ही की तरह के हर व्यक्ति को यह जानने में रुचि लेनी चाहिए कि उस मानसिक अवस्था को कैसे हासिल किया जाए, जिससे सफलता को आकर्षित किया जा सके?

2. लक्ष्य निर्धारित कीजिए

यह आप पर निर्भर करता है कि आप जीवन से क्या अपेक्षा करते हैं! जब आप यह निश्चय कर लेते हैं तो आप अपने मस्तिष्क पर अपना नियंत्रण रखते हैं और इसका प्रयोग अपने चुने हुए लक्ष्य तक पहुँचने के लिए करते हैं। आप शब्दशः कुछ भी कर सकते हैं, जब तक कि यह ईश्वर के नियमों या दूसरों के अधिकारों का हनन नहीं करता है। आप इस ज्ञान के रोमांच का अनुभव कर सकते हैं कि आप कोई भी लक्ष्य या उद्देश्य, जिसे आप पूरा करना चाहते हैं, प्राप्त कर सकते हैं। अपने लक्ष्य को निर्धारित करना अपने मस्तिष्क को उन चीजों पर लगाना है, जो आप चाहते हैं और उन चीजों से हटाना है, जो आप नहीं चाहते हैं।

आपको यह सीखने की जरूरत है कि आप दैनिक आधार पर दीर्घावधि और लघु अवधि के लक्ष्य निर्धारित करें। यह बहुत महत्त्वपूर्ण है। अपने लक्ष्यों को कागज के एक टुकड़े पर लिखिए। कल्पना कीजिए कि आपने वे लक्ष्य प्राप्त कर लिये हैं। आशावादी व सकारात्मक रूप से निरंतर उनको उद्धृत करते रहिए। लक्ष्यों की प्राप्ति के आरंभिक बिंदु इन छह अक्षरों के शब्द DESIRE (इच्छा) में निहित हैं—Determine (संकल्प कीजिए), Evaluate (मूल्यांकन कीजिए), Set (निर्धारित कीजिए), Identify (पहचान कीजिए), Repeat (दोहराइए), Each day (प्रतिदिन)।

अपने जीवन को सार्थक बनाने के लिए किसी लक्ष्य का होना जरूरी है। ग्वेनडोलिन ब्रुक्स उस समय को याद नहीं कर सकती हैं, जब वह एक कवि बनना नहीं चाहती थीं। पंद्रह वर्ष की उम्र में उनकी कविताएँ छप रही थीं और उन्हें प्रशंसा मिल रही थी, जो लगातार जारी रहीं और 'पुलित्जर पुरस्कार' जीतनेवाली प्रथम अश्वेत होने का गौरव उन्हें प्राप्त हुआ। फ्लोरेंस ग्रीफिथ ज्वॉइनर को सन् 1984 के ओलिंपिक्स में दूसरा स्थान प्राप्त

हुआ। उन्होंने यह निश्चय किया कि यह पर्याप्त नहीं है और अपने लिए अलग ओलिंपिक में तीन स्वर्ण पदक जीतने का लक्ष्य निर्धारित किया। वह उस लक्ष्य को प्राप्त करने में सफल रहीं और हर बार विश्व रिकॉर्ड बनाया।

आप अपने आपसे यह कह सकते हैं कि आप स्वयं को बदलने जा रहे हैं; लेकिन जब तक कि आप सही-सही यह परिभाषित नहीं करते हैं कि इसका आशय क्या है, आप में कोई बदलाव नहीं होने वाला है। आप वही रहेंगे, जो अभी हैं। लक्ष्य निर्धारित कीजिए और बिल्कुल उसी को अपने मस्तिष्क में बिठा लीजिए कि आप क्या चाहते हैं! बिल्कुल स्पष्ट बनिए। अपने मन में सही-सही संकल्प कीजिए और यह मूल्यांकन कीजिए कि बदले में आप क्या देंगे? एक निश्चित तिथि निर्धारित कीजिए, जब आप उसे प्राप्त कर लेने का इरादा रखते हैं। अपने लक्ष्य की पहचान कीजिए और उसे एक निश्चित योजना के माध्यम से प्राप्त करने का प्रयास कीजिए। अपनी योजना पर शीघ्र काररवाई शुरू कीजिए।

इसे 50 बार सुबह एवं 50 बार रात में, दिन में किसी भी समय, पूरे उत्साह और आदेश के साथ एक सप्ताह या दस दिन तक या जब तक कि वे आपके अवचेतन में नहीं बैठ जाते, दोहराते रहिए। फिर जरूरत के समय आप स्वयं शीघ्र ही काम करने लगेंगे। सफलता उन्हीं को मिलती है, जो कोशिश करते हैं। जहाँ खोने के लिए कुछ नहीं है और यदि सफल होते हैं तो कोशिश के द्वारा बहुत कुछ प्राप्त कर लेते हैं, पूरी शिद्दत से प्रयास कीजिए।

अपने कदम-कदम की योजना को लिखकर दोहराइए। स्पष्ट रूप से और संक्षेप में सही-सही वह लिखिए, जो आप चाहते हैं। सही-सही यह लिखिए कि आप उसे कब प्राप्त करना चाहते हैं और सही-सही रूप में आप बदले में क्या देने की इच्छा करते हैं! बिल्कुल स्पष्ट रहिए, अस्पष्टता लक्ष्य-प्राप्ति का मृत्युनाद है। प्रतिदिन सुबह और शाम अपने लिखित कथन को जोर-जोर से पढ़िए। जब आप पढ़ते हैं तो कल्पना कीजिए कि आपने अपने लक्ष्य प्राप्त कर लिये हैं। उसे देखिए, महसूस कीजिए और उस पर विश्वास कीजिए।

जीवन के प्रति निष्क्रिय दृष्टिकोण की कमजोरी कहीं भी इससे ज्यादा प्रकट नहीं होती, जितनी कि लक्ष्य निर्धारित न किए जाने के परिणामस्वरूप होनेवाली निरर्थकता में होती है। आप किसी भी ऐसी जगह बिना योजना बनाए नहीं पहुँच सकते, जहाँ आप पहले कभी नहीं गए हैं।

3. हैबिट ऑफ गोइंग एक्स्ट्रा माइल

भले ही आपका बच्चा अपने बचपन के दौरान कोई रेल रोड इंजीनियर, अंतरिक्ष

यात्री, मूवी स्टार वगैरह कुछ भी बनना चाहे, परंतु उसके भीतर इस विश्वास को जाग्रत् करें कि वह जो भी चाहे, कर सकता है। इसके साथ ही पूरे कौशल के साथ उसे यह समझाना भी न भूलें कि उसे जीवन में एक सुनिश्चित प्रमुख उद्देश्य का निर्णय लेने के बाद उसके लिए कार्य करना चाहिए। 'हैबिट ऑफ गोइंग एक्स्ट्रा माइल'—आपको अपने बच्चे को इस बारे में भी बताना चाहिए। इसके अनुसार, उसे सीखना होगा कि वह अपने कर्तव्य की सीमा से परे जाते हुए सेवा प्रदान करना सीखे। यह एक ऐसी आदत है, जिसे अपनाए बिना कोई भी सफल व्यक्ति जीवन में आगे नहीं बढ़ सकता। यह नियम अपनी ओर से अनुकूल आर्थिक अवसर तो पैदा करता ही है, इसके साथ सरलता से मित्र बनाने की योग्यता भी प्रदान करता है।

जो और पैटी पड़ोसी थे। दोनों के माता-पिता मजदूरी करते थे और वे लोग कभी स्कूली पढ़ाई भी नहीं कर सके, परंतु जो के माता-पिता इस नियम के बारे में जानते थे और उन्होंने सदा जो को इसका पालन करना सिखाया। इस तरह यह उसके स्वभाव का एक अंग बन गया। वहीं दूसरी ओर, पैटी के माता-पिता ने उसे सिखाया कि वह एक भी उँगली हिलाए बिना जो जी चाहे, वह पा सकता था। उसने इस विचार को अपना बनाने में पल भर की भी देरी नहीं की। जब जो बड़ा हो रहा था तो उसके पिता पहले फोरमैन के पद पर और फिर अपने विभाग में प्लांट मैनेजर के पद तक आ गए, क्योंकि उन्हें अपनी सेवाओं के बदले में जो भुगतान मिलता था, वे उससे कहीं अधिक सेवाएँ प्रदान करने के आदी थे। उन्होंने यही आदत अपने बेटे को भी सौंपी। अपनी ग्रेड व हाई स्कूल की पढ़ाई के दौरान जो पढ़ाई के अलावा अन्य गतिविधियों को भी पूरा समय देता रहा। वह अपनी ओर से दूसरों के लिए कुछ करने में कोई कसर नहीं छोड़ता था। उसके अध्यापक और सहपाठी उसे बहुत पसंद करते थे। इसके अलावा, अपने सकारात्मक मानसिक रवैए के कारण उसे दूसरों के लिए किए गए हर कार्य से मानसिक शांति और खुशी भी मिलती थी।

इसी दौरान पैटी अपनी ओर से कम-से-कम काम करता। स्कूल में कम अंक, अध्यापकों के साथ परेशानी, सहपाठियों से वैर और किसी भी तरह की गतिविधि में भाग न लेना। उसका रवैया बहुत ही अनुचित था। उसे लगता था कि जिस काम को करने से लाभ न हो, उसे करना ही नहीं चाहिए। उसने यह रवैया कहाँ से पाया? उसने यह रवैया अपने पिता से सीखा, जो हमेशा अपने काम, उसके स्कूल और उसके अध्यापकों को कोसते रहते थे। जो को अपने हाई स्कूल में अच्छे प्रदर्शन के कारण कॉलेज में छात्रवृत्ति मिली और वह हमेशा कुछ अतिरिक्त करने की प्रवृत्ति के कारण कॉलेज में भी सबका चहेता बन गया। उसने कभी नहीं पूछा कि यह काम करने से मुझे क्या लाभ होगा? वह हमेशा यही पूछता था, "किसी दूसरे की मदद कैसे की जा सकती है?" पैटी हमेशा जो को ताना देता

कि वह उन लोगों में से है, जो दूसरों की मदद के लिए अपना सबकुछ बरबाद करने को भी तैयार रहते हैं। जो को अपने कॉलेज रिकॉर्ड के कारण स्नातक की डिग्री पाते ही एक अच्छे संस्थान में नौकरी भी मिल गई। उसका रवैया वही बना रहा और पहले ही साल में उसने अपने साथ काम करनेवालों की तुलना में दो पदोन्नतियाँ पाईं।

पैटी का क्या हुआ ? उसे अपने कॉलेज के बाद छोटी-मोटी नौकरी से काम चलाना पड़ा। वह हमेशा इसी बात का खेद प्रकट करता है कि जो को जीवन में सबकुछ उससे ज्यादा मिला। उसे आज तक यह दिखाई नहीं दिया कि जो को हमेशा अपने इसी रवैए के कारण लाभ हुआ कि वह कुछ पाने से पहले दूसरों को देने के बारे में सोचता है और इस तरह वह बढ़ते प्रतिफल के नियम को अपने पक्ष में बनाए रखता है।

4. चरित्र का पुनर्निर्माण किया जा सकता है

चरित्र को इच्छानुसार निर्मित किया जा सकता है, जैसे पहले से तैयार की गई योजनाओं के अनुसार एक भवन खड़ा किया जा सकता है। यह इस पर निर्भर करता है कि एक आदमी दिए गए किसी काम को कितने संकल्प और इच्छा-शक्ति से पूरा करता है। वह अपने चरित्र का पुनर्निर्माण कुछ हफ्तों से लेकर कुछ वर्षों तक की छोटी सी अवधि में कर सकता है।

मस्तिष्क एक बगीचे के उस उर्वर हिस्से की तरह है, जो ठीक वैसी बाध्य शारीरिक गतिविधियों की फसल उगाएगा, जैसे आपके मन पर दबदबा बनाए विचार होंगे—चाहे उन विचारों को आपने वहाँ जान-बूझकर बिठाया और उनके विकसित होने तक वहाँ बनाए रखा हो या वे बिन बुलाए विचार हों, जो भटककर आपके मन में प्रवेश कर गए हों। आपके मन पर दबदबा कायम किए इन विचारों के प्रभाव से बचा नहीं जा सकता। यदि किसी व्यक्ति के मन पर असफलता, गरीबी और हतोत्साहन के विचार छाए हों तो उस मनोदशा में सफलता, धन-दौलत और साहस का सुख उठाना संभव नहीं है। आप, जिन विचारों पर आपका मन टिका हुआ है, उनका चयन कर सकते हैं। इस तरह आप अपने चरित्र के विकास को नियंत्रित कर सकते हैं, जो क्रमश: उन लोगों का चरित्र तय करने में आपकी मदद करेगा, जिन्हें आप अपनी ओर आकर्षित करेंगे। आपका अपना मन वह चुंबक है, जो उन लोगों को आपकी ओर आकर्षित करेगा, जिनके साथ आप सबसे ज्यादा जुड़ाव महसूस करते हैं। इसलिए अपने मन को केवल उन विचारों से भरना आपके वश में है, जो आपके व्यक्तित्व को ऐसी चुंबकीय शक्ति प्रदान करें, जो उस तरह के लोगों को अपनी ओर आकर्षित कर सके, जिनके साथ आप जुड़ना चाहते हैं। ऐसा करना, जीवन में आप जिस मुकाम तक पहुँचना चाहते हैं, वहाँ पहुँचने में आपकी मदद भी करेगा।

5. इच्छा-शक्ति ही ताकत है

काफी समय पहले एक महान् योद्धा के सामने एक ऐसी परिस्थिति आई, जिसमें उसके लिए यह आवश्यक हो गया कि वह युद्ध में अपनी सफलता सुनिश्चित कर ले। वह अपनी सेना को एक शक्तिशाली सेना के खिलाफ भेजने वाला था और दुश्मन के सैनिकों की संख्या ज्यादा थी। उसने अपने सैनिकों को जहाजों में भरा, दुश्मन देश तक समुद्र का सफर किया, सिपाहियों और गोला-बारूद को उतारा और फिर उन जहाजों को जलाने का आदेश दिया, जो उन्हें वहाँ तक ले आए थे। युद्ध के पहले अपने सैनिकों को संबोधित करते हुए उसने कहा, "आप देख रहे हैं कि जहाज जला दिए गए हैं। इसका मतलब है कि हम यहाँ से तब तक जिंदा नहीं लौट सकते, जब तक कि जीत न जाएँ। हमारे पास कोई विकल्प नहीं है। या तो हम जीतेंगे या फिर मारे जाएँगे!" वे जीत गए। हर वह आदमी, जो किसी काम में जीत हासिल करना चाहता है, उसे अपने जहाज जलाने के लिए तैयार रहना चाहिए और अपने पीछे हटने के सारे रास्ते बंद करने का इच्छुक रहना चाहिए। यही करके आप यह सुनिश्चित कर सकते हैं कि आपके मस्तिष्क में जीतने की वह धधकती हुई प्रबल इच्छा बनी रहेगी, जो कि सफलता के लिए अनिवार्य है।

हर वयस्क आदमी; जो सफलता का अर्थ समझता है, वह सफलता चाहता है, परंतु केवल चाहने भर से वह नहीं मिल जाती। सफलता निश्चित रूप से आती है, यदि सफलता हासिल करने की प्रबल इच्छा हो। ऐसी इच्छा, जो दिलो-दिमाग पर हावी हो जाए और स्थायी मानसिक अवस्था बन जाए। अगर सफलता हासिल करने की योजना बनाई जाए या निश्चित तरीके खोजे जाएँ और यदि उन योजनाओं पर दृढ़ता व लगन से जुटे रहा जाए और असफलता को पहचानने से इनकार कर दिया जाए।

6. दृढ़ संकल्प

हम निरंतर, बिना रुके काम करने की आदत में न रहकर अनगिनत सबक लेने से वंचित रह जाते हैं। कर्मठ हुए बिना उपलब्धियों की कल्पना दूर है; दूर ही नहीं, असंभव है। स्वयं से प्रश्न कीजिए कि स्वयं को सबसे ज्यादा खुद पर गर्व, खुशी एवं संतोष कब हुआ था ? उत्तर मिलेगा कि—जब मैंने कोई कार्य खुद किया। किसी से कार्य करवाना, किराया देकर लोगों से कार्य करवाने में उतनी प्रसन्नता कभी नहीं मिलती, जितनी स्वयं करने पर मिलती है। क्या आपको याद है कि आपने साइकिल चलाना कब सीखा ? गोद की उम्र से आगे बढ़े, पालने से बाहर आए, बच्चा गाड़ी (प्रैम) छोड़ी और स्वयं के दो पैरों पर चलने लगे। अब आप उस संकटपूर्ण सवारी के लिए तैयार थे, जो आपके हमउम्र बच्चे कर रहे थे। सच्ची उपलब्धि का अहसास तब हुआ था, जब बिना किसी

की सहायता के आपने अपने बलबूते पर साइकिल की सवारी की थी। वह आजादी कितनी आनंददायक और उपलब्धियों पर गर्व करने योग्य तथा असंदिग्ध थी, मानो मील का पत्थर हो!

चक येगर द्वितीय विश्व युद्ध के दौरान कब्जा किए गए फ्रांस में लड़ाकू विमान का पायलट था। जब उसके विमान को मारकर गिरा दिया गया, वह अकेले जर्मनी के गश्ती सैनिकों से बच निकला और अपने संचालक को पर्वतों से खींचता हुआ स्पेन पहुँच गया, जहाँ अंततः उसे सुरक्षा मिली। सेना एयर कोर इसके बाद उसे घर भेजने के लिए तैयार था, लेकिन येगर ने घर जाने से मना कर दिया, बिना यह महसूस किए हुए, 'मैं अपने जीवन का प्रभार लेने ही वाला था। यदि मैं भेजे जाने के लिए तैयार हो जाता तो निश्चित है कि सेना एयर कोर को युद्ध समाप्त हो जाने के बाद मेरी सेवाओं को जारी रखने में कोई दिलचस्पी नहीं होती।' बल्कि ध्वनि की गति से तेज गति से विमान उड़ानेवाला येगर विश्व का पहला पायलट बना।

टेरी विलियम एक अस्पताल में स्वयंसेविका थी और उसे लोगों के साथ काम करना बहुत अच्छा लगता था, लेकिन कुछ समस्याओं से वह परेशान हो गई और उसने उस नौकरी को छोड़ने का निर्णय लिया। उसे यह महसूस हुआ कि वह जिस चीज से प्यार करती है, वह है अच्छी खबरों को बाँटना, न कि बुरी खबरों को; और फिर उसने एक प्रचार कंपनी खोली, जिसके माइलस डेविस, इडी मर्फी और जैकी जॉइनर कर्सी शीघ्र ही ग्राहक बन गए। वह कभी भी देश की श्रेष्ठ प्रचारक नहीं बनती, यदि उसे अपनी पहली महत्त्वाकांक्षा के बिखरने पर निराशा नहीं मिली होती और उसके अंदर दृढ़ संकल्प की क्षमता नहीं होती। चक येगर और टेरी विलियम जिस मुकाम पर पहुँचे, वहाँ बिना दृढ़ संकल्प के पहुँचना असंभव था; लेकिन अगर आपके पास संकल्प-शक्ति है तो आप कोई भी काम कर सकते हैं और उस समय कर सकते हैं, जब लगभग आप असफलता के कगार पर होते हैं।

जीवन हमेशा चुनौतियाँ फेंकता रहता है। यही चुनौतियाँ अवसर भी लाती हैं। केवल पीछे खड़े रहकर सुअवसरों को 'नहीं' कहने से बेहतर है, पहला कदम बढ़ाते हुए अनवरत प्रयास करना। खड़े रहने से छोटे-छोटे कदम बढ़ाना ज्यादा बेहतर है।

7. लोग क्या कहते हैं, इसकी परवाह मत करो

आज की तेजी से बदलती दुनिया में नए विचारों, काम करने के नए तरीकों, नए लीडर्स, नए आविष्कारों, शिक्षण के नए तरीकों, मार्केटिंग की नई तकनीकों, नई पुस्तकों, नए साहित्य, टेलीविजन के लिए नए फीचर्स, फिल्मों के लिए नए विचारों की काफी माँग है। नई और बेहतर चीजों की इस माँग के पीछे एक ऐसा गुण है, जो जीतने के लिए

अनिवार्य है और वह है निश्चित लक्ष्य—यह जानना कि आप क्या चाहते हैं और अपने लक्ष्य को हासिल करने की प्रबल इच्छा।

दुनिया के सच्चे लीडर्स हमेशा वही लोग रहे हैं, जिन्होंने छुपे हुए अवसरों की अदृश्य शक्तियों का दोहन किया है और उसका प्रैक्टिकल प्रयोग किया है; जिन्होंने विचारों की शक्तियों को गगनचुंबी इमारतों, शहरों, फैक्टरियों, हवाई जहाजों, वाहनों और सुख-सुविधाओं में बदला है। आप जो काम करना चाहते हैं, अगर वह सही है और आप उसमें विश्वास करते हैं तो फिर आगे बढ़िए और उस काम को कर दीजिए! अपने सपने को सामने रखिए और इस बात की परवाह मत कीजिए कि आपकी अस्थायी असफलता पर 'लोग' क्या कहेंगे! 'लोग' शायद यह नहीं जानते कि हर असफलता के भीतर उतनी ही बड़ी सफलता का बीज छुपा होता है।

थॉमस एडिसन ने एक ऐसे बल्ब का सपना देखा, जो बिजली से जले और उन्होंने अपने सपने को भौतिक स्वरूप देने का काम शुरू कर दिया। वे लगभग 10,00 बार असफल हुए, परंतु वे अपने सपने को साकार करने में जुटे रहे, जब तक कि वह सपना सच नहीं हो गया। प्रैक्टिकल स्वप्नदर्शी मैदान छोड़कर नहीं भागते! व्हेलन ने सिगार स्टोर्स की चेन का सपना देखा और वे उसे साकार करने में जुट गए। आज यूनाइटेड सिगार स्टोर्स के पास अमेरिका के सर्वश्रेष्ठ नुक्कड़ हैं। राइट बंधुओं ने एक ऐसी मशीन का सपना देखा, जो हवा में उड़ सके। आज हम दुनिया भर में प्रत्यक्ष प्रमाण देख सकते हैं कि उनका सपना वास्तव में दमदार था। मार्कोनी ने एक ऐसे सिस्टम का सपना देखा, जो वायु की अनजानी शक्तिय्रों का दोहन करे। दुनिया के हर रेडियो और टेलीविजन सेट में हमें इस बात का प्रमाण मिल जाता है कि उनका सपना व्यर्थ नहीं था। जब मार्कोनी ने लोगों को बताया कि उन्होंने एक ऐसा सिद्धांत खोजा है, जिसके द्वारा वे बिना किसी तार की मदद के हवा में संदेश भेज सकते हैं तो मार्कोनी के दोस्तों ने उन्हें पकड़कर 'मनोवैज्ञानिक' अस्पताल में उनका चेकअप करवाया। आज के स्वप्नदर्शी बेहतर स्थिति में हैं। दुनिया में आज ऐसे प्रचुर अवसर भरे पड़े हैं, जो अतीत के स्वप्नदर्शियों को नसीब नहीं हुए थे। इसलिए, बिना लोगों की परवाह किए आगे बढ़िए।

8. विश्वास सफलता का आधार है

जो लोग जीवन में सफल हुए हैं, उन्हें खराब शुरुआत का अनुभव हुआ है और सफलता की मंजिल तक पहुँचने से पहले उनकी राह में बहुत सी बाधाएँ आई हैं। सफल लोगों की जिंदगी का टर्निंग पॉइंट आम तौर पर किसी संकट के समय आता है, जिस समय उन्हें अपने 'दूसरे व्यक्तित्व' (other selves) का पता चलता है। जॉन बनयन ने अंग्रेजी साहित्य की अमर पुस्तक 'द पिलग्रिम्स प्रोग्रेस' तब लिखी, जब वे

अपने धार्मिक विचारों की वजह से जेल में कैद थे। ओ. हेनरी ने अपने मस्तिष्क में सोई हुई अपनी प्रतिभा को तब जाना, जब उन पर दुर्भाग्य का पहाड़ टूटा और उन्हें ओहियो में कैदखाने में डाल दिया गया। दुर्भाग्य के कारण ही उन्हें अपने 'दूसरे व्यक्तित्व' से परिचित होने के लिए विवश होना पड़ा और अपनी कल्पनाशीलता के प्रयोग द्वारा उन्होंने यह पाया कि वे दु:खी, अपराधी और असम्मानित व्यक्ति के बजाय महान् लेखक बन सकते हैं। चार्ल्स डिकेंस शुरू में बोतलों पर लेबल चिपकाने का काम करते थे। पहले प्रेम की असफलता ने उनकी आत्मा की गहराइयों को भेद दिया और उन्हें विश्व के महानतम लेखकों की श्रेणी में ला खड़ा किया। इस त्रासदी की वजह से पहले तो 'डेविड कॉपरफील्ड' लिखा गया और इसके बाद कई अन्य उपन्यास लिखे गए, जिन्होंने पाठकों के जीवन को बेहतर और समृद्ध बनाया। हेलन कीलर जन्म के कुछ ही समय बाद बहरी, गूँगी और अंधी हो गईं। अपने महानतम दुर्भाग्य के बावजूद उन्होंने इतिहास के महानतम लोगों में अपना नाम दर्ज करवाया। उनका पूरा जीवन इस बात का प्रमाण है कि कोई भी व्यक्ति तब तक नहीं हारता, जब तक कि वह अपनी हार को सच के रूप में स्वीकार नहीं करता। रॉबर्ट बर्न्स एक अशिक्षित देहाती युवक थे। वे गरीबी का जीवन जीने के लिए अभिशप्त थे। इसी कारण वे शराबी बने, परंतु उनके कारण आज दुनिया पहले से बेहतर है, क्योंकि उन्होंने अपने विचारों को कविता में बदल दिया और काँटे उखाड़कर उनकी जगह पर एक गुलाब रखबीथोवन बहरे थे, मिल्टन अंधे थे; परंतु उनके नाम अमर हैं, क्योंकि उन्होंने सपने देखे और उन सपनों को क्रमबद्ध विचारों में बदला। किसी चीज की चाह रखने और उसके लिए तैयार रहने में फर्क होता है। कोई भी व्यक्ति किसी चीज को प्राप्त करने के लिए तब तक तैयार नहीं होता, जब तक कि उसे वह हासिल करने का विश्वास न हो। यह मानसिक अवस्था कामना या आशा की नहीं, बल्कि विश्वास की होती है। विश्वास के लिए आपको अपने मस्तिष्क को खुला रखना होगा। बंद मस्तिष्क में न तो आस्था होती है, न ही साहस और विश्वास।

9. लोच का गुण

हमारे पास सुनने के लिए कान और बोलने के लिए मुख है; परंतु सौभाग्यवश, हमारे पास यह चुनाव है कि अगर हमें कोई बात अच्छी नहीं लग रही तो हमें उसका जवाब देने की आवश्यकता नहीं है। मौन भी एक शक्तिशाली हथियार हो सकता है और अकसर बुद्धिमान लोग बहस करने के अभ्यस्त लोगों से भेंट करते समय इसी तरह का आचरण करते हैं। पूर्व अमेरिकी राष्ट्रपति फ्रेंकलिन डी. रूजवेल्ट अपने समय के सबसे लचीले स्वभाव के लोगों में से थे। वे बहुत आसानी से दूसरों के बीच घुल-मिल जाते और कहा जा सकता है कि यह उनकी सबसे बड़ी संपदा थी और यही बात उन्हें व्हाइट

हाउस के सबसे सफल राजनेताओं में से एक बनाती थी। लोग उनके ऑफिस में किसी शेर की तरह गरजते आते और किसी मेमने की तरह दुबके हुए बाहर निकलते।

एक दिन एक बड़ा बैंकर उनसे मिलने आया। जब वह भीतर आया तो उसके गुस्से की सीमा नहीं थी। उसे लग रहा था कि उसे भेंट से पूर्व बहुत देर तक प्रतीक्षा करवाई गई थी। उसने बैठने से पहले ही अपने मन की भड़ास निकालते हुए कहा, "मेरा समय कीमती है और मैं नहीं चाहता कि इसे चापलूसी में बरबाद करूँ।"

रूजवेल्ट अपने चेहरे पर लाखों डॉलरवाली मुसकान के साथ बोले, "मैं समझ सकता हूँ कि आप कैसा महसूस कर रहे हैं! मेरा समय भी कीमती है। मैं भी बहुत से लोगों को मूर्ख बना रहा हूँ।"

हमारे सामने आनेवाले हर बुरे हालात के लिए लोच को ही सर्वोत्तम उत्तर माना जा सकता है। यदि हमें याद रहे कि हर संकट अपने साथ लाभ का बीज भी लाता है तो इस गुण से हम अधिकतम लाभ उठा सकते हैं। जब भी संकट सामने आए तो आप देख सकते हैं कि आपके पास हालात का सामना करने के लिए लोच का गुण है या नहीं? उस समय आपको भय, आत्म-दया, उद्वेग या द्वेष से ऊपर उठकर लोच का गुण अपनाना होगा।

लोच व्यक्ति को वह क्षमता प्रदान करती है, जिसके अनुसार उसे एहसास हो सकता है कि मन जो सोचता है और विश्वास करता है, उसे आसानी से पा भी सकता है। इसके साथ ही यह सबक भी देता है कि समय बहुत बड़ा चिकित्सक है, जो बड़े-से-बड़ा घाव भर देता है। यह हमें साहस देता है कि हम संघर्ष से उबरकर अपनी शारीरिक व आध्यात्मिक शक्ति को पहचानें।

10. सकारात्मक बने रहिए

सकारात्मक सोच के साथ आरंभ होनेवाला दिन आपके लिए सकारात्मक परिणाम ही लाता है। अगर यदि अपने दिन को चिंता, तनाव और उद्वेग के साथ आरंभ करेंगे तो सारा दिन आपको इसी मन:स्थिति में बिताना होगा। इन दोनों में अंतर इतना ही है कि आप इस ग्रह पर अपने समय को किस प्रकार पूर्व निश्चित करते हैं? आप स्वयं ही अपने दिन को सकारात्मक या नकारात्मक रंग में रँग सकते हैं।

थॉमस अल्वा एडीसन का मानना था कि वे बिजली का बल्ब बना सकते हैं। अंततः उनका विश्वास सत्य के रूप में सामने आया। मारकोनी का मानना था कि वे तारों के बिना ध्वनि-तरंगों को एक से दूसरे स्थान पर पहुँचा सकते हैं और वे विजयी रहे। कोलंबस का मानना था कि उसे सागर में कहीं-न-कहीं धरती मिलेगी और वह अपने ही नाविकों के विद्रोह के बावजूद डटा रहा। अंततः उसने अपने लिए धरती पा ही ली। मैडम शूमैन-हेंक का मानना था कि वे एक महान् गायिका बनेंगी, हालाँकि उनके पहले

गुरु ने तो कहा था कि उन्हें संगीत को छोड़कर सिलाई मशीन पर कपड़े सिलने शुरू कर देना चाहिए। मैडम का विश्वास ही उनके लिए सफलता का वरदान लेकर आया। हेलन कीलर का मानना था कि वे बोलने, सुनने और देखने की अक्षमता के बावजूद बोलना सीख सकती हैं और उनका यह विश्वास न केवल उनके लिए, बल्कि सारे संसार के लिए प्रेरणा का स्रोत बना और सफल भी रहा। हेनरी फोर्ड को पूरा विश्वास था कि वे घोड़ा-रहित बग्घी बना सकते हैं, जो कम दामों में यातायात की सुविधा देगी। अनेक लोगों के संशय और तानों के बीच वे अपने विश्वास को उत्पाद में बदलने में सफल रहे।

विश्वास करनेवाले ही सभ्यता को आगे ले जानेवाले होते हैं। वे ही उद्योगों के निर्माता और साम्राज्यों के सर्जक होते हैं तथा उस महान् रचनाकार की ओर से मिले सुंदर वरदानों को हमारे सामने लाने का महत्त्वपूर्ण कार्य संपन्न करते हैं।

11. जिस वक्त हम हार मान लेते हैं, सफलता बस, एक कदम दूर होती है

असफलता के सबसे आम कारणों में से एक यह आदत है कि अस्थायी पराजय दिखते ही इनसान कोशिश करना छोड़ देता है। हर इनसान किसी-न किसी समय यह गलती करता है। आर.यू. डार्बी, जो बाद में अपने देश के सबसे सफल बीमा सेल्समैनों में से एक बने, अपने अंकल की कहानी बताते हैं। उनके अंकल को गोल्ड-रश के दिनों में 'सोने का बुखार' चढ़ गया था और वे अमीर बनने के चक्कर में पश्चिम जाकर खुदाई करने लगे थे। उन्हें पता नहीं था कि इस धरती से जितना सोना निकाला गया है, उससे ज्यादा इनसानों के मस्तिष्क से निकाला गया है। उन्होंने जमीन चुनी और फावड़ा उठाकर काम में जुट गए। उनका विचार निश्चित था, उद्‌देश्यपूर्ण था और धधकती इच्छा से संचालित था—सोने की लालसा! लगन न हो तो विचार अकसर असफलता की ओर ले जाते हैं। कई हफ्तों के श्रम के बाद उन्हें चमकते खनिज की खोज का पुरस्कार मिला। अब खनिज को सतह तक लाने के लिए उन्हें मशीनों की जरूरत थी। चुपचाप अपनी खदान को ढँककर वे विलियम्सबर्ग, मैरीलैंड स्थित अपने घर लौटे और अपने रिश्तेदारों तथा पड़ोसियों को 'सोने की खोज' के बारे में बताया। उन्होंने जरूरत की मशीनों के लिए पैसे इकट्ठे किए और मशीनें लगवा लीं। अंकल और डार्बी खदान पर काम करने आ गए। खनिज की पहली गाड़ी कारखाने भेजी गई। इससे साबित हुआ कि उनके पास कोलोरेडो की सबसे समृद्ध खदानों में से एक खदान थी! उस खनिज की ऐसी ही कुछ और गाड़ियों से उनके सारे कर्ज उतर जाएँगे। फिर भारी मुनाफे की बारी आएगी! ड्रिल नीचे जाने लगी! डार्बी और उनके अंकल की आशाएँ ऊपर जाने लगीं। फिर अचानक एक अजीब बात हुई! सोने के खनिज की धारा गायब हो गई! वे इंद्रधनुष के अंत तक आ

गए थे और सोने का हंडा कहीं नजर नहीं आ रहा था! वे खुदाई करते रहे, उस धारा को पकड़ने के लिए उतावले होते रहे; लेकिन कोई फायदा नहीं हुआ। अंततः उन्होंने कोशिश करना छोड़ने का निर्णय लिया। उन्होंने वे मशीनें एक कबाड़ी को कुछ सौ डॉलरों में बेच दीं और ट्रेन पकड़कर घर वापस लौट गए।

कुछ कबाड़ी मंद बुद्धि होते हैं, लेकिन यह वाला नहीं था! उसने एक माइनिंग इंजीनियर को खदान के मुआयने के लिए बुलवाया और थोड़ी जाँच करने को कहा। इंजीनियर ने बताया कि प्रोजेक्ट इसलिए असफल हुआ था, क्योंकि मालिक 'दोषपूर्ण रेखाओं' से अपरिचित थे। उसकी गणनाओं से पता चला कि जिस जगह डार्बी ने खुदाई बंद की थी, वहाँ से सिर्फ तीन फीट दूर खनिज की धारा मिलनी चाहिए! और वह ठीक वहीं पर मिली! कबाड़ी ने खदान से करोड़ों डॉलर का खनिज निकाला, क्योंकि वह यह बात जानता था कि कोशिश छोड़ने से पहले विशेषज्ञ से सलाह ले लेनी चाहिए।

इसके बहुत बाद डार्बी ने अपने नुकसान की कई गुना भरपाई कर ली, जब उन्होंने यह खोजा कि इच्छा को सोने में कैसे बदला जा सकता है! यह खोज उन्होंने तब की, जब वे जीवन बीमा बेचने के कारोबार में गए। डार्बी को याद था कि सोने से तीन फीट दूर रुकने की वजह से उन्होंने भारी दौलत गँवा दी थी, इसलिए उन्होंने अपने चुने हुए काम में इस अनुभव का लाभ लिया। उन्होंने खुद से यह कहने की सरल विधि अपनाई, "मैं सोने से तीन फीट दूर रुक गया था; परंतु जब मैं लोगों से बीमा खरीदने के लिए पूछूँगा और वे मना कर देंगे तो मैं कभी नहीं रुकूँगा।" सोने की खदानवाले व्यवसाय में लक्ष्य हासिल करने से पहले कोशिश छोड़ देने से उन्होंने जो सबक सीखा था, उसी को वे अपनी लगन का श्रेय देते हैं।

अमेरिका के पाँच सौ से भी ज्यादा सफल लोग दावा करते हैं कि उन्हें सबसे बड़ी सफलता उस बिंदु से बस, एक कदम आगे मिली, जहाँ पराजय ने उन्हें धर दबोचा था। असफलता चालाक होती है और इसमें व्यंग्य व चालाकी का तीक्ष्ण अहसास होता है। यह किसी व्यक्ति को तब गिराकर बहुत खुश होती है, जब सफलता बस, एक हाथ दूर होती है।

□

बॉब प्रॉक्टर

बॉब प्रॉक्टर एक अमेरिकी लेखक, प्रेरक वक्ता और सफलता के कोच हैं, जो यह प्रचार करते हुए दुनिया की यात्रा करते हैं कि कैसे लोग आकर्षण के नियम का उपयोग अपने लाभ के लिए कर सकते हैं। प्रॉक्टर ने कई पुस्तकें लिखी हैं और उन्हें फिल्म 'द सीक्रेट' में भी दिखाया गया है।

1. किसी भी सपने को सच करने के तीन चरण

जिन्हें हम सफल व्यक्ति समझते हैं, वे असफल व्यक्तियों से सिर्फ दो या तीन प्रतिशत ही ज्यादा प्रभावी होते हैं। जो सत्य को जानते हैं, वे हमेशा सत्य को ही चाहते हैं और जो सत्य को चाहते हैं, वे हमेशा सत्य को ही जीवन में उतारते हैं। आप जो पाना चाहते हैं, वह आपको मिल जाएगा, चाहे गाड़ी, बँगला या रिश्ता कुछ भी, आपको सिर्फ तीन चरणों को अपनाना है—

(क) एक्टिंग करना

आपने इस तकनीक के बारे में जरूर सुना होगा। आपको एक्टर बन जाना है। जैसी जिंदगी आप जीना चाहते हैं, आपको अभी उस चीज की एक्टिंग करनी है। आपने फिल्में देखी होंगी। आपको पता है, वह सच में नहीं हो रहा, लेकिन जब भी कोई इमोशनल सीन आता है तो आप रोने लगते हैं। जब भी कोई डरावना सीन आता है तो आप डर जाते हैं। इसी चीज का आपको अपनी असली जिंदगी में इस्तेमाल करना है। आपको इस तरह एक्टिंग करनी है, जैसे सब आपके साथ अभी हो रहा है। जिस चीज को आप पाना चाहते हैं, इसमें सबसे पहले आपको मुश्किल होगी, लेकिन बाद में आप इसके अभ्यस्त हो जाएँगे और अगर आप रोज ऐसा करेंगे तो आपके दिमाग में वह बात जाने लगेगी और एक बार जब आपके अवचेतन में कोई बात चली जाती है, तब आपका अवचेतन मन उसे सच करके ही मानता है। अब्राहम लिंकन ने कहा है, "जो दिखाई दे रहा है और जिसे स्पर्श कर सकते हैं, उसपर विश्वास करना कोई बड़ी बात नहीं। अगर हम न

होनेवाली बातों पर, चीजों पर, घटनाओं पर विश्वास करना सीखते हैं तो वह हमारे लिए बहुत बड़ी उपलब्धि हो जाती है।"

हम कल्पना की शक्ति के बारे में बहुत कम चीजें जानते हैं। बहुत कम लोग ऐसे हैं, जो इस दुनिया में अपनी कल्पना-शक्ति का इस्तेमाल सही जगह पर करते हैं और बहुत ज्यादा ऐसे लोग हैं, जो अपनी कल्पना-शक्ति का इस्तेमाल बहुत गलत जगह पर करते हैं। लोग उस चीज के बारे में कल्पना करते हैं, जिस चीज को वे नहीं पाना चाहते।

हम जो भी सोचते हैं, उससे हमारे दिमाग में एक छवि बनती है और उसी के मुताबिक हमारी आकांक्षाएँ होती हैं। हमारी मेहनत, हमारे प्रयास बनने लगते हैं। नेपोलियन हिल के अनुसार, "हमारा मन जिस बात को मान लेता है, उसे आसानी से पा लेता है।" आप जिन बातों को समृद्धि मानते हैं, जिन बातों पर विश्वास रखते हैं कि यह समृद्धि है, उसकी छवियाँ अपने दिमाग में बनाना शुरू कीजिए और फिर परिणाम देखिए! आपके मन के विरोधी विचारों के बावजूद आपको उस छवि को निरंतर देखना होगा। इससे अपने आप आपके प्रोसेस में बदलाव आने लगता है, आपके एक्शंस बदलने लगते हैं और यह बदलाव आपके उसी वाइब्रेशन के लोगों और माहौल को आकर्षित करता है। हमें जो भी चाहिए, उसके लिए स्थिर होकर अगर हम विचार करते हैं, उस समृद्धि की छवियों को देखते हैं, तब हम उसे हकीकत में आकर्षित करने लगते हैं। हमारा मन एक शक्तिशाली चुंबक है और वह जो भी मानता है, उसे आकर्षित करता है।

(ख) लिखिए

जैसा आप अपनी जिंदगी को देखना चाहते हैं, उसे लिखना शुरू कीजिए और लिखिए वर्तमान में, जैसे कि आप अमीर बनना चाहते हैं तो लिखिए—'मैं बहुत अमीर हूँ। मैं बहुत खुश हूँ। मैं बहुत स्वस्थ हूँ।' जो आप चाहते हैं, लिखिए। एक अलग से डायरी बनाइए और उसमें लिखिए। देखिए, जब आप कोई भी बीज बोते हैं, तब आप उसको रोज पानी देते हैं और रोज उसको धूप मिलती है, उसको खाद मिलती है। इसी तरह से आपका वह विचार एक बीज है, जिसको आप अवचेतन मन में बो रहे हैं; लेकिन आपको उसको खाद, पानी, धूप—सबकुछ देना पड़ेगा। उसके बाद आपको एक उचित समय पर आकर वह फल देगा।

हम हर रोज कितनी चीजों से काम लेते हैं। सारी डिवाइसेज किसी कल्पना का परिणाम हैं। यह माइक्रोफोन, जिस पर मैं बोल रहा हूँ, वह भी किसी कल्पना का परिणाम है। जिस पर आप सुन रहे हैं, वह भी किसी की कल्पना का परिणाम है। आपके और मेरे पास असीम कल्पना-शक्ति है। आप किसी भी सफल व्यक्ति से पूछिए कि उसने सफलता कैसे पाई तो वह आपको बताएगा कि मैंने उस चीज के बारे में ड्रीम किया और उसके बाद उस चीज को पाया। आप अपनी जिंदगी में क्या पाना चाहते हैं? आप

अभी क्या पाना चाहते हैं ? आप क्या बनना चाहते हैं ? अपनी जिंदगी को आप इस साल के अंत तक कैसा देखना चाहते हैं, इस चीज के बारे में अभी से सोचना शुरू कीजिए। कोई फर्क नहीं पड़ता, अभी आप कैसे हो! अपने पेन को उठाइए और अपने विजन को लिखना शुरू कर दीजिए। अपने वर्ड से दिमाग में चित्रों को बनाना शुरू कर दीजिए। कल्पना पूरा दृश्य बदल देगी। इसलिए उस चीज की कल्पना कीजिए, जिस चीज को आप पाना चाहते हैं। उस चीज के बारे में बिल्कुल मत सोचिए, जिस चीज को आप पाना नहीं चाहते। अपनी जिंदगी में हर बड़ी और सुंदर चीज की कल्पना कीजिए।

(ग) कृतज्ञता

आज से चार या पाँच साल पहले की बात है। मेरी बिजनेस पार्टनर मेरे पास आई और मुझसे कहने लगी कि मैं अपने जीवन में बहुत सारी समस्याओं का सामना कर रही हूँ और पहली बार ऐसा हुआ है कि जब इतनी सारी समस्याएँ एक साथ मेरे सामने आई हैं। मुझे कृपया इसका कोई समाधान दो। जब मैंने उसे उसकी सारी समस्या पूछी और अपनी जेब से पेन निकाला। मैंने उनसे कहा कि आप अभी एक पेज पर उन चीजों को लिखिए, जिन चीजों के लिए आप शुक्रगुजार हैं। जिनके लिए आप कृतज्ञ हैं, उनको लिखना शुरू कीजिए। उसने मेरी तरफ बहुत बुरा सा मुँह बनाते हुए देखा और मुझसे कहा कि बॉब, इससे से क्या होगा ?

मैंने उससे कहा कि लिखना शुरू करो। उसने दस चीजों को लिखा और मैंने उससे कहा कि तुम्हें रोज ऐसा रात को सोने से पहले और उठने के बाद करना है। कुछ दिनों के बाद उसका मुझे फोन आया कि बॉब, मेरी सारी समस्याएँ ठीक हो गई हैं। थैंक यू सो मच, तुम्हारी वजह से सारी समस्या ठीक हो गईं। यह तकनीक मैंने उनसे इसलिए करवाई, क्योंकि उस समय पर सिर्फ उनका ध्यान उसी तरफ जा रहा था, जो उसकी समस्या थी, लेकिन मैं चाहता था कि उसका ध्यान उन चीजों पर भी जाए, जो उसके पास हैं, जो उसे खुशी देती हैं। ऐसा ही होता है, जब आप कृतज्ञता तकनीक का इस्तेमाल करते हैं, तब आपका दिमाग अपनी समस्या से हटकर अपनी अच्छी चीजों की तरफ जाने लगेगा, जिन चीजों के लिए आपको शुक्रगुजार होना चाहिए। हम किन चीजों के लिए शुक्रगुजार होते हैं, जो चीजें आपके साथ बहुत अच्छी हुई होती हैं। जब आप अपनी समस्या की तरफ ध्यान नहीं देंगे तो आपकी समस्याओं को कम एनर्जी जाने लगेगी और आपकी जिंदगी में धीरे-धीरे खुशियाँ लौटने लगेगीं। कृतज्ञता तकनीक इस तरह से काम करती है। आप रोज रात को सोने से पहले उठने के बाद इस चीज को इस्तेमाल कीजिए। यह आपकी पूरी जिंदगी बदल सकता है। कृतज्ञता आपकी हर समस्या को दूर करने की ताकत रखता है।

इसे सुबह उठने पर रात को सोने से पहले जरूर कीजिए। हर उस चीज के लिए धन्यवाद दीजिए, जो आपके पास है। आपके पास इतना अच्छा शरीर है, आपके पास दो

आँखें हैं, उसके लिए थैंक यू कीजिए। यूनिवर्स का शुक्रिया कीजिए कि आप आज सुबह उठ गए। हर चीज के लिए कृतज्ञता का इस्तेमाल करना सीखिए।

देखिए, हमारे मन में उसकी छवि बनाना, जो भी पाना चाहते हैं, उसके चित्र, मन की आँखों के सामने आने चाहिए। उसे फिल करना। मैंने पहले से उसे पा लिया है और मैं कैसा अनुभव करूँगा, यह भावना उत्पन्न होती है तो वह एक रॉकेट है उसे डायरेक्शन मिल जाती है और उस काम के लिए अवचेतन मन प्रयास करता है।

उस पर विश्वास रखना—जो भी हम सोच रहे हैं, जो भी हम देख रहे हैं, जो भी हम अनुभव कर रहे हैं, उस पर सौ प्रतिशत विश्वास होना बहुत जरूरी होता है। यह 'आकर्षक के नियम' के अनुसार काम करता है। यह हमेशा वाइब्रेट होता है। घूमता रहता है। सबकुछ ऊर्जा ही है। हम जब छवि को देखने और महसूस करने लगते हैं तो हम खुद को उस वाइब्रेशन स्तर पर लेकर जाते हैं। सबसे बड़ा राज, अपना सपना पूरा करने के लिए हमें बहुत बड़े काम करने की बजाय सिर्फ सुबह एक घंटा जल्दी उठना और अपनी आकांक्षाओं के लिए सोचना ही काफी है। इन तीन चरणों को अपनाइए और हर रोज ऐसा कीजिए। आपको जब भी समय मिलता है, ऐसे करना शुरू कर दीजिए, जैसी जिंदगी आप जीना चाहते हैं। रात को सोने से पहले कीजिए, सुबह उठकर कृतज्ञता व्यक्त कीजिए। आप मनचाहे परिणाम पा सकते हैं।

2. विभिन्नता बनाए रखें

प्रगति हमारी योजनाओं की स्थिति पर निर्भर करती है। अगर किसी के पास लक्ष्य है और वह उसकी तरफ आगे बढ़ता है तो जरूर सफल होगा। सफलता क्या है? ज्यादातर लोग सफलता का अर्थ पैसे से लगाते हैं। अगर आपके पास बहुत अधिक पैसा है तो आप बहुत सफल हैं, पर ऐसा नहीं है। अगर हम मदर टेरेसा को देखें तो उनके पास पैसा नहीं था, पर वह एक सफल महिला थीं।

मैं समझता हूँ कि यह दो बैरीज की तरह है। पहला हमारी स्थिति, जिसे हम आसानी से सीख सकते हैं। जब हम बच्चे होते हैं तो हम एकदम कोरे होते हैं। हम सबकुछ बहुत आसानी से सीखते हैं, भाषा सीखते हैं। हम और लोगों की तरह चलना-फिरना, खाना-पीना सबकुछ सीख जाते हैं—और यह सब बहुत आसानी से खुद-ब-खुद होता है। आप हर रोज होते हुए देखते हैं और सीख जाते हैं। यह सब हमारे बाहरी वातावरण पर निर्भर करता है और यही हमारी प्रवृत्ति है कि हम देखकर सीखते हैं, लेकिन दूसरी स्थिति में हम वैसे नहीं होते। हमारी सोच, हमारे विचार करने की क्षमता, हमारे व्यवहार करने का तरीका अलग-अलग होता है। इसी वजह से 95 प्रतिशत लोग अपनी पूरी जिंदगी ऐसे निकालते हैं, जैसी वे जीना नहीं चाहते। उनके सपने अलग होते हैं, उनके लक्ष्य अलग

होते हैं; लेकिन उनका जीवन अलग ही ट्रैक पर होता है। केवल 5 प्रतिशत लोग ऐसे होते हैं, जो फाइनेंसली कंफर्टेबल और इंडिपेंडेंट होते हैं। ये 5 प्रतिशत लोग वही होते हैं, जो कल्पना और वास्तविक जीवन में, अपने सपने और हकीकत में कोई अंतर नहीं करते। समझौता नहीं करते और वैसी छवि बनाते हैं, जैसे वे बनना चाहते हैं।

हम सभी अलग-अलग होते हैं। हम सभी के विचार अलग-अलग होते हैं। मैं सोचता हूँ, हमें यह सोचना शुरू करना चाहिए कि हम क्या पाना चाहते हैं और उस छवि को अपने दिमाग में निर्मित करना चाहिए और उसकी तरफ हमें कदम बढ़ाना चाहिए। हम किसी की नकल करके उसके जैसा नहीं बन सकते। इसके लिए हमें अपने चित्र बनाने होंगे। जैसे हमारे विचार अलग होते हैं, वैसे ही हमारे चित्र भी अलग होते हैं। हमारी कल्पनाएँ अलग-अलग होती हैं, बस, हमें उसपर काम करने की जरूरत है।

3. अपने नकारात्मक विचारों को बदल दीजिए

मैंने लोगों को कहते हुए सुना है कि हर चीज को पाने के लिए बहुत मेहनत करने की जरूरत होती है, लेकिन आपको इस बात को समझना होगा कि मेहनत करना ही काफी नहीं है। अमीर बनने के लिए हर कोई मेहनत करता है, लेकिन उस आदमी में, जो अमीर बन जाता है और उस आदमी में, जो अपनी जिंदगी में कुछ नहीं कर पाता, क्या फर्क होता है? उन दोनों में फर्क होता है विश्वास सिस्टम का। वे कैसा सोचते हैं? वे अपने बारे में कैसा अनुभव करते हैं? अगर आप बस, मेहनत करते जाएँ और आपके दिमाग में बस, नकारात्मक चीजें चलती जा रही हैं तो आप कभी भी सफल नहीं बन पाएँगे। अगर आप खुद को लेकर हमेशा नकारात्मक रहते हैं तो आपकी मेहनत का कोई भी फायदा नहीं होगा; क्योंकि जैसा आप सोचते हो, वैसा ही आपका शरीर और आपका विश्वास भी काम करता है। अगर आप अच्छा सोच नहीं सकते तो अच्छा काम भी नहीं कर सकते। सोचने का मतलब यह नहीं है कि आपके दिमाग में अभी क्या चल रहा है। सोच से मतलब यह है कि आपके अवचेतन में कैसे विचार हैं। उनको भी आपको बदलना होगा और वे आपके विश्वास सिस्टम को भी बदल देंगे।

अगर आपको अपने माइंडसेट और विश्वास सिस्टम को बदलना है तो आपको अपने अवचेतन मन को पूरी तरह से री-प्रोग्राम करना होगा। आपके नकारात्मक विश्वास बनते कैसे हैं? जो आपको पूरी तरह से आगे बढ़ने से रोकते हैं, ऐसे लोग आपके चारों ओर रहते हैं। जैसे वातावरण में आप रहते हैं, वैसे ही आपकी वाइब्रेशंस और आपकी सोच भी बनती है। आपके नकारात्मक विश्वास भी बन जाते हैं। इसलिए आप जैसे लोगों के बीच रहते हैं, वैसे ही आपके विचार भी बनने शुरू हो जाते हैं और उस विचार से वैसी ही प्रोग्रामिंग आपके दिमाग में हो जाती है। आप जैसी संगति में रहते हैं, उस पर सबसे

पहले ध्यान दीजिए। अगर आप पढ़नेवाले बच्चों के बीच रहते हैं तो अच्छी बात है; लेकिन अगर आप ऐसे लोगों के बीच रहते हैं, जो गलत आदतों के शिकार हैं तो इस चीज से आप जल्दी से दूर हो जाएँ; क्योंकि जैसा संग वैसा रंग। आपके ऊपर सबसे ज्यादा असर उन चीजों का होता है, जो आप अपने मोबाइल फोन, कंप्यूटर और अपनी पुस्तक में पढ़ते हैं या देखते हैं। इसलिए जो भी आप मोबाइल फोन और कंप्यूटर में देख रहे हैं, उसे बहुत सोच-समझकर देखें। कहीं आप ऐसी कोई चीज तो नहीं देख रहे, जिससे आपको आगे बढ़ने में समस्या हो, जिससे आपकी नकारात्मक सोच बढ़े! इसलिए अच्छी पुस्तकें पढ़ें, जो आपकी आंतरिक शक्ति को बढ़ाएँ तो आपको बहुत अच्छे जल्दी परिणाम मिलने शुरू हो जाएँगे। अगर आप अपने अवचेतन मन को री प्रोग्राम करने में सफल हो गए तो आपकी पूरी जिंदगी बदल जाएगी। आपके सारे नकारात्मक विचार बदल जाएँगे और आप जिस चीज को पाने में मेहनत कर रहे थे, उस चीज को आसानी से पा लेंगे।

इसका मतलब यह है कि आपके दिमाग में उस चीज से संबंधित नए-नए विचार आने लगेंगे, जिनको फॉलो करके आप अपनी इच्छा को पूरा कर सकते हैं। अब बारी आती है कि आप अपने नकारात्मक भाव बदलने के लिए क्या करें? अपनी आवाज में एफर्मेशन को रिकॉर्ड कीजिए। इस एफर्मेशन को आप रोज रात को सोने से पहले और रोज सुबह उठने के बाद सुनें और इस चीज को महसूस करें और उसके एक महीने के बाद आपको अपने अंदर डिफरेंट दिखने शुरू हो जाएँगे।

4. हर मिनट कीमती है

कितनी बार ऐसा होता है कि कोई आपसे कहता है कि क्या आपके पास एक मिनट का समय है? आप जरा ध्यान से सोचिए उस एक मिनट के बारे में। आपके पास बस, एक मिनट है या नहीं, सिर्फ 60 सेकंड, वे सेकंड आप बना नहीं सकते। वे सेकंड आप दोहरा नहीं सकते। आपका उस मिनट के आने पर कोई नियंत्रण नहीं था, न ही उसके जाने पर होगा। एक चीज, जो आप उस एक मिनट के साथ कर सकते हैं, वह आपके हाथ में है। आप उसका दुरुपयोग करते हैं या सदुपयोग, यह निश्चित रूप से आपके हाथ में है। हालाँकि यह एक छोटा सा मिनट है, पर क्या सच में वो छोटा सा मिनट है? क्या आप जानते हैं, अगर आप 50,000 डॉलर सालाना कमाते हैं तो एक मिनट में 42 सेंट्स कमाते हैं। आधे घंटे में साढ़े बारह डॉलर कमाते हैं। अगर आप 80,000 डॉलर एक साल में कमाते हैं तो आप 1 मिनट में 67 प्रतिशत गँवाते हैं और आधे घंटे में 20 डॉलर। अगर आप सालाना 1,50,000 डॉलर कमाते हैं तो आप जानते हैं कि आपके 1 मिनट की कीमत 1.25 सेंट है और आपके आधे घंटे की कीमत 37.50 डॉलर। अब अगर कोई आपसे कहता है कि क्या आप रुककर एक कप कॉफी पी सकते

हैं?अगर आप पूरे साल में 10 लाख डॉलर कमाते हैं तो एक मिनट में 2.08 डॉलर और आधे घंटे में 62.50 डॉलर खर्च करते हैं।

अब आप निश्चित रूप से जान गए होंगे कि आप अपने 1 मिनट के साथ कितने डॉलर खोते हैं। विषय यह है कि जो समय हमें मिला है, वह यही है। हम नहीं जानते कि भविष्य में हमें क्या मिलेगा? लेकिन हम जानते हैं कि इस समय हम क्या कर सकते हैं। भविष्य में कितनी संभावनाएँ होंगी या हमारे पास कितना समय होगा, हम नहीं जानते; लेकिन जो समय हमारे पास है, उसमें हम ज्यादा उत्पादक हो सकते हैं। उसे इस्तेमाल कर सकते हैं। जितने भी सफल व्यक्ति हुए हैं, उन्होंने अपने हर मिनट की कीमत को समझा है। वे हर मिनट निर्माण में विश्वास रखते हैं।

5. पैसा हमारा सेवक है, न कि स्वामी

जिंदगी जीने के लिए धन बहुत जरूरी चीज है और एक महत्त्वपूर्ण बात हमेशा याद रखनी चाहिए कि धन या पैसा हमारा सेवक है और हम उसके मालिक हैं। इस बात को अगर हम अच्छे से समझ लें तो हम अपने विचारों में बदलाव ला सकते हैं, क्योंकि हमारे पास जितने भी पैसे हों, कम या ज्यादा, उन्हें कैसे खर्च करना है, यह सिर्फ हम फैसला करते हैं। पैसा खुद कुछ भी निर्णय नहीं ले सकता, मुझे इस बात पर खर्च करना है। हम स्वामी होते हैं और धन हमारा सेवक है, इसलिए हमें पैसे का उपयोग करना है और लोगों से प्यार भी करना है। हम अधिकतर पैसे से प्यार करते हैं और लोगों को प्रयोग में लाते हैं। पैसा मनुष्य के लिए, मनुष्य की जरूरतों की पूर्ति के लिए होता है; लेकिन असल जिंदगी में हम उसे अपनी जिंदगी में हावी कर लेते हैं।

पैसे को हमेशा चलाते रहिए, क्योंकि अगर यह चलन में रहता है तो इसकी क्षमता बढ़ती है, इसकी ताकत बढ़ती है; लेकिन ठहरा हुआ पैसा कभी अपनी ताकत नहीं बढ़ा पाता। इसलिए यह बात बहुत जरूरी है कि पैसा हमेशा चलन में रहे। अगर उसका उपयोग करना है तो उसे हमेशा बहते रहना चाहिए, न कि हम उसे जमा करके एक बक्से में, अलमारी में बंद कर दें। पैसे को चलाते रहना, लेन-देन करना और पैसे का उपयोग करके खुशियाँ मनाना, यही पैसे का मुख्य काम है।

हमें धन को अपना आज्ञाकारी और मेहनती सेवक समझना चाहिए। जिस सेवक को आप और धन कमाने के काम पर लगा सकते हैं, उस सेवक से हम काफी हद तक सेवाएँ ले सकते हैं, जो कि भौतिक सेवाओं से कहीं ज्यादा होती हैं—एक व्यक्ति की सेवा से कहीं ज्यादा। हमेशा हमें याद रखना है कि धन को हमेशा अपने पीछे भागने के लिए मजबूर करना है, न कि हमें धन के पीछे भागना है।

6. डर और शक से दूर रहें

बिना किसी शक या डर के हमें विश्वास करना सीखना होगा। डर या शक हमारे

उत्साह के वाइब्रेशन को कम कर देते हैं। हमें मनचाहे परिणाम पाने के लिए दो चीज—हमारी अपेक्षाएँ और हमारी इच्छाएँ—कनेक्ट होनी चाहिए, नहीं तो हम निराश हो जाते हैं। हम जो चाहते हैं, मिलेगा ही, इस इच्छा और अपेक्षा के कनेक्टेड होने से ही हम उस चीज को पा सकते हैं। अगर सिर्फ इच्छा या अपेक्षा है तो वह एक आशा का कार्य करेगी। हो सकता है, मुझे मिल जाए, लेकिन मिलेगा ही, यह भावना उत्पन्न करना ही इच्छा और अपेक्षा का कनेक्शन है। हमारी इच्छा में हमारे सपनों को संभव बनाने की पूरी क्षमता होती है। अपने अवचेतन मन में संभावना को यथार्थ में बदलने के लिए हमें हमेशा सावधान रहना होगा कि शक या डर के विचारों को हमारे अवचेतन में न जाने दें। जो भी चीज हम पाना चाहते हैं, उसके बारे में कोई भी शक या डर हमारे मन में न हो, इसकी हमें जागरूकता रखनी चाहिए।

7. समृद्धि की चेतना

पैसेवाले लोगों के पास हमेशा पैसा जाता है, यह बात सत्य है, लेकिन कुछ अपवाद भी हैं, जैसे कई बार समझते हैं कि पैसा पैसे को खींचता है। पर ऐसा नहीं है। वे लोग अपने माइंडसेट को अपने स्पंदन को, अपनी ऊर्जा को वहाँ कायम रखते हैं, जिसे हम 'समृद्धि की चेतना' कहते हैं। यह चेतना ही है, जो पैसे को खींचकर लाती है, उस व्यक्ति के पास जो समृद्धि की चेतना को हमेशा बरकरार रखता है—अपने दिमाग में, अपने मन में। अगर हमें अपनी जिंदगी में पैसा चाहिए तो हमें समृद्धि की चेतना को लाना पड़ेगा, अपनाना पड़ेगा, समझना पड़ेगा।

हम जितना भी पैसा चाहते हैं, उसे पहले अपने मन की आँखों से देखना होगा। समृद्धि की चेतना तब शुरू होती है, जब हम देखना शुरू करते हैं तो प्रोस्पेरिटी कॉन्सेप्ट से हमारे मन में वह भावना उत्पन्न होने लगती है कि हम कितना चाहते हैं? हमारे पास कितना पैसा है? हमारा अवचेतन मन यथार्थ और आभास में फर्क नहीं समझता। अगर हम ज्यादा देर तक समृद्धि की चेतना को मन में रखते हैं तो हमारा अवचेतन मन उसे अट्रैक्ट करने के लिए काम करना शुरू कर देता है। उसे हकीकत मानने लगता है। अगर हम अपने अवचेतन मन को यह समझाने में सफल होते हैं कि मैं अमीर हूँ तो हमारा अवचेतन मन अमीर होने के लिए जरूरी रास्ते हमारे सामने खोल देता है और उन्हें ढूँढ़कर लाता है।

पैसे के बारे में चिंता करना हमें विपरीत दिशा में लेकर जाता है। हमारा पैसा आने से हम खुद ही रोकते हैं। सबसे पहले हमें आसपास के लोग पैसे के बारे में जो भी कहते हैं, उसे सुनना बंद करना होगा। कई लोग हमारे आसपास हमें यह बताने के लिए हर समय होते हैं कि 'पैसा नहीं है, कैसे होगा? पैसा पानी की तरह नहीं बहाते। पैसा पेड़ पर नहीं लगता। पैसा बहुत मेहनत से कमाया जाता है। पैसे की कीमत करना सीखो। पैसा

सँभालकर खर्च करना चाहिए।' ऐसी बहुत सी बातें। कई लोग पैसे की बुराई भी जमकर करते हैं, जैसे कि पैसा सभी मुसीबतों की जड़ है। हमें ये सभी बातें नहीं सुननी चाहिए। जिसे हम बुरा कहेंगे, वह चीज कभी हमारी तरफ आकर्षित नहीं होती। पैसों के बारे में चिंता करना हमें विपरीत दिशा में लेकर जाता है।

सबसे पहले हमें जितने पैसे चाहिए, उस भाव पर फोकस करना होगा। हमें लोगों की बातों के साथ बाहर की पैसे की हकीकत पर भी ध्यान नहीं देना है। जो लोगों के पास भावनाएँ हैं, वही विचार आपके पास भी होते हैं कि आपके पास पैसा नहीं है। अगर आप किसी काम के लिए पैसा चाहते हैं तो आपको यह सोचना बंद करना होगा कि आपके पास पैसा कहाँ से आएगा? आपको केवल यह सोचना है कि आप क्या चाहते हैं? अगर आप चाहते हैं, पैसा आए तो पैसा जरूर आएगा। हमें अपने अंदर की कामना पर पूरी तरह से फोकस करना चाहिए। कितनी भी मंदी क्यों न हो, चाहे हमारे देश में या पूरी दुनिया में, कुछ लोग उस मंदी में भी पैसा कमाते हैं। हमें विचार करने की शक्ति मिली है, लेकिन हम उसका सही उपयोग नहीं करते। हम जितना अपनी व्यावहारिक जिंदगी में धन की तरफ से सचेत होंगे, न कि पैसे के विरोध में, उतना हमारी समृद्धि की चेतना बढ़ेगी।

8. जैसा आप चाहते हो, वैसा ही होगा

क्या आपने कभी सोचा है कि आप जब किसी चीज को पाना चाहते हैं तो आप उसके बारे में क्या सोचते हैं? मेरे पास बहुत से लोग आते हैं, जिनसे मैं यह सवाल करता हूँ। उन सब का यही जवाब होता है कि हम बस, यही सोचते हैं कि हम उस चीज को पाना चाहते हैं। हमें वह चीज चाहिए। यही हमारी सबसे बड़ी गलती होती है। अगर आप हमेशा यही बात करते रहेंगे कि आपके पास वह नहीं है और आप उस चीज को पाना चाहते हैं तो यह एक नकारात्मक स्पंदन है। अपने स्पंदन को बढ़ाइए। अगर आप उस चीज को अपने जीवन में लाना चाहते हैं तो सबसे पहले आपको अपनी सोच को बदलना होगा। आपको यह कभी भी नहीं सोचना है कि मुझे उस चीज को पाना है। आपको हमेशा यह सोचना है कि मुझे वह चीज मिल गई है। इससे आपका स्पंदन बढ़ेगा, क्योंकि जब आप यह सोचते हो कि मुझे उस चीज को पाना है तो एक तरह से आप ब्रह्मांड को यह स्पंदन भेज रहे हैं कि अभी वह आपके पास नहीं है और आप हमेशा ऐसा ही सोचते रहोगे और आप उस चीज को मेनिफेस्ट नहीं कर पाओगे। इसलिए आप जब किसी चीज को पाने का प्रयास करते हैं, कोशिश करते हैं तो सबसे पहले इस चीज पर ध्यान दीजिए कि कहीं आप नकारात्मक तो नहीं सोच रहे हैं!

हमें पता भी नहीं चलता और हम नकारात्मक सोचते जाते हैं। हम हमेशा यही सोचते हैं कि मेरे पास कुछ नहीं है। काश, वह चीज मुझे मिल जाती! यह जो 'काश' है, 'आई

होप' है, यह आपकी जिंदगी को बरबाद कर सकता है; क्योंकि आप एक नकारात्मक भाव में जी रहे हैं और अपने दिमाग में भी नकारात्मक विचार ही बना रहे हैं। अगर आप यह नहीं सोच सकते, यह महसूस नहीं कर सकते कि वह चीज आपको मिल चुकी है, तब उस चीज को मेनिफेस्ट नहीं कर सकते। पहले आपको उस चीज को अपने दिमाग में मेनिफेस्ट करना होगा। पूरी तरह से यह मानना होगा, जैसे आपको वह चीज मिल चुकी है।

मान लीजिए, आपको गाड़ी मेनिफेस्ट करनी है तो इसके लिए आप यह नहीं कहेंगे कि मुझे वह गाड़ी चाहिए या मुझे उस गाड़ी को लेना है। आप अपने दिमाग में यह विजुलाइजेशन करेंगे, ऐसा महसूस करेंगे कि आपने उस गाड़ी को ले लिया है और जब भी आपको दिन भर उस गाड़ी के बारे में कोई भी खयाल आएगा तो आप खयाल पर ध्यान देंगे कि वह कैसा खयाल है और उसको अपने सकारात्मक विचार से बदल देंगे। ये विचार ऐसे ही काम करते हैं। इसलिए हमें बहुत ध्यान देना होता है, जिससे हम अपने विचारों को सही राह दिखा सकते हैं। अगर आपने एक बार इसको पूरी तरह से अपनी जिंदगी में उतार लिया, उसके बाद एक समय ऐसा आएगा, जब आपको अपने विचारों पर ध्यान रखने की भी जरूरत नहीं होगी; क्योंकि जैसे-जैसे आप कोशिश करते जाएँगे, एक समय ऐसा आएगा, जब आपके अवचेतन मन में खुद ही सकारात्मक बातें चलने लगेंगी, क्योंकि उस वक्त आपके अंदर आपके अवचेतन में कोई भी नकारात्मक बात नहीं होगी। एक बार अपनी सोच बदलकर देखिए। सिर्फ एक महीने तक इसको ट्राई कीजिए और अपनी जिंदगी खुद बदलिए।

9. यदि आप आगे बढ़ना चाहते हैं तो ईर्ष्या करना छोड़ दीजिए

ईर्ष्या करना अज्ञानता है। यानी दूसरे लोगों की सफलता या उपलब्धियों पर अगर हम हमेशा ईर्ष्या करते हैं तो हमारा अवचेतन मन नहीं समझता कि हम लोगों पर जल रहे हैं, उनकी उपलब्धि पर जल रहे हैं। वह समझता है कि सफलता पर ईर्ष्या करना, सफलता पर जलना। वह इस बात पर काम करता है तो जाहिर है, वह हमारी सफलता में कई अड़चनें पैदा करता है, हमें सफल नहीं होने देता।

10. विश्वास करना सीखिए

हम हमारे अवचेतन में कोई भी कल्पना का बीज सिर्फ और सिर्फ विश्वास और अपेक्षा की मदद से डाल सकते हैं। सबसे महत्त्वपूर्ण नियम यह याद रखना है कि कोई भी चीज हमारी जिंदगी में हकीकत में लाने के लिए हमें सबसे पहले उसे अपने मन के स्तर पर दिमाग में पालना, देखना, महसूस करना बहुत जरूरी बात होती है। हम एक ही समय में तीन स्तर पर जिंदगी जीते हैं। पहला स्तर है, आध्यात्मिक स्तर, जो कि विचार और सोच का स्तर है। वह हमारा सबसे उच्च शिक्षा क्षमता का स्तर है। दूसरा

है, बौद्धिक स्तर, यानी कि कल्पनाएँ, जो भी हम कल्पना करते हैं। वह हमारा मध्यम क्षमता का स्तर है और तीसरा है, शारीरिक स्तर, शारीरिक स्तर वह हमारी हकीकत है। वह सबसे निचला स्तर है। इस बात को समझना जरूरी है कि जो भी बातें हमारे मन में जन्म लेती हैं, वे अपने आप नहीं आतीं। उसका एक प्रोसेस है। हमें कुछ भी सोचने के लिए अपने विचारों की प्रक्रिया से होकर गुजरना होता है। हम कोई भी कल्पना अपने आध्यात्मिक स्तर पर करते हैं और फिर उसके बाद दूसरा स्थान, बौद्धिक स्तर पर कल्पनाएँ आकार लेती हैं और कल्पना का जन्म होता है और उसके बाद शारीरिक स्तर पर हम अपने विचारों से गुजरते हैं। यदि हम कोई भी लक्ष्य निर्धारित करते हैं तो हमें विचारों पर काम करना जरूरी है। आध्यात्मिक स्तर पर विचार जन्म लेंगे, उसके बाद बौद्धिक स्तर पर कल्पनाएँ आकार लेंगी और शारीरिक स्तर पर वे हकीकत बनेंगी।

हमें शारीरिक स्तर पर बहुत ज्यादा मेहनत नहीं करनी है और उसके बाद हम कल्पना पर जाते हैं और अंत में विचार करते हैं, यह गलत दिशा होती है। इसके बाद हम बहुत मेहनत करके भी वैसे परिणाम नहीं पा सकते, जैसा हम पाना चाहते हैं। सबसे पहले हमें यह समझना होगा कि हमारी संपत्ति, स्वास्थ्य, सामाजिक जीवन, व्यवसाय, नौकरी जो भी है, यह सब हमारे विचारों का मूर्त रूप है। आज हमारी जो भी वास्तविकता है, वह हमारे विचारों की वजह से है। अगर हम सच में अपनी वास्तविकता को बदलना और अच्छा बनाना और आगे बढ़ाना चाहते हैं तो उसे और बढ़िया बनाने के लिए हमें हमारे विचारों को बदलने का काम तुरंत शुरू करना पड़ेगा। हमारी वास्तविकता जो भी है, उसे नजरअंदाज करके या उसे हमारे विचारों पर हावी न होने देने के लिए उसका प्रभाव न पड़ने देने के लिए, हमें अपने विचारों पर काम करना पड़ेगा। यह अभ्यास हमें करना पड़ेगा, यह हमें सीखना होगा।

11. यदि कुछ पाना चाहते हैं तो देना सीखिए

हमें कुछ पाने के लिए कुछ देने की भी तैयारी रखनी पड़ेगी, फिर वह देना कुछ भी हो। अगर हमारे पास पैसे नहीं हैं तो हम ज्ञान दे सकते हैं, प्रेम दे सकते हैं, सेवा दे सकते हैं। जो भी हमारे पास है, वह हम दूसरों को दे सकते हैं। जब आप देना शुरू करते हैं, तब आपके पास कुछ-न-कुछ आना शुरू हो जाता है। उसी तरह जो चीजें हमें नहीं चाहिए, उन्हें भी हमेशा बाँट देना चाहिए। हो सकता है, जो चीज आपके लिए अनुपयोगी हो, वह किसी और के बहुत काम की हो सकती है। हमें उसे स्टोर करके नहीं रखना चाहिए। खाली करना चाहिए, ताकि नई चीजों के लिए जगह बन सके। यह ब्रह्मांड का नियम है कि जो जगह खाली है, उसे वह हमेशा भरने की कोशिश करता है।

□

ब्रायन ट्रेसी

ब्रायन ट्रेसी का जन्म 5 जनवरी, 1944 को कनाडा में हुआ था। उन्होंने 70 से अधिक पुस्तकें लिखी हैं, जिनमें 'द साइकोलॉजी ऑफ अचीवमेंट, अर्न व्हाट यू आर रियली वर्थ' और 'ईट दैट फ्रॉग' मुख्य तौर पर शामिल हैं। अमेरिका के सफलतम 'स्व्यं सहायता गुरुओं' में से एक ब्रायन ट्रेसी अपने प्रेरक वक्तव्यों, पुस्तकों और कोर्सेज की मदद से लाखों लोगों की जिंदगियों में एक सकारात्मक बदलाव लाए हैं।

1. कोई भी काम किसी दूसरे दिन पर न टालें

सफलता का वास्तविक रहस्य क्या है ? सभी लोग यही जानना चाहते हैं कि लोगों में इतनी असमानता क्यों है ? कुछ लोग बहुत सफल और कुछ लोग असफल क्यों हैं ? अगर आप हर इनसान से पूछें तो हर इनसान वजन कम करना चाहता है, कर्ज से मुक्त होना चाहता है, आर्थिक स्वतंत्रता प्राप्त करना चाहता है। ये सभी बड़े लक्ष्य हैं, जिन्हें हर व्यक्ति प्राप्त करना चाहता है। सभी ज्यादा पैसा कमाना चाहते हैं, अपने परिवार के साथ ज्यादा समय बिताना चाहते हैं। सभी छरहरे होना चाहते हैं और आर्थिक रूप से स्वतंत्र होना चाहते हैं।

न सिर्फ हमारे लक्ष्य एक से हैं, बल्कि हम सभी यह जानते हैं कि उन्हें प्राप्त करने के लिए हमें क्या काम करने चाहिए और हम सभी कभी-न-कभी वह करने का इरादा रखते हैं 'किसी समय', लेकिन शुरुआत करने से पहले हम एक अद्‌भुत काल्पनिक जगह की सैर पर जाने का निर्णय कर लेते हैं, जिसे 'किसी दिन' भी कहा जाता है। हम कहते हैं कि किसी दिन मैं पुस्तक पढ़ लूँगा। क़िसी दिन मैं व्यायाम शुरू करूँगा। किसी दिन मैं अपनी योग्यता बढ़ा लूँगा और ज्यादा पैसे कमा लूँगा। किसी दिन मैं अपनी आर्थिक स्थिति की बागडोर थामूँगा और कर्ज से मुक्ति पा लूँगा। किसी दिन मैं वे सभी काम करूँगा, जो मुझे अपनी मंजिल तक पहुँचाने के लिए करने चाहिए।

संभवत: 80 प्रतिशत लोग काम को किसी दिन पर टालते हैं। वे उन सभी कामों के

बारे में सोचते हैं, सपने देखते हैं, कल्पना करते हैं, जो भी वे किसी दिन करना चाहते हैं। अधिकांश लोगों के बहाने एक जैसे होते हैं, 'मेरा बचपन सुखद नहीं था', 'मुझे अच्छी शिक्षा नहीं मिली थी', 'मेरे पास पैसे नहीं हैं', 'मेरा बॉस मेरी आलोचना करता है', 'मेरा अच्छा जीवनसाथी नहीं है', 'कोई भी मेरी कदर नहीं करता' या 'अर्थव्यवस्था की हालत खराब है'। यह सफलता के लिए हमेशा घातक होता है। उनके इरादे तो अच्छे हैं, लेकिन जैसे नरक की ओर जानेवाली सड़क अच्छे इरादे के पत्थरों से बनती है।

सफलता का पहला नियम है—खुद को किसी दिन से बाहर निकालें। कोई भी काम करें या न करें, लेकिन बहाने न बनाएँ। काम न करने के बाद उसे उचित ठहराने और न्यायसंगत तर्क गढ़ने के लिए अपने अविश्वसनीय माइंडसेट का उपयोग करना छोड़ दें। कुछ करें। कुछ भी करें, आगे बढ़ें। मन-ही-मन बार-बार दोहराएँ, 'अगर मुझे करना है तो इसका दारोमदार मुझ पर है।' पराजित लोग बहाने बनाते हैं। विजेता प्रगति करते हैं। आप खुद से पूछिए, क्या आसपास कोई ऐसा व्यक्ति है, जो मेरी जैसी समस्या से ग्रस्त होने के बावजूद सफल है? तो आपको यह स्पष्ट दिखाई दे जाएगा कि हजारों, यहाँ तक कि लाखों, ऐसे लोग हैं, जिन्होंने आपसे भी बदतर स्थिति में रहने के बावजूद अपने जीवन में श्रेष्ठ कार्य किए और उत्कृष्ट परिणाम प्राप्त किए। वह आप भी कर सकते हैं, बशर्ते आप प्रयास करें। लोग असफलता के बहाने बनाने में जितनी ऊर्जा खर्च करते हैं, उसे अगर सही लक्ष्य को प्राप्त करने में लगाएँ तो वे सफल हो जाएँगे।

"असफलता के हजार बहाने हो सकते हैं, परंतु अच्छा कारण एक भी नहीं होता।"

—मार्क ट्वेन

2. दीर्घकालीन सोचें

हार्वर्ड यूनिवर्सिटी के डॉ. एडवर्ड बैनफील्ड ने अमेरिका में 50 वर्षीय अध्ययन किया, जिसका उद्देश्य यह पता लगाना था कि सामाजिक-आर्थिक क्षेत्रों में लोगों के घाटी से शिखर तक पहुँचने के क्या कारण हैं? उनका निष्कर्ष था कि जीवन में बड़ी सफलता पानेवाले लोगों का सबसे महत्त्वपूर्ण गुण था—दीर्घकालीन दृष्टिकोण। बैनफील्ड के शब्दों में, "सफलतम व्यक्ति दीर्घकालीन चिंतक होते हैं। वे भविष्य में जितनी दूर तक देख सकते हैं, उतनी दूर तक देखकर यह तय करते हैं कि वे कैसे जगना चाहते हैं और कौन से लक्ष्य प्राप्त करना चाहते हैं! फिर भी, वर्तमान में लौटकर तय करते हैं कि अपने मनचाहे भविष्य को पाने के लिए वे कौन से कार्य करेंगे। दीर्घकालीन सोच का अभ्यास आपके कामकाज, कॅरियर, वैवाहिक जीवन संबंधी तथा व्यक्तिगत व्यवहार सभी पर लागू होता है।"

सफल लोग सुनिश्चित करते हैं कि उनके सभी काल्पनिक कार्य उनके दीर्घकालीन लक्ष्यों से तालमेल खाते हैं या नहीं। वे हर पल आत्मानुशासन का अभ्यास करते हैं। वे लोग भविष्य में ज्यादा बड़े परिणाम और पुरस्कार पाने के लिए जीवन भर वर्तमान में छोटे-छोटे त्याग करने को तत्पर रहते हैं। त्याग करने की इच्छा उन लोगों में साफ दिखाई देती है, जो सामाजिक मेल-जोल और वर्तमान पल का आनंद लेने के बजाय अपनी योग्यताएँ बढ़ाने, तैयारी करने और पढ़ने में घंटों, यहाँ तक कि वर्षों का समय लगाते हैं, ताकि वे ज्यादा मूल्यवान बन जाएँ और भविष्य में उनका जीवन बेहतर हो जाए।

"महान् व्यक्ति जिस लक्ष्य पर पहुँचे और बने रहे, वहाँ वे अचानक एक उड़ान भरकर नहीं पहुँच गए थे। वास्तव में, जब उनके साथी सो रहे थे, तब भी हर रात वे ऊपर चढ़ने का श्रम कर रहे थे।"

दूर तक सोचें, भविष्य की योजनाएँ बनाएँ। वर्तमान में कड़ी मेहनत करें। आनंददायक और आसान कार्य करने से पहले उचित और आवश्यक कार्य करने के लिए खुद को अनुशासित करें। दीर्घकालीन सोच की क्षमता धीरे-धीरे विकसित होती है। जैसे-जैसे आप बेहतर होते जाएँगे, आप ज्यादा सटीक अनुमान लगा पाएँगे कि आपके कार्यों के भविष्य में क्या परिणाम हो सकते हैं!

3. अपनी सीमाएँ बदल दो

स्कॉटिश दार्शनिक डेविड ह्मायू ने सबसे पहले टेब्यूला रासा (कोरी स्लेट) की सोच को लोगों के सामने रखा था। इस सिद्धांत के अनुसार, हर इनसान जब दुनिया में आता है तो उसके पास सोच या विचार के तौर पर कुछ भी नहीं होता। वह हर चीज, जो इनसान सोचता है या महसूस करता है, वह सब उसने यहीं पर अपने शिशु काल में सीखी होती है। एक बच्चे का दिमाग एक कोरी स्लेट की तरह होता है, जिस पर उसके संपर्क में आनेवाला हर व्यक्ति और अनुभव अपनी छाप छोड़ देता है। बड़ा होने के दौरान वह जो कुछ सीखता है, महसूस करता है या अनुभव हासिल करता है, यह अवस्था एक तरह से उन्हीं सब बातों का निचोड़ होती है। जाहिर तौर पर वयस्क बाद में जो कुछ भी करता है, बनता है, वह सब इस पर आधारित है। अरस्तू ने लिखा है—"जिस किसी भी बात का प्रभाव पड़ता है, वही अभिव्यक्ति होती है।"

जहाँ तक इनसान में छुपी संभावनाओं के क्षेत्र की बात है तो निजी धारणा को बीसवीं सदी की सबसे बड़ी खोज कहा जा सकता है। इसके अनुसार, हर इनसान जन्म से अपने बारे में धारणा कायम करता जाता है, फिर यही धारणा अवचेतन के कंप्यूटर को संचित करनेवाला मास्टर प्रोग्राम बन जाती है। फिर यही तय करती है कि आप क्या सोचेंगे? क्या कहेंगे? क्या महसूस करेंगे और क्या करेंगे? यही वजह है कि आपकी

जिंदगी में सारा बदलाव खुद के बारे में धारणा बदलने और अपने बारे में, अपनी दुनिया के बारे में सोचने का अंदाज बदलते ही दिखाई देने लगता है।

"आप वह नहीं, जो आप सोचते हैं कि आप हैं, लेकिन आप जो सोचते हैं, आप वही हो जाते हैं।"

अगर आपको ऐसे माता-पिता मिले, जिन्होंने आपको लगातार बताया कि आप कितने अच्छे हैं, जो आपसे प्यार करते थे, आपका समर्थन करते थे, आप में यकीन करते थे, आपने चाहे जो किया या न किया हो। ऐसे में आप इस विश्वास के साथ बड़े होंगे कि आप एक अच्छे और मूल्यवान व्यक्ति हैं। तीन वर्ष का होने तक विश्वास आप में बैठकर जाएगा और दुनिया के साथ आपके रिश्ते का महत्त्वपूर्ण हिस्सा बन जाएगा। उसके बाद चाहे जो हो जाए, आपका खुद में यकीन कायम रहेगा। यही आपके लिए वास्तविकता बन जाएगी।

अगर आपको ऐसे माता-पिता ने बड़ा किया है, जो नहीं जानते थे कि उनके कहे गए शब्द, उनका व्यवहार आप पर कितना असर डाल सकता है! और वे आपको नियंत्रित या अनुशासित करने के लिए तीखी आलोचना, असहमति या फिर शारीरिक व मानसिक सजा दे सकते हैं। जब किसी को बचपन से ही निरंतर आलोचना का सामना करना पड़ा है तो वह इस निष्कर्ष पर पहुँच जाता है कि उसमें कोई खामी है। उसे यह समझ नहीं आता कि उसे क्यों लगातार आलोचना और सजा का सामना करना पड़ रहा है? उसे अहसास हो जाता है कि माता-पिता उसके बारे में सही जानते हैं और वह इसी के काबिल है। वह महसूस करता है कि उसकी कोई कीमत नहीं है, न ही वह प्यार पाने लायक है। इसलिए वह बिल्कुल महत्त्वहीन है। कम प्यार मिलने का यही अहसास दुर्व्यवहार, व्यक्तित्व संबंधी समस्याओं, क्रोध के उफान, अवसाद, असहाय, महत्त्वाकांक्षा की कमी और लोगों पर रिश्तों में समस्या के तौर पर उभरकर सामने आते हैं।

लेकिन इन सबके बीच सबसे अच्छी बात यह है कि आपका दिमाग गजब का ताकतवर है। आपके विचार शक्तिशाली, विजेता, बहादुर या फिर एक कायर जैसा महसूस करा सकते हैं। आपके उठाए गए एक कदम से ही आपकी पूरी जिंदगी की दिशा बदल जाती है। सबसे बड़ी खुशखबरी यह है कि आपके विचार पूरी तरह से आपके नियंत्रण में होते हैं।

आपके लिए सबसे घातक है—खुद को कम आँकनेवाले मत में यकीन करना। ये मत आपकी तरक्की में बाधा होते हैं, जो ज्यादातर गलत होते हैं। अगर आप सोचते हैं कि बेहतर स्वास्थ्य, खुशियाँ और ज्यादा पैसा हासिल कर पाना आपके बूते से बाहर की बात है तो यही हकीकत बन जाएगा। रिचर्ड बाख ने अपनी पुस्तक 'इल्यूजंस' में लिखा है—"अपनी सीमाओं के लिए तर्क दो और तय मानो कि बस, वही तुम्हारी सीमा होगी।"

4. आपके लक्ष्य स्पष्ट होने चाहिए

कई लोग अपनी जिंदगी उस कुत्ते की तरह जीते हैं, जो गरमियों में मैदान में एक खरगोश का पीछा कर रहा है। जब कुत्ता खरगोश के पीछे भागता है तो अचानक दूसरा खरगोश निकल आता है और उसे देखकर कुत्ता अपनी दिशा बदलकर दूसरे खरगोश का पीछा करने लगता है। जब कुत्ता दूसरे खरगोश को पकड़ने के लिए बहुत करीब होता है, तभी एक तीसरा खरगोश निकल आता है और कुत्ता एक बार फिर तीसरे की दिशा में चल देता है। शाम तक कुत्ता थक जाता है और एक भी खरगोश नहीं पकड़ पाता।

यह बहुत सारे लोगों के जीवन और कॅरियर की कहानी है। लोग अपने लक्ष्यों व उद्देश्यों के बारे में स्पष्ट नहीं होते, इसलिए वे पहली नौकरी करते हैं, फिर दूसरी की तरफ चल देते हैं। वे एक निवेश अवसर के पीछे लगते हैं, फिर कुछ समय बाद किसी दूसरे के पीछे लगते हैं। आँकड़ों के अनुसार, टी.वी. देखते समय आम आदमी रिमोट नियंत्रण से एक घंटे में 100 बार चैनल बदल देता है। इस कारण वह किसी भी कार्यक्रम की शुरुआत, मध्य और अंत तीनों एकसाथ नहीं देख पाता। अकसर लोग जिंदगी में भी ऐसा ही करते हैं। एकाग्र मकसद से, स्पष्ट लक्ष्य की दिशा में ध्यान केंद्रित करने की आपकी योग्यता जीवन में किसी भी महत्त्वपूर्ण चीज को हासिल करने के लिए अनिवार्य है। थॉमस कार्लाइल ने लिखा है—"जिस इनसान के पास कोई लक्ष्य नहीं होता, वह सबसे समतल सड़क पर चलकर भी कोई प्रगति नहीं कर पाता। दूसरी ओर, जिस इनसान के पास स्पष्ट लक्ष्य होता है, वह सबसे मुश्किल सड़क पर भी प्रगति कर लेता है।"

तेल उद्योग के अरबपति एच.एन. हाल्ट ने ऑर्गेनसा में बँटाईदार के बेटे के रूप में शुरुआत की थी और बाद में वे संसार के सबसे अमीर लोगों में से एक बने। एक बार किसी ने उनसे उनकी सफलता का रहस्य पूछा तो उन्होंने कहा, "सफल होने के लिए इनसान को सिर्फ दो चीजों की जरूरत होती है। पहला, आपको सटीकता से तय कर लेना चाहिए कि आप क्या चाहते हैं? ज्यादातर लोग ऐसा कभी नहीं करते। दूसरे, आपको यह तय कर लेना चाहिए कि आप उस लक्ष्य को हासिल करने के लिए कौन सी कीमत चुकाएँगे? फिर उस कीमत को चुकाने में व्यस्त हो जाना चाहिए।"

कुछ वर्षों पहले न्यूयॉर्क में डॉ. करीन हॉर्नी ने एक अध्ययन किया। उसमें प्रतिभागियों को लक्ष्य तय करना सिखाया गया और आनेवाले महीनों व वर्षों में उनको मिलनेवाले परिणामों की निगरानी की गई। प्रतिभागियों ने अपने लिए जो लक्ष्य तय किए थे, उन्होंने उनमें से 95 प्रतिशत लक्ष्य हासिल कर लिये। इसके बारे में सोचें, लक्ष्य तय करनेवालों की सफलता की दर 95 प्रतिशत थी। यह बेहद आश्चर्यजनक बात है। सवाल यह है कि यदि लक्ष्य तय करना और लक्ष्य हासिल करना स्वचालित है, आपके मन में ही बना हुआ है तो फिर इतने कम लोगों के पास लक्ष्य क्यों होते हैं? बहुत से अध्ययनों

में बताया गया है कि सिर्फ 3 प्रतिशत लोगों के पास योजनाओं के साथ स्पष्ट, लिखित, विशिष्ट लक्ष्य होते हैं, जिन पर वे हर दिन काम कर सकें। कॅरियर के अंत में लिखित लक्ष्य वाले ये 3 प्रतिशत लोग बाकी 97 प्रतिशत लोगों से ज्यादा दौलतमंद बन जाते हैं।

लक्ष्य स्पष्ट, विशिष्ट, विस्तृत और लिखित होना चाहिए। लक्ष्य अस्पष्ट या आम नहीं हो सकते, जैसे सुखी होना या ज्यादा पैसे कमाना। लक्ष्य विशिष्ट, मूर्त, ठोस होने चाहिए। लक्ष्य का मतलब है—कोई ऐसी चीज, जिसका स्पष्ट चित्र आप अपने मन में देख सकें और उसकी कल्पना कर सकें। लक्ष्यों को नापने योग्य और वस्तुनिष्ठ होना चाहिए। वे ऐसे होने चाहिए कि कोई भी उनका विश्लेषण और मूल्यांकन कर सके। बहुत सारे पैसे कमाना लक्ष्य नहीं है। यह तो सिर्फ एक इच्छा या फंतासी है, जो हर इनसान के मन में होती है। दूसरी ओर, विशेष समय अवधि में निश्चित धनराशि कमाना एक सच्चा लक्ष्य है।

5. सफलता डिस्काउंट योजना पर नहीं मिलती

जीवन किसी रेस्तराँ जैसा नहीं है, जहाँ आप भोजन करने के बाद बिल चुकाते हो। यह तो एक कैफेटेरिया की तरह है, जहाँ आपको खाना शुरू करने से पहले पूरी कीमत चुकानी होती है। सफलता डिस्काउंट योजना पर नहीं मिलती। जिंदगी में किसी भी समय आप यह जान सकते हैं कि उस समय तक आपने सफलता की कितनी ज्यादा कीमत चुकाई है। इसके लिए आपको बस, अपने चारों तरफ देखना है। आपकी वर्तमान जीवन-शैली, आमदनी और सफलता का स्तर आपकी चुकाई हुई कीमत का प्रतिबिंब है। आपने जिंदगी में अब तक जो कुछ भी हासिल किया है, अगर आप उससे खुश नहीं हैं तो आप तुरंत काम पर जुट जाएँ और उन पुरस्कारों व परिणामों के लिए कीमत चुकाने लगें, जिनका आनंद आप भविष्य में लेना चाहते हैं। कोई सीमाएँ नहीं हैं, सिर्फ वही, जो आपके विचारों की सीमाएँ हैं। आप क्या चाहते हैं, उसे लिखें और योजना के अनुसार कार्य करें।

सुबह उठने से पहले रात को सोने तक आप जिंदगी में जो कुछ भी करते हैं, उसका 95 प्रतिशत आपकी आदतों से तय होता है। सफल इनसान वे हैं, जिन्होंने सफलता की आदत डाली है। असफल इनसान भी हैं, जो अब तक सफलता की आदत नहीं सीख पाए हैं। सबसे महत्त्वपूर्ण आदत है, नियमित लक्ष्य करने की आदत। इससे आपके लिए महान् जीवन का सृजन सुनिश्चित होगा।

लक्ष्य तय करने और हासिल करने के लिए योग्यता काफी हद तक किसी पहिए की धुरी जैसी होती है। हर चीज इसी के इर्द-गिर्द घूमती है। एक बार जब आप योग्यता हासिल कर लेते हैं तो फिर जिंदगी में इसका इस्तेमाल कर सकते हैं। इसके लिए आपको

खास योग्यताएँ सीखनी होंगी। समस्याओं व मुश्किलों के सामने आने पर भी आप सकारात्मक और आशावादी बने रहिए। आपको अपनी जिंदगी और इसमें होनेवाली हर चीज की पूरी जिम्मेदारी लेनी चाहिए। आप जिसे हासिल करने में सक्षम हैं, वह हर चीज हासिल करने के लिए अपनी विशेष योग्यता व शक्तियों को पहचानिए।

आपको दौलतमंद बनने के रहस्य सीखने होंगे, जिनमें सफल कारोबार शुरू करने और बनाने की रणनीतियाँ शामिल हैं, चाहे वह कारोबार आपका हो या दूसरे का। आपको लोगों को प्रभावित करनेवाली और राजी करने की खास तकनीकें सीखनी चाहिए, जिससे आप अपने प्रयासों को कई गुना बढ़ा सकते हैं और अपने आसपास के संसार के मुख्य लोगों का समर्थन हासिल कर सकते हैं।

आपको सीखना चाहिए कि अपने ज्ञान और योग्यताओं को लगातार कैसे बढ़ाएँ, ताकि आप सर्वोच्च संभव स्तर पर प्रदर्शन कर सकें। अंत में आपको साहस और लगन के गुणों को विकसित करना चाहिए, क्योंकि उनके बिना कोई सफलता संभव नहीं है। आपको अपने डर व शंकाओं से ऊपर उठना भी सीखना चाहिए, क्योंकि यही ज्यादातर लोगों को पीछे रोके रखते हैं। आपको अटल संकल्प के साथ अपनी हर चीज का समर्थन करना भी सीखना चाहिए।

6. अनुशासित रहिए

हर व्यक्ति के अवचेतन मन में एक असफलता यंत्र भी होता है। असफलता यंत्र का असर तब नजर आता है, जब लोग अपनी मनचाही चीजें पाने के लिए सबसे तेज और आसान तरीका तलाश करते हैं। ज्यादातर लोग न्यूनतम प्रतिरोधक की दिशा में चलते हैं। उन्हें वह काम करना ज्यादा पसंद होता है, जो अल्पकाल में मजेदार और आसान हो। उन्हें मेहनत भरे काम करने पसंद नहीं होते, जो लंबे समय में बेहतर परिणाम पाने के लिए जरूरी हैं।

हर सुबह उठने पर आपके सामने एक चुनौती होती है—क्या मजेदार और आसान काम करें? या फिर वह काम करें, जो मुश्किल लेकिन जरूरी है। क्या उठकर दिन के लिए खुद को तैयार करें या फिर अखबार पढ़ें और टेलीविजन देखें? आपके व्यवहार के महत्त्व और मूल्य का विश्लेषण करने का सबसे अच्छा तरीका है कि इसमें लंबे समय में कैसे परिणाम मिलेंगे? वह कार्य मूल्यवान और महत्त्वपूर्ण है, जिसके आपके जीवन में महत्त्वपूर्ण सकारात्मक परिणाम हो सकते हैं। दूसरी ओर, वह कार्य-व्यवहार महत्त्वहीन और अप्रासंगिक है, जिसके कोई महत्त्वपूर्ण सकारात्मक परिणाम नहीं होते।

मिसाल के तौर पर, अगर आप कॉफी पीते हैं, अखबार पढ़ते हैं और टेलीविजन देखते हैं तो उनका आपकी सेहत, खुशी, समृद्धि पर या तो कोई असर नहीं होगा या

फिर सिर्फ नकारात्मक असर होगा। आप ये चीजें कई घंटों तक कर सकते हैं। भले ही आप मानव जाति के इतिहास में सबसे कुशल अखबार पाठक, टेलीविजन दर्शक और कॉफी पीनेवाले बन जाएँ, लेकिन इसका आपके भविष्य पर शून्य प्रभाव पड़ेगा। इसलिए परिभाषा के अनुसार ये महत्त्वहीन या कम महत्त्व के काम हैं, क्योंकि उनके कोई सकारात्मक परिणाम नहीं होते।

दूसरी ओर, हर सुबह उठकर आधा या एक घंटे पढ़ने, सप्ताह में तीन-चार दिन व्यायाम करने और समय का सबसे मूल्यवान उपयोग पर हमेशा ध्यान केंद्रित करने से आपको भविष्य में महत्त्वपूर्ण परिणाम मिल सकते हैं। इन कामों की आदत डालने से इस बात की गारंटी मिल जाती है कि आप जिंदगी में आम आदमी से बहुत ज्यादा हासिल करेंगे। हर सुबह जब अलार्म घड़ी बजती है तो आपके पास हर बार यह चुनने का विकल्प व अवसर होता है कि आप दोनों में से किस दिशा में जाना चाहते हैं। हर चीज महत्त्वपूर्ण होती है। हर चीज या तो मदद करती है या फिर नुकसान पहुँचाती है। हर कार्य या तो आपको सफलता की ओर ले जाता है या फिर उससे दूर ले जाता है।

उस काम को करना आसान होता है, जिसे करने का मन हो, जो मजेदार, आसान और आरामदेह हो; लेकिन जब किसी कठोर और मुश्किल काम को करने की बात आती है तो आपको न्यूनतम प्रतिरोधक वाले मार्ग पर चलने की अपनी इच्छा से जूझना पड़ता है। इसी समय अनुशासन की जरूरत पड़ती है। अचरज की बात है कि आप खुद को जितना ज्यादा अनुशासित करते हैं, उतना ही खुद को ज्यादा पसंद करते हैं, अपना उतना ही ज्यादा सम्मान करते हैं। आप ज्यादा अच्छे और शक्तिशाली बन जाते हैं। आप जितने ज्यादा अनुशासन का इस्तेमाल करते हैं, उतना ही ज्यादा काम कर पाते हैं, उतना ही बेहतर महसूस करते हैं। आत्म-अनुशासन व्यावहारिक नतीजों के संदर्भ में ही प्रमाण नहीं देता, यह सकारात्मक नजरिए और आत्म-सम्मान व आत्म-गौरव के ऊँचे स्तरों के संदर्भ में भी परिणाम देता है।

एक गुण युगों-युगों से जीवन में सफलता या असफलता, प्रसन्नता या अप्रसन्नता, सम्मान या असम्मान का अति महत्त्वपूर्ण निर्धारक रहा है। यह है आत्म-अनुशासन का गुण। सबसे सफल और खुश लोग हमेशा सबसे कम सफल और सबसे कम खुश लोगों से ज्यादा अच्छी तरह अनुशासित रहे हैं।

"आत्मानुशासन खुद से वह काम कराने की योग्यता है, जो आपको करना चाहिए, आपको उसे करना चाहिए, चाहे आप उसे पसंद करते हों या न करते हों।"

—अल्बर्ट हबर्ड

7. यदि आप सफल होना चाहते हैं

आपकी योजना में लगाया गया हर मिनट आपके कार्यान्वयन में 10 मिनट तक बचा देता है। अपनी योजना को 10 मिनट दें और सफल बनें, क्योंकि सफल लोग वे होते हैं, जिनकी सफल आदतें होती हैं। अपने कंफर्ट जोन से बाहर निकलिए, तभी आप ग्रो कर सकते हैं, जब आप कुछ नया करने के लिए असहज और मुश्किलें झेलने को तैयार हों। कुछ बड़ा करने के लिए आपको बहुत छोटे-छोटे प्रयास करने होते हैं, जिन्हें कोई नहीं देख रहा होता; क्योंकि आप कई बार असफल होते हैं और कई बार दोबारा खड़े होते हैं और अपनी असफलता से एक दूसरी शुरुआत करते हैं। आप दोबारा से शुरू नहीं कर सकते, क्योंकि कोई भी इतना अधिक नहीं जीता कि वह हर चीज को एकदम शुरू से सीख सके। सफल होने के लिए हमें निश्चित तौर पर, उन लोगों को खोजना होगा, जो पहले ही वे चीजें सीखने की कीमत चुका चुके हों, जो हम अपने लक्ष्य हासिल करने के लिए सीखना चाहते हैं। तुम्हारे अंदर अभी इसी वक्त वह सबकुछ है, जो तुम्हें इस दुनिया का सामना करने के लिए चाहिए। किसी सीमा की कल्पना मत कीजिए। आप यह निश्चय करने से पहले कि क्या संभव है, निश्चय करिए कि क्या सही और इच्छित है। हम जिस किसी भी चीज की विश्वास के साथ उम्मीद करते हैं, वह हमारी स्वत: परिपूर्ण भविष्यवाणी हो जाता है। अहसास के साथ आप जो कुछ भी यकीन करते हैं, वही आपकी हकीकत बन जाती है। सफलता की कुंजी है, अपने चेतन मन को उन चीजों पर केंद्रित करना, जिन्हें हम चाहते हैं, न कि उन पर, जिनका हमें भय है। अपने बारे में कभी भी कोई ऐसी चीज न कहें, जिसे आप सच नहीं होने देना चाहते। अगर आप आपने बच्चों को ऐसे बड़ा करते हैं कि वे यह महसूस कर सकें कि वे जो चाहें, वह लक्ष्य या काम पूरा कर सकते हैं तो एक अभिभावक के रूप में आप सफल हो चुके होंगे और आप अपने बच्चों को सबसे बड़ा आशीर्वाद दे चुके होंगे।

8. अपनी सोच को नियंत्रित रखिए

आपके विचारों, भावनाओं, व्यवहार, ख्वाहिशों, छवियों, भय, उम्मीदों, संदेहों, फैसलों और महत्त्वाकांक्षाओं का ऐसा जटिल मिश्रण है, जो पल-पल बदलता रहता है। आपके व्यक्तित्व के तमाम पहलू कई बार तो बेहद अनसोचे अंदाज में दूसरे लोगों को भी प्रभावित करते हैं। आपकी पूरी जिंदगी उन्हीं कारकों के ताने-बाने और आपसी संबंधों का परिणाम है। आपके विचार छवियों या चित्रों की झड़ी लगाकर उनसे जुड़ी भावनाओं को जन्म देते हैं। ये छवियाँ और भावनाएँ ही आपके बरताव और काम के तौर पर सामने आती हैं। आपके काम पर प्रतिक्रिया और परिणाम ही फिर यह तय करते हैं कि आपके साथ क्या होगा।

अगर आप सफलता और आत्मविश्वास के बारे में सोचते हैं तो आप खुद को ज्यादा सशक्त और प्रतिस्पर्धा के लायक महसूस करने लगते हैं। अब आप जो कुछ भी करेंगे, आपका प्रदर्शन बेहतर होगा। अगर आप केवल गलतियाँ करने और शर्मसार होने के बारे में सोचेंगे तो आप कितने ही अच्छे क्यों न हों, आपका प्रदर्शन खराब ही रहेगा। आपकी कल्पना या बाहरी तत्त्वों के प्रभाव से उत्पन्न छवियाँ और चित्र ऐसे विचारों, भावनाओं और व्यवहार को जन्म देंगे, जो उनसे मिलते-जुलते हैं। वे फिर ऐसा कुछ करने के लिए प्रेरित करेंगे, जिसके परिणाम तय हैं। किसी व्यक्ति या घटना का विचार ही आपके मन में तत्काल खुशी या गम, उत्साह या क्रोध, प्यार या अकेलेपन का अहसास जगा सकता है।

आपकी जिंदगी का बाहरी पहलू तटस्थ ही होता है। आप उसे क्या मायने देते हैं, इसी पर आपका व्यवहार, मत, भावनाएँ और प्रतिक्रिया तय होती हैं। अगर आप जिंदगी के किसी पहलू के बारे में सोचने का नजरिया बदल देते हैं तो आपके उससे जुड़े अहसास व व्यवहार में भी बदलाव आ जाएगा। आपको क्या सोचना है, इसका फैसला केवल आपको ही करना है। इसलिए आप में अपनी पूरी जिंदगी पर नियंत्रण करने की ताकत है।

9. सफलता लक्ष्य है, बाकी सब कमेंटरी है

आप दुनिया को इस रूप में न देखें कि दुनिया क्या है, बल्कि यह देखें कि आप क्या हैं? जिधर भी आप नजर दौड़ाएँ, पहले खुद पर नजर गड़ाएँ। विस्तृत अर्थ में लें तो बाह्य जगत् आपके अंत:करण का दर्पण है। आप अपने अंदर जो कुछ भी सोचते हैं, उसका असर आपकी बाहर की दुनिया पर पड़ता है। अगर आप जानना चाहते हैं कि किसी व्यक्ति के अंदर क्या गुजर रही है, तो पहले देखें कि उसके बाहरी जगत् में क्या घटित हो रहा है? सादृश्यता का यह नियम है—"आपका बाहरी जगत् आपके अंदर की दुनिया से संवाद स्थापित करता है।" इसे आप टाल नहीं सकते। आप बाहर ऐसा कुछ भी हासिल नहीं कर सकते या किसी चीज को पकड़े नहीं रख सकते, खासकर लंबे समय के लिए, जिसकी तैयारियाँ आपने अपने भीतर न कर ली हों। आपने सुना होगा, सफल होने के लिए आपके मन के भीतर समान भाव होना चाहिए।

पहले तो अंदर झाँककर अपने मस्तिष्क अनुपात को तौलें और फिर उसे मिलाकर देखें कि आप बाहर क्या हासिल करना चाहते हैं और उस दिशा में क्या अनुभव कर रहे हैं। बाहर की दुनिया को बदलने के लिए अपने अंदर की दुनिया में बदलाव लाना होगा। गोथे ने कहा है, "अगर और चाहिए तो पहले खुद को अधिक बदलें।"

सफलता लक्ष्य है, बाकी सबकुछ कमेंट्री है। महान् उपलब्धि हासिल करने के लिए

आपको स्पष्ट व निश्चित लक्ष्य और योजना की जरूरत है। आपको यह निश्चित कर लेना चाहिए कि आपको पीछे मुड़कर नहीं देखना है।

मिसाइल अपने लक्ष्य तक सटीक उड़ान भरती है, परंतु इससे पहले दागना होगा। गाइड मेकैनिज्म के कार्य शुरू करने से पहले इसे अपने लक्ष्य की ओर गतिशील होना होगा। ठीक उसी प्रकार अपनी क्षमता और शक्तियों का इस्तेमाल करने से पहले आपको भी मिसाइल की तरह लॉन्च होना होगा। आपका हर कदम एक्शन होना चाहिए। आपको असफलताओं के डर से छुटकारा पाना होगा, आशंकाओं को जीतना होगा। इतनी मजबूत इच्छा-शक्ति बनानी होगी, जिसमें निराशा के लिए कोई स्थान न हो। निश्चित जगह छोड़कर थोड़े से जोखिम के लिए तैयार रहना होगा।

"सभी सफल व्यक्तियों की पहचान है—लगातार प्रयत्नशील रहना। शाश्वत अनंत दर्द या पीड़ा सहना बुद्धिमान की कला है। सारी महान् उपलब्धियाँ अत्यधिक सावधानी बरतने और असीम दर्द झेलने तथा छोटी-से-छोटी बातों को भी आत्मसात् करने से प्राप्त हुई हैं।"

—अल्बर्ट हबार्ड

10. टीम वर्क

टीम वर्क इतना जरूरी है कि बिना इसमें उत्तम बने यह लगभग असंभव है कि आप अपनी क्षमताओं के चरम पर पहुँचें या जितना चाहते हैं, उतना धन कमा पाएँ। अगर आप जो कर रहे हैं, वह आपको आपके लक्ष्य के करीब नहीं ले जा रहा है तो वह आपको आपके लक्ष्य से दूर ले जा रहा है। मैंने देखा है कि काफी हद तक भाग्य उम्मीद के मुताबिक होता है। अगर आप अधिक भाग्य चाहते हैं तो अधिक जोखिम उठाएँ, अधिक सक्रिय रहें, अधिक हिस्सा लें। आप जो कुछ भी करते हैं, उसकी शुरुआत इच्छा या भय की भावना के साथ शुरू होती है। अपने कंफर्ट जोन से बाहर निकलिए। आप तभी ग्रो कर सकते हैं, जब आप कुछ नया ट्राई करने में अजीब और असहज महसूस करने को तैयार हों। लक्ष्य आपको अपने पक्ष में परिवर्तन की दिशा नियंत्रित करने की अनुमति देते हैं। आपकी कंपनी की सबसे मूल्यवान संपत्ति है कि वह कैसे अपने ग्राहकों के बीच जानी जाती है। कभी शिकायत मत करो, कभी समझाओ नहीं। खुद को सुरक्षित करने या बहाना बनाने के लोभ से बचें। आपकी सबसे बड़ी पूँजी आपके कमाने की क्षमता है। आपका सबसे बड़ा संसाधन आपका समय है। लिखे हुए स्पष्ट लक्ष्यवाले व्यक्ति छोटी अवधि में इतना कुछ प्राप्त कर लेते हैं, जितना बाकी के लोग कभी सोच भी नहीं सकते। हर चीज करने में मैनेजमेंट का गोल्डन रूल—एक प्रैक्टिस करिए। औरों को ऐसे मैनेज करिए, जैसा आप खुद मैनेज होना चाहेंगे। जितना अधिक क्रेडिट आप दूसरों को देंगे,

उतना अधिक आपके पास वापस आएगा। जितना अधिक आप दूसरों की मदद करेंगे, उतना अधिक वे आपकी मदद करना चाहेंगे।

11. आत्म-विकास

सबसे बड़ा उपहार, जो आप दूसरों को दे सकते हैं, वह है बिना शर्त प्रेम और स्वीकृति का उपहार। सभी सफल लोग बड़े सपने देखनेवाले होते हैं। वे सोचते हैं कि उनका भविष्य कैसा हो सकता है—हर तरह से आदर्श और वे हर रोज अपने विजन, उस लक्ष्य या मकसद के लिए काम करते हैं। प्यार सिर्फ बाँटने से बढ़ता है। सिर्फ दूसरों को देकर आप इसे अपने लिए और अधिक पा सकते हैं। छोटी अवधि के लिए संतुष्टि को खुद से दूर रखने के लिए अनुशासित रहने की क्षमता रखना, ताकि लंबी अवधि में सफलता का आनंद लिया जा सके, सफलता के लिए अनिवार्य शर्त है। ये मायने नहीं रखता कि आप कहाँ से आ रहे हैं। बस, यह मायने रखता है कि आप कहाँ जा रहे हैं। दुनिया के सबसे ज्यादा खुश लोग वे होते हैं, जो खुद के बारे में बहुत अच्छा महसूस करते हैं और यह अपने जीवन के सभी क्षेत्रों की पूरी जिम्मेदारी लेने का स्वाभाविक परिणाम है। अपना भविष्य गारंटी करने के लिए अपनी कमाई का 3 प्रतिशत हिस्सा अपने ऊपर (आत्म-विकास में) खर्च करें। आप यह नहीं नियंत्रित कर सकते कि आपके साथ क्या होता है; लेकिन आपके साथ जो होता है, उसके प्रति अपने नजरिए को आप नियंत्रित कर सकते हैं; और ऐसा करते हुए आप बदलाव को मास्टर करेंगे, न कि उसे आपको मास्टर करने देंगे। आप जितनी अधिक सुरक्षा चाहेंगे, उतनी कम आपको मिलेगी, लेकिन आप जितना अधिक अवसर खोजेंगे, उतनी अधिक संभावना होगी कि आप जो सुरक्षा चाहते हैं, वह आपको मिल जाए।

कृतज्ञता का नजरिया विकसित करिए और आपके साथ जो कुछ भी हो, उसके लिए धन्यवाद करिए, यह जानते हुए कि आगे बढ़ाया गया हर एक कदम आपकी मौजूदा स्थिति से कुछ बड़ा और बेहतर प्राप्त करने की दिशा में उठाया गया एक कदम है। आज धन का इकलौता सबसे बड़ा स्रोत आपके कानों के बीच है। निर्णय लेना उच्च प्रदर्शन करनेवाले पुरुष व महिलाओं की विशेषता है। कोई भी निर्णय नहीं लिये गए निर्णय से बेहतर है। हर परिस्थिति में हर व्यक्ति में अच्छाई खोजें। लगभग हमेशा ही आप इसे पा लेंगे।

□

रॉबिन शर्मा

रॉबिन शर्मा एक कनाडाई लेखक हैं, जिन्हें उनके 'द मोंक हू सोल्ड हिज फेरारी' पुस्तक श्रृंखला के लिए जाना जाता है। उन्होंने बारह अन्य पुस्तकें प्रकाशित की है और प्रशिक्षण कंपनी 'शर्मा लीडरशिप इंटरनेशनल' की स्थापना की है।

1. जोखिम उठाएँ

अपनी मृत्यु-शय्या पर जब आपका जीवन रोशनी के अंतिम कगार पर होगा, आपको अपने जीवन में जोखिमों का सामना करने के लिए जरा भी अफसोस नहीं होगा; बल्कि आपको खेद और दुःख उन खतरों के लिए होगा, जो आपने स्वीकार नहीं किए; उन अवसरों के लिए होगा, जो आपने हाथ से जाने दिए और उन डरों के लिए होगा, जिनका सामना आपने नहीं किया। याद रखिए कि डर के दूसरी ओर आजादी का निवास है और सफलता के इस अखंड सिद्धांत को केंद्रबिंदु बनाकर रखिए कि 'जीवन अंकों के खेल के सिवाय कुछ भी नहीं है। आप जितना जोखिम उठाएँगे, उतना ही अधिक फल मिलेगा।' या सोफोक्लेक्स के शब्दों में, "भाग्य कमजोर दिलवाले लोगों की किस्मत में नहीं होता है।" अपना जीवन भरपूर जीने के लिए जोखिम झेलना शुरू करें और वे चीजें करना शुरू करें, जिनसे आपको डर लगता है। असुविधा के साथ नाता जोड़ लें।

आपके पैरों पर चोट लगेगी, यदि आप नए रास्ते पर चलेंगे; परंतु यही एक रास्ता है, जिसके द्वारा आप किसी भी मंजिल तक पहुचेंगे। आंद्रे गाइड ने कहा है, "हम नई दुनिया को तब तक नहीं खोज सकते, जब तक हम काफी समय तक किनारे के नजारे से दूर नहीं होते।" प्रचुरता के जीवन का रहस्य इसमें है कि आप अपने दिन सुरक्षा की खोज में बरबाद करना बंद कर दें और उस समय को जीवन के अवसरों के लिए उपयोग करने में लगाएँ। अवश्य ही आपके हिस्से में परेशानियाँ भी आएँगी, अगर आप सोच-समझकर और भावनाओं के साथ जीना शुरू करेंगे; परंतु असफलता विजयी होने की दिशा में एक

शिक्षा है या जैसा कि मेरे पिताजी ने कहा था, "रॉबिन, पेड़ की मुख्य डाली के लिए यह जोखिमपूर्ण होता है; परंतु सारे फल भी वहीं लगते हैं।"

आप या तो यह चुनाव कर सकते हैं कि जीवन के तट पर पूरी सुरक्षा के साथ बैठे रहें और या गहरे समुद्र में डुबकी लगाकर उन मोतियों को ढूँढ़कर लाएँ, जो किसी असली साहसिक व्यक्ति की प्रतीक्षा में पड़े हुए हैं। अपने आपको इस बात पर केंद्रित और प्रेरित रखने के लिए कि जैसे-जैसे जीवन के दिन आगे जाएँगे, मैं व्यक्तिगत सीमाओं के घेरे को बढ़ाने का प्रयास करता रहूँगा। थियोडोर रूजवेल्ट ने कहा है, "किसी भी स्थिति में आलोचक महत्त्वपूर्ण नहीं है और न ही वह व्यक्ति, जो यह बताता है कि कोई मजबूत इनसान कहाँ लड़खड़ाया या वह कहाँ अपना काम बेहतर कर सकता था। असली प्रशंसा उस व्यक्ति की है, जो वास्तव में मैदान में है, जिसका चेहरा पसीने व खून से भरा हुआ है और जो वीरता के साथ कोशिश कर रहा है, परंतु थोड़ी सी कमी के कारण वह अपने लक्ष्य के पास आते-आते रह जाता है। उसमें महान् उत्साह है और वह अपना जीवन एक योग्य तरीके से बिता रहा है, जिसे सबसे अच्छी तरह उच्च उपलब्धि की जीत के बारे में जानकारी है और वह यह भी जानता है कि अगर वह हारा तो कम-से-कम वह महान् हिम्मत का प्रदर्शन करके हारेगा, जिसकी उन डरपोक व्यक्तियों ने कोशिश भी नहीं की और जो विजय व पराजय दोनों से अनभिज्ञ हैं।"

2. केंद्रित होकर जीना सीखें

जीवन जीने की वास्तविक कला इसी बात में है कि हम बाद में सोचने (या पश्चात्ताप करने) की बजाय भावी घटना को पहले ही समझने की क्षमता विकसित कर सकें, जिससे अंतर्दृष्टि आती है।

निस्संदेह, जब हम स्वयं को इस सच्चाई से जोड़ लेते हैं कि जीवन बहुत छोटा है, यह नश्वर है, तभी हम अपने जीवन को भरपूर जी पाते हैं और उसके एक-एक पल का महत्त्व समझ पाते हैं। अगर आपका जीवन सिर्फ एक वर्ष शेष बचा हो तो मैं पूरे दावे के साथ कह सकता हूँ कि आपका जीवन, आपके तौर-तरीके पहले से बिल्कुल अलग हो जाएँगे। आप अलग तरह से जीना शुरू कर देंगे। आप यही कोशिश करेंगे कि जीवन में कोई पछतावा न रह जाए; आप अपना हृदय प्रेम के लिए खुला छोड़ देंगे और पूरे उत्साह के साथ एक-एक पल जीएँगे तथा श्रेष्ठ या योग्य (बनने) पर अपना ध्यान केंद्रित कर लेंगे।

हममें से बहुत से लोग गोल किनारे की तरह अपना जीवन जीते हैं। हमें अपने किनारे (ध्यान) को पेंसिल की तरह छीलकर नुकीला बनाना होता है। ऐसा करके ही आप अपने जीवन को असाधारण अनुभव से भर सकते हैं। लेखक माइकल ईक्वेम डी.

मांटेग्नी ने लिखा है—"मनुष्य के लिए सबसे महत्त्वपूर्ण बात है एकनिष्ठ (यानी एक बिंदु पर केंद्रित) होकर जीना, शेष बातें तो तुच्छ हैं।"

3. एक पुस्तक हमेशा साथ रखें

'यू एस न्यूज' और 'वर्ल्ड रिपोर्ट' के अनुसार, अपने जीवन की दौड़ में हम आठ महीने अपनी जंक मेल खोलने में, दो वर्ष फोन की गलत कॉल का जवाब देने में और पाँच वर्ष कतार में खड़े रहने में व्यतीत कर देते हैं। इस आश्चर्यजनक सच्चाई के बाद सबसे साधारण, परंतु बुद्धिमत्ता से समय का सही उपयोग करने का तरीका है कि आप जहाँ भी जाएँ, वहाँ किसी पुस्तक को ले जाएँ, सीखते रहें। रोमन दार्शनिक सेनेका ने कहा था। फिर भी ज्यादातर लोग अपने स्कूल की औपचारिक शिक्षा के अलावा गिनती की पुस्तक पढ़ते हैं।

एक पुस्तक आपके जीने का तरीका बदल सकती है, जैसा कि दार्शनिक हेनरी डेविड थौरो ने 'वाल्डन' में लिखा है—"शायद कुछ ऐसे शब्द होते हैं, जो हमारी स्थिति को अचूक तरीके से बयान करते हैं, जिन्हें यदि हम सही में सुन व समझ सकते तो वह शायद सुबह और शरद् ऋतु से ज्यादा पवित्र होगा और संभवत: हमारे रास्ते में आनेवाली चीजों को एक नई दिशा देगा। ऐसे कितने लोग हैं, जिन्होंने अपने जीवन में एक पुस्तक पढ़ने के बाद एक नए युग का अनुभव किया है। पुस्तक हमें संयोगवश मिलती हैं, जो हमारे चमत्कारों की व्याख्या करती हैं और नई व आश्चर्यजनक चीजों के बारे में बताती हैं।" आप जीवन में कितनी उन्नति करेंगे, यह सिर्फ आपके परिश्रम पर नहीं, बल्कि इस बात पर भी निर्भर करता है कि आप कितनी अच्छी सोच रखते हैं।

जब आप अपने मस्तिष्क को महानतम व्यक्तित्व के विचारों के सामने लाते हैं, जो इस ग्रह पर पहले कदम रख चुके हैं तो आपके खेल में सुधार आता है, आपके मनन की गहराई बढ़ती है और आप बुद्धिमत्ता के नए धरातल की ऊँचाइयों तक पहुँच जाते हैं। गहन पाठ आपको चौबीस घंटे इस दुनिया के सर्वोच्च सृजनात्मक, ज्ञानी और प्रेरक व्यक्तियों के साथ संबद्ध रखता है। अरस्तू, इमर्सन, सेनेका, गांधी, थॉरो, डोरोथिया ब्रैंडी और अनेक बुद्धिमान पुरुष व स्त्रियाँ, जो हमारे ग्रह की सुंदरता बढ़ा रहे हैं, वे सिर्फ इस प्रतीक्षा में हैं कि आप उनका ज्ञान उनकी पुस्तकों के माध्यम से उनके साथ बाँट सकें। आप ऐसे अवसरों को अपने हाथ में जब भी संभव हो, लेते रहें। अगर आज आपने कुछ नहीं पढ़ा है तो आज के दिन आप जिए भी नहीं हैं और पढ़ना आते हुए भी अगर आप पढ़ने में नाकामयाब होते हैं तो यह उसी के समान है, जैसे जिसको पढ़ना नहीं आता है, पर पढ़ना चाहता है।

4. शांत रहें

"कोई भी गुस्सा हो सकता है। गुस्सा होना सबसे आसान चीज है, परंतु नाराज होने के लिए सही व्यक्ति, सही मात्रा, सही उद्‌देश्य और सही तरीका निर्धारित करना आसान नहीं है।" ऐसा अरस्तू का कहना था। जीवन की परेशानियाँ और तनावों को मद्‌देनजर रखते हुए हम थोड़ी सी उत्तेजना से भी क्रोधित होकर गुस्से के आवेग में आ सकते हैं। हम जब थकान से भरे हुए दिन के बाद घर जाने की जल्दी में होते हैं तो कई बार अपने सामने धीमे गाड़ी चलानेवाले पर चिल्लाते हैं, क्योंकि उसके पास समय की कोई कमी नहीं है। जब हम किराने की दुकान पर सब्जी के मसाले ढूँढ़ रहे होते हैं और विक्रेता हमें दुकान के किसी और भाग में भेज देता है तो हम उस पर क्रोधित हो उठते हैं। जब हम रात का खाना खा रहे होते हैं और फोन पर कोई बिंक्री प्रचारक शांति को भंग करके अपनी नवीनतम वस्तुओं की जानकारी देने की कोशिश करता है तो भी हम अपना आपा खो देते हैं।

असली समस्या यह है कि हर बात पर गुस्सा होना हमारी आदत बन जाती है और बाकी आदतों की तरह यह हमारा दूसरा अस्तित्व बन जाती है। निजी संबंध उलझने लगते हैं, व्यापार की साझेदारी टूटने लगती हैं। प्रभावशाली लोग संतुलित और विश्वसनीय होते हैं। संघर्ष के समय शांत इनसान की आवश्यकता होती है और ऐसे लोग हमेशा निश्चल व तटस्थ रहते हैं, चाहे कितनी भी चिंता क्यों न हो। अपने आपको परेशानी के समय में शांत रखना हमें आगे आनेवाले दर्द और दुःख से बचाता है। क्रुद्ध अवस्था में अपनी जबान पर लगाम दिए बिना प्रयुक्त किए गए दुःखदायक शब्द अनेक टूटे हुए रिश्तों का कारण बने हैं। शब्द तीर की तरह होते हैं, जो एक बार मुँह से निकल गए तो उनको वापस लेना असंभव है।

अतः, अपने शब्दों का बहुत सावधानी से चुनाव करिए। अपने क्रोध पर नियंत्रण रखने का सबसे अच्छा तरीका है कि जिस इनसान ने आपको क्रोधित किया है, उस पर अपनी प्रतिक्रिया जाहिर करने से पहले सौ तक की गिनती गिनें। दूसरी पद्धति, जिसे मैं 'तीन दरवाजों की विधि' कहता हूँ, को भी प्रयुक्त किया जा सकता है। प्राचीन साधु-महात्मा अपने शब्द तक नहीं बोलते थे, जब तक वे उन्हें तीन दरवाजों से बाहर नहीं निकाल लेते थे। पहले प्रवेश द्वार की अवस्था में वे अपने आपसे पूछते थे कि क्या वे शब्द सच्चाई पर आधारित हैं? अगर हाँ, तो वे दूसरे द्वार पर जाते थे और पूछते थे कि क्या वे शब्द वास्तव में आवश्यक हैं? अगर हाँ, तो तीसरे द्वार पर वे अपने आपसे पूछते थे कि वे शब्द नम्रतापूर्ण हैं? अगर हाँ, तब ही वे अपने होंठों से उन शब्दों को निकालकर दुनिया तक पहुँचने देते थे। "लोगों के साथ यह समझकर व्यवहार कीजिए कि वे वैसे ही हैं, जैसा उन्हें होना चाहिए था। उनकी सिर्फ मदद कीजिए कि वे अपनी

काबिलीयत के अनुसार अपनी सही जगह हासिल कर सकें।" ऐसा जर्मन कवि जोहान वुल्फ गैंग फॉन गोयथे ने कहा था।

5. किनारों को छोड़ दें

जब कुछ हमारी मरजी से नहीं घटता तो हम पीड़ा का सामना करते हैं। जब जीवन हमें कोई नई अवस्था या अनपेक्षित घटना सौंपता है तो ऐसा होता है। हमें हमारी अपेक्षा से परे जाने को कहा जाता है और इस तरह का त्याग भयावह हो सकता है। हम चिर-परिचित सुरक्षित छोर को छोड़ने से कतराते हैं। हमारा जीवन जिन अनजान रास्तों पर हमें ले जाना चाहता है, हम उन पर चलने से बचना चाहते हैं। ऐसा करने का विचार मात्र ही हमें भयभीत कर देता है।

लेकिन पीड़ा हमें गहराई प्रदान करती है। पीड़ा हमारी सहायता के लिए आती है और हमें यह बताती है कि हम सही मायनों में कौन हैं? पीड़ा हमें उघाड़कर रख देती है। वह हमें विवश कर देती है कि हम अब तक जिसे जानते थे या जिससे चिपके हुए थे, उसका त्याग कर दें; जैसे कि कोई बच्चा अपने स्कूल जाने के पहले दिन, अपनी माँ का हाथ छोड़कर, दोस्तों से भरी नई कक्षा में जाने से भयभीत होता है, जहाँ उसे कितनी नई व सुंदर बातें सीखने का अवसर मिलने वाला है। अज्ञात में ही तो 'नयापन' छिपा है और नया ही संसार में ऐसा स्थान है, जहाँ आप असीम संभावनाएँ पाएँगे। प्रत्येक व्यक्ति को कष्ट व पीड़ा सहन करनी होती हैं, ताकि वह अपने जीवन में संभावना एवं क्षमता तक जा सके।

यदि आप अपने जीवन के सुरक्षित किनारों से ही चिपके रहने का चुनाव करते हैं तो जान लें कि आपने अपने ही बनाए भय की कैद में रहने का निर्णय लिया है। यदि आपने अपना सारा जीवन जेल की चाहरदीवारी के बीच बिताया है तो जेल से मुक्त होने के दिन बहुत से भय अपना सिर उठा लेंगे। जब आप जेल में थे तो भले ही आपके पास आजादी नहीं थी, आप एक ज्ञात क्षेत्र में जी रहे थे, क्योंकि वहाँ आप कड़ी दिनचर्या में बँधे थे। आप जानते थे कि आप कब व्यायाम कर सकते थे और आपको यह भी अच्छी तरह पता था कि आप कब और क्या खा सकते थे। अब चूँकि आप कैदी नहीं रहेंगे, अत: आपको भय का अनुभव होगा। आप नहीं जानते कि क्या करना है और कहाँ जाना है। आपके पास अनिश्चितता के अतिरिक्त कोई ढाँचा नहीं है। आपकी प्रवृत्ति यही है कि आप अज्ञात की असुरक्षा तथा अनिश्चितता से मुँह फेरकर अपने लिए ज्ञात क्षेत्र में आना चाहते हैं। आप उस समय अपनी आजादी की इच्छा रखने की बजाय, एक कैदी बनकर जीना ही कहीं अधिक पसंद करेंगे। इस बात की कोई तुक नहीं बनती, पर हममें से ज्यादातर लोग इसी तरह अपने जीवन का संचालन करते हैं। यदि आप सही मायने में

अपना जीवन जीना चाहते हैं तो किनारे पर रहना छोड़ दीजिए। किनारे हमें सुरक्षा प्रदान करते हैं; लेकिन लहरें हमें जीवन में बेहतर बनाती हैं।

6. लोगों को क्षमा करना सीखें

किसी ऐसे व्यक्ति को क्षमा करना, जिसने आपके साथ गलत व्यवहार किया है, वास्तव में एक स्वार्थी व्यवहार है, न कि स्वार्थ-रहित। क्षमा देकर आप अपने अंदर की शत्रुता और घृणा की भावना से छुटकारा पा जाते हैं और यह क्रिया क्षमादान पानेवाले से ज्यादा लाभ आपको देती है। जब आपका किसी से वैर होता है तो वह बोझ अपनी पीठ पर उठाए हुए उस व्यक्ति के बोझ के समान होता है, जिसे आप लगातार ढो रहे होते हैं। वह आपकी शक्ति, उत्साह और मन की शांति—सब निचोड़ लेता है; परंतु जैसे ही आप उसको क्षमा कर देते हैं, वह बोझ आपकी पीठ से हट जाता है और आप निश्चिंत रूप से अपने जीवन में आगे बढ़ सकते हैं। क्षमादान भावनात्मक और निजी प्रबलता का महान् आचरण है। यह एक सबसे अच्छा तरीका है, जिसके द्वारा अपने जीवन को ऊँचाइयों तक लाया जा सकता है। हर मिनट उस व्यक्ति के बारे में सोचकर, जिसने आपका बुरा किया है, आप अपने अत्यंत महत्त्वपूर्ण समय को नष्ट कर रहे हैं। वह अनमोल समय, जिसे किसी उपयोगी कार्य में लगाया जा सकता है, जैसे उन लोगों का ध्यान अपनी ओर आकर्षित करना, जो हमारी मदद कर सकते हैं।

7. सकारात्मकता एक आदत है

हम जीवन में सीमाओं का निर्माण खुद करते हैं। इस सच्चाई को स्वीकार कर लेना चाहिए। इससे जीवन में हम कुछ भी हासिल कर सकते हैं। परिस्थितियाँ इनसानों की देन होती हैं, न कि इनसान परिस्थितियों की।

सफलता की सबसे बड़ी और सरल कुंजियों में से एक है—नकारात्मक परिस्थिति जैसी कोई बात नहीं होती। हाँ, आप इनसे कुछ सीख जरूर सकते हैं। जीवन में गलतियाँ जैसी कोई चीज नहीं होती, हाँ, आपको जीवन में विकास करने और अपना भाग्य-विधाता स्वयं बनने के रास्ते पर आगे बढ़ने का सबक सिखाती हैं। 'मैं करोड़पति बनने के लिहाज से बहुत कम उम्र का हूँ।' 'मैं इतना स्मार्ट नहीं हूँ कि विश्व का नेता बन सकूँ।' 'मैं बहुत काहिल हूँ, इसलिए अपना खुद का बिजनेस नहीं कर सकता।' 'यह करने के लिए मेरे पास पर्याप्त पैसे नहीं हैं।' यदि आप इस तरह की बातें कहकर अपनी सीमाओं का खुलासा करते हैं तो इससे आपका जोश धीरे-धीरे ठंडा पड़ जाएगा। इस तरह आप अपनी बातों को सही ठहरा देंगे।

आमतौर पर हर रोज एक व्यक्ति करीब 60 हजार बातों के बारे में सोचता है। इससे भी ज्यादा चौंकानेवाला यह तथ्य है कि इनमें से 95 प्रतिशत बातें वही होती हैं, जिनके

बारे में हम पिछले दिन सोच चुके होते हैं। संकुचित सोच के तौर-तरीके को बदल देना चाहिए। इसकी जगह स्वच्छंद सोच-विचार की आदत विकसित करने के लिए आपको अपने मस्तिष्क की अपार क्षमताओं का इस्तेमाल करना चाहिए। सोच-विचार के पुराने तौर-तरीकों की बेड़ियाँ तोड़ फेंकनी चाहिए। सभी सफल लोग इस सच्चाई को जानते रहे हैं कि इनसान के विचार ही उसकी दुनिया का निर्माण करते हैं। एक भी नकारात्मक विचार का नुकसान नहीं उठाया जा सकता।

अर्नाल्ड श्वार्जनेगर ने पहली बार जब एक जिम में प्रवेश किया तो उस समय वे एक युवा व्यक्ति थे। उनके पाँव बेहद दुबले-पतले थे। सीना पिचका हुआ था, कंधे बिल्कुल छोटे थे। वे जिस पृष्ठभूमि से आए थे, वहाँ वित्तीय संसाधनों का हमेशा अकाल पड़ा रहता था, लेकिन खुद श्वार्जनेगर के अंदर संसाधन अपरंपार थे। अपने बॉडीबिल्डिंग के पहले सत्र के तुरंत बाद वे दूसरे बॉडीबिल्डर के पास मुड़े और उससे वादा किया कि अगले पाँच सालों में वे मिस्टर यूनिवर्स होंगे। वह बॉडीबिल्डर इस पर हँस पड़ा, लेकिन आज श्वार्जनेगर को देखें! हमारे सामने एक ऐसा इनसान है, जो अपने कर सकने की क्षमता और अपनी सफलता की सीमाएँ स्वीकार करने से इनकार कर देता है, क्योंकि उसके चारों तरफ जीवन रूपी गुलाब के बगीचे हैं। जैसा कि नेपोलियन हिल ने अपनी अद्भुत पुस्तक 'थिंक एंड ग्रो रिच' में लिखा है—'एक व्यक्ति का दिमाग जो भी कल्पना और विश्वास कर सकता है, वह उसे हासिल कर सकता है।'

हर दिन के हर मिनट के हर सेकंड में आप जो कुछ भी सोचते हैं, उसकी पूरी जिम्मेदारी एकमात्र आपकी है। यदि आप यह पसंद नहीं करते हैं तो इसको बदल देने की शक्ति आपके पास है। आलीशान सोच, बिल्कुल स्वच्छंद होकर सोचने का शक्तिशाली तरीका। जैसे कि आप क्या करना चाहते हैं, पाना चाहते हैं, महसूस करना चाहते हैं, एंज्जाय करना चाहते हैं; यह आपको धीरे-धीरे और दिमाग को वांछित रूप में दिशा देकर हासिल किया जा सकता है। सकारात्मक सोच शुद्ध रूप से एक आदत मात्र है। यदि आपने दिमाग के बगीचे में खर-पतवारों को उगने देने की अनुमति दे रखी है तो शुरुआत में यह आसान नहीं होता, लेकिन किसी भी दूसरी आदत की तरह समृद्ध मानसिक सोच विकसित की जा सकती है। आदत एक रस्सी बनाने की तरह है—हर रोज इसका काम किया जाता है। रस्सी मजबूत होती जाती है। एक समय ऐसा आता है, जब इसको तोड़ना मुश्किल हो जाता है।

'हमारे अंदर जो कुछ है, उसके मुकाबले हमारे आगे और पीछे पड़ी चीजें कुछ भी नहीं हैं।' सीमाओं से अपने दिमाग को मुक्ति दिलाने का पहला चरण है—सीमाओं के प्रति सजग हो जाना। प्रभावशाली लोग अपनी कमजोरियों को भली-भाँति जानते हैं, क्योंकि कमजोरियाँ चेन की सबसे कमजोर कड़ी होती हैं। उनको दूर करना जरूरी है।

किन विश्वासों ने आपको जीवन की सफलता, खुशी, प्रेम और अपना मालिक आप बनने से आपको वंचित रखा? वे कौन से विचार हैं, जिससे आपके मन की शांति छिन गई है, आपके संबंधों की गरमाहट चली गई और अच्छे स्वास्थ्य ने आपका दामन छोड़ दिया? उनको नोट कर लें। अपने दिमाग से उनको निकाल बाहर करने का संकल्प लें।

एक बार आप बाँध के रखनेवाले विचारों को नोट कर लेते हैं और सचेत होकर अपनी चेतना से उनको हटाने में सफल हो जाते हैं तो फिर उसकी जगह ऐसे नए विचार लाएँ, जो आपको ऊर्जा से भर देता हो, आपको प्रेरित करता हो, आपके सपनों को आशाओं व उमंगों से भर देता हो। पूरब का युगों पुराना यह सिद्धांत इस तथ्य पर आधारित है कि एक समय में हमारे दिमाग में केवल एक विचार ही टिका रह सकता है। अगर हमारे मानस-पटल पर आया विचार कमजोर बनानेवाला व नकारात्मक है तो उसकी जगह तत्काल सकारात्मक विचार ले लेता है। समय के साथ नकारात्मक विचार चंद या फिर नहीं के बराबर रह जाते हैं, क्योंकि प्रकृति का महान् कानून कहता है कि सकारात्मक हमेशा नकारात्मक पर हावी होता है।

8. लक्ष्य लिखना जरूरी क्यों है?

लक्ष्य को लिखना अपने आप में इतना शक्तिशाली निर्णय क्यों है? जब भी हम कागज पर अपने लक्ष्यों के बारे में लिखते हैं तो चमत्कार होता है। पहला लाभ यह है कि आपके जीवन में एकाग्रता का संचय होता है, उस दुनिया में, जो अनेक विकल्पों के साथ जटिल हो चुकी है। हम जिस युग में रह रहे हैं, उसमें साधारण तौर पर एक ही समय पर बहुत से कार्यों को करने के विकल्प हैं। हमारा ध्यान बाँटने के लिए अनेक आकर्षण हैं। लक्ष्य हमारी इच्छा को स्पष्ट करते हैं और हमें उन क्रियाओं पर ध्यान देने में मदद देते हैं, जिससे हम अपनी चाही हुई चीज पा सकें।

अपने स्पष्ट उद्देश्य-निर्धारण से आपको ज्यादा अच्छे विकल्पों को चुनने का अवसर मिलता है। यदि आपको मालूम है कि आप कहाँ जा रहे हैं तो उन क्रियाओं को जानना आसान हो जाता है, जो हमें अपने लक्ष्य तक पहुँचाती हैं। अपने लक्ष्य तक पहुँचने के लिए उनको लिखना आपकी मंशा को स्पष्ट कर देता है और अपने स्वप्न को पूरा करने के लिए पहले कदम के समान होता है। जैसा कि उपन्यासकार सॉल बेलो ने लिखा था—"एक स्पष्ट योजना हमें चुनाव के संताप से बचाती है।" या जैसा लेखक ग्लेन ब्लैंड ने लिखा है—"लक्ष्य और योजनाएँ हमारे जीवन से चिंता दूर कर देती हैं।" अगर आप अपने उद्देश्य को निर्धारित कर लेते हैं तो आपकी प्रक्रियाएँ आपकी भावनाओं के बजाय आपके लक्ष्य पर आधारित होंगी। लक्ष्य-निर्धारण का दूसरा लाभ यह है कि वह आपको अपने सामने आनेवाले अवसरों के लिए सहायता देता है, जिनकी हम अपनी

व्यक्तिगत, व्यावसायिक और आध्यात्मिक जीवन में इच्छा करते हैं और तीसरा लाभ लक्ष्य-निर्धारण का यह है कि आपकी स्पष्ट परिभाषा वाले उद्देश्य के साथ आप अपने कर्तव्यों का निर्वाह भी उसी दिशा में करते हैं। वे आपको प्रेरणा देते हैं कि आप अपनी प्राथमिकताओं के हिसाब से व्यवहार करें और चीजों का इंतजार करने के बजाय उन्हें स्वयं करने की कोशिश करें, क्योंकि सिर्फ प्रतीक्षा से कुछ नहीं मिलता।

आपको उन लक्ष्यों का चुनाव करना चाहिए, जो आपको प्रेरणा देकर व्यस्त रखते हैं और आपको अपने निजी कर्तव्यों का पालन करने की स्फूर्ति दे सकें तथा आपके हृदय को नई शक्ति दे सकें। अत: ऊँचे लक्ष्यों का निर्धारण करिए। आप मानसिक व आध्यात्मिक रूप से उतने ही समृद्ध हैं, जितने आपके स्वप्न और या जैसा विज्ञापन गुरु डेविड ऑगिल्वी लिखते हैं—"सिर्फ गेंद को ठोकते मत रहिए। अखाड़े से बाहर आइए और अपना लक्ष्य अमर व्यक्तियों का संगी बनने का बनाइए।"

9. हर दिन थोड़ा प्रयास कीजिए

व्यक्ति के जीवन में कोई भी उपलब्धि अपनी उन्नति से बड़ी और महत्त्वपूर्ण नहीं होती है। काफी वर्षों पहले कन्फ्यूशियस ने कहा था, "अच्छे लोग अनवरत अपनी उन्नति में लगे रहते हैं।" अपनी पूरी शक्ति का उपयोग करने के लिए जीवन के प्रत्येक क्षेत्र में नियमित और लगातार उन्नति आवश्यक है। महान् उपलब्धियाँ और सफलता हासिल करनेवाले लगभग हर व्यक्ति की यह पहचान होती है कि वह अपने व्यक्तिगत और पेशेवर जीवन में रोजाना सुधार के प्रति समर्पित होता है। बेन फ्रैंकलिन से लेकर महात्मा गांधी तक, मार्टिन लूथर किंग जूनियर से लेकर इवान लेंडल तक और नेल्सन मंडेला से लेकर मदर टेरेसा तक—सभी प्रभावशाली लोग अपने लक्ष्यों और सपनों को पूरा करने की दिशा में आगे बढ़ते रहने के लिए नियमित तौर पर कुछ करते रहते हैं।

यह कहा जाता है कि दिमाग एक कमीना मालिक, मगर कमाल का नौकर होता है। मनोबल बढ़ाएँ और इसको बुलंद विचारों से लैस करें तो यह चमत्कारी नौकर निस्संदेह आपकी जिंदगी को शांति, संपन्नता और आनंद से भर देगा।

सुधार का काम : व्यायाम, पढ़ाई, विजुअलाइजेशन (आकांक्षाओं का मानसिक चित्रांकन), बेहतर संबंध बुनना जैसा कुछ भी हो सकता है। एक उदाहरण के तौर पर, इस तरह आप केवल एक माह में अपनी दुनिया के स्तर और उसकी समृद्धि में 30 प्रतिशत की वृद्धि कर लेंगे। एक साल के अंदर 365 प्रतिशत (चक्रवृद्धि ब्याज का गुणनफल निकालकर), लेकिन अगर आप बहुत ज्यादा सोते हैं, बहुत ज्यादा परेशान होते हैं, बहुत ज्यादा टेलीविजन देखते हैं या बहुत ज्यादा खाते हैं तो इसका मतलब कि आप व्यक्तिगत-बुलंदी-खाता से निकासी कर रहे हैं।

80 साल के एक बुजुर्ग वॉल्ट स्टैक कैलिफोर्निया स्थित पूरे गोल्डेन गेट ब्रिज की लंबाई हर रोज दौडकर पूरी करते हैं—चाहे बारिश हो या धूप। जब उनसे पूछा गया कि वे ठिठुरती सुबह में अपने दाँतों को किटकिटाने से कैसे रोकते हैं तो उन्होंने मुसकराते हुए बताया, "मैं उन्हें अपने लॉकर में छोड़ आता हूँ।" महान् बनने के लिए महान् काम करने पड़ते हैं। जो रुकने के लिए तैयार नहीं है, उसे कोई नहीं रोक सकता।

अपनी जिंदगी का हर दिन अपने को आगे बढ़ाने में लगाएँ। एक विजेता बनें। शास्त्रीय भौतिकी विज्ञान के पिता सर आइजक न्यूटन एक असाधारण क्षमता रखते थे। वे किसी खास समस्या को लेकर सुबह से देर शाम तक, तब तक उस पर ध्यान केंद्रित कर पड़े रहते थे, जब तक उन्हें उसका समाधान नहीं मिल जाता था। महान् मस्तिष्क के उस इनसान ने कहा था, "यदि मैं जनता की कोई सेवा कर सका हूँ तो वह केवल संयमित विचार के कारण।" अधिकतर लोगों को इस बात का एहसास नहीं होता कि कोई भी अपनी मानसिक कार्य-क्षमता को बढ़ा सकता है। आप मानसिक व चुस्ती-फुरती व याददाश्त को बढ़ाकर ज्यादा स्मार्ट व्यक्ति बन सकते हैं।

खुद को प्रशिक्षित कर हम सप्ताहों तक नकारात्मक विचारों से मुक्त रह सकते हैं। विलियम जेम्स ने कहा था, "जीनियस को पता होता है कि किस बात को उपेक्षित करना है। किसी पेशेवर एथलीट की तरह हमें प्रशिक्षण लेना चाहिए। हमें अपने मस्तिष्क के लिए एक पथ्यापथ्य (क्या करें, क्या न करें) नियम बनाना चाहिए। इससे मस्तिष्क की कार्यक्षमता और कार्यशैली में नाटकीय बदलाव आएगा।"

10. अपने मन में असाधारण बनने का विचार पालें

प्राकृतिक रूप से मानव संपूर्ण स्वास्थ्य और चुस्त-दुरुस्त दिमाग का हकदार है, लेकिन जीवन-पथ पर हम अपने साथ खिलवाड़ करना सीख जाते हैं और खुद को संपूर्णता से वंचित कर देते हैं। इस दृष्टि से देखें तो शिशु के रूप में आप परम ऊँचाई हासिल करने की आदर्श स्थिति में थे। बचपन में एक फिल्म स्टार, अंतरिक्ष यात्री या एक राष्ट्रपति बनने का सपना देखते थे। हम सब इस तरह के महान् सपने देखते थे। हममें से कुछ महान् बड़े उद्योगपति बनना या देश का नेतृत्व करना चाहते थे। कोई खेल में नाम कमाना चाहता था, किसी को एक आदर्श पारिवारिक जीवन की चाहत हुआ करती थी, जिसमें अच्छे और प्यारे संबंध हों। आखिर उन सपनों का क्या हुआ ? आपकी महत्त्वाकांक्षाएँ और बड़ी उम्मीदें कहाँ गईं ?

लोगों और मान्यताओं ने हमें हमेशा सिखाया है कि कुछ चीजें हमारे औकात से बाहर की होती हैं। संसदीय सत्ता के गलियारे में पहुँचना सामान्य आदमी के वश में नहीं है। उसकी किस्मत में सिर्फ रोजी-रोटी कमाना और तमाम तरह के बिलों का भुगतान

करना ही लिखा होता है। धीरे-धीरे उस आदमी में अपने अंदर छुपी असीम शक्तियों से एक बुलंद जिंदगी जीने का जज्बा मर जाता है। आपके विचारों की दुनिया महान् इनसान बनने का सपना देखने के रोमांच से सिमटकर बिलों का भुगतान करने और दरवाजे-दरवाजे जाकर कूरियर ब्वॉय का काम करने तक रह जाती है, लेकिन आपके अंदर एक विजेता की सोच फिर से जन्म ले सकती है। आप अपने अंदर सोई आग को फिर से प्रज्वलित कर सकते हैं।

आपको अपने एहसास के तरीके, ऊर्जा के स्तर, धन के स्रोतों में जबरदस्त वृद्धि और संबंधों में गहराई लाने के लिए छह माह, छह सप्ताह, छह दिन का भी इंतजार करने की जरूरत नहीं होगी। वास्तविक रूपांतरण आने में महज एक सेकंड का समय लगता है—अपने दिल की अतल गहराई से, पूरी निष्ठा व ईमानदारी से यह फैसला लें कि आप अपनी वर्तमान जिंदगी को एक नई बुलंदी और चरमोत्कर्ष पर ले जाना चाहते हैं। यह संकल्प लेने में मात्र एक सेकंड लगता है। यह भी कहा जाता है कि आप एकमात्र सही विचार से अपनी जिंदगी को बदल सकते हैं। जिंदगी में स्थायी सफलता के लिए इच्छा-शक्ति, लगन और सतत् अभ्यास की बेशक जरूरत होती है। बदलाव साफ दिखाई देने के लिए एक सप्ताह या दस दिनों तक की प्रतीक्षा नहीं करनी है। यह इस पर निर्भर करेगा कि आप अपने विचारों, यानी निर्णय पर अमल करने में कितना समय लेते हैं! आप अपनी जिंदगी का कायाकल्प कर सकते हैं। हमेशा से जिन चीजों को आपने चाहा, उनको पा सकते हैं।

"आपके विचार से कर्म का जन्म होता है, कर्म से आदत का निर्माण होता है, आदत से चरित्र बनता है और आपका चरित्र आपके भाग्य का निर्माण करता है।" मानसिक एकाग्रता की असाधारण शक्तियों के महत्त्व को भी स्वीकारना चाहिए। आपने कभी इस बात पर गौर किया है कि जब आप कोई नया मोबाइल खरीदते हैं तो अचानक लगता है कि सारी दुनिया के लोग आपकी तरह का मोबाइल इस्तेमाल करने लगे हैं? जब आप कोई नया नाम सुनते हैं तो यकायक आपको चारों तरफ यही नाम सुनाई देने लगता है। यही मानसिक एकाग्रता की अद्भुत शक्ति है। जागरूकता, सचेतनता जीवन की बुलंदी की तरफ बढ़ने का पहला कदम है। मानसिक एकाग्रता आपकी जागरूकता की लेजर किरण है। आप जिस चीज पर फोकस करते हैं, उसी से आपके जीवन के रूप का निर्माण होता है। आपके विचार आपकी दुनिया का निर्माण करते हैं। किसी चीज पर जब आप ध्यान केंद्रित करने का एक बार निर्णय लेते हैं, फिर अचानक अनजान दिशाओं से तमाम अवसर आपके सामने प्रकट होने लगते हैं।

11. अपने आपको महत्त्वपूर्ण बनाएँ

नई दुनिया में आप यह पाएँगे कि आपका मूल्यांकन इस बात से नहीं होगा कि आप

कितनी मेहनत करते हैं; बल्कि इस बात से होगा कि आप अपने आसपास की दुनिया में कितना मूल्य जोड़ सकते हैं। इस बारे में सोचिए कि अगर आपको फिलहाल 2 डॉलर प्रति घंटा तनख्वाह मिलती है तो यह पैसा आपको सिर्फ अपनी मेज पर 60 मिनट बैठने के लिए नहीं मिलते हैं; बल्कि इसलिए मिलता है, क्योंकि आपने उन 60 मिनटों में 20 डॉलर के लायक दिखाई देनेवाला मूल्य जोड़ा है। अतः धन संबंधी पुरस्कार इस बात से नहीं निर्धारित होता है कि हम कितनी देर काम करते हैं, बल्कि इस बात से होता है कि हमने उतने समय में कितना मूल्य जोड़ा है! यही वजह है कि मस्तिष्क के शल्य-चिकित्सक को मैकडोनॉल्ड में काम करनेवाले व्यक्ति से ज्यादा पैसा मिलता है। क्या मस्तिष्क का शल्य-चिकित्सक ज्यादा परिश्रमी है ? शायद नहीं।

पैसे सिर्फ एक सांकेतिक चिह्न हैं, यह मूल्यांकन करने का कि हर व्यक्ति ने इस दुनिया में अपनी विशिष्टता से क्या योगदान दिया है और सबसे अच्छा तरीका, जिससे हम दुनिया में मूल्य जोड़ सकें, के लिए जरूरी है कि हम अपनी काबिलीयत बढ़ाएँ। ऐसे गुणों को बढ़ाएँ, जो किसी के पास न हों। ऐसी किताबें पढ़ें, जो कोई न पढ़ता हो। ऐसे विचारों पर मनन करें, जो कोई न सोचे और इसको दूसरी तरह से कह सकते हैं कि आप जो चाहते हैं, वह नहीं मिलेगा, अगर आप वही व्यक्ति बने रहेंगे, जो आप हैं। जीवन से ज्यादा हासिल करने के लिए हमें जीवन में ज्यादा सक्रिय होना पड़ता है।

□

लुइस एल. हे

लुइस एल. हे एक अमेरिकी प्रेरक लेखक और हे हाउस की संस्थापक थीं। उन्होंने कई नई सेल्फ-सहायता बुक्स लिखीं, जिनमें सन् 1984 में प्रकाशित पुस्तक, 'यू कैन हील योर लाइफ' शामिल है।

1. हम जैसा सोचते हैं, वैसे ही लोगों को आकर्षित करते हैं

इससे कोई फर्क नहीं पड़ता कि समस्या क्या है? हमारे अनुभव अपने विषय के अंदरूनी विचारों के बाहरी परिणाम हैं। यहाँ तक कि अपने आपसे घृणा करना भी केवल अपने विषय में ही विचार से घृणा करना है। आपका यह विचार है कि 'मैं एक बुरा व्यक्ति हूँ।' यह विचार एक भावना को उत्पन्न करता है और आप उस भावना के वश में हो जाते हैं, लेकिन यदि आपका यह विचार न हो तो यह भावना भी नहीं होगी। विचारों को बदला जा सकता है। विचारों को बदलें तो यह भावना समाप्त हो जाएगी।

हम आदत के अनुसार किसी विचार को बार-बार सोच सकते हैं, ताकि ऐसा न लगे कि हम स्वयं विचार को चुन रहे हैं, लेकिन पहली बार विचार का चयन हमने ही किया था। हम कुछ खास विचारों को सोचने से इनकार कर सकते हैं। जरा ध्यान दीजिए कि आपने कितनी बार अपने बारे में सकारात्मक विचार लाने से इनकार कर दिया है? तो फिर आप अपने बारे में नकारात्मक सोचने से भी इनकार कर सकते हैं। हम जितनी ज्यादा आत्म-वंचना और अपराध-बोध रखते हैं, हमारा जीवन उतना ही बदतर होता है। आत्म-वंचना और अपराध-बोध जितना कम होता है, हमारा जीवन—हर स्तर पर—उतना ही बेहतर होता है।

हम हमेशा कहते हैं, 'और मैं अपेक्षित कार्य नहीं करता' या 'मैं इसके योग्य नहीं हूँ।' क्या लगता है कि आप ऐसे ही हैं? अकसर यही कहते, जोर देते या महसूस करते हैं कि आप 'बेहतर नहीं हैं।' लेकिन किसके लिए? और किसके मानदंडों के अनुसार? यदि यह विचार आपके अंदर अडिग है तो आप कैसे एक प्रेममय, आनंददायक, खुशहाल

और स्वस्थ जीवन जी सकते थे? किसी-न-किसी तरह आपका प्रभावी अवचेतन विचार हमेशा उसका विरोध करता है। किसी-न-किसी तरह सही तालमेल नहीं हो पाता; क्योंकि कहीं-न-कहीं, कुछ-न-कुछ हमेशा गलत हो जाता। नाराजगी, आलोचना, अपराध-बोध और भय किसी भी अन्य बात से अधिक समस्याएँ उत्पन्न करते हैं। ये चार बातें हमारे शरीर और हमारे जीवन में बड़ी समस्याएँ उत्पन्न करती हैं। ये भावनाएँ दूसरों पर दोषारोपण करने और अपने अनुभवों के लिए स्वयं को जिम्मेदार न ठहराने से आती हैं। हम सभी अपने जीवन में हर बात के लिए जिम्मेदार हैं तो हम किसी पर दोषारोपण नहीं कर सकते।

यदि आप खुद को यह कहता पाएँ, 'हर कोई हमेशा मेरे साथ ऐसा करता है, मेरी आलोचना करता है। कभी मेरी मदद नहीं करता। मुझे पायदान की तरह इस्तेमाल करता है। मेरे साथ दुर्व्यवहार करता है।' तो यह आपकी प्रवृत्ति है। आपके अंदर ऐसे विचार हैं, जो ऐसा व्यवहार प्रदर्शित करने के लिए लोगों को आकर्षित करते हैं। जब आप उस तरह नहीं सोचते तो वे कहीं और जाकर, किसी और के साथ ऐसा करेंगे। आप उन्हें आकर्षित नहीं करेंगे। कुछ प्रवृत्तियों के नतीजे, जो शारीरिक स्तर पर अभिव्यक्त होते हैं, इस प्रकार हैं—लंबे समय से ठहरा असंतोष शरीर को नुकसान पहुँचाता है और कैंसर जैसी बीमारी बन जाता है। आलोचना को एक स्थायी आदत के रूप में अपनाएँ तो यह शरीर में आर्थराइटिस को प्रेरित कर सकता है। अपराध-बोध हमेशा सजा की तलाश करता है और सजा से पीड़ा होती है। भय और उसके कारण उत्पन्न होनेवाला तनाव गंजापन, अल्सर और यहाँ तक कि पैरों में दर्द को जन्म दे सकता है।

2. अपने अंदर के बच्चे के पालक बनिए

हर उम्र, जिसे आपने जीया है, वह आपके अंदर, आपकी चेतना के अंदर और आपकी याददाश्त के अंदर है। जब कुछ गड़बड़ होती तो आप बच्चों की तरह मान लेते थे कि कुछ गड़बड़ है। बच्चों में यह विचार पनपता है कि यदि वे कोई काम सही तरीके से करते हैं तो माता-पिता या जो भी उनसे प्रेम करते हैं, वे उन्हें दंड नहीं देते हैं। इसलिए जब बच्चे को किसी चीज की जरूरत होती है और वह उसे नहीं मिलती तो उसे यकीन हो जाता है, 'मैं अच्छा/अच्छी नहीं हूँ। मुझमें खोट है।' और जैसे-जैसे हम बड़े होते हैं, अपने कुछ हिस्सों को नकार देते हैं। हमारे जीवन के इस बिंदु पर इसी क्षण हमें स्वगं को पूर्ण करने की जरूरत लगनी चाहिए और हम जो हैं, उसके प्रत्येक भाग को स्वीकार करना चाहिए। हम प्राय: पाँच वर्ष की उम्र से स्वयं से अलग हो जाते हैं। हम यह निर्णय इसलिए लेते हैं, क्योंकि हम समझते हैं कि हममें कहीं कुछ गड़बड़ है और इस बच्चे से अब हमारा कोई संबंध नहीं रहा। आप में बच्चा भी होता है और पालक भी।

उदाहरण के लिए, जब आप छोटे थे तो कुत्तों के प्रति आपके बुरे अनुभव थे। हो सकता है कि कुत्ते ने आपको डराया हो या काट भी लिया हो। शायद आपके भीतर का वह बच्चा अभी भी कुत्ते से भयभीत है। इससे कोई फर्क नहीं पड़ता कि अब आप बड़े हो गए हैं। आप एक छोटे कुत्ते को सड़क पर देखते हैं; किंतु आपके भीतर का नन्हा बच्चा पूरी तरह भयभीत होकर प्रतिक्रिया करता है और कहता है, "कुत्ता!! यह मुझे काट न ले!" तभी आपके भीतर बैठे हुए वयस्क के लिए यह कहने का एक अच्छा मौका होता है, "ठीक है, ठीक है। अब मैं बड़ा हो चुका हूँ। अब मैं तुम्हारा खयाल रखूँगा। मैं कुत्ते से तुम्हें नुकसान नहीं पहुँचने दूँगा। अब तुम्हें डरने की जरूरत नहीं है।" इस तरह से आप अपने बच्चे का पालन-पोषण कीजिए।

हम अपने भीतर के आंतरिक बच्चे की भावनाओं के संपर्क में नहीं रहते। यदि आपका बचपना भय व संघर्ष से परिपूर्ण रहा है और मानसिक रूप से अब आप स्वयं को कष्ट दे रहे हैं तो आप इसी तरह अपने भीतर के बच्चे से बरताव करते रहेंगे। किंतु अंदर का बच्चा किसी और जगह नहीं जा सकता। आपको ही अपने पालक की सीमा से परे जाना होगा। आपको अपने अंदर खोए बच्चे से संपर्क स्थापित करना पड़ेगा। उसे मालूम होना चाहिए कि आप उसकी देखभाल करते हैं।

अतीत में जो बरताव हमारे माता-पिता ने हमारे साथ किया था, वह उनकी चेतना के स्तर की बात थी। अब हम माता-पिता हैं। उस समय-काल में जो उन्हें उचित लगा, वे कर रहे थे; किंतु अब के क्षणों में, हम जानते हैं कि अपने भीतर के बच्चे के पोषण के लिए हम क्या कर सकते हैं।

3. क्षमा करके अतीत से बाहर निकल जाइए

क्षमा करने और असंतोष को बहा देने से कैंसर तक ठीक हो सकता है। अतीत बीतकर समाप्त हो गया है। हम उसे बदल नहीं सकते, परंतु हम अतीत के विषय में अपने विचारों को बदल सकते हैं। यह कितना मूर्खतापूर्ण है कि हम इसलिए वर्तमान में अपने आपको सजा देते हैं, क्योंकि अतीत में काफी पहले किसी ने हमें पीड़ा पहुँचाई थी! हमें अतीत को छोड़ने और अपने सहित हर किसी को क्षमा करने के लिए तैयार होने की जरूरत है। हो सकता है कि हमें क्षमा करना न आए और हो सकता है कि हम क्षमा न करना चाहते हों; लेकिन हमारा यह कहना कि हम क्षमा करने को तैयार हैं, स्वस्थ करने की प्रक्रिया को आरंभ कर देता है। यह हमारे अपने स्वास्थ्य के लिए अनिवार्य है कि हम अतीत को छोड़ दें और हर किसी को क्षमा कर दें। 'मैं तुम्हें जिस रूप में देखना चाहता था, वैसा रूप न होने के लिए मैं तुम्हें क्षमा करता हूँ। मैं तुम्हें क्षमा करता हूँ और मुक्त करता हूँ।' यह निश्चय हमें मुक्त कर देता है।

जब भी हम अस्वस्थ होते हैं, हमें अपने मन में झाँककर यह देखना चाहिए कि हमें किसे क्षमा करने की जरूरत है? 'कोर्स इन मिरेकल्स' का कहना है कि 'सभी रोग क्षमा न करने की एक स्थिति से उभरते हैं।' और 'जब भी हम बीमार होते हैं, हमें आसपास यह देखना चाहिए कि हमें किसे क्षमा करने की जरूरत है?' जिस व्यक्ति को क्षमा करना आपको सबसे कठिन लगे, वही वह व्यक्ति है, जिसे क्षमा करने की जरूरत आपको सबसे अधिक है। क्षमा करने का अर्थ है—छोड़ देना, जाने देना। इसका अर्थ है कि बस, उस पूरी घटना को अनदेखा कर देना। हमें यह जानने की जरूरत नहीं है कि कैसे क्षमा करना है। हमें बस, क्षमा करने के लिए तैयार रहने की जरूरत है। 'कैसे करना है' की चिंता ब्रह्मांड स्वयं कर लेगा। हम अपनी पीड़ा को बहुत अच्छी तरह समझते हैं। हममें से अधिकतर के लिए यह समझना कितना कठिन है कि जिन लोगों को क्षमा करने की बहुत अधिक आवश्यकता थी, वे भी पीड़ा में थे। हमें यह समझने की जरूरत है कि उनके पास उस समय जो समझ, जानकारी और ज्ञान था, उसके अनुसार वे सबसे अच्छा कर रहे थे।

4. खुद से प्यार करिए

वह अपने रूप को लेकर काफी सोचती थी, खासकर अपने दाँतों को लेकर। वह एक डेंटिस्ट से दूसरे डेंटिस्ट के पास घूमती रही और महसूस करती रही कि हर किसी ने उसके चेहरे को और भद्दा बना दिया है। उसने अपनी नाक ठीक कराई, पर डॉक्टरों ने ठीक से यह काम नहीं किया। हर व्यक्ति उसके इस विचार को प्रतिबिंबित कर रहा था कि वह बदसूरत है। उसकी समस्या उसका रूप नहीं था, बल्कि उसका यह विश्वास था कि उसके साथ कुछ गड़बड़ है।

एक और महिला थी, जिसकी साँस में दुर्गंध थी। उसके आसपास रहना असहज था। वह मंत्री बनने के लिए पढ़ाई कर रही थी और उसका बाहरी व्यवहार पवित्र व आध्यात्मिक था। उसके नीचे दबे हुए क्रोध और ईर्ष्या की एक लहर थी, जो तब बाहर आती थी, जब उसे लगता था कि कोई उसके पद के लिए खतरा बन सकता है। उसके अंदरूनी विचार उसकी साँसों से अभिव्यक्त होते थे और स्नेहिल होने का दिखावा करते समय भी वह आक्रामक होती थी। उसे और किसी से नहीं, बल्कि खुद से खतरा था।

जब हम अपने आपको 'जैसे हैं, वैसे रूप' में प्रेम करते और स्वीकार करते हैं तो जीवन में सबकुछ ठीक होता है। ऐसा मानो हर जगह कुछ छोटे चमत्कार होते हैं। हमारा स्वास्थ्य सुधर जाता है, हमारे पास अधिक धन आता है, हमारे रिश्ते अधिक संतोषजनक हो जाते हैं और हम रचनात्मक रूप से, सार्थक तरीकों से खुद को अभिव्यक्त करना शुरू कर देते हैं। ऐसा लगता है कि यह सब हमारे प्रयास के बगैर हो रहा है। खुद को प्रेम और उसे स्वीकार करना, सुरक्षित बनाना, भरोसा करना, योग्य बनना आपके मन-मस्तिष्क

को व्यवस्थित करेगा, आपके जीवन में अधिक स्नेहिल संबंधों को जन्म देगा, नए कार्य और जीने का एक नया तथा बेहतर स्थान दिलाएगा, यहाँ तक कि आपके शरीर के वजन को भी सामान्य कर देगा। जो लोग खुद से और अपने शरीर से प्रेम करते हैं, वे न तो अपने साथ गलत करते हैं और न ही दूसरों के साथ।

जब आप एक नन्हे शिशु थे तो आप कितने संपूर्ण थे! शिशुओं को संपूर्ण बनने के लिए कुछ करना नहीं पड़ता। वे पहले से संपूर्ण होते हैं और वे ऐसा करते हैं, मानो वे सब जानते हों। वे जानते हैं कि वे ब्रह्मांड का केंद्रबिंदु हैं। वे अपनी मनपसंद चीज माँगने से डरते नहीं हैं। वे अपनी भावनाओं को खुलकर अभिव्यक्त करते हैं। जब कोई शिशु क्रोधित होता है तो वास्तव में पूरे पड़ोस को पता चल जाता है। आप समझ जाते हैं, जब शिशु खुश होते हैं; क्योंकि उनकी मुसकराहट कमरे में उजाला कर देती है। वे प्रेम से ओत-प्रोत होते हैं। नन्हे शिशुओं को यदि प्रेम न मिले तो वे जीवित नहीं रह सकते। जब हम बड़े हो जाते हैं तो हम प्रेम के बिना रहना सीख लेते हैं; लेकिन शिशु इससे समझौता नहीं करते। शिशु अपने शरीर के हर अंग को भी प्यार करते हैं, यहाँ तक कि अपने मल को भी। उनमें अविश्वसनीय साहस होता है। आप वैसे थे। हम सभी वैसे थे। फिर हमने अपने आसपास के बड़े-बुजुर्गों की बात सुननी आरंभ की, जो डरना सीख चुके थे और हमने अपनी ही प्रतिभा को नकारना शुरू कर दिया।

जब आप खुद से प्रेम करना सीखेंगे तो अपने कहे शब्दों और अपने किए कार्यों के प्रति और अधिक जागरूक हो जाएँगे। आप पहले अपना जितना ध्यान रखते थे, उससे कहीं अधिक गहरे स्तर तक अपना ध्यान रखने लगेंगे। जब आपके जीवन में कुछ अच्छा होता है तो आप आईने के सामने जाकर कह सकते हैं, "शुक्रिया, शुक्रिया! यह तो बहुत शानदार बात है! ऐसा करने के लिए शुक्रिया!" यदि आपके साथ कुछ बुरा होता है तो आप आईने के पास जाकर कह सकते हैं, "ठीक है, मैं तुमसे प्रेम करता हूँ। यह जो अभी हुआ है, बीत जाएगा; लेकिन मैं तुमसे प्रेम करता हूँ और हमेशा करूँगा।" यह संदेश देना बहुत महत्त्वपूर्ण होता है। जितना अधिक आप स्वयं की प्रशंसा करने के लिए, स्वयं को पसंद करने के लिए और कठिन समय में स्वयं का समर्थन करने के लिए आईने का इस्तेमाल करेंगे, आपका स्वयं के साथ संबंध उतना ही गहरा और आनंददायक होता जाएगा।

5. अच्छी चीजों को स्वीकार कीजिए

कभी-कभी हम अपने लिए एक अच्छे जीवन का निर्माण करने का प्रयास नहीं करते, क्योंकि हमें लगता है कि हम उसके योग्य नहीं हैं। यह धारणा कि हम उसके लायक नहीं हैं, हमारे बचपन के अनुभवों से आई हो सकती है। हम किसी और की

अवधारणा या राय से अपने विचारों का निर्माण कर रहे होंगे, जिनका हमारी अपनी वास्तविकता से कोई लेना-देना नहीं है। योग्य होने का अच्छे होने से कोई संबंध नहीं है। वह तो जीवन में अच्छी चीजों को प्राप्त करने के प्रति हमारी अनिच्छा है, जो रास्ते में आ जाती है। स्वयं को अच्छी चीजें स्वीकार करने की अनुमति दें, चाहे आप स्वयं को उनके योग्य समझते हों या नहीं।

यदि आप सोचते हैं कि आपने कुछ गलत किया है, तब आप अपने को दंडित करने के लिए कोई-न-कोई रास्ता ढूँढ़ ही लेंगे। जीवन में प्रत्येक अनुभव एक सीढ़ी है—उन 'गलतियों' सहित, जो आपने कभी की थीं। अपने को प्रत्येक गलती के लिए प्यार करें। वे आपके लिए बहुत बहुमूल्य रही हैं। उन्होंने आपको बहुत सी बातें सिखाई हैं। अपने आपको दोषी ठहराना बंद करें। इसी प्रकार से आप सीखते हैं। अपने आपको सीखने और आगे बढ़ने की इच्छा के लिए प्रेम करें।

6. खुद को सीमाओं में मत बाँधिए

जीवन के विषय में हम जिन बातों पर विश्वास करते हैं, उन्हें सामान्यत: पाँच वर्ष की उम्र के दौरान निर्मित कर लेते हैं। किशोरावस्था के दौरान हम उनमें कुछ और बातें जोड़ देते हैं और थोड़ा किशोरावस्था से ज्यादा की उम्र, किंतु बहुत ही कम। यदि मैं अधिकतर लोगों से प्रश्न करूँ कि अमुक विषय पर वे ऐसा क्यों सोचते हैं तो यदि वे पिछले जीवन में इसकी खोज करें तो पाएँगे कि उन्होंने उम्र के पाँच साल के दौर में कुछ तय किया था। अत: हम अपनी पाँच साल की उम्र की चेतना की सीमाओं में रहते हैं। ये वे सब थीं, जिन्हें हमने अपने माता-पिता से ग्रहण किया था और हम अब भी अपने माता-पिता की चेतना से निर्मित सीमाओं में रहते हैं। हम वही कहते हैं, जो वे कहते थे और वही करते हैं, जो वे करते थे—'तुम ऐसा नहीं कर सकते।' या 'यह कारगर नहीं हो सकता।' किंतु हमें सीमाओं की उतनी जरूरत नहीं होती, जितनी वे हमें महसूस होती हैं।

हमारी कुछ धारणाएँ सकारात्मक व पोषण देनेवाली हो सकती हैं। इन विचारों ने जीवन भर हमें प्रभावित किया; जैसे—'रास्ता पार करने से पहले दोनों ओर देखिए।' या 'ताजा फल और सब्जियाँ आपके शरीर के लिए अच्छी होती हैं।' दूसरे विचार बाल्यकाल में उपयोगी हो सकते हैं; लेकिन जब हम बड़े होते हैं तो वे उतने उपयुक्त नहीं लगते। जैसे कि 'अजनबियों का विश्वास मत कीजिए' एक छोटे बच्चे के लिए अच्छी सलाह हो सकती है, किंतु बतौर वयस्क ऐसी धारणाएँ अकेलापन और सबसे अलग-थलग होने की स्थिति निर्मित कर सकती हैं। इन सभी से जुड़ी सकारात्मक बात यह है कि हम हर समय समायोजन कर सकते हैं। ज्यों ही हम ऐसा कहते हैं, "मैं नहीं कर सकता", "यह कारगर नहीं होगा", "पर्याप्त पैसे नहीं हैं" या "पड़ोसी क्या सोचेंगे?" तो हम सीमा में

बँधे हुए हैं। अंतिम अभिव्यक्ति तो हमारे लिए बहुत बड़ी बाधा है। "पड़ोसी या मेरे मित्र या मेरे सहकर्मी अथवा कोई भी क्या सोचेंगे?" यह एक अच्छा बहाना है।

समाज के बदलने के साथ-साथ पड़ोसियों के सोचने का तरीका भी बदल जाता है। इसलिए इन धारणाओं को पाले रखने में कोई समझदारी नहीं है। यदि आपसे कोई कहता है, "किसी ने भी इसे पहले इस तरह नहीं किया है।" तो आप कह सकते हैं, "तो क्या हुआ?" किसी कार्य को करने के सैकड़ों तरीके होते हैं, अतः उसी तरीके को अपनाइए, जो आपके लिए उपयुक्त हो। हम स्वयं को दूसरे बेतुके संदेश देते रहते हैं, जैसे—'मैं उतना ताकतवर नहीं हूँ,' या 'मैं उतना जवान नहीं हूँ,' या 'मैं उतना बूढ़ा नहीं हूँ,' अथवा 'मैं उतना ऊँचा नहीं हूँ,' या 'मेरी लैंगिक पहचान सही नहीं है।'

फिर आप में से कुछ लोग ऐसे हैं, जो समझते हैं कि उन्हें सबकुछ पता है। इस सबकुछ जानने से जुड़ी परेशानी यह है कि आपका विकास होना रुक जाता है और कुछ भी नया नहीं आ पाता। जब-जब आप अपने सामने एक विराम-चिह्न खड़ा कर लेते हैं, आप अपने भीतर के ज्ञान का दरवाजा बंद कर लेते हैं।

7. समय परिवर्तन की माँग है

परिवर्तन का अर्थ है—हम स्वयं को औरों से अलग, बिछोह, एकांतपन, क्रोध, डर और दर्द या कष्ट से मुक्त कर लें। हम आश्चर्यजनक शांतिप्रियता से परिपूर्ण जीवन निर्मित करते हैं, जहाँ हम जीवन को जैसा यह है, वैसा महसूस कर सकें, जहाँ हम जानते हैं कि सबकुछ अच्छा होगा। मैं उस वचन को प्रयोग में लाना चाहता हूँ कि "जीवन चमत्कारी है। मेरी दुनिया में सबकुछ पूर्ण है और मैं सदा बेहतर अच्छाइयों की ओर बढ़ता हूँ।" इस प्रकार, मेरा जीवन किस दिशा में बढ़ रहा है, इससे मुझे कोई फर्क नहीं पड़ता; क्योंकि मैं जानता हूँ कि यह चमत्कारी है। इसलिए, मैं हर तरह की स्थितियों व परिस्थितियों का आनंद ले सकता हूँ।

लोग नए, पर तरह-तरह के संकल्प लेते हैं, लेकिन आंतरिक परिवर्तन के अभाव में ये संकल्प धरे-के-धरे रह जाते हैं। "मैं अब अगली सिगरेट नहीं लूँगा!" या ऐसा ही कोई संकल्प। कोई भी नकारात्मक वाक्यांश कहने के बदले ऐसा कुछ कीजिए, जिससे वह बात आपके अर्द्धचेतन मन में उतर जाए। बल्कि आप ऐसा कह सकते हैं, "सिगरेट की सारी इच्छाएँ मुझसे दूर जा चुकी हैं और अब मैं मुक्त हूँ।" जब तक हम मानसिक कार्य नहीं करेंगे, जब तक हम आंतरिक परिवर्तन नहीं करेंगे, तब तक बाहरी कोई भी चीज हमें परिवर्तित नहीं कर सकती। हालाँकि आंतरिक परिवर्तन अविश्वसनीय रूप से साधारण हो सकते हैं, क्योंकि हमें अपने विचारों को ही तो बदलना है।

क्या आप परिवर्तन को घर के अंदर की साफ-सफाई की तरह मान सकते हैं?

कभी-कभी यदि आप थोड़ी-थोड़ी साफ-सफाई करते रहते हैं तो अंततः यह पूरी हो जाती है। उसी तरह, यदि आप थोड़ा-थोड़ा भी परिवर्तन करते हैं तो बेहतर महसूस करने लगते हैं।

कीजिए, स्वयं के प्रति ईमानदार रहिए। आप जो सोचते हैं और विश्वास करते हैं, उसका पता लगाइए। इसे भी एकदम लकीर के फकीर की तरह मत अपना लीजिए—"मैं इसी तरह का हूँ और मैं यही करता हूँ।" आप ऐसा क्यों करते हैं? यदि यह एक सकारात्मक व पोषणकारी अनुभव नहीं है तो पता कीजिए, यह कहाँ से आया! आपने पहली बार ऐसा कब किया? आपको अब क्या करना है, इसे आप जानते हैं। भीतर के ज्ञान के भंडार से स्वयं को जोड़िए।

जिस क्षण से आप परिवर्तन लाने की सोचते हैं, तब से एक संक्रमण काल प्रारंभ हो जाता है। आप पुरानी और नई धारणाओं के बीच झूलते रहते हैं। पहले जो था और अब आप जैसा या जो चाहते हैं, उसके बीच आप दोलन करते रहते हैं। यह एक सामान्य व प्राकृतिक प्रक्रिया है। परिवर्तन लाने के लिए हमें अपने प्रयास करते रहना होगा। इसमें समय लगता है। परिवर्तन में प्रक्रिया लगती है।

जब आप इस संक्रमण के दौर से गुजर रहे होते हैं तो उस दौरान आपको स्वयं के द्वारा अपेक्षित दिशा में उठाए गए हरेक छोटे से कदम के लिए प्रशंसा करनी होती है। यदि आप पीछे पड़नेवाले कदम के लिए स्वयं को कोसते हैं तो इस प्रक्रिया का बदलाव दुःखदायी हो जाता है। जब आप पुराने से नए की ओर बढ़ रहे हों तो इसके लिए उपलब्ध समस्त औजारों का प्रयोग कीजिए।

8. दूसरों को बदलने की कोशिश छोड़ दीजिए

इधर-उधर अपने सब दोस्तों का उपचार करते हुए मत घूमें। अपना मानसिक कार्य कीजिए और अपने को स्वस्थ रखिए। इससे आपके पास जो लोग हैं, उनका भला होगा, बजाय अन्य किसी काम से। हम दूसरों को बदलने के लिए दबाव नहीं डाल सकते। हम उन्हें एक सकारात्मक मानसिक वातावरण दे सकते हैं, जहाँ परिवर्तन के लिए संभावनाएँ हैं, यदि वे चाहें तो। पर हम दूसरों के लिए या दूसरों को बदल नहीं सकते हैं। प्रत्येक व्यक्ति यहाँ पर अपना पाठ सीखने-समझने को है और यदि हम यह उनके लिए करते हैं तो फिर वे दोबारा से ऐसा ही करेंगे; क्योंकि उन्होंने इसके लिए (बदलाव के लिए) कोई मेहनत नहीं की, जो उन्हें करनी चाहिए थी। हम उन्हें केवल प्यार कर सकते हैं। वे जैसे भी हैं, उन्हें वैसे ही रहने दीजिए। यह जान लीजिए कि सच्चाई हमेशा उनके अंदर है और वे जिस क्षण चाहें, अपने में परिवर्तन ला सकते हैं।

सबसे प्यार कीजिए। ऐसी कोई कठिनाई नहीं, जिस पर पर्याप्त प्रेम विजय न प्राप्त

कर सके। ऐसी कोई बीमारी नहीं है, जिसका इलाज पर्याप्त प्रेम से न हो सके। ऐसी कोई खाई नहीं है, जिसे पर्याप्त प्रेम न पाट सकें। ऐसी कोई दीवार नहीं, जिसे पर्याप्त प्रेम न गिरा सकें। ऐसा कोई पाप नहीं, जिसे पर्याप्त प्रेम से काटा न जा सके। दर्द या कष्ट कितनी ही गहरी जड़ क्यों न जमाकर बैठा हो, दृष्टिकोण भी कितना निराशामय क्यों न हो, गाँठें कितनी भी क्यों न उलझी हों, गलती चाहे कितनी भी बड़ी क्यों न हो, प्रेम की पर्याप्त अनुभूति से ये सब समाप्त हो जाते हैं; और यदि आप पर्याप्त प्रेम करते हैं, तो आप दुनिया के सर्वाधिक प्रसन्न और शक्तिशाली व्यक्ति होंगे।

9. सकारात्मकता की ओर एक कदम

मानव शरीर एक विचित्र आश्चर्यजनक मशीन है और जैसे एक मशीन को नियमित रख-रखाव एवं देखभाल की जरूरत होती है, ताकि वह यथासंभव कुशलता से चलती रहे, वैसे ही मानव शरीर भी नियमित रख-रखाव एवं देखभाल की अपेक्षा रखता है। विविध कारणों से आपका शरीर खराब और रुग्ण हो सकता है—आनुवंशिक, पर्यावरण एवं आहार आदि के कारण।

भय, क्रोध, शोक, प्रेम और प्रसन्नता का शरीर पर विशिष्ट प्रभाव पड़ता है। हम जानते हैं कि क्रोध के कारण नसें जकड़ जाती हैं एवं रक्त-वाहिनियाँ सिकुड़ने लगती हैं, जिसका परिणाम यह होता है कि तनाव बहुत बढ़ जाता है और रक्त-प्रवाह में रुकावट आती है। हृदय संबंधी चिकित्सा-शास्त्र हमें बताता है कि हर्ष एवं स्नेह का विपरीत प्रभाव पड़ता है। भावनाएँ जिस समय शरीर में सर्वत्र दौड़ रही होती हैं, वे अंगों पर भिन्न-भिन्न रूप से प्रभाव डालती हैं, जो इस बात पर निर्भर करता है कि आपके जीवन में क्या चल रहा है ?

हम अपनी धारणाओं या विश्वास-प्रणाली को बचपन में ही सीख लेते हैं, फिर हम जीवन के पथ पर ऐसे अनुभवों को बनाते हुए चलते हैं, जो हमारे विश्वासों से मेल खाएँ। आप में से कई लोग इस विश्वास में जीते हैं कि हम एक 'पर्याप्त नहीं' वातावरण में जीवन के योग्य हैं। आप यह सोचना शुरू कर दीजिए कि आप इससे बेहतर जीवन के योग्य हैं। आप अपने माता-पिता और बचपन की सीमाओं के पार जाने योग्य हैं। आप दर्पण में देखें और स्वयं से कहें, "मैं 'सब अच्छा' के योग्य हूँ। मुझे संपन्न होना चाहिए। मुझे प्रेम मिलना चाहिए।" अपनी बाँहों को फैलाएँ और कहें, "मैं खुला हुआ हूँ और सबकुछ प्राप्त करने के लिए तैयार हूँ। मैं बहुत अच्छा हूँ। मैं सब अच्छा पाने योग्य हूँ। मैं उसे स्वीकार कर रहा हूँ।"

कुछ चीजें, जिनमें हम विश्वास करते हैं, कभी सच नहीं थीं। वे किसी अन्य के भय थे। अपने आपको एक मौका दीजिए अपने विचारों को निकट से देखने का। उन विचारों को बदल दीजिए, जो नकारात्मक हैं। आप इसके योग्य हैं। कभी-कभी जब ऐसा होता

है कि हमारे अंदर से आवाजें आती हैं, जो कहती हैं कि 'आपको खुश नहीं रहना है' या 'हमने जीवन में कुछ अच्छी चीजों की रचना नहीं की है' तो हम अपनी खुशियों को कम करने की चेष्टा करेंगे। जब हम यह विश्वास नहीं करते कि हम अच्छी चीजों के लायक नहीं हैं। हमें अपने अंदर जो भी चीजें चुभ रही हैं, उन्हें बाहर निकाल फेंकना है तो हम अपने आपको नुकसान पहुँचा देते हैं या कुछ शारीरिक समस्याएँ हो जाती हैं, जैसे—गिर पड़ना या कोई दुर्घटना हो जाती है। हमें यह विश्वास करना प्रारंभ कर देना चाहिए कि हम जीवन में अच्छी-अच्छी चीजों के योग्य हैं।

जब हमारे जीवन में कोई अच्छी चीज आती है, घटना होती है और उसे हम यह कहकर मना कर देते हैं—"मैं इस पर विश्वास नहीं कर पा रहा हूँ।" तो हम अपने पास आई हुई खुशियों को ठुकरा देते हैं। कल्पना कीजिए कि हमारे विचार पानी की बूँदों की तरह हैं। जब आप उन्हीं विचारों को बार-बार दोहराते रहते हैं तो आप एक अविश्वसनीय जलाशय बना रहे होते हैं। पहले पानी का एक छोटा सा गड्ढा बन जाता है, फिर एक तालाब बन जाता है और यदि उसी सोच को आप बार-बार दोहराते रहेंगे तो एक झील बन जाती है और ऐसा करते-करते एक सागर! यदि आपकी सोच नकारात्मक है तो आप उस सागर में डूब जाएँगे और यदि आपकी सोच सकारात्मक है तो आप उस जीवन-सागर में तैरेंगे।

10. स्वयं की आलोचना से बचें

आलोचक अकसर स्वयं आलोचनाओं का शिकार होते हैं, क्योंकि आलोचना करना उनकी आदत में शुमार है। उनकी आवश्यकता है कि वे हर समय संपूर्ण हों (कील-काँटा एकदम दुरुस्त हो)। क्या आप इस पृथ्वी पर किसी ऐसे व्यक्ति को जानते हैं, जो बिल्कुल संपूर्ण हो? हम सबके जीवन-क्षेत्र में कुछ ऐसे क्षेत्र होते हैं, जो न प्रेम करने योग्य होते हैं और न स्वीकार करने योग्य। यदि हम अपने किसी हिस्से से वास्तव में क्रोधित होते हैं तो स्वयं को गाली देते हैं। हम शराब, सिगरेट, नशा (ड्रग्स), अति भोजन आदि का प्रयोग करते हैं या और कुछ भी। हम अपने आपको मारते हैं। यह सबसे बुरा तरीका है अपने आप से पेश आने का, जिससे नुकसान ज्यादा और फायदा कम होता है या न के बराबर। यह तब होता है, जब हम स्वयं की (अकारण) आलोचना करते हैं। हमें सब तरह की आलोचना को बंद कर देना चाहिए। एक बार हम ऐसा कर दें तो पाएँगे कि हम आश्चर्यजनक तरीके से दूसरों की आलोचना करना भी धीरे-धीरे बंद कर देते हैं। इसका कारण यह है कि हर व्यक्ति हमारा ही प्रतिबिंब है और जो हम दूसरे व्यक्ति में देखते हैं, वही त्रुटियाँ हम स्वयं में देखते हैं। हम जब किसी अन्य व्यक्ति के बारे में शिकायत कर रहे हैं तो वास्तव में, हम अपने बारे में ही शिकायत कर रहे हैं। जब हम स्वयं को वास्तव में प्रेम से स्वीकार कर लेते हैं कि 'हम जो हैं, सो हैं', तो

फिर शिकायत करने का कोई मौका ही नहीं रह जाता। किस बात की शिकायत करें? हम अपने आपको दु:खी नहीं कर सकते और फिर हम दूसरे को भी दु:खी नहीं कर सकते। हमें इसी समय एक शपथ लेनी चाहिए कि हम अब किसी बात के लिए स्वयं की आलोचना नहीं करेंगे।

11. अपने ऊपर विश्वास रखिए

यदि हम किसी भी रूप में अपने लिए अच्छी बातें नकारते हैं तो यह खुद से प्रेम न करना साबित करता है। मुझे अपनी एक ग्राहक याद है, जो चश्मा पहनती थी। एक दिन हमने उसके बचपन का एक पुराना डर निकाला। अगले दिन जब वह सोकर उठी तो उसे लगा कि उसे अपने कांटेक्ट लेंस पहनकर परेशानी हो रही है। उसने आसपास देखा और पाया कि उसकी नजर बिल्कुल साफ थी। फिर भी वह पूरा दिन कहती रही, "मुझे विश्वास नहीं हो रहा! मुझे विश्वास नहीं हो रहा!" अगले दिन उसने फिर से कांटेक्ट लेंस पहन लिये। हमारे अवचेतन मन में परिहास की कोई भावना नहीं होती। उसे विश्वास नहीं हुआ कि उसने अपनी आँखें पूरी तरह ठीक कर ली हैं।

अपने ऊपर विश्वास करना, अपने आपको प्रेम करना और प्रसन्न रहना, अच्छे विचारों को सोचना सबसे द्रुतगामी तरीका है एक खुशहाल जीवन की रचना करने के लिए। जीवन की अनंतता में जहाँ हम हैं, सबकुछ पूरा है, संपूर्ण है, निर्दोष है। हम इस बात में आनंद मनाएँ कि हम उस परम शक्ति के साथ हैं, जिसने हमारी रचना की है। वह शक्ति अपनी सारी रचना को प्रेम करती है, जिसमें हम भी शामिल हैं। हम इस विश्व के प्यारे बच्चे हैं और हमें सबकुछ प्रदान किया गया है। हम इस ग्रह पर सबसे उच्च प्रकार के प्राणी या जीव हैं और हमें सब प्रकार की इंद्रियों से सज्जित किया गया है, जिनसे हम सब प्रकार के अनुभव कर सकें। हमारा मन भी उस एक अनंत मन से सदैव जुड़ा हुआ है, अत: हमें सब प्रकार के ज्ञान एवं बुद्धि प्राप्त है और हम ऐसा ही विश्वास करते हैं। हम अपने ऊपर विश्वास करते हैं—उन्हीं सब चीजों की रचना करने में, जो हमारी सबसे उच्चतम अच्छाई के लिए, हमें सबसे ज्यादा खुशी देने के लिए और हमारे आध्यात्मिक विकास एवं उद्भव के लिए होता है। हम जो हैं, उसे प्रेम करते हैं। हम अपने इस अवतार (मनुष्य रूप) से विशेषकर प्रसन्न हैं। हम जानते हैं कि हम अपने व्यक्तित्व को नए-नए रूप दे सकते हैं और यहाँ तक कि अपने शरीर को भी, जिससे वे हमारी अंत:शक्ति को व्यक्त कर सकते हैं। हम अपनी असीमता पर खुश होते हैं और जानते हैं कि हर क्षेत्र में तमाम संभावनाएँ हैं। हम पूर्णतया एक शक्ति में विश्वास करते हैं कि हमारे संसार में सबकुछ अच्छा है और ऐसा ही है।

□

विवेक बिंद्रा

विवेक बिंद्रा एक ऐसे स्पीकर हैं, जो अपनी बोलचाल की विभिन्न शैली से अपने दर्शकों को सरल तरीके से कठिन कार्यों को करने की तकनीक सिखाते हैं। वे हर कठिन कार्य को विभक्त कर देते हैं और फिर लोगों को समझाते हैं कि उन्हें किस प्रकार से पूर्ण किया जाए?

विवेक बिंद्रा के मोटिवेशनल वीडियो देख और सुनकर व्यक्तियों के अंदर डोपामाइन तत्त्व का सृजन होने लगता है। मनुष्य का जीवन सर्वश्रेष्ठ है। पृथ्वी पर अन्य किसी प्राणी की तुलना मनुष्य से नहीं की जा सकती। मनुष्य में बुद्धि और भावनाएँ सभी कुछ हैं। वह यदि चाहे तो असंभव को संभव कर सकता है और पहाड़ को भी तोड़ सकता है। बस उसके लिए मनुष्य के अंदर विश्वास और जुनून होना चाहिए। विश्वास और जुनून दो ऐसी शक्तियाँ हैं, जो सारी नकारात्मक परिस्थितियों को बाहर धकेल देती हैं और व्यक्ति को ऊँचाइयों पर ले जाती हैं। आप भी विवेक बिंद्रा की कुछ बातों को सरल शब्दों में पढ़िए और फिर अपने लक्ष्य को उत्पन्न कर चलते जाइए। छोटे-छोटे कदम कब आपका मीलों का सफर तय कर देंगे, ये आप खुद भी नहीं जान पाएँगे। तो चलिए चलते हैं विवेक बिंद्रा के साथ···

1. दिमाग तेज करने का रहस्य

प्रत्येक व्यक्ति अपने दिमाग को तेज बनाना चाहता है। हम सभी को इस बात की बहुत शिकायत रहती है कि दिमाग तेज नहीं होता। आप सभी ने एलन मस्क, वॉरेन बफे, माइकल फेलप्स, टाइगर वुड्स, विराट कोहली एवं लता मंगेशकर का नाम अवश्य सुना होगा। इन सभी में क्या बात सामान्य है? यही कि ये सभी आज विश्व प्रसिद्ध हैं और धन व कामयाबी के शिखर पर हैं। आखिर ऐसी क्या खास बात रही इन लोगों में, जो ये इतनी ऊँचाइयों पर पहुँच गए। वह खास बात रही कि इन सभी ने बहुत कम उम्र से ही अपने रुचिकर कार्यों में ध्यान देना आरंभ कर दिया था। अमूनन ये सभी चार-पाँच वर्ष की

आयु से ही अपनी रुचि को तराशने में लग गए थे। जब बच्चों को बचपन से ही उनकी रुचि की ओर प्रेरित किया जाता है तो वे इतिहास रच देते हैं। इसलिए यदि आपके बच्चे की रुचि गणित अथवा साइंस में नहीं है तो जबरदस्ती उसे उस तरफ न भेजें। उसकी वैकल्पिक प्रतिभा को तराशें और उसके गुणों को बाहर निकालें। वैकल्पिक प्रतिभा को तराशने के लिए निम्नलिखित उपाय अवश्य करें—

1. Abacus
2. Multiple intellgence
3. Vedic maths
4. NLP
5. Memory science
6. Speed Reading and writing
7. STEM (science, Technology, Engineering and Mathematics)
8. Robotics

दिमाग तेज करने की आज अनेक विधियाँ मौजूद हैं। उपरोक्त तरीकों से दिमाग को तेज किया जा सकता है। शंकराचार्य स्वामी ने वैदिक गणित को दुनिया के सामने प्रस्तुत किया। यह वैदिक गणित अत्यंत चमत्कारी है। जो बच्चे वैदिक गणित करते हैं, वे algebra, cube, fraction, digital root, multiplication, binomial, polynomiyal आदि में बहुत तेज हो जाते हैं। गणित में बच्चे पीछे इसलिए रहते हैं, क्योंकि उन्हें गणित को सही तरह से हल करने के तरीके नहीं बताए जाते।

NLP यह एक न्यूरो लिंग्विस्टिक प्रोग्राम है। इसके माध्यम से मस्तिष्क की भाषा को नए तरीके से डिजाइन किया जा सकता है। ऐसा करके व्यक्ति अपने मनचाहे लक्ष्य तक पहुँच सकता है। अपने मनचाहे लक्ष्यों तक पहुँचने के लिए उन्हें मन में रोप लें और अपने लक्ष्यों को लिखें कि आप कहाँ तक जाना चाहते हैं। प्रसिद्ध लेखक टेरी फेल्बर अपनी पुस्तक 'एम आई मेकिंग माइसेल्फ क्लियर' तीन प्रतिशत लोग ही अपने लक्ष्य लिखते हैं और ये तीन प्रतिशत लोग ही आमतौर पर जीवन में सबसे अधिक सफल होते हैं। तालमेल बनाने के लिए आप हर किसी के साथ सकारात्मक दृष्टिकोण से मिलें।

बच्चों के दिमाग को तेज बनाने के लिए उन्हें मेमोरी साइंस सिखाएँ। इसके अंतर्गत बच्चों को महत्त्वपूर्ण वस्तुओं के साथ लिंक करना सिखाएँ। यदि किसी से रेडियो के आविष्कारक का नाम पूछा जाए, तो केवल वही लोग बता पाएँगे, जो जानते होंगे। कई लोगों के लिए आविष्कारक व अनेक महत्त्वपूर्ण तिथियों को याद रखना बेहद मुश्किल होता है। ऐसे में उनकी समस्या वस्तुओं को लिंक करके याद करने से बहुत हद तक सरल हो सकती है। रेडियो के आविष्कारक का नाम मार्कोनी थी। बच्चे अकसर इस

नाम को भूल जाते हैं, लेकिन यदि उन्हें मेमोरी साइंस के माध्यम से इसे सिखाया जाए तो वे शायद ही इसे कभी भूलें। आप वस्तुओं को अपने अनुसार और सुविधानुरूप लिंक कर सकते हैं।

रेडियो के आविष्कारक मार्कोनी के लिए आप निम्न तरह की कहानी की कल्पना कर सकते हैं—

रेडियो टेबल पर रखा हुआ है। वह चल नहीं रहा है। ऐसे में उसे चलाने के लिए क्या युक्ति भिड़ाई जाए। मार कोनी और देखो, वह चल पड़ा रेडियो। मार कोनी का यहाँ अर्थ मार कुहनी है। इस प्रकार जब बच्चा कहानी के माध्यम से इसे समझेगा, तो उसे रेडियो के आविष्कारक का नाम बहुत सरलता से स्मरण हो जाएगा।

कहानी के माध्यम से बच्चे को कुछ भी याद कराया जा सकता है। कुछ बच्चे बेहद तीव्र बुद्धि के होते हैं। आप सभी वंडर गर्ल जाह्नवी, गूगल गर्ल जिया, उत्तराखंड की सपना चंद्रा को अवश्य जानते होंगे। ये सभी प्रतिभाशाली छात्राएँ हैं। जाह्नवी की ब्रिटिश और अमेरिकन लहजे की अंग्रेजी देखकर ब्रिटिश और अमेरिकन भी दाँतों तले उँगली दबा लेते हैं। जिया आँखों पर पट्टी बाँधकर तुरंत पुस्तक या मोबाइल पर अंकित संदेश को पढ़ सकती है। वह आँखें बंद करके बोर्ड पर लिखे अंकों को जोड़ लेती है। इतना ही नहीं, इनसानों को सूँघकर उसे बंद आँखों से ढूँढ़ने की कला में भी जिया को महारत हासिल है। सपना चंद्रा दोनों हाथों से एक साथ लिख लेती है। इतना ही नहीं, वह एक हाथ से लिखे हुए को दूसरे हाथ से बिल्कुल दर्पण की तरह ऐसे उतार देती है कि कोई भी देखकर अपने होश खो बैठे कि वह स्वप्न देख रहा है अथवा वास्तविकता का सामना कर रहा है। सपना एक मिनट में पचास से साठ शब्दों को लिख लेती है। इन सबने अपने मस्तिष्क को उपरोक्त माध्यमों से तीक्ष्ण बना लिया है। हर बच्चा बचपन में एक जैसा होता है। उसे परिस्थितियाँ होशियार एवं नालायक बनाती हैं। इसलिए आप भी अपने बच्चे को ऐसा परिवेश दें, जिससे कि उसे कठिन कार्य भी सरल लगने लगे। कठिन कुछ नहीं होता। जो कार्य हमें नहीं आता, वह कठिन लगता है और जो आता है, वह सरल लगता है।

2. मिल्खा सिंह का गोल

आप सभी मिल्खा सिंह से परिचित हैं। उन्हें केवल देश ही नहीं, अपितु पूरा विश्व जानता है और श्रद्धापूर्वक नमन करता है उनके जुनून को, उनके उत्साह और जोश को। जानते हैं क्यों? क्योंकि बचपन से उनके पास गोल था। आप सोच रहे होंगे कि कौन सा गोल? तो यहाँ पर स्पष्ट कर दें कि गोल का अर्थ यहाँ सर्कल या वृत्त से नहीं, बल्कि उद्देश्य से है। उद्देश्य और लक्ष्य को अंग्रेजी में गोल कहते हैं। आप सभी यह जानते हैं

कि मिल्खा सिंह बहुत अच्छे धावक थे, उन्होंने भारत का नाम पूरे विश्व में रोशन किया। लेकिन क्या आप उनकी उन चार बातों को जानते हैं, जिनके कारण वे विश्व प्रसिद्ध बने। नहीं, तो चलिए आज जानते हैं, उनकी उन चार बातों को और उन्हें अपने जीवन में भी अपनाने का प्रयास करते हैं।

गोल यानी कि लक्ष्य पर ध्यान केंद्रित करें

मिल्खा सिंह अपने लक्ष्य पर ध्यान केंद्रित करते थे। अधिक भागने पर उन्हें दूध मिलता था। उनके दिमाग में बस यही बात घूमती रहती थी कि वे तेज़ दौड़ेंगे तो उन्हें दूध मिलेगा।

इसी तरह उनके मन में एक लक्ष्य था कि उन्हें भारत की जैकेट प्राप्त करनी है। भारत की जैकेट प्राप्त करने के लिए उन्होंने दिन-रात एक कर दिया और जैकेट को प्राप्त कर लिया।

जिंदगी में यदि आगे बढ़ना है तो फोकस करो। बिल गेट्स कहते हैं कि मैंने बहुत कम चीजों पर फोकस किया है, इसलिए उन सबको प्राप्त कर लिया है। जब आप अपना ध्यान बहुत सारी चीजों पर एक साथ लगा लेते हैं, तो एक भी कार्य सही तरीके से नहीं हो पाता है। आप बेशक बहुत काम करें, लेकिन पहले एक ही तरफ अपने लक्ष्य को केंद्रित करें।

आपको क्या लगता है कि आप अभी तक अपने जीवन का गोल प्राप्त नहीं कर पाए, कहीं ऐसा तो नहीं कि आप कभी गोल ही नहीं बना पाए।

ध्यान भंग

कई लोगों की शिकायत होती है कि उनका ध्यान भंग हो जाता है। आपका ध्यान भंग होने का कारण अपने लक्ष्य से ध्यान हट जाना है। यदि आप अपने मन में लक्ष्य बिंदु बनाकर रखें तो फिर ध्यान भंग होने के अवसर कम हो जाते हैं। मिल्खा सिंह का भी एक-दो बार अपने उद्देश्य से ध्यान भंग हो गया था, जिस कारण वे कई बार रेस में पीछे रह गए। उन्होंने तुरंत स्वयं को सुधारने का निश्चय किया और अपनी एकाग्रता को बढ़ाकर लक्ष्य की तरफ लगा दिया, फलस्वरूप आज पूरा विश्व उनके जज्बे और हौसले को सलाम करता है। आज लोग किसी भी बिंदु पर टिककर ध्यान इसलिए भी नहीं लगा पाते, क्योंकि वे सोशल मीडिया पर अधिक सक्रिय रहते हैं। लोग घंटों तक मोबाइल पर लगे रहते हैं और उन्हें यह ज्ञात ही नहीं होता कि उनका कीमती समय मोबाइल की आड़ में खोता जा रहा है। मोबाइल लक्ष्य भंग कर देता है। मोबाइल व अन्य सोशल मीडिया पर से ध्यान हटाने के लिए आप अपने समय को विभाजित कर लें कि केवल 15 मिनट ही आपको सोशल मीडिया पर बिताने हैं, इससे अधिक नहीं। मोबाइल से अपना ध्यान हटाने के लिए आप अपने मोबाइल को एरोप्लेन मोड पर डाल दें और पुस्तक

पढ़ने व अपने लक्ष्य की ओर बढ़ने में अपना ध्यान केंद्रित करें, इससे आपकी समस्या हल हो जाएगी। गया समय फिर कभी वापिस नहीं आता, इसलिए अपना एक ठोस लक्ष्य निर्धारित कर लें, जो लाख भटकाने पर भी आपको आपकी दिशा से न मोड़ पाए।

अपनी कार्यक्षमता को बढ़ाइए

गोल तक पहुँचने के लिए केवल जीवन में गोल बनाना ही जरूरी नहीं है, बल्कि उस तक पहुंचने के लिए अपनी कार्यक्षमता को भी बढ़ाना जरूरी है। आपका गोल जितना अधिक ऊँचा होगा, आपको उतनी ही अधिक मेहनत करनी होगी। मेहनत की आदत डालने में मुश्किल से एक सप्ताह का समय लगता है। आप नियमित अपने गोल की ओर बढ़ने वाले कार्यों को प्रतिदिन चार या पाँच घंटे करने की आदत डाल लें, उसके बाद आपको मेहनत अथवा थकान महसूस ही नहीं होगी, क्योंकि ये कार्य आपकी आदत बन जाएँगे। जिस कार्य को करने में आनंद आने लगता है, उसे करते हुए थकान अथवा बोरियत महसूस नहीं होती। मिल्खा सिंह के अंदर उम्र बढ़ने के बाद भी बेजोड़ कार्यक्षमता है। वे कुशल धावक बनने के लिए नियमित अभ्यास करते थे। उनका यह अभ्यास इतना अधिक होता था कि उनके बनियान के पसीने से पूरा मग भर जाता था। कुछ समय बाद उन्होंने अपनी कार्यक्षमता को इतना अधिक बढ़ा लिया कि उनके बनियान के पसीने से एक बाल्टी भर जाती थी। अब आप खुद ही सोचिए कि कहाँ एक मग और कहाँ एक बाल्टी।

कपिल देव भी अपनी कार्यक्षमता को लेकर सजग थे। वे कहते थे, "चार बजे का समय मेरे लिए बिस्तर से उठने का नहीं, बल्कि स्टेडियम में उपस्थित होने का है।"

इसी तरह ब्रूसली का कहना था, "मुझे उससे डर नहीं लगता, जो दस हजार तरीके से पैर का वार करना जानता है, बल्कि उससे डर लगता है, जो एक ही वार का दस हजार बार अभ्यास करता है।"

उपरोक्त बातों को जानकर आप यह समझ सकते हैं कि कार्यक्षमता व्यक्ति को प्रवीण बना देती है। खुशी की बात यह है कि हर व्यक्ति अपनी कार्यक्षमता को बढ़ा सकता है। जब आपके हृदय में दिन-रात आपका गोल हलचल मचाए रखता है तो आपकी कार्यक्षमता भी बढ़ती रहती है और आखिरकार आपकी कार्यक्षमता आपको मंजिल पर पहुँचा देती है।

गुरु/कोच अनिवार्य है

गुरु/कोच के बिना ज्ञान की प्राप्ति असंभव है। गुरु/कोच शिष्य की न सिर्फ कमियों को दूर करता है, बल्कि वह उसके पूरे व्यक्तित्व को इस प्रकार सँवार देता है कि व्यक्ति का जीवन सफल हो जाता है। एक सच्चा गुरु/कोच स्थान, परिस्थिति और क्षेत्र को गौण मानता है। उसका पूरा ध्यान अपने शिष्य के जीवन को सँवारने में रहता है, तभी तो एनी

मैन्सफील्ड सुलिवन जैसी शिक्षिका एक नेत्रहीन और जिद्दी बच्ची हेलेन केलर को न सिर्फ शिक्षा ग्रहण कराती है, बल्कि उसे विश्व के सामने एक सर्वश्रेष्ठ नेत्रहीन लेखिका के रूप में चोटी पर भी पहुँचा देती है। गुरु/कोच जब अपने विद्यार्थियों को ज्ञान प्रदान करता है और विद्यार्थी जब गुरु से मिले ज्ञान को अपने व्यवहार का एक अंग बना लेते हैं तो पृथ्वी पर चमत्कारों के साथ ही कामयाबी के भी शिखर ध्वस्त होने लगते हैं।

तो देर किस बात की है? आप भी अपना कोच चुनिए और मिल्खा सिंह की तरह अपना बढ़ा गोल बनाइए, फिर उस गोल को प्राप्त कर पृथ्वी की गोलाई को नापकर पूरे विश्व पर छा जाइए और जीवन भर खुशी व सुख के गीत गाइए।

3. गंजे को कंघी कैसे बेचें

यह सुनकर आपको भी हैरानी हो रही होगी न कि भला गंजे को कंघी कैसे बेची जा सकती है? गंजा कंघी का क्या करेगा? है ना? आप भी यही सोच रहे हैं न। तो आप ऐसा सोचकर देखिए कि यदि गंजे के सिर पर बाल आ जाएँ, तब तो वह कंघी खरीदेगा न। इसलिए आपको गंजे को केवल 20 रुपए की कंघी नहीं बेचनी है, बल्कि उसे 2 लाख रुपए में नए बाल उगाने की तरकीब बेचनी है। जब बाल उग जाएँगे तो कंघी भी खरीद ली जाएगी। इस तरह आप केवल 20 रुपए का नहीं, बल्कि 2 लाख बीस रुपए का व्यवसाय कर पाएँगे। सोचिए, कितनी अद्‌भुत और सटीक बात है न। हर व्यक्ति एक सफल व्यवसायी बन सकता है, लेकिन वह केवल सेल्समैन तक इसलिए सीमित रह जाता है, क्योंकि वह आगे की बातें नहीं सोचता केवल उसी पर फोकस करता है, जो उसके सामने होता है। एक बात अवश्य याद रखिए कि लोग कभी भी यह पसंद नहीं करते हैं कि आप उन्हें कोई वस्तु बेचें, बल्कि वह यह पसंद करते हैं कि आप सदैव उनकी मदद करें। इसलिए बेचने के तरीके को मदद करने के तरीके में बदल लीजिए, आपकी सेल अपने आप बढ़ जाएगी। इतना ही नहीं, कुछ समय में आप सेल्समैन से सीधा बिज़नेसमैन बन जाएँगे। आपने अनेक ऐसे सेल्समैन की कहानियाँ अवश्य सुनी होंगी, जो कुछ समय बाद बड़े बिजनेसमैन बन गए। उसके पीछे यही कारण था कि उन्होंने ग्राहकों की भविष्य की समस्या पर भी सोच-विचार किया और फिर उसी तरीके से उन्हें प्रभावित किया।

अपने ग्राहक के साथ आप सदैव निम्न बात को याद रखते हुए व्यवहार करें—

CROPOA
C-CURRENT
R-REALITY
O-OUTCOME EXPECTED
P-PURPOSE
A-ACTION PLAN

अब इसको इस तरह से समझिए कि आप ग्राहक की वर्तमान स्थिति को समझें। इसके बाद यह जानें कि वह आगे क्या चाहता है और इसके बाद उसके उद्‌देश्य को ढूँढ़ने की कोशिश करें। उद्‌देश्य जानने के बाद उस पर कार्य करें। ऐसा करने से आप सदैव सफल होंगे और अपने ग्राहक को भी प्रभावित किए बिना नहीं रह सकेंगे।

बेचने के लिए एक स्वर्णिम नियम अवश्य याद रखिए कि आपको बेचते हुए केवल बोलना नहीं है, बल्कि बहुत अच्छी तरह से बोलना है। बातचीत की कला, विनम्रता और मददगार प्रवृत्ति बेचने में बहुत काम आती है।

इसके साथ ही आप CROPOA के बाद GROW का नियम अपनाएँ। इसको निम्न तरह से समझें—

G-GOAL
R-REALITY
O-OPTIONS
W-WAY FORWARD

आपको कहाँ जाना है, यानी कि आपका क्या गोल है और अभी आप वास्तविकता में कहाँ पर हैं? आप वहाँ तक कैसे जाएँगे? जब ये सब बातें आपने तलाश कर लीं तो अब बात आती है कि अब क्या किया जाए? अर्थात् आगे बढ़ने के लिए किस तरह से कार्य किए जाएँ। जब आप योजना दर योजना बनाते जाते हैं तो आपके इर्द गिर्द से धुंध हटती जाती है और आपको अपना लक्ष्य स्पष्ट दिखने लगता है।

जब आप इस तरह से काम करना आरंभ कर दें तो फिर ARROW के नियम पर आएँ। आइए अब इसको समझें—

A-AIM
R-REALITY
R-REFLECTION
O-OPTIONS
W-WAY FORWARD

जब आपके सामने उपरोक्त बिंदुओं की तरह स्पष्टीकरण उभरने लगते हैं तो फिर हर काम सरल हो जाता है और आप कब सेल्समैन से बिजनेसमैन बन जाते हैं, इसका आपको पता ही नहीं चलता। इसलिए सदैव बिजेनसमैन बनने पर फोकस करिए, सेल्समैन पर नहीं। आप सेल्समैन से शुरुआत कीजिए, लेकिन शुरुआत से ही अपनी पकड़ मजबूत बनाए रखिए और एक धाकड़ व्यवसायी की तरह योजनाएँ बनाकर आगे बढ़ते रहिए और ऐक्शन लेते रहिए। यकीन मानिएं, पूरा बाजार आपका है, बस आपको तो बाजार के अनुरूप नाप-तोल कर व्यवहार करना आना चाहिए और चतुराई से हर बात को मोड़ना आना चाहिए।

4. नारी व्यापारी

सदियों से भारत में नारी को बेचारी माना जाता रहा और उन्हें केवल घर तक सीमित कर दिया गया। अगर इतिहास पर नजर डालें तो अपवादों को छोड़कर नारी अपनी कोई पहचान नहीं बना पाई। समाज की रूढ़ियों ने उन्हें घर तक सीमित कर दिया। आज भी अधिकतर महिलाएँ विवाह के बाद घर-गृहस्थी में व्यस्त होकर अपने लक्ष्य को भूल जाती हैं। वे यह जान ही नहीं पातीं कि घर में रहते हुए भी वे बहुत कुछ कर सकती हैं। आज तो डिजिटल युग का जमाना है। डिजिटल युग में यह आवश्यक नहीं कि आप घर से बाहर निकलकर काम करें, आप घर बैठे बहुत कुछ कमा सकती हैं, और अपनी एक अलग पहचान बना सकती हैं। पहले महिलाओं के रोजगार मुख्यत: कॉल सेंटर में सर्विस, नर्स, रसोइया, शिक्षिका, ब्यूटीशियन आदि होते थे, लेकिन अब बाजार बढ़ने के साथ-साथ महिलाओं के लिए अनेक अवसर उत्पन्न हो गए हैं।

महिलाओं को अकसर कमतर आँका जाता है, जबकि महिलाएँ गृहिणी होने पर घर का पूरा बजट, लेखा-जोखा, वित्त, खरीदारी आदि सभी कुछ देखती हैं। महिलाओं को अवसर दिए जाने की जरूरत है, बस फिर वे आकाश भी छू सकती हैं।

"मैं भी छू सकती हूँ आकाश।
बस मुझे है एक मौके की तलाश॥

घर बैठे काम करने पर महिलाओं को कई तरह के लाभ भी होते हैं, जैसे कि उनका आने-जाने का किराया बचता है, समय की बचत होती है, काम में लोचशीलता बनी रहती है, सुरक्षा की चिंता नहीं रहती।

महिलाएँ घर पर परंपरागत कार्यों का व्यवसाय कर सकती हैं, जैसे—

—घर पर ट्यूशन पढ़ाना
—नृत्य/संगीत सिखाना
—ब्यूटी पॉर्लर
—बुटीक
—हॉबी कक्षाएँ
—कुकिंग
—सिलाई
—बुनाई, कढ़ाई
—मेहंदी
—मेकअप
—खिलौने बनाना
—ड्राइंग सिखाना

—ऑर्ट एवं क्राफ्ट सिखाना

—डिजाइनर

—मोमबत्तियाँ बनाना

—अगरबत्ती बनाना

—पेपर बैग बनाना

—ज्वैलरी बनाना

—साबुन बनाना

आजकल शिक्षित महिलाओं के लिए ऑनलाइन व्यवसायों की भी भरमार है। वे निम्न कार्य करके लाखों घर बैठे कमा सकती हैं। जैसे—

आजकल इ-कॉमर्स वेबसाइट की भरमार है। इनमें अमेजॉन, स्नैप डील, लाइम रोड़, क्राफ्ट विला, अलीबाबा, बिग बॉस्केट, गूफर्स, सेल भाई, ऑल इंडिया बाजार, फ्लिपकार्ट, वूनिक, नाप-तोल आदि प्रमुख हैं। इनके माध्यम से ऑनलाइन शापिंग के द्वारा समय की बचत हो जाती है और लोगों को बढ़िया सामान कम कीमत पर पहुँच जाता है।

जिन महिलाओं को कुकिंग का शौक है, वे घर बैठे ही कुकिंग से संबंधित अनेक काम कर सकती हैं, जैसे—केक बेकिंग, टिफिन सर्विस, चॉकलेट मेकिंग, बिस्कुट मेकिंग आदि।

आप घर बैठे ही मील प्लानर, डाइटिशियन का काम भी कर सकती है।

महिलाएँ घर में क्रेच भी खोल सकती हैं। वर्तमान समय में अधिकतर महिलाएँ ऑफिसों में काम करती हैं, ऐसे में उनके सामने बच्चों की सही परवरिश की चिंता घर किए रहती है। यदि उन्हें कोई ऐसा क्रेच मिल जाए, जहाँ पर उनके बच्चों की देखभाल उचित तरह से हो तो वे आराम से अपनी नौकरी कर सकती हैं। इस तरह घर पर रहनेवाली महिलाएँ क्रेच भी खोल सकती हैं।

जिन महिलाओं को पशुओं से प्रेम है और जिन्होंने अपने घर में पशु पाले हुए हैं, वे pet sitter का भी काम कर सकती हैं। जहाँ आप अपने घर के दो पशुओं को देखेंगी, वहीं अन्य पशुओं को भी देखें और कमाई करें व अपना समय भी अच्छी तरह से व्यतीत करें।

पढ़ने लिखने में रुचि रखनेवाली महिलाएँ घर बैठे ही लेखक, प्रूफ रीडर, ब्लॉगर आदि का कार्य कर सकती हैं। पढ़ने-लिखने वाली महिलाओं के लिए भी घर बैठे बहुत सारे काम हैं, जैसे—कटेंट राइटर, कॉपी राइटर, मार्केटिंग राइटर आदि।

इसके साथ-साथ ORM Moderator यानी Online Repution Mangement का कार्य भी किया जा सकता है। इसके अंतर्गत कुछ समय के लिए

कंपनियों के फेसबुक/आर्टिकल/फीडबैक/रिव्यू/यू-ट्यूब चैनल आदि को हैंडल करना होता है। इस काम के भी अच्छे पैसे मिल जाते हैं।

यदि आप एक से अधिक भाषाएँ जानती हैं तो आप अनुवादक का कार्य भी कर सकती हैं। जिन महिलाओं को साज-सज्जा का शौक है, वे घर की साज-सज्जा का कार्य भी कर सकती हैं। आज ऐसे अनेकों ढेरों काम है, जो केवल आपका इंतजार कर रहे हैं। केवल आप नारी हैं, यह सोचकर पूरा जीवन घर में हाथ पर हाथ रखकर मत बैठिए। आप बहुत कुछ कर सकती हैं। मनोवैज्ञानिकों का भी कहना है कि नारी एक ही समय में बहुसंख्यक कार्यों को बहुत अच्छी तरह से कर सकती है, जबकि पुरुष ऐसा करने में नाकाम रहते हैं।

आप आगे बढ़िए और अपने लिए अवसर उत्पन्न कीजिए। याद रखिए, जो लोग अवसर का इंतजार करते रह जाते हैं, उन्हें बस वही मिलता है, जो श्रेष्ठ लोग चुन लेते हैं। इसलिए श्रेष्ठ बनिए, खुद अवसर पैदा करिए और आसमान में उड़ान भरिए।

5. माइकल फेल्प्स का रिकॉर्ड

इतिहास में अनेक ऐसे लोग हैं, जिन्होंने मिसाल कायम करते हुए अपनी एक अलग पहचान बनाई है। माइकल फेल्प्स भी उन्हीं में से एक हैं। उनके नाम ओलंपिक में सबसे अधिक मेडल जीतने का रिकॉर्ड है। माइकल फेल्प्स को बचपन से ही तैराकी में रुचि थी। उनका जन्म संयुक्त राज्य अमेरिका के बाल्टीमोर के मैरीलैंड में 30 जून, 1985 को हुआ था। अपनी बहनों को तैराकी करते देखकर उन्होंने भी तैराकी करने की सोची और तैरने का प्रशिक्षण लेना आरंभ कर दिया। केवल 7 साल की आयु में उन्होंने तैरना आरंभ किया। 12 साल की उम्र में वे ऐसे बालक थे, जो तैराकी में चैंपियन बन चुके थे। एक बार इन्हें जब यह पता चला कि एक व्यक्ति ने वर्ष 1972 में तैराकी की अलग-अलग विधाओं में ओलंपिक में 7 स्वर्ण पदक प्राप्त किए थे और उनका रिकॉर्ड आज तक कोई नहीं तोड़ पाया है तो उन्होंने दृढ़-निश्चय स्वर में कहा, "मैं यह रिकॉर्ड तोड़ूँगा।" जब लोगों ने माइकल फेल्प्स की बात सुनी तो उन पर व्यंग्य कसने लगे। किसी ने कहा, "छोटा मुँह, बड़ी बात।" तो किसी ने कहा, "छोटा सा बालक बिल्कुल नालायक, बातें करता है आसमान छूने की और हिम्मत नहीं है जमीन छूने की।" माइकल ने किसी की बातों पर कोई ध्यान नहीं दिया। वह लोगों की बातों को अनुसना कर इस तरह आगे बढ़ता रहा, जैसे बहरा मेंढक आवाजों को बिना सुने लक्ष्य तक पहुँच जाता है।

ऐसा नहीं है कि माइकल का जीवन सुख एवं उपलब्धियों से भरा हुआ था। एक सामान्य व्यक्ति की तरह ही उनके जीवन में भी अनेक उतार-चढ़ाव आए, लेकिन उन्होंने जीवन के संघर्षों से हार नहीं मानी और लगातार अपने लक्ष्य की ओर बढ़ते रहे। एक

समय माइकल डिसऑर्डर से घिर गए। उसमें व्यक्ति को नकारात्मक विचार आते हैं और कुछ करने का मन नहीं करता। ऐसे वक्त में उनके कोच और माँ ने उनके अंदर हौसला उत्पन्न किया। माँ एवं कोच के हौसले से माइकल इस बात को समझ गए थे कि दुनिया की कोई भी ताकत आपको तब तक नहीं हरा सकती, जब तक आप खुद नहीं हारना चाहते। बस फिर क्या था, इन्होंने दोगुनी हिम्मत के साथ प्रयास और मेहनत करनी आरंभ कर दी। आप विश्वास नहीं करेंगे कि दिन के 24 घंटों में से माइकल लगभग 12 से 18 घंटे स्वीमिंग करते थे। कहावत है न, 'करत करत अभ्यास के जड़मति होत सुजान, रसरी आवत जात ते सिल पर परत निसान।' बस इसी तर्ज पर माइकल स्वीमिंग के ऐसे कुशल तैराक बन गए कि लोग दाँतों तले उँगलियाँ दबाते रह गए।

इन्होंने चार ओलंपिक में भाग लिया। कुछ समय बाद इनको कुछ दिक्कत हुई, पर इन्होंने स्वीमिंग का अभ्यास नहीं छोड़ा। जब किसी कारणवश ये हाथों से स्वीमिंग करने में परेशान हुए तो इन्होंने पैरों से स्वीमिंग का अभ्यास जारी रखा और इसी दौरान इन्होंने बटरफ्लाई व अनेक तरह के मूव में महारत हासिल कर ली। पैरों से अभ्यास करते-करते वे स्वीमिंग में इतने चपल हो चुके थे कि उनकी स्वीमिंग देखते ही बनती थी। बीजिंग ओलंपिक आए। इस ओलंपिक में माइकल ने ठान लिया था कि वे इतिहास रच कर रहेंगे और उन्होंने सचमुच इतिहास रच दिया। इन्होंने बीजिंग ओलंपिक में वह कर दिखाया, जिसके लिए वे दिन-रात सपने देखते थे और कड़ा परिश्रम करते थे। इन्होंने 1972 के सात स्वर्ण पदकों का रिकॉर्ड तोड़कर आठ स्पर्धाओं में आठ स्वर्ण पदक जीते और सबसे अधिक स्वर्ण पदक जीतने का विश्व रिकॉर्ड अपने नाम कर लिया।

चार ओलंपिक की स्पर्धाओं में उन्हें 9 स्वर्ण पदक के साथ कुल 24 मेडल प्राप्त हुए हैं, जो कि रिकॉर्ड हैं। वहीं हमारे भारत देश में सभी ओलंपिक के मिलाकर 9 स्वर्ण और कुल 24 मेडल हैं। अब आप ही सोचिए कि कहाँ एक अकेले व्यक्ति के ओलंपिक में 9 स्वर्ण और हमारे पूरे देश के मात्र 9 स्वर्ण। सोचिए जब माइकल फेल्प्स अनेक समस्याओं से घिरकर इतिहास रच सकता है, तो आप क्यों नहीं। आप भी इतिहास रच सकते हैं, उठकर खड़े तो होइए, अरे घिसट-घिसटकर चलना तो शुरू करिए। जब आप लगातार चलते रहेंगे तो फिर भागना भी प्रारंभ कर देंगे। जब आपमें भागने की ललक उत्पन्न हो गई तो बस फिर आपको कोई पत्थर, पहाड़ या नाला नहीं रोक पाएगा और आप वह हासिल कर लेंगे तो आप करना चाहते हैं।

कौन कहता है कि आसमान में सूराख नहीं हो सकता
एक पत्थर तो तबियत से उछालो यारों।

माइकल फेल्प्स जब भी परेशान होते थे तो वे स्वयं को आत्मसुझाव देते थे। आत्मसुझाव के कारण वे अपने मजबूत और कमजोर पक्ष को भलीभाँति समझते थे,

इसलिए उन्हें अपनी कमियों को दूर करने में आसानी रहती थी। आम लोगों की तरह उनके भी कुछ कमजोर पक्ष थे, जिनके कारण उन्हें आलोचनाओं का सामना करना पड़ा। आलोचनाओं के कारण और आत्मसुझाव से उन्होंने अपने व्यक्ति की आंतरिक एवं बाहरी कमियों को दूर करके एक बार स्वयं को फिर से मजबूत व्यक्तित्व के रूप में उभारा और केवल स्वीमिंग पर ध्यान दिया। उन्हें मालूम था कि उनकी जिंदगी, लक्ष्य, खुशी, सुकून सबकुछ केवल तैराकी में है। इसलिए उन्होंने खुद को पूरी तरह से तैराकी के लिए समर्पित कर दिया और ऐसा इतिहास रच दिया, जिसे आनेवाली पीढ़ियाँ शायद ही तोड़ पाए।

क्या कहीं आपके मन में यह उथल-पुथल तो नहीं होने लगी कि आप तोड़ेंगे उनका रिकॉर्ड। अगर आपके मन में ऐसी बातें आ रही हैं तो बधाई, इस लेख को लिखने का मकसद सार्थक हो गया। आखिर हमें एक ऐसा व्यक्तित्व मिल ही गया, जो माइकल फेल्प्स का रिकॉर्ड शीघ्र तोड़कर नया इतिहास रचेगा।

6. विश्वास, व्यवहार और व्यापार

किसी भी कार्य को करने के लिए आपके अंदर सकारात्मक विचारों का होना बहुत जरूरी है। यदि आप चाहते हैं कि जीवन में सफलता प्राप्त करें तो आपको विश्वास, व्यवहार और व्यापार की नीति को अपनाना चाहिए। अधिकतर लोग व्यापार अथवा अपने कार्य में बिना विश्वास और व्यवहार के कार्य करते हैं और फिर असफल होकर हार मानकर बैठ जाते हैं। लेकिन जीवन में सफल होने के लिए—

believe &
behave
begat

यानी कि विश्वास, व्यवहार और व्यापार पर ध्यान देना बहुत जरूरी है। आपका व्यवहार आपके विचारात्मक पक्ष को मजबूत करता है।

जब आप विचार, व्यवहार और व्यापार के अनुसार कार्य करने लगते हैं तो आपको अपने वार्षिक, त्रैमासिक, मासिक एवं साप्ताहिक परिणामों की खबर भी होती रहती है। विश्वास करने के लिए आपके अंदर बातचीत करने की क्षमता होनी चाहिए। यदि व्यक्ति के अंदर बातचीत की कला नहीं है तो उसका व्यवहार और व्यापार तरक्की नहीं कर सकते। वे लोग, जो कार्य को देखते ही यह धारणा बना लेते हैं कि उनसे नहीं होगा, उनसे कभी नहीं होता। जबकि जो लोग असंभव कार्य को देखकर भी यह ठान लेते हैं कि यह तो होगा ही होगा, पर कैसे होगा? बस यह पता लगाना है तो वे जीवन में सफलता के नए कीर्तिमान प्रतिस्थापित कर देते हैं।

माइकल जॉर्डन का नाम आप सभी ने सुना होगा। वे बॉस्केट बॉल की दुनिया के

एक महान् खिलाड़ी हैं। उनका जन्म 1963 में न्यूयॉर्क में हुआ था। वे चार भाई थे। माता-पिता बेहद गरीब थे। उनको दो वक्त की रोटी भी बमुश्किल मिल पाती थी। पिता समय-समय पर अपने बच्चों को समझदार बनाने के लिए उन्हें उन्हें सीख देते थे। एक दिन उन्होंने माइकल जॉर्डन को अपने पास बुलाया और उसे एक पुरानी सी टी-शर्ट दी। माइकल बोले, "पिताजी, इस टी-शर्ट का मैं क्या करूँ?" पिता बोले, "बेटा, यह टी-शर्ट कितने की होगी?" माइकल बोले, "पिताजी, इतनी पुरानी टी-शर्ट है। यह एक डॉलर से अधिक की नहीं होगी।" पिताजी बोले, "इसी टी-शर्ट को तुम दो डॉलर में बेचकर आओ।" माइकल जॉर्डन ने टी-शर्ट ले ली। उसने सोचा कि इस टी-शर्ट को मैं कैसे दो डॉलर में बेचूँ। यहाँ आप यह ध्यान दीजिए कि एक बार भी माइकल ने यह नहीं सोचा कि इसे नहीं बेचा जा सकता, बल्कि यह सोचा कि इसे कैसे बेचा जा सकता है। सोचने के बाद माइकल ने उस टी-शर्ट को अच्छी तरह से धोया और प्रेस की। इसके बाद वह उसे बेचने के लिए चल दिया। छह-सात घंटों के बाद माइकल ने उसे आखिर किसी तरह दो डॉलर में बेच दिया। पिता यह देखकर बहुत खुश हुए। कुछ दिनों बाद उन्होंने उसे एक और वैसी ही टी-शर्ट देकर कहा कि इसे 20 डॉलर में बेचकर आओ। माइकल ने टी-शर्ट हाथ में ली और सोचने लगा कि इसे कैसे बेचे। उसने अपने एक दोस्त को बुलाया और दोनों सोचने लगे कि इसे कैसे बेचें। माइकल ने उस टी-शर्ट पर एक बहुत अच्छा सा स्टिकर लगा दिया और उसे धोकर व प्रेस करके एक स्कूल के सामने खड़े हो गए। वहाँ पर माइकल आवाज लगाने लगा, "इतनी अच्छी स्टिकर वाली टी-शर्ट केवल 20 डॉलर में।" कई बच्चे तो टी-शर्ट को एक नजर देखते और आगे बढ़ते रहे। माइकल ने हिम्मत नहीं हारी। आखिर एक बच्चा वहाँ आया और उस टी-शर्ट को देखकर उसे खरीदने के लिए मचलने लगा। बच्चे के पिता ने जब नन्हे माइकल को टी-शर्ट बेचते देखा तो उन्होंने 20 डॉलर के साथ ही उसे 5 डॉलर की टिप भी दी। इस तरह वह टी-शर्ट माइकल ने 25 डॉलर में बेच दी। कुछ दिन बाद पिता ने फिर वैसी ही एक पुरानी टी-शर्ट दी और इस बार उसे 200 डॉलर में बेचने के लिए कहा। माइकल जॉर्डन ने टी-शर्ट उठाई और उसे बेचने की तरकीब सोचने लगा। तभी उसे पता चला कि वहीं पर हॉलीवुड की प्रसिह हीरोइन फराह आई हुई है। माइकल ने आव देखा न ताव और उस हीरोइन के पास जाने की ठान ली। सारी मुश्किलों को पार कर आखिर वह फराह तक पहुँच गए और उससे बोले, "मैडम, इस टी-शर्ट पर आपके हस्ताक्षर चाहिए।" हीरोइन ने बहुत ही सुंदर हस्ताक्षर उस टी-शर्ट पर कर दिए। इसके बाद माइकल वापस आकर एक जगह खड़े हो गए और आवाज लगाने लगे, "प्रसिद्ध हॉलीवुड फराह के हस्ताक्षर [illegible] टी-शर्ट ले लो।" यह नाम सुनते ही वहाँ भीड़ जुट गई और कुछ ही देर में टी-शर्ट [illegible] 1000 डॉलर जा पहुँची। तभी एक शख्स की आवाज आई और वह

बोले, "मैं फराह का बहुत बड़ा फैन हूँ। उसके हस्ताक्षर की टी-शर्ट प्राप्त करने के लिए मैं 2000 डॉलर दे सकता हूँ।" इस तरह माइकल जॉर्डन 2000 डॉलर में उस टीर्ष को बेच आए और पूरे पैसे पिताजी के हाथ पर रख दिए। यह देखकर पिताजी की आँखों में आँसू आ गए। उन्होंने उसे गले से लगा लिया और बोले, "बेटा, अब तू जीवन में कुछ भी कर सकता है।" इसके बाद माइकल का झुकाव बॉस्केट बॉल तरफ बढ़ता गया और वे निरंतर अभ्यास करते रहे और एक दिन बॉस्केटबाल के महान् खिलाड़ी के रूप में चर्चित हो गए।

माइकल जॉर्डन के पास विश्वास, व्यवहार और व्यापार तीनों की कला थी, इसलिए उन्होंने कठिनाइयों में भी हर उस सफलता एवं कार्य को प्राप्त कर लिया, जिसे वे करना चाहते थे। उनके अंदर कभी ये भाव उत्पन्न ही नहीं हुए कि वे कार्य नहीं कर सकते, बल्कि उनके अंदर सदैव यही भाव उत्पन्न होते थे कि कैसे उस कार्य को पूरा किया जा सकता है।

इस तरह आप भी विश्वास और व्यवहार से हर कार्य में सफल हो सकते हैं। कहते हैं कि खुद में विश्वास किसी भी सफल अभियान को बनाने वाली सबसे अहम ईंटों में से एक होता है। आप उठिए और अपने कार्य के प्रति समर्पित हो जाइए। अपने अंदर विश्वास भरिए। विश्वास विपरीत संभावनाओं को हरा देते हैं, कठिन-से-कठिनतम स्वप्न सच कर देते हैं और असंभव दिखनेवाली वस्तुओं को झोली में डाल देते हैं।

7. चाणक्य की रणनीतियाँ

चाणक्य भारतीय इतिहास में अमर रहेंगे। वे एक ऐसे व्यक्तित्व थे, जो बेहद बुद्धिमान, चतुर, धैर्यवान, सहनशील, कर्मशील, महान् राजनीतिज्ञ और अर्थशास्त्री थे। चाणक्य के पिता चणक को दुष्ट राजा धनानंद ने बेहद अपमानित कर मृत्यु के घाट उतार दिया था। चाणक्य के हृदय में धनानंद की धूर्तता देखकर प्रतिशोध की ज्वाला भड़क उठती थी। लेकिन उन्होंने परिस्थितियों को पहले अपने अनुकूल बनाया और फिर धनानंद को उखाड़ फेंका और चंद्रगुप्त मौर्य को मगध का नया सम्राट् घोषित किया। चाणक्य को कौटिल्य ओर विष्णुगुप्त के नाम से भी जाना जाता है। चाणक्य की अनेक ऐसी रणनीतियाँ हैं, जिन्हें एक आम व्यक्ति यदि अपने जीवन में अपनाता है तो वह सदैव सफल होता है। चाणक्य की नीतियों एवं बातों से संबंधित ढेर सारी पुस्तकें बाजार में मौजूद हैं। आपको यहाँ पर सात रणनीतियाँ बताई जा रही हैं, जिनके माध्यम से आप विद्यालय, व्यवसाय या ऑफिस हर जगह सफल हो सकते हैं। आप को केवल इन सात रणनीतियों को समझकर ऐसा ही व्यवहार करना है—

1. रणनीति

बूँद-बूँद से घड़ा भर जाता है, बूँद-बूँद के मिलने से नदी बन जाती है, पाई-पाई जोड़ने पर व्यक्ति धनवान बन जाता है। उसी प्रकार यदि निरंतर अभ्यास किया जाए, तो मनुष्य के लिए कोई भी विद्या अप्राप्य नहीं रहती।

अभ्यास करने से ही एक मूर्ख बालक महान् विद्वान् बन गया था। आप सभी ने पाणिनी और कालिदास की कहानी अवश्य सुनी होगी। पाणिनी बेहद मूढ़ बालक था। जब उसे सभी ने मूढ़ कहा तो वह कुएँ के पास मरने के लिए चल दिया। वहाँ जाकर उसने देखा कि कुएँ के ऊपर रस्सी खिंचने से उस पर निशान पड़ गया है। यह देखकर पाणिनी ने तुरंत निर्णय कर लिया कि जब बार बार कुएँ की जगत पर रस्सी के आने-जाने से निशान पड़ सकते हैं तो फिर वह अभ्यास से पढ़ क्यों नहीं सकता? उसी दिन से उसने दिन-रात अभ्यास करना आरंभ कर दिया और इतिहास में संस्कृत के महान् आचार्य के रूप में प्रसिद्ध हुए।

2. रणनीति

जो राजा सच्चाई, साक्ष्य, गवाह और कानून के चार सिद्धांतों के अनुसार न्याय करता है, वह पूरी पृथ्वी पर जीत हासिल करता है।

राजनीति में भी सफलता का यही गूढ़ अर्थ है कि पूरी ईमानदारी के साथ कानून के नियम का पालन करते हुए चलो। ऐसा करके राजनीति में आर्थिक, सामाजिक एवं राजनैतिक प्रगति होती है और प्रजा का भी विकास होता है।

3. रणनीति

केवल एक व्यक्ति ही आगे बढ़ने का संकल्प लेता है, बाकी सब तो पीछे चलते हैं।

लोगों के पास बड़े लक्ष्य न बनाने के बहुत बहाने होते हैं। लेकिन चाणक्य ने सदियों पहले यह घोषित कर दिया था कि इतिहास तो केवल अकेले ही रचा जाता है, झुंड में तो गपशप और समय व्यर्थ के अलावा कुछ प्राप्त नहीं होता।

एक बार चाणक्य के कुछ विद्यार्थियों ने उनसे यह प्रश्न किया था, "भला एक व्यक्ति कैसे बदलाव ला सकता है?" तब चाणक्य ने कहा था, "एक अकेला व्यक्ति ही नई शुरुआत अथवा कार्य के लिए पहले आगे बढ़ता है। अन्य लोग तो उसका अनुसरण मात्र करते हैं।"

तब विद्यार्थी ने प्रश्न किया, "अकेले केवल अपने कंधों पर बड़े कार्य की जिम्मेदारी लेना एक मुश्किल कार्य है।" इस पर आचार्य बोले थे, "मुश्किल अवश्य है, लेकिन नामुमकिन कतई नहीं।"

"मुश्किलें एक ऐसे शैतान की तरह हैं, जो अपने पास कीमती उपहार एवं अपरिमित

सफलता रखती हैं। लेकिन उपहार एवं सफलता को प्राप्त करने के लिए बुद्धि एवं चातुर्य से उस शैतान को काबू में करना जरूरी है।"

"जिन व्यक्तियों में पहल करने की ताकत होती है और आत्मविश्वास कूट-कूट कर भरा होता है, वे अपने सतत प्रयत्नों और संघर्ष से इतिहास बदल देते हैं और एक नई सुबह का निर्माण कर सकते हैं।"

4. रणनीति

पुरुषों की अपेक्षा स्त्रियों का साहस छह गुना होता है।

चाणक्य भी इस बात को मानते थे कि स्त्रियों को उचित परिवेश मिले अथवा नहीं, लेकिन तब भी वे स्त्रियाँ जिनके अंदर कुछ अद्भुत करने की उमंग होती है हर विपरीत परिस्थिति से लड़ते हुए सफलता प्राप्त कर लेती हैं। अनेक ऐसे उदाहरणों से इतिहास भरा पड़ा है। बिना हाथों की पायलट जेसिका कॉक्स, आई.ए.एस. इरा सिंघल, अरुणिमा सिन्हा। ऐसे ढेर सारे उदाहरण आपके सामने हैं तो देर किस बात की है उठिए और कमर कस कर अपने लक्ष्य प्राप्ति की ओर लग जाइए।

5. रणनीति

जीवन का एक एक क्षण, प्रहर, दिवस अत्यंत महत्त्वपूर्ण है। इसलिए मनुष्य को इसका सार्थकता से प्रयोग करना चाहिए।

जो लोग समय की बरबारदी करते रहते हैं। वक्त आने पर समय उन्हें बरबाद कर देता है। गया समय कभी वापस नहीं लौटता, ठीक उसी तरह से जिस तरह से मृत्यु होने के बाद शरीर में प्राण वापस नहीं लौटते। अब आप इसी बात से समझ जाइए कि समय अत्यंत महत्त्वपूर्ण है।

6. रणनीति

सर्प का विष उसके दाँत में, मधुमक्खी का मस्तक में तथा बिच्छू का पूँछ में होता है, जबकि दुर्जन व्यक्ति की संपूर्ण देह विषयुक्त होती है।

चाणक्य दुष्ट व्यक्ति से बचने की सलाह देते हैं। दुष्ट व्यक्ति न तो अपना भला सोचते हैं और न ही अपने मित्र का। इसलिए ऐसे दुष्ट लोगों से दूर रहना चाहिए।

7. रणनीति

उल्लू को दिन में दिखाई नहीं देता तो इसमें सूर्य को दोष देना व्यर्थ है।

हमारे पास अपने काम के न होने का सबसे अच्छा बहाना होता है कि परिस्थितियाँ हमारे अनुकूल नहीं हैं। इससे भी अच्छा बहाना कि भाग्य का साथ नहीं मिला। आलसी एवं कुछ न करनेवाले लोग ही भाग्य का रोना रोते हैं। काम में व्यस्त लोग तो अपना भाग्य स्वयं बनाते हैं और अपने अनुरूप बनाते हैं।

तो ये हैं आचार्य चाणक्य की 7 रणनीतियाँ। आप इन 7 रणनीतियों को अपने जीवन

में अपनाएँगे तो कभी निराश नहीं होंगे। जिंदगी को जीने का पूरा सुख उठाएँगे और अपनी कामयाबियों से नया इतिहास रचाएँगे।

8. इच्छाशक्ति नहीं, भावनात्मक अनुभव बढ़ाएँ

अधिकतर लोग यह शिकायत करते हैं कि उनकी इच्छाशक्ति कमजोर है। इच्छाशक्ति बढ़ाने के बजाय आपको भावनात्मक अनुभव बढ़ाना चाहिए। इच्छाशक्ति इनकार के सिद्धांत पर काम करती है और भावनात्मक अनुभव डिजाइन के तौर पर काम करता है। जैसे कुछ लोग कहते हैं कि—

मुझे तेज भागना है

मैं यह काम करूँगा

मैं अधिक मेहनत करूँगा आदि इच्छाशक्ति पर निर्भर करती है, जो थोड़ी देर बाद खत्म हो सकती है, लेकिन भावनात्मक अनुभव डिजाइन के रूप में कार्य करता है। इसका तात्पर्य यह है कि भावनात्मक अनुभव मस्तिष्क के चेतन एवं अवचेतन मन में चला जाता है, जिससे व्यक्ति के अंदर यह धारणा प्रबल होती रहती है कि उसे जीवन में क्या करना है ? वह अपने मन में एक आकृति बना लेते हैं कि उन्हें क्या प्राप्त करना है।

आप सभी ने फिल्मी गीत अवश्य देखे होंगे। आप ध्यान से फिल्मों गीतों को देखिए तो पाएँगे कि वे गीत डाटा, तथ्य, आकृति अथवा तर्क पर नहीं, बल्कि भावनाओं पर आधारित होते हैं।

भावनात्मक अनुभव के अंदर स्वप्न होते हैं। भावनात्मक अनुभव आपको सफलता एवं सुख के लिए प्रेरित करता है, जबकि इच्छाशक्ति अकेले पड़ जाती है, क्योंकि इसके पीछे कोई स्तंभ नहीं होता, जबकि भावनात्मक अनुभव मस्तिष्क को इस बात के लिए तैयार कर देता है कि आपको अपने लक्ष्य तक पहुँचना ही पहुँचना है, क्योंकि आपको जीवन में वे चीजें और उपलब्धियाँ हर हाल में चाहिए।

भावनात्मक अनुभव बिना किसी घटना के भी आप अपने दिमाग के अंदर उत्पन्न कर सकते हैं।

आप सदैव इस बात को स्मरण रखें कि—

Extreme Emotion has a deep Rooted Retention.

गहरी भावना की जड़ें गहरी होती हैं।

अर्थात्...बड़ी-से-बड़ी घटना दिमाग पर अपनी छाप छोड़ जाती हैं। उदाहरण के लिए, 26/11 मुंबई हमले और वर्ष 2011 में भारत व श्रीलंका के बीच हुए विश्वकप को कोई नहीं भूल सकता, क्योंकि इसी में भारत ने श्रीलंका को हराकर विश्वकप जीता था। इसी तरह जब कोई आपका बहुत सम्मान करता है अथवा बहुत अपमान करता है तो

दोनों बातें आपको सदैव याद रहती हैं।

आप भावनात्मक अनुभव के माध्यम से अपनी इच्छाशक्ति को बढ़ा सकते हैं। इसके लिए आपको कुछ फ्रेमवर्क करने होंगे जैसे—

—आप अपने जीवन का एक ऐसा लक्ष्य तय कर लीजिए जो हर पल आपके दिमाग में घूमता रहे। इसे हर जगह लिख लीजिए।

—विजन में निम्न बातों को लिखिए—

विजन को प्राप्त करने की तिथि

कैसे प्राप्त करना है

किस-किस तरह से प्राप्त किया जाए

आने वाली समस्याओं की सूची/ सुलझाने की सूची

जब आप अपना विजन बोर्ड तैयार कर लेते हैं तो एक तरह से आप अपनी मंजिल का खाका तैयार कर लेते हैं और कच्चा माल जुटाने लगते हैं। जिस तरह घर तैयार करने के लिए आपको ईंट, सीमेंट और दरवाजों की जरूरत होती है, उसी तरह जीवन के विजन को तैयार करने के लिए आपको पुस्तकों, पूँजी, कंप्यूटर आदि की आवश्यकता होती है। आप यह जान जाते हैं कि आपके मार्ग में किस तरह की रुकावटें आनेवाली हैं और आप उन रुकावटों को दूर करने के लिए पहले ही तैयारी कर लेते हैं। इससे न केवल आपकी इच्छाशक्ति प्रबल हो जाती है, अपितु आपके भावनात्मक अनुभव भी इतने सुदृढ़ हो जाते हैं कि वे आपके अंदर विपरीत परिस्थितियों से लड़ने की सामर्थ्य उत्पन्न कर देते हैं।

विजन बोर्ड में आप जीवन के लाभ लिखना न भूले

जब आप अपने लक्ष्य को प्राप्त कर लेंगे तो आपको निम्न तरह के लाभ हो सकते हैं—

—परिवार को

—आपके आसपास के परिवेश को

—स्वयं को

जब जीवन में सफलता मिलती है तो आपके परिवार के साथ-साथ आप भी आसमान की उड़ान भर रहे होते हैं। आप स्वयं को बेहद खास महसूस कर रहे होते हैं। तो देर किस बात की है ? आप आज से ही अपने अंदर भावनात्मक अनुभवों को उत्पन्न कीजिए, फिर देखिए कि आपकी कमजोर इच्छाशक्ति कैसे गायब हो जाती है और वहाँ पर दृढ़ इच्छाशक्ति आपको अपने विजन को प्राप्त करने के लिए कैसे आगे बढ़ाती रहती है। भावनात्मक अनुभव को बढ़ाइए और विश्व विजेता बन जाइए।

9. जेफ बेजोस

जेफ बेजोस इस पृथ्वी पर सबसे अमीर आदमी हैं। ये पहले सेंटीबिलेनियर व्यक्ति हैं, अर्थात् इन्होंने बिलेनियर का शतक लगाया हुआ है। विश्व के सबसे अमीर व्यक्ति जेफ बेजोस हैं, इनके बाद बिल गेट्स, वॉरेन बफे हैं। आखिर वे इतने अमीर कैसे बने ? अमीर बनने के लिए इन्होंने नए-नए उत्पादों को बाजार में जोड़कर लोगों के बीच अपनी एक लोकप्रियता प्राप्त कर ली।

इनका जन्म 1964 में हुआ था। इन्होंने कम उम्र में ही पढ़ना-लिखना आरंभ कर दिया था। 1995 में इन्होंने एक ऐसा कदम उठाया, जिसके बारे में उठाने की विरले ही सोच सकते थे। वह विरले ही थे, इसलिए उन्होंने यह कदम उठाया और पुस्तकों को ऑनलाइन बेचने का निर्णय लिया। इन्होंने अमेजॉन डॉट कॉम नामक वेबसाइट बनाई और उस पर पुस्तकों को ऑनलाइन बेचना आंरभ करा दिया। जेफ इस बात को समझ गए थे कि इक्कीसवीं सदी में वेबसाइट पर क्रेडिट कार्ड के माध्यम से सामान खरीदना बहुत सहज हो जाएगा। वे दूरदर्शी थे और उन्होंने इस दूरदर्शिता को भाँपकर इसका लाभ उठाने में बिल्कुल देर नहीं की। इन्होंने अपनी वेबसाइट का नाम विश्व की सबसे बड़ी नदी के नाम पर रखा। इस नदी के नाम पर वेबसाइट का नाम रखने का इनका लक्ष्य था दुनिया में पुस्तकों का सबसे बड़ा विक्रेता बनना।

अमेजॉन डॉट कॉम की स्थापना से पहले बेजोस डी.ई. शॉ एंड कंपनी में सीनियर वाइस प्रेसीडेंट थे। एक दिन इन्होंने ऑफिस में इंटरनेट पर सर्फिंग करते हुए देखा कि इंटरनेट का प्रयोग करनेवाले लोगों की संख्या पूरी दुनिया में दिन-प्रतिदिन बढ़ रही है। इसके बाद इन्होंने दिमाग लगाया कि कुछ ऐसा कार्य किया जाए, जिससे इंटरनेट के माध्यम से लोगों का काम आसान हो जाए। यह न केवल व्यवसाय का एक नया तरीका हो सकता है, बल्कि इससे रुपए भी कमाए जा सकते हैं। इस तरह उन्होंने व्यवसाय की तर्ज पर यह वेबसाइट लॉन्च की और लगभग 20 तरह के ऐसे उत्पादों की सूची बनाई, जिन्हें ऑनलाइन बेचा जा सकता था। इस सूची में इन्होंने कई वस्तुओं को शामिल किया। आखिर में केवल पुस्तकें रह गईं। पुस्तकों को ऑनलाइन तरीके से बेचने के लिए इन्होंने

अपनी नौकरी छोड़ दी और सिएटल चले गए। वहाँ पर इन्होंने अपनी वेबसाइट आरंभ की और इतिहास बदलकर रख दिया। क्या कभी सोचा जा सकता था कि केवल पुस्तकें ऑनलाइन बेचकर दुनिया का सबसे अमीर व्यक्ति बना जा सकता है? लेकिन बना जा सकता है, बस उसके लिए मन में जुनून होना चाहिए, कुछ नया करने का ख्वाब होना चाहिए।

10. सक्सेस हैबिट

हर व्यक्ति जैसे-जैसे समझदार होने लगता है, वह सफलता के स्वप्न देखने लगता है। लेकिन केवल 2 या 3 प्रतिशत लोग ही ऐसे होते हैं, जो अपनी सफलता के सपने को वास्तव में चरितार्थ कर पाते हैं। जानते हैं ऐसा क्यों होता है? ऐसा इसलिए होता है, क्योंकि वे बचपन से ही अपने अंदर अच्छी आदतों का विकास करते हैं। आदतें ही जीवन में व्यक्ति को कामयाब और नाकामयाब बनाती है। मनोवैज्ञानिक हमें बताते हैं कि 90 प्रतिशत हमारे आचरण और व्यवहार के पीछे हमारी आदतों का हाथ होता है।

आदतें आपके अंदर निम्न कारणों से विकसित होती है—

—अधिक-से-अधिक जानकारी प्राप्त करने से

—सतत अभ्यास एवं प्रयत्न करने से

—परिवेश से

—पुस्तकें पढ़ने से

—जिम्मेदारियों को स्वीकार करने से

कुछ लोगों को यह गलतफहमी होती है कि जानकारी प्राप्त करने का सबसे अच्छा स्रोत टेलीविजन है। लेकिन यह मात्र भ्रम है। याद रखिए कि टी.वी. आपको वह दिखाता है, जो वह दिखाना चाहता है और पत्र-पत्रिकाएँ, यू-ट्यूब चैनल एवं मोटिवेशनल वीडियो आपको वे दिखाते हैं, जो आप देखना और पढ़ना चाहते हैं। एक घंटे से अधिक टी.वी देखने से लोगों के अंदर विश्लेषणात्मक विचारों, योग्यताओं, गंभीर विचारों आदि के मिथ्या समाचारों की अधिकता हो जाती है, क्योंकि न्यूज चैनल आदि बातों को बढ़ा-चढ़ाकर और अपनी रेटिंग बढ़ाने के हिसाब से दिखाते हैं, जबकि पुस्तकें, यू-ट्यूब चैनल आपके व्यक्तित्व को उभारते हैं और आपके अंदर अच्छी आदतों का विकास करते हैं।

आप किसी भी सफल व्यक्ति की जीवनी उठा लीजिए, आप सदैव यही पाएँगे कि सफल व्यक्ति अपने फोकस पर केंद्रित रहते हैं, उन्हे समय देखने का बिल्कुल समय नहीं मिलता। स्वयं विवेक बिंद्राजी अपने यू-ट्यूब चैनल पर कहते हैं, "मैं बिल्कुल टी.वी. नहीं देखता, मुझे सिर्फ पुस्तकें पढ़ने का और नई-नई जानकारी जुटाने का जुनून है।" वे पुस्तकें पढ़ते हैं और नई-नई जानकारी पर फोकस रखते हैं, तभी वे अपने यू-

ट्यूब चैनल पर इतने प्रभावशाली तरीके से खुद को व्यक्त कर पाते हैं। जब आपके अंदर आत्मविश्वास एवं ज्ञान का भंडार एकत्र होता है तो आपके पूरे व्यक्तित्व में एक अद्‌भुत निखार आ जाता है, जो आपको आलसी, कर्महीन लोगों से अलग करता है। जो व्यक्ति अपने लक्ष्य के प्रति फोकस नहीं रखते हैं, वे ढुल-मुल प्रवृत्ति के होते हैं। ऐसे व्यक्तियों को व्यर्थ की बहस करने में, समय बरबाद करने में और छोटी-छोटी बातों पर फालतू सोचने में आनंद आता है। ज्यादा टी.वी. देखने से लोगों का सफलता रेट 80 प्रतिशत तक कम हो जाता है। आदतें आपके मस्तिष्क को बदल देती हैं। जब अच्छी आदतों के कारण आप अपने लक्ष्य की एक ऊँचाई निर्धारित कर लेते हैं तो फिर ऐसे लोगों के लिए पूरा दिन छोटा पड़ जाता है, जबकि सपने देखनेवालों के लिए रात छोटी पड़ जाती है। मिलियन डॉलर हैबिट्स के लेखक रॉबर्ट जे. रिंगर कहते हैं, “सफलता कुछ खास, सीधी सरल आदतों को, जो हमेशा सफलता की ओर ले जाती हैं, समझने और समर्पित भाव से उन पर अमल करने का मामला है।” यदि आप नकारात्मक आदतों को पालेंगे तो जीवन में कभी भी सफल होने के स्वप्न मत देखिए, क्योंकि आज भी बबूल के पेड़ पर आम नहीं उग सकते। आप अपने जीवन के बगीचे में जो बोएँगे और उसे जैसा खाद पानी देंगे, उस पर पुष्प एवं फल भी वैसे ही पल्लवित होंगे। संघर्ष और सफलता पाने के लिए कई बार काँटों पर अवश्य चलना पड़ता है, लेकिन केवल तब तक जब तक आप अपने लक्ष्य के करीब नहीं पहुँच जाते हैं, जबकि आलसी और नकारात्मक लोगों को प्रारंभ में बेशक काँटों पर न चलना पड़े, लेकिन उन्हें जीवन भर काँटों पर ही चलना होता है और बिना सुख-सुविधाओं के अपने जीवन को बिताना होता है। ऐसे लोग बीमारियों का शिकार भी अधिक होते हैं। आत्मविश्वासी, सकारात्मक, सृजनरत एवं कर्मशील व्यक्ति न केवल दीर्घायु होते हैं, अपितु स्वस्थ भी रहते हैं। इसके सबसे बड़े उदाहरण प्रो. स्टीफन हॉकिंग हैं। वे लगभग 21 वर्ष की आयु से एल्स (एमियोट्रो फिक लैटरल स्किल अरोसिस) नामक बीमारी से ग्रस्त होने के कारण न बोल पाते थे, न ही उनके हाथ-पैर काम करते थे। मस्तिष्क और हृदय को छोड़कर उनके शेष अंग बिल्कुल बेकार थे। इसके बावजूद उन्होंने हार नहीं मानी और कॉस्मोलॉजी और क्वांटम ग्रेविटीक के क्षेत्र में सबसे ज्यादा काम किया। वे अपने जीवन के अंतिम समय तक लगातार काम में लगे रहे। डॉक्टरों के यह कहने के बावजूद कि वे ज्यादा उम्र तक जीवित नहीं रहेंगे, उन्होंने 76 वर्षों का जीवन जिया। अनेक बाधाओं के बावजूद उन्होंने हार नहीं मानी, क्योंकि उन्होंने बचपन से ही अपने अंदर अच्छी आदतों का विकास किया था और इसके साथ-साथ अपने लक्ष्य पर भी फोकस किया था कि उन्हें किन ऊँचाइयों को प्राप्त करना है। यदि आप भी शिखर पर पहुँचना चाहते हैं और सफल होना चाहते हैं तो अभी से अपनी गलत आदतों को त्याग दीजिए और अपने अंदर अच्छी आदतों का विकास कीजिए।

अच्छी आदतों को विकसित करना मुश्किल नहीं होता, बस अच्छे कामों को प्रतिदिन करना आरंभ कर दीजिए, कुछ समय बाद वे आपकी आदतें बन जाएँगी और आपको सुनहरे भविष्य की ओर ले जाएँगी।

11. डॉ. बी.आर. अंबेडकर

आप सभी ने डॉ. भीमराव अंबेडकर का नाम अवश्य सुना होगा। स्कूल की पुस्तकों में भी उनके बारे में पढ़ा होगा। ये वह व्यक्ति थे, जिन्होंने स्वतंत्रता के बाद हमारे देश का संविधान बनाने में महत्त्वपूर्ण भूमिका निभाई। डॉ. भीमराव अंबेडकर का जन्म 14 अप्रैल, 1891 को मध्य प्रदेश के एक छोटे से गाँव में हुआ था। डॉ. अंबेडकर अपने माता-पिता की चौदहवीं संतान थे। कठिन परिस्थितियों और हालातों में केवल पाँच भाई-बहन ही बच पाए, जिनमें अंबेडकर भी एक थे। स्कूल की परीक्षा में भी केवल अंबेडकर ही सफल हो पाए। बचपन से ही उन्हें पढ़ना-लिखना बेहद पसंद था। बालकपन में ही भीमराव अंबेडकर ने अनेक कष्टों और संघर्षों को भोगा। एक तथाकथित अस्पृश्य बालक के रूप में उन्हें कदम-कदम पर समाज में अपमानित होना पड़ा। बचपन से ही अस्पृष्यों के प्रति ऐसा व्यवहार देखकर अंबेडकर के मन में यह धारणा मजबूत होती गई कि अपनी शिक्षा और व्यक्तित्व को उन्हें ऐसा असाधारण बनाना होगा, जिसके माध्यम से वे न केवल अपने देश में, अपितु पूरे विश्व में एक ऐसी छवि बनाएँ, जिसे सदियों तक याद किया जाता रहे। यहाँ पर यह ध्यान दीजिएगा कि अपने साथ होनेवाले अत्याचारों से उन्होंने लोगों को नुकसान पहुँचाने के बजाय इस बात का संकल्प लिया कि जाति-पाँति जैसे पुराने और सड़े-गले रीति-रिवाजों को दूर करने के लिए उन्हें सफल होना होगा। सफल व्यक्ति कब कहलाता है ? तब कहलाता है, जब अपनी शिक्षा, सद्गुणों एवं कार्यक्षमता से वह सबको चकित कर दे। ऐसा ही किया डॉ. भीमराव अंबेडकर ने। ऐसा करके उन्होंने 'गेटे' की इस बात को सत्य साबित कर दिया कि 'दृढ़ संकल्प व्यक्ति विश्व को अपने कदमों में झुका ही देता है।'

बचपन से युवावस्था तक अनेक पड़ावों को पार करते हुए, सामाजिक विसंगतियों का सामना करते हुए, उस पर देश को गुलामी की जंजीरों में बँधे देखकर अंबेडकर अपने पथ पर आगे बढ़ते रहे। उन्होंने वैश्विक स्तर के विश्वविद्यालयों से उच्चतम डिग्रियाँ प्राप्त कीं। स्वयं को सामाजिक एवं मानसिक रूप से मजबूत बनाने के बाद वे अन्यायपूर्ण एवं मानव अधिकारों से वंचित लोगों की आवाज बने। उनके पास किसी का कोई सहयोग अथवा प्रभुत्व नहीं था। उन दिनों देश में हर ओर जाति-व्यवस्था का बोलबाला था। ऐसे में अपनों के द्वारा ही अपने पीड़ित हो रहे थे। उस समय डॉ.अंबेडकर ने स्वयं ही जातिगत विसंगतियों को दूर करने के लिए सबको एक साथ एकत्र होने का

आह्वान दिया। उच्च शिक्षा ने उनके चक्षुओं को खोल दिया था, उनकी मानसिकता उच्च कोटि की हो गई थी, जो जाति-धर्म से परे रहकर केवल देश और विश्व के कल्याण का भाव मन में रखती थी। यदि उन्होंने जाति-व्यवस्था पर प्रहार किया, तो मात्र इसलिए नहीं कि वे स्वयं जातिदंश के जहर को निगल रहे थे, बल्कि इसलिए क्योंकि जाति, वर्ण-व्यवस्था, अशिक्षा जैसी कुरीतियाँ देश के विकास को अवरुद्ध कर रही थीं। वे तो उस समय देश के हरेक स्त्री-पुरुष को शिक्षित देखना चाहते थे। उन्होंने अपने भाषण में सभी लोगों को संबोधित करते हुए कहा था कि, 'आप कानून की शक्ति प्राप्त करो। हमेशा सजग, ताकतवर, सुशिक्षित और आत्मसम्मान से ओत-प्रोत रहो, ताकि आप सफलता प्राप्त कर उसे कायम भी रख सको। कम-से-कम आपके बच्चे आपसे बेहतर शिक्षित हों, वे ज्यादा खुशहाल, आरामदायक और सभ्य जीवन जिएँ।' इतना ही नहीं, उन्होंने तो एक सभा में महिलाओं को संबोधित करते हुए यह कहा कि सभी महिलाओं को समाज को ऊपर उठाने में भी पूरा-पूरा सहयोग उठाना चाहिए। यदि यह कार्य केवल पुरुष ही करते रहेंगे तो समाज को आर्थिक, सामाजिक एवं राजनैतिक स्तर पर उठने में अधिक समय लगेगा, वहीं यदि महिलाएँ भी एक साथ कंधा मिलाकर इसमें सहयोग देंगी तो देश कुछ ही समय में न केवल सामाजिक, आर्थिक व राजनैतिक रूप से सुदृढ़ हो जाएगा, बल्कि महिलाओं की स्थिति भी अच्छी हो जाएगी। डॉ. अंबेडकर का दृढ़ विश्वास था कि महिलाओं की तरक्की ही प्रगतिशील समाज की पहचान है।' आज अनेक भारतीय महिलाओं ने अपनी सफलता को वैश्विक सफलता की धरा पर पहुँचाकर डॉ. अंबेडकर की इन बातों को सत्य भी साबित कर दिया है।

डॉ. अंबेडकर कहते थे कि पानी की बूँद समुद्र में जाकर अपना अस्तित्व खो देती है, लेकिन व्यक्ति को समाज में रहकर ऐसी पानी की बूँद बनना है, जो अपने अस्तित्व से समुद्र को एक नया रूप दे, नई पहचान दे और विश्व गगन पर नवीन उड़ान दे। डॉ. अंबेडकर ने अपने जीवन में केवल लोगों को भाषण से ही उद्वेलित नहीं किया, बल्कि वे स्वयं उन कार्यों को करते रहे और लोगों के लिए अपने चिह्नों को पेछे छोड़ते गए, ताकि संघर्ष रथ पर चलनेवाले लोगों को मार्ग से न भटकना पड़े और उनके चिह्नों पर चलते हुए वे शीघ्र ही अपनी मंजिल तक सफलतापूर्वक पहुँच जाएँ।

डॉ. अंबेडकर का संपूर्ण जीवन मात्र तीन शब्दों स्वतंत्रता, समानता और बंधुता में समाया हुआ था। उनका मानना था कि इन्हीं तीन शब्दों की शक्ति से पूरा भारत एक डोर में बँध सकता है और स्वयं को औद्योगिक व आर्थिक रूप से सबल बना सकता है।

डॉ. अंबेडकर सिर्फ भारत के शोषित लोगों के नेता ही नहीं थे, वे एक राष्ट्रीय नेता थे। उन्होंने जीवन भर अपने प्रयासों से सामाजिक समानता, सांस्कृतिक एकता और शिक्षा के जरिए युगों पुरानी जातिग्रस्त, अन्यायपूर्ण, भेदभावपूर्ण सामाजिक व्यवस्था को

छोड़कर एक नए भारत के निर्माण की बुनियाद रखी। इस धरती पर आनेवाली अनेक पीढ़ियाँ युगों-युगों तक भारत रत्न डॉ. भीमराव अंबेडकर के संघर्ष, प्रयासों और जीवन दर्शन से प्रेरणा लेती रहेंगी और भारत को मजबूत बनाती रहेंगी।

अगर आपके अंदर भी ऐसी आग है तो उठिए और अपने मिशन की ओर बढ़ चलिए। संयोगवश आज परिस्थितियाँ वैसी बिल्कुल नहीं हैं, जैसी डॉ. भीमराव अंबेडकर के समय थीं। आज तो देश बहुत आगे बढ़ चुका है और आपके सफल पथ पर बढ़ने के लिए ढेर सारी सुविधाएँ उपलब्ध हैं। उठिए, चलिए, आगे बढ़िए पूरा विश्व बाँहें फैलाकर एक सफल व्यक्ति का स्वागत करने के लिए तैयार है।

□

वेन डायर

वेन वाल्टर डायर एक अमेरिकी स्व-सहायता लेखक और प्रेरक वक्ता थे। उनकी पहली पुस्तक 'योर एरोनस जोन' अब तक की सबसे अधिक बिकनेवाली पुस्तकों में से एक है, जिसकी लगभग 10 करोड़ प्रतियाँ आज तक बेची गई हैं। वेन डायर को 'आधुनिक स्व-सहायता आंदोलन का जनक' या 'प्रेरणा का पिता' माना जाता था। उन्होंने अपना अधिकांश बचपन अनाथालयों एवं पालक धरों में बिताया और यही वह प्रेरणा शक्ति थी, जिसने उन्हें जीवन में आगे बढ़ने के लिए प्रेरित किया।

1. अहंकार हमारा शत्रु है

यदि आपसे पूछा जाए कि आपने क्या करने के लिए दुनिया में जन्म लिया है, तो आपके पास इसका कोई जवाब नहीं होता। ज्यादातर लोगों के पास इसका जवाब होता है, यदि आपको अच्छा जीवन जीना है तो आपको ढेर सारा पैसा कमाना होगा। जितना ज्यादा पैसा आपके पास होगा, आपको उतनी ज्यादा खुशी मिलेगी; लेकिन यह सही नहीं है कि अगर हमें खुश रहना है तो हमारे पास ढेर सारे पैसे होने चाहिए। जब भी हमारा मकसद सिर्फ और सिर्फ पैसे कमाने पर केंद्रित होता है, तब हमारे अंदर अहंकार का जन्म होता है। अहंकार वह है, जो हमें दरशाता है कि हम दूसरों से अलग हैं। इसी वजह से हम दूसरों को हर बार गिराने का प्रयास करते हैं। यहीं से हमारी जीवन में समस्याएँ आनी शुरू होती हैं। अहंकार को कैसे दूर किया जा सकता है, जिससे हम हमारे जीवन का असली मकसद जान सकें ? जब भी हमारे जीवन में अच्छा या बुरा होता है, तब हम यह सोचते हैं, यह स्थिति मैं सँभाल लूँगा। मुझसे बेहतर कोई और नहीं सँभाल सकता। तब आपकी यह मानसिक विचारधारा आपको कहती है कि सबकुछ मैं ही तय करूँगा और हम हमारे रचनाकार, उस ईश्वरीय शक्ति, जिसने हमारा सृजन किया है, को भूल जाते हैं। उसे हम अनदेखा करने लगते हैं। अहंकार हमें बताता है कि हमारी असलियत क्या है। यह नहीं कहता कि हम आज जो हैं, वह उस ईश्वरीय शक्ति की वजह से हैं। पर

वह यह कहता है कि आज मैं वैसा ही हूँ, जैसा मैंने चाहा। यही अहंकार के लक्षण हैं। मेरे पास कितना बैंक बैलेंस है? मेरे पास कितनी गाड़ियाँ हैं? हम कैसे मकान में रहते हैं? यहाँ पर हम खुद को पैसों के आधार पर तौलने लगते हैं और धीरे-धीरे मानने लगते हैं कि जितने पैसे आपके पास होंगे, उतना ही बड़ा आपका व्यक्तित्व होगा। यही बात हम अपने बच्चों को भी सिखाते हैं कि उन्हें सबसे ज्यादा पैसा कमाना है। जितना वह पैसा कमाएगा, उतना ही बड़ा उसका व्यक्तित्व होगा और हम बचपन में ही अपने बच्चों को अहंकार के बीज को दे देते हैं। अपने व्यक्तित्व को अपने काम से जोड़नेवाले लोग अपने जीवन में केवल पैसे को ही महत्त्व देते हैं। वे मानते हैं कि उनकी सफलता, उनका व्यक्तित्व, उनकी गुणवत्ता—सब उसी पर निर्भर करता है कि वह कितना पैसा कमाता है। इसी वजह से उन्हें और पैसा कमाना है और दूसरों से आगे निकलना है। धीरे-धीरे हम उस दिशा की ओर जाने लगते हैं, जहाँ पर जीने के लिए सिर्फ और सिर्फ दूसरों से प्रतियोगिता करनी पड़ती है। यही अहं का प्रभाव है और अहं का लक्षण है।

2. पावर ऑफ इंटेंशन

जब आप अपने आप पर भरोसा करते हैं, तब आप उस शक्ति पर भरोसा करते हैं, जिसने आपको बनाया है। जब हम 'इंटेंशन' शब्द का प्रयोग करते हैं तो उसके कई अर्थ होते हैं, जैसे—कोई रास्ते में नहीं आएगा, मैंने यह करने का इरादा बना लिया है, मैं यह करके ही रहूँगा, चाहे मुझे कुछ भी करना पड़े। चाहे रास्ते में कितनी भी रुकावटें क्यों न हों, मैंने ठान लिया है। मैं हर हाल में यह काम करके ही रहूँगा, लेकिन ऐसे बहुत कम लोग होते हैं, जो हारकर भी आगे बढ़ने का जज्बा रखते हैं और उन्हीं लोगों की जिद उन्हें आगे ले जाती है। इसे कहते हैं इंटेंशन। जब हम इंटेंशन की बात करते हैं, कुछ ऐसा, जो हम करने की सोचते हैं, इसका मतलब यह है कि यह हमारा अहं बोल रहा है, अहं अपना रूप दिखा रहा है और वह कहता है कि मैं यह करके दिखाऊँगा। 63 साल की उम्र में मैं जिंदगी के उस पड़ाव पर पहुँचा हूँ, जहाँ मुझे एहसास होता है कि मैं पुस्तक नहीं लिखता। पर एक चेतना है, जो मेरे द्वारा काम कर रही है। यह चेतना, जो आपके अंदर दौड़ रही है, उसने सारी गुत्थियाँ सुलझाई हैं, किताबें लिखी हैं, सभी वचन दिए हैं। अगर आप विश्वास करेंगे, कोई है, जो आपके चुने हुए रास्ते पर हमेशा आपके साथ चल रहा है तो आपको कभी भी डर या शक का अनुभव नहीं होगा। आप जानते होंगे कि एक स्रोत है, जो कुछ ऐसा है, जो आपके पास है, वह उस हर चीज के लिए जिम्मेदार है—पावर ऑफ इंटेंशन। जब आप अपने दिल की सुनते हैं तो एक तरह की ताकत आपके अंदर इरादों को और पक्का करती है, आपके आत्मविश्वास को और भी मजबूत बनाए रखती है, फिर आपको वह सब दिखने लगता है, जो आप पहले कभी नहीं देख पाते थे।

इस तरह, जब हम अपने पक्के इरादे के साथ कुछ करने की ठान लेते हैं और पूरी ईमानदारी व मेहनत से उसे पूरा करने में लग जाते हैं तो कामयाबी हमसे ज्यादा दूर नहीं रहती। हम आम से खास बन जाते हैं। हम वह बन जाते हैं, जिससे हर कोई बात करना चाहता है, जिसे हर कोई देखना चाहता है। सब नोटिस करने लगते हैं और हमको खुद को लगता है कि हम वी.आई.पी. हो गए हैं। जब हमारे काम में हमारा आत्मविश्वास झलकने लगता है तो वह इरादा, जिससे हम काम करते हैं, हमें पीछे हटने से रोकने लगता है। ऐसा कई बार हुआ कि मैं रुक गया था। कई बार आप खुद बहुत कन्फ्यूज होते हैं, पक्के तौर पर सोच नहीं पाते। इस दुनिया में सैकड़ों ताकतें हैं, अनगिनत ऊर्जा-स्रोत हैं।

इस दुनिया की हर चीज के पीछे कोई-न-कोई इंटेंशन जरूर होती है। ऐसी कोई भी चीज नहीं, जो बिना इंटेंशन के होती हो। इंटेंशन जरूरी है। इसमें आप भी शामिल हैं। सारे मच्छर और पेड़-पौधे शामिल हैं। हर तरह के जीव, नदी और समुद्र—सबका अपना-अपना, एक खास रोल होता है। इसमें संसाधन भी शामिल हैं। जो सवाल यहाँ पर आता है, वह यह है कि जब भी आप कुछ करते हैं या करने का इरादा बनाते हैं तो आप कुछ सोचते हैं, कुछ तय करते हैं। अगर आपका इरादा बहुत पक्का है तो आपको कामयाबी मिलती है। यह ऊर्जा आपका साया बनकर आपका साथ निभाती है, फिर आपका कुछ भी हो। इंटेंशन वह नहीं, जिसकी वजह से आप किसी से जुड़ जाते हैं, क्योंकि आप पहले से ही जुड़ चुके होते हैं। सवाल यह है कि आप कितने उतावले हैं, आपका इरादा कितना मजबूत है ? यह कनेक्शन है आप और आपके इंटेंशन के बीच। अपने इरादों की ताकत पर पूरा भरोसा करिए। जितने ज्यादा आप अपने इरादों को पक्का बनाएँगे, उतना ही ज्यादा आप अपने मकसद के करीब पहुँच जाएँगे। फिर आप जादू कर सकते हैं, अपनी समस्याएँ सुलझा सकते हैं, अपनी जिंदगी में वे खुशियाँ ला सकते हैं, जो कभी खो गई थीं। आप उन लोगों को भी तलाश सकते हैं, जो आपके इंटेंशन के रास्ते में आपकी मदद कर सकते हैं। अपनी इंटेंशन को मजबूत बनाइए और ईश्वर पर भरोसा कीजिए।

3. फर्क बस, नजरिए का है

मैक्स को फिजिक्स में नोबेल पुरस्कार दिया गया था। उनके काम, लगन और मेहनत की वजह से। वह और अल्बर्ट आइंस्टीन उन चुनिंदा वैज्ञानिकों में से एक थे, जो धरती पर कभी हुए और ये वे लोग थे, जिन्हें हमेशा डाटा पर भरोसा होता था। वे किसी फालतू की बात पर विश्वास नहीं करते थे। वे किसी भी बात के लिए पुख्ता प्रमाण माँगते थे कि ऐसा होना चाहिए, तभी हम मानेंगे। ये वे लोग थे, जिनके कारण आधुनिक वैज्ञानिक इतनी तरक्की कर पाए। उन्हीं की बदौलत आज हमारा विज्ञान इतना आगे बढ़

पाया है और हम इतने आविष्कार कर पाए हैं। लोग आज भी एडम्स की ख़ोज स्टडी करते हैं, उन्हें फॉलो करते हैं। सिर्फ एटम बम बनाने के लिए नहीं, बल्कि हम उसका इस्तेमाल कर सकते हैं हमारे ग्रह की कुछ और जरूरतों को पूरा करने के लिए। बस, शर्त यह है कि हम उनका सही तरीके से इस्तेमाल करना जानते हों। मैक्स को जब नोबेल पुरस्कार दिया गया तो एक ऐसा शख्स, जिसने अपनी सारी जिंदगी लगा दी, ताकि हमारा विज्ञान तरक्की कर सके, उनके शब्द थे, "मैं आपको बता सकता हूँ कि मैंने जिन अणुओं का अब तक खोज की है, उसका परिणाम यह है कि इस तरह का कोई भी पदार्थ होता ही नहीं है। सारे मैटरस होते हैं, एक ऐसी ताकत के कारण, जो आणविक वाइब्रेशन पैदा करती है और सारे-के-सारे अणुओं को नियंत्रित भी करती है। हम मानते हैं कि इस अजीब ताकत के पीछे एक चेतन और समझदार दिमाग है और यह सब उसी दिमाग की देन है। मतलब यह कि इन सबके पीछे वही समझदार दिमाग है और यह अब तक का सबसे पावरफुल जीता-जागता सबूत है। जब मैंने बहुत ध्यान से सोचा तो मुझे खयाल आया कि क्यों न मैं एक सोर्स को अपने हिसाब से सही करके देखूँ! जब आप चीजों को देखने का नजरिया बदल देते हैं तो वे चीजें भी बदली नजर आती हैं। चीजें हमेशा एक सी होती हैं। बस, हमारी सोच भिन्न होती है।" अल्बर्ट आइंस्टीन ने एक बार कहा था कि "जिंदगी में एक वक्त आता है, जब आपको बहुत महत्त्वपूर्ण फैसला लेना होता है। तब जो आप सोचते हैं, वह यह होता है कि क्या मैं अच्छी दुनिया में रहता हूँ या फिर बुरी दुनिया में रहता हूँ? कौन सी दुनिया है यह? क्या यह वह दुनिया है, जिसमें नफरत है, लड़ाई-झगड़ा है, एक-दूसरे से दुश्मनी है और हम गुस्से में पता नहीं क्या-क्या कर जाते हैं। क्या यही है वह दुनिया, जो आप देखना चाहते हैं? जिस नजरिए से आप दुनिया को देखेंगे, उसी तरह की दुनिया आप अपने लिए बनाएँगे।" इसके पीछे एक वैज्ञानिक दिमाग है। सबसे रोचक बात यह है कि यह किसी तरह का कोई गेम प्लान नहीं है, बल्कि चीजों को देखने का नजरिया है। जब आपका नजरिया बदलता है तो आपका चीजों को देखने का नजरिया भी बदल जाता है।

4. सवाल यह नहीं है कि लोग क्या कहते हैं?

लोग मेरे बारे में क्या सोचेंगे? कुछ भी करने से पहले हम यह नहीं सोचते कि मुझे यह काम करना पसंद है, इसलिए मैं काम करूँगा। उसकी जगह हम दूसरों के बारे में सोचते हैं, उनकी पसंद और नापसंद के बारे में सोचते हैं और खुद को उनकी तरह ढालने की कोशिश करते हैं। ऐसा हम इसलिए करते हैं, जिससे दूसरे लोग आपको पसंद करने लगेंगे। यहाँ पर हम खुद को भूल जाते हैं। हमें खुद को भूलना नहीं चाहिए। खुद की आवाज को सुनें और अंदर के इनसान को न भूलें, जो आपसे हर पल कहता है कि

आप यहाँ पर कुछ नया करने के लिए हैं, जो हमें इस बात से वाकिफ कराता है कि आप दूसरों से अलग हैं और यही सबसे बड़ी गलती है, क्योंकि यह हमें अपने ईश्वर से अलग कर देता है।

वक्त के साथ-साथ दुनिया का हर इनसान इस बात को सीखता है कि वह ईश्वर का ही एक अंश है, चाहे आप उसे ईश्वर कहो या कोई ऊर्जा। यह ईश्वर आपको आँखों से दिखाई नहीं देता, पर वह इस दुनिया और ब्रह्मांड के कण-कण में है। सब चीजें उसी से बनी हैं और हम खुद भी उसी का एक हिस्सा हैं। जो हमारे जीवन में नहीं है और जिसकी हमारे जीवन में कमी है, चाहे वह धन हो, जीवन साथी हो या अच्छा घर हो, वह भी इस शक्ति का हिस्सा है। अगर हम इस शक्ति से जुड़ जाएँ तो हम वह सब हासिल कर सकते हैं, जो हम पाना चाहते हैं, लेकिन हम गलत दिशा में हैं। हम हमेशा दौहराते हैं, 'हमें जीतना है, जीतना है, दूसरों को हराना है और सबसे बेहतर साबित होना है' और वही काम आजीवन करते रहते हैं और होता यह है कि हम झूठी दुनिया में जीने लगते हैं।

हमें खुद को अहंकार से दूर करना होगा और यह करने का सबसे बेहतर तरीका है कि अपनी जिंदगी को खुद चलने दें। जैसे कि नदी में पानी के लिए चाहे कितने भी अवरोध आएँ, लेकिन फिर भी वह निरंतर उसमें से जगह निकालकर आगे बढ़ती रहती है। उसी तरह, हमें हमारे जीवन को प्रकृति के बहाव के साथ बहने देना है। जब हम अपने जीवन को खुला छोड़ देते हैं, तब हम वह सबकुछ पाते हैं, जो पाने की हमारी इच्छा थी। हमें बस, इस पर विश्वास करना है कि ईश्वर की शक्ति या प्रकृति हमारे साथ है; लेकिन हम उसके साथ ही द्वंद्व करते रहते हैं। हमें खुद को उस ईश्वर-शक्ति के अनुसार ही जीने देना चाहिए, न कि अपने अनुसार उसे चलाने की कोशिश करनी चाहिए। जब भी हम ऐसी कोशिश करते हैं तो हम हमेशा प्रकृति और अपने बीच के संतुलन को बिगाड़ देते हैं। यहीं से समस्या शुरू होती है, इसलिए खुद को इस प्रकृति और ईश्वरीथ शक्ति के हवाले कर दें। फिर देखें कि आपके जीवन में वे सभी चमत्कार होंगे, जिनकी आपको चाहत थी।

5. हमारे जीवन का असली मकसद क्या है?

सबसे पहले आपको यह जानना होगा कि इस ब्रह्मांड में जो चीज जहाँ से निकलती है, वह उसी के जैसी होती है। इसलिए अगर हमें हमारे अस्तित्व, जीवन के मकसद के बारे में जानना है तो हमें खुद से ये सवाल पूछने होंगे; क्योंकि हमारे शरीर की उत्पत्ति भी पंच महाभूत तत्त्व से ही हुई है, इसलिए उसका उत्तर भी हमारे अंदर ही छुपा है कि आप कौन हैं और आपका जन्म इस पृथ्वी पर किस मकसद के लिए हुआ है? जब यह सवाल हम खुद से पूछते हैं तो हमारे भीतर जो जवाब मिलता है, वह कुछ अजीब होगा।

वे जवाब हमारे अहंकार से भी ऊँचे होंगे, जो हमें हमारे सच्चाई से अवगत कराएँगे। इसी तरह हम अपने से सवाल करते रहेंगे तो हमारे जीवन के बारे में हमें कई नई चीजों के बारे में पता चलेगा और हमें अपने जीवन का मकसद भी मिल जाएगा। अगर आप यह सब पहली बार पढ़ रहे हों, इससे पहले कभी नहीं पढ़ा है तो उसका मतलब यह है कि आप खुद के जीवन के नए बदलाव के पहले चरण को पार कर रहे हैं। जब हम आकार की चरम सीमा पर पहुँच जाते हैं, तब कभी-कभी अचानक ऐसे हालात हमारे पास आसपास होना शुरू हो जाते हैं, जिससे हमें हमारे जीवन की वास्तविकता का अहसास होने लगता है। सबकुछ आम लगने लगता है। हम जो दूसरे और अपने बीच में भेदभाव करते रहते हैं, वह भी दूर हो जाता है और हम इस दुनिया के सभी लोगों को समान दृष्टि से देखने लगते हैं। आप महसूस करने लगते हैं कि आपके अंदर की महान् शक्ति आपके अंदर काम करने लगी है, जो आपके साथ हर पल काम कर रही है। हर काम आप खुद ही कर रहे हैं; पर आप हर पल उस शक्ति से खुद को जुड़ा हुआ महसूस करेंगे। अब तक हमारा जीवन बिना किसी मकसद के चल रहा था। जब हम खुद को शक्ति से जोड़ लेते हैं, जिसे आप ईश्वर कहें, ऊर्जा कहें, चाहे जो, वह कोई भी हो, तो वह हमसे कहने लगती है कि तुम जो काम करने यहाँ आए हो, वह काम करो। मैं हमेशा तुम्हें मुश्किल परिस्थितियों से निकालने के लिए तैयार हूँ। चाहे वे मुश्किलें कितनी भी बड़ी क्यों न हों। यकीन मानें, आपकी जो भी मुश्किलें होंगी, वे शक्ति के आगे कुछ भी नहीं होंगी। इस शक्ति में इतना सामर्थ्य है कि यह आपकी किसी भी समस्या को दूर करने में सक्षम है।

6. लोगों की मदद करिए

यदि हम हर पल यही सोचें कि मैं किस तरह लोगों के काम आ सकता हूँ तो हमें हमारे जीवन के मकसद का पता चल जाएगा। किसी के भी दिल को छूना पैसे कमाने से ज्यादा महान् है। उससे कोई फर्क नहीं पड़ता कि आप क्या काम कर रहे हैं! चाहे आप टैक्सी ड्राइवर हैं, मैनेजर हैं, लेखक हैं, स्टूडेंट हैं या बिजनेस मैन। फर्क बस, इससे पड़ता है कि हम खुद के काम के माध्यम से कितनों की मदद कर रहे हैं? हर पल हमें यही सोचना चाहिए कि मेरे माध्यम से कितने लोगों की जिंदगी सुधर रही है और हमारे जीवन को भी हमें खुला छोड़ देना चाहिए। अगर हम इस तरह से काम करेंगे तो विश्वास करें, हमारी इच्छाएँ पूरी होंगी, जो हम यहाँ पाना चाहते हैं; क्योंकि यह ईश्वरीय शक्ति आपके साथ है। जैसे माँ अपने बच्चे का हर पल अच्छा चाहती है, उसी तरह यह ईश्वर भी अपनी संतानों को हर पल खुश देखना चाहता है। बस, हमें खुद को उसके हवाले करना है। उसके बाद हमारे अंदर एक एहसास होगा कि हमने हमारी जिंदगी में कुछ अच्छे बदलाव किए हैं। यह पृथ्वी, जहाँ पर हमने जन्म लिया, उसे छोड़कर जाते

समय हमारे मन में यह सोच होगी कि मैं इस मानव जाति को कुछ दे सका हूँ। यह मेरे जीवन का सबसे महत्त्वपूर्ण समय है, हम लोगों के जीवन में कई लोगों के जीवन को सुधार सके। जब यह आत्म-संतोष आपको मिलेगा तो यही आपके जीवन की सबसे बड़ी उपलब्धि होगी।

7. आप ब्रह्मांड का एक हिस्सा हैं

बीस साल पहले मैंने अपने आपसे एक सवाल पूछा था—दर्शन पढ़ते हुए और पढ़ाते हुए कि मैं कौन हूँ? इस सवाल को लेकर मैं बहुत परेशान था। जवाब है कि मैं एक आत्मा हूँ, जो इस शरीर में प्राण बनकर बैठी है। मुझे मदर टेरेसा की एक बात याद आती है। उनसे पूछा गया कि कोलकाता की सड़कों पर आप रोज क्या देखती हैं? उनका जवाब बहुत शानदार और कमाल का था, "मैं हर दिन सड़कों पर जीसस क्राइस्ट देखती हूँ। इनसानियत के लिए तड़पते हुए जीसस को देखती हूँ। मुझे स्रोत खुलता हुआ नजर आता है। मुझे ईश्वर एक रूप में नजर आता है। मुझे हर रोज यही नजर आता है। ईश्वर मुझे हर काम में दिखते हैं। जब मैं नहीं देखती हूँ, तब भी वह मुझे दिखाई देता है। बल्कि सवाल यह नहीं हैं, जो मुझे परेशान करते हैं, सवाल यह है, जो मुझे परेशान करता है कि मैं कहाँ से आई हूँ?" अकसर हम खुद से यह सवाल करते हैं। हर किसी ने खुद से कभी-न-कभी यह सवाल किया है। यह पुनर्जन्म से संबंधित नहीं है। मदर टेरेसा से पूछा गया, "क्या आप पुनर्जन्म में विश्वास करती हैं?" तो उन्होंने कहा कि इसके लिए मुझे एक और जन्म लेना पड़ेगा।

आप एरिया ऑफ एनर्जी से आए हैं। यह एक पार्टिकल से बना। मेरा जन्म, मेरा मरण—सबकुछ उसमें था। मेरे बालों का रंग, मेरा कद, मेरे नैन-नक्श सबकुछ जो कुछ भी भौतिक शरीर में हुआ, सब वहीं से था, लेकिन यह पहली बार नहीं था। हर बार ऐसा होता रहा है। जब भी आपने जन्म लिया। यह एक ऐसी ऊर्जा है, जिसकी कोई सीमा नहीं। मेरे पास एक जैकेट थी। वह हमेशा मेरी अलमारी में टँगी रहती थी। जैकेट की सभी जेबें फटी हुई थीं। उसके अंदर कोई सामान रखने की जगह नहीं थी। जब भी मैं अलमारी खोलता तो मुझे याद आता कि अपने जीवन के अंत में आपको ऐसी ही जैकेट पहननी है, जिसमें कोई जेब नहीं होगी। उसमें कोई सामान रखने की जगह नहीं होगी। आप जैसे इस दुनिया में आए हैं, वैसे ही वापस जाएँगे। आप ब्रह्मांड का हिस्सा हैं और उसी में मिल जाएँगे।

8. लक्ष्य निर्धारित कीजिए

आप अपनी जिंदगी को किसी मकसद के लिए जिएँ। ब्रह्मांड एक रचना है। यह बहुत खूबसूरत है। इसी से आप निकले हैं। यह हमेशा सृजित कर रहा है। आप में

खींचने की एक अद्‌भुत शक्ति है, कमाल की शक्ति है। यह असीमित है। यह आप पर निर्भर करता है कि आप में कितना खींचने की शक्ति है। उसमें से आप कितना ले सकते हैं? जब आपका कोई मकसद होता है और आप जीवन में सृजन कर रहे होते हैं। जब आप महान् मकसद के लिए प्रेरित होते हैं, तब आपके सभी खयाल अपने बाँध तोड़ देते हैं। आपका दिमाग सीमाओं से ऊपर चला जाता है। आपकी चेतनता हर तरफ से बढ़ने लगती है और आप अपने आपको पाते हैं एक नई खूबसूरत दुनिया में। आपकी वे शक्तियाँ, जिनके बारे में आपको पता नहीं कि वे आपके अंदर हैं, वे सभी जिंदा हो जाती हैं। आपको पता चल जाता है कि आप उससे ज्यादा क्षमता वाले इनसान हैं, जितना आप अपने बारे में सोचते हैं। जब आप प्रेरित होते हैं, तब सृजित कर रहे होते हैं। जब आप सृजन कर रहे होते हैं तो सबकुछ काम कर रहा होता है।

भारत में मेरे गुरु से किसी ने पूछा, यहाँ लोगों को मुश्किल हो रही है। यहाँ युद्ध हो रहा है। वहाँ लोग भुखमरी से मर रहे हैं। आप कैसे कह सकते हैं कि मैं अपने आपको हील कर सकता हूँ? आप कैसे कह सकते हैं कि आप शांति में हैं, जबकि दुनिया में अशांति है? तो उन्होंने कहा, "मेरी दुनिया में कुछ भी गलत नहीं होता।" यह कितना पावरफुल थॉट है। आप कभी इतना बीमार नहीं हो सकते कि आप अपने आप आसपास वाले को ठीक न कर सकें। आप कभी इतने गरीब नहीं हो सकते कि उन लोगों का खयाल न रख पाएँ, जिनकी जिंदगी में कमी है। आपको इस बारे में सिर्फ इतना करना है कि निर्माण करें। एक सोच है, जो सबकुछ सृजित कर सकती है।

अगर आप किसी के लिए कोई एक्ट ऑफ काइंडनेस कर रहे हैं तो आप अपने मकसद को पहचान गए हैं। आप अपने मकसद के साथ अलाइन करते हैं। अकसर आप ध्यान नहीं देते कि लोग आपको बताते हैं कि आपको क्या करना चाहिए! आपको दूसरों से लड़ने की जरूरत नहीं है। आप कह सकते हैं कि आपका विचार देने के लिए बहुत-बहुत शुक्रिया। मैं इसे साधुवाद देता हूँ। आपके विचार बहुत मददगार हैं। मैंने इससे पहले इसके बारे में कभी नहीं सोचा था। मैं इसके बारे में सोचूँगा। ऐसे ही आप सभी कनफ्लेक्स को हैंडल कर सकते हैं। आप इस ऊर्जा स्रोत से जुड़ सकते हैं, लेकिन जैसे ही आप बाहर आना शुरू करते हैं, मकसद से अलग हो जाते हैं।

आप सोचते रहें, लगातार सोचते रहें। यदि आप समझते हैं कि कोई काम करना मुश्किल है तो भी उसके बारे में सोचिए। बहुत से लोग कहते हैं कि वे धूम्रपान छोड़ना चाहते हैं, लेकिन वह एक मुश्किल काम है। मोटापा कम करना चाहते हैं, लेकिन वह एक मुश्किल काम है। चाहे काम मुश्किल हो, लेकिन लगातार अगर आप उसके बारे में सोचेंगे और उन विचारों से खुद को घेर लेंगे तो एक दिन आप उस विचार से संबद्ध होंगे और आप कोशिश करेंगे। यहीं से शुरुआत होती है लक्ष्य तक पहुँचने की।

9. एक्ट ऑफ काइंडनेस

आप सबके साथ एक अच्छा रिश्ता बनाकर रखिए। आपके संबंधियों के साथ, आपके जीवन साथी के साथ या फिर उन लोगों के साथ, जिन्हें आप नहीं जानते हैं। आप अपने जीवन में इस जगह पर होंगे, लेकिन उससे पहले आपको फिर से विचारों को देखना होगा और अपने आपको कहना होगा कि मैं खुद को काइंड बनाऊँगा—किसी भी हालत में। एक दिन मैं मूवी देखने गया। मैं मूवी देखकर वापस आ रहा था। वहाँ सड़क पर एक आदमी था, जो बेघर था। वह दिमागी तौर पर ठीक नहीं था। उसके पास एक छोटा सा कप था। उसने मुझसे कुछ चीज माँगी। मैं लोगों को हमेशा एक मौन शुभकामना भेजता हूँ। मैं चल रहा था और सोच रहा था कि मैं कल इस पर बात करने वाला हूँ। मेरे पास 4 डॉलर थे। मैं उसके पीछे गया। वह कहीं नीचे उतर गया था। वह ठीक से बात नहीं कर पा रहा था। मैंने उसका कप लिया और उसके कप में कुछ सिक्के डाल दिए। वह इस तरह करने लगा, जैसे कि मैंने कोई खजाना उसके कप में डाल दिया। वह मेरा पीछा करने लगा। उसकी आँखों से आँसू बह रहे थे। वह एक छोटा सा दयालुता से भरा काम था। मैं आपको यह नहीं कह रहा हूँ, हर कोई जो आपसे पैसे माँगे, उसे आप पैसे दे दें, लेकिन आप किसी को मौन शुभकामना तो दे सकते हैं! क्या आप उसे एक स्माइल नहीं दे सकते, बजाय उस पर गुस्सा होने के? गुस्सा होना एक नकारात्मक ऊर्जा है। यही आपको अपने सभी संबंधियों, अपने बच्चों के साथ करना चाहिए। अपने माता-पिता के साथ करना चाहिए। जब आपके दिमाग में कोई खयाल हो, जो काइंडनेस भरा नहीं हो, आपको उसे छोड़ना होगा।

सेरोटोनिन आपके दिमाग में ट्रांसमीटर की तरह है। यह आपके पास जितना ज्यादा होता है, आप उतना ही अच्छा महसूस करते हैं। कोई भी इनसान जिस पर काइंडनेस का एक्ट हो रहा है, उसका सेरोटोनिन स्तर बढ़ जाता है। उसका इम्यून सिस्टम भी अच्छा हो जाता है। कोई भी इनसान जो यह करने वाला है, यानी कि देने वाला है, कभी भी आप कुछ भी करें, जो एक्ट ऑफ काइंडनेस है, किसी के भी प्रति एक मुसकराहट देकर, चाहे वह अजनबी ही क्यों न हो। आपका सेरोटोनिन स्तर भी उतना ही बढ़ता है। जिसके प्रति वह काम किया जाता है, जितना उसमें बढ़ता है। यह अच्छी बात है, इससे भी ज्यादा बड़ी बात यह है कि जो एक्ट ऑफ काइंडनेस देख रहा होता है, उसके भी सेरोटोनिन का स्तर बढ़ जाता है, क्योंकि वह भी इस ऊर्जा क्षेत्र में आ जाता है।

10. लव एंड एक्शन

सूरज वह है, जो हमेशा चमकता रहता है। बादलों के पीछे भी वह चमकता है। अपने आपको हमेशा सम्मान दें। आप दुनिया को कैसे देखते हैं, यह सब सिर्फ इस

पर निर्भर करता है कि आप अपने आपको कितना सम्मान देते हैं? आप अपने आपसे कितना प्यार करते हैं? जब आप अपने आप में विश्वास करते हैं, आप विश्वास करते हैं, उस पर जिसने आपको बनाया है। जब आप अपने आप पर विश्वास नहीं करते और खुद को प्यार नहीं करते तो आप अपनी ही अस्मिता को नकार रहे होते हैं और इसीलिए आप बिल्कुल उलटी चीजों को अपनी तरफ आकर्षित करते हैं। तब सोर्स ग्रेट आदर ऐसा कुछ भी उत्पन्न नहीं करता, जिसमें प्यार की महसूसिंग्स हों। अगर आप अपनी तरफ प्यार को महसूस नहीं करते तो आप किसी और को भी प्यार नहीं दे सकते। किसी को भी वह नहीं दे सकते, जो आपके पास नहीं है। अगर आप ऑरेंज को निचोड़ेंगे तो उसमें से ऑरेंज जूस निकलेगा। क्यों? क्योंकि वह एक ऑरेंज है। कहीं अगर कोई आपके ऊपर दबाव डाले और कहे, जो आपको पसंद नहीं है, वो करो तो आपके ऊपर क्या गुजरेगी? आपको गुस्सा आएगा, आपको इंजायटी आएगी। आपको घृणा होगी। टेंशन होगा। यह इसलिए नहीं कि जिसने आपको स्क्रीज किया है, उसमें जो टूल या इंस्ट्रूमेंट इस्तेमाल हुआ है, इसका उससे कोई संबंध है। इसका लेना सिर्फ इस चीज से है कि जो आपके अंदर भरा हुआ है, वही बाहर आएगा। अगर आप अपने लिए प्यार को महसूस नहीं कर सकते तो आप शक्ति में विश्वास नहीं करते, जिसने आपको बनाया है। उसके पीछे सिर्फ यही एक तर्क है कि आप हमेशा अपने आपका सम्मान करें। अगर आप अपने जीवन को इस तरह से बिताएँ कि आप हमेशा मिलकर काम करना चाहते हैं, न कि किसी प्रतियोगिता में, तो आप वह प्यार अपने काम में भी देख सकते हैं।

लव एंड एक्शन जब आप अपने आपसे यह कहते हैं कि मैं पूरा हूँ। जैसा कि मुझे बनाया गया था, मैं परफेक्ट हूँ और मुझे उस शक्ति ने बनाया है, जिसने सिर्फ मेरी आँखें ही नहीं बनाईं, मेरा शरीर, लंबाई, त्वचा का रंग भी बनाया है। मुझे उस शक्ति ने जन्म दिया, जिसे यह अच्छी तरह से पता था कि मुझे क्या होना चाहिए और क्यों; लेकिन यह कभी वास्तविकता में नहीं हो सकता, अगर आप अपने आपसे प्यार नहीं करते। जब आप किसी को जज करते हैं, तब आप अपनी जजमेंट से उन्हें परिभाषित नहीं करते। आप अपने आपको परिभाषित करते हैं, जब आप अपने आप पर भरोसा करते हैं। तब आप उस शक्ति पर भरोसा करते हैं, जिसने आपको बनाया है। हम लोगों से जुड़ते हैं। हम बात करते हैं। वे हमारे लिए क्या सोचते हैं, हम नहीं चाहते हैं, जो वे चाहते हैं। हम गुस्सा होते हैं, हमारे लिए वैसा चाहने के लिए और फिर हम हैरान होते हैं, जब वे हमारे लिए चाहते हैं, वही होता रहता है। दरअसल, उनके चाहने से कोई फर्क नहीं पड़ता, अगर आप अपने बारे में अच्छा सोचते हैं। मैं आपको बेवकूफ कहता हूँ, इसका मतलब यह नहीं है कि आप बेवकूफ हैं। जो मेरे अंदर है, वह मुझे ऐसा बनाता है।

11. मूल्यवान बनिए

भावनाएँ साधारण नहीं होती हैं, जो आपके साथ होती हैं। भावनाएँ प्रतिक्रियाएँ हैं, जो आपके पास हैं। अगर आप खुश हैं, अगर आप हर पल जीते हैं, अपनी संभावनाओं का अधिकतम लाभ उठाते हैं तो आप एक बुद्धिमान व्यक्ति हैं। एक शांत मन, एक केंद्रित मन और दूसरों को नुकसान पहुँचाने पर ध्यान केंद्रित नहीं करना ब्रह्मांड में किसी भी शारीरिक बल से अधिक मजबूत है। एक बुद्धिमान व्यक्ति को दिन-प्रतिदिन के आधार पर खुश और प्रभावी बताया जाना चाहिए, जो जानता है कि समस्याओं को कैसे हल किया जाए, संसाधनों का निर्माण किया जाए, वह स्वायत्त है, स्वतंत्र है और प्रतिकूलताओं पर नियंत्रण पाता है। आप जो सोचते हैं और जो महसूस करते हैं, उसके लिए आप जिम्मेदार हैं और आप किसी भी चीज के बारे में अलग तरह से सोचना सीख सकते हैं। यह आपके और आपके द्वारा चुने गए विकल्पों पर निर्भर करता है कि आपके जीवन के अनुभव उत्तेजक और सुखद हैं। आप स्वयं अपने आपका मूल्य चुनते हैं और आपको किसी से पूछने या समझने की आवश्यकता नहीं है। आपका अपना मूल्य एक तथ्य है, जो आपके व्यवहार या आपकी भावनाओं से संबंधित नहीं है। आप हमेशा के लिए मूल्यवान बनना चुन सकते हैं। इससे कोई फर्क नहीं पड़ता कि एक पल में आपने कुछ ऐसा किया है, जिसके लिए आपको खेद है। हमारा पूरा जीवन 'आपको यह करना चाहिए' से भरा हुआ है और लोग बिना कारण तथा उसके परिणामों के बारे में सोचे उन्हें लागू करते हैं। स्वतंत्र होने का अर्थ है—अनिवार्य रिश्तों से मुक्त होना, दूसरों पर निर्देशित व्यवहार की अनुपस्थिति।

□

शिव खेड़ा

शिव खेड़ा अमेरिका में 'क्वालिफाइड लर्निंग सिस्टम इंक' के संस्थापक हैं। वह प्रख्यात पुस्तक 'जीत आपकी' के लेखक हैं। वह एक प्रेरक वक्ता और महान् चिंतक भी हैं।

1. जीवन फैसले पर आधारित होता है

आपकी इच्छा है सफल होने की, आपका इरादा नहीं है। यही एक समस्या है, क्योंकि जिंदगी में इरादा और इच्छा में बहुत अंतर होता है। इच्छा का सौदा हो सकता है। जिंदगी में इरादे का सौदा नहीं होता। जिंदगी में जब भी दबाव पड़ता है, इच्छा हमेशा कमजोर पड़ जाती है, इरादा और मजबूत हो जाता है।

45 साल पुरानी बात है, पापा कोल माइंस में काम करते थे। वह बंद हो गई। हम सड़क पर आ गए। मेरे पिता की मृत्यु हो गई। तब मैं कॉलेज में था। मैंने निर्णय किया कि मैं इंडिया छोड़कर जाऊँगा। सन् 1975 में मैं टोरंटो गया, क्योंकि ज्यादा पढ़ा-लिखा नहीं था। घर-घर जाकर गाड़ियाँ साफ करता था और शाम को वैक्यूम क्लीनर बेचता था। मैंने एक विज्ञापन देखा, 'पावर ऑफ सकारात्मक थिंकिंग' के लेखक डॉ. पील वहाँ आ रहे हैं। वहाँ पर हजारों लोग थे। मैं भी वहीं बैठा था। डॉ. पील जब मंच पर आए, उनकी उम्र 85 साल से ऊपर होगी। कद 5 फीट 1 इंच होगा। जब वे मंच पर आए, जिस उत्साह से वह बोले, उस दिन मैंने कद की परिभाषा बदल दी। जिस उत्साह से उन्होंने नजर दौड़ाई, उसमें आत्मविश्वास के अंदर नम्रता थी, क्योंकि जिस आत्मविश्वास के साथ नम्रता नहीं होती, उसे अहंकार कहा जाता है।

उन्होंने आते ही सब को देखा और कहा, "आप इतने कूल और रिलेक्स बैठे हैं। लगता है, आप लोगों को कोई समस्या नहीं है। बताइए, किसी को कोई समस्या है? आप में से कितने लोग समस्या से छुटकारा पाना चाहते हैं?" हर किसी ने हाथ खड़ा कर दिया। बोले, "जब मैं यहाँ पर आ रहा था, यहाँ से 200 गज दूर मैंने कुछ लोगों को

देखा, वे लेटे हुए आराम से पड़े थे। उन्हें कोई समस्या नहीं थी, टोटली रिलैक्स। यहाँ कितने लोग जानना चाहते हैं? 200 गज पर श्मशान घाट है। वहाँ पर चले जाओ। वहाँ पर लोग जमीन पर लेटे हुए हैं। उनको कोई समस्या ही नहीं है।"

समस्या जीवन का प्रतीक है। जब तक हम जिंदा रहेंगे, समस्या रहेगी। अगर समस्या ही नहीं रहेगी तो हम ही नहीं रहेंगे और जब समस्या कम होने लगे, समझना कि खतरे की घंटी बजने वाली है। तब परमात्मा से प्रार्थना करो, कुछ समस्या ही भेज दो। डॉ. पील ने 45 साल पहले एक प्रार्थना दी थी, जो शायद उनकी नहीं है, 2000 साल पहले किसी और की है—परमात्मा मुझे शक्ति दो कि जो मैं बदल नहीं सकता, आपकी सौगात समझकर स्वीकार करूँ। अगर मैं बदल सकता हूँ तो मुझे इतनी हिम्मत और हौसला दो कि मैं उसे बदल दूँ। इतनी सुबुद्धि दो कि फर्क समझ सकूँ कि क्या बदल सकता हूँ, क्या नहीं बदल सकता। इसका अगर विश्लेषण किया जाए, यह जीवन का एक सार है। क्या हमारी जिंदगी में हर चीज हमारे इख्तियार में है? हर चीज हमारे काबू में है? बहुत सी चीजें हमारे हाथ से बाहर भी हैं। आप कहाँ पैदा हुए? आपका फैसला नहीं है। आपने अपने माँ-बाप को नहीं चुना, उन्होंने आपको नहीं चुना। आपका कद, अगर आप छोटे हैं तो 6 फीट 10 इंच नहीं हो सकता। आपका रंग आप बदल नहीं सकते। कई लोग अपाहिज पैदा होते हैं। कई अच्छे लोगों के साथ बड़े हादसे भी होते हैं। क्या गलती की उन्होंने? जो बदल नहीं सकते, उसे स्वीकार करो।

बहुत से ऐसे लोग हैं, उन चीजों के साथ लड़ते रहते हैं, जो बदल नहीं सकतीं और अपनी जिंदगी में तनाव लेकर चलते हैं। जिंदगी एक फैसला भी है, एक समझौता भी है। यह लगता है, ये आपस में टकरा रहे हैं, लेकिन टकराव नहीं है। अगर कोई आपके साथ बदतमीजी के साथ पेश आए तो उसने फैसला किया कि आप भी उसके साथ बदतमीजी के साथ पेश आएँ। अगर आप एक सिगरेट पीते हैं तो आपने फैसला किया कैंसर को बुलाने के लिए। अगर आप शराब पीकर गाड़ी चलाते हैं तो फैसला किया एक्सीडेंट बुलाने के लिए। अगर सच बोलते हैं, ईमानदारी बरतते हैं तो आपने फैसला किया जिंदगी में एक विश्वसनीय इनसान बनने का। व्यायाम करते हैं तो फैसला किया—एक अच्छी सेहत बनाने के लिए।

हम सब एक फैसला लेने के लिए आजाद हैं; लेकिन जब हम फैसला ले चुके होते हैं तो फैसला हमपर काबू पा लेता है और हमारी आजादी खत्म हो जाती है। हर चीज हमारे हाथ में नहीं है। ताश के पत्ते कैसे मिलते हैं, इसका फैसला हम नहीं करते। खेल कैसे खेलते हैं? इसका फैसला हम कर सकते हैं।

2. हमारे संस्कार

आज लोगों के पास ज्ञान तो है, पर संस्कार नहीं हैं। ज्ञान मिल रहा है, संस्कार नहीं मिल रहे। हम लोग अपने परिवारों में, घरों में गलत उसूल सिखाते हैं। हमारे दफ्तर में कोई फोन आता है, हमने किसी का चेक नहीं दिया। जो भी कारण हो, गलती हो, हमारा स्टाफ झूठ नहीं बोलेगा। झूठ मत बोलिए। मैं अगर अपने दफ्तर में अपने स्टाफ को अपने लिए झूठ बोलना सिखाऊँगा तो एक दिन ऐसा आएगा, मेरा स्टाफ मुझसे ही झूठ बोलेगा और जितनी बार मैं उनसे झूठ बुलवाता हूँ और जब वे झूठ बोलते हैं और अपनी नजर में थोड़ा सा गिर जाते हैं। आप देखते हैं, सिर्फ पहला झूठ ही मुश्किल होता है, उसके बाद तो आदत पड़ जाती है।

बच्चे पैदा होते ही झूठे नहीं होते। सीखते हैं। पाँच साल का बच्चा। फोन बजता है, बच्चों का उत्साह एकदम तेज होता है। दौड़ता हुआ जाता है और फोन उठाता है। फोन पर कोई पूछते हैं, 'बेटा, पापा हैं?'

'हाँ, बिल्कुल हैं।' पिता के पास जाता है, 'आपके लिए फोन है।' पापा पूछते हैं, 'क्या बोला तुमने?' मैंने बोला, 'हाँ, पापा घर पर हैं।' 'बेटा, बोल इसको, पापा घर पर नहीं हैं। मैं बात नहीं करना चाहता।' 'वह कहता है, पर आप तो घर पर हैं!' बच्चा छोटा है और बाप बड़ा है। साइज बहुत मायने रखता है। बच्चे का उत्साह एकदम गिर जाता है। वह पहली बार जिंदगी में कन्फ्यूज है। अपने दिमाग में सोच रहा है, पापा घर में हैं। वह कहना नहीं चाहता कि पापा घर में नहीं हैं, पर पापा ने कहा है तो कहना होगा। 90 प्रतिशत व्यवहार आदतन है। आज तक झूठ बोला नहीं। गलती से सच निकल गया तो! फोन उठाया और जोर से पटक के बोला, 'पापा घर पर नहीं हैं।' जैसे ही उसने फोन पटका, उसके पिता ने सुन लिया। 'तुमको सिखाना पड़ेगा। तू गलत जा रहा है।'

अगली बार फोन बजता है। बच्चा दौड़कर जाता है। वह पूछते हैं, 'पापा घर पर हैं?' बच्चा कहता है, 'देखकर बताता हूँ।' पिता कहता है, 'शाबाश बेटा! गुड बॉय।' यह एक प्रोत्साहन है। बच्चा अच्छा महसूस करता है।

झूठ बोलने के लिए एक बहुत बड़े मैनेजमेंट कंसल्टेंट्स ने कहा था, 'जिस व्यवहार को प्रोत्साहन देंगे, वही बढ़ता चला जाएगा। जानवरों को सिखाने के लिए इसी का प्रयोग किया जाता है।'

3. अंधविश्वास हमें कमजोर बनाता है

जो लोग जिंदगी में असफल होते हैं, वे जिम्मेदारी नहीं उठाते। वे दुनिया को ब्लेम करते हैं। अपने माता-पिता को, शिक्षक को, नक्षत्रों को, हमेशा किसी और को करेंगे, खुद अपने आपको कभी स्वीकार नहीं करते। वे उत्तरदायित्व नहीं लेते, खाली बैठकर

पत्रियाँ मिलाते हैं, नक्षत्र देखते हैं और गड़बड़ होती है तो कहते हैं कि सितारे काम नहीं कर रहे। कहते हैं, शनि खराब है। काला रूमाल लो, काली दाल डालो, काला कुत्ता खोजो, काला बरतन खोजो। ये खेल-तमाशा हो गया है। क्या शनि को उतारना-चढ़ाना इतना आसान है? टेलीविजन पर कोई बाबा आया, समस्या सुन रहा है, फिर पूछता है—जलेबी खाई थी? नहीं खाई थी—यही समस्या है। दूसरे से पूछता है गोलगप्पे खाए थे? नहीं खाए थे! चटनी खाई थी? कौन सी चटनी खाई थी? लाल खाई थी, मीठी खाई थी? कब खाई थी? यही समस्या है। लोग पैसे दे रहे हैं। बाबा के पैर पकड़ते हैं, जिसको जेल में होना चाहिए।

परमात्मा के सामने सिर झुकाओ। अपने माँ-बाप के सामने सिर झुकाओ, जिन्होंने जीवन दिया है। इंडियन ऑयल, साल में एक बार मैं उनके लीडरशिप प्रोग्राम के लिए असम जाता हूँ। प्रोग्राम खत्म करके मैं एयरपोर्ट जा रहा था। एक घंटे का फासला था। मैं पीछे बैठा था, आगे मेरा असिस्टेंट बैठा था। मैं पुस्तक पढ़ रहा था। अचानक ड्राइवर ने ब्रेक लगा दिए। मेरी पुस्तक छूटकर आगे गिर गई। मेरे असिस्टेंट को झटका लगा। मैंने उसको पूछा, 'क्या हुआ?' ड्राइवर ने कहा, 'बिल्ली रास्ता काट गई।' मैंने कहा, 'अब क्या होगा?' 'साहब अब गाड़ी रोक देते हैं। अब जाएँगे तो अपशगुन होता है। नुकसान हो जाएगा।' मैंने बोला, 'मेरी फ्लाइट मिस हो जाएगी तो पक्का नुकसान हो जाएगा।' मैंने उससे पूछा, 'एक बात बताओ, गाड़ी कब तक रोकनी है?' उसने कहा, 'जब तक कोई गुजर नहीं जाता।' मैंने कहा, 'तो उसका नुकसान हो जाएगा।' उसने कहा, 'ये उसकी समस्या है।' मैंने उससे पूछा, 'मान लीजिए, आप 15 गज पहले होते और बिल्ली निकल चुकी होती और अगर आपने बिल्ली को न देखा होता तो आप आगे चले जाते। उस हालत में आप ही की गाड़ी पहले होती, फिर क्या होता?' उसने कहा, 'उस हालत में बिल्ली की पावर कम हो जाती है।'

गुरु नानक एक बार हरिद्वार गए और उन्होंने देखा कि लोग जल चढ़ा रहे हैं। उन्होंने पूछा, 'जल क्यों चढ़ा रहे हो?' लोगों ने कहा कि हमारे पूर्वज प्यासे हैं। वहाँ प्यास लगी है उनको। गुरु नानकजी ने पूछा, 'जल वहाँ पहुँच जाएगा?' उन्होंने कहा कि बिलकुल! गुरु नानक उलटे होकर दूसरी तरफ जल चढ़ाने लगे। सब ने कहा—यह तो गलत काम कर रहे हो। आप गलत जगह पानी डाल रहे हैं। गुरु नानक ने जवाब दिया, 'मैं तो अपने खेतों को पानी दे रहा हूँ।' लोगों ने पूछा, 'खेत कहाँ हैं?' लोगों ने गुरु नानक से पूछा, 'जल पंजाब तक पहुँच जाएगा?' तो गुरु नानक बोले, 'हाँ, आपका वहाँ पहुँच जाएगा तो मेरा खेतों में क्यों नहीं पहुँचेगा?' आप देखें, गुरु नानक ने शुरुआत की थी अंधविश्वास से ऊपर उठने की। सरदारों को देखिए, उनकी कोई पत्री नहीं मिलाई जाती। शादियाँ रविवार को होती हैं। रविवार को सूट नहीं करतीं तो शनिवार को कर देते

हैं; शुक्रवार को भी कर देते हैं। सब सही चल रहा है।

अंधविश्वास ने हम लोगों को कमजोर बना दिया है। जिंदगी में जब भी कुछ गलत होता है, उससे सीख लेने की बजाय हम लोग सितारों को दोष देने लगते हैं। कुछ नहीं सीखते। वही गलती दोबारा से दोहराते चले जाते हैं, अगेन एंड अगेन एंड अगेन। 'इंडिया टुडे' में एक आर्टिकल निकला। उन्होंने बताया ज्योतिष के बारे में। उत्तर भारत में लगभग 80 प्रतिशत सीजेरियन डिलीवरी हो रही हैं वक्त से पहले, क्यों? क्योंकि किसी ने मुहूर्त निकाल दिया है। आप देखिए, अंधविश्वास की पराकाष्ठा कहाँ पर पहुँच गई है! हम कहाँ जाएँगे? इतिहास से हम यही सीखे कि हम कुछ सीखे ही नहीं। हमारी इतनी लड़ाइयाँ हुईं। हमारी चार-चार गुना फौजें थीं मुगलों के खिलाफ। पर राज ज्योतिषी ने बोला कि अभी समय ठीक नहीं है। एक-चौथाई चार गुना लोगों को मारकर शासक बन गए। हम राशियों के चक्कर में पड़ रहे और हमने अपना देश खो दिया।

जीतनेवाले कोई अलग काम नहीं करते, वे हर काम अलग ढंग से करते हैं। एक बार एक व्यापारी था। वह कपड़े गठरी में लेकर बेचता था। कुछ उम्र बढ़ी। थक जाता तो रास्ते में एक मंदिर आता, रुक जाता था, बैठ जाता था। वहाँ जो पुजारी था, उसको एक बार तरस आ गया। उसके पास एक गधा था। उसने कहा, 'भैया, यह गधा ले जाओ। गधे पर गठरी रख लिया करो।' कुछ समय बाद गधा मर गया। अब उसके दिल में ऐसा खयाल आया, जीते-जी इसने मेरी इतनी सेवा की। इसका अंतिम संस्कार अच्छे से होना चाहिए। उसने गधे की एक समाधि बनाई और वहाँ पर घंटी लगा। तभी वहाँ से एक साहूकार गुजरा। वह परेशान था। उसने समाधि देखी। उसे लगा महान् आत्मा की समाधि होगी! उसने मन्नत माँग ली। मन्नत पूरी हो गई। जब पूरी हो गई तो गाँव में सब को इकट्ठा किया और बता दिया कि वहाँ महान् आत्मा की समाधि है। अब वहाँ सारा गाँव मन्नत माँगने लगा और चढ़ावा आदि चढ़ाने लगे। पैसे इकट्ठे हो गए। तभी उस पुजारी को खबर मिली। यहाँ कोई नई समाधि खुल गई है। पैसे वहाँ चढ़ रहे हैं। जाकर देखूँ तो! उसने देखा, यह बनिया वही था। उसने पूछा, 'किसकी समाधि है?' बनिए ने कहा, 'गुरुजी, आपसे झूठ नहीं बोल सकता हूँ। बताइएगा किसी को नहीं, मेरे पेट पर लात लग जाएगी। जो गधा आपने दिया था, उसी की है।' व्यापारी ने पुजारी से पूछा, 'पुजारीजी, जहाँ आप बैठते हैं, वह किसकी समाधि है?'

'तू भी किसी को मत बताना बेटा, वह इस गधे की माँ की समाधि है।'

गधों की पूजा हो रही है, इतने स्तर तक अंधविश्वास हो चुका है। आस्था ठीक है, विश्वास ठीक है। अंधविश्वास ठीक नहीं है। वह इनसान को कमजोर बनाता है। भावना का सम्मान होता है, लेकिन अंधविश्वास का क्या सम्मान!

4. खुद को मेंटली टफ रखिए

कितनी बार आप देखते हैं, कुछ लोग मानसिक रूप से बहुत मजबूत होते हैं। लोग पूछते हैं, हमारी सोच पर काबू नहीं है। मैं बैठता हूँ। 50 चीजों की सोच आ जाती है। हम अपनी सोच को कैसे काबू कर सकते हैं? इसका एक उदाहरण है, एक बार मुझे एक कैंसर सोसाइटी ने बुलाया। कैंसर रोगी थे, जिनसे कहा जा चुका था, आपके ऊपर सब इलाज हो चुके हैं। अब तैयारी करिए ऊपर जाने के लिए। कैंसर सोसाइटी ने कहा कि इनसे बात कीजिए, इनको कहिए कि सकारात्मक सोच रखें। मैं सोच रहा था, कैसे लोगों से बात की जाए? किस तरीके से उनको कहा जाए कि एक सकारात्मक सोच रखें, जिनको सब ने कहा है कि आप जाने वाले हैं?

मैंने सर्च किया, कुछ उदाहरण मिले, जहाँ पर लोगों ने कैंसर को रिवर्स किया है। उन लोगों ने उदाहरण सुने हुए थे। मैं थोड़ा परेशान था। मेरी बेटी आई। उसने कहा कि पापा आप परेशान लग रहे हो! क्या बात है? मैंने कहा कि कैसे लोगों को कहा जाए कि सकारात्मक सोच रखिए। उसने कहा मान लीजिए आप शाकाहारी हो। आप एक शाकाहारी सैंडविच की प्लेट ऑर्डर करते हो, लेकिन 10 मिनट के बाद एक वेटर आपके लिए एक चिकन सैंडविच की प्लेट लेकर आ जाता है। आप क्या करोगे? मैंने कहा कि मैं वेटर को बुलाऊँगा वापस और कहूँगा कि देखिए, यह मैंने ऑर्डर नहीं किया है। मैं शाकाहारी हूँ। आप इसे वापस ले जाइए। मेरे लिए वेजिटेबल सैंडविच लेकर आइए। मेरी बेटी कहती है, इसी तरीके से सोच को भी चुनना होता है। जब एक नकारात्मक सोच आपके दिमाग में आती है, उसको कहिए, यह मैंने ऑर्डर नहीं किया था। इसको वापस ले जाओ और आप एक सकारात्मक सोच लेकर आओ।

मानसिक दृढ़ता कैसे बनती है? वैसे ही बनती है जैसे शारीरिक बनती है। क्या मैं 20 किलो का डंबल उठाकर आज रैप कर सकता हूँ? नहीं कर सकता। अगर करूँगा तो हफ्ता भर बीमार हो जाऊँगा। सारे शरीर में दर्द होगा। आप कैसे शारीरिक रूप से सुदृढ़ बनते हैं? जिम जाते हैं। वहाँ जाकर आप 5 किलो का वजन उठाते हैं, 10 बार रैप करते हैं, 20 रैप करते हैं, 30 करते हैं और हर अभ्यास आपको ज्यादा पावर देता है और आप ज्यादा उठा पाते हो, क्योंकि आप खुद को शारीरिक रूप से मजबूत बना रहे हो। वैसे ही आपको मानसिक दृढ़ता बनाने की जरूरत है। अगर आप एक सकारात्मक इनसान बनना चाहते हैं, रातोरात तो वह नहीं हो सकता। आप सारी जिंदगी के लिए कोशिश मत कीजिए। आप अपने दिमाग को कहो, अगले 10 मिनट के लिए। यह जिंदगी भर के लिए सोचने से ज्यादा बेहतर है। 10 कहो, 15 कहो, 20 कहो, 25 कहो। आप देखेंगे, आपकी क्षमता बढ़ती चली जाएगी। हम अपने विचार चुनते हैं। नकारात्मक विचार हर

एक इनसान के अंदर आते हैं, सकारात्मक इनसान के पास भी आते हैं, लेकिन वे उसे बाहर निकाल देते हैं। यह एक अभ्यास की बात है।

5. अच्छा नजरिया रखिए

गुब्बारा अपने रंग की वजह से नहीं, बल्कि अपने अंदर भरी चीज की वजह से उड़ता है। हमारी जिंदगी में भी यही सिद्धांत लागू होता है। महत्त्वपूर्ण चीज हमारी अंदरूनी शख्सियत है। हमारी अंदरूनी शख्सियत की वजह से हमारा जो नजरिया बनता है, वही हमें ऊपर उठाता है। जिस तरह किसी भव्य इमारत के टिके रहने के लिए उसकी नींव मजबूत होनी चाहिए, उसी तरह कामयाबी पर टिके रहने के लिए भी मजबूत बुनियाद की जरूरत होती है और कामयाबी की बुनियाद होती है नजरिया। नजरिया सकारात्मक होना चाहिए। अगर हम अपने नजरिए को सकारात्मक बनाना चाहते हैं तो टाल-मटोल की आदत छोड़ें और 'तुरंत काम करो' पर अमल करना सीखें। वही आपके अच्छे भविष्य का निर्माण करेगा।

6. अच्छी आदतें सदैव अच्छा निर्माण करती हैं

जीतनेवाले वह काम करने की आदत बना लेते हैं, जो हारनेवाले जिंदगी में नहीं करना चाहते। ऐसा कौन सा काम है, जो हारनेवाले नहीं करना चाहते? यह वही काम है, जो जीतनेवाले भी नहीं करना चाहते, लेकिन फिर भी करते हैं। हारनेवाले सुबह नहीं उठना चाहते हैं; जीतनेवाले भी नहीं उठना चाहते, लेकिन फिर भी उठते हैं। आप देखें, हारनेवाले मेहनत नहीं करना चाहते; जीतनेवाले भी नहीं करना चाहते, फिर भी करते हैं, वे उसकी आदत बना लेते हैं। स्वयमेव आदत बन जाती है। जब भी करते हैं, सही काम करते हैं, क्योंकि आदत बन चुकी होती है।

अच्छी आदतें बनाओ। आदतों से ही चरित्र बनता है। 90 प्रतिशत हमारा व्यवहार वैसा ही होता है, जैसी आदत होती है। अगर हमारी अच्छी आदतें हैं तो हमारा चरित्र अच्छा होगा। अगर हमारी आदतें खराब हैं तो हमारा चरित्र खराब होगा। अच्छी आदतें मुश्किल से आती हैं, लेकिन उनके साथ जीना आसान है। बुरी आदतें आसानी के साथ आती हैं, लेकिन उनके साथ जीना मुश्किल है। जब तक हम आदत को पकड़ते हैं, आदत हमको पकड़ चुकी होती है। इसकी तो किस्मत ही अच्छी है। हमेशा कहते हैं, मिट्टी को हाथ लगाता है, सोना हो जाती है। इसकी किस्मत खराब है। सोने को हाथ लगाता है, मिट्टी हो जाती है। इस बात में गहराई है। हम कहते हैं, उसकी किस्मत अच्छी है। उसकी जिंदगी देखिए, जिंदगी में हर ट्रांजेक्शन और व्यवहार देखिए, अच्छी आदतें होंगी। स्वयमेव आ रही हैं। जब काम करते हैं, सही करते हैं, क्योंकि स्वयमेव वही काम करते हैं, जो सही है। जिसकी आदत खराब है, इसकी किस्मत खराब है। उनकी जीवनी

देखें, जब भी कोई काम करते हैं, गलत हो जाता है। क्यों गलत हो जाता है? स्वयमेव है। बिल्ड ही गलत हो रहा है। प्रैक्टिस मेक्स मैन परफेक्ट। यह सही नहीं है, बल्कि यह सही है—ओनली परफेक्ट प्रैक्टिस मेक्स मैन परफेक्ट। कई लोग अपनी गलतियों से अभ्यास करते हैं, उसी वक्त वे परफेक्ट हो जाते हैं। अभ्यास से निपुणता नहीं आती, अभ्यास से वही स्थायी हो जाता है, जिसका हम अभ्यास करते हैं।

मैं कई साल पहले एक प्रोग्राम कर रहा था। उसमें सभी तरह के लोग थे। मैं स्टेज पर आया। मैंने कहा, जितना आसान आज सफल होना है, उतना आसान जिंदगी में कभी आज तक ऐसा हुआ ही नहीं, चाहे जो भी आपका प्रोफेशन हो। एक आदमी बगलवाले से बोला, 'स्पीकर को समझ में नहीं आता है, क्या बोल रहा है?' मैं उसके पास गया। उसने कहा, 'बताइए, हम प्रतियोगिता में कैसे नहीं हैं?' मैंने पूछा, 'आप कितने लोगों को जानते हैं, जो अभी सड़क पर चल रहे हैं, जिनको जितने पैसे मिलते हैं, उससे ज्यादा काम करने को तैयार हैं? आज की तारीख में ज्यादातर लोग ऐसे हैं, जिनको जितने पैसे मिलते हैं, उतना भी काम नहीं करना चाहते। दूसरा वर्ग है, जो जितने पैसे मिलते हैं, वह उतना ही काम करना चाहता है, जिससे उसकी जान छूट जाए। एक छोटा सा प्रतिशत है, वह जिसको जितने पैसे मिलते हैं, उससे ज्यादा काम करने को तैयार हैं। मैं आप सबसे पूछ रहा हूँ, अगर छोटा सा प्रतिशत है और आप इसके अंदर आते हैं, चाहे आप जिस मरजी प्रोफेशन में हों, आपकी प्रतियोगिता कहाँ पर है? एक अच्छा वकील, एक अच्छा डॉक्टर, एक अच्छा अकाउंटेंट, एक अच्छा कारपेंटर, एक अच्छा प्लंबर, एक अच्छा इलेक्ट्रिशियन मिलना कितना मुश्किल है!

सकारात्मक सोच सफलता की गारंटी नहीं देता। सकारात्मक सोच, सकारात्मक एक्शंस, एंड एफर्ट, सकारात्मक चरित्र से जिंदगी में सफलता आती है। एथलीट 15 साल की ट्रेनिंग करते हैं 15 सेकंड की परफॉर्मेंस के लिए। अक्षय पटेल 15 वर्षीय एक बच्चा। ओपन मार्शल आर्ट में रिप्रजेंट कर रहे हैं गुजरात राज्य को, राष्ट्रीय मार्शल आर्ट में। वे कमर से एक पैर में पैरालाइस हैं। वे पैरालाइस बच्चों के साथ प्रतियोगिता नहीं कर रहे हैं, ओपन मार्शल आर्ट में प्रतियोगिता कर रहे हैं। किसी ने उनसे पूछा कि आप कैसे प्रतियोगिता कर रहे हो? उनके साथ, जिनके दोनों पैर सही-सलामत हैं और आपके एक पैर में पोलियो है! तो अक्षय पटेल ने कहा, 'जब मैंने शुरुआत की थी, तब मुश्किल हुई थी, लेकिन अपने पैर की वजह से मैं किसी भी दूसरे खिलाड़ी को 9 डिग्री पर लात मार सकता हूँ।' अपनी सबसे बड़ी कमजोरी को उसने अपनी सबसे बड़ी शक्ति बना लिया। अच्छी आदतें सदैव अच्छा निर्माण करती हैं, फिर वह चरित्र हो या आपका व्यवसाय। बेहतर ढूँढ़ो और उसे आदत बना लो।

7. चुनाव करना सीखिए

जिन्हें अवसर की पहचान नहीं होती, उन्हें अवसर का खटखटाना शोर लगता है। अवसर आता है तो लोग उसकी अहमियत नहीं पहचानते। जब वह जाने लगता है तो वे उसके पीछे भागने लगते हैं। कोई अवसर दो बार नहीं खटखटाता। दूसरा अवसर पहले वाले अवसर से बेहतर या बदतर हो सकता है, पर वह ठीक पहले वाले मौके जैसा नहीं हो सकता। गलत समय पर लिया गया सही फैसला भी गलत बन जाता है। अवसर अच्छे या बुरे नहीं होते। उन्हें सफलता में बदलना आपकी जिम्मेदारी है।

8. ओनरशिप लेना सीखिए

मुझे याद है, जब मैं लाइफ इंश्योरेंस बेच रहा था। एक दिन अचानक मेरे मैनेजर मुझ पर भड़क गए, 'आपकी कोई आउटपुट नहीं है।' तब मेरी समझ में आया कि जिंदगी में बाहर कुछ नहीं बदलता—जब अपनी सोच बदल जाती है तो दिशा बदल जाती है। किसी ने बहुत अच्छी बात कही है—नजर बदली तो नजारे बदले। कश्ती का रुख बदला तो किनारे बदले। बाहर कुछ नहीं बदला, दिमाग में बदला तो जिंदगी का रुख बदल गया। उसके बाद मेरी आउटपुट बहुत बढ़ गई। मैंने तीन बिजनेस किए, कुछ कंपनियाँ भी खरीदीं। पर उस हादसे से मैंने एक चीज सीखी, वह यह कि मैं तो कमीशन पर था, क्योंकि अगर मैं लाइफ इंश्योरेंस नहीं बेचता तो मुझे कुछ नहीं मिलता; लेकिन वहाँ पर मैंने कई लोग देखे, जो वेतन पर थे। वेतन मिलता था, लेकिन काम नहीं करते थे। हम नहीं करते तो हमें पैसे नहीं मिलते, लेकिन उनको तो वेतन मिल रहा था तो काम नहीं करते थे। तब मेरी समझ में आया कि जिंदगी में पैसा बनाने में और पैसा कमाने में बहुत फर्क होता है। पैसा बनाना अपराध है, पैसा कमाना साधना है। पैसा बनाना चोरी है, पैसा कमाना ईमानदारी है। लोगों की समझ आना चाहिए कि वेतन बिना काम के चोरी के समान है। वेतन ले रहे हैं, काम नहीं कर रहे हैं। यह चोरी नहीं है तो क्या है? गैलप के एक ग्लोबल सर्वे में 63 प्रतिशत लोग, जो काम करने जाते हैं, वे अपना समझकर काम नहीं करते। उनमें से 24 प्रतिशत लोग दूसरों को भी काम नहीं करने देते। सिर्फ 13 प्रतिशत लोग हैं, जो काम पर जाते हैं और ईमानदारी से काम करते हैं। इनसान ओनरशिप नहीं लेना चाहता। आपने कितनी बार देखा होगा, कभी कोई चीज आप खरीदते हैं किसी दुकान से और कोई गड़बड़ हो जाती है तो वापस दुकानदार के पास जाते हैं। आप चिल्लाते हैं, गुस्सा होते हैं। दुकानदार कहता है, 'मुझ पर क्यों बिगड़ रहे हो? मैं तो सिर्फ नौकरी कर रहा हूँ।' जो इनसान यह कहता है कि मैं तो खाली नौकरी करता हूँ। यहाँ पर कोई अपनापन नहीं है।

बहुत धूप थी। इतने में एक लेमोजिन आई—बहुत बड़ी गाड़ी। उसमें कंपनी के

प्रेसिडेंट हैं। उन्होंने शीशा नीचे किया और नाम बुलाया—स्टीव। स्टीव काम छोड़कर उनके पास चले गए। लेमोजिन अंदर बैठे, थोड़ा ठंडा पानी पिया, बातचीत की। बातचीत करने के बाद लेमोजिन निकल गई। स्टीव दोबारा काम करने लगे। बाकी जो उनके साथी थे, उनसे बहुत प्रभावित हुए। पूछा, 'आप उनको जानते हो? यह तो बड़े साहब हैं, प्रेसिडेंट हैं।' स्टीव कहता है, 'मैं सिर्फ इनको जानता ही नहीं हूँ। 30 साल पहले हम दोनों ने यह कंपनी ज्वाइन की थी। सेम डे, सेम पोजीशन पर। वह आज मालिक हैं और मैं नौकर। अगर आज की शाम यही एक चीज ले जा सकें तो मैं बताता हूँ, मैंने काम शुरू किया 1 डॉलर 28 सेंट के लिए और उन्होंने काम शुरू किया कंपनी के लिए। तकरीबन ऐसी ही हिस्ट्री है जैक वेल्स की।

भारत में पाँच साल पहले मैं एक सज्जन से मिला। उन्होंने सेना से रिटायर होकर अपना बिजनेस शुरू किया। कुछ ही सालों में तकरीबन 1,000 करोड़ का टर्नओवर। एक दिन उनके कोई दोस्त, जो उनके साथ सेना में थे, उन्होंने भी ऐसे ही रिटायरमेंट लिया। बेरोजगार थे, काम ढूँढ़ रहे थे। उनके पास आए। पूछा कि मैं तुम्हारे पास काम कर सकता हूँ? उन्होंने कहा, 'क्यों नहीं! हम एक-दूसरे को जानते हैं। 30 साल साथ काम किया है।'

एक दिन दफ्तर बंद हुआ। सब घर चले गए। वे दोनों दोस्त वहीं पर थे। जो काम कर रहा था, वह मालिक से कहता है, 'तुझे याद है, हम दोनों ने फौज एक साथ ज्वाइन की थी। 30 साल पहले तुझे भी हजार रुपए मिलते थे, मुझे भी। तू भी नौकर था, मैं भी नौकर था। देख, 30 साल के बाद मैं आज भी नौकर हूँ और तू मालिक। इसी को कहते हैं किस्मत!' फैक्टरी के मालिक ने कहा, 'नहीं, मैं इस बारे में बात करना नहीं चाहता, लेकिन तूने छेड़ी तो आज मैं इसका जवाब तुझे जरूर दूँगा। मैं तुझे 30 साल पुरानी एक बात याद दिलाना चाहता हूँ। एक दिन हम पूरा दिन दफ्तर में काम करके रात को 9.30 बजे बैरिक्स पहुँचे सोने के लिए। दो मील चलकर आए थे। अचानक मेरे दिमाग में बात आई, दफ्तर में बत्ती और पंखा बंद करना हम भूल गए। तब तूने कहा था कि समय नहीं देखते, 9.30 हो गए। कौन जाएगा दो मील? तूने मुझे कहा कि तू क्यों परेशान होता है? एक ही तो बत्ती है। एक ही तो पंखा है, एक ही रात की बात है और अपना थोड़ी है, सरकारी है। तूने कहा, मैं नहीं जाऊँगा। तू सोने चला गया पर मैं वापस गया और बत्ती व पंखा बंद करके आया। मैं 30 साल पहले उस रात को भी मालिक था, आज भी मालिक हूँ।'

9. मेहनत पर भरोसा करना सीखिए

ब्रूस ली की एक टाँग दूसरी से एक इंच छोटी थी। 1 एम.एम., 2 एम.एम. का फर्क हो तो अलाइनमेंट में फर्क पड़ जाता है। ब्रूस ली की आई साइड माइनस टेन। वे

5,000 पंच की डेली प्रैक्टिस करते थे। वे कहते थे, 'मुझे उससे डर नहीं है, जिसको 1,000 तरीके आते हैं किसी काम को करने के। मुझ डर उससे लगता है, जिसको सिर्फ एक तरीका आता है, लेकिन उसने एक तरीके का अभ्यास और प्रैक्टिस 10,000 बार की है। वह खतरनाक है।' जो भाग्यवादी होते हैं, वे कुछ होने का इंतजार करते हैं, जिंदगी में कभी कुछ करके नहीं जाते। परिश्रम ही सफलता की कुंजी है।

10. रफ्तार से ज्यादा जरूरी दिशा है

जिंदगी में अगर सफल होना है तो हमको प्राथमिकता ठीक से चुननी होगा। आज जितने समय सेविंग डिवाइस हैं दुनिया में, इतने कभी नहीं हुए; लेकिन आज किसी चीज की कमी है तो वो समय की। क्यों, क्योंकि हम लोगों ने अपनी प्राथमिकताएँ मैसप कर दी हैं। जब आदमी अपनी प्राथमिकता भूल जाता है, वह फर्क बताना भूल जाता है—कौन सी अर्जेंट चीज है और कौन सी इंपोर्टेंट चीज है। अर्जेंट जरूरी नहीं कि इंपोर्टेंट भी हो और इंपोर्टेंट जरूरी नहीं कि अर्जेंट हो; लेकिन जब भी हम इंपोर्टेंट चीज को इग्नोर करते हैं, वह हमेशा अर्जेंट बन जाती है। सेहत इंपोर्टेंट है, अर्जेंट नहीं है। रोज व्यायाम करना जरूरी है, अर्जेंट नहीं है। अगर आपकी कोई जरूरी मीटिंग आज शाम की है और व्यायाम नहीं कर पाए तो कोई बात नहीं, लेकिन अगर आप अपनी सेहत को इग्नोर करो, लंबे समय के लिए तो क्या होगा? आप अस्पताल में पहुँच जाओगे। जिंदगी में रिश्ते इंपोर्टेंट हैं, अहमियत रखते हैं, जरूरी हैं, अर्जेंट नहीं हैं, लेकिन अगर आप रिश्तों को इग्नोर करेंगे तो वकील के द्वारा बात शुरू हो जाएगी। जब आदमी अपनी प्राथमिकताओं को भूल जाता है, कायम नहीं रखता है, वह ऐसी बात करता है, मेरे पास समय नहीं है। समय आता है, जाता है, आता है, जाता है। समय न आता है, न जाता है। हम लोग आते हैं और चले जाते हैं। समय तो खड़ा हुआ है।

लोग कहते हैं, समय उड़ रहा है। अगर समय हवाई जहाज है तो उसका पायलट कौन है? अगर हम अपनी प्राथमिकताएँ सही नहीं रखते तो पायलट कोई और बन जाता है और हम पैसेंजर बन जाते हैं। पायलट माइक पर कहता है कि हमारे पास एक अच्छी खबर है और एक बुरी। अच्छी खबर यह है कि हम अपने गंतव्य पर एक घंटा पहले पहुँचेंगे, लेकिन बुरी खबर यह है कि हमारा दिशा-सूचक सिस्टम टूट गया है। हमें नहीं पता, हम कहाँ जा रहे हैं। कैप्टन आपके पास आता है। कहता है, 'घबराइए नहीं, यह पैराशूट ले लीजिए और कूद जाइए।' आप पैराशूट लेकर कूद जाते हैं। कहाँ लैंड करते हैं? एक जंगल के बीच और समय है 9 बजे रात का अँधेरा है। जंगल के उसूल होते हैं, 10 बजे सब जानवर निकल आएँगे और आपको खा जाएँगे। जंगल से निकलने और भागने का एक ही रास्ता है—रन साउथ। इतने अँधेरे जंगल में आपको कैसे मालूम होगा

कि साउथ कहाँ है? अचानक एक सेल्समैन आ जाता है और आपको कहता है, 'मैं आपको एक घड़ी बेच सकता हूँ। यह घड़ी बताएगी कि आपके पास कितना समय है। आप उसकी तरफ देखते हैं, मजाक कर रहा है, लेकिन थोड़ी देर के बाद आपकी शक्ल को देखकर वह कहता है, मेरी दूसरी जेब में कंपास है। आप क्या करेंगे, इसका जवाब बहुत स्पष्ट है। आप कंपास खरीदेंगे, घड़ी नहीं। छोटी सी कहानी का निचोड़ याद रखिए, जिंदगी में रफ्तार से ज्यादा जरूरी दिशा है।

11. सफलता का मूल

सफलता और प्रसन्नता का चोली-दामन का साथ है। सफलता का अर्थ यह है कि हम जो चाहें, उसे पा लें और प्रसन्नता का अर्थ है कि हम जो चाहें, उसे चाहें। सफल लोग अपने काम से प्रतिस्पर्धा करते हैं। वे खुद का रिकॉर्ड बेहतर बनाते हैं और लगातार सुधार लाते रहते हैं। सफलता इस बात से नहीं मापी जाती कि हमने जिंदगी में कितनी ऊँचाई हासिल की है, बल्कि इस बात से मापी जाती है कि हम कितनी बार गिरकर खड़े हुए हैं। सफलता का आकलन गिरकर उठने की क्षमता से ही किया जाता है। सफल लोग महान् काम नहीं करते, वे छोटे-छोटे कामों को महान् ढंग से करते हैं। हर ठोकर के लगने के बाद खुद से पूछें कि हमने इस तजुरबे से क्या सीखा? तभी हम रास्ते के रोड़ों को कामयाबी की सीढ़ी बना पाएँगे। लोग दो तरह के होते हैं—पहले, जो करते तो हैं, पर सोचते नहीं; दूसरे, जो सोचते तो हैं, लेकिन कुछ करते नहीं। सोचने की क्षमता का इस्तेमाल किए बिना जिंदगी गुजारना वैसा ही है, जैसे कि बिना निशाना लगाए गोली चलाना।

अगर कोई मूर्खता की बजाय समझदारी, बुराई की बजाय अच्छाई और दुर्गुण की बजाय सद्गुण को चुनता है तो ऐसे व्यक्ति के पास स्कूली डिग्रियाँ न होने के बाबजूद उसे शिक्षित माना जाना चाहिए। कामयाबी का यह मतलब नहीं है कि हर इनसान आपको पसंद करे। ऐसे लोग भी हैं, जिनसे मान्यता पाना मैं खुद नहीं चाहूँगा। मूर्खों की आलोचना को मैं घिनौने चरित्र के लोगों की तारीफ से बेहतर मानता हूँ।

□

संदीप माहेश्वरी

जीवन में दुःख-सुख का आगमन होता रहता है; लेकिन मनुष्य जिस परिवेश में रहता है, वहाँ सुख और खुशी को तो बहुत शीघ्रता से आत्मसात् कर लेता है, लेकिन दुःख एवं नकारात्मक परिस्थितियों के आगे हार मान लेता है। बस, यहीं से जीवन बदलना आरंभ हो जाता है। दृढ़-प्रतिज्ञ व्यक्ति बाधा, विपदा और कठिन-से-कठिन हर समस्या का हल ढूँढ़ लेता है। इसके लिए व्यक्ति को सकारात्मक दृष्टिकोण के साथ ही एक ऐसे परिवेश की आवश्यकता होती है, जो उसके अंतर्मन को मानसिक एवं नैतिक सहारा दे। देश के जाने-माने प्रेरक वक्ता संदीप माहेश्वरी के प्रेरक वक्तव्यों ने अनेक युवाओं एवं लोगों को पथभ्रष्ट होने से बचाया है। उन्होंने अपनी वाणी से अनेक लोगों का दिशा-निर्देशन किया है; पर ऐसा तभी संभव है, जब उनको उनकी कक्षाओं में जाकर सुना जाए। प्रभात प्रकाशन ने आपकी इस समस्या को सुलझाकर इस ई-पुस्तक को आपके समक्ष रख दिया है। इस पुस्तक में उनके चुनिंदा प्रेरक वक्तव्यों को सहज, सरल और मनोरंजक भाषा में लिखा गया है, ताकि पाठक उनसे जुड़ सकें।

1. मस्तिष्क पर नियंत्रण कैसे करें

आज सभी कंप्यूटर पर कार्य करते हैं। कंप्यूटर बहुत तीव्र गति से कार्य करता है। पहले जहाँ दस व्यक्ति किसी कार्य को करते थे, अब वहाँ कंप्यूटर के माध्यम से एक व्यक्ति उस कार्य को पूरा कर देता है। अभी भी कुछ लोग ऐसे हैं, जिनके पास कंप्यूटर नहीं है, लेकिन निराश होने की जरूरत नहीं है, क्योंकि प्रकृति ने सभी लोगों को एक कंप्यूटर प्रदान किया है। वह कंप्यूटर उनका अपना मस्तिष्क है। प्रेरक वक्ता स्किप रॉस कहते हैं कि "आपके अंदर के कंप्यूटर को बनाने की कीमत दस हजार खरब डॉलर तक बैठ सकती है और यह आपके कपाल के भीतर मौजूद है।" ईश्वर ने प्रत्येक मनुष्य को बेशकीमती मस्तिष्क से नवाजा है, लेकिन कई बार व्यक्ति अपने इस मस्तिष्क एवं निजी कंप्यूटर से अनजान रहता है और इसका प्रयोग ही नहीं करता। जो लोग अपने

इस निजी कंप्यूटर का उपयोग करते हैं, वे भी इसका पूरी तरह उपयोग नहीं करते। यही कारण है कि वे जीवन में उन उपलब्धियों को प्राप्त ही नहीं कर पाते, जिन्हें वे सहजता से पा सकते हैं। ऐसा इसलिए भी है, क्योंकि मनुष्य अपने इस मस्तिष्क रूपी कंप्यूटर की परवाह नहीं करता। इसलिए उसका अपने मस्तिष्क पर नियंत्रण नहीं रहता। जब कोई वस्तु अथवा प्राणी नियंत्रण से बाहर हो जाता है तो हमेशा अहित की आशंका रहती है। इसलिए मस्तिष्क को नियंत्रित रखना बहुत जरूरी है।

मस्तिष्क को तीन तरह से नियंत्रित कर आप हर वह काम कर सकते हैं, जो करना चाहते हैं—

1. स्वास्थ्य,
2. बुद्धि,
3. योजना।

स्वास्थ्य—स्वास्थ्य सबसे बड़ा धन है, यह हम सभी बचपन से सुनते आ रहे हैं। यकीन मानिए, इससे बड़ा धन जीवन में कोई नहीं है। अगर स्वास्थ्य अच्छा न हो तो किसी भी चीज या कार्य का आनंद नहीं उठाया जा सकता। स्वास्थ्य अच्छा रखने के लिए मेहनत व्यक्ति को ही करनी होती है, जो कि व्यायाम के रूप में होती है। कुछ लोगों को व्यायाम के नाम से ही डर लगने लगता है, क्योंकि इसमें शरीर को हिलाना-डुलाना पड़ता है और व्यायाम करते समय दर्द भी होता है। यदि आप दूसरों को व्यायाम करते देखते हैं तो उसमें मजा आता है, लेकिन जब स्वयं करते हैं तो वह सजा मालूम होता है। बस, इसे उलट दीजिए। जब स्वयं व्यायाम करें तो इसमें मजा लीजिए और बार-बार स्वयं से कहते रहिए कि मुझे व्यायाम करने में बेहद आनंद आता है। कुछ समय बाद आपको न केवल सचमुच आनंद आने लगेगा, बल्कि व्यायाम आपके जीवन का एक अंग बन जाएगा। इस तरह आपका स्वास्थ्य सदैव अच्छा रहेगा और स्वास्थ्य की दृष्टि से आप कभी कमजोर नहीं होंगे।

बुद्धि—बुद्धि को बढ़ाने का सबसे सरल तरीका है पढ़ने एवं जानने में रुचि रखना, लेकिन यह पढ़ना सारगर्भित होना चाहिए, सड़क-छाप वाला लेखन बुद्धि को बढ़ाने के बजाय भटकाने का कार्य करता है। अच्छा एवं प्रेरक साहित्य तथा प्रेरक वीडियो बुद्धि को परिपक्व बनाते हैं। अच्छे मित्रों एवं सुशिक्षित लोगों का साथ भी बुद्धि के कपाट खोलता है और उसमें आपके लिए नए-नए विचारों का सृजन करता है।

योजना—जिंदगी में आगे बढ़ने के लिए योजना बहुत जरूरी है, ठीक उसी तरह से जिस तरह किसी स्थान पर जाने के लिए उसका नक्शा या मैप होना जरूरी होता है। एक घर को बनाने से पहले उसका भी ब्लू प्रिंट, यानी कि खाका बनाया जाता है कि कहाँ पर किचन होगा, कहाँ पर बेडरूम और कहाँ पर ड्राइंग-रूम। इसी तरह, आपकी भावी

योजनाएँ आपके दूरगामी जीवन की मंजिल को निर्धारित करती हैं। इसलिए बड़े लक्ष्य की योजना बनाएँ और फिर स्वास्थ्य, बुद्धि एवं योजना के साथ आगे बढ़ें, कार्य करें और एक सुनहरी जिंदगी को अपने नाम करें।

2. द मैन ओनली हैंड

विजेता व्यक्ति हर परिस्थिति को अपने हित में मोड़ना जानता है, जबकि असफल व्यक्ति हर सुविधा में असुविधा ढूँढ़ लेता है। वह लक्ष्य तक न पहुँचने के लिए कई तरह की दीवारें अपने आसपास एकत्रित कर लेता है और फिर कहता है कि दीवारों रूपी बाधाओं के कारण वे लक्ष्य तक नहीं पहुँच पा रहे।

विजेता व्यक्ति के पास लाख बाधाएँ आती रहें, लेकिन वह कभी भी रुकता नहीं है। वह उन बाधाओं को अपने रास्ते से हटा देता है और कई बार तो बाधाओं में से ही रास्ता निकालकर सर्वोच्च शिखर पर पहुँच जाता है। आपको शायद यकीन नहीं आ रहा कि बाधाओं के बीच में से कैसे रास्ता निकाला जा सकता है? तो इसे जानने के लिए आपको कैरोली टेकाच को अवश्य जानना चाहिए।

कैरोली टेकाच हंगरी की सेना में सार्जेंट थे। सन् 1938 में 28 साल की उम्र में वे देश के सर्वश्रेष्ठ पिस्टल शूटर थे। सभी का यह मानना था कि वर्ष 1940 के टोक्यो ओलंपिक खेलों में वे स्वर्ण पदक जीतने के प्रबल दावेदार हैं, लेकिन दुर्घटनावश एक सैन्य प्रशिक्षण सत्र में कैरोली के हाथ में एक बम फट गया। इससे उनका दायाँ हाथ पूरा उड़ गया। देश के सर्वश्रेष्ठ पिस्टल शूटर के लिए इससे अधिक दु:खदायी बात और क्या हो सकती थी कि ओलंपिक से पहले न केवल उनका सपना चकनाचूर हो गया, बल्कि उनके शरीर का एक महत्त्वपूर्ण अंग भी चला गया। उनका पदक जीतनेवाला दायाँ हाथ खो चुका था, लेकिन उन्होंने हार नहीं मानी और अस्पताल में एक महीना रहने के बाद उन्होंने स्वयं से कहा कि अभी मेरे पास बायाँ हाथ है और साथ ही है मानसिक मजबूती। मैं अपने बाएँ हाथ से अभ्यास करूँगा और एक दिन अपने देश के लिए अवश्य पिस्टल शूटिंग में स्वर्ण पदक जीतूँगा। इसके बाद वे दुनिया की नजरों से दूर अपने बाएँ हाथ से शूटिंग का अभ्यास करने लगे। उस दर्द के बावजूद, जिससे उनका शरीर अभी भी त्रस्त था; उस तनाव के बावजूद, जो उनके हाथ को सहन करना पड़ रहा था और अब उन्हें अपने वे सारे काम बाएँ हाथ से करने पड़ रहे थे, जो अभी तक दाएँ हाथ से करते आ रहे थे, लेकिन उनकी नजरें और मानसिकता एक विजेता की बन चुकी थीं, इसलिए उन्होंने निरंतर अभ्यास किया और दायाँ हाथ गँवाने के मात्र एक साल बाद ही वे राष्ट्रीय शूटिंग चैंपियनशिप में भाग लेने जा पहुँचे। वहाँ उन्हें देखकर सभी प्रतिस्पर्धी उन्हें गले लगाकर बोले, "कैरोली, प्रणाम है तुम्हारे हौसले को। अपना हाथ खोने के बाद भी तुम

हम सबको हौसला बँधाने यहाँ आए हो।" यह सुनकर कैरोली मुसकराए और बोले, "मैं तुम सबका हौसला बढ़ाने ही नहीं आया हूँ, बल्कि तुम्हारा प्रतिस्पर्धी बनने भी आया हूँ।" यह सुनकर सभी प्रतिस्पर्धी दंग रह गए और कैरोली ने हंगरी में अपने बाएँ हाथ से राष्ट्रीय शूटिंग चैंपियनशिप जीत ली। उस शूटिंग चैंपियनशिप को जीतने के बाद उन्होंने पूरे देश का दिल जीत लिया। अब लोग उनके सम्मान में सिर झुकाने लगे, लेकिन वे यहीं नहीं रुके, क्योंकि उनके जीवन का ध्येय रुकना कभी था ही नहीं। उन्होंने तो हर हाल में चलना सीखा था, काँटों पर चलकर फूलों को चुनना सीखा था। उन्होंने वर्ष 1940 के ओलंपिक के लिए तैयारी आरंभ कर दी; लेकिन दुर्भाग्यवष द्वितीय विश्वयुद्ध के कारण 1940 और 1944 के ओलंपिक रद्द कर दिए गए। ओलंपिक रद्द होने से कैरोल मायूस हुए, लेकिन उनके हौसले बुलंद रहे और वे लगातार अभ्यास करते रहे। आखिर 1948 में लंदन में होनेवाले ओलंपिक में पिस्टल शूटिंग चैंपियनशिप में हंगरी का प्रतिनिधित्व करने के लिए उन्हें चुना गया। उस समय उनकी उम्र अड़तीस वर्ष हो चुकी थी। अनेक प्रतिस्पर्धी उम्र में उनसे कम थे। खेलों में कम उम्र सदैव सहायक सिद्ध होती है। बढ़ती उम्र में प्रतिस्पर्धा जीतने की चुनौती बेहद मुश्किल हो जाती है, लेकिन कैरोली उन लोगों में से थे, जिन्होंने सदैव मुष्किलों को हराकर जीतना सीखा था। सब लोग अपने सर्वश्रेष्ठ हाथ से मुकाबले में थे, लेकिन कैरोली अपने ओनली हैंड के साथ मुकाबला कर रहे थे।

हेल्सिंकी ओलंपिक में पिस्टल शूटिंग के मुकाबले में आखिर उन्होंने अपने ओनली हैंड से सबको पराजित कर ओलंपिक में स्वर्ण पदक पाने के सपने को पूरा कर लिया। जब उन्हें स्वर्ण पदक से सम्मानित किया गया तो सबकी आँखें नम थीं और लोगों के हाथ स्वतः ही उन्हें सलामी देने के लिए ऊपर उठ गए थे।

इस प्रकार, विजेता हर परिस्थिति को तोड़कर, मोड़कर विजेता बनकर बाहर निकलता है। आप भी अपनी छोटी-मोटी परेशानियों को बाधा की दीवार मत बनाइए, बल्कि यदि बड़ी बाधा सामने आती है तो उसको स्वीकार कर उसी में से अपना रास्ता बनाइए और कैरोली टेकाच की तरह अपनी एक अलग पहचान बनाइए।

3. खुद से प्रेम करना

'प्रेम' एक ऐसा शब्द है, जिसका कोई रूप नहीं है। यह निराकार है। व्यक्ति अपने अनुरूप प्रेम की तसवीर बना लेते हैं। कोई लड़का या लड़की में प्रेम तलाशता है तो कोई बच्चों में, कोई पुस्तकों में, कोई संगीत में तो कोई खेल में। जब आप किसी को प्रेम करते हैं तो अपना भी विशेष ध्यान रखने लगते हैं। यह स्वतः ही होने लगता है, क्योंकि प्रेम का वास्तविक अर्थ होता है—लगाव, आसक्ति और सुरक्षा। जब आप स्वयं तन-मन से स्वस्थ और अच्छे होंगे, तभी दूसरे का ध्यान रख पाएँगे।

जिससे आपको प्रेम होता है, उसके प्रति सुरक्षा का बोध स्वयं ही विकसित होने लगता है। प्रेम कभी भी नकारात्मक अहसास नहीं कराता। जहाँ यह नकारात्मक अहसास कराता है, वहाँ प्रेम नहीं होता। यदि माता-पिता अपने बच्चे के माध्यम से अपने सपनों को पूरा करने के लिए उस पर जोर देते हैं तो यह वास्तविक प्रेम कदापि नहीं। वास्तविक प्रेम तो वह है, जहाँ माता-पिता अपने बच्चे की इच्छा और उसके सपनों को पूरा करने के लिए सर्वस्व समर्पित कर दें।

इसी तरह, यदि कोई लड़का किसी लड़की से प्रेम करता है, लेकिन उसके इनकार करने पर उसे नुकसान पहुँचाता है तो यह प्रेम कदापि नहीं है। इसका अर्थ है कि उसे कभी प्रेम था ही नहीं, क्योंकि प्रेम में व्यक्ति के अंदर स्वयं को समर्पित करने की भावना और त्याग का समावेश हो जाता है।

स्वयं से प्रेम करनेवाला व्यक्ति आत्म-अनुशासित हो जाता है। जो आत्म-अनुशासन में ढल जाता है, वह सबको जीत लेता है। बड़ी-से-बड़ी हस्तियाँ आत्म-अनुशासन में ढलकर ही शिखर तक पहुँच पाईं। आत्म-अनुशासन प्रेम और स्व-प्रेम को जन्म दे देता है।

प्रत्येक व्यक्ति को आत्म-अनुशासित होना चाहिए, क्योंकि इसके माध्यम से आप खुद से प्रेम करना सीख जाते हैं। जब व्यक्ति खुद से प्रेम करना सीख जाता है तो वह सही कार्यों की तरफ ही अपने कदम बढ़ाता है। ऐसे में असफलता व्यक्ति को कमजोर नहीं कर पाती, क्योंकि आत्म-अनुशासित व्यक्ति इस बात को समझ जाता है कि जीवन में असफलता कुछ नहीं होती। असफलता सफलता की अगली सीढ़ी होती है। स्वयं से प्रेम करनेवाले व्यक्ति न ही असफलता से घबराते हैं और न ही समस्याओं से, क्योंकि आत्म-अनुशासन के माध्यम से उन्हें हर स्थिति को सँभालना आ जाता है। यदि आप भी अपने जीवन को सफल और सुखी बनाना चाहते हैं तो आत्म-अनुशासन को जीवन का नियम बनाएँ और स्वयं से प्रेम करते हुए शिखर तक पहुँच जाएँ। ऐसा करके आपको विविध अनुभव भी मिलेंगे, साथ ही आप एक प्रतिष्ठित व्यक्ति के रूप में भी जाने जाएँगे।

4. क्रोध

हम सभी को क्रोध आता है। यह लोगों के अंदर कम या अधिक होता है। आपके अनुसार क्रोध क्या है ? जब कार्य एवं परिस्थितियाँ हमारे अनुरूप नहीं होतीं तो हमें अच्छा नहीं लगता। मानव संरचना कुछ इस प्रकार की है कि हमें वही वस्तुएँ और लोग अच्छे लगते हैं, जो हमारे अनुसार आचरण करते हैं। जो इसके विपरीत होते हैं, वे हमें अच्छे नहीं लगते। वही वस्तुएँ एवं कार्य-कलाप हमें प्रभावित करते हैं, जो हमें पसंद हैं। दुनिया में कोई भी दो लोग बिल्कुल एक जैसे नहीं हो सकते। उनमें भिन्नता होती ही है। व्यक्ति

की शिक्षा, परिवेश एवं संस्कार के अनुसार ही उसकी रुचियाँ एवं आदतों का विकास होता है। क्रोध की स्थिति में व्यक्ति कई बार स्वयं को भूल जाता है और बड़े-से-बड़ा अहित कर डालता है। लोगों को लगता है कि क्रोध पर नियंत्रण नहीं हो पाता, लेकिन वास्तव में ऐसा नहीं है; आप स्वयं अपने अंदर झाँककर देखिए तो पाएँगे कि आपका क्रोध पर पूरा नियंत्रण है, बस, आप इस बात को गहनता से नहीं समझते। आइए, इस बात को एक उदाहरण से समझते हैं—

एक व्यक्ति किसी बड़ी कंपनी में काम करता है। एक दिन महाप्रबंधक उसके काम से नाराज होकर उसे खरी-खोटी सुनाता है और बुरी तरह प्रताड़ित करता है। ऐसे में व्यक्ति को क्रोध आना तय है, लेकिन वह अपना क्रोध महाप्रबंधक पर नहीं निकालता, क्योंकि उसे यह भलीभाँति मालूम है कि यदि महाप्रबंधक के डाँटने पर उसने क्रोधवश कुछ भी कहा तो उसका नौकरी से निकाला जाना तय है। ऐसे में उसके मस्तिष्क में क्रोध से अधिक रोजगार के बने रहने की इच्छा बलवती होती है। नौकरी से निकाले जाने पर जीविकोपार्जन की बड़ी समस्या उत्पन्न हो सकती है। इसलिए वह अपने क्रोध पर नियंत्रण रखता है या ऐसे कह लीजिए कि क्रोध को दबाए रखता है। उसका वह क्रोध विस्फोट अपने से निर्बल पर निकलता है, जिसमें माता-पिता,पत्नी, भाई-बहन और बच्चे शामिल हैं। आपको गुस्सा आ रहा है, इसलिए अपना गुस्सा निकालने के लिए बच्चे को थप्पड़ मार देते हैं। अगर गुस्सा आ ही रहा था तो वह तब क्यों नहीं निकला, जब आपके महाप्रबंधक आलोचना कर रहे थे अथवा डाँट रहे थे।

इस उदाहरण से यह प्रमाणित हो जाता है कि आपको क्रोध आता नहीं है, बल्कि आप जान-बूझकर क्रोध करते हैं। क्रोध को यदि बाहर निकालना ही है तो उसे रचनात्मक मोड़ देने का प्रयास करें। मसलन—यदि बॉस ने आपको आपके कार्य में कमियाँ गिनाते हुए क्रोध दिलाया है तो आप दोगुनी मेहनत कर, उन कमियों को दूर कर साबित कर दें कि आप एक कुशल कर्मचारी हैं।

जब आप क्रोध अपने परिवार के सदस्यों पर उतारते हैं तो उससे घर में नकारात्मक माहौल बन जाता है। झगड़े बढ़ने लगते हैं और परिवार में दरारें आनी आरंभ हो जाती हैं। इसलिए खुश रहें और जब भी आपको क्रोध आए तो उसे रचनात्मक कार्यों में निकालें तथा कुछ नया रचकर खुद को श्रेष्ठ साबित कर दें।

5. जितनी बड़ी चुनौती, उतनी बड़ी सफलता

जिंदगी में सुविधाएँ और अवसुविधाएँ दोनों ही मिलती हैं। कुछ लोग ऐसे होते हैं, जो सीधे-सरल तरीके से सुविधाओं के बीच ही जीवन गुजारना पसंद करते हैं तो कुछ ऐसे होते हैं, जिन्हें लीक से हटकर चलना पसंद होता है। लीक से हटकर चलते समय

अनेक समस्याओं एवं चुनौतियों का सामना करना पड़ता है। यकीन मानिए, जो लोग लीक से हटकर चुनौतियों का सामना सकारात्मक तरीके से कर लेते हैं, वे इतिहास बदल देते हैं और अमर हो जाते हैं। इस बात को अच्छी तरह समझने के लिए मारिया के जीवन पर एक नजर डालते हैं।

मारिया को बचपन से ही पढ़ने का बहुत शौक था। एक दिन बीमार होने पर वह डॉक्टर के पास गई। वहाँ देखा कि अधिकतर डॉक्टर पुरुष हैं। यह देखकर नन्ही मारिया ने मन में दृढ़ निश्चय कर लिया कि वह बड़ी होकर डॉक्टर ही बनेगी। रोम के मेडिकल कॉलेज के प्रमुख ने मारिया को दाखिला देने से इनकार करते हुए कहा, "ऐसा आज तक नहीं हुआ है कि कोई महिला डॉक्टर बने।" मारिया ने मेडिकल कॉलेज के प्रमुख के इनकार से हार नहीं मानी। वह पोप के पास गई। पोप के कहने पर उसका दाखिला वहाँ हुआ, लेकिन मुश्किलें अभी बहुत थीं। उस समय सिर्फ पुरुष ही डॉक्टर बनते थे, इसलिए उसके साथी उस पर व्यंग्य कसते और तंग करते। आधी रात को मारिया को शरीर विज्ञान की कक्षा में अकेले पढ़ने और मुर्दों की चीर-फाड़ करने के लिए विवश किया जाता। मारिया ने भी जैसे उन महिला चुनौतियों को स्वीकार कर लिया था और ठान लिया था कि इस बड़ी चुनौती को पार करके उन्हें इतिहास बदलना है, महिलाओं के लिए नए रास्ता का निर्माण करना है।

वे निडरता और आत्मविश्वास के साथ सारे काम करतीं। इससे उनके पुरुष साथी दाँतों तले उँगली दबा लेते। आखिर सन् 1896 में मारिया को सफलता मिली और वे इटली की पहली महिला डॉक्टर बन गईं। वहाँ भी पुरुष-प्रधान समाज के चलते उनके साथ भेदभाव हुआ। उन्हें सामान्य व्यक्तियों का इलाज करने नहीं दिया गया। इसके बजाय उन पर मूर्ख व मंद-बुद्धि बच्चों के इलाज की जिम्मेदारी डाल दी गई। मारिया ने इस चुनौती को भी सहर्ष स्वीकार किया। कुछ ही महीनों में उन्होंने अपनी मेहनत व योग्यता के बल पर मंद-बुद्धि व मूर्ख बालकों का इलाज करने के साथ ही उन्हें पढ़ने-लिखने के काबिल बना दिया। अब मारिया समझ गईं कि उनके इलाज के तरीके से मूर्ख व्यक्तियों में सुधार आ जाता है। उन्होंने अपने इस कार्य की सफलता को बार-बार दोहराया। वे हर बार सफल रहीं। आखिर सन् 1899 में उन्होंने 'ओर्थोपेडिक स्कूल ऑफ रोम' की स्थापना की। अपनी इस शिक्षण-प्रणाली के प्रचार-प्रसार के लिए उन्होंने नौकरी छोड़ दी। इस प्रकार, पुरुषों के प्रबल विरोध के बावजूद मारिया मॉण्टेसरी सफल हुईं। आज शिक्षा-जगत् में 'मॉण्टेसरी प्रणाली' को अत्यंत महत्त्वपूर्ण माना जाता है।

तो देखिए, किस तरह मारिया मॉण्टेसरी ने बड़ी चुनौती का निडरता से सामना किया। उन्हें उनके रास्ता से हटाने और डिगाने के अनेक प्रयास किए गए; लेकिन लोगों के नकारात्मक प्रहार उनके अंदर जीतने की चाहत बढ़ाते गए।

यदि मारिया पुरुष साथियों के दबाव से हार मानजातीं तो आज वे इतिहास बनकर यों न जगमगातीं। दुनिया में अनेक लोग हैं, लेकिन उन अनेक में कुछ लोग ही विश्व में छा जाते हैं और ये कुछ लोग वे होते हैं, जो बड़ी चुनौती को स्वीकार करते हुए आगे बढ़ते हैं। इतिहास खँगालकर देख लें तो पाएँगे कि जिन महान् हस्तियों ने बड़ी चुनौतियों को स्वीकार कर आगे बढ़ना जारी रखा, उन्होंने दुनिया को बदलकर रख दिया। आप भी बड़ी चुनौतियों से न घबराएँ, न ही उन्हें देखकर नकारात्मक प्रतिक्रिया दें। बड़ी चुनौती का सामना सकारात्मक ढंग से मुसकराते हुए करें और आप पाएँगे कि आप इतिहास बदलने जा रहे हैं तथा दुनिया के सामने एक नए रूप में आ रहे हैं।

6. सफलता की 100 प्रतिशत गारंटी

प्रत्येक व्यक्ति स्वयं को सफलता के शीर्ष पर देखना चाहता है; लेकिन वास्तव में कितने लोग ऐसे हैं, जो सफलता के शीर्ष पर पहुँच पाते हैं। बहुत कम, यहाँ तक कि सफलतम लोगों को उँगलियों पर गिना जा सकता है। ऐसा क्यों होता है कि एक ही जैसे दिखनेवाले व्यक्तियों में कुछ बहुत अधिक सफल हो जाते हैं तो अधिकतर जीवन के अंतिम पड़ाव तक केवल संघर्ष करते रहते हैं। संघर्ष और अपनी नाकामियों को रोते-रोते ही वे एक दिन इस दुनिया से चले भी जाते हैं। व्यक्ति के अस्तित्व के साथ ही उसके जीवन की कहानी भी मिट जाती है; लेकिन अत्यंत सफल लोगों के जीवन की कहानी उनके मिटने के बाद भी अमिट हो जाती है, जैसे—हेलेन केलर, थॉमस अल्वा एडिसन, डॉ. ए.पी.जे. अब्दुल कलाम आदि। हर व्यक्ति के जीवन में एक रास्ता ऐसा होता है, जो उसे सफलता की 100 प्रतिशत गारंटी प्रदान करता है।

क्या आप जानना चाहते हैं कि वह रास्ता कौन सा है ? तो चलिए, आज इसके बारे में जानते और समझते हैं।

व्यक्ति तीन तरह के रास्तों पर चलते हैं, जो इस प्रकार से हैं—

1. बिना कार्य के सोचना,
2. बिना सोचे कार्य करना,
3. सोच-विचारकर कार्य करना।

उपर्युक्त तीनों में से पहले दो रास्ते सदैव असफलता की ओर ले जाएँगे, जबकि तीसरा रास्ता सदैव सफलता की ओर लेकर जाएगा। इस बात को समझने के लिए अपने आसपास के कुछ उदाहरण लेते हैं—

पहला उदाहरण—1. बिना कार्य के सोचना

विराट कोहली पाकिस्तान के साथ चल रहे मैच में बल्लेबाजी कर रहे हैं। मैच जीतने के लिए 12 गेंदों में 18 रन चाहिए। उनमें से 3 गेंदें विराट कोहली खाली खेल जाते

हैं। टी.वी. पर खेल-प्रेमी मैच देख रहे हैं। विराट कोहली की 3 गेंदें व्यर्थ जाते देखकर एक खेल-प्रेमी बोलता है—यह कोहली को क्या हो गया है ? 3 गेंदें खाली गँवा दीं। इस स्थिति में तो मैं उन 3 गेंदों पर 3 छक्के मारकर मैच जिता देता।

अब आप सोचिए कि खेल-प्रेमी ने जो बात कही, क्या उसमें वास्तविकता है ? यदि उसे मैदान में भेज दिया जाए तो क्या वह 3 गेंदों में लगातार 3 छक्के लगा पाएगा, वह भी उस स्थिति में, जब उसे क्रिकेट बहुत अच्छी तरह नहीं आता है ?

बिल्कुल नहीं, बल्कि मैदान पर जाते ही उसके हाथ-पैर फूल जाएँगे, वह तनावग्रस्त हो जाएगा और आनन-फानन में सारी गेंदें व्यर्थ गँवा देगा।

ऐसा ही हम लोगों के साथ वास्तविकता में होता है, जब हम बिना सोचे-समझे कार्य करते हैं और उसमें असफल हो जाते हैं। ऐसे में हम स्वयं को दोषी ठहराने के बजाय अपने भाग्य व परिस्थितियों पर दोष डालकर मुक्त हो जाते हैं।

दूसरा उदाहरण—1. बिना सोचे कार्य करना

अमन के दोस्त गगन के पिता का बेहद सफल थोक के कपड़ों का व्यवसाय है। उसके घर में धन-दौलत देखकर अमन भी कपड़ों का व्यवसाय करने का फैसला करता है। वह अपने माता-पिता व दोस्तों की कोई बात नहीं सुनता और लाखों का ऋण लेकर माल लेकर काम आरंभ कर देता है, लेकिन बिना अनुभव के उसे कुछ समझ ही नहीं आता कि व्यवसाय को कैसे चलाया जाए ? ऐसे में न केवल उसका व्यवसाय असफल हो जाता है, बल्कि उस पर लाखों का ऋण भी चढ़ जाता है।

तीसरा उदाहरण—1. सोच विचारकर कार्य करना

एक दिन सार्थक स्वीमिंग पूल पर जाकर लोगों को तैरते हुए देखता है। लोगों को कुशलतापूर्वक स्वीमिंग करते हुए देखकर उसके मन में भी स्वीमिंग करने की इच्छा जाग्रत् हो जाती है। इसके लिए वह लोगों से पूछता है कि उन्हें इतनी अच्छी स्वीमिंग कैसे आती है ? उनसे विचार-विमर्श कर वह स्वीमिंग का प्रशिक्षण देनेवाले एक अच्छे इंस्टीट्यूट में जाता है, वहाँ पर प्रशिक्षण लेता है और निरंतर अभ्यास करता है। पहले वह उथले पानी में अभ्यास करता है, फिर मध्यम में और एक दिन वह अत्यंत गहरे पानी में जाकर भी तैरना सीख जाता है।

उसकी तैराकी देखकर स्कूल के कोच उसे प्रतियोगिताओं के लिए तैयार करते हैं। वह उनके मार्गदर्शन में कड़ा अभ्यास करता है, उनकी बातों को सुनता व समझता है और एक दिन वह अंतरराष्ट्रीय स्तर की चैंपियनशिप जीत जाता है।

इस तरह, वह केवल तैराकी में ही नहीं, बल्कि जीवन में भी 100 प्रतिशत सफलता प्राप्त कर लेता है। तैराकी के माध्यम से उसके पास यश, धन और घर सबकुछ आ जाता है।

इस तरह, जो लोग जीवन में सोच-विचारकर कार्य करते हैं, वे न केवल सफल होते हैं, बल्कि अपनी सफलता से विश्व में अनेक कीर्तिमान बनाते हैं।

आपके पास तीन तरह के रास्ता उपलब्ध हैं। यह आप पर निर्भर करता है कि आप कौन सा रास्ता अपने लिए अपनाते हैं। बिना कार्य के बेवजह सोचना, बिना सोचे कार्य तुरंत करना, ये असफलता की ओर ले जाते हैं; जबकि सोच-विचारकर किया गया कार्य सफलता की ओर ले जाता है। इसलिए आप हिम्मत न हारें, डरकर पीछे न हों और न ही लालचवश आनन-फानन में काम करें, बल्कि पहले सीखें और फिर आगे बढ़कर इतिहास रच दें। पूरा आसमान तुम्हारा है।

मनुष्य जीवन सबसे खूबसूरत इसलिए ही है, क्योंकि इसमें आपके पास करने के लिए बहुत कुछ होता है। पशु-पक्षी अपनी सीमाओं में बँधे होते हैं; लेकिन व्यक्ति सकारात्मक विचारों के साथ यदि हिम्मत और मेहनत से आगे बढ़ने का प्रयास करता है तो वह गारंटीपूर्वक सफलता प्राप्त करता है तो देर किस बात की है, पूरी धरती और आसमान आपका है। आप इसे नापने के लिए तैयार रहिए और आगे बढ़िए।

7. समय-प्रबंधन

बचपन से हम सुनते आ रहे हैं कि समय बेहद कीमती होता है। गंभीरतापूर्वक विचार करने पर हम सभी को यह बात बहुत सही लगती है कि समय बेहद कीमती होता है, लेकिन वास्तव में कितने लोग ऐसे हैं, जो समय का प्रबंधन करके सारे काम करते हैं और अपने समय को व्यर्थ गँवाने से बचाते हैं। यदि हम सब यह विचार करने लगे तो आधे से अधिक लोग उस श्रेणी में आएँगे, जो अपना समय व्यर्थ गँवाते हैं और जिन्होंने अपने समय-प्रबंधन के लिए कुछ भी निर्धारित नहीं कर रखा है।

आखिर ऐसा क्यों होता है कि समय का महत्त्व जानने के बाद भी हम इसे गपशप में गँवाना, सोने में व्यतीत करना, मित्रों के साथ घूमने-फिरने में बिताने में ज्यादा अच्छा महसूस करते हैं? कभी सोचा है आपने कि ऐसा क्यों होता है कि हम समय का महत्त्व जानते हैं, मानते हैं और समझते हैं; लेकिन इसके बावजूद उस पर अमल नहीं करते। ऐसा इसलिए है, क्योंकि हममें से अधिकांश ने अपने जीवन का कोई बड़ा लक्ष्य तय ही नहीं किया होता। अधिकतर लोग अपने लिए बहुत छोटे-छोटे लक्ष्य बनाते हैं और उन्हें वे प्राप्त कर लेते हैं। उसके बाद वे सोचते हैं कि बहुत कुछ पा लिया, अब जीवन में ऐश और मौज-मस्ती करो। बस, फिर वे समय का प्रबंधन करने से चूक जाते हैं और जीवन में बड़े लक्ष्य तक कभी पहुँच ही नहीं पाते। हम सभी बिल गेट्स से परिचित हैं। वे विश्व के सर्वाधिक धनी व्यक्तियों में से एक हैं। उनके बारे में कहा जाता है कि वे एक सेकंड में भी इतना अधिक कमाते हैं, जितना हममें से कई लोगों को कमाने में कई साल लग

जाएँ। कई सालों की कमाई एक व्यक्ति यदि एक सेकंड में अर्जित कर रहा है तो इसका स्पष्ट जवाब यही नजर आता है कि उसने वर्षों तक उस मुकाम तक पहुँचने में कड़ा परिश्रम और समय लगाया है। यह सब समय-प्रबंधन के कारण ही संभव है।

समय-प्रबंधन का अमीर या गरीब से कोई लेना-देना नहीं है। यह दोनों के लिए बराबर है। एक गरीब व अमीर दोनों को ही दिन में 24 घंटे मिलते हैं। अब अपने उन 24 घंटों को अमीर व गरीब किस प्रकार उपयोग करते हैं, बाकी परिणाम उस पर निर्भर करता है।

समय-प्रबंधन का कुशलतापूर्वक उपयोग करने का सबसे सरल रास्ता है कि अपने जीवन का बड़े-से-बड़ा लक्ष्य बहुत छोटी उम्र से निर्धारित कर लें। जब आप अपने जीवन का बड़ा लक्ष्य कम उम्र में ही निर्धारित कर लेते हैं तो बड़े होते-होते उसको प्राप्त करने की इच्छा बलवती होती जाती है और आप उसी के अनुरूप कार्य करने लगते हैं। इसके बाद आपको यह भी समझ आ जाता है कि समय-प्रबंधन की सफल तकनीक पैरेटो के नियम 20/80 पर आधारित होती है। इसका अर्थ यह है कि हमारी 20 प्रतिशत प्राथमिकताएँ ही 80 प्रतिशत परिणाम देती हैं और ये 20 प्रतिशत प्राथमिकताएँ हमारे जीवन के लिए सर्वोपरि होती हैं। अपना अधिकतर धन, श्रम, समय एवं ऊर्जा लगाने से हमें 80 प्रतिशत परिणाम मिल जाते हैं।

यदि आप एक लक्ष्य को पा लेते हैं तो फिर अपनी रुचि के अनुरूप दूसरा लक्ष्य बना लें, क्योंकि समय की बरबादी व्यक्ति तभी करता है, जब उसके पास न तो करने के लिए कुछ होता है और न ही जीवन का कोई लक्ष्य होता है। एक लक्ष्य की पूर्ति होने पर बिल्कुल न रुकें। आखिर आपकी उम्र भी तो एक लक्ष्य पाने के बाद नहीं रुकती, नहीं थमती तो फिर आप क्यों रुक जाते हैं? जीवन सभी के लिए अपरिमित संभावनाओं, समृद्धियों एवं सफलताओं से भरा हुआ है, तो फिर देर किस बात की है? समय-प्रबंधन करके बड़े लक्ष्य बनाइए और इन सभी समृद्धियों, नई-नई संभावनाओं तथा सफलताओं को अपनी झोली में भरकर ले जाइए।

जब आप लक्ष्य निर्धारित करते हुए सफलता-दर-सफलता प्राप्त करते जाएँगे तो समय की बरबादी स्वयं ही थम जाएगी। आपका कुशल प्रबंधन न केवल आपको बड़े लक्ष्यों तक पहुँचा देगा, बल्कि आपको शारीरिक व मानसिक दृष्टि से भी हृष्ट-पुष्ट कर देगा। एक स्वस्थ मस्तिष्क में ही नए और सकारात्मक विचारों का विकास होता है। ये विचार आपके लिए लक्ष्य की सीढ़ी तैयार करते हैं और समय निर्धारित कर आप उन सीढ़ियों को पार करके विजेता बनकर दुनिया के सामने आते हैं। आज से ही बड़े लक्ष्य बना लें, फिर समय-प्रबंधन करें और उसके अनुरूप कार्य व श्रम कर जीवन को सफल बनाएँ, इस दुनिया को नई राह दिखाएँ।

8. सदैव कृतज्ञ रहें

प्रत्येक व्यक्ति धन एवं सफलता पाने के बाद भी खुश नहीं रहता। खुश रहने के लिए लोग नए-नए तरीके ढूँढ़ते हैं, लेकिन फिर भी आंतरिक खुशी नहीं मिल पाती। आखिर क्या वजह है कि एक-एक कर हर लक्ष्य को पाने के बाद, असीम धन-दौलत को पाने के बाद भी मन सच्ची खुशी के लिए अशांत रहता है ? आखिर खुश रहने के लिए कौन से तत्त्व चाहिए होते हैं ? खुशी के क्या मानक हैं ? इस संदर्भ में वैज्ञानिकों का कहना है कि 'न्यूरोट्रांसमीटर डोपामाइन, जो दिमाग के मिजोलिंबिक पाथवे और न्यूक्लियस एक्यूम्बेंस हिस्से में काम करते हैं, वे इनसान में खुशी के उत्पादन का कारण होते हैं। खुशी के भाव को हर व्यक्ति अपने अंदर उत्पन्न कर सकता है। इसके लिए प्रत्येक व्यक्ति के अंदर कृतज्ञता का अहसास होना जरूरी है। कृतज्ञता के बल पर व्यक्ति हर असंभव परिस्थिति को सहज बना लेता है और दु:खी व तनावपूर्ण परिवेश में भी खुश रहता है। हमारे पास इतना कुछ है, जिसकी हम गिनती ही नहीं करते और जो नहीं है, उनकी एक लंबी सूची बनाकर रखते हैं। खुशी को महसूस करने के लिए जो वस्तुएँ आपके पास हैं, उनकी एक सूची बनाएँ और फिर उनके प्रति कृतज्ञता महसूस करें। गौतम बुद्ध भी कहते थे कि कृतज्ञता खुशी का स्रोत है। यह सबको झुकाने की ताकत रखती है। इस बात को निम्न वास्तविक घटना से बहुत अच्छी तरह समझा जा सकता है—

एक बार व्हाइट हाउस में राष्ट्रपति आइजनहावर ने एक प्रीतिभोज आयोजित किया। उस भोज में शामिल होने के लिए अनेक गण्यमान्य लोग लालायित थे। महान् अमेरिकी लेखक जेम्स मिचेनर को भी उस शाही भोज में आमंत्रित किया गया। संयोगवश, उसी दिन जेम्स मिचेनर को पता चला कि उनकी पूर्व शिक्षिका को भी उसी दिन एक समारोह में सम्मानित किया जाना है। जेम्स मिचेनर को काबिल इनसान बनाने में उनकी शिक्षिका का महत्त्वपूर्ण योगदान था। वे हर पल अपनी शिक्षिका के प्रति कृतज्ञता महसूस करते थे और जब भी उन्हें कहीं उपलब्धि मिलती थी तो उनके हृदय से शिक्षिका के लिए कृतज्ञता स्वयं ही प्रकट हो जाती थी। एक ही दिन और एक ही समय के दो-दो महत्त्वपूर्ण कार्यक्रम देखकर जेम्स ने अपनी शिक्षिका के सम्मान समारोह में शामिल होने का निर्णय लिया। उन्होंने उसी समय राष्ट्रपति आइजनहावर को पत्र लिखा—"महामहिम, आपके भोज आमंत्रण का प्रस्ताव पाकर मैं स्वयं को बहुत भाग्यशाली महसूस कर रहा हूँ। मैं इस भोज में अवश्य शामिल होता, यदि उसी दिन और उसी समय मेरी शिक्षिका का सम्मान समारोह न होता। मेरी शिक्षिका मेरे जीवन का आदर्श रही हैं। उन्होंने मुझे लिखना सिखाया, विपरीत परिस्थितियों से लड़ने का हौसला दिया और मेरे अंदर उस आत्मविश्वास को विकसित किया, जिसके बल पर आज मुझे आपका आमंत्रण प्राप्त हुआ है। मैं अपनी शिक्षिका के प्रति सदैव कृतज्ञ रहूँगा। मैं बेहद सौभाग्यशाली हूँ कि

मुझे अपनी आँखों से अपनी शिक्षिका को सम्मानित होते हुए देखने का स्वर्णिम अवसर प्राप्त हो रहा है।"

जेम्स मिचेनर का पत्र पाकर आइजनहावर बेहद अभिभूत हो गए। उन्होंने तुरंत जेम्स को उसका जवाब देते हुए लिखा—"प्रिय श्री मिचेनर, राष्ट्रपति आते-जाते रहते हैं, लेकिन वह शिक्षक, जिन्होंने आपके जीवन को एक महत्त्वपूर्ण आयाम दिया है, बार-बार नहीं आएँगे। आपकी उनके प्रति कृतज्ञता ही आपकी खुशी का स्रोत है। इसलिए आप न केवल उनके सम्मान समारोह में शामिल हों, बल्कि मेरी तरफ से भी उन्हें शुभकामनाएँ दें। शिक्षक ही विद्यार्थी का श्रेष्ठ कल बनाते हैं। हम जीवन भर उनके ऋणी रहते हैं। ऐसे में, हमें अपने शिक्षक की भावनाओं के साथ-साथ उनकी जरूरतों का भी पूरा ध्यान रखना चाहिए और उनके प्रति सदैव कृतज्ञ रहना चाहिए।" राष्ट्रपति का यह पत्र पाकर जेम्स प्रसन्नता से नाच उठे और अपनी शिक्षिका के सम्मान समारोह में शामिल होने के लिए चल पड़े।

तो देखा, ऐसी होती है कृतज्ञता, जो बड़े-से-बड़े व्यक्ति को भी भाव-विभोर करने की ताकत रखती है। अपने अंदर हम अपनी विशेषताओं की पूँजी को इकट्ठा करके खुशी को न केवल उत्पन्न कर सकते हैं, बल्कि उसकी मात्रा को बढ़ा भी सकते हैं। जब आप खुश होते हैं तो दूसरों को भी खुश करने का प्रयास करते हैं। खुशी संक्रामक होती है, बस, इसे फैलाने का प्रयास करिए।

अगर अब भी आप का मन अशांत है और आप खुशी की तलाश कर रहे हैं तो आज रात को सोने से पहले एक काम अवश्य करिए—

- एक डायरी लीजिए।
- उसमें जो भी कुछ आपके पास अच्छा महसूस कराने वाली वस्तुएँ एवं लोग हैं, उन सबको लिखिए।
- उनकी गिनती करिए।
- फिर जोर से बोलिए कि जो कुछ आपके पास है, वह इस दुनिया में अनगिनत लोगों के लिए एक स्वप्न है। पता नहीं उनका यह स्वप्न कभी सच होगा या नहीं, लेकिन उनका स्वप्न आपके जीवन की वास्तविकता है। तो इसके प्रति कृतज्ञ होइए न। खुशी खुद-ब-खुद आपके अंदर से फूट पड़ेगी और उसकी किरणें न केवल आपके चेहरे पर मुसकराहट लाएँगी, बल्कि आपके संगी-साथियों को भी मुसकराने के लिए पेरित कर देंगी।

9. अकेले रहना और अकेले खड़े रहना सीखें

हममें से कितने लोग ऐसे हैं, जो खुद के साथ अकेले एक घंटा बड़े आराम से

व्यतीत कर सकते हैं? जब आप अपने साथ हों तो उस समय आपके साथ न ही कोई व्यक्ति होना चाहिए और न ही कोई उपकरण, जैसे—मोबाइल या टी.वी.। केवल आप अपने साथ रहें, खुद से बातें करें, खुद को जानें और पहचानें। यदि आप अपने साथ एक घंटा भी व्यतीत नहीं कर सकते तो इसका अर्थ है कि आप बेहद बोर व्यक्ति हैं। सोचिए, जो व्यक्ति स्वयं के साथ एक घंटा शांतिपूर्वक और आराम से नहीं बिता सकता, वह दूसरों के साथ समय कैसे बिता पाएगा? हमारी खुद की चाहत हर कार्य एवं वस्तु के लिए मुख्यत: अपने लिए होती है। हम प्रसिद्धि, सफलता, दौलत, अच्छा स्वास्थ्य—सब कुछ पाना चाहते हैं। ये सब पाने के लिए हमें खुद से प्रेम होना जरूरी है और हमें अकेले में अपना साथ प्रिय लगना जरूरी है। यहाँ पर अकेलेपन का अभिप्राय उदासीनता से नहीं, बल्कि उत्साह से है। इसलिए जब भी आप अपने साथ अकेले में रहना चाहते हों तो इसको इस प्रकार से कहना चाहिए कि आप एकांत चाहते हैं। एकांत में विचरण और चित्रण संभव होता है। जो व्यक्ति खुद के साथ एकांत में रहता है, उसे विपरीत परिस्थितियाँ भी परेशान नहीं करतीं। अमूमन हमारे समाज में यह देखने को मिलता है कि यदि हमारे प्रिय व्यक्ति हमारा साथ छोड़ देते हैं या उनसे मित्रता टूट जाती है तो हम गहन अवसाद का शिकार हो जाते हैं और खुद को पूरी दुनिया से काट लेते हैं। ऐसे में, कई बुरी लतोंका शिकार हो जाते हैं तो कई आत्महत्या कर लेते हैं। ऐसा वे लोग करते हैं, जो आंतरिक रूप से कमजोर होते हैं और जिन्होंने एकांत को कभी अपना साथी नहीं बनाया होता। एकांत के साथ रहनेवाला व्यक्ति समाज में भी अकेले अनेक कीर्तिमान रच देता है, बल्कि वास्तव में देखा जाए तो अकेला व्यक्ति ही इतिहास रचता है, स्वर्णिम सफलता प्राप्त करता है और अपने पीछे प्रेरणा के ऐसे चिह्न छोड़ जाता है, जो आनेवाली पीढ़ियों को सदैव यह बोध कराते हैं कि एक अकेला व्यक्ति सबसे साहसी होता है। इस बात को हम इस तरह भी समझ सकते हैं कि अगर हम सदैव दूसरे का सहारा लेकर चलेंगे तो अकेले कभी चल ही नहीं पाएँगे और दूसरे का सहारा लेकर हम कभी दौड़ नहीं लगा पाएँगे। दौड़ और उड़ान केवल अपने पैरों के साथ हो सकती है, दूसरे के पैरों व हाथों का सहारा लेकर तो केवल घिसट-घिसटकर चला जाता है। दौड़ने के लिए व्यक्ति के अंदर उम्मीदों और विश्वास के पंख होने चाहिए। जिस व्यक्ति के पास उम्मीदों और विश्वास के पंख होते हैं, वह अकेले ही महासागर को पार करने की क्षमता रखता है। जब व्यक्ति अकेला चलता है तो वह असंभव चुनौतियों को भी संभव में परिवर्तित कर डालता है। वह ऐसे अद्‌भुत कार्य करके विश्व को आश्चर्यचकित कर देता है, जो मानव इतिहास ने अब तक असंभव कोष में डाले हुए थे और यह कहा हुआ था कि मानव कभी उन लक्ष्यों तक नहीं पहुँच सकता।

अमेरिका के कोलिन ओब्रेडी अकेले, बिना किसी की मदद के अंटार्कटिक पार

करने वाले पहले व्यक्ति हैं। 33 वर्षीय कोलिन को बर्फ से ढके इस महाद्वीप की 1,600 किलोमीटर की यात्रा करने में पूरे 54 दिन लगे। उनसे पहले वर्ष 1996-97 में नॉर्वे के बोर्ग ऑसलैंड पहली बार अकेले अंटार्कटिक पार करनेवाले व्यक्ति बने थे; लेकिन उन्होंने हवाओं की दिशाओं की जानकारी प्राप्त करने के लिए पतंगों की सहायता ली थी। कोलिन इस अद्भुत कामयाबी को प्राप्त कर बेहद रोमांचित हैं। वे कहते हैं कि "मैं अकेला ही चला था। मेरे मस्तिष्क में एकांत में होने के कारण अनेक ऐसे विचार आते थे, जो मुझे प्रेरित करते थे कि मैं सकुशल सफलता प्राप्त करके लौटूँगा। मेरे उन विचारों ने मुझे दबाव के पलों में मजबूत बनाए रखा और आखिर मैंने इतिहास रच दिया।"

एकांत में रहनेवाला व्यक्ति इतना सजग और चतुर हो जाता है कि वह कठिनाइयों को भी बाएँ हाथ का खेल समझता है। उसके अंदर नकारात्मक को सकारात्मक में बदलने की काबिलीयत आ जाती है। अँधेरा कितना ही स्याह और घना क्यों न हो, लेकिन वह सदैव सुनहरी लकीर की आशा करता है और उसे पाकर ही दम लेता है। चुनौतियाँ सबके जीवन में आती हैं, लेकिन उनसे अच्छी तरह निबटना उसी व्यक्ति को आता है, जो एकांत में निडर होकर उनसे जूझना जानता है। लीक से हटने के लिए अकेले ही कदम उठाया जाता है। अकेले में व्यक्ति जब मुसीबतों का सामना करता है तो वह संघर्ष के स्वर्णिम पलों को जीता है और ये स्वर्णिम पल उसे मानसिक रूप से साहसी बनाते हैं, उसके लिए सफलता की सुनहरी चादर बुनते हैं।

एकांत में आने के लिए ध्यान करना नहीं, बल्कि ध्यान लगाना जरूरी होता है। अकेलापन नकारात्मक बोध कराता है और एकांत सकारात्मक। अकेलेपन में व्यक्ति दूसरों के बारे में सोचकर और खुद को अकेला महसूस कर चिड़चिड़ा एवं बीमार हो जाता है। एकांत में व्यक्ति स्वयं का विश्लेषण कर अपने मन व मस्तिष्क से बात करता है और स्वयं को निखारता है। इसलिए यदि आपको स्वयं को निखारना है तो एकांत को अपना प्रिय साथी बनाइए। इसके माध्यम से आप जीवन की हर जंग को जीतना सीख जाएँगे।

10. मानव संबंधों को मजबूत बनाएँ

हम सभी स्वयं को फिट रखने के लिए व्यायाम करते हैं, जिम जाते हैं और ब्यूटी पार्लरों का भी उपयोग करते हैं। हम अनेक सौंदर्य प्रसाधनों का प्रयोग करके स्वयं को खूबसूरत एवं आकर्षक बनाते हैं और सोचते हैं, अगर व्यक्तित्व का विकास मजबूत हो जाता है तो बहुत सारे क्षेत्रों में सफलता मिल जाती है। यह ठीक है कि यदि आप स्वस्थ एवं फिट हैं तो आप अनेक कार्यों को अच्छी तरह कर सकते हैं; लेकिन जीवन में सफलता का असली आनंद तब आता है, जब आपके मानवीय संबंध मजबूत होते हैं।

धन, दौलत और कामयाबी बेकार है, यदि आपके रिश्ते अपने परिवार के साथ मजबूत नहीं हैं। बहुत कम लोग ऐसे होते हैं, जो अपने संबंधों को खूबसूरत और सफल बनाने के लिए मानव संबंधों की तकनीक को जानने का प्रयास करते हैं। किसी भी कार्य और व्यवसाय की सफलता मानव संबंधों की मजबूती पर टिकी होती है। यदि आपको मानव संबंधों को अच्छी तरह सँभालना आता है, निभाना आता है तो आप बाधाओं में भी अवसरों को उत्पन्न कर सकते हैं; जबकि मानव संबंधों को निभाने का ज्ञान न होने पर अवसर भी रुकावट बनकर रास्ता में खड़े हो जाते हैं। मानव संबंधों की तकनीक में पारंगत होकर आप कठिन-से-कठिन समस्या और परेशानी को भी सहजता से दूर कर सकते हैं और स्वयं को अनेक पीड़ाओं व परेशानियों से बचा सकते हैं। मानव संबंधों की कुछ महत्त्वपूर्ण तकनीक हैं—

- जिस व्यक्ति के साथ आपको अपना कार्य या व्यवसाय बढ़ाना है, उसमें रुचि लें। केवल अपनी-अपनी ही न गाते रहें, बल्कि उसकी भी सुनें। सुनने में केवल प्रशंसा और रुचियाँ ही नहीं हैं, बल्कि आपको उनकी परेशानियाँ भी धैर्यपूर्वक सुननी चाहिए। यह मानवीय संबंधों की वह चाबी है, जो आपको कभी भी हारने नहीं देगी। हम संबंधों को निभाने में फेल इसलिए होते हैं, क्योंकि अपने सामने हम दूसरे की परेशानी एवं स्थिति को तवज्जो ही नहीं देते हैं। इसलिए दूसरों में रुचि लेकर उन्हें सुनना सीखें।
- सामनेवाले को प्रभावित करने के लिए यह अनिवार्य है कि आप भी उससे प्रभावित हों। यदि आप बात करते समय स्वयं को उससे बेहतर साबित करने का प्रयास करेंगे तो दूसरे व्यक्ति को इस बात का यकीन हो जाएगा कि आपसे भविष्य में उसे कोई सहयोग नहीं मिलने वाला। आप केवल दूसरों से मदद लेने में यकीन करते हैं, देने में कतई नहीं। इसलिए बात करते समय सामनेवाले से प्रभावित होकर अपने चेहरे पर सकारात्मक और प्रसन्नता के भाव लाएँ।
- लोगों को उसी रूप में स्वीकार करने का प्रयत्न करें, जैसे वे हैं। यदि आप उन्हें बदलने का प्रयत्न करेंगे तो आप न ही कभी मित्र बना पाएँगे और न ही कभी साझेदारी में अच्छा व्यवसाय कर पाएँगे। लोगों को उसी रूप में स्वीकार किए जाने की एक भूख होती है, जो विटामिन्स का काम करती है। जब आप उन्हें उनके प्राकृतिक स्वरूप में स्वीकार कर लेते हैं तो वह भूख समाप्त हो जाती है और व्यक्ति आपके अनुसार चलने के लिए तैयार हो जाता है। जबरदस्ती कभी किसी को सुधारा या परिवर्तित नहीं किया जा सकता। मानव संबंधों का सबसे महत्त्वपूर्ण बिंदु है कि व्यक्ति को उसके

प्राकृतिक स्वरूप में स्वीकार करके उससे संबंध बनाएँ और फिर हर कार्य में सफलता पाएँ।

- व्यक्ति का समर्थन करें। समर्थन मिलने पर व्यक्ति के अंदर उत्साह जाग्रत् हो जाता है और धीरे-धीरे वह वास्तव में प्रशंसनीय कार्य करने लगता है। इस तरह, आपकी उसके प्रति जो शिकायतें होती हैं, वे स्वतः ही कुशल मानव संबंधों के जाल में फँसकर दूर हो जाती हैं।
- जब भी कोई आपसे अपनी समस्या का समाधान पूछे तो उसे केवल परामर्श न दें, बल्कि उसे यह अहसास कराएँ कि समस्या के समाधान तक पहुँचने में आप उसके साथ हैं। ऐसा करने से पीड़ित व्यक्ति को संबल मिलता है। ऐसा करने से आप न केवल एक अच्छा मित्र पा सकते हैं, बल्कि अपने मानव संबंधों को मजबूत बनाने में भी प्रगाढ़ता हासिल कर सकते हैं।
- जब व्यक्ति मानवीय संबंधों को दृढ़तापूर्वक निभाने में कुशल हो जाता है तो कोई भी समस्या या तनाव उसके पास अधिक देर तक नहीं ठहर सकता। बुरे समय में प्रगाढ़ मानवीय संबंध उसका हाथ कसकर पकड़ लेते हैं। जब व्यक्ति को यह महसूस होता है कि उसके हाथों को अनगिनत हाथों ने थामा हुआ है तो उसके अंदर स्वयं ही साहस और उत्साह का संचार हो जाता है। इसलिए आप भी अपने मानवीय संबंधों को मजबूत बनाने में मेहनत करें। बड़े और अमीर व्यक्तियों में यह गुण सर्वाधिक देखने को मिलता है कि वे मानवीय संबंधों के कुशल चितेरे होते हैं और हर रुख को अपने अनुरूप मोड़कर इतिहास बदलने में कतई देर नहीं लगाते।

11. आलस्य को कैसे दूर करें

जीवन में सभी सफल होना चाहते हैं; लेकिन क्या कारण है कि असंख्य लोग सफल नहीं हो पाते और केवल कुछ ही व्यक्ति ऐसे होते हैं, जो अपने कार्यों व लक्ष्यों को प्राप्त कर इतिहास रच देते हैं। डोना ग्रीन सिकोर्स की इस बारे में कहते हैं कि "हममें से 90 प्रतिशत लोग केवल द्रष्टा होते हैं। वे केवल उतना ही देखते हैं, जो सामने दिखाई दे। ऐसा क्यों ? वह इसलिए, क्योंकि हम अपनी कल्पना की परीक्षा नहीं करते।" दूसरा, हम सभी लोगों में रचनात्मकता, उत्साह एवं संघर्ष का अभाव होता है। उसका कारण यह है कि हमें बचपन से ही हर चीज सहजता से उपलब्ध हो जाती है। अतः हमें यह ज्ञात ही नहीं होता कि उस वस्तु के हम तक पहुँचने का मूल्य क्या है ? आलस्य शारीरिक कम और मानसिक अधिक होता है। यदि शारीरिक होता तो स्टीफन हॉकिंग, हेलेन कीलर जैसे व्यक्तियों का आज कोई नाम-निशान नहीं होता, लेकिन इस दुनिया से जाने के बाद

भी वे अमर हैं, क्योंकि उन्होंने अपनी शारीरिक विकलांगता को अपनी मानसिक शक्ति से पराजित कर दिया। आलस्य की प्रमुख वजह हमारे मस्तिष्क में होती है। हम अपने मस्तिष्क को जैसा आदेश देते जाते हैं, मस्तिष्क वैसा ही आदेश मानने लगता है।

असंख्य लोगों को पढ़ाई बेहद बोर लगती है और कई बार तो उन्हें पुस्तक उठाते हुए भी आलस्य आने लगता है। यहाँ पर वे दोष पढ़ाई को दे देते हैं, जबकि इसमें मुख्य भूमिका उनके मस्तिष्क की है। यदि वे अपने मस्तिष्क में प्रतिदिन इस बात को बैठाते रहें कि उनके माता-पिता उन्हें अच्छी शिक्षा प्रदान करने के लिए कितना संघर्ष करते हैं तो आलस्य का सर्प कभी भी कुंडली बनाकर उनके मन को न घेरे। आलस्य उन लोगों की बपौती होता है, जो आरामदायक स्थितियों में रहते और देखते हुए उनके आदी हो जाते हैं तथा उन्हें बैठे-बिठाए खाने-पीने की आदत हो जाती है।

आलस्य को हर व्यक्ति सहजता से दूर कर सकता है। इसके लिए आपको उस कार्य को रुचिकर बनाना है, जिसे देखते ही आपको आलस्य आने लगता है। किसी भी कार्य में रोचकता को ढूँढ़ना कतई मुश्किल नहीं है। बस, आप अपनी परिस्थितियों को उस कार्य के अनुरूप ढाल लीजिए। आलस्य को दूर करने के लिए आप निम्नलिखित कार्यों को अपनाइए—

- सुबह उठकर गुनगुना पानी पीजिए।
- व्यायाम कीजिए और सुबह सैर करने जाइए।
- पौष्टिक नाश्ता करिए। अपने परिजनों से जिंदादिली के साथ बात करिए।
- जीवन में आप क्या प्राप्त करना चाहते हैं, इस ओर ध्यान दीजिए। ऐसी सूची बनाइए, जिन्हें आप अवश्य पाना चाहते हैं। इसके बाद यह देखिए कि जीवन में आप जिन वस्तुओं और कामयाबी को पाना चाहते हैं, उनके लिए क्या-क्या करने की आवश्यकता है।
- एकांत में कुछ समय अवश्य गुजारिए।
- अच्छे मित्र बनाइए।
- पुस्तकें पढ़ने की आदत डालिए। पुस्तकें आलस्य दूर भगाने का बेहद कारगर उपाय हैं।
- अपने लक्ष्य को घर की दीवार पर लगाइए, ताकि हर पल आपके मस्तिष्क को यह सूचना मिलती रहे कि आपको जीवन में कहाँ तक जाना है।
- इनके अलावा, आप अपने परिवेश एवं स्थिति के अनुसार भी कदम उठा सकते हैं। ये कदम न केवल आपके आलस्य को भगाएँगे, बल्कि आपको सबका प्रिय भी बना देंगे।

□

सोनू शर्मा

सोनू शर्मा डायनेमिक इंडिया ग्रुप (इंडिया) DYNAMIC INDIA GROUP (INDIA) के संस्थापक, लेखक, एजुकेटर, बिजनेस कंसल्टेंट और एक सफल एंटरप्रेन्योर हैं। आज वह भारत के सबसे युवा प्रेरक वक्ताओं में से एक हैं। उन्होंने अपनी वास्तविक्र क्षमता का एहसास कराने के लिए व्यक्तियों को प्रेरित व प्रोत्साहित किया।

भारत में बारह से अधिक राज्यों में उनकी गतिशील कार्यशालाओं से हजारों लोगों को फायदा हुआ है और 202 देशों में यूट्यूब पर उन्हें लगभग 2 करोड़ लोगों ने सुना है। पिछले कुछ वर्षों में भारत में 5 लाख लोगों ने आपके लाइव सेमिनार में भाग लिया है।

सोनू शर्मा भारत में अग्रणी नेटवर्क मार्केटिंग कंपनी में से एक में क्राउन एंबेसडर और सबसे अधिक कमाई करनेवाले व्यक्ति हैं।

1. दुनिया में असंभव कुछ भी नहीं

इस दुनिया में असंभव कुछ नहीं होता। असंभव एक परिकल्पना है, किसी शब्दकोश में नहीं पाया जाता। लोगों के मुँह से सुना है। यह मस्तिष्क में रहता है। असल में अवतरित तब होता है, जब अधिक बार सोचा जाता है। जितनी बार आप अधिक सोचते हैं, उतनी बार यह मजबूत हो जाता है। आप जितनी बार जिसकी कल्पना ज्यादा करते हैं, वह उतनी बार और मजबूती से आपके सामने आकर खड़ा हो जाता है। जीवन में इसकी कोई प्रजाति नहीं पाई जाती। हैरी एंड्रिउज, जो ब्रिटिश के ओलंपिक कोच थे, ने कहा था, "मेरे हिसाब से 1 मील की दौड़ का रिकॉर्ड 4 मिनट से ज्यादा का है। उसे तोड़ना मानव के लिए असंभव है। आदमी इतना सक्षम नहीं है कि 4 मिनट के अंदर वह 1 मील क्रॉस कर सके। शारीरिक रूप से आदमी इतना सक्षम नहीं हो सकता पर किसी ने यह दूरी 3 मिनट 59 सेकंड और 4 मिली सेकंड में पूरी की—रोजर बैनिस्टर। जब भी कोई बात प्रामाणिक तौर पर कही जाती है तो लोगों के मन में संशय हो जाता है कि वह नहीं हो सकता। रोजर

बैनिस्टर सन् 1954 में निकलकर आए और वह किया, जो अब तक असंभव था। सन् 1954 तक ही असंभव था, क्योंकि सबके मस्तिष्क में हैरी गूँजते थे। इसके दस साल बाद सन् 1964 में स्कूल जानेवाला एक लड़का जिम रिऑन, जब ट्रैक पर दौड़ा तो उसने रोजर का रिकॉर्ड तोड़ दिया—3 मिनट 59 सेकंड, क्योंकि जब वह लड़का ट्रैक पर दौड़ा, ओलंपिक कोच उसके दिमाग में नहीं था। उसके दिमाग में था कि जब रोजर बेनिस्टर यह कर सकता है तो मैं भी कर सकता हूँ। कुछ भी असंभव नहीं है।

2,963 एकदिवसीय लगे सचिन को दोहरा शतक मारने के लिए। 2010 में सचिन तेंदुलकर ने पहले इंटरनेशनल वनडे में 200 रन बनाए। एक व्यक्ति इतने रन बनाए, यह असंभव था। हर टीम इस असंभव विचार को लेकर मैदान में उतरती थी। इस घटना के 16 महीने के बाद सहवाग ने इसको भी ब्रेक कर दिया। पहले रिकॉर्ड को ब्रेक होने में 3,000 वनडे लगे। उसके बाद सचिन का रिकॉर्ड सहवाग ने 250 वन डे में तोड़ दिया। क्योंकि जो खिलाड़ी सचिन के 200 रन करने के बाद मैदान में उतरते थे, उनके दिमाग में एक ही बात रहती थी—अगर सचिन ने कर दिया है तो दूसरा कर सकता है। वन कैन डू अदर कैन डू। रोहित शर्मा ने यही दो बार किया। क्रिस गेल ने किया, मार्टिन गुप्टिल के दोहरे शतक 6 साल में 6 बार लगे। पचास साल में एक भी नहीं लगा था। पहले लोगों को यह लगता था, यह असंभव है। जब तक नहीं होता, तब तक लगता है कि नहीं हो सकता, लेकिन जब हो जाता है तो बाकी लोगों को उम्मीद दिखती है कि बाकी लोग कर सकते हैं तो हम भी कर सकते हैं।

डॉ. ली दी फारेस्टर बहुत बड़े वैज्ञानिक थे। उन्होंने कहा, “इनसान कभी चंद्रमा पर नहीं पहुँच पाएगा। पृथ्वी विज्ञान की अधिकतम सीमा है।” डॉ. ली दी फारेस्टर ने ऐसा सन् 1955 में कहा था। सन् 1969 में नील आर्मस्ट्रांग ने कर दिखाया। आज तो ये हालात हैं कि अगर आपके पास पैसा है, आप अंतरिक्ष में जाकर हॉलिडे मना सकते हैं।

“सिर्फ पक्षी उड़ान भर सकते हैं। हवा से भारी मशीन का उड़ान भरना असंभव है।” लॉर्ड केल्विन ने कहा, “क्योंकि गुरुत्वाकर्षण उसको गिरा देगा और राइट ब्रदर्स ने कहा, “हमने साइकिल के स्पेयर पार्ट्स से इनसानों को पक्षी बना दिया।” यह भौंरे के बारे में कहा जाता है कि उसके पंख शरीर से भारी होते हैं। यह वायु के सिद्धांत के विपरीत है। पर भौंरा उड़ता है। फ्रैंकलिन रूजवेल्ट बारह साल तक यूनाइटेड स्टेट्स ऑफ अमेरिका के राष्ट्रपति रहे। वह विकलांग थे। पैरालाइज्ड, डाउन द बॉटम और वर्ल्ड की सबसे बड़ी अर्थव्यवस्था के बारह साल तक राष्ट्रपति रहे। “मेरे डॉक्टर ने कहा कि मैं कभी चल नहीं सकती पर मेरी माँ ने कहा कि तुम कर सकती हो और मैंने डॉक्टर से ज्यादा अपनी माँ पर विश्वास किया।” विल मेरिडोज एथीलिक तीन ओलंपिक गोल्ड मेडल, जिनको पोलियो था।

अल्बर्ट आइंस्टीन को मंद-बुद्धि कहा जाता था। आठ साल के थे, घर पहुँचे थे, माँ को चिट्‌ठी दी, जो प्रिंसिपल ने दी थी। माँ ने वह चिट्‌ठी पढ़ी, प्रिंसिपल ने लिखकर भेजा था—'आपका बच्चा विलक्षण प्रतिभा का धनी है। इसके अंदर असीम संभावनाएँ हैं। हमारा स्कूल, हमारा मैनेजमेंट, फैकल्टी और शिक्षक इस लायक नहीं हैं कि आपके बच्चे को अच्छी शिक्षा दे सकें। यह आपके लिए अच्छा होगा कि आप बच्चे को अपने घर पर पढ़ाएँ।' उसने अपने बच्चे को कहा, मैं तुझे घर पर पढ़ाऊँगी। तू स्कूल नहीं जाएगा। उनकी माँ चली गई। अल्बर्ट बहुत बड़े साइंटिस्ट हो गए। जब वह मकान शिफ्ट कर रहे थे तो ड्रॉअर के अंदर एक पेपर मुड़ा-तुड़ा में मिला। उन्होंने अपनी आत्मकथा में लिखा—"मैंने उसकी मिट्‌टी को हटाकर जब खोला तो वह पत्र था, जो बहुत साल पहले शिक्षक ने मेरे हाथ में दिया था और मैंने अपनी माँ के हाथ में रखा था। वह उत्सुकता के साथ उसको पढ़ रहे थे। जैसे ही पढ़ना शुरू किया, वह बहुत रोए। उसमें लिखा था—'तुम्हारा बच्चा मंद-बुद्धि है। यह हमारे स्कूल के लायक नहीं है। इसको आज के बाद हमारे स्कूल में मत भेजना। इसकी परवरिश खुद करो और माँ ने बताया, "तू सबकुछ कर सकता है। तेरे पास पावर है। तुझ में प्रतिभा है।"

बीथोवेन सबसे बड़े संगीतकार, जो सुन नहीं सकते थे। बीस साल की उम्र में वे अपने कान के सुनने की क्षमता खो बैठे थे। उन्हें कुछ सुनाई नहीं देता था और दुनिया के महान् पेंटर व संगीतकार हुए। रवींद्र जैन, जिन्होंने कभी कुछ नहीं देखा, उन्होंने कल्पना की और संगीत तैयार किया—'एक राधा, एक मीरा दोनों ने श्याम को चाहा।' और 'रामायण. में संगीत दिया रवींद्र जैन ने।

आप मन से अगर मजबूत और समृद्ध हैं तो कोई भी परेशानी आपके सामने नहीं आ सकती। भगवान् ने आपको सबकुछ दिया है। जितने भी लोग आपको कहें कि तुम नहीं कर सकते, आपको सिर्फ उनका विरोध करना है। कहना है कि असंभव कुछ भी नहीं। आपको कोई रोक नहीं सकता। जो लोग खुद को कमजोर समझते हैं, वे अपना नहीं, भगवान् का अपमान कर रहे हैं। भगवान् ने किसी को कमजोर पैदा नहीं किया। प्रकृति में कोई भेद नहीं है, भगवान् के लिए सब बराबर हैं। जैसा हम सोचते हैं, वैसे हम हो जाते हैं। जिस इनसान ने 'असंभव' शब्द का प्रयोग किया है, मानव सभ्यता की सबसे बुरी और विनाशकारी रचना की। भगवान् हमें खराब परिस्थितियाँ दे सकता है; लेकिन हम उन परिस्थितियों से कैसे गुजरते हैं, यह हमारे हाथ में है। हजारों गैलन पानी भी जहाज का कुछ नहीं बिगाड़ सकता, जब तक जहाज के अंदर नहीं आता। अंदर आएगा, तभी डुबो सकता है। नहीं तो कितना भी पानी हो, जहाज हमेशा उसके ऊपर तैरता है। कितनी भी नकारात्मक बातें क्यों न हों, आपका कोई बाल बाँका नहीं कर सकता। असंभव दुनिया में कुछ भी नहीं।

2. लक्ष्य बनाइए

हर पतंग को एक दिन कचरे के डिब्बे में जाना होता है, लेकिन उससे पहले आसमान छूकर दिखाना होता है। अधिकतम तक पहुँचना चाहिए। बिल गेट्स अपने लिए काम करते हैं? रतन टाटा अपने लिए काम करते हैं? फर्क ही नहीं पड़ता कि आप कितने सफल हैं। फर्क यह पड़ता है कि आप जितने सफल हो सकते थे, उतने सफल हैं या नहीं? अगर आप हजार तक पहुँच सकते थे और पचास पर खुश हैं कि सामनेवाला अभी दस पर है तो आप बहुत बड़ी गलती कर रहे हैं। सर्वश्रेष्ठ पर पहुँचने की कोशिश कीजिए। दुनिया की सारी प्रजातियाँ अधिकतम तक पहुँचती हैं—इनसान को छोड़कर। एक पेड़ कितना ऊँचा जाता है, जितना वह जा सकता है। कितना जमीन के अंदर जाता है, जितना वह जा सकता है। कितने फल देता है, जितने वह दे सकता है। उसकी शाखाएँ कितनी दूर तक जाती हैं, जितनी जा सकती हैं। उस पर कितने पत्ते होते हैं, जितने हो सकते हैं। लक्ष्य पर पहुँचने के लिए गोल्स चाहिए। ये ईंधन का काम करते हैं। टारगेट बड़े होने चाहिए। बड़े लक्ष्य तक पहुँचने के लिए आप जो इनसान बन जाते हैं, वह जरूरी है। जिस चीज में जाइए, वहाँ टॉप में रहिए। मोची बनिए, पर आप से बढ़िया मोची आपके पूरे शहर में नहीं होना चाहिए। आप नाई बनिए, लेकिन आपसे ज्यादा अच्छा बाल काटनेवाला आपके शहर में नहीं होना चाहिए। आप दर्जी बनिए, लेकिन किसी भी शादी में लोग जाएँ तो कहें कि कपड़े पहनेंगे तो आपके सिले हुए। टॉप टेन तक पहुँचने के लिए आप जैसे इनसान बन जाएँगे, आपको वैसा इनसान बनना है। आप अपनी क्षमता को अधिकतम पर लेकर जाइए।

वर्ष 1960 में होंडा मोटरसाइकिल ने एक लक्ष्य सेट किया। उनकी पंचलाइन थी—'वी विल डिस्ट्रॉय द कंपटीशन।' 1970 में नाईक ने गोल सेट किया। उनकी पंचलाइन थी—'क्रश एडीडास'। आपको कमजोर नहीं बनना। शेर और कुत्ते में अंतर है। कुत्ता अपने बच्चे को पालता है, शेर परवरिश करता है। शेर जंगल का राजा है और उसका बच्चा भी आगे चलकर राजा बनता है। शेर और शेरनी नाला क्रॉस करते हैं। शेर का बच्चा उनके साथ होता है। बच्चा नाला क्रॉस नहीं कर पाता तो शेर उसे प्रयास करवाता है। वह फिर गिर जाता है। बार-बार गिरने पर शेर पंजा मारकर अपने बच्चे को मार देता है, लेकिन कुत्ता अपने मुँह में दबाकर अपने बच्चे को नाला क्रॉस करवाता है।

लोग क्षमताओं के अभाव में नहीं हारते, लोग निर्णय लेने की क्षमता के अभाव में हारते हैं। जब रतन टाटा ने 'जैगवार' और 'रैंड रोवर' को खरीदा तो लोग हँसे उन पर—रतन टाटा सड़क पर आ जाएगा। रतन टाटा ने एक लाइन कही, "मैं कोई गलत-सही निर्णय नहीं लेता। मैं निर्णय ले लेता हूँ और उसे सही करके दिखाता हूँ।" आज जैगवार एवं रोवर टाटा को रेवेन्यू देनेवाली सबसे बड़ी कंपनियाँ हैं, जिनके बारे में मजाक

उड़ाया गया था। हो सकता है, लोग आपका आज मजाक उड़ाएँ। लोग ताना कसते हैं। होना चाहिए। क्रांतिकारी लोगों पर ही ताने कसे जाते हैं। आम आदमी पर कोई ताने नहीं कसता। आम आदमी को लोग दया की नजर से देखते हैं।

आजकल लोगों की एक कॉमन फिलॉसफी है—डिमांड मोर मनी, मोर रिस्पेक्ट, बिग कार, बिग हाउस। यह गलत फिलॉसफी है। सुंदर पिचाई 350 करोड़ रुपए हर साल का कमाते हैं। आप चाहने से अमीर नहीं हो सकते। प्रदर्शन कीजिए। आप प्रदर्शन करके अमीर बन सकते हैं। यह फिलॉसफी होनी चाहिए। लक्ष्य बनाइए और प्रदर्शन कीजिए, अपनी अधिकतम क्षमता के साथ। खुद पर काम करके आप अपनी कमाई को दस गुना बढ़ा सकते हैं, बजाय अपनी नौकरी में मेहनत करके। नौकरी में मेहनत कीजिए, लेकिन उससे ज्यादा खुद पर काम कीजिए।

3. पैसिमिस्ट लोगों से बचिए

पैसिमिस्ट होना इतना खतरनाक है, जितना कि एक ब्लड शुगर, कैंसर। ब्लड शुगर और कैंसर से आदमी बच सकता है। नकारात्मक आदमी न बचता है, न बचने देता है। वह अपने आसपास के कम-से-कम 20 किलोमीटर के एरिया को करप्ट कर देता है। पैसिमिस्ट आदमी वह होता है, जिसको आप दूध के दरिया से दूध लाने को भेज दो, शहद के दरिया से शहद लाने को भेज दो तो वह बिना कुछ लाए वापस आएगा। वह लेकर क्या आएगा? कोलेस्ट्रोल हो जाएगा, शुगर हो जाएगा! इसलिए मैं खाली हाथ आ गया। उसको कहीं भी भेज दो, वह खाली हाथ लौट आएगा। उसे हर अच्छाई में बुराई ही नजर आती है। चीजें कैसी दिखती हैं, पॉइंट नहीं है, आप कैसे देखते हो, यह पॉइंट है।

आपके हाथ में कॉफी का कप है। अगर कोई उसमें चीनी डाल दे तो उससे क्या हो? कुछ नहीं। अगर उसमें कोई जहर डाल दे तो? आप मर जाएँगे। जीवन शुगर और पॉइजन दोनों है। हाथ में कप है। आपका कोई बहुत बड़ा दुश्मन उसमें शुगर डाल दे, आपको कुछ होगा? लेकिन अगर आपका कोई अच्छा दोस्त गलती से भी उसमें जहर डाल दे तो क्या होगा? आप मर जाएँगे। जहर 90 प्रतिशत दोस्त ही डालते हैं। उन लोगों की संगति में मत रहिए, जो आपको नकारात्मक थॉट्स देते हैं। ट्रीट लाइक अ गार्ड योर माइंड एवरीडे। आपके घर में कोई कूड़ा डाले तो आप साफ कर सकते हैं। अगर आपके दिमाग में कोई कूड़ा डाले तो वह कभी साफ नहीं होता। ऐसे लोगों की संगति में मत रहिएगा, जो खुद भी कुछ नहीं करेंगे और आपको भी कुछ नहीं करने देंगे। अचीवर हमेशा एक एंटीना उत्पन्न करके रहना चाहिए, जिससे पॉजिटिव थॉट्स आते रहें और एक सर्किट लगाएँ, जिससे नकारात्मक थॉट्स उसके पास कभी न आएँ। पॉजिटिव थॉट्सवाले व्यक्ति को कोई रोक नहीं सकता। ब्रूस ली का एक पैर 1 इंच छोटा था,

5,000 पंच रोज मारता था। उसने कहा, “मैं उससे कभी नहीं घबराता, जिसने 10,000 तरीके अपनाए हुए हैं अपने काम को करने के। मैं घबराता उस आदमी से हूँ, जिसने एक ही तरीका 10,000 बार अपनाया है।” जिसको नहीं करना, आप उसको सब संपदाएँ दे दो, वह नहीं करेगा। जिसको करना है, उससे सबकुछ छीन लो, वह करके दिखा देगा। यही अंतर है एक पॉजिटिव और नकारात्मक व्यक्ति में। पैसिमिस्ट व्यक्ति हमेशा यह सोचकर चलेगा नहीं चलेगा किया जा सकता है। वह हमेशा यह सोचेगा, क्या अचीव नहीं किया जा सकता? गलतियाँ ढूँढ़ने में लगा रहेगा। जब भी गलती मिल जाए तो बहुत खुश होगा। यही है ऑप्टिमिस्ट और पैसिमिस्ट में अंतर कि वह कैसे देखता है—एक गिलास आधा भरा हुआ है या आधा खाली।

4. मन बात नहीं मानता

सामनेवाले के साथ जो हो रहा है, हम अधिकतर मानते नहीं हैं कि वह हमारे साथ भी हो सकता है; क्योंकि मन हमारी सुनता नहीं। तन हमारी बात मानता है, लेकिन पंद्रह दिन आप कुछ खाओ-पियो मत, क्या वह आपकी बात मानेगा? तन आपकी बात इसलिए मानता है, क्योंकि आप उसे खुराक देते हो। मन आपकी बात इसलिए नहीं मानता, क्योंकि आप उसे खुराक नहीं देते। अगर आप मन को वह खुराक दो, जो वह माँगता है तो वह भी आपकी बात मानेगा।

5. छोटी कोशिशें कामयाब होती हैं

छोटी कोशिशें निरंतर की जाएँ तो आपको बहुत महान् बनाती हैं। सफल होना बहुत मुश्किल काम नहीं है। लोगों को लगता है कि बहुत मुश्किल काम होगा, लेकिन साधारण चीजें हमेशा मुश्किल होती हैं। हम सभी जानते हैं कि सुबह सैर करना बहुत आसान है, लेकिन हम कर नहीं पाते। गरीब कर सकता है, अमीर भी कर सकता है; लेकिन नहीं करते। क्यों नहीं करते? क्योंकि आसान है। हमें लगता है, यह हम कभी भी कर सकते हैं। जो चीज कभी भी हो सकती है, वह कभी नहीं होती। हम जानते हैं कि एक सेब खाने से हम डॉक्टर से दूर रहेंगे, लेकिन हम सेब नहीं खा पाते। ज्यादा-से-ज्यादा पाँच मिनट लगते हैं, पर हम नहीं करते। कोई भी आदत एक दिन में विकसित नहीं होती। उसमें समय लगता है। अगर बर्गर खाते हैं, पिज्जा खाते हैं तो ऐसा कभी नहीं होता कि पिज्जा खाया और आपका तभी-के-तभी पेट बाहर निकल आया। ऐसा नहीं होता। धीरे-धीरे खाते-खाते एक दिन आपका पेट बाहर आ जाता है। थोड़ा-थोड़ा प्रयास रोज करें। एक दिन के शेड्यूल पर आएँ। पहले एक साल का बनाइए, फिर एक महीने का, फिर आज का। कल क्या होगा, मत सोचि; लेकिन कोई नहीं सोचना चाहता। आज के लिए प्लान चुनिए।

माइकल फेल्प्स, एक तैराक जिसने ओलंपिक में 30 से ज्यादा गोल्ड मेडल्स जीते हैं। अगर पूरे विश्व में 200 देशों को मिला दें तो भी उनके पास 30 गोल्ड मेडल्स नहीं होंगे। एक अकेले के पास 30 ज्यादा हैं। आज से लगभग चार साल पहले उन्होंने माइकल फिंच का तीस साल का रिकॉर्ड तोड़ा, जब उन्होंने एक ही ओलंपिक में 8 गोल्ड जीते। उनसे पूछा गया कि आपको कैसा लग रहा है ? आपका बहुत बड़ा दिन है ! माइकल फिंच ने 7 गोल्ड जीते और आपने 8 जीते। यह सबसे भाग्शाली दिन है। आपको कैसा लग रहा है ? माइकल फेल्प्स ने पत्रकार को ऊपर बुलाया और पूछा, "आपको लगता है, यह मेरा लकी डे है ? मेरा मैथ कमजोर है, हिसाब लगाओ। मैं दस घंटे रोज पानी के अंदर रहता हूँ तो तीस दिन में कितने घंटे रहा और एक साल में कितने घंटे रहा ? चार साल में ओलंपिक होता है। 12,000 घंटे आप पानी में रहोगे तो आप भी तोड़ दोगे। कोई भी किसी का भी रिकॉर्ड तोड़ देगा।"

छोटे-छोटे अनुशासन बनाने से आपके अंदर आत्मविश्वास बढ़ता है," हमारी विल पावर बढ़ती है, अपने ऊपर नियंत्रण क्षमता बढ़ती है। हुशैन बोल्ट, उनका रिकॉर्ड है तो सामने 400 मीटर, 200 मीटर, 100 मीटर ओलंपिक में गोल्ड जीतना। नाईक का एग्रीमेंट साइन हो रहा था। नाईक के वकील ने बोल्ट के वकील से एक सवाल पूछा। उसने पूछा, "अगर परफॉरमेंस की बात करें तो आपके रनर आज तक 2 मिनट 27 सेकंड दौड़े हैं। 1,000 करोड़ का एग्रीमेंट ? बारह साल में इनका परफॉर्मेंस टाइम तो मात्र ढाई मिनट है !" बोल्ट के वकील ने जवाब दिया, "ये ढाई मिनट के पैसे नहीं हैं। इससे पहले जो 10,000 घंटे ये दौड़े हैं, उसके पैसे माँगे हैं।

छोटे-छोटे काम ही आपको सफल बनाते हैं। एक दिन में चुटकी बजाकर कुछ नहीं मिलता। खुद को जलाना पड़ता है।

6. हाई वर्क एथिक्स

सोलह साल का एक लड़का पाकिस्तानी क्रिकेट टीम के खिलाफ बल्लेबाजी करने उतरा। 150 की स्पीड से बल्लेबाजी हो रही थी। सोलह साल की उम्र में टेस्ट क्रिकेट, अपोजिट पर नवजोत सिंह सिद्धू बल्लेबाजी कर रहे थे। चार खिलाड़ी आउट हो चुके थे। पाँचवाँ दिन था। टूटी हुई पिच। तेंदुलकर ने पहले दो टेस्ट मैच में 10 रन बनाए थे। चौथा टेस्ट मैच था। इमरान खान बॉलिंग कर रहा था। खतरनाक लोग, छह-छह फीट के लोग। जैसे स्क्रीन के ऊपर से गेंद आती, ऐसा लगता था। सिद्धू ने कहा कि मुझे लग रहा था कि लड़का मर जाएगा। पाकिस्तान के अंदर मैच था। वे बॉलिंग भी करते थे, गाली भी देते थे। सिद्धू ने ऑल द बेस्ट बोला। पहली गेंद कान के पास से निकल गई। कुछ दिखाई नहीं दिया। तीसरी बॉल नाक पर लगी और नाक फट गई। गिर गए नीचे।

सब लोग भागे। फिजियोथैरेपिस्ट के पास उस समय दो चीजें होती थीं—आइस बॉक्स और पैरासिटामोल। ट्राउजर लाल, जूते लाल, टी-शर्ट लाल। स्टेचर पर लिटाया गया। सिद्धू के कानों में एक आवाज आई, "सर, मैं खेलेगा।" खून में लथपथ कपड़ों के साथ, नाक पर पट्टी बाँधकर अगली बॉल पर चौका।

काम के बीच में कुछ न आने पाए, इसको कहते हैं—हाइएस्ट वर्क एथिक्स। हमारे साथ समस्या है कि जुकाम है तो आज छुट्टी कर लेते हैं। तबीयत ठीक नहीं। आज़ मासी के बेटी की शादी। पर्सनल प्रॉब्लम को कभी काम के बीच में नहीं आने देना चाहिए। वह तो हर दिन कोई-न-कोई खड़ी हो जाती है। अपने काम के प्रति सच्ची लगन होनी चाहिए, तभी विजन क्लियर होता है। तब रास्ते अपने आप बन जाते हैं। जब हम सफल नहीं हो पाते तो कहानियाँ बनती हैं कि मैं सफल नहीं हो पाया! जब आपको चुनाव करना पड़े तो आप हमेशा चुनाव उसका करें, जो आपको मुश्किल लगे। कभी आसान चीज को न चुनें, लेकिन 90 प्रतिशत लोग आसान चीजों को चुनते हैं। जब हम मुश्किल चीजों को चुनते हैं तो जीवन आसान हो जाता है। जब आसान चीजों को चुनते हैं तो जीवन मुश्किल हो जाता है। जितने लोग सफल हुए, उन्होंने हमेशा ही मुश्किल चीजों को फॉलो किया—विद हाइएस्ट वर्थ एथिक्स।

7. कृतज्ञ रहिए

लोगों के प्रति कृतज्ञ रहिए, जो आपके बुरे समय में साथ थे। विएतनाम मिशन के हीरो थे—चार्ल्स प्लम। उनका विमान क्रैश हो गया। वह पैराशूट लगाकर नीचे उतरे और उनकी जान बच गई। आठ साल के बाद वह जर्मनी में कहीं डिनर कर रहे थे। एक व्यक्ति उनसे आकर मिला, उसने पूछा, "चार्ल्स प्लम, आपका नाम है?" उसने कहा, "मैं आपको जानता हूँ।"

"तुम कौन हो?" चार्ल्स ने पूछा। उसने कहा, "सर, मैं वही आदमी हूँ, जिसने लास्ट फ्लाइट में आपका पैराशूट पैक किया था। मैं अटेंडेंट हूँ।" चार्ल्स प्लम खड़े हुए और उसको गले से लगा लिया—आपकी वजह से मैं यहाँ हूँ। कृतज्ञ रहिए उस आदमी का, जिसने कभी भी पूर्ण या आंशिक रूप से आपका साथ दिया। जब भी कुछ अप्रत्याशित हो, जो असंभव था तो खुश होने की जरूरत नहीं है। सीताजी का हरण हुआ। हनुमानजी ने लंका को आग लगा दी। जब माँ सीता से किसी ने कहा कि हनुमानजी पूँछ में किसी ने आग लगा दी है। माँ सीता ने अग्निदेव से प्रार्थना की कि वे शांत हो जाएँ। अनुमान को कुछ नहीं होना चाहिए। अग्निदेव ने उन्हें आशीर्वाद दिया। पूरी लंका जलाने के बाद भी हनुमानजी को कुछ नहीं हुआ। अगर आप कुछ ऐसा कर दिखाएँ, जो असंभव हो, ऐसा हो ही नहीं सकता कि आप अकेले यहाँ पहुँचते। कोई आपके पीछे है, जो

आपके लिए हाथ जोड़ रहा है। आपके पीछे बहुत से लोग काम कर रहे होते हैं। आपके नीचे काम करनेवाले लोग, आपको पानी पिलानेवाले लोग, आपके सीनियर्स। उनके लिए कृतज्ञ रहिए। यह हमें बड़ा बनाता है, एक बेहतर इनसान बनाता है।

8. काम करने के तरीके हमें अलग बनाते हैं

एक आदमी लैंप के नीचे कुछ ढूँढ़ रहा था। किसी ने पूछा, क्या खो गया? उसने कहा कि चाबी। दूसरे ने पूछा, "कहाँ गिरी थी?" बोला, "घर में।"

"गिरी थी घर में तो लैंप के नीचे क्यों ढूँढ़ रहे हो?"

"क्योंकि मेरे घर में लाइट नहीं है, यहाँ पर लाइट है।"

यही प्रॉब्लम हमारे साथ है। उसे बाहर मत ढूँढ़िए, चाबी आपके पास है। क्या हो रहा है, यह अंतर पैदा नहीं करता। जो हो रहा है, वह सबके लिए हो रहा है। परिस्थितियाँ सबके लिए एक जैसी हैं। आप उन्हें बदलने के लिए क्या करते हैं, यह मैटर करता है। राम को एक रात पहले कहा गया कि आप कल राजा बनोगे। सुबह माँ ने बुलाया और कहा कि 14 साल के लिए वन जाना है। यह परिस्थिति है। इसकें दो उत्तर हो सकते थे! पहला, वे पूछते कि क्यों? उन्होंने पूछा कि कब जाना है?

कुछ जो आपको रोक रहा है, वह इंपॉर्टेंस नहीं है। वह सबके साथ हो रहा है। आप रिस्पॉन्स कैसा देते हो? सोचिए, काम कैसे हो सकता है? अपने दिमाग का इस्तेमाल कहीं पहुँचने के लिए कीजिए, वापस लौटने के लिए नहीं। प्रश्न कीजिए अपने आप से। अच्छे प्रश्न कीजिए, आपको अच्छे उत्तर मिलेंगे। साइकोलॉजी हमारा दिमाग उतना ही बताता है, जितना हम पूछते हैं। अगर आपको चंडीगढ़ जाना है तो चंडीगढ़ जाने का रास्ता आपको बताएगा। अगर आपको जम्मू जाना है तो जम्मू तक का रास्ता आपको बताएगा। आपको इंग्लैंड जाना है तो इंग्लैंड तक का रास्ता आपको बताएगा। आप अपने दिमाग से जितना पूछोगे, वह आपको उतना ही बताएगा। आप पूछते नहीं हैं। उसका इस्तेमाल कीजिए। जितने भी अच्छे और सफल व्यक्ति हुए, सबसे अच्छे रीडर्स हुए। अगर आप अपने फील्ड के विषयों को पाँच साल लगातार पढ़ें तो आप दुनिया के 5 प्रतिशत लोगों में शामिल हो सकते हैं। किताब आपकी जिंदगी के पाँच साल बचा सकती है। दो तरीके से पैसा कमा सकते हैं—तजुरबा और नॉलेज। नॉलेज रीडिंग से आएगी। चौबीस घंटा में 5 मिनट पढ़ने की आदत डालिए और जब आपको आदत लगेगी तो आप एक घंटा करिए। जो पढ़ता हो, उसे कभी नकारात्मक नहीं किया जा सकता। ऊपर से बदलने का कोई फायदा नहीं है, आपको अंदर से बदलना है। पूरी दुनिया नियम से चलती है। आँखें जो देखती हैं और जो मन देखता है, उसमें जमीन-आसमान का अंतर है। मन से आप पूरी दुनिया घूम सकते हैं।

9. रोना मना है

औसत जीवन कभी मत जीना। क्या आप एक औसत लड़के से अपनी लड़की की शादी करना चाहोगे? औसत लड़का ढूँढ़ोगे या अच्छा लड़का ढूँढ़ोगे? औसत स्कूल में बच्चों को पढ़ाना चाहोगे या अच्छे स्कूल? औसत रेस्टोरेंट में खाना खाओगे या अच्छे में? ताजमहल आप देखते हैं! कभी बनना तो उसकी नींव का पत्थर बनना, क्योंकि उसी की बदौलत वह इमारत वहाँ 400 साल से खड़ी है, जो किसी ने नहीं देखा और किसी को पता ही नहीं है। बी अकाउंटेबल, टेक ओनरशिप, पनिश योर सेल्फ। अकाउंटेबल रहना यानी—आपने कितने प्लान बनाए, उन्हें लिखना जरूर। एक हफ्ते के बाद देखना कि एक हफ्ते में हमने क्या किया है? टेक ओनरशिप, यह आपका बिजनेस है। जिस भी काम को करो, जिम्मेदारी के साथ करो। पूरी लगन से, जैसे किसी फर्म या कंपनी के लिए नहीं, खुद के लिए कर रहे हो। पनिश करिए। कोई भी एक गोल सेट करते हो और उसको पूरा नहीं करते तो अपने को पनिश करिए। औसत आदमी को दुनिया रिवॉर्ड नहीं देती। कभी रोना नहीं है। हमारे साथ दिक्कत है, हमारे पास क्या नहीं है, उसका बहुत रोना होता है कि किसी ने भी नहीं किया तो मैं कैसे कर सकता हूँ? आप यह देखिए, अगर कोई कुछ नहीं करता तो इसलिए आपके पास बहुत बड़ा रास्ता आगे है। आप बहुत कुछ कर सकते हैं, जो आप चाहें।

10. जंगल के शेर बनो, सर्कस के नहीं

दो तरह के शेर हैं इस दुनिया में—एक जंगल में, एक सर्कस में। दोनों ही शेर होते हैं। ज्यादा कंफर्टेबल कौन होता है? जंगल वाला या सर्कस वाला? सर्कस वाला कंफर्टेबल है, क्योंकि उसको खाने के लिए दर-दर भटकना नहीं पड़ता। कहीं जाना थोड़ी है शिकार करने के लिए तीन टाइम खाना मिलेगा, बढ़िया गोश्त। किसी से खतरा नहीं है। कोई प्राकृतिक आपदा उसको प्रभावित नहीं करेगी और एक अच्छे एन्वायरमेंट पर रह रहा है। कहीं आना नहीं, जाना नहीं और बहुत खुश है और दूसरी तरफ जो जंगल का शेर है, उसको कभी खाना मिलेगा, कभी नहीं मिलेगा। तकलीफ में रहेगा। बरसात आएगी तो सिर छुपाने के लिए जगह नहीं मिलेगी। कभी पानी नहीं मिलेगा। तीन टाइम क्या, एक टाइम भी खाना मिलेगा या नहीं मिलेगा, इसकी भी गारंटी नहीं है।

आपको मौका मिलेगा तो कौन सा शेर बनना पसंद करोगे? जंगल का या किस सर्कस का? लेकिन 90 प्रतिशत लोग तो सर्कस का शेर बनना चाहते हैं। सर्कस के शेर की प्रॉब्लम क्या है? उसे चाबुक मारनेवाले के हिसाब से नाचना पड़ता है। चाबुकवाला बोलता है तो उसको उठना पड़ता है और चाबुक मारता है, बोलता है कि आग का गोला है, इसमें से कूद तो उसे कूदना पड़ता है और कभी-कभी जब पिंजरे के अंदर बैठा होता

है, उसकी पूँछ बाहर लटक रही होती है, उसे बच्चे भी हिलाते हैं, खेल रहे होते हैं और शेर कुछ नहीं बिगाड़ पाता। यही अगर पिंजरा हटा दिया जाए!

सोने के पिंजरे में तोते को कोई खतरा नहीं। सुबह पराँठा मिलेगा खाने के लिए। बच्चे काजू खिलाएँगे। बिल्ली का खतरा नहीं, लेकिन क्या यह जिंदगी है? उससे अच्छा आकाश में उड़ता, 100 साल की जगह 30 साल जीता; लेकिन जीता तो खुलकर। अपनी मरजी से जीता। कैद तो नहीं होता। अगर आपका वर्तमान कंफर्टेबल है तो भविष्य हमेशा अनकंफर्टेबल होगा। अगर आपका वर्तमान अनकंफर्टेबल है तो भविष्य नो डाउट कंफर्टेबल होगा। आज पाँच साल मेहनत करके हम जिंदगी के पचास साल आराम से गुजार सकते हैं। जिंदगी बहुत बड़ी है। हम बहुत कुछ कर सकते हैं। कंफर्ट जोन की एक लाइन और खतरनाक है। कंफर्टेबल जॉन फ्रॉग सिंड्रोम। मेढक को एक फ्रायपेन में पानी में डाला जाता है और नीचे से आग लगाई जाती है। पानी बॉयल होता है। मेढक में खासियत है, वह अपना टेंपरेचर पानी के टेंपरेचर के हिसाब से एडजस्ट कर लेता है। आप पानी का टेंपरेचर धीरे से बढ़ाओ तो मेढक उस बढ़े हुए टेंपरेचर के हिसाब से खुद को एडजस्ट कर लेता है। थोड़ी देर में थोड़ा और बढ़ाओ, मेढक फिर एडजस्ट कर लेगा। थोड़ा सा और बढ़ाओ, वह एडजस्ट करता है। जब ज्यादा बढ़ाते हो तो मेढक की हालत खराब हो जाती है। जब वह कूदने की कोशिश करता है तो इतनी शक्ति नहीं रहती कि वह कूद पाए। जब कूदने का प्रयास करता है, पर पानी इतना गरम हो चुका होता है कि वह उसमें से कूदकर बाहर नहीं निकल पाता और उसके अंदर मर जाता है। क्या गरम पानी ने मेढक को मारा? जब उसे कूदना था, तब वह नहीं कूदा, यह उसे मार गया, लेकिन तब वह एडजस्ट कर रहा था।

क्योंकि हम अपनी जिंदगी में कॉम्प्रोमाइज करना शुरू करते हैं, इसलिए हम संतुष्ट होते हैं। खर्चा कम करके हम कंफर्टेबल हो जाते हैं। इन्कम पर काम कीजिए। अगर गलती से आप कामयाब हो गए तो बड़े लोग बड़े अड़ंगे डालेंगे। रावण को हनुमान की पूँछ से बहुत तकलीफ थी। जो आदमी बढ़ जाता है, उसकी पूँछ से सभी को तकलीफ होती है। इसकी इतनी पूँछ क्यों हो रही है? लोग आपकी पूँछ उखाड़ेंगे, लेकिन आपको डरना नहीं है और जंगल का शेर बनना है।

11. चरित्र

लक्ष्य तक पहुँचने के लिए सबसे जरूरी चीज है करेक्टर, यानी चरित्र। पैसा कमाना जरूरी नहीं है। पैसा कमाने के लिए जैसा आदमी होना चाहिए, वह बहुत जरूरी है। रावण ने श्रीराम से मरते समय पूछा, "मैं कुल में तुमसे बड़ा हूँ। मैं ज्ञान में तुमसे बड़ा हूँ। मैं शक्ति में तुमसे बड़ा हूँ। सारे देवता मेरे शौर्य के आगे गरदन झुकाए खड़े रहते हैं।

मैंने कैलास पर्वत को उठा लिया था। मेरी शक्ति का लोहा पूरे ब्रह्मांड में है। मेरी सेना तुमसे कहीं ज्यादा विशाल व शक्तिशाली है। तुम मेरी धरती पर आकर लड़ रहे हो। मैं पाँचों बातों में तुमसे सर्वश्रेष्ठ हूँ, फिर मैं तुमसे क्यों हारा?"

राम ने रावण को उत्तर दिया। उन्होंने कहा, "मैं चरित्रवान् हूँ, तुम चरित्रहीन हो।"

जीवन में अगर पैसा गया तो कुछ नहीं गया। अगर स्वास्थ्य गया तो समझो, कुछ गया। अगर चरित्र गया तो सबकुछ चला गया। आखिर में, पैसे कमाने हम लोग नहीं आए। अंत में हम एक अच्छे इनसान बनने आए हैं। पैसे कमाने के बहुत से रास्ते हो सकते हैं। चरित्र एक बार गया तो दोबारा वापस नहीं आता।

□

स्वेट मार्डेन

डॉ. ओरिसन स्वेट मार्डेन (वर्ष 1848-1924) एक अमेरिकी प्रेरणादायक लेखक थे, जिन्होंने जीवन में सफलता प्राप्त करने के बारे में लिखा और सन् 1897 में 'सक्सेस' पत्रिका की स्थापना की। उनकी पहली पुस्तक 'पुशिंग टू द फ्रंट' (1894) तत्काल बेस्ट सेलर बन गई।

1. यदि खुलकर जीना चाहते हैं तो हँसें

हँसना आंतरिक प्रसन्नता को प्रकट करता है। प्रसन्नता के इस प्रकटीकरण अर्थात् हँसी से समस्त शरीर की धमनियाँ या रक्त-वाहिनियाँ हरकत में आ जाती हैं और उन सबका व्यायाम हो जाता है, रक्त का प्रवाह तेज हो जाता है, श्वास-संस्थान में ताजगी आती है; आँखों में चमक, त्वचा में पसीना और फेफड़ों के प्रत्येक कोष्ठ में ताजा हवा पहुँचती है तथा गंदी हवा बाहर चली जाती है। हँसने से शरीर की सभी क्रियाएँ ठीक चलती हैं। शरीर का अंग-प्रत्यंग ठीक ढंग से काम करता है। जब शरीर का प्रत्येक अंग ठीक ढंग से चलता है तो स्वास्थ्य ठीक रहता है। इसका सीधा अर्थ यही है कि हँसने से स्वास्थ्य ठीक रहता है। शरीर का संतुलन, यानी कि बैलेंस बना रहता है। सबकुछ सुचारु रूप से चलता रहता है।

जो व्यक्ति चिड़चिड़ा, अप्रसन्न और चिंतित रहता है, वह जीवन-शक्तियों पर से विश्वास भी खोता है और शक्तियों को भी खो बैठता है। वह अपने जीवन के लक्ष्यों और आदर्शों तक को खो बैठता है। वह झगड़ालू, घमंडी और स्वार्थी हो जाता है। इस प्रकार की सभी बुराइयों से जीवन बचना आवश्यक है। यह तभी हो सकता है, जब मनुष्य प्रसन्न रहे और सदा हँसता-हँसाता रहे। मन दृढ़ रहे। दृढ़ मन द्वारा ही जीवन-शक्ति को प्राप्त करके मनुष्य अधिक दिनों तक आयु और यौवन को स्थायी रख सकता है। मन की दृढ़ता प्रसन्नता पर बहुत कुछ निर्भर करती है। महान् लेखक शेक्सपियर ने कहा है, "प्रसन्नचित्त लोग चिरकाल तक जीवित रहते हैं।" लेखक का यह कथन सत्य है।

वास्तव में, प्रत्येक दृष्टि से वे ही लोग चिरकाल तक जीवित रहते हैं, जो प्रसन्न रहते हैं। शरीर से भी, मन से और यश-नाम से भी वे चिरकाल तक रहते हैं।

हलकी-हलकी, दबी-दबी और मरी-सी हँसी या क्षीण मुसकान में इतनी जान नहीं है। खुलकर हँसना, ठहाके लगाना अधिक लाभदायक है। सारे शरीर की नसें खुल जाती हैं और खून दौड़ जाता है। पूरा शरीर झनझना उठता है। मन की वीणा बजती है तो संगीत का जादू छा जाता है। दिल से हँसना आनंद से भरा संगीत ही तो है। जो इस संगीत को सुनेगा, वह भी प्रसन्नता से भर जाएगा। आप हँसेंगे तो कितनों का भला होगा! आप यह ध्यान रखिए कि आप हँसेंगे तो सारा जमाना आपके साथ हँसेगा और आप रोएँगे तो अकेले रोना पड़ेगा। फिर क्यों अकेले रहते हैं? जमाने को अपने साथ रखिए; सब आपके हों, आप भी सबके हों।

नियम बना लें कि आप प्रतिदिन एक बार अवश्य हँसेंगे या दो बार अवश्य हँसेंगे, चाहे हँसी की कोई बात हो या न हो। जब कोई हँसी की बात न हो, कोई साथ हँसनेवाला न हो तो अकेले में हँसें; अपने कमरे में अकेले हों, तब हँसें। विपत्तियाँ तो आती रहती हैं। सुख-दुःख का तो जोड़ा है। दिन के बाद रात और फिर दिन को आना पड़ता है। इसी प्रकार दुःख की रात भी जरूर बीतेगी। जीवन में दुःख या विपत्ति सभी को झेलनी पड़ती है। संसार में ऐसा कोई नहीं हुआ, जिसे कभी कोई कष्ट न हुआ हो। आप क्यों घबराते हैं? हँसते क्यों नहीं? क्यों अपने उत्साह को घटा रहे हैं? विजय तो सदा हँसनेवाले की होती है। रोनेवाला तो साहस और उत्साह खोकर, घबराकर अपना सबकुछ तबाह कर लेता है।

2. झूठी अर्थव्यवस्था से परहेज करें

अपने मन को भूखा रखकर पैसे न बचाएँ। यह झूठी अर्थव्यवस्था है कि कभी छुट्टी न लें या शाम के मनोरंजन के लिए या एक उपयोगी पुस्तक के लिए पैसा खर्च न करें। पी.टी. बरनम ने एक बार कहा था, "अर्थव्यवस्था अर्थहीनता नहीं है।" ज्यादातर लोग अपना सबसे बड़ा काम करने में असफल हो जाते हैं, क्योंकि वे सही चीज पर जोर नहीं देते हैं। वे हमेशा लक्ष्य नहीं रखते हैं उनकी बड़ी संभावना को देखते हुए। वे अपनी संभावनाओं में बाधा डालते हैं और क्षुद्र अर्थव्यवस्थाओं पर नजर रखते हुए अपने बड़े अवसरों को खो देते हैं। बहुत से पुरुष अर्थशास्त्र की आदत के गुलाम बन जाते हैं और इसे साकार किए बिना लगातार अपने व्यवसाय का गला घोंटते हैं।

कुछ लोग एक डॉलर के मूल्यवान समय को बरबाद कर देंगे और बहुत असुविधा का सामना करेंगे। कई स्टोरों में जाकर वे बार्गेन की तलाश कर सकते हैं और कुछ छोटी खरीद पर कुछ सेंट को बचाने की कोशिश कर सकते हैं, जो वे बचाना चाहते हैं।

सौदेबाज शिकारी अकसर झूठी अर्थव्यवस्था के शिकार होते हैं। वे खरीदते हैं, क्योंकि वे सस्ते हैं, ऐसी कई चीजें, जिनकी उन्हें वास्तव में जरूरत नहीं है। फिर वे आपको बताएँगे कि उन्होंने कितना बचाया है। उन्होंने एक वर्ष में जो कुछ भी खर्च किया है, यदि उसे वे समझेंगे तो आमतौर पर पाएँगे कि उन्होंने इससे अधिक खर्च किया है, यदि उन्होंने केवल वही खरीदा है, जो वे वास्तव में चाहते थे, जब उन्हें इसकी आवश्यकता थी और इसके लिए नियमित मूल्य का भुगतान किया था।

मैं एक व्यवसायी के साथ यात्रा करता था, जो मेरे मुकाबले आर्थिक रूप से बहुत बेहतर था। फिर भी वह रात में कभी स्लीपर नहीं लेता था, न ही अपने भोजन के लिए डाइनिंग कार में जाता था। वह अपने लंच को अपने साथ लेकर आता या सैंडविच पर रह लेता, पर कुछ न खरीदता। इसका परिणाम यह हुआ कि जब वह दूर के पश्चिमी शहरों में पहुँचा तो बहुत थका हुआ था। उसका पेट अनियमित खाने से खराब हो गया। उसे ठीक होने में कई दिन लगे और उसने बहुत सारा मूल्यवान समय गँवा दिया।

3. अपने गुणों को निखारें

हीरा अपने गुणों के कारण शिरोधार्य होता है, मुकुट में सजता है। जो अपने गुणों को अन्यों की अपेक्षा अधिक प्रस्तुत करता है, वह सफलता की ओर अग्रसर होता है। गुण सभी में होते हैं, अर्थात् सभी में कुछ-न-कुछ गुण होते हैं; लेकिन गुणी वही होता है, जो अपने गुणों का सही उपयोग जानता हो। गुणों से तात्पर्य अच्छे गुणों से है, न कि अवगुणों से; क्योंकि सफलता प्राप्त करने के लिए उत्तम गुणों की आवश्यकता होती है। सफलता सभी पाना चाहते हैं, पर कई बार चूक जाते हैं। कुछ लोग जान-बूझकर असफल बने रहना चाहते हैं और अपनी असफलता के ऐसे-ऐसे तर्क देते हैं कि सुनकर हँसी आ जाती है। इनमें से कुछ लोग तो बिल्कुल दया के पात्र दिखाई देते हैं। ऐसी बात करनेवाले लोग वास्तव में मनोबल से हीन होते हैं। निराशा और एक अनजाने भय ने उनके दिमाग पर कब्जा कर लिया होता है।

नील नदी के युद्ध का निकट समय आ ही रहा था। नेल्सन ने अपने कमांडरों के सामने युद्ध का मानचित्र फैलाया। कैप्टन बेरी ने उसे देखा और प्रसन्न होते हुए बोल उठा, "यदि हम विजयी हुए तो संसार क्या कहेगा?" नेल्सन भला कैसे चुप रह सकता था! तपाक से बोला, "हमारे पास 'यदि' के लिए कोई स्थान नहीं। निश्चित रूप से विजय हमारी ही होगी। हाँ, यह बात दूसरी है कि हमारी विजय-गाथा कहनेवाला कोई जीवित रहेगा या नहीं!"

सेंट बर्नार्ड की घाटी की जाँच-पड़ताल और निरीक्षण करके इंजीनियर लोग लौटे तो नेपोलियन ने पूछा, "क्या सचमुच आल्प्स पर्वत पार करना असंभव है?"

इंजीनियरों ने थोड़ा झिझकते हुए उत्तर दिया, "श्रीमान, संभव है कि हम पार कर लें।"

"जवानो, आगे बढ़ो।" नेपोलियन के मुँह से अनायास यह बात निकल पड़ी।

60 हजार सैनिकों का भारी शस्त्रास्त्र लेकर आल्प्स पर्वत की दुर्गम चोटियों को पार करना वस्तुतः बहुत ही कठिन कार्य था; परंतु उस समय नेपोलियन का साथी जेनेवा में शत्रु सेनाओं से घिरा हुआ था और भूखों मर रहा था और यह असंभव बात नेपोलियन ने संभव कर दिखाई। इसके बाद लोग कहने लगे, "अरे, वाह! यह कौन सी बड़ी बात थी! यह तो पहले ही संभव था।" नेपोलियन का हृदय वज्र के समान कठोर हो जाता था। बड़ी-से-बड़ी आपत्ति आने पर भी वह अपनी आवश्यकता के अनुरूप अवसरों को अपने अनुकूल बना लेता था। क्या यह अद्भुत बात बिना प्रयास के अपने ही आप हो गई? जब हम खुद को निखारते हैं तो हम हीरे की तरह चमकने लगते हैं।

4. लक्ष्य निर्धारित करें

हम जो कार्य करना चाहते हैं, उसके लिए निश्चित मार्ग तय करना आवश्यक है। लक्ष्यहीन ढंग से किए जानेवाले प्रयास बिल्कुल बेकार बैठने जैसे हैं। जो व्यक्ति अपने लक्ष्य पर सावधानी के साथ विचार करता है और उसे पूरी तन्मयता के साथ पूरा करने की दिशा में चल पड़ता है, उसे उस मार्ग की दुविधाएँ स्वतः ही रास्ता देने लगती हैं, लेकिन उसके लिए निश्चित योजना आवश्यक है। निश्चित योजना के बिना जीवन में कभी भी ऐसा कुछ हासिल नहीं किया जा सकता, जो सार्थक और महत्त्वपूर्ण हो। यह भी तब हासिल होता है, जब एक प्रक्रिया के तहत दिन-रात व्यवस्थित और निरंतर प्रयास किए जाएँ। एक निश्चित प्रमुख लक्ष्य सिर्फ सोच लेने, साफ-साफ भाषा में लिख लेने और दिमाग में पूरी तरह फिक्स कर लेने से ही प्राप्त करना सुनिश्चित नहीं हो पाएगा। प्रमुख लक्ष्य हासिल करने की इच्छा को लगातार प्रयासों का समर्थन मिलना बहुत जरूरी है।

निश्चित लक्ष्य जीवन की सभी उल्लेखनीय उपलब्धियों की शुरुआत भर है; जबकि आत्मविश्वास वह अदृश्य शक्ति है, जो किसी को तब तक उत्साहित, प्रेरित और अग्रसर करती रहती है, जब तक कि उसका लक्ष्य एक यथार्थ न बन जाए। एक निश्चित लक्ष्य हासिल करने के लिए पूर्ण समन्वय के साथ दो या उससे अधिक दिमागों की संधि से हर एक व्यक्ति का दिमाग काफी उत्प्रेरित होता है और वैसी मानसिक स्थिति बनती है, जिसे 'विश्वास' कहते हैं। इसकी शक्ति और क्षमता का थोड़ा एहसास गहरी दोस्ती और प्रेम के रिश्ते में होता है।

युद्ध के मैदान में उसी सेनापति की जीत होती है, जो पहले से अपना लक्ष्य निश्चित

करके चलता है। फौज चाहे जितनी बड़ी हो, उसे इधर-उधर लिये फिरने से और जगह-जगह पर प्रहार करने से शत्रु पर विजय असंभव होती है। इतिहास में वही लोग सफल रहे हैं, जिनका लक्ष्य निश्चित और सटीक था।

सफल बनने के लिए आपका कोई लक्ष्य होना चाहिए, कोई बिंदु स्थल होना चाहिए, जहाँ तक आप पहुँचना चाहते हैं। सफलता के लिए वह पहली और सबसे महत्त्वपूर्ण अपेक्षा है। सरल शब्दों में, आप एक विजेता नहीं हो सकते, यदि आपके पास जीतने के लिए कुछ नहीं है। दिशा और उद्देश्य का बोध कराने के लिए अल्पकालिक व दीर्घकालिक—दोनों प्रकार के लक्ष्य अनिवार्य तत्त्व माने जाते हैं। स्पष्ट रूप से निर्धारित किसी विशिष्ट लक्ष्य के बिना आप उस यात्री जैसे हैं, जिसकी कोई मंजिल नहीं है। आपको कुछ पता नहीं होता है कि आप कहाँ जा रहे हैं या क्यों जा रहे हैं?

5. हम अपने विरोधियों के विजेता हैं

एक ही पेड़ से दो बीज लीजिए। एक बीज को निर्जन पर्वत पर और दूसरे को घने जंगल में बो दीजिए। अब उन्हें बढ़ते हुए देखिए। जो पेड़ पहाड़ पर अकेला खड़ा है, वह हर तूफान का सामना करने के लिए विवश है। इस विपत्ति से अपनी रक्षा के लिए वह पेड़ अपनी जड़ों को जितना संभव हो पाता है, उतना हर दिशा में फैलाने लगता है। उसकी जड़ें गहरी होती जाती हैं। इस प्रकार, उखड़ने से बचने के लिए वह अपनी जड़ों के सहारे मिट्टी और चट्टानों को कसकर पकड़ लेता है। प्रत्येक जड़ इस प्रकार आगे बढ़ती है कि विशाल वृक्ष को और स्थिरता मिल जाए। मानो उन्हें पता है कि आनेवाली मुठभेड़ें कितनी भयानक होंगी! कई बार लगता है कि वर्षों से इस पौधे में कोई वृद्धि नहीं हुई है; लेकिन वास्तव में उस समय वह अपनी जड़ों को चट्टानों के इर्द-गिर्द लपेटने में व्यस्त होता है। इसके बाद वह गर्व से सीना ताने तेजी के साथ आकाश की ओर बढ़ने लगता है—गगन को चुनौती देता हुआ। तब इसकी शाखाओं के साथ हवा के झोंके उसे कमजोर करने के बजाय उसके रेशों को और अधिक मजबूती ही देते हैं। दूसरी ओर, घने जंगल में बोया गया बीज बिल्कुल भिन्न प्रकार से बढ़ता है। वह तेजी से बढ़ता है, इसलिए उसका तना कमजोर होता है। अपने पड़ोसी वृक्षों की सुरक्षा-पंक्ति से घिरे उस पौधे को कभी आँधी-तूफान का मुकाबला नहीं करना पड़ता, इसलिए उसकी जड़ें भी इधर-उधर फैलने के बजाय सीधी होती हैं और थोड़ी ही मिट्टी पकड़ पाती हैं। इस प्रकार, न केवल उसका तना कमजोर और कम लचीला होता है, बल्कि उसकी जड़ों की पकड़ भी कमजोर होती है।

हमारे विकास की प्रक्रिया भी यही है। हम अपने विरोधियों के विजेता हैं। वे हमारे अंदर उन शक्तियों को जाग्रत् कर देते हैं, जिनके सहारे हम उन्हें पछाड़ सकते हैं। उनके

विरोध के बिना हम स्वयं को अपने जैसा ठोसपन और सुरक्षा दे ही नहीं सकते थे, जो हमें चाहिए। हमारी परीक्षाएँ, हमारे शोक और हमारे दु:ख हमारे अंदर एक साथ विकसित होते जाते हैं। जिस व्यक्ति ने कठिनाइयों को जीत लिया है, विजय के लक्षण उसके चेहरे पर साफ देखे जा सकते हैं। विलक्षण विजय-भाव निरंतर उनके चेहरे पर विराजमान रहता है।

जिस जॉन केल्विन ने सत्रहवीं और अठारहवीं सदी के धर्मशास्त्र को परिभाषित किया, उसे कई वर्षों तक बीमारियों की यातना झेलनी पड़ी थी। कुछ ऐसा ही किस्सा रॉबर्ट हॉल का भी है। जिन महान् लोगों ने हमारी दुनिया को नई ऊँचाइयाँ प्रदान कीं, उन लोगों की परिस्थितियाँ कतई सुखद नहीं थीं; बल्कि वे तो ताउम्र ही विपत्तियों में फँसे रहे और बमुश्किल आगे बढ़ सके। जीवन में आगे बढ़ने के लिए किए जानेवाले संघर्षों या प्रयासों में वह शांति और गरिमा है कि उनसे हमें शक्ति ही मिलती है, भले ही हम उस स्थान पर न पहुँच पाएँ, जहाँ पहुँचना चाहते हैं या वह पुरस्कार न पा सकें, जो पाना चाहते हैं। चुनौतियाँ और निरुद्देश्यता आलसी और निकम्मे मस्तिष्क में भी वह गुण और शक्तियाँ पैदा कर देती हैं, जिनके विषय में कभी किसी ने सोचा भी नहीं था। अकसर हम देखते हैं कि अपने माता-पिता की मृत्यु के बाद या किसी बड़े प्रयास में असफलता के उपरांत अथवा और किसी दुर्घटना के कारण जब किसी नौजवान का सहारा छिन जाता है तो उसके अंदर विराट् शक्तियाँ जाग्रत् हो उठी हैं। जेल जीवन ने अनगिनत लोगों की सुषुप्त ज्वाला को भड़काया है। 'रॉबिन्सन क्रूसो' जेल में ही लिखी गई थी। 'प्रोग्रेम' नामक ग्रंथ का जन्म बैज्फोर्ड जेल में हुआ। सर वाल्टर रेले ने 'द हिस्ट्री ऑफ द वर्ल्ड' की रचना अपने तेरह वर्षीय कारावास के दौरान की थी। लूथर ने 'बाइबल' का अनुवाद वार्टबार्ग दुर्ग की कैद में किया था। दांते ने अपने जीवन के बीस वर्ष निर्वासन में बिताए थे। उस समय उनको मृत्युदंड भी दिया जा चुका था।

6. हम ऊँचे उड़ नहीं सकते, लेकिन हम ऊँचाई तक चढ़ सकते हैं

हरेक व्यक्ति की उन्नति इस बात पर निर्भर करती है कि वह कितना परिश्रमी है और कितनी लगन के साथ किसी काम को करता है। हरेक मनुष्य में यह गुण उसके जीवन काल में ही आता है। वह मनुष्य स्वयं को इस योग्य बना लेता है, जब वह भी इसी तरह करे। हम कहाँ गड़बड़ा गए हैं? इस बात का हमेशा खयाल रखना चाहिए। दरअसल, हम बुनियादी गलती भी करते हैं। हम किसी काम की ठीक शुरुआत नहीं करते। सुप्रसिद्ध विचारक लॉन्ग फेलो के कथनानुसार—"हम पंख न होने के कारण उड़ तो नहीं सकते, पर हम अपने पैरों से ऊँचे तो चढ़ सकते हैं।" इस उक्ति में समस्त रहस्य है। प्रयास से मनुष्य क्या नहीं कर सकता है! जरूरत इस बात की है कि हमारी शुरुआत ठीक हो।

प्रकृति का यह नियम है कि इस भौतिक जगत् में हरेक वस्तु अपने मूल रूप में

हमेशा छोटी होती है। बड़ी-से-बड़ी नदी भी उद्गम-स्थल पर पानी की एक पतली धारा होती है। उस पतली धारा को एक साधारण-सा बालक फाँद सकता है। वर्षा की बूँदें प्राय: छोटी हुआ करती हैं। बड़े-से-बड़ा विशाल वट वृक्ष भी एक बहुत साधारण बीज से उत्पन्न होता है। एक छोटी-सी जलती तीली सारा गाँव तबाह कर सकती है। विश्व के किसी भी क्षेत्र को देखिए, उसकी शुरुआत छोटे रूप में ही हुई है। सभी महानतम चीजों की शुरुआत बहुत छोटे स्तर पर हुई है। एक सामान्य व साधारण-सी कल्पना ने बड़ा आविष्कार किया है।

प्रत्येक द्वार आखिर कहीं-न-कहीं ले जाता है। इस तरह हरेक काम की एक साधारण-सी शुरुआत जरूर आपको कहीं-न-कहीं ले ही जाएगी। शुरुआत अच्छी होनी चाहिए। शुरुआत अच्छी और बुरी दोनों तरह की होती हैं। उनका प्रभाव भी अपनी प्रकृति के अनुरूप होता है। अच्छे विचारों के द्वारा आप बुरी शुरुआत से बच सकते हैं। आप सरलता के साथ अच्छे कामों को संपन्न कर सकते हैं, बुरे नतीजों से सुखद परिणाम का सुख प्राप्त कर सकते हैं।

7. संघर्ष हमें चट्टान की तरह मजबूत बनाते हैं

जब गैबेटा की माँ ने उसे पढ़ने के लिए पेरिस के स्कूल में भेजा तो विदा करते हुए माँ ने कहा था, "प्रयास करते रहना और कुछ बनकर लौटना।" निर्धनता ने उस छोटे से लड़के को बड़े गहरे घाव दिए थे। वह गैरेज में रहकर पढ़ता था और उसके कपड़े भी मैले-कुचैले थे, लेकिन इससे क्या फर्क पड़ता था! उसने इरादा कर लिया था कि वह दुनिया के सामने अपनी छाप छोड़कर रहेगा। वर्षों तक वह अपनी कुरसी व मेज से बँधकर पढ़ता रहा। अंतत: उसे वह मौका मिल ही गया, जिसका उसे इंतजार था। उस दिन जूल्स फारे को एक ऐतिहासिक भाषण देना था। अचानक वह बीमार पड़ गए। इसलिए उन्होंने अपने स्थान पर बोलने के लिए उस नौजवान को चुना। वह तब तक बिल्कुल अनजाना-सा नाम था। वर्षों से वह ऐसे ही अवसर के लिए स्वयं को तैयार कर रहा था और समय की पुकार ने उसकी साधना सफल कर दी। उस दिन गैबेटा ने फ्रांस में तब तक का सबसे बेहतरीन भाषण दिया। उस रात के सारे अखबार इस अनुभवहीन नौजवान की मुक्त कंठ की सराहनाओं से भरे पड़े थे। शीघ्र ही पूरे फ्रांस ने उसे रिपब्लिकन लीडर के रूप में पहचानना शुरू कर दिया। वह अकस्मात् प्रगति किसी संयोग या भाग्य के कारण नहीं थी। अपनी निर्धनता और परिवेश के विरुद्ध उसकी साधना और संघर्ष ही इस अवसर की सफलता के मूल में थे। यदि वह यहाँ असफल हो जाता तो कोई उसे नहीं देखता। सब हँसकर उसकी बगल से गुजर जाते। कितना बड़ा काम था! कल गैरेज में पढ़ाई और आज एक महान् नेता के रूप में सम्मान!

क्षमतावान् व्यक्ति अपनी हताशा को अपनी सहायता में ठीक वैसे ही ढाल लेता है, जैसे सीप अपने अंदर आई मिट्टी को मोती का रूप दे देती है। तुम पर आलोचकों के शब्दों का असर ठीक वैसा ही होना चाहिए, जैसे तूफान का बाज पर होता है। तूफान के झोंकों से बाज और ऊँचा उठ जाता है। पतंगें उड़तीं ही नहीं, यदि वे डोर के सहारे बँधी न होतीं। जीवन के साथ भी ऐसा ही है। जो आदमी तमाम जिम्मेदारियों से बँधा हुआ है, उसकी उड़ान ज्यादा ऊँची और तीव्र होगी और उसमें अधिक शक्ति भी होगी। दूसरी ओर, जिम्मेदारियों के बंधनों से आजाद व्यक्ति हमेशा कीचड़ में ही लोटता रहता है।

हमारे वंश और परिवार की कमजोरी या दरिद्रता प्रगति को बाधित तो कर सकती है, लेकिन उसका असर वैसा ही होता है, जैसे किसी नदी के प्रवाह में बर्फ या कूड़ा जमने से थोड़ी देर के लिए ठहराव आ जाता है। जब नदी में ऐसी रुकावट आती है तो पानी के जमा होते जाने से प्रवाह में इतनी शक्ति पैदा हो जाती है कि ये तमाम रुकावटें सीधे समुद्र के पेट में समा जाती हैं। गरीबी और अनजानापन ऐसी बाधाएँ नहीं हैं, जिनको पार न किया जा सके; बल्कि अकसर वे ऐसे उत्प्रेरक के रूप में काम करती हैं कि हमारा मस्तिष्क व शरीर अपने लक्ष्य के प्रति और दृढ़ हो उठता है। यदि किसी बीज के अंकुरण को रोशनी की ओर बढ़ने से निरंतर कंकड़-पत्थर और सख्त जमीन का मुकाबला करते हुए मार्ग बनाना पड़ता है और उसके पश्चात् भी आँधी-तूफान, बर्फ और कुहरे का बार-बार सामना करना पड़ता है तो कालांतर में उससे जो लकड़ी प्राप्त होती है, वह बेहद कठोर और दृढ़ होती है।

8. आपका दृष्टिकोण आपको सुंदर बनाता है

अपना दृष्टिकोण सदैव सकारात्मक रखें। अपने ऊपर एवं दूसरों पर सदैव विश्वास करें। अपने अंदर प्रत्येक कार्य के लिए प्रतिबद्धता लाएँ। जिस कार्य को शुरू करें, उसे कभी अधूरा न छोड़ें। आपका बाहरी आकर्षण लोगों को क्षण भर के लिए सम्मोहित कर सकता है; लेकिन जब आप स्वयं को योग्य एवं गुणवान् बना लेंगे तो आपकी असुंदरता या कम सुंदरता की ओर किसी का भी ध्यान नहीं जाएगा। अपने मन में इस बात को बैठा लें कि जीवन में शारीरिक सौंदर्य ही सबकुछ नहीं। स्वस्थ व सकारात्मक दृष्टिकोण अपनाकर आप सफलता व लोकप्रियता दोनों को अर्जित कर सकते हैं। यह सोचना अव्यावहारिक ही होगा कि आपके सपने को पूरा करने में सभी लोग आपकी सहायता करेंगे। जरूरी यह है कि आप किसी से सहयोग न मिलने की स्थिति के लिए सदा तैयार रहें। जीवन की कठिन परिस्थितियों के लिए आपको शर्मिंदा होने की जरूरत नहीं है। यदि कोई आपको नीचा दिखाने की कोशिश करता है तो इससे परेशान हुए बिना ऐसी बातों को नजरअंदाज कर दें। इन बातों पर ध्यान देने की बजाय अपने दृष्टिकोण को आगे

रखने का प्रयास करें। आपको अपनी लड़ाई के हथियार चुनते समय बेहद सावधानी और बुद्धिमानी से कदम उठाने चाहिए। जो बातें आपके सपनों की पूर्ति में बाधक हैं या आपके आत्मविश्वास को कमजोर करती हों, ऐसी नकारात्मक चीजों को खोजकर अपने सामने लाएँ। ऐसा करते समय किसी गलत चीज को न पकड़ लें, इस बात का ध्यान रखें और खुद को एक सुंदर व बेहतर दृष्टिकोण दें।

9. छोटी आदतों और छोटे कामों का महत्त्व समझें

महान् और बुद्धिमान व्यक्ति छोटे-छोटे कामों को पूरा महत्त्व देते हैं। वे किसी काम को तुच्छ या महत्त्वहीन नहीं मानते और न ही आज के किसी काम को कल पर डालते हैं। इसके विपरीत, हम में से बहुत से लोग अधिक बड़े काम करने की लालसा में छोटे कामों को महत्त्वहीन मानकर लापरवाही या बड़े गौण तरीके से कर डालते हैं। परिणाम यह होता है कि वे नाकाम हो जाते हैं। एक बात बहुतायत से देखी गई है और आप भी अपने आसपास के जीवन में देख सकते हैं। जिस व्यक्ति का अपने आप पर नियंत्रण जितना कम होता है, वह उतना ही दूसरों पर शासन करने और बहुत अधिक उत्तरदायित्वों को उठाने के लिए हमेशा लालायित रहता है। इस तरह, वह अपनी हीन भावना पर परदा डालता है। धीर-गंभीर व्यक्ति कम उत्तरदायित्व लेता है या एक काम निपटाने के बाद ही किसी दूसरे काम में हाथ लगाता है। बढ़-चढ़कर बातें करना, डींगें हाँकना उसके वश की बात नहीं है। वह शांत-गंभीर रहा करता है। गैर जिम्मेदार लोग ही बढ़-चढ़कर बातें करते हैं और अधिक-से-अधिक उत्तरदायित्व उठाया करते हैं। पर अंत में वे टाँय-टाँय फिस्स हो जाते हैं।

प्रसिद्ध विचारक और संत कार्लाइल के कथनानुसार—"छोटी-छोटी बातें अपना बड़ा महत्त्व रखती हैं। उनके द्वारा ही हमारा व्यक्तित्व बनता है।" वास्तव में, कार्लाइल का यह कथन बहुत महत्त्वपूर्ण है। आमतौर पर हरेक मनुष्य में यह देखा गया है कि वह न तो समय की पाबंदी रखता है और न ही अपने वायदे का पक्का होता है। ये दोनों बातें बहुत छोटी हैं, परंतु उनका बड़ा ही महत्त्व है। वक्त की पाबंदी रखनेवाला आदमी आगे चलकर अवश्य सफल होता है। लंदन के प्रसिद्ध जौहरी मैसर्स बायरन एंड संस अपना प्रतिष्ठान सायंकाल 4 बजे नियमित रूप से बंद कर दिया करते थे। एक दिन जब उनका प्रतिष्ठान बंद हो रहा था तो एक ग्राहक आया। "क्षमा करें श्रीमान, समय हो गया है। आप कल आएँ।"

"पर मैं तो 4 लाख डॉलर का हीरा लेने आया हूँ।"

"आप कल आएँ।"

"श्रीमान 4 लाख…।"

"आप करोड़ डॉलर का माल भी लेंगे तो भी दुकान से नहीं मिलेगा। 4 बज रहे हैं। आप कल आएँ।" ग्राहक चकित होकर लौट गया। अपनी विश्वसनीयता और समय की पाबंदी के कारण बायरन एंड संस विश्व के सफलतम जौहरियों में थे। समय की पाबंदी का अपना महत्त्व है। हेनरी फोर्ड की सफलता का कारण क्या था? वह अपने वायदे का पक्का था। एक साधारण साइकिल सुधारक से उठकर विश्व का सबसे बड़ा कार-निर्माता अपने वायदे के लिए प्रसिद्ध था।

एक करोड़पति बाप के बेटे ने अपने पिता से कहा कि वह साइकिल बनाने का एक बड़ा कारखाना खोलना चाहता है। पिता का जवाब था, "ठीक है, पहले तुम साइकिल मरम्मत करने की छोटी-सी दुकान खोलकर चलाकर देख लो।" लड़का चकित रह गया, परंतु पिता का वाक्य एकदम सही था। वह अपने बेटे को साइकिल सुधारने में निपुण बना देना चाहते थे। यह छोटा-सा काम जब तक उनका लड़का सीख न ले, तब तक वह साइकिल बनाने का कारखाना खोलना ठीक नहीं समझते थे। उन्नति का यही मूल मंत्र है, सफलता का यही रहस्य है। छोटे रूप में आप अपने लक्ष्य की ओर बढ़ें। इस प्रकार, आप क्रमशः अनुभव प्राप्त करते हुए निश्चित रूप से बड़ी सफलता को प्राप्त कर सकते हैं। कार्लाइल के कथनानुसार, "छोटे-छोटे नालों को पार करने की बजाय क्या एक बड़ी नदी आप एक छलाँग में पार कर सकते हैं?" बिल्कुल नहीं, तो पहले मामूली काम करके देखिए, तब आगे बढ़िए। मनुष्य वही है, जो सावधानी के साथ छोटे स्तर पर काम शुरू कर उसे विशाल रूप देता है।

10. असफलता सफलता की एक राह है

गलतियों से सीखें। असफलता सिर्फ एक घटना तथा सीखने योग्य अनुभव है। यह एक बढ़ता हुआ कदम है, जो सफलता की ओर ले जाता है। सफल व्यक्तियों ने न जाने कितनी बार असफलता का मुँह देखा है। उनके लिए असफलता सिर्फ एक गुजरी हुई घटना है, जैसे पुल के नीचे बहता पानी। वास्तविक शिक्षा व्यक्ति के कष्टों और अभावों के बीच होती है। कठिनाइयों पर विजय प्राप्त करने के लिए जो प्रयत्न और दौड़-धूप करता है, उसी को सफलता प्राप्त होती है। यदि कठिनाइयाँ न होतीं तो सफलता भी न होती। संग्राम ही न हो तो जय या पराजय कहाँ से प्राप्त हो!

उन्नति एवं सफलता का मार्ग सुगम नहीं होता। उसमें पग-पग पर विघ्न-बाधाओं का सामना करना पड़ता है। ऐसा कोई भी महत्त्वपूर्ण कार्य नहीं, जिसमें कष्ट और कठिनाइयाँ न उठानी पड़ें। ऐसी एक भी सफलता नहीं है, जो कठिनाइयों से संघर्ष किए बिना ही प्रांप्त हो जाती हो। जीवन के महत्त्वपूर्ण मार्ग विघ्न-बाधाओं से भरे ही रहते हैं। यदि परमात्मा ने सफलता का कठिनाई के साथ गठबंधन न किया होता, उसे

सर्वसुलभ बना दिया होता तो मनुष्य जाति का वह सबसे बड़ा दुर्भाग्य होता। तब सरलता से मिली हुई सफलता बिल्कुल नीरस एवं उपेक्षणीय हो जाती। जो वस्तु जितनी कठिनाई से, जितना खर्च करके मिलती है, वह उतनी ही आनंददायक होती है। सोने की महत्ता इसलिए है कि वह कम मिलता है, पर यदि कोयले की तरह सोने की खानें निकल पड़ें तो उसे भी लोग वैसी ही लापरवाही से देखेंगे, जैसे आज लोहे आदि सस्ती वस्तुओं को देखा जाता है। दुर्लभता और दुष्प्राप्यता से आनंद का घनिष्ठ संबंध है। जो वस्तुएँ दुर्लभ हैं, वे सर्वसाधारण को आसानी से नहीं मिलतीं, उन्हें पा लेना ही सफलता कहा जाता है। जिन कार्यों की सफलता सर्व-सुलभ है, वैसे कार्य तो सब लोग सदा करते ही रहते हैं।

सफलता किसी व्यक्ति-विशेष की व्यक्तिगत लक्ष्य की तरफ अनवरत उन्नति है। सभी वस्तुएँ, जो मानव से संबंधित हैं, यदि उन्नति नहीं करतीं तो उनका पतन होने लगता है। स्वतंत्रता का मार्ग ही उन्नति का मार्ग है। हमारी सबसे बड़ी शान कभी न गिरने में नहीं है, बल्कि जब-जब हम गिरें, हर बार उठकर उन्नति करने में है। जीवन में मनुष्य की अनेक लालसाएँ होती हैं, जो मनुष्य को भटका भी सकती हैं और सफलता भी दिला सकती हैं। इस जीवन में अनेक पड़ाव आते हैं, जिन्हें धैर्यपूर्वक पार करना चाहिए, न कि अधीरता व चंचलता से अपने कार्य करने चाहिए। जिस प्रकार बोझ को यदि बोझ समझकर उठाया जाए तो वह बोझ ही लगता है, लेकिन बोझ समझकर न उठाया जाए तो वह आसानी से उठाया जा सकता है। ठीक उसी प्रकार इस जीवन को सफल बनाना है, यह समझकर जिया जाए तो मनुष्य अवश्य सफल होता है। जीवन में बाधाएँ तो आती ही रहती हैं; परंतु उनसे डरने या घबराने से पार नहीं पाया जा सकता। उनसे पार पाया जा सकता है तो केवल उनका सामना करके। बाधाएँ तभी डराती हैं, जब मनुष्य अपने कर्तव्य-पथ से डिगता है। इसलिए बाधाओं का डटकर मुकाबला करना ही सफलता का द्योतक है। बाधाओं को बाधा समझने पर उनसे पार नहीं पाया जा सकता। बाधा को कठिन, किंतु असंभव नहीं समझकर पार करना चाहिए। इससे सरलतापूर्वक उससे पार पाया जा सकता है।

11. क्रोध व्यक्तित्व के विकास में पहली बाधा है

सुकरात की यह स्थिति थी कि जब कभी उन्हें क्रोध आने लगता तो वे बोलने में आवाज मद्धिम करके क्रोध को दबा लेते थे। स्मरण रखें कि क्रोध आए तो मुँह बंद रखें, ताकि क्रोध को बढ़ने का अवसर ही न मिले। क्रोध के मारे कई लोग जान से हाथ धो बैठते हैं। जॉर्ज हरबर्ट के कथनानुसार, "वाद-विवाद में शांति से काम लें, क्योंकि आदेश और तीव्रता के कारण एक छोटी सी बात अवगुण बन जाती है और सच्चाई भी अनैतिक बन जाती है।" एक सज्जन ने अपने एक मित्र से पूछा कि आप झगड़ों से किस प्रकार

बचे रहते हैं? मित्र ने जवाब दिया, जब कभी कोई मुझ पर क्रोध करता है तो मैं मौन साध लेता हूँ। तब वह खुद ही अपने से झगड़ने लगता है। क्वींस कॉलेज, ऑक्सफोर्ड के एक कमरे की खिड़की में एक आलेख इन शब्दों में टँगा है—'यह कमरा कभी वीर सम्राट् हेनरी पंचम का आवास था।' उन्होंने अगर्नकोर्ट के समरांगण में शत्रुओं पर विजय हासिल की थी; परंतु खुद को वश में करने के लिए उन्हें बड़ा कठिन संघर्ष करना पड़ा।

शांतचित्त, आत्मनिर्भर व दयालु बने रहिए और भलाई के सतत प्रयास में जुटकर अपकारियों पर दया करना सीखिए। इस तरह आपको आत्मबल मिलेगा। यदि दूसरे का दुर्व्यवहार आपको चुभता है और कष्टकर लगता है तो बदले में किया गया आपका दुर्व्यवहार भी उसे उतना ही बुरा लगेगा। यदि दूसरे ने आपके साथ दुर्व्यवहार किया है तो इसमें कोई औचित्य नहीं है कि आप भी बदले में वैसा ही व्यवहार करें; बल्कि ऐसे अवसर पर आपकी ओर से पहले से भी अधिक सहृदयता बरतनी चाहिए। क्या उमड़ते हुए जल-प्रवाह में और पानी डालने से बाढ़ रुक सकती है? नहीं। इसी प्रकार, दुर्व्यवहार कम नहीं किया जा सकता। क्या आग आग को बुझा सकती है? नहीं। इस प्रकार, क्रोधपूर्ण व्यवहार से क्रोध पर नियंत्रण नहीं किया जा सकता। अतः सब तरह के दुर्व्यवहार एवं बौखलाहट का परित्याग कीजिए। ताली दो हाथों से बजती है, इसलिए दूसरा हाथ मत बाँधिए। यदि कोई व्यक्ति आपसे रुष्ट या क्रुद्ध है तो यह ढूँढ़ने का यत्न कीजिए कि आपसे गलती कहाँ पर हुई है? और चाहे आपसे गलती हुई हो या नहीं, आप बदले में कटु वचन मत कहिए या दुर्व्यवहार मत कीजिए।

□□□